Den knuste Tang-hest

Helene Tursten

Den knuste Tang-hest

På dansk ved Lena Krogh Bertram

Lindhardt og Ringhof

Den knuste Tang-hest
er oversat fra svensk af Lena Krogh Bertram efter
Den krossade tanghästen
Copyright © 1998 by Helene Tursten
All rights reserved
Dansk copyright © 2022 Lindhardt og Ringhof Forlag A/S
Published by agreement with
Leonhardt & Høier Literary Agency A/S, København
Forsidebillede: Shutterstock

ISBN 9788726543568
1. L&R udgave

Til Hilmer og Cecilia

www.lindhardtogringhof.dk
Lindhardt og Ringhof Forlag A/S, et selskab i Egmont

Prolog

Der var ingen, der så, da han faldt gennem det kompakte novembermørke. Med et tungt, hult bump ramte han de regnvåde, toppede brosten. Selv om det stadigvæk var myldretid, var der usædvanligt få mennesker på fortovet. Fodgængerne gik foroverbøjede under krængende paraplyer og borede hagerne ned i de opslåede kraver for at prøve at få lidt læ for den ispiskende regn. Alle, der havde mulighed for det, kørte i bil eller stimlede sammen i den emmende varme i en bus eller en sporvogn.

En ældre kvinde, der slæbte af sted med en genstridig og gennemblødt gravhund i snor, var tættest på. Hundens og hendes hylen bekendtgjorde for menneskene rundt om, at der var sket noget alvorligt. De tililende fodgængere tog langsommere skridt. Nysgerrigheden tog overhånd, og de blev draget mod ulykkestedet.

En hvid Mercedes stod sjusket parkeret ved fortovskanten. En mand i lys overfrakke var netop faret rundt om bilen og havde åbnet døren på passagersiden, da damen med gravhunden begyndte at skrige. Manden vendte sig lynhurtigt om, så med sammenknebne øjne gennem regnen og fik øje på bylten tredive meter længere henne. Han bevarede sit greb i den åbne bildør, bøjede langsomt hovedet bagover og så op mod øverste etage af det statelige hus. Der kom en svag, jamrende lyd fra hans strube, men han blev lamslået stående.

Uden at tage frakke på sprang kvinden på passagersædet behændigt ud af bilen og løb hen til den ubevægelige skikkelse på jorden. Hun var lille og slank, hvilket blev understreget af den fikse Chaneldragt. Hun beherskede til fuldkommenhed den kunst at løbe på høje hæle. Hun albuede sig energisk frem gennem trængslen til den inderste kreds.

1

Patruljevognen ankom til stedet først. Ambulancen kom knap
fem minutter efter. Ambulancefolkene kunne kun konstatere, at
der ikke var meget at gøre for dem. De to politibetjente prøvede
at jage de sensationslystne tilskuere væk, som pludselig på stoisk
vis lod til at kunne trodse både storm og regn. En af politifolkene
satte sig i bilen og tilkaldte forstærkning:

– Send beredskabsvognen til hjørnet af Aschebergsgatan og
Molinsgatan. En ældre mand er sprunget ud fra fjerde sal. Det
lader til at være den dér klippe-fyr, Knæk-et-eller-andet. Hans
kone og søn er her, chokerede. Vi har brug for en ambulance
også til dem. Jaså ... von Knecht.

Kriminalkommissær Sven Andersson var fremme ved sin gamle
Volvo 240 og havde lige stukket nøglen i dørlåsen, da han hørte
en velkendt kvindestemme råbe:

– Svend, vent! Vi skal på job!

Irriteret vendte han sig om mod hende og sukkede:

– Hvad er der nu?

Kriminalinspektørens stemme røbede en let sensationslyst, da hun sagde:

– Richard von Knecht er sprunget ud fra balkonen!

– Richard von Knecht! Dén Richard von Knecht …?

– Ja. Det lyder utroligt. Måske er Børsen ved at krakke?

– Hop ind i bilen. Fik du adressen?

Regnen væltede ned, og kommissæren måtte sætte vinduesviskerne på højeste hastighed for at kunne se ud. Göteborg fortjente virkelig tilnavnet „Mudderborg". Ugen før havde der været totalt snekaos med en halv meter sne, og hele byen havde været lammet i flere døgn. Følgerne ville sikkert vise sig som høje fødselstal i august næste år. Nu var der et par plusgrader, og der var ikke ét snefnug tilbage.

Kriminalinspektør Irene Huss ringede hjem til sine teenage-døtre og sagde, at hun ville blive forsinket. De var vant til det efter hendes mange år inden for kriminalpolitiet. De lovede at gå ud med hunden, give den mad og at give Krister besked. Han var bestemt også vant til det. I overensstemmelse med den daglige rutine ville han lave en god middag til sine døtre. Alt gik som smurt i familien, også uden hendes medvirken.

Hun måtte have sukket højt, for kommissær Sven Andersson skævede til hende og spurgte:

– Er der noget, du er bekymret for?

– Nej, der er ikke noget. Det er trist vejr. Trist med selvmord. Trist. Trist!

Kommissæren nikkede samtykkende og gloede dystert ud i den sorte regn, som blev slynget mod forruden af vindstødene.

Han brød tavsheden og spurgte:

– Hvordan kunne vagtcentralen være så sikker på, at det virkelig er Richard von Knecht, der er sprunget?

– Ifølge vagthavende befandt konen og sønnen sig nedenfor på gaden. Det var vist sønnen, der ringede og slog alarm.

– Ved du, hvilken sal han faldt fra?

– Nej, men åbenbart højt nok oppefra.

De sad tavse et par minutter. Kommissæren rømmede sig til sidst og spurgte:

– Kender du noget til Richard von Knecht?

– Det, som de fleste ved. Født adelig og rig. Dygtig forretningsmand, kuponklipper og en af Göteborgs største kendisser. Ifølge Finans-Tidende er han et forretningsgeni, men ifølge min mand har han bare været utrolig heldig.

– Er Krister nu også forretnings- og aktieekspert?

– Nej. Selv om han har tyve Trygg Hansa-aktier, som han fik gratis ved deres omstrukturering for nogle år siden. Han er stadig køkkenchef på Glady's Corner.

– Det er vist et godt sted? Et in-sted, har jeg hørt.

– Jo da.

Gennem vinduesviskernes pisken kunne de nu se udrykningskøretøjernes pulserende blålys. Beredskabsvognen var der, og mandskabet havde afspærret et stort område. Ligets nedslagssted blev oplyst af et blødt lysskær, der strømmede ud ad ruden i indgangsdøren til en eksklusiv herretøjsforretning. Døren var indfældet i hjørnet af husets granitsokkel. Kommissær Sven Andersson havde en vag erindring om, at der havde ligget et apotek dér i hans barndom. Men han var ikke helt sikker, fordi han var vokset op i Masthugget.

Oven over døren hvælvede huset sig ud i en karnap. Hver etage havde en hjørnekarnap med vinduer til tre sider. Bortset fra den øverste etage. Den pralede med en balkon, forsynet med et tårn ovenover. Derfra var Richard von Knecht styrtet ned mod gaden. Kommissær Andersson strejfede med blikket hans døde krop, men så hurtigt væk. Selv inspektør Huss gøs, da hun så, hvordan von Knecht så ud. Det var ikke nogen smuk måde at dø på, tænkte hun. En af mændene fra beredskabsstyrken kom hen til dem.

– Retsmedicineren kan være her når som helst.

– Ved du, hvem af dem der kommer? spurgte kommissæren.

Svaret var et skuldertræk. Med Irene Huss i kølvandet gik kommissær Andersson hen til den parkerede patruljevogn. Han bøjede sig ned mod politimanden på førersædet.

– Hej, kommissær Sven Andersson fra kriminalpolitiet.

– Hej, Hans Stefansson fra PO1. Har de allerede tilkaldt jer?

– Ja, det er usædvanlig hurtigt. Vi blev kontaktet allerede et kvarter efter, hvilket skulle betyde, at han sprang 17.45. Passer det?

– Nej, vi var de første på stedet og var her præcis 17.35. Han må være faldet ned højst fem minutter tidligere. Jeg og min kollega befandt os ved Korsvägen, da alarmen indløb. Vil mene, at den helt korrekte tid for nedslaget var 17.30.

Deres samtale blev afbrudt ved, at retsmediciner Yvonne Stridner ankom. Hun var professor i retsmedicin og ubestridt en af landets dygtigste patologer. Men kommissær Andersson havde svært ved at samarbejde med hende. Professor Stridner var nemlig en kvinde, der udmærket var klar over sin egen fortræffelighed og ikke så nogen som helst grund til at lægge skjul på den. Irene Huss havde selv været med ved flere lejligheder, hvor Yvonne Stridners omhyggelige, retsmedicinske udtalelser havde vendt fuldstændig op og ned på politiets hypoteser. Og hidtil havde hun altid haft ret. Men det var vist ikke så meget dette, som det at hun var autoritær og akademisk, der gjorde det vanskeligt for kommissær Andersson at acceptere hende. Irene Huss havde kommissæren stærkt mistænkt for inderst inde ikke at anse retsmedicin for at være et passende erhverv for en kvinde.

Den hvide Ford Escort med påskriften „Læge" på begge fordøre, var blevet parkeret i udkanten af det afspærrede område. Ud skred professoren i retsmedicin. Selv de, der ikke havde nogen anelse om hendes profession, veg tilbage for den selvfølgelige pondus, hun udstrålede. Hendes flammende, røde hår passede perfekt til det bløde, sennepsfarvede udslag. Hun skred hen til liget, tog slaget af og bad en politimand om at holde det. Indenunder var hun iført en ren, hvid lægekittel. Hun åbnede den lille taske, hun havde i hånden, trak et par gummihandsker på og satte sig på hug ved von Knechts døde krop. Kriminalteknikerne havde netop rigget en projektør til og takket være den, kunne hun bedre se. Ikke et blik havde hun værdiget omgivelserne. Professor Stridner havde trukket et par plastictøfler over sine eksklusive lædersko. Der var faktisk meget blod rundt om liget, blandet op med en del andet og spædet op med regnvand. Et søle.

For at føle, at hun gjorde nytte, bestemte Irene Huss sig for at begynde at forhøre de tilstedeværende politimænd. Hun kendte den øverstbefalende i beredskabsstyrken, Håkan Lund, godt. Femten år tidligere var de begyndt samtidig i det daværende

11

tredje vagtdistrikt, nu PO1. Lund var ikke meget højere end hun, højst et hundrede og firs centimeter. Men livvidden ville snart begynde at nærme sig højden, hvis han ikke tog sig sammen. Beredskabsvognens styrke havde fået deres instrukser. Håkan Lund henvendte sig til Irene Huss og sagde muntert:

– Davs, Huss! Er drabsafdelingen her allerede?

– Hej. Ja, vi blev tilkaldt tidligt denne gang. Hvornår kom I?

– Vi blev alarmeret fra vagtcentralen lidt efter 17.30. Vi var inde på stationen, men tog af sted med det samme. „Topprioritet! Richard von Knecht ligger død på hjørnet af Molinsgatan og Aschebergsgatan!"

– Hvordan så der så ud her?

– Kaos! Gribbene var forsamlet! Vi kunne næsten ikke komme frem i folkemængden. Men vi råbte op og viftede og fik dem gennet væk og satte spærringer op. Vi gav den hele armen, som du ser. Nogle forsøgte at komme ind under plasticbåndene, men så brølede jeg dem lige ind i fjæset. Bogstavelig talt!

Irene Huss kunne levende forestille sig scenen. Hun spurgte hurtigt videre:

– Hvem identificerede Richard von Knecht?

– Hans kone og søn. Da vi kom ind i folkevrimlen, stod der en helt blodtilsølet dame og græd. En ung mand prøvede at støtte hende. Det var fru von Knecht og sønnen von Knecht. Efter hvad jeg forstod, så befandt de sig tilfældigvis her på gaden, da han faldt, sagde Håkan Lund medfølende.

– Hvor er de nu?

– Ambulancen kørte dem til Sahlgrenska Sygehus. Men hende kan du ikke tale med før om et par dage, og den unge mand var kridhvid i ansigtet. Han brækkede sig, lige inden de satte sig ind i ambulancen.

Håkan Lund så alvorlig ud, men lyste straks op og udbrød:

– Ved du hvad, jeg kender en interessant person, som du skal møde. Kom!

Irene Huss fulgte efter ham, hen mod beredskabsvognen. Med en dramatisk overdreven armbevægelse smækkede han en af sidedørene op og sagde:

– Det er fru Eva Karlsson. Fru Karlsson, det er kriminalinspektør Irene Huss.

Han henvendte sig til den lille kvinde i lysegrå trenchcoat, der stumt nikkede som hilsen. Der sad en brun gravhund på hendes skød. Den led åbenbart ikke af stumhed. Gennem hundens arrige gøen hørte Irene Huss, at Håkan Lund sagde:

– Det her er det nærmeste vidne, vi har. Hun befandt sig cirka syv meter fra nedslagsstedet.

Irene vendte sig mod damen. En spinkel, hvid hånd blev skælvende rakt mod hende. Hun tog varsomt om den skrøbelige og iskolde hånd. I et terapeutisk tonefald sagde hun:

– Fru Karlsson, jeg vil gerne høre lidt om det tragiske, som De blev vidne til her i aften ...

– Frygteligt! Jeg er snart syvoghalvfjerds år, og det her er det mest rædselsfulde, der er overgået mig i hele mit liv! At skulle se et menneske knuses for sine fødder! Han faldt næsten lige ned på Nuser!

En tynd, hvid finger pegede anklagende hen mod Richard von Knechts døde krop. Irene Huss opgav med det samme. Det var bedst at køre den gamle dame hjem og prøve at afhøre hende senere.

Henne ved liget var Yvonne Stridner begyndt at pakke sine ting sammen. Med en rutineret bevægelse rev professoren gummihandskerne af, tog kitlen af og puttede det hele ned i tasken. Plastictøflerne på fødderne havde hun allerede taget af. Uden at se på ham gjorde Stridner en dronningeagtig gestus med den ene arm mod den unge politiassistent, der tålmodigt havde holdt hendes slag i over et kvarter. Først nu lod det til, at hun lagde mærke til, at der var folk omkring hende. Højt sagde hun:

– Er der nogen fra drabsafdelingen her?

Kommissær Andersson sank sammen, sukkede og tøffede hen mod hende.

– Nå, Andersson. Kom og kig. Træd ikke i blodet, sagde patologen.

Irene Huss listede efter sin kommissær. Stridner havde taget en kuglepen op af taskens yderrum. Hun trak hurtigt i den ene ende, så en meterlang pegepind kom frem. Det passede perfekt til Yvonne Stridner at gå rundt med en pegepind i tasken. Hun sagde opfordrende:

– Se dér på højrehåndens overside. Jeg har drejet hans hånd frem, så lyset falder på den. Se!

Hun pegede med sin smalle pind. De to kriminalfolk kiggede. Tværs over hele håndryggen løb der en skarp fure. Den var ikke lige så smal som efter et snit med en kniv, men den var tydeligvis skåret med noget relativt skarpt.

Andersson dristede sig til at spørge:

– Kan han ikke have fået den ved faldet?

– Nej. For skarp. Skaden er tilføjet med et instrument eller et redskab. Eftersom jeg rent faktisk kender … kendte … von Knecht, berører det her dødsfald mig personligt. Faktisk har jeg kandidatundervisning hele formiddagen i morgen, men jeg vil sørge for at udføre denne obduktion selv. Jeg starter senest 8.00 og ringer til jer efter 11.

– Er det ikke muligt at kigge lidt på ham i aften?

14

Kommissær Andersson så uden større forhåbning på hende. Hun purrede med fingerspidserne op i den røde hårmanke. Frisuren var blevet grundigt gennemblødt i løbet af den tid, hun foretog sin førstehåndsundersøgelse.

– Det er ikke nødvendigt, Andersson. Det her er højst sandsynligt mord, svarede hun kort.

Irene Huss greb sig selv i at stirre vantro på patologen. Raseriet begyndte at koge i hende, eftersom en nedladende attitude har en adrenalinstimulerende virkning på de fleste mennesker. Med et skarpt tonefald brød hun ind i samtalen:

– Vent nu lige et øjeblik! Hvad bygger du det på? Og hvordan kendte du von Knecht?

Stridner så overrasket på hende, som om hun først nu lagde mærke til, at der var endnu en person til stede. Sven Andersson mumlede forklarende kriminalinspektør Irene Huss' navn og titel. Inden Stridner nåede at svare, kom der nogle ambulancemænd hen og spurgte, om det var i orden at køre liget til patologisk afdeling. Retsmedicineren nikkede. Hun gjorde en bevægelse hen mod døren ind til opgangen.

– Vi stiller os dér, så er vi ikke i vejen. Og slipper for regnen.

I samlet trop gik de hen mod en solid dør med smukt slebne ruder foroven. Der var ingen navnefortegnelse over dem, der boede i opgangen, kun en dørkodetelefon. Man skulle have koden for overhovedet at få kontakt med husets beboere.

Yvonne Stridner gik lige til sagen:

– Vi var ikke nære venner, von Knecht og jeg. Han sejlede en del med min mand. Eller rettere sagt, min eksmand. Min nuværende mand kender overhovedet ikke familien von Knecht.

Stridner var gift, oven i købet mindst to gange. Irene Huss' vrede blev afløst af overraskelse.

Uvidende om inspektørens forbløffelse fortsatte professoren:

– Det er vist nok femten år siden, jeg sidst så dem. Men jeg er overbevist om, at Richard aldrig, absolut aldrig, ville springe ned fra en balkon femogtyve meter oppe! Heller ikke selv om han ville begå selvmord. Han led nemlig af højdeskræk. Hvis et skøde eller en vante begyndte at klapre i masten, klatrede han helst ikke selv op for at ordne det.

– Hvordan kendte din eksmand Richard von Knecht?

Igen var det Irene Huss, der spurgte. Yvonne Stridner sendte hende et skarpt blik, men nikkede, som om hun forstod, hvorfor spørgsmålet måtte stilles.

– De tilhørte samme klike af kammerater i gymnasietiden. De holdt sammen i tykt og tyndt gennem årene. Med tiden kom der diverse kærester og koner til. Vi fik lov til at være med til forårsballet og nytårsfesten, som blev arrangeret hvert år. Ellers var vi piger faktisk ret meget udenfor. Det var som en mandeklub eller en orden.

– I hvor mange år kom du sammen med familien von Knecht?

– Jeg og Tore var gift i knap fire år. Jeg så dem nok ti gange. Det er jo som sagt femten år siden. I forbindelse med skilsmissen blev al kontakt med von Knecht og hans kreds afbrudt.

Irene Huss så, at professoren begyndte at kigge på sit elegante armbåndsur, og vidste, at hun måtte skynde sig med det sidste, vigtige spørgsmål. Hurtigt spurgte hun:

– Hvem var med i den mandeklub?

Nu så Yvonne Stridner irriteret ud. Måske syntes hun, at hun havde været for meddelsom.

– Nogle i dag meget fremtrædende mænd, sagde hun afvisende.

Hun spekulerede lidt og så lyste ansigtet op.

– Nu skal I høre, hvad vi gør. Jeg laver en liste over dem, der var med i gruppen. I får den i morgen sammen med den foreløbige obduktionsrapport.

Hun hastede hen mod den hvide Ford Escort. Irene Huss så efter hende og sagde:

– Hun er jo faktisk helt menneskelig.

Sven Andersson fnyste:

– Menneskelig, hende! Hun har et følelsesliv som en spade!

Inspektør Huss smålo og konstaterede endnu engang, at kommissæren var meget uforsonlig. Hun vendte sig mod døren og så spekulativt på den.

– Hvordan kommer vi så ind nu? Det her er jo det rene Fort Knox, hvis man ikke har kode eller nøgler, fastslog hun.

Kommissær Andersson lod ikke til at have hørt efter, men var fordybet i tanker. Omsider tog han en dyb indånding og sagde:

– Det vil tage tid, inden kommissæren på vagtcentralen har fået fat i statsadvokaten, og han har givet tilladelse til husransagelse. I mellemtiden må jeg pænt stå her og vente på tilladelsen og en låsesmed. Vagtcentralen må også forsøge at opsnuse telefonnummeret på nogen i opgangen, der kan lukke os ind. Hvis du gider køre op til Sahlgrenska Sygehus og tjekke, hvordan det går med konen og sønnen? Hensigten er først og fremmest at få lov til at låne nøglen af konen, så vi slipper for at øve hærværk mod deres nydelige yderdør.

En træt og bitter undertone afslørede, at Sven Andersson sandsynligvis var mere berørt af det, end han ville indrømme.

– Okay, jeg tager op på skadestuen. Bilnøglerne, tak, sagde hun.

Irene rakte hånden ud og fik de lommevarme nøgler. Hun gik hen mod den gamle Volvo.

Det var som sædvanligt umuligt at få en parkeringsplads, selv om aftenens besøgstid næsten var slut. Hun viste sin politilegitimation til vagten og fik tilladelse til at køre ind. Det var ikke altid, det gik, hvis man kom i civil og ikke havde nogen i bilen, der skulle forbindes.

Eftersom det var en almindelig tirsdag aften og stadigvæk relativt tidligt, var der roligt på den store skadestue. Irene gik hen til modtagelsen og så en lyshåret sygeplejerske sidde og tale i telefon. De havde set hinanden flere gange tidligere i tjenstligt medfør. Han vinkede muntert genkendende og gjorde tegn til, at han snart ville være færdig med samtalen.

Irene Huss så sig om. Lige uden for modtagelsen lå der en ældre mand på en båre. Ansigtskuløren var uhyggelig gråbleg, læberne kunne næsten ikke ses i det blege ansigt. Han lå med lukkede øjne og virkede ikke bevidst om sine omgivelser. På en stol ved siden af sad en lille, buttet kvinde og klappede uophørligt hans arm. Hun snøftede stille, men sagde ikke noget til ham. Inde i venteværelset sad en ung mand med en masse blodig køkkenrulle viklet rundt om hånden. En ældre mand, som Huss genkendte fra C-holdets bænk i Brunnsparken, lå og snorkede højlydt på en båre. Det var nok ikke så slemt fat med ham, for blodet rundt om såret i panden var begyndt at størkne. En ung kvinde sad ret op og ned på sin stol og stirrede lige frem for sig. Bortset fra snorkelydene var der nærmest fredfyldt på skadestuen.

Sygeplejerske Roland var færdig med sin samtale og vinkede Huss ind fra gangen med et muntert:

18

– Hej Irene! Det er længe siden! Jeg kan faktisk godt regne ud, hvorfor du er her.

– Hej! Så du fru von Knecht og sønnen?

– Ja da, ambulancefyrene kom ind og hentede mig ud til ambulancen. De havde på fornemmelsen, at det nok var lige så godt at køre hende direkte på psykiatrisk afdeling. Og i den tilstand, hun var i, var jeg enig med dem.

– Hvordan havde sønnen det?

– Han sad bare og stirrede lige ud i luften. Han er selvfølgelig også enormt chokeret. Vil du have en hurtig kop kaffe, inden du stryger videre? Ja, misforstå mig ret.

Roland viftede indbydende hen mod personalestuen. Irene Huss var kaffetrængende, men afslog. Tiden løb. Hun begyndte at gå hen mod udgangen samtidig med, at en løjerlig skikkelse kom ind ad dørene. Han var høj og utrolig mager. Det leverpostejfarvede hår var tyndt og hang i tjavser ned ad læderjakkens ryg. På fødderne havde han et par ubeskriveligt snavsede og slidte kondisko, som kun hans cowboybukser kunne konkurrere med i ulækkerhed. Læderjakken, der gik til lårene, havde tresser-snit og var sikkert kapret i en genbrugsforretning eller fisket op af en container efter rydning af et pulterkammer. Men det var ikke hans sjaskede og let udtjente påklædning, der fik Irene Huss til at standse brat op. Hans hud var så gul, at den gik over i grønt. Knægten havde en gulsot af den fæleste slags. Uden et ord flåede den gulhudede jakken op. Forsiden af hans T-shirt var helt gennemvædet af blod. De stive pupiller, omgivet af svovlgule øjenæbler, så stift på inspektøren. Han greb fat i T-shirtens underkant og trak den op.

Så skreg Irene Huss:

– Roland! Hurtigt! Roland!

Sygeplejerske Roland stak hovedet ud ad døren til modtagelsen. Efter mere end ti års arbejde på skadestuen havde han ingen problemer med lynhurtigt at opfatte situationen.

– Det er sgu en tarmslyng, der hænger uden på maven!

Han kastede sig ind på modtagelsen igen. Huss hørte ham råbe ophidset i samtaleanlægget:

– ... knivstik i maven. Det er både HIV og hepatitis på to ben!

Han kom som skudt ud ad døren. I farten tog han en gul beskyttelseskittel på, plastichandsker og et par beskyttelsesbriller. Lige da han kom hen til den knivstukne mand, vendte denne det hvide ud af øjnene, rullede dem ind i kraniet og klaskede sammen.

Ude på gangen hørtes raske skridt, som nærmede sig. Skadestuepersonalet holdt det højest mulige tempo, samtidig med at de forsøgte at iføre sig deres beskyttelsesudstyr.

Med en forsigtig rundgående bevægelse ravede kriminalinspektøren ud i den sorte novemberfugt. Det føltes vidunderligt at komme ud i kulden. Vinden havde lagt sig, og regnen hang som en ist12åge i luften. Hun gik hen til bilen og kørte tværs igennem hele sygehusområdet.

Psykiatrisk ambulatorium var naturligvis låst. Irene Huss måtte ringe på døren. En høj, muskuløs plejer i hvid uniform kom og åbnede. Han tårnede sig op i døråbningen, og skuldrene fyldte den næsten helt ud. Hans ansigtstræk var rene og kraftfulde, og han var meget mørkhudet. Indianer måske? Sikkert ti år yngre end hun selv, men han var en af de smukkeste mænd, hun nogensinde havde set.

– Hej, hvad vil du?

Han havde en dyb og behagelig stemme uden accent.

– Hej, kriminalinspektør Irene Huss, kriminalpolitiet. Jeg vil godt veksle et par ord med Richard von Knechts søn. Nej, ikke noget forhør, slet ikke. Jeg ved, at han fulgte med sin mor herhen for lidt siden. Vi har brug for hjælp i en sag. Ambulancen var allerede kørt, da vi kom til ulykkesstedet.

Irene Huss viste sin politilegitimation. Plejeren, der ifølge navneskiltet hed Thomas, nikkede og smilede. Hun fulgte efter ham ind til det lille, smalle venteværelse. Han vendte sig om mod hende og sagde med lav stemme:

– De blev vist ind i et undersøgelsesrum med det samme. Sid ned, hvis du vil, så går jeg hen og siger til Henrik von Knecht, at du vil tale med ham.

Igen sendte han hende et vidunderligt smil, inden han vendte sig om. Irene så hans brede ryg forsvinde hen ad gangen. Han bankede på en lukket dør og åbnede den. Der hørtes hulkende snøft inde fra rummet. Plejeren var derinde i knap et minut. Da han kom ud igen, havde han en bleg mand i trediverne med. På mandens lysbeige overfrakke kunne man se blodpletter, først og fremmest på ærmerne og hen over brystet.

Inde fra undersøgelsesrummet hørtes en høj jamren.

– Gå ikke, Henrik. Efterlad mig ikke her!

Henrik von Knecht lukkede døren og lænede panden mod den et øjeblik. Han rettede sig hurtigt op, tog en dyb indånding og fulgte efter plejeren. De var næsten lige høje. Men alt det, som hos den mørke plejer var styrke, varme, udstråling, så hos Henrik von Knecht ud som det stik modsatte. Han var ganske vist høj, men let skrutrygget. Den elegante overfrakke hang løst på hans magre krop. Hans lyse hår var tyndt i toppen. For at skjule dette, redte han sit lange pandehår bagud. Ansigtet var markeret. Det var egentlig et pænt ansigt, men blegheden og den lyse overfrakke gav ham et underligt udvandet udseende.

Han gik hen til Irene. Stemmen lød skarp og hæs, da han afventende sagde:

– Ja, hvad vil De?

– Mit navn er kriminalinspektør Irene Huss. Vi vil være meget taknemlige, hvis I vil hjælpe os med en ting.

– Hvad?

– Vi er nødt til at låne nøglen til dine forældres lejlighed.

Det gav et sæt i ham, som om hun havde stukket ham en kraftig lussing.

– Nøglen? Hvorfor det?

– For at slippe for at benytte en låsesmed, når vi foretager husransagelse. Det er et *must* i den slags sager. Det er jo rart, hvis vi slipper for at beskadige låsen. Eller døren.

Han så ud, som om han havde i sinde at protestere, men bed i stedet tænderne sammen og snurrede rundt på hælen. Hen over skulderen sagde han:

– Min mor har nøglen i sin håndtaske.

Han forsvandt ind i undersøgelsesrummet. Irene kunne høre en opreven mumlen af stemmer derinde og høje snøft. Henrik von Knecht kom ud efter cirka fem minutter. Hans ansigt kunne have tilhørt en forvitret marmorstatue. Inde fra rummet hørtes en anspændt, tynd kvindestemme:

– … nøglerne tilbage. Selv om de er …

Ordstrømmen blev afbrudt, da Henrik von Knecht hårdt og bestemt lukkede døren.

2

Henrik von Knecht sagde ikke et ord i de fem minutter, bilturen varede. Han sad med hovedet foroverbøjet, panden skjult i hænderne og albuerne tungt støttet mod knæene. Inspektør Huss sagde ikke noget om at tage sikkerhedsselen på, men lod ham sidde fordybet i sin sorg og tavshed.

Da de svingede ind på Molinsgatan, så Irene Huss, at det ikke kun var kommissær Andersson og kriminalteknikerne, der stod og hang uden for von Knechts hus. To personer, som hun udmærket genkendte, stod og puttede sig i herretøjsforretningens indgangsdør. Hun kørte forbi dem og drejede til venstre, ind på Engelbrektsgatan. Irene Huss rørte let ved Henrik von Knechts arm, og det fik ham til at fare sammen, som om hun havde vækket ham.

– Hvor kører vi hen? spurgte han forvirret.

– Jeg har tænkt mig at køre rundt om blokken og parkere på Aschebergsgatan. Der står to pressefolk på hjørnet ved herretøjsforretningen. Kan vi komme ind i huset gennem en baggård og åbne gadedøren for de andre indefra? Så slipper du for at udsætte dig for hyænerne, sagde Irene Huss.

Der kom et anspændt drag over hans ansigt, og han virkede med ét lysvågen.

– Parker til højre her ved Erik Dahlbergs trapper. Stil bilen på en af de to yderste pladser, dirigerede han.

De var heldige, en af pladserne var ledig. Irene Huss så på hans blodplettede, lyse overfrakke. Hun bad ham om at blive siddende, mens hun gik om til bagagerummet. Omme bagi lå der en gammel, olieindsmurt, blå Helly Hansen-trøje og datterens sorte kasket broderet med „NY". Hun rakte ham trøjen og sagde:

– Tag frakken af og tag det her på.

Uden med en mine at røbe, hvad han mente om sin forklædning, klædte han sig hurtigt om inde i bilen.

De gik i rask tempo over fodgængerfeltet. Det her var det kritiske øjeblik. Hun måtte tvinge sig til ikke at kigge hen mod hjørnet halvtreds meter længere fremme. Med behersket ro gik de yderligere en tyve meter frem. Henrik von Knecht standsede ved en massiv trædør, tog nøgleknippet op af lommen på sine skræddersyede bukser og låste døren op. En af fotograferne stak hovedet frem fra hjørnet, men han lod ikke til at reagere på kontrasterne i Henrik von Knechts tøjstil.

De smuttede ind ad døren og havnede i et cykelrum. Det var et kombineret cykel- og affaldsrum og bestod af en cirka tyve meter lang gennemgang forsynet med låste døre i begge ender. Nærmest døren mod gaden stod der fem grønne affaldsbøtter.

De gik hurtigt gennem rummet, drejede håndtaget på den bageste dør og trådte ud i en lille, kvadratisk baggård. Den var domineret af et stort træ midt på gårdspladsen, oplyst af en gammeldags gadelygte. Rundt langs murene var der blomsterbede. På hver husmur var der en lille dør med vindue, og hver dør var oplyst af effektive udendørslamper. Henrik von Knecht styrede uden betænkning hen mod den venstre, låste døren op og holdt den åben for Irene Huss. Han rakte hånden ud mod den selvlysende røde knap for at tænde trappebelysningen.

– Tænd ikke lyset! Så ser avisfyrene, at der er noget i gære, hvæsede Irene Huss.

Hun tog sin lille, lysstærke lommelygte op af poplinjakkens lomme. Med lysstrålen rettet nedad begyndte hun at gå op ad de fem smalle trappetrin. Gennem den lave døråbning trådte de ud i en stor trappehall. I lyskeglen glinsede gulvets forskelligtfarvede marmor. Til højre for sig kunne hun ane lyset fra et elevatorvindue. Hun slukkede lommelygten og begyndte at gå hen til indgangstrappen, der førte ned til gadedøren. Da hun stod i højde med elevatordøren, kunne hun se den øverste del af gadedørens smukt slebne glasrude. Hun gik et par skridt frem og kunne skimte hovederne af kommissæren og teknikerne. Hun sneg sig forsigtigt ud i siden af den brede trappe, tog fat i det udskårne trappegelænder og listede stille ned ad de ti trappetrin til gadedøren. Hun trippede over det bløde tæppe i entreen, lukkede døren op bag sine kolleger og hvæsede højt:

– Hurtigt! Skynd jer ind, inden bladsmørerne kommer!

– Skynde os! Hvordan pokker skal det gå til, når man har gjort i nælderne? ville polititekniker Svante Malm vide.

Kommissær Andersson påstod senere, at han aldrig havde været så tæt på et hjerteinfarkt i hele sit liv.

De listede ind ad gadedøren, inden pressefolkene på hjørnet nåede at opfange, hvad der foregik. Irene Huss tændte lyset i trappeopgangen. Kommissæren glippede vredt med øjnene og sagde barskt:

– Hvad fanden har du gang i?

Irene Huss svarede ikke, men så med beundring op på trappeopgangens vægge. Vægmalerierne var vidunderlige, med legende børn mellem hvide anemoner og Våren, der kom flyvende i en vogn trukket af eksotiske, store sommerfugle. Alt var udført i forårsagtige, lyse pastelfarver. På den modsatte væg var der midsommerfejrende skikkelser i betydelig stærkere og frodigere farver. Voksne og børn dansede i sommerskumringen, og spillemanden gned sin fiol, som gjaldt det livet. Hans ansigt glinsede af sved, og øjnene lyste af spilleglæde.

– Det er Carl Larsson, der har lavet malerierne, i begyndelsen af 1890'erne.

Alle politifolkene vendte ansigterne op mod toppen af trappen, hvor den tørre stemme var kommet fra. Henrik von Knecht så unægtelig bizar ud i sit blandede outfit. Han så ned på de fire politibetjente og nikkede hen mod Irene, inden han fortsatte:

– Inspektør Huss var så venlig at hjælpe mig forbi pressefolkene. Skal vi køre op?

Han gjorde en gestus mod elevatordøren. Politibetjentene travede op ad trapperne og maste sig ind i den minimale elevator. „Max fem personer" oplyste et messingskilt. Irene Huss håbede inderligt, at det gjaldt fuldvoksne personer. Hun sørgede for at præsentere Henrik von Knecht for de tre andre: kommissær Andersson og kriminalteknikerne Svante Malm og Per Svensson. Sidstnævnte bar det tunge belysningsudstyr og diverse kameraer.

Elevatoren tog dem uden problemer op til tredje sal. De trådte ud og gik hen til en stor udskåret dobbeltdør. Der var et fint smedejernsgitter i form af sammenslyngede franske liljer foran dørens indgraverede vindue. Udskæringerne på dørenes nederste halvdele forestillede springende og legende hjorte. Svante Malm formede læberne til en tavs fløjten, da han fik øje på den pompøse dør.

Irene Huss syntes, at Henrik von Knecht havde virket lidt mindre modfalden under deres legen skjul med pressen. Men da de trådte ud af elevatoren, fik han sit stive ansigtsudtryk tilbage. Det så kommissær Andersson også.

– Du behøver ikke følge med ind i lejligheden, sagde han venligt.

– Jo, det vil jeg!

Svaret kom som et kobrahug. Kommissæren blev overrumplet og brummede:

– Javel, ja. Men du må holde dig lige ved siden af os. Du må ikke røre ved noget, sætte dig på en stol eller tænde en lampe. Vi er naturligvis teknemlige, hvis du kan guide os rundt i lejligheden. Hvor stor er den?

– Tre hundrede og halvfems kvadratmeter. Det er en etagelejlighed. Husets tre andre lejligheder ligger på hver sin afsats. Far købte huset her i slutningen af halvfjerdserne og har ladet det renovere yderst varsomt. Det er naturligvis fredet, oplyste han.

– Der er altså kun tre lejligheder mere i hele trappeopgangen?

– Ja.

Mens de talte, havde kommissæren taget et par tynde gummihandsker på. Med en bevægelse bad han Henrik von Knecht om nøglen. Han fik den og låste op.

Med et let greb trykkede han den yderste ende af dørhåndtaget ned og åbnede døren til afsatsen.

– Rør ikke ved nogen lyskontakt her i hallen. Tænd jeres lommelygter, formanede Svante Malm.

Han sukkede let og fortsatte:

– Laserapparatet er i stykker, så jeg må bruge den gode gamle, hæderlige pulvermetode.

Samtidig med at teknikeren sagde dette, begyndte han at lede efter lyskontakten med lyskeglen fra sin lygte. Da han havde fundet den, lige inden for døren, bad han Irene Huss om at holde lommelygten rolig, rettet mod kontakten. Han blæste metalpulver over hele plasticpladen rundt om knappen. Forsigtigt penslede han det overflødige væk, pressede et stykke tyndt plasticfolie hen over overfladen og trak det væk igen. Et udtryk af forbløffelse bredte sig over hans aflange ansigt.

– Helt blankt! Ikke en disse! Nogen har tørret kontakten af, sagde han skuffet.

– Det er vel derfor, at der lugter af Ajax, sagde Irene Huss.

Hun sniffede i luften. Der var noget mere. Cigarer. Det forklarede den julestemning, der ubevidst havde sneget sig ind på hende, da de trådte ind i hallen. En følelse fra barndommens juledage. Moderens Ajax og faderens julecigarer. Hun henvendte sig til Henrik von Knecht.

– Røg din far cigarer?

– Ja, sommetider. Ved festlige lejligheder.

Stemmen døde hen i en hvisken. Han gjorde voldsomme synkebevægelser, for også han var blevet opmærksom på cigarlugten. Med stive læber hviskede han til Irene:

– Hvorfor tages der fingeraftryk?

Irene tænkte på, hvad retsmedicineren havde sagt, men vedtog alligevel at holde sig nogenlunde til sandheden.

– En rutinesag. Sådan gør vi altid, når vi bliver kaldt ud til det sted, hvor der er sket et akut dødsfald, forklarede hun.

Han kommenterede det ikke, men bed tænderne så hårdt sammen, at kæbemusklerne bulede ud ligesom stenhårde puder langs den bageste kæbelinie.

Svante Malm tændte lampen i hallen. Der var vel fire meter til loftet. Hallen var imponerende stor og luftig. Gulvet var af lysegråt marmor. Til højre for døren stod fem garderobeskabe på række med udskårne døre i en mørk træsort. Den i midten var forsynet med et ovalt spejl, som næsten optog hele døren. Alligevel tårnede et af de største og mest ornamenterede spejle, Irene Huss nogensinde havde set, sig op på den modsatte væg. Under det stod der et lige så kunstfærdigt forsiret og forgyldt konsolbord. Kommissær Andersson henvendte sig til Henrik von Knecht.

– Kan du i store træk orientere os om lejligheden?

– Selvfølgelig. Døren ved siden af spejlet fører ind til et toilet. Den næste går ud til køkkenet.

– Og døren lige over for køkkenet, ved siden af garderobeskabene?

– Fører ind til gæstesuiten hernede. Der er også et separat badeværelse dér med toilet. Lige frem har vi døren til det store selskabslokale. Lige indenfor, til venstre, er trappen til overetagen. Deroppe ligger biblioteket, et mindre arbejdsværelse, sauna, soveværelser, TV-rum og billiardrummet. Og et badeværelse med toilet og jacuzzi.

Svante Malm var standset op foran et blankpoleret chatol med forgyldte beslag, buttede former, med en træsort i

29

rudemønster, der var skabt af lyst og mørkt finér. Med ærefrygt i stemmen sagde han:

– Jeg bliver nødt til at spørge: er det her et Haupt-chatol?

Henrik von Knecht fnisede ubevidst.

– Nej, Haupten står i biblioteket. Det her har far købt i London. Forsikringsværdien er fem hundrede og halvtreds tusind. Det er også en fin ting, sagde han.

Ingen af politifolkene kom på noget at sige. Kommissæren vendte sig mod Irene.

– Du kan jo blive her sammen med Henrik, mens vi ser os om, sagde han.

– Jeg følger gerne med. Der kan jo være noget, der ikke ser ud, som det plejer at gøre, indvendte Henrik von Knecht hastigt.

Han skød hagen frem og fik et stædigt drag om munden. Andersson så grundende på ham og nikkede bifaldende. Han henvendte sig til kriminalteknikerne.

– Vi tjekker balkonen først, fastslog han.

I samlet trop begyndte de at gå hen mod den brede døråbning ved selskabslokalet. De trådte forsigtigt på det store, bløde tæppe midt på hallgulvet. Irene kunne ikke lade være med at stoppe op og beundre det guldglitrende mønster, der forestillede et smukt træ med fugle og stiliserede dyr omgivet af en vinrankelignende slyngplante på mørkeblå bund. Hun kunne mærke, at Henrik von Knecht så på hende.

– Det er et antikt Motashemi-Keshan, sagde han sagkyndigt.

Hun fik et lynglimt af sin seneste investering på tæppefronten, et rustrødt tæppe med små naivistiske stregvignetter i hjørnet. Sælgeren i IKEA havde garanteret for, at det var et ægte, håndknyttet Gabbeh til den fantastiske pris af to tusind kroner. Hun elskede sit tæppe og syntes, at det lyste hele dagligstuen op, som det lå dér under sofabordet.

Pludselig fik hun en lige så hidsig som fjollet indskydelse til at forsvare sit tæppe. Hun spruttede, skarpere end hun havde tænkt sig:

– Du er måske en slags museumsmand, eller hvad?

– Nej, jeg handler med antikviteter, svarede han kort.

De stod i døråbningen ind til det, Henrik kaldte selskabslokalet. I lommelygtens skær gentog Svante Malm fingeraftryksproceduren på det store kontaktpanel med samme negative resultat. Irene Huss opfattede, at de befandt sig i en meget stor sal. Gadelyset sivede ind gennem de gennemsigtige gardiner, der var trukket for. Ud mod hele ydervæggen så der ud til at være vinduer fra gulv til loft. Hvorfor føltes det som at befinde sig i en kirke? Eftersom der ikke var nogen aftryk, trykkede Svante Malm på lyskontakterne. Skinnende, tunge messinglysekroner oplyste en stor sal. De blev alle sammen overraskede og lidt benovede, men kommissæren tog sig sammen og sagde:

– Kom nu. Har alle taget plastictøfler på?

Trappen begyndte lige neden for lyspanelet og gik op langs med væggen, hvor de stod. Med Andersson i spidsen gik teknikerne hastigt op ad de brede marmortrin.

Henrik trykkede på den bageste knap på kontaktpanelet og med en svag summen blev de tynde, champagnefarvede silkegardiner trukket til side.

Hun havde opfattet det forkert. De høje vinduer var ikke vinduer, men altandøre af glas. Og de gik ikke fra gulv til loft. Loftshøjden ved ydervæggen var vel otte meter. Oven over deres hoveder lå loftet i fire meters højde, men det sluttede abrupt nogle meter længere henne. Irene gik ud på gulvet og så sig omkring. Det, der var loft hernede, var naturligvis gulvet i overetagen. Dér, hvor underetagens gulv hørte op, gik der et smukt smedejernsgelænder. Det strakte sig på to sider af salen. Højt over hendes hoved hvælvede stukloftet sig. Ikke så sært at hun fik en følelse af at befinde sig i en kirke! Der hang tre kolossale lysekroner ned fra loftet. Hele lokalet var aflangt, men så smallere ud end det var, fordi der stod marmorsøjler i rad og række og støttede gulvet i overetagen. Kollegerne gik med målbevidste skridt hen langs gelænderet, hen mod balkonhjørnet i det store, åbne bibliotek. Hun gik tilbage til Henrik, og de fulgtes i tavshed op ad den brede trappe.

På overetagen var cigarlugten yderst mærkbar. De gik væk fra gelænderet, hen til det luftige bibliotek. Til venstre for sig så Irene en hall og en korridor med flere døre. Det var her, de øvrige rum og saunaen lå, forstod hun. Saunaen ... Hun tog langsommere skridt og standsede. Nu kunne den anden lugt i cigarlugten identificeres.

Hun tog en dyb indånding og henvendte sig til Henrik.

– Kan du mærke, hvad der lugter af?

Han snuste i luften og nikkede.

– Eukalyptus. Far har taget bad. Det forklarer, hvorfor han havde morgenkåben på, svarede han med en let dirren i stemmen.

Hurtigt flimrede synet forbi: den knuste Richard von Knecht iført en tyk morgenkåbe i vinrødt fløjlsfrotté. De bare ben i en forvreden stilling, hvide i teknikernes projektørlys, og de brune skindtøfler et par meter fra liget. Hun gøs og koncentrerede sig om kollegerne henne ved balkondøren. De tre mænd stod tavse foran den lukkede dør. Langsomt vendte kommissær Andersson sig om og sagde alvorligt til Henrik von Knecht:

– Jeg må vist desværre forberede dig på, at der er en del, der tyder på, at din far blev myrdet. Balkondøren er låst indefra, nøglen sidder i, og dørgrebet er drejet nedad. Og på ydersiden er der ikke noget håndtag.

Det blev for meget for Henrik von Knecht. Han sank ned på knæ inden for balkondøren med hænderne for ansigtet og gav sig til at hulke, stille og tørt. Irene ringede efter en patruljevogn for at få hjælp til at køre ham og hans hvide Mercedes hjem.

Inden patruljevognen ankom, ville Irene Huss vide, om han ville prøve at svare på nogle spørgsmål. Han nikkede bekræftende. Hun indledte neutralt:

– Hvor bor du?

– Örgryte. Långåsliden.

– Har du nogen, der kan være hos dig i nat, eller vil du have, at vi kontakter nogen?

– Min kone er hjemme.

– Åh.

Irene hørte selv, hvor dumt det lød, men hun blev ret overrasket over, at Henrik von Knecht havde en kone. I hast prøvede hun at dække over det:

– Ved din kone, hvad der er sket her i aften?

Han rystede på hovedet uden at tage hænderne fra ansigtet.

– Hvis jeg har forstået det hele ret, så befandt du og din mor jer på gaden samtidig med, at din far faldt ned. I stod ud af en bil, er det rigtigt? fortsatte hun.

Han blev siddende længe i samme stilling. Irene begyndte at spekulere på, om han i det hele taget havde opfattet, at det var et spørgsmål. Hun skulle til at formulere det om igen, da han tog hænderne væk og så lige på hende. Igen så hun den stive maske. Selv om der var blankt i hans øjne, lå der en isskorpe under tårerne. Han strøg sig med en træt gestus over ansigtet.

– Undskyld ... Hvad var det, du spurgte om?

Irene stillede spørgsmålet igen. Han tog en dyb indånding, inden han svarede:

– Vi parkerede på den anden side af hjørnet, på Aschebergsgatan. Jeg så ikke, at der var sket noget, men fór rundt om bilen for at åbne for mor. Så hørte jeg et skrig. Jeg så, at der lå ... noget på jorden, og at folk løb hen mod stedet. Mor løb derhen. Hun gav sig til at skrige. Jeg ringede til politiet fra min mobiltelefon. Ja, resten ved du jo.

– Hvor havde du og din mor været henne?

– Vi havde aftalt at mødes på Landvetter. Hun kom med et fly fra Stockholm, der landede et kvarter efter mit. Fra London. Det var helt tilfældigt, at vores to fly ankom næsten samtidig. Det opdagede vi i lørdags, da vi holdt fest her. Mor og far fejrede deres tredive års bryllupsdag.

Han svælgede hårdt og tav. Irene var klar over, at han ikke ville kunne tage ret meget mere.

– Vi må snakke lidt mere i morgen. Vil du have, at vi kommer hjem til jer, eller kommer du ned på politistationen?

– Jeg kommer ned på politistationen.

– Hvad siger du til ved 11-tiden? Tag din kone med også.

– Vi skal nok forsøge at komme ved 11-tiden.

– Det er vist på høje tid, at vi går ned. Gutterne i patruljevognen kan ikke komme ind ad gadedøren, som du nok ved, sagde hun venligt.

Hun fulgte ham ned til elevatoren. Han mumlede et tak og forsvandt ud i mørket mellem de to patruljefolk.

Irene Huss var nødt til at standse op og beundre det flot anlagte marmorgulv. Motivet forestillede en sort svane omgivet af hvide og rosa liljer. Det var det smukkeste gulv, hun nogensinde havde set. Carl Larsson på væggene i trappeopgangen som en ekstra bonus, gjorde jo ikke det hele ringere.

I sine mange år inden for politiet var hun gået gennem hundredvis af trappeopgange. De fleste depressivt nedslidte, hvor urinstank og mados slog imod de besøgende, som forstadens egen tåregas. Væggene var afrevne og smørerierne skreg „pik" og „Nigger go home", „Kilroy was here", og andet opmuntrende. Belortede trapper og itusparkede yderdøre hørte til det faste billede. Politibetjente er sjældent på opgave i trappeopgange med marmorindlægninger på gulvet og Carl Larssonmalerier på væggene.

Balkondøren stod åben, og teknikerne var ved at sikre sig spor. Et meget iøjnefaldende var en kødøkse. Ikke i slagterstørrelse, men snarere en mindre køkkenvariant.

– Den lå på balkongulvet, lige ved væggen. Den har ligget under tag, så vi kan sikkert finde noget interessant på den, sagde Andersson.

Kommissæren var mere ophidset, end han ville vise. På kinderne flammede en kraftig rødme. Irene sagde lavmælt:

– Har du det godt? Jeg mener … blodtrykket?

– Hvorfor skal du nu ævle om det?

Kommissæren blev helt ude af sig selv og så meget irriteret ud. Ingen ønsker at blive mindet om deres begyndende aldersskavanker. Forhøjet blodtryk var et af hans ømme punkter. Teknikerne kiggede forundrede op fra deres arbejde. Med en kraftanstrengelse lagde Andersson bånd på sig selv og tvang stemmelejet ned.

– Saunaen har været tændt. Jeg blev varm, da jeg kiggede ind i den, sagde han, uden at det lykkedes ham at overbevise sig selv.

Irene besluttede at lade det følsomme spørgsmål om chefens blodtryk ligge.

– Gik aggregatet stadig? spurgte hun.

– Nej, det var lukket. Og her har du forklaringen på cigarlugten.

Andersson pegede på den grå askebunke efter en cigar, der lå i et blåt krystalaskebæger, placeret oven på et rygebord med rund kobberplade. Ved siden af askebægeret stod et lavt whiskyglas med en lille ravfarvet slat på bunden. Rygebordet fungerede som sidebord mellem de to vinkelstillede sofaer. De så indbydende bekvemme ud i vinrødt, blødt skind. Sofaen nærmest balkonen stod placeret med ryggen til smedejernsgelænderet og den korte ende mod balkondøren. Foran det store vindue med sprosser, tronede en øreklapstol i samme skind som sofaerne. Halogénlampen ved siden af mindede mest om en kødædende plante i messing. Den anden sofa var vendt ud mod balkondøren, med ryggen til trappen og soveværelseskorridoren. Askebægeret og whiskyglassets placering tydede på, at Richard von Knecht havde siddet i den sidstnævnte sofa. Kommissæren betragtede spekulativt scenen.

– Hvorfor sad han i sofaen og ikke i lænestolen? spurgte han.

– Tjek lige højttalerne. Den ene står i hjørnet og den anden på den anden side af balkondøren. Lyden er sandsynligvis bedst i sofaen her, svarede Irene Huss.

Hun gik hen til cd-afspilleren, der var skjult bag røgfarvede glasdøre i en af bogreolerne. Med en kuglepen lirkede hun forsigtigt ved en knap, og skiven gled ud. Uden at røre den, læste hun højt:

– „The Best of Glenn Miller". Richard von Knecht sidder altså her, ren og afslappet lige fra saunaen, ryger en god cigar, drikker en sjus og lytter til Glenn Miller. Pludselig skulle han altså fare op, hugge sig i hånden med kødøksen og kaste sig ud fra balkonen! Det lyder ikke særlig sandsynligt. Stridner har ret, det var ikke selvmord.

– Glem ikke, at balkondøren var låst indefra og nøglen sat i.

– Gad vide, hvad der skete?

– Det er det, vi bliver betalt for at finde ud af, sagde kommissæren tørt.

Han vendte sig mod balkonåbningen og spurgte med høj stemme:

– Svante, er der meget blod på balkonen?

Svante Malm stak sit fregnede hesteansigt ind ad døren.

– Nej, hidtil har vi ikke set noget. Måske lidt småstænk, men ikke noget, man uden videre ser.

– Han blev sikkert ikke slået ihjel med øksen på balkonen, men blev i virkeligheden skubbet ud over gelænderet. Underligt at han ikke skreg? Var der nogen vidner, der hørte, om han råbte højt, inden han faldt ned? spurgte Andersson.

Irene tænkte på den lille dame med hunden.

– Det lader det ikke til. Jeg talte med det nærmeste vidne, en ældre dame med en gravhund. Hun var meget oprevet over, at von Knecht næsten var landet på hunden. Men nævnte ikke noget om et skrig. Det burde hun havde gjort, hvis han havde skreget, da han faldt ned. Men hun var helt klart chokeret. Jeg afhører hende i morgen.

– Okay. Vi fortsætter med at se os om.

I biblioteket dominerede de høje, vægfaste bogreoler. De gik fra gulv til loft og var forsynet med glasdøre. Sofagruppen stod midt i det store rum. En mindre læsegruppe i et hjørne bestod af et glasbord og to øreklapstole, i det samme skind og design som sofagruppen. Rundt om det store vindue og frem til balkondøren var der ingen bogreoler. På væggene hang der i stedet moderne kunst. Neden under et farveprægtigt oliemaleri, forestillende et grønt monsterhoved med gule øjne, tronede chatollet, der hed Haupt. Det kunne næppe kaldes et chatol, snarere en sekretær på høje, udskårne ben. Under pladen var der tre skuffer på række og ovenover hvælvede en raffineret rulleklap sig. Haupten var en skuffelse. Chatollet i hallen var mere elegant. Men det var nok ikke det, der afgjorde værdien, efter hvad Irene kunne forstå på Svante Malms reaktion. På den anden side af vinduet hang der to malerier, som selv kommissærens utrænede øje kunne se, var malet af Picasso. Der var nemlig tydelige signaturer.

– Kubistisk stil. Jeg genkender dem fra efterlysningerne af de malerier, der blev stjålet fra Moderna Museet. Ingenting sidder, hvor det skal. Hvordan skulle man kunne se to øjne, når næsen kan ses i profil? sagde Andersson.

Han synede kritisk de to malerier. De var betydeligt mindre end monsterbilledet, men sikkert betydeligt dyrere.

– Vi tjekker lige engang. Og vi lover ikke at røre ved noget og kun bruge lommelygterne.

Det sidste sagde han til Svante, hvis ansigt nu kom til syne i balkonåbningen.

De gik hen mod korridoren i overetagen, hvor de øvrige rum lå. Det første rum viste sig at være arbejdsværelset, som var en anelse mindre end en almindelig dagligstue. I lyskeglen sås bogreoler med bøger og ringbind, en lille sofagruppe, et stort skrivebord og et separat computerbord.

Alt så meget rent og nydeligt ud. Anderssons lommelygte standsede ved en indrammet plakat over skrivebordet. Den forestillede en balletdanserinde i trekvartlangt tylsskørt. Hun indtog en position med det ene ben løftet skråt fremad og armene og overkroppen strakt frem over benet. Store bogstaver bekendtgjorde: „Nøddeknækkeren. Musik af Tjajkovskij og med originalkoreografi af L. Ivanov." Forbløffet sagde Andersson:

– Holdt von Knecht af ballet?

Nysgerrig gik Irene hen og læste i lyskeglens skær:

– „Var med til at fejre Nøddeknækkerens 75-års jubilæum, 1892-1967 på Stora Teatern i Göteborg". Jaså, tydeligt balletinteresseret, konstaterede hun.

– I aften skimmer vi bare lejligheden. Så kan teknikerne bruge natten til at sikre sig spor. I morgen tidlig hører jeg, om de har fundet noget af værdi ... nå, ja, det var et pokkers dumt udtryk i de her omgivelser!

Han fnisede let, og Irene blev helt varm om hjertet. Også han var påvirket af tingene omkring dem.

De gik ud af arbejdsværelset og ind i det næste værelse. Det viste sig at være den omtalte sauna, med kakler overalt fra gulv til loft. Længst inde i rummet var der en hel plexiglasvæg med en dør, som også var i plexiglas. Indenfor sås hylder i flere etager og et stort dampaggregat ved den ene endevæg. Udenfor var der en brusekabine med vægge og skydedøre i glas. To dækstole i teak med tykke hynder og et lille bord udgjorde møblementet. Der lugtede stærkt af eukalyptus. Irene lyste ind i brusekabinen og kunne se, at der var fugtigt på væggene og gulvet.

– Ikke mere af interesse. Vi går videre til næste dør, sagde Andersson.

Bag den lå der et separat toilet med en stor marmorvask. Den sidste dør på højre side af korridoren førte hen til billiardrummet. Et stort billiardbord tronede midt i rummet. På væggene delte billiardkøerne pladsen med kunsten.

De gik tværs over korridoren og kom ind i det største soveværelse, nogen af dem nogensinde havde været i. En ekstrabred dobbeltseng med et gult silkesengetæppe og masser af puder dominerede værelset. Den var omgivet af blanke træskabe og kommoder, og på væggene hang malerierne tæt. Her var det faktisk muligt at se, hvad kunsten forestillede. Nøgne kroppe, de fleste kvindelige. Der var også nogle få poserende mænd. Nogle af malerierne ved sengen var rent pornografiske, eller måske snarere erotiske, eftersom de kopulerende par var delvist påklædte. Det tøj, som de stadigvæk havde på, var gammeldags, såsom snøreliv, krinoliner og kysehatte. Interesseret iagttog Irene Huss de avancerede samlejestillinger på nogle små, japanske tryk. En dør i væggen lige over for garderoberne viste sig at skjule et stort badeværelse med toilet. Badekarret var en vinkelmodel, åbenbart den omtalte jacuzzi.

Kommissæren kvalte en gaben med bagsiden af hånden og sagde:

– Klokken er 22.30. Det må blive en hurtig gennemgang af resten. Har du forresten tænkt på en ting? Hvor er alle de nysgerrige naboer, der burde vimse rundt her og spørge om, hvad der er sket? Her er jo i hvert fald tre lejligheder mere i opgangen.

– Jeg foretager en hurtig operation dørklokkestemmeri.

Irene Huss forlod det von Knechtske sovegemak.

Hun kom tilbage hurtigere, end hun havde regnet med. Sven Andersson blev befippet, da han igen stødte på hende i hallen nedenunder.

– Ikke en eneste nabo er hjemme. Der er stille og mørkt i alle tre lejligheder. Og jeg har både ringet og banket på dørene, forsikrede hun.

Andersson så tankefuld ud.

– Det forklarer jo fraværet af nysgerrige naboer. Og det gjorde det lettere for morderen. Vagtcentralen fik heller ikke fat på en nabo via telefonen. Jeg kiggede forresten ind i det sidste værelse deroppe. Et tv-rum. Ikke noget af interesse. Bare en masse malerier og et kæmpe tv.

Han nikkede hen mod køkkendøren.

– Vi går ind i køkkenet, sagde han.

Køkkenet viste sig at være ultramoderne, skønsmæssigt omkring halvtreds kvadratmeter. Midt på gulvet tronede en stor kogeø med en enorm emhætte i kobber. Over- og underskabe havde udskårne køkkenlåger i rødtonet kirsebærtræ. Gulvet var et skinnede, silkeblankt, mørkt, rødlakeret parketgulv. Foran ovnen og rundt om kogeøen lå der rødbrune klinker. Væggene var lyse, næsten hvide. I loftet gik der bjælker, laseret i samme farve som gulvet. Alt var rent og pænt i orden. Lågen til opvaskemaskinen stod på klem. Forsigtigt lirkede kommissæren den ned med enden af sin lommelygte og lyste ind.

– Er vasket op. Ingen opvask i vasken, konstaterede han.

– Sven, se lige oven over kogepladen, sagde Irene. – Der hænger køkkenredskaber under emhætten.

Fem centimeter under emhættens kant gik der en fastloddet stang. Den var forsynet med små kroge, og på disse hang der

41

diverse køkkenredskaber. Nogen kødøkse kunne de ikke se. Andersson så lettere grublende ud og spurgte:

– Hvad bruger man en kødøkse til?

Irene blev forbavset over, at han ikke vidste det, men viste det ikke.

– Den ene side har en spids æg, som man hugger sener og brusk af med. Den brede, flade del banker man på kødet med, for at det skal blive tyndere og mere mørt. Man skulle ikke tro, den blev brugt så meget nu for tiden. I dag er kødet jo skåret ud og mørt, når man køber det.

– Vi må sammenligne træhåndtaget på øksen med håndtaget på de grejer, der hænger her. Det ser ud til at være samme serie. Og her er en tom krog, sagde kommissæren.

– Men får en følelse af, at det bare er indretningsdetaljer. Grejerne virker ikke brugte. Jeg har aldrig før set et mere jomfrueligt piskeris! Og tjek lige, hvordan træhåndtagene matcher køkkenlågerne, fniste Irene.

Hun pegede på en dør ved væggen længst væk.

– Gad vide, hvor den fører hen?

– Ligner en almindelig dør til køkkentrappen. Teknikerne må tjekke det i morgen, afgjorde Andersson.

Han kvalte igen et gab, inden han fortsatte:

– Jeg tror, at vi har været grundige, selv om det bare er en første gennemgang. Noget, vi har glemt?

Irene forstod, at kommissærens spørgsmål var retorisk, men det var den dér dør, der generede hende. Et erindringsbillede havde tikket opfordrende i hendes baghoved, og nu poppede det op. Hun huskede de fire døre nede i den firkantede lille baggård. De fem trappetrin op til de respektive hovedindganges hall mundede ud dér, hvis hun forstod det hele ret. Noget, der lignede køkkentrapper, havde hun ikke set. Hun syntes, der var al mulig grund til at kigge om bag døren, inden de gik. Andersson sukkede, men luntede efter hende hen til døren. Med et forsigtigt skub fik hun den op. Bag ved den var der ingen køkkentrappe, men et stort bryggers. Lommelygternes lyskegler spillede over kosteskab, tørretumbler, tørreskab og vaskemaskine. På den sidste blinkede en rød lampe og indikerede, at vasken var færdig. Igen brugte Irene sin kuglepen for ikke at sætte nogen fingeraftryk eller ødelægge allerede eksisterende, da hun åbnede lågen til vaskemaskinen.

– Et lagen. Han lagde lagen og håndklæder ind i vaskemaskinen, inden han mødte sin morder, sagde hun dramatisk til kommissæren.

De gik ud igen gennem køkkenet, vadede hen over tæppet i hallen og inspicerede gæstesuiten. Inden for døren var der et luftigt soveværelse med en bred dobbeltseng. De kastede et hurtigt blik ind i gæstebadeværelset uden at finde noget af interesse.

3

Irene Huss kørte hjem gennem et midnatsstille Göteborg. Der
var begyndt at dukke nogle elektriske lysestager op i vinduerne,
selv om der var mere end halvanden uge til første søndag i
advent. Skyldtes det den stadig tidligere juleudstilling, eller var
det bare et tegn på vores længsel efter lys i det kompakte
vintermørke? Apropos lys: Jenny trængte til en ny lampe til sit
vindue. Den gamle kortsluttede sidste år. Var det hende eller
Katarina, der havde sagt, at hun hellere ville have en stjerne?
Sommetider var det svært at huske, hvem af dem, der havde sagt
hvad. Selv om pigerne var tvillinger, var de på alle måder så
forskellige, at folk næsten ikke troede, at de overhovedet var
søstre. Jenny var den, der mest lignede Krister, lidt stille i det og
ligeså lys. Imidlertid havde hun ikke arvet sin fars madinteresse,
men brugte mere tid på musik. Katarina var mørk som Irene,
udadvendt og sporty. Hun var begyndt at følge med Irene til
dojoen, da hun var ti år. Nu var hun tretten og var ved at
opgradere sig til at få det grønne bælte, *ukemi-waza*.

Selv havde Irene været sytten år, da hun tog det. Som nittenårig blev hun kvindelig nordisk mester i jiu-jitsu, to år efter kvindelig Europamester. Der var ganske vist ingen nævneværdig modstand ude i Europa på damesiden for sytten år siden, men det havde alligevel givet hende en høj status på politiskolen.

Holdkammeraterne talte den dag i dag om dengang, der kom en instruktør til skolen for at tale om „det nyttige i at politibetjente kendte til visse grundelementer i selvforsvarsteknik". Det var en højrøvet stockholmer, der havde tænkt sig at vise de små politispirer, hvordan en rigtig Ninja-helt forsvarer sig!

Han opfordrede kursets mest spinkle fyr, en sej smålænding, der aldrig i sit liv havde trænet nogen form for kampsport. Til gengæld var han på landsholdet i bordtennis. Smålænderen blev bedt om at tage kvælertag bagfra på instruktøren, hvilket han lydigt gjorde. Lynhurtigt greb instruktøren om pingpongspillerens venstre hånd, drejede sig halvfems grader ind mod ham, pressede hånden hårdt mod hans skulder og lagde ham ned på måtten med en *o-soto-otoshi*. Der var kun én fejl – seje smålændere maser man ikke uden videre. Især ikke, hvis de er på landsholdet i bordtennis. Smålænderen blev tændt og gjorde modstand, hvorved skulderen gik af led. Det gjorde frygteligt ondt, og staklen lå og vred sig på måtten.

Instruktionen blev afbrudt, og holdkammeraten blev bragt til skadestuen for at få sat skulderen på plads igen.

Irene var blevet stiktosset. Under frokosten tog hun en beslutning. Det var imod sportens grundregler, men den dér instruktør trængte til at blive sat på plads. Han havde fusket med et greb, som hørte ind under blåt bælte, med en alt for høj sværhedsgrad for en nybegynder.

Efter frokosten kom instruktøren tilbage til gymnastiksalen. Med et skævt smil håbede han, at „den lille episode ikke havde afskrækket dem fra videre øvelser". Ingen svarede, og stemningen var trykket. Hurtigt henvendte instruktøren sig til sine elever og sagde:

– Nogen, der opfattede grebet og vil prøve?

Ha, lige i fælden! Irene rejste sig, inden nogen anden nåede at gøre det. Med påtaget generthed slog hun blikket ned og sagde på sit bredeste göteborgske:

– Jeg kan da godt gøre et forsøg.

Spændingen steg blandt kammeraterne, men instruktøren opdagede det ikke. Han blev mærkbart irriteret, da han så, at hun var næsten ti centimeter højere end han. Sammenbidt løftede han armene op for at kunne tage strubegrebet bagfra på hende. I brøkdelen af et sekund havde hun spændt sine halsmuskler, taget et skridt med venstrebenet bag ham og havde grebet om hans ben. Hun trak dem væk med en hurtig bevægelse, lod ham falde og holdt sig selv på afstand.

Jubelen og klapsalverne ville ingen ende tage.

Den overvældede instruktør prøvede at genfinde initiativet, som han lå dér på ryggen på måtten:

– Fint, meget fint! Er der flere, der vil prøve?

Buhråbene efter den kommentar blev for svære at overhøre. Han forduftede ud ad døren. Det var første og sidste gang, de behøvede at se ham.

Irene sad og smålo ved tanken. Det var lige ved, at hun glemte at tage ind på Västerleden ved Jernbrudskrydset og i stedet var fortsat ud mod Särö. Øjenlågene føltes tunge, og hun længtes hjem efter sin seng.

Inden for døren sad Sammie og logrede glad med halen. Han sprang op, dansede og vred sig med hele kroppen for at overbevise hende om sin grænseløse glæde over, at hun var hjemme. Pludselig stod han stille og trykkede næsen tæt ind mod døren. Han sendte hende et opfordrende blik. „Ud. Tissetrængende. Nu!"

Med et suk gav hun ham halsbåndet på og gik ud i natten. Efter nogle meter, kom hun i tanke om, at hun ikke havde flere høm-høm-poser i lommen. Hvis der nu skete noget, måtte de vel sætte deres lid til mørket og det sene tidspunkt og hurtigt snige sig væk fra gerningsstedet.

– Var det grunden til, at du var så sent på den i nat?

Krister holdt Göteborgs-Posten op foran Irenes tågede blik. Hun sad ved morgenbordet og prøvede at blive vågen. Klokken var næsten 07.00. Døtrene dumpede ned ved bordet. Morgenens bruserkamp var faldet ud nogenlunde sådan: Katarina først, Krister nummer to, Jenny nummer tre og hende selv sidst. Krister ville forsøge at købe en ny termostat til bruseren i kælderen. Det var håbløst kun at have én, når alle skulle af sted samtidig om morgenen. Nu var det hendes tur til at tage brusebad. Men hendes mand havde vist stillet et spørgsmål? Hun så de sorte overskrifter skrige over det halve af forsiden: „Richard von Knecht død efter fald fra balkon!" Længere nede på siden stod der med mindre bogstaver: „Politiet tilbageholdende. Ulykke eller selvmord?"

Hun orkede kun at nikke som svar. Inden hun gik ud af køkkenet, sagde hun hen over skulderen:

– Jeg må i bad, skat, sørg lige for, at kaffen er stærk!

Hun stod længe under bruseren og nød det. Betydeligt kvikkere gik hun ind i soveværelset og kom i tøjet: sorte Levis, sort polo og knaldrød Pringle-trøje med V-udskæring. Nå ja, en piratkopi af Pringle, men alligevel. Tynd, blå eyeliner, samme farve som øjnene, lidt sort mascara og et let pift af Red Door. Nu var hun klar til at flytte bjerge!

Pigerne var færdige med morgenmaden, da hun kom ned. Der var kun et kvarter tilbage, inden bussen skulle gå. Katarina kartede rundt efter sin skoletaske, mens Jenny blev siddende ved bordet. Hun sad uroligt på stolen. Til sidst fik hun det sagt:

– Må jeg ikke godt få penge til en elguitar? Eller måske få en i julegave?

– En elguitar? gentog forældrene i munden på hinanden.

– Ja. Der er et band på skolen, der skal bruge én, der kan spille guitar og synge … og så spurgte de mig. En af fyrene spiller guitar hos den samme lærer som jeg.

– Er det nogle fyre fra klassen, der har det der band? spurgte Krister.

– Nej, tre fyre og en pige fra niende.

– Niende! Men du går jo kun i syvende, skattepige.

– Jeg er ikke nogen skattepige!

Hun fór op fra stolen med tårevædede øjne og spænede ud af køkkenet. Katarina stak hovedet ind ad køkkendøren og sagde forbavset:

– Hvad var nu det?

– Hun vil have en elguitar og spille med i et band på skolen, sukkede Krister.

– Nåh, det. „White killers". Ret fede. Plejer sommetider at spille i fritidsklubben, oplyste Katarina.

– „White killers"? Hvad er det for et navn til et band! Er de satanister eller hvad?

Krister havde som regel en lang lunte, men nu begyndte han at blive tændt.

– Nja ... mere en slags punk-rock, farmand, ligesom ... tror jeg ... Punkx not dead!

Med en tilfreds fnisen strøg hun ud i entreen, og pigerne forsvandt småløbende hen mod busstoppestedet.

Irene hørte selv matheden i sin stemme, da hun stønnede:

– Giv mig kraft og styrke! „White killers"! Er du hjemme i aften? Jeg ved ikke, hvornår jeg kommer. Det her med von Knecht er en pokkers varm sag. Meget tyder på, at han blev myrdet, men vi holder lav profil, indtil obduktionen er færdig. Der er ikke lækket noget til pressen endnu, ser det ud til. De kommer til at vælte politistationen!

– Hjemme? Nok ikke før 18. Men det passer udmærket, eftersom Katarina er til jiu-jitsu i aften. Så kan jeg prøve at snakke med Jenny. Let nu røven, så vi kan komme af sted!

Sammie fik en tisserunde, inden han blev afleveret til dagplejemor, en pensioneret enke. Hun fik lidt ekstra til pensionen ved at passe fire hunde mod sorte penge. Jenny og Katarina plejede at hente ham på hjemvejen fra skolen.

Aktiviteterne i kriminalpolitiets lokaler var allerede i fuld gang, da Irene Huss ankom lidt i otte. Årets influenzaepidemi var i anmarch, men indtil nu var det mest de sædvanlige efterårsforkølelser, der hærgede. Drabsafdelingen manglede tre inspektører, der var syge. Det var tungt, men kommissær Andersson gik rundt og prøvede at få frigjort politi fra andre afdelinger.

49

Sven Andersson talte med kommissæren for rejseholdet, Birger Nilsson, der modvilligt udlånte en inspektør, da han forstod, at von Knechts død snart ville skabe endnu større overskrifter. Ulykke eller selvmord er én ting, mord er noget ganske andet. Birger Nilsson begyndte interesseret at spørge efter nærmere detaljer, men Andersson var stresset og svarede kort. Han vidste, at hans nye opklaringsgruppe var samlet og sad og ventede på ham inden deres første møde.

– Vi, der sidder her i lokalet, skal udelukkende beskæftige os med sagen von Knecht. Andre igangværende undersøgelser lægges til side eller overlades til en anden opklarer. Har alle set morgenavisernes spisesedler og overskrifter om von Knechts „ulykke"?

De syv rundt om bordet nikkede. Sven Andersson sugede luft ned i lungerne og stillede sig ubevidst lidt på tå, inden han fortsatte:

– Det var ikke nogen ulykke eller selvmord, men mord!

Effekten blev naturligvis en ophidset og forbløffet mumlen. Kommissæren tyssede på dem og begyndte at rapportere, hvad han og Irene havde set den foregående aften. Der var musestille under hele hans beretning. Han afsluttede med at redegøre for, hvad teknikerne havde fortalt en time tidligere, hvilket også var nyt for Irene. Han spurgte:

– Kriminaltekniker Svante Malm kender I vist alle. Også dig, Hannu?

Det sidste var rettet mod Hannu Rauhala, den udlånte inspektør fra rejseholdet. Ingen i drabsafdelingen havde truffet ham før. Hannu Rauhala nikkede.

– Han har lige meddelt mig, at der er blod og hår, sandsynligvis fra von Knecht, på kødøksens flade bankedel. På den skarpe æg har de fundet blod og hudfragmenter, også disse sandsynligvis fra offeret. Længden af snittet over offerets håndryg stemmer med længden på øksens æg. Sammenligningstestene blev færdige ved 7-tiden i morges. Svante og Per har arbejdet på højtryk hele natten. På skaftet er der ingen aftryk overhovedet. Det er omhyggeligt tørret af, og på lugten kan vi uden nogen prøver sige, at det drejer sig om et ordentligt skvæt Ajax!

Han tav og så sig rundt om bordet. Ved siden af sig havde han på højre side Irene Huss, der kun hævede øjenbrynene lidt ved den sidste oplysning. Ved siden af hende sad Tommy Persson, Irenes holdkammerat og en af hendes bedste venner. Derefter fulgte Hans Borg, der stadig så træt og medtaget ud efter konens halvtredsårsfest i weekenden. Birgitta Moberg ved siden af ham kunne næppe beskyldes for at se træt ud. Hendes brune dådyrøjne hang fascineret ved kommissæren. Hun var yndig, blond og sød. Mange fyre på afdelingerne havde forsøgt at være en støtte for det lille nips, der så ud, som om hun lige var gået ud af politiskolen. Men hun var fyldt tredive og havde både hjerne og kløer. De fleste forsøgte kun én gang. Blandt dem der havde forsøgt, var Jonny Blom, manden ved siden af hende. Ved en uforglemmelig julefrokost året før, fik han bogstavelig talt sin kone og fire børn galt i halsen på grund af Birgitta. Den allernyeste inspektør på afdelingen var Fredrik Stridh. Han havde arbejdet hos dem et år nu og gjort et meget godt indtryk. Sidste mand til venstre for kommissæren, var Hannu Rauhala. Han så uudgrundelig og lettere eksotisk ud med sine skrå, isblå øjne, hvidblonde hår og høje kindben. Det var svært at bestemme hans alder, den lå sandsynligvis et sted omkring de tredive. Andersson slog hænderne sammen og sagde energisk:

– Vi må arbejde hurtigt, for massemedierne ved endnu ikke, at det er mord. Pressekonferencen er sat til 13.00. Vi er blevet lovet et foreløbigt obduktionsresultat ved 11-tiden.

Kommissæren tav og så sig spekulativt om mellem sine inspektører.

– von Knecht var jo en rigtig kendis over hele Sverige. Det eneste, jeg på stående fod kan huske, er hans tresårs fødselsdagsfest for nogle måneder siden, sagde han tøvende.

Alle rundt om bordet nikkede. Det havde været en fest, der havde givet genlyd helt op til den kulørte presse i Stockholm. Alle inden for finans- og jetsetverdenen, som blev regnet for noget, havde været samlet på von Knechts fashionable landsted. Andersson fortsatte:

– Irene og jeg var imponerede over lejligheden, men hytten uden for Marstrand er mindst tre gange så stor. Den ligger på en halvø, og von Knecht ejer hele halvøen. Han har også en privat havn. Grundarealet må være på flere hektar. Min søster har sommerhus på Åstol. Jeg har set huset fra havet, når svogeren og jeg har været ude at fiske. Er der mere, vi ved? Irene?

– Hans kone hedder Sylvia. Sønnen hedder Henrik og er gift. Jeg kender kun navnene, ikke andre personlige oplysninger endnu. Ja, Henrik sagde, at forældrene fejrede trediveårs bryllupsdag i lørdags. Så ved vi jo alle, at det er en af Sveriges mest velhavende familier. Richard von Knecht havde en fantastisk succes på børsen i de glade firsere. Jeg ved ikke ret meget mere. Vi kunne måske få hjælp fra en af mine gamle venner, der er journalist på Svensk Damtidning? Hun kan sikkert hjælpe os med at grave i gammel sladder.

Andersson så ikke helt glad ud ved tanken, men trak til sidst på skuldrene og sagde:

– Ja, det gælder om at arbejde hurtigt her. Det kan måske give noget. Ellers tager du dig af forhøret af Henrik von Knecht og hans kone her i formiddag og prøver at få fat i damen med hunden. De, der kan, forsamles her ti minutter før pressekonferencen. Tommy, Hans og Fredrik kører hen og begynder at spørge kvarterets andre lejere, om de har set eller hørt noget. Birgitta, du bliver her lidt endnu, så du og Irene kan finde ud af lidt mere om beboerne i den von Knechtske trappeopgang. Henrik von Knecht må vide, hvem de er. Bagefter kører du derhen og prøver at få fat i dem. Eller på arbejdet, eller hvor nu disse mennesker tilbringer deres liv. Et sted må de vel være!

Han hev efter vejret og prøvede at komme på, hvem der var uden opgave. Han kom på det og sagde:

– Hannu, du samler alle de statistiske data sammen, der findes i diverse registre, den slags er I fra rejseholdet gode til. Grundige personlige oplysninger på samtlige familiemedlemmer. Når vi kender de andre lejeres navne, vil jeg også have oplysninger om dem. Jonny, tag kontakt med bagmandspolitiet og hør, hvad de ved om von Knecht. Apropos aviser skulle vi måske kontakte Göteborgs-Posten. De må have noget materiale. Er der nogen, der har kontakter dér? Javel, Hannu. Okay, så tager du dig af den del også. Har jeg glemt noget?

– Hvad skal du selv lave?

Naturligvis var det Jonny, der på sin skråsikre måde stillede spørgsmålet. I virkeligheden var han nok ret tilfreds med sin relativt simple opgave. Kommissæren faldt en anelse sammen og sukkede, formodentlig ubevidst.

– Jeg er kaldt op til politimesteren. Han vil have informationer. Senere skal jeg op på patologisk afdeling og møde professorinden.

Irene kunne ikke lade være med at blive irriteret på Yvonne Stridners vegne.

– Hun er faktisk selv professor og har ikke giftet sig til titlen, sagde hun spidst.

Hvis Andersson hørte hende, så lod han sig ikke mærke med det. Demonstrativt kiggede han på uret oven over døren. Alle kunne se, at den nærmede sig 10.00, det var bare om at komme i gang med arbejdet.

Irene Huss begyndte med at ringe til Stockholm og Svensk Damtidning. Omsider hørtes Sofies hæse rygerstemme:

– Ja, det er Sofie Ahl.

Hun blev glad og overrasket, da hun hørte, at det var Irene i røret. Efter lidt almindeligt småsladder og snak, fremsatte Irene sit ønske om gamle udklip om familien von Knecht. Nyheden om det sensationelle dødsfald havde været en topnyhed selv for stockholmerfolkene. Sofie blev professionelt nysgerrig, men Irene Huss smuttede udenom med, at „obduktionen er ikke færdig, men vi forsøger at finde ud af baggrunden for dødsfaldet … leder efter en eventuel forklaring på selvmord …"

– Gå så langt tilbage, du kan. Selv om det sikkert er nok med det, der findes efter midten af halvtredserne. Jeg kan måske ringe til dig i eftermiddag og få et referat? foreslog Irene.

– Nej, det går ikke. Jeg skal ud på et job. Men vi gør sådan her: jeg får dit faxnummer, så sætter jeg en af vores elever på det. Vi kalder det for „en øvelse i research". Hun kan faxe det, hun har fundet, ned til dig, så må du selv gå det igennem. Det er måske ikke nødvendigt at sende alt, men det, der virker brugbart, kan hun sikkert grave frem.

– Du er en engel, Sofie.

Næste navn på listen var gravhundens mor, fru Eva Karlsson på Kapellgatan 3. Irene tog en dyb indånding, inden hun tastede nummeret. Telefonen ringede ti gange, inden røret blev taget i den anden ende. Der hørtes en grødet mumlen, men Irene regnede med, at hun havde fået fat i den rette person.

– Er det fru Eva Karlsson?

– Ja, hvem er det?

– Kriminalinspektør Irene Huss. Vi mødtes i går aftes efter den væmmelige ... ulykke.

– Åh, tal ikke om det! Jeg lå og sov, da De ringede. Jeg var nødt til at tage en sovepille i nat for at kunne falde i søvn.

Derpå fulgte en lang udlægning om fru Karlssons mangeårige søvnbesvær og alle de forskellige piller, hun havde prøvet gennem årene. Irene havde en følelse af, at det var en god idé at lytte. Om ikke andet, så for at damen skulle kvikke op. Til sidst indskød hun:

– Og hvordan har hunden det?

– Jo tak. Nuser ligger her og har det åh, så godtelot.

Beslutsomt stillede Irene næste spørgsmål, inden fru Karlsson skulle forvilde sig ind i hundeverdenen.

– De er det nærmeste vidne, vi har. Er De stadig sikker på, at De ikke hørte noget skrig inden – eller mens – han faldt?

Der blev stille i lang tid.

– Nej, jeg er sikker på, at jeg ikke hørte noget skrig. Han dumpede bare ned. Uha, nu kan jeg se det hele for mig igen!

– Fru Karlsson, må jeg komme op og få en lille snak i eftermiddag?

– Kæreste, jo, det går nok. Men ring inden.

– Det lover jeg, foreløbig tak.

Hun kunne nå at få en kaffepause inden 11. Hun gik i rask tempo, da hun rundede hjørnet på gangen. Spændingerne mellem kommissæren og hende blev mærkbare, men ville forhåbentlig ikke give nogle varige mén. Og hans højrøde ansigtsfarve måtte vel efterhånden tage af. Vredt brølede han:

– Se dig for! Åh, er det dig! Nu skal vi til bunds i sagerne!

Hun havde set ham vred mange gange, men aldrig som nu. Med alle ydre tegn på begyndende hjerneblødning masede han på:

– Telefonen ringede lige før. Da jeg tog den, er det en reporter på GT, der ringer, den dér Kurt Höök. Ved du, hvad den idiot spørger om? „Hvordan kan I være sikre på, at von Knecht blev myrdet?" Først blev jeg helt paf, men så sagde jeg: „Hvem har påstået, at han blev myrdet?" Ved du, hvad han svarede? „En sikker kilde." Hvad gi'r du mig! Jeg skal nok sørge for, at den kilde tørrer ud en gang for alle!

– Ved du, hvem det er?

– Jeg har mine anelser! Hvem sagde, han kendte nogen på GP? Kender man én inden for avisverdenen, kan man vel kende flere, hvæsede Andersson.

– Sven, kom nu med hen og tag en kaffepause. Tænk hvis det ikke er Hannu! Fordi han kender en journalist på GP, behøver han jo ikke at kende nogen på GT.

Kommissæren protesterede energisk, men indså til sidst, at Irene kunne have ret.

Mumlende og småbandende fulgte han modvilligt efter hende hen til kantinen. De hilste på to andre inspektører, der ikke havde noget med von Knechtsagen at gøre. Ud over dem var de alene i lokalet. De slog sig ned ved et bord et stykke fra de to kolleger. Irene havde lige bidt i sin skorpe, da chefen for rejseholdet, kommissær Birger Nilsson, kom ind i lokalet. Han fik øje på Irene Huss og Sven Andersson, et hjerteligt smil bredte sig over hans ansigt, og han styrede skridtene hen mod deres vinduesbord. Muntert sagde han:

– Hej hej, her sidder I og hygger jer. I kan godt trænge til at slappe lidt af. Jeg vil tro, at von Knechtsagen bliver besværlig. Behold I Rauhala så længe, I har brug for ham. Forresten, Sven, det sagde du vist ikke … Hvordan kan I være sikre på, at von Knecht blev myrdet?

Nøjagtig den usædvanlige ordstilling, som Kurt Höök på GT havde brugt. Kommissær Nilsson lænede sig nonchalant mod bordet med den ene hånd i bukselommen og udstrålede venlig interesse. Irene turde ikke dreje hovedet og se på Andersson, men hun anede de stærke vibrationer af tilbageholdt vrede fra ham. Derfor var den neutrale tone i begyndelsen af sætningen en overraskelse, men næppe fortsættelsen:

– Jo, ser du, kære kollega, jeg proppede en kilde op i røven på ham. De forblødte begge to. Så denne kilde er fra nu af fuldkommen død!

Det var et vovet skud i blinde, affyret pr. intuition, men det sad lige i plet. Nilssons ansigt blev helt udtryksløst, den skyldiges forlegenhed var tydelig, og al hans naturlige sikkerhed forsvandt. Uden et ord smuttede han.

De to inspektører ved det andet bord så ud, som om lynet var slået ned i deres kaffekrus. Andersson vinkede afværgende hen mod dem og prøvede at forklare sin optræden:

– Okay, sådan ligger landet. Hurtige tips er guld værd for eftermiddagspressen. De betaler pokkers godt for at kunne komme først med en nyhed. I ved lige så godt som jeg, at visse kolleger gerne gør en ekstra indsats ved at give tips til pressen. Pressekonferencen om von Knechtsagen er sat til 13.00, altså lidt for sent for eftermiddagsaviserne. Jeg var inde og låne en fyr fra rejseholdet her i morges. Dengang kunne Birger Nilsson ikke engang komme i tanke om mit navn.

Det ville være synd at påstå, at de to inspektører så meget klogere ud, men de gjorde deres bedste. Anderssons ansigtsfarve begyndte langsomt at blive normal. Han strakte sig.

– Eftersom I begge hørte, hvordan Nilssons spørgsmål lød, så håber jeg, at I holder helt tæt i to timer mere, sagde han stramt.

De mumlede „Selvfølgelig", „Javel! Absolut", men så stadig yderst forvirrede ud. Irene Huss var ikke sikker på, at de havde forstået, hvad de skulle holde tæt med.

Lynhurtigt slugte hun kaffen og fór tilbage til sit kontor.

Henrik von Knecht og hans kone sad inde på Irenes kontor. Henrik så forfærdelig og huløjet ud. Han havde skiftet til sorte bukser og en mørkeblå cardigan. Selv om skjorten var hvid og ren, blev hele indtrykket lidt à la lige genopstanden vampyr. Kvinden på stolen ved siden af var påfaldende smuk. Irene genkendte hende vagt, men kunne ikke huske hvorfra. Også hun var klædt i mørkeblåt. I hendes tilfælde drejede det sig om en dragt i blødt nappaskind med lige, kort nederdel og store guldknapper. Alene de sorte støvler med stilethæle ville koste en månedsløn for en politiassistent. Håret var skulderlangt og mørkt mahognifarvet, øjnene havglitrende i en utrolig turkisblå nuance. Skæret kom af, at øjnene var tårefyldte, men det var kun

58

tårerne, der sladrede om, at ikke alt var, som det skulle være. Bortset fra det var hun fattet og sad med hænderne roligt hvilende i skødet. Den diskrete sminkning understregede hendes skønhed. Det var muligvis en dygtigt pålagt makeupcreme, der gav huden en silkemat glans. En anelse rouge forøgede glansen øverst på de skulpturelle kindben.

Pludselig kom fyrreårskrisen bragende med ekspresfart ind over Irene. Hvad hun end gjorde, ville hun aldrig kunne se så betagende ud efter en vågen nat. Det spillede ingen rolle, om det så havde været en rødglødende elskovsnat, der havde holdt hende vågen, hun ville ligne et vrag. Som Sofie Ahl engang havde sagt: „Du ved, du nærmer dig de fyrre, når du skal ud og rejse. Da man var tyve, puttede man en lille toilettaske ned i rygsækkens yderlomme. Når du er fyldt fyrre, er det rygsækken, der er toilettasken."

Henrik så, hvordan inspektøren stirrede på hans kone, og med et suk sagde han:

– Godmorgen, kriminalinspektør. Ja, du har set hende. Hun er „Sun shampoo-pigen". Skønt det er nogle år siden.

– Godmorgen og hej. Undskyld at jeg stirrede, men det var netop det, at jeg genkendte dig. Men jeg kunne ikke komme på, hvorfra, sagde Irene Huss hastigt.

Taknemligt greb hun det halmstrå, som Henrik von Knecht, uden selv at vide det, havde rakt hende. Hun gik hen til den unge kvinde og tog hendes hånd. Den føltes slap og fugtig.

– Kriminalinspektør Irene Huss.

– Charlotte von Knecht.

Stemmen var dyb og sensuel og passede ikke til håndtrykket.

– Det her er jo ikke et regulært forhør. Jeg vil bare have hjælp til lidt baggrundsviden og prøve at ridse hændelsesforløbet op omkring det tragiske dødsfald, indledte Irene.

De turkise så uafbrudt på hende. Henriks øjne var som to indtørrede lerkugler, presset ned i jorden. Begge nikkede dog. Irene fik en indskydelse og spurgte:

– Hvor gamle er I?

Henrik svarede nølende:

– Jeg er niogtyve, og Charlotte femogtyve. Hvad har det med fars død at gøre?

– Baggrundsviden. Hvornår fylder du tredive?

– Femtende april, svarede han kort.

Hvilket vil betyde, at Sylvia von Knecht havde været gravid ved brylluppet tredive år tidligere.

Der var kun fire års aldersforskel mellem Henrik og Charlotte, men skulle man have gættet, ville de fleste nok have sagt ti år. Charlotte noget yngre og Henrik betydelig ældre, nærmere femogtredive. Irene henvendte sig til Henrik og fortsatte:

– Hvornår så du din far sidst?

– Til festen i lørdags.

– Var det sidste gang, du talte med ham?

– Nej. Han ringede til mig ved frokosttid om søndagen. Jeg havde haft nogle kataloger med over auktioner, som jeg skal til her i næste måned. I Stockholm. Fra den syvogtyvende november til tredje december er der auktion hver dag, men på forskellige auktionssteder. Af en eller anden grund fik jeg ikke kataloget fra Nordéns med. Deres internationale kvalitetssalg finder sted tredivte november. Far ville gerne have det katalog.

Der var et lille, flamsk barokchatol, som han var interesseret i. På den auktion var jeg faktisk selv liebhaver til en Tang-hest.

Flere chatoller var vel det sidste, Richard von Knecht havde brug for, men hun begyndte at forstå, at det ikke var praktisk anvendelse, det handlede om. Og hvad i alverden var en Tang-hest? Det var hende imod at røbe sin uvidenhed. Derfor spurgte hun kvikt:

– Og du, Charlotte, hvornår så du din svigerfar sidst?

Charlotte trak vejret dybt gennem skælvende næsebor, holdt stadig Irenes blik fast i turkis og svarede med en let dirren i stemmen:

– Mandag eftermiddag. Ved frokosttid. Jeg kørte forbi Richard med det katalog, som Henrik lige har talt om.

– Blev du længe?

– Nej. Jeg gik slet ikke ind! Dels var han forkølet, dels var rengøringskonen der og ryddede op efter festen. Jeg sagde bare „tak for i går" og „hold dig munter" eller noget lignende.

– Hvordan så han ud til at have det? Hans humør og opførsel, mener jeg.

En mahognilok blev snoet hurtigt mellem fingrene, mens hun tænkte sig om. Skrivebordsbelysningen lavede reflekser i de usandsynligt lange og velfilede negles lækre mørkeblå perlemorslak. Hun trak let på skuldrene og sagde:

– Som han plejer. Lidt træt efter festen og måske på grund af forkølelsen.

– Han virkede ikke nervøs?

– Nej. Ikke efter hvad jeg kunne mærke.

– Hvad var klokken præcis, da du ankom til Molinsgatan?

– Cirka 12.30, muligvis et kvarter til eller fra.

– Hvordan kom du ind ad gadedøren? Kan du koden?

Charlotte sluttede brat med at sno hårlokken.

– Ja, selvfølgelig kan vi koden. Hvordan skulle vi ellers komme ind?

– Ingen af jer har en nøgle?

Henrik rømmede sig og svarede:

– Nej. Mor og far har kun et ekstra nøgleknippe. Det plejer vi kun at have, når de er væk i længere perioder. Ellers ikke.

Irene henvendte sig igen til Charlotte.

– Hvor arbejder du henne? Hvis vi skulle få brug for dig i dagtimerne?

– Jeg er for det meste hjemme. Jeg er fotomodel.

Fra Henrik hørtes en let fnysen. Hun lod ikke til at høre det, men fortsatte:

– Modelbranchen er hård. Jeg var begyndt på en teaterskole, da jeg mødte Henrik.

– Har I nogen børn?

Charlotte trak vejret heftigt.

– Jeg fik besked i fredags om, at jeg er gravid, sagde hun efter en vis tøven.

– Åh, til lykke!

Irene så smilende fra Charlotte til Henrik, men blev klar over, at hun godt kunne have sparet sine lykønskninger. Begge sad stive og ret op, ingen af dem så på hinanden. Det havde måske været to ret voldsomme sindsbevægelser for tæt på hinanden? Først graviditetsresultatet og derefter mordet bare nogle dage senere.

Som om Charlotte havde læst Irenes tanker, fór hun op af stolen og sagde med anstrengt stemme:

– Undskyld, hvor er toilettet? jeg har kvalme!

Efter hurtigt at have ekspederet Charlotte hen til det nærmeste toilet, vendte Irene Huss tankefuld tilbage til sit kontor. Der var noget i energien mellem disse to ægtefæller, der ikke stemte. Hun blev derfor ikke særlig overrasket, da hun fandt Henrik dybt nedsunket i stolen med hænderne for ansigtet. Uden et ord satte hun sig på sin plads og ventede. Efter et øjeblik tog han hænderne væk og rettede lerøjnene mod hende. De var fuldkommen tørre og døde uden en antydning af fugtighed. Tonløst sagde han:

– Vi opfører os sikkert ret underligt, men vi lever under et utroligt pres. Det sidste døgn har været et helvede!

Han tog en dyb indånding og fortsatte:

– Charlotte og jeg har haft lidt problemer. Hun har følt sig ensom, eftersom jeg rejser meget. Det har været et svært efterår med diskussioner og skænderier. I torsdags var vi blevet enige om blive separeret på et tidspunkt, men vi besluttede at holde facaden under mors og fars fest om lørdagen. Fredag aften, da jeg kom hjem, fortalte Charlotte, at hun havde været hos sin gynækolog, og at hun var gravid i tolvte uge! Vi diskuterede frem og tilbage i weekenden. Lørdag aften fejrede vi mors og fars trediveårs bryllupsdag, og om søndagen afgik mit fly til London klokken 15.00. Og da jeg kommer tilbage tirsdag aften, så sker det her med far! Jeg er helt smadret!

Irene havde ondt af den ynkelige skikkelse på den anden side af skrivebordet. Men samtidig var det vigtigt at få så mange oplysninger frem i lyset som muligt på et tidligt tidspunkt i opklaringen. Henrik så ud til at have behov for at snakke, og han stolede åbenbart på hende. Enhver dygtig forhørsleder udnytter den slags. Forsigtigt og lavmælt spurgte hun:

– Er du og Charlotte kommet frem til en beslutning?

Han nikkede.

– Ja, vi prøver at kæmpe videre. For barnets og slægtens skyld. Og Charlotte får fuldt op at gøre med et barn og behøver ikke at føle det så kedeligt at gå derhjemme.

Selv mindedes Irene, at hun næsten havde lagt sig på knæ og kysset gulvet i omklædningsrummet, da hun begyndte at arbejde igen, efter ni måneder hjemme med tvillingerne. Krister havde været hjemme i de følgende fire måneder, og derefter begyndte pigerne i vuggestue.

Ud af øjenkrogen fornemmede hun, at Charlotte kom ind ad døren og besluttede at skifte emne.

– Hvem er de andre lejere i trappeopgangen på Molinsgatan? spurgte hun.

– I stuen bor der en børsmægler, Valle Reuter. Han hedder Waldemar, bliver kaldt Valle. På første sal bor fars gamle klassekammerat, Peder Wahl og hans kone Ulla. De har et hus i Provence, hvor de bor størstedelen af året og nyder deres pensionisttilværelse.

– Men han kan da ikke være mere end tres år, hvis han var din fars klassekammerat?

For første gang under hele deres samtale, kunne Irene skimte noget, der lignede et smil, om Henriks mund.

– Peder og far solgte et af Sveriges største bygge- og ejendomsimperier, da der var allerhedest på markedet. Med over et hundrede millioner på hånden mente han, at det var på tide at leve et lidt mere roligt liv. Han har tre døtre, og ingen af dem er det mindste interesseret i at gå ind i ejendomsbranchen.

– Ligeså lidt som dig.

Charlotte brød ind i samtalen. Henrik kneb læberne sammen, men fortsatte, som om han ikke havde hørt sin kones bemærkning:

– Lejligheden neden under mors og fars står tom. Dér boede advokat Tore Eiderstam.

– Tore ... Tore, advokaten ... Irene kom i tanke om Yvonne Stridners eksmand. Påtaget nonchalant sagde hun:

– Var det ikke ham, der var gift med patologiprofessor Yvonne Stridner?

– Ha, Tore var gift fire gange! Men nu du siger det, så passer det vist nok. Jeg kan huske en diskussion, som mor og far havde. Mor sagde noget om, hvor ækelt hun syntes, det var, at nogen i deres omgangskreds skar i lig hele dagen. Det var første gang, at jeg hørte ordet „nekrofil".

Irene forstod med et stænk af sympati, at Yvonne Stridner havde haft det hårdt i disse kredse. Først nu gik det op for hende, at Birgitta Moberg havde sneget sig ind ad døren. Irene vendte sig mod hende og præsenterede hende for Charlotte og Henrik.

Hurtigt redegjorde hun for Birgitta, hvad Henrik havde fortalt om stuens og første sals lejere.

– Og nu var vi nået til anden sal. Dér boede advokaten Tore Eiderstam, som er en gammel ven af Richard von Knecht. Boede, sagde du, hvor er han flyttet hen?

– Östra Begravelsesplads, det Eiderstamske familiegravsted.

Hverken Irene eller Birgitta kunne få sig selv til at sige noget. Henrik fortsatte efter en kort pause:

– Han døde lige pludselig af et hjerteinfarkt i september. Skilsmissen fra hans sidste kone var lige overstået. Han havde to børn fra tidligere ægteskaber, og de arvede ham åbenbart. Det har trukket ud tidsmæssigt, men nu er lejligheden tømt. Der kommer en ny lejer første december.

– Ved du hvem?

– Ja da, Ivan Viktors, operasangeren. Han er også en gammel ven af mor og far.

– Har du hørt, hvordan det står til med din mor?

– Hun er begyndt at komme sig. Jeg har lovet at køre hende hjem i eftermiddag.

Irene nikkede og holdt en tænkepause. I eftermiddag ville teknikerne være så godt som færdige med lejligheden. Det lidt, hun havde hørt fra Sylvia von Knecht, sagde hende, at damen sikkert ville være oprevet over politiets „indtrængen". Ikke nogen passende atmosfære at prøve at få oplysninger i. For at sondere terrænet, sagde hun:

– Hvornår skal du hente hende, og hvilken afdeling ligger hun på?

– Hun ville hentes ved 15.30-tiden, for så kan hun nå at få eftermiddagskaffe. Afdeling fem.

– Hvis jeg tager hen og snakker med hende ved 15-tiden, hvad siger du til det?

Henrik trak blot på skuldrene. På en lille huskeblok foran Irene stod der: „Ring PS afd. 5. Sylvia v. K. 15.00?" Så ville hun måske kunne nå at komme forbi den lille gravhundemor, Eva Karlsson, inden. Det var lige på vejen til Sahlgrenska Sygehus. Et nyt notat: „Ring Eva K. 14.00?"

Hun så op fra blokken og henvendte sig til Charlotte.

– Hørte du mere fra din svigerfar om mandagen?

– Nej.

– Så du eller talte du med ham om tirsdagen?

– Nej.

– Ved I, hvad rengøringskonen hedder? Hende, der var i
lejligheden og gjorde rent, da du kom derop, Charlotte?

Begge rystede på hovedet. I hvert fald én ting, som de var
enige om.

– Tak fordi I var så venlige at komme herind. Vi kommer til
at ses noget mere under opklaringens forløb. Er der noget, som I
kommer i tanke om, så bare ring til mig eller en af de andre
inspektører. Og naturligvis også til kommissær Andersson. Vi er
otte, der arbejder med denne her sag. Der er altid nogen, I kan få
fat i, sagde Irene afsluttende i et venligt tonefald.

Hun rejste sig og rakte Henrik hånden. Hans hånd var iskold.
Han tog kun rundt om Irenes fingre med et let tryk, inden han
hurtigt slap grebet. Charlotte rakte graciøst sin velmanicurerede
hånd frem, men håndtrykket var som en vådserviet.

Da Irene igen var alene på kontoret, ringede hun til psykiatrisk
afdeling og fik lov til at ringe til Sylvia von Knecht på hendes
patienttelefon. Stemmen lød grødet og mat, da hun svarede. Man
kunne ane et svagt, næsten umærkeligt finlandssvensk.

– Ja, det er vel lige så godt at få det overstået. Men hvis De
spørger mig, hvorfor han sprang, så har jeg ikke noget svar. Han
har været nøjagtig, som han plejer den sidste tid. Og han var så
opsat på festen i lørdags ... åh! afbrød hun sig selv med en
hulken.

Det var ikke smart at fortælle Sylvia von Knecht i telefonen,
at politiet havde mistanke om mord. Men pressekonferencen,
hvor det skulle offentliggøres, skulle holdes om en time. Der var
fare for, at Sylvia ville kunne nå at høre det i radioens nyhederne
inden 15.00. Det var nok bedst at komme massemedierne i
forkøbet. Med sit kendskab til, hvordan de plejede at opføre sig,

ville Irene have, at Sylvia skulle kende risikoen for at blive bombarderet med spørgsmål fra sensationslystne journalister. De ville overfalde hende i samme øjeblik, hun lukkede døren til psykiatrisk afdeling. Et mord i disse kredse har hundrede gange større nyhedsværdi end et simpelt selvmord. Irene rømmede sig let og sagde:

– Fru von Knecht. Det, jeg siger nu, kommer sikkert som yderligere et chok for Dem. Vi har visse spor, der peger på, at Deres mand blev slået ihjel.

Der blev helt stille på linien. Omsider kom det uventet skarpt:

– Mener De myrdet? Blev han myrdet?

– Ja, meget tyder på det.

– Gudskelov! Sikke en lettelse!

Hvad Irene end havde ventet, så var det ikke den kommentar. Hun forsøgte ikke at vise sin forbavselse, men fortsatte neutralt:

– Der bliver pressekonference 13.00 på politistationen. Så vil kommissær Sven Andersson blive nødt til at delagtiggøre pressen i, at vi arbejder med et mord og ikke et selvmord. De må nok være forberedt på, at journalisterne vil blive nærgående.

– Det er de jo i forvejen. Tænk, hvis de nu havde skrevet en masse opdigtet sludder, hvis Richard havde begået selvmord. Og hans forsikring ... Nå, det bliver ikke noget problem nu. Et mord er naturligvis forfærdeligt, men ikke noget, der kan lastes familien. Galninge kan ingen beskytte sig imod. Var det 15.00, De ville komme?

Fortumlet bekræftede Irene klokkeslættet. Først da hun havde lagt røret på, slog det hende, at Sylvia von Knecht ikke havde spurgt, hvorfor politiet var så sikker på, at det var mord. En del af hendes underlige opførsel kunne garanteret skyldes diverse piller, som hun havde fået på psykiatrisk afdeling. Men hendes reaktion var alligevel højst mærkværdig.

Gravhundemoderen, Eva Karlsson, lød betydeligt kvikkere i stemmen, end hun havde gjort ved den første telefonsamtale om morgenen.

– Jamen, hvor hyggeligt, at De vil kigge lidt op. 14.00 er fint, så byder jeg på kaffe, kvidrede hun muntert.

Irenes protester blev venligt, men bestemt affejet. Med et suk lagde hun røret på. Det kunne nok knibe med at nå op til Sahlgrenska Sygehus til klokken tre, men hun måtte være benhård. Ældre, ensomme damer har en uheldig tendens til at regne politiet for deres bedste venner.

Desværre er de også tit deres eneste.

Klokken var 12.50. Det var på høje tid at prøve at få fat i kommissæren. Andersson var ikke på sit kontor. Hans sekretær sagde, at Sven var kørt op til patologen for at træffe en professor. Han havde lovet at være tilbage omkring 12.45, men var endnu ikke dukket op.

13.02 kom han dampende ind ad døren.

4

Kommissær Sven Andersson var tilfreds med sig selv, for at have sat den højrøvede kollega fra rejseholdet på plads. Det ville holde lige til næste læk „fra velunderrettet politikilde"! Kommissær Birger Nilsson var nok ikke alene om sit lille ekstrajob. Der var flere kolleger, der tjente penge på andres bekostning på den måde, men det føltes godt at have lagt pres på i hvert fald én af dem. Burde man anmelde det? Næppe holdbart, kun indicier og en heldig indskydelse. Politiets interne opklarere vil have konkrete beviser.

Han fløjtede „Lili Marleen" muntert og falsk for sig selv, mens han bakkede ud fra politistationens parkeringsplads. Det var stadig gråt i gråt, men lige nu regnede det ikke. Temperaturen lå lige over nul, så til aften kunne man sikkert regne med isslag. Færdselsafdelingen ville få fuldt op at gøre ved alle afkørsler.

„Vinterdæk? Men søde betjent, jeg har sommerdæk på hele året. Det plejer at gå fint!"

Lysguirlanderne over gågaderne var allerede på plads, og i de fleste butikker var juleudstillingen klar. Julehandelen var tidlig på den i år, det gjaldt om at suge så meget ud af folk som muligt, nu hvor der ikke længere blev udbetalt restskat til jul.

Julen, ja. I år så han frem til den. Svogeren og søsteren havde inviteret ham til Åstol i helligdagene. Niecen og hendes rollinger skulle også komme. Bare denne her sag ikke blev for langvarig.

Andersson holdt op med at fløjte og sukkede højt for sig selv. Irene havde sagt noget om „kultursammenstød", og han indså, at dem ville der nok blive flere af.

De miljøer, han som regel arbejdede i, havde ingen som helst ligheder med den eksklusive lejlighed, han havde besøgt i går aftes. For det meste er mordsteder svinske og stinkende narkokvarterer. Offeret er som regel blevet myrdet med kniv efter et internt narkoopgør. Et andet almindeligt scenario er at møde en alkoholstinkende mand på gerningsstedet, der flæber angerfuldt, fordi han er „kommet til" at slå sin kone ihjel.

Glamurøse tv-mord, som von Knecht-mordet, ses næsten aldrig. Men når det gør, bliver politiet åbenbart helt himmelfalden. Pludselig kan der være mange ømme tæer at trampe rundt på. Man kan ikke gå frem som normalt i opklaringen. Det havde politichefen Bengt Bergström omhyggeligt understreget ved det „lille informationsmøde", som de havde haft, lige inden Sven Andersson skulle hen til patologen. Bergström havde med lav og fortrolig stemme sagt: „Det her drejer sig jo om en gammel, kendt göteborgfamilie. Vi må være yderst varsomme med, hvad der eventuelt kan komme frem under opklaringen. Du er en gammel rotte og kendt for at arbejde på din måde ... med stor succes, må jeg tilføje ... men jeg ville virkelig sætte pris på fortløbende informationer fra dig under sagens gang, bla … bla … bla …"

Med stigende ubehag gik det op for Andersson, at Bergström udmærket vidste, at det ikke var efter reglerne, men prøvede at skjule det bag smiger og ved at anslå en kammeratlig tone. Underhåndsinformationer til en politichef er ikke normalt i en igangværende sag.

Andersson klaskede håndfladen i rattet og hvæsede arrigt:

– Mord er mord, og en morder er en morder! Så kan han for min skyld pisse i en guldpotte!

Damen, der stod ved fodgængerovergangen, hvor Andersson var standset op for rødt lys, så undrende på ham. Skamfuld indså han, at han havde talt højt, men gudskelov var vinduerne rullet op.

Hvorfor sad han og hidsede sig op? Var det af frygt for ikke at kunne opklare sagen? Måske, men han var klar over, at det forestående møde med professor Stridner også gjorde ham labil. Hun var køn og dygtig. Men hun så ham ikke. For den sags skyld heller ikke andre personer.

Man må vente, til man ligger dér, som et – om end ikke smukt så til gengæld interessant – lig på det rustfri obduktionsbord, tænkte han.

Obduktionsassistenten var et ordentligt brød, der havde arbejdet på patologisk afdeling i mange år. Han nikkede genkendende til Sven Andersson og pegede op mod en trappe, da kommissæren spurgte efter Yvonne Stridner.

Hun sad på sit embedskontor og dikterede i en lille båndoptager på størrelse med en cigaretpakke.

– ... leveren er noget hypertrof, dog ingen synlige tegn på steatos. Med henblik på leverstørrelsen findes der sandsynligvis et begyndelsesstadium. Tar PAD.

Hun slukkede for båndoptageren og sendte Sven Andersson et skarpt blik. Hun genkendte ham straks.

– Kommer du her, Andersson? Obduktionen er lige færdig. Jeg ville ringe til dig. Nu slipper jeg for det, sagde hun tilfreds.

Kommissæren hilste og stillede det vigtigste spørgsmål ligeud:

– Ligger dødsårsagen helt fast?

– Ja, fuldstændig. Han døde ved nedslaget i gaden.

– Vil det sige, at det så alligevel drejer sig om et forbandet selvmord?

– Slet ikke. I baghovedet er der en kraftig kontusion. På os occipitale ses en lille fraktur efter et kraftigt slag, nok til bevidstløshed, men ikke dræbende. Det interessante er slagets placering. Lige oven over nakkegruben, i hjerneskallens bageste væg og bund. Det er placeret lidt skråt til venstre. Det indebærer to muligheder. Den ene: von Knecht knælede foran sin bøddel med bøjet nakke. Morderen lod sig ikke bevæge, men svingede øksen direkte oppefra i en bred bue, hvorved slaget ramte lidt nedefra i hjerneskallens basale del. Men så må Richard von Knecht have bøjet sig dybt. Næppe sandsynligt. Mulighed nummer to: morderen har en god baghånd, og er højrehåndet.

– Baghånd?

– I dette tilfælde et tennisslag. Kraften i slaget er hentet op nedefra, skråt foran morderens krop og rettet opad. Det er svært at få nok kraft i et sådant slag, men en dygtig tennisspiller ville kunne få slagkraft nok til at bedøve en person.

73

– Efter hvad jeg forstod på Svante Malm, passede flængen over offerets håndryg med æggen på kødøksen, der blev fundet på balkonen. Hvordan ser såret i baghovedet ud?

– Passer nøjagtigt til kødøksens bankeæg. Jeg har selv tjekket.

– Men teknikerne var her jo allerede ved syvtiden? Og de tog øksen med tilbage til laboratoriet.

Hun sendte ham et tilintetgørende blik. Affejende sagde hun:

– Hvordan ved du, hvem der var her klokken syv!

Hun tog en dyb indånding og lod blikket glide ud gennem det snavsede vindue.

– For mig er det her videnskab. Jeg må vide dødsårsagen. Hvad kan liget fortælle om den levende person? Kan det sige mig noget om morderen? Hvorfor og af hvem han blev myrdet, er dit job at finde ud af.

Kommissæren besluttede at prøve at holde Stridners medgørlighed kørende. Det var vigtigt, at han fik så mange facts som muligt med herfra. Der kunne ikke forventes en obduktionserklæring førend om nogle dage. Uden at vise hvilken selvovervindelse, der krævedes af ham, sagde han i et neutralt tonefald:

– Jeg er virkelig taknemlig for, at du tog dig af liget så hurtigt. Jeg skal gøre mit bedste for at give svar på „hvem“ og „hvorfor“, men uden din hjælp er det jo helt umuligt.

Professoren snerpede munden sammen, men hun flyttede blikket fra det snavsede vindue og så nådigt på Andersson. Sarkastisk sagde hun:

– Nej, det er vist rigtig nok. Forresten, har det slet ikke foresvævet dig, at det ikke var von Knecht, der blev knust mod fortovet?

Andersson sad stum med et lettere fåret ansigtsudtryk.

Udfordrende sagde Stridner:

– Så du liget ordentligt i går?

– Han lå på maven. Det var mørkt, svarede Andersson svævende.

– Nemlig. Han landede med en maveplasker. Kraniets knogler er knust og i et værre rod. Jeg har sat underkæben sammen og dele af overkæben. Retsodontologerne kommer efter frokost. Og her ... voila! Min lille overraskelse til dig!

Hun rakte hen over skrivebordet og tog en brun kuvert, som hun triumferende fægtede med i luften.

Kommissæren havde svært ved at skjule sin overbevisning om, at nu var det for alvor rablet for hende. Han havde altid haft svært ved at finde ord sammen med dette kvindemenneske, men det var naturligvis dette, han havde følt rent intuitivt. Hun var bindegal.

Stridner kunne se, hvad han tænkte, og begyndte leende at åbne hjørnet af kuverten og trak et stykke grønt karton frem. Det var foldet i tre dele, og hver del havde små, rektangulære vinduer, fyldt med sortskinnende celluloid. Det var tandlægerøntgen. I kanten var der en smal, hvid papirstrimmel med teksten: „Richard von Knecht, 350803".

Andersson blev forlegen og fik kun mumlet et: „... jaså ... på den måde ..."

Yvonne Stridner rynkede øjenbrynene og truede spøgefuldt ad ham med røntgenbillederne.

– Jeg hører ikke noget „fantastisk hurtigt klaret, Yvonne!" og ikke noget „men hvordan i alverden har du allerede fået fat i hans røntgenbilleder?" og det mest åbenlyse „hvordan fik du fat i hans tandlæge så hurtigt?".

Det her var hendes træk, og hun suttede med velbehag på sejrens lækre bolsje. Andersson sukkede let og og vendte begge håndflader opad i en opgivende gestus.

– Okay, okay. Fantastisk hurtigt klaret ... Yvonne, og så videre derudad. Jeg bøjer mig. Men jeg vil være taknemlig for et svar på spørgsmålene, plus facts om von Knechts almentilstand.

– Uha, du er minsandten en krævende mand.

Skælmsk sendte hun ham endnu et strålende øjekast. Hun havde virkelig nydt sin lille spøg. Et blik i papirerne på skrivebordet og hun blev atter den effektive patolog. Andersson foretrak for sit eget vedkommende dén Yvonne Stridner.

– Som du husker, lovede jeg dig en liste over von Knecht-kliken. Jeg har ikke nået at skrive den, men du skal få navnene med, inden du går. Et af navnene er Sven Tosse. Han er en af Göteborgs dygtigste tandlæger. Både jeg og familien von Knecht er hans patienter. Det er nok det eneste fælles berøringspunkt, vi har tilbage efter min og Tores skilsmisse. Hans klinik ligger kun et stenkast herfra, på den anden side af gaden. På Kapellplatsen.

Andersson havde fået en krøllet blok op af lommen og noterede med en kort blyantstump tandlægens navn og adresse.

– Jeg ringede til Sven i morges. Han havde naturligvis læst om Richards fald i avisen og var dybt rystet. Han sendte sin klinikdame over med Richards røntgenbilleder og nu må retsodontologerne tage sig af resten.

– Er du i tvivl om, at det er von Knecht?

– Nej, men det er vigtigt at helgardere sig, eftersom hans ansigt er så smadret. Vil du se ham?

Andersson var uforberedt på spørgsmålet, men rystede alligevel hurtigt på hovedet. Obduktionslokaler var ubehagelige.

For ikke at tale om det, der plejede at ligge på bordene. Nej, hvis han kunne undgå det, gik han helst ikke ind i et obduktionslokale. Det var rigeligt med de lig, som han var tvunget til at kigge på i sit arbejde. Stridner kunne tage sig af sine egne. Men ofte var deres interesser selvfølgelig sammenfaldende. Stridner konstaterede tørt:

– Det giver vel ikke så meget for dig at se på liget. Det var et langt fald, sikkert over tyve meter. Godt, nogle data om ham.

Hun satte et par læsebriller på næsen, rømmede sig ubevidst og så ned på sit papirbundt og læste:

– Højde, et hundrede og treogfirs centimeter. Vægt, toogfirs kilo. Alderen kender vi, og den passer udmærket til kroppen. Han var i god form af sin alder, god muskulatur.

Hun sendte Andersson et meget sigende blik over brillekanten, inden hun igen så ned i sine papirer.

– Jeg kommer ikke ind på alle de multiple frakturer. Jeg kan kort sige, at næsten alle knogler i kroppen var brækket. Hvad angår hans øvrige status, så fandt jeg en del små forkalkninger i kranspulsåren, noget, som sikkert ville kunne forøge risikoen for et fremtidigt infarkt. En helet fraktur på højre tibia, altså det ene underben. Skaden virkede gammel. Leveren er noget forstørret, begyndende fedtlever, men foreløbig meget moderat. Giver mistanke om et vist alkoholforbrug, fastslog hun.

– Var han alkoholiker?

– Absolut ikke. Deres levere er strieret med tydelige fedtnekroser. Skønt Richard var begyndt at drikke lidt mere på det sidste, havde hans lever endnu mange år til gode. Han ville sandsynligvis kunne nå at dø af noget andet end leverproblemer. Hvilket han jo også gjorde. Og man kan have en fedtlever i mange år uden at være generet af det i nævneværdig grad. Det er, når funktionen begynder at ophøre, og vi får en forvandling til skrumpelever, at der kommer problemer. Store problemer! Men så vidt var Richard slet ikke kommet. Jeg er ingen ekspert i alkoholskaders tidsmæssige forløb, men så meget vil jeg nok vove at påstå. Så har jeg indsendt blodprøver for at tjekke indholdet af alkohol samt en test af maveindholdet. Han havde spist et bastant måltid, muligvis sen frokost. Tiden for dødsfaldet kender vi jo.

Andersson fik en knugende fornemmelse i maven, da han tænkte på von Knechts sikkert ypperlige frokost, der nu lå og blævrede som noget uappetitligt sjask i en glasbeholder på laboratoriet.

Stridner samlede sine papirer sammen og tog brillerne af.

– Så langt er jeg altså kommet, sagde hun.

– Hvordan var det med hugget over håndryggen? Var det kraftigt?

– Ja, men ikke så forfærdeligt dybt. Men det bør have gjort rigtig ondt. Det er faktisk underligt, men han har ingen afværgeskader på underarmene. De burde være der, hvis faldet var sket på grund af en kamp. Men det ser ikke sådan ud.

Begge sad lidt og tænkte over dette mysterium. Omsider sagde Andersson:

– Det må betyde, at han blev skubbet bagfra, da han stod bøjet over gelænderet. Han kunne ikke forsvare sig mod sin morder.

Stridner nikkede og fik et hårdt udtryk i ansigtet.

– Sådan var det sikkert. En fej morder. Men det er de altid, morderne. Feje.

Hun gloede dystert hen på Andersson, som om han personlig var ansvarlig for disse morderes forekomst. Hun fortsatte mere eftertænksomt:

– Eller fortvivlede. Frygt kan drive folk til mord. Men det almindeligste er nok hævn og jalousi og måske griskhed. Jeg gad vide, hvad der drev Richards morder?

Hun tav igen. Med et dybt suk lænede hun sig tilbage i stolen og sendte Andersson et hastigt blik.

– Listen. Du skal nok få listen over gutterne. Skriver du selv? spurgte hun i en tone, der gjorde det klart, at hun ikke havde i sinde at gøre det.

Kommissæren nikkede og gjorde sig klar med sin blyantsstump.

– Min eksmand, Tore Eiderstam, behøver du ikke at skrive op, for han døde i september i år. Ligeledes Per Nord, han døde af leukemi for fem år siden. Og nu Richard ...

Hun tav et øjeblik, tog en dyb indånding og fortsatte:

– Sven Tosse, min tandlæge, foruden familien von Knecht. Han og Sylvia von Knecht var forresten forlovede, inden hun mødte Richard. Richard var jo oppe i Stockholm nogle år, men måtte i hast tage ned til Göteborg, da hans far døde.

Andersson skrev af alle kræfter. Stridner tav taktfuldt og ventede på, at han satte punktum.

– Så har vi Valle Reuter. Han er en af vores største børsmæglere, i dobbelt forstand. Han er naturligvis klikens mægler, ligesom Sven er deres tandlæge. Hans børsmæglerkontor hedder Reuter & Lech, husker jeg.

Igen måtte hun vente på Anderssons skriveri. Med en banden knækkede han blyantspidsen. Uden et ord rakte Stridner ham en hvid blyant, hvor der stod „Göteborg Sygehusforvaltning" på.

79

– Tryk på viskelæderet, så kommet blyet frem. Hvor var jeg nu? Jo, Valle. Han bor i stuen i von Knechts hus. Han er gift med Leila. De har en søn, der er læge. Ham havde jeg som kandidat for et par år siden, sagde hun.

Hun så ud til at tænke efter, om hun vidste mere om Valle Reuter, men kom ikke på noget.

– Næste mand er Peder Wahl. Han er gift med Ulla, søster til Sven Tosse. De bor på første sal, men har vist en vingård i Frankrig, hvor de for det meste opholder sig.

– Hvad arbejder han med?

Som svar løftede hun bare ironisk det ene øjenbryn. Andersson fik en stærk fornemmelse af at have stillet dagens dummeste spørgsmål, men han kunne ikke finde ud af, hvad han havde gjort forkert.

– Jeg har tre navne nu. Sven Tosse, Valle Reuter og Peder Wahl. Er det hele kliken?

– Nej. Ivan Viktors, operasangeren.

Andersson fór sammen. Det er ikke så tit, man støder på sine idoler i en mordsag.

– Han har trukket sig tilbage fra verdens operascener. Det var efter, at hans kone døde af kræft for et eller to år siden. Der er et navn mere. Gustav Ceder. Han er bankier og bor i London. Ham har jeg kun mødt én gang.

Stridner sad og snoede en mørkerød hårtot, mens hun fraværende så ud af vinduet igen. Det var næppe udsigten til Vasa Sygehus' grå bygninger, der hensatte hende i en drømmetilstand. Minderne. Hendes minder havde været en fantastisk hjælp. Han burde sige det til hende. Hans blik faldt på uret. Højt udbrød han:

– Der er pressekonference 13.00!

Han fór op, som om stolen, han sad på, pludselig var blevet strømførende.

Det gav et sæt i Stridner, som brutalt blev revet ud af sine tilbageblik. Afmålt sagde hun:

– Det haster vel ikke? Klokken er jo kun et kvarter i.

– Det er mig, der står for den! Jeg ringer i eftermiddag.

– Det er bedre, at jeg ringer, når prøveresultaterne kommer. Men hun talte til en tom døråbning. Hun kunne høre, hvordan Andersson drønede ned ad trapperne. Han holdt en god fart i betragtning af hans kropsfylde. Hun rystede på hovedet og sagde for sig selv:

– Bliver du ved sådan her, så ses vi nok hurtigere, end du tror.

5

Pressekonferencen blev en tumultagtig forestilling. Journalisterne råbte i munden på hinanden. Kommissær Andersson havde været med før, men aldrig tidligere oplevet noget lignende. På en eller anden måde gennemførte han dog det hele, svarede så godt han kunne, på det han vidste og udelod visse ting af „opklaringstekniske grunde". En karseklippet fyr fra TV4's lokalredaktion ville vide, hvordan det var lykkedes morderen at komme ud af huset uden at blive opdaget, på trods af at politiet var så hurtigt på stedet. Andersson så uudgrundelig ud og rømmede sig kort.

– Teknikerne har endnu ikke afsluttet undersøgelsen på gerningsstedet.

Det var virkelig på høje tid at finde svaret på journalistens spørgsmål. Derfor var det med stor tilfredshed, han konstaterede, at Svante Malm sad ved konferencebordet i det lokale, der fungerede som efterforskningscentral. Malm havde sat fotografier af von Knechts knuste krop op på opslagstavlen.

Blandt dem kunne man se forstørrelser af såret i baghovedet. Der var også billeder af kødøksen.

– Davs Malm!

Andersson prøvede at anlægge en spøgefuld tone, men da han så Malms blege grimasse, der skulle forestille et smil, fortrød han. I stedet sagde han lammefromt:

– Du og Per har virkelig gjort et godt stykke arbejde.

Svante Malm så ud til at kunne falde i søvn når som helst. Han gned sig i øjnene og sagde:

– Jeg ville bare rapportere, hvad vi indtil nu har fundet. Nogen af jer må skrive det ned.

Andersson gjorde tegn til Irene Huss om at begynde at gøre notater.

– På balkonen har vi fundet kødøksen. Den skarpe æg passer med hugget i hånden og bankedelen med læsionen i nakken. Professor Stridner hjalp os med at tjekke det her i morges. Det er en kødøkse i køkkenmodel, taget fra køkkengrejerne i von Knechts køkken. De hænger under ovnens emhætte. Økseskaftet er tørret af med en klud, dyppet i Ajaxvand. Ikke nogen af de blanke dele, kun skaftet. Øksen lå op mod væggen, derfor har det ikke regnet på den. Vi har fundet blod og hår på øksen, sandsynligvis fra von Knecht. Analysen er ikke færdig endnu, rablede Malm af sig.

Han holdt en kort pause og gabte højt. Andersson greb chancen til at spørge:

– Er balkonen mordstedet?

– Ja. Der er ingen tegn på, at kroppen er blevet slæbt ud på balkonen og derefter halet ud over gelænderet. Tænk på, at von Knecht ikke var nogen letvægter. Det er tungt at slæbe en bevidstløs krop. Til gengæld har vi en teori om, hvordan det hele

gik til. Balkonen har jo facon som et lille tårn, hvor fire piller
understøtter det lille tag. På en af pillerne har vi fundet et friskt
håndfladeaftryk fra von Knecht. Højrehånden. Hugget var i
højre hånd. Vi tror, at von Knecht stod på balkonen med ryggen
til balkondøren. Måske holdt han fast i pillen, det er faktisk ret
højt oppe. Morderen klapper til ham bagfra i nakken, han bliver
dog ikke helt bevidstløs, men fastholder taget i pillen. Så knalder
morderen den skarpe æg i hans håndryg, og han slipper taget pr.
refleks. Et kraftigt skub i ryggen, og Richard von Knecht tager
sin sidste flyvetur.

Der var helt stille i konferencerummet, da Malm oprullede
von Knechts sidste tid i live. Irene syntes, at der strøg et koldt
pust hen over nakken. Pludselig var morderen meget
nærværende. Han var ellers næsten forsvundet mellem alle
antikviteterne og de brølende avisoverskrifter.

I lokalet var der ud over Sven Andersson, Svante Malm og
Irene Huss, kun Jonny Blom. De andre havde ikke nået at
komme tilbage. Andersson vedtog, at det var et godt tegn. Man
samlede oplysninger og gik fremad i opklaringen. Forhåbentligt.
Højt sagde han:

– Det lyder sandsynligt, at det gik til netop sådan. Og
Stridner gjorde opmærksom på, at han ikke har nogle
afværgeskader på underarmene.

Irene kiggede op fra blokken.

– Han kendte morderen. Stolede på ham. Turde have ham
bag sig, da han gik ud på balkonen og lænede sig ud over
gelænderet. Husk på, at han led af højdeskræk.

Malm fortsatte:

– Det, som for øvrigt er bemærkelsesværdigt, er, at alle
lyskontakter og dørhåndtag er tørret af med klud og Ajax. Der er

ryddet yderst pænt op og gjort rent i hele overetagen. Vi bliver nok ikke færdige med underetagen førend sent i aften. Åhlén og Ljunggren har taget over. De vil tjekke elevatoren og trapperne. Selv om det øsregnede i går aftes og næsten hele natten, kan det måske være en god idé at gå gården og affaldsrummene igennem.

– Det skal jeg sige videre til gutterne. Smut nu bare hjem og sov, Svante, sagde kommissæren.

Efter at Malm var forsvundet ud i gangen, blev Andersson siddende lidt i dybe tanker. Han blev revet op til overfladen af en let banken på døren. En sekretær kom ind og rakte ham et stykke papir. Han læste det hurtigt. På rynken mellem øjenbrynene forstod Irene, at han ikke var helt tilfreds med indholdet.

– Skal man virkelig bakse med endnu et kvindemenneske? Jeg mente ikke dig, Irene, men den ansvarlige statsadvokat. Det bliver Inez Collin. Ikke nok med Stridner, men nu også Collin, sagde han og stønnede tungt.

Irene så, hvordan Jonny og han vekslede et indforstået blik. Hun blev rasende, for Inez Collin blev betragtet som en meget dygtig og fornuftig statsadvokat. Hård, men krystalklar. Igen det der med holdningen over for midaldrende, kompetente kvinder, hvorfor er de så skræmmende? Hun var klar over, at hun selv var godt på vej til at slutte sig til gruppen af disse kvinder. Men Andersson lod ikke til at føle sig truet af hende, trods det at hun var en anerkendt, dygtig kriminalinspektør. Sikkert fordi han kendte hende og kunne lide hende. I hans øjne blev hun ikke ældre. Det var en opløftende tanke. Andersson sagde:

– Jeg sørger for, at alle i gruppen får besked om, at vi ses her i lokalet 17.00. Hvad laver du i eftermiddag, Irene?

– Taler med fru Karlsson, gravhundedamen. Bagefter tager jeg op til Sahlgrenska Sygehus og snakker med Sylvia von Knecht 15.00.

– Okay. Jonny?

– Fortsætter med at tjekke med bagmandspolitiet. Richard von Knecht har åbenbart figureret i en del lyssky sammenhænge. Forrige år opgav han en indkomst på ni hundrede og firs tusind.

Næsten en million. Både Andersson og Irene var imponerede, men nok ikke overraskede.

Triumferende fortsatte Jonny:

– Men ved I, hvad hans opgivne formue er? Hold jer fast: et hundrede og treogtres millioner! Det er, hvad han beskattes af, men bagmandspolitiet tror, at der er en hel del i udlandet, hvor indtægterne aldrig når Sverige. Hvordan kan man trevle den slags op?

Så ufattelig mange penge. Man var en heldig kartoffel, hvis man vandt en million, rig hvis man ejede to millioner og en Krøsus, hvis man havde ti. Men et hundrede og treogtres! Et menneske med så mange penge – og åbenbart flere end dem – hvad har det at stræbe efter? Hvad er der af livsmål? Hvad giver tilværelsen spænding og mening? Hvad var det, der havde givet von Knechts liv det ekstra krydderi? Antikviteterne?

Irene blev revet ud af sine spekulationer af Jonnys stemme.

– ... har forsøgt i mange år. Men det er svært, for han var tidligt med i spillet på markederne i Sydøstasien. Midlerne er godt forankret i firmaer som Toshiba og Hyundai. Bagmandspolitiet ville prøve at få så meget af det frem i lyset, som det er muligt.

– Du må også godt kigge på den øvrige families indkomster og formuer. Jeg fik forresten listen fra Stridner over de andre i den gamle klike omkring von Knecht, sagde Andersson.

Han hev sin krøllede blok op af bukselommen, bladrede og læste højt:

– Sven Tosse, tandlæge. Han har klinik på Kapellplatsen.

– Så kan jeg tale med ham, når jeg kører tilbage fra Sahlgrenska Sygehus. Selv om der ikke er langt at gå hen til Tosses klinik fra fru Karlsson, funderede Irene. Hun besluttede at prøve at nå tandlæge Tosse inden besøget på Sahlgrenska Sygehus.

– De næste navne er Waldemar og Leila Reuter. Dem skulle Birgitta Moberg nok rende ind i, for de bor i stuen i von Knechts trappeopgang. Von Knecht har sandelig samlet sine gamle venner omkring sig, for på første sal har vi parret Peder og Ulla Wahl. Men de bor vist i Frankrig det meste af tiden.

Kommissæren standsede op og bladrede videre i sin blok, inden han fortsatte:

Der er en fyr, der hedder Gustav Ceder, som åbenbart næsten er forsvundet ud af vennekredsen. Han har boet i England i flere år. Jonny, kan du tjekke lidt om ham også, så vi ikke overser nogen. Sidste mand i rækken er Ivan Viktors. Ham tager jeg selv.

Irene indskød:

– Ved du, at Viktors skal flytte ind i den tomme lejlighed under von Knechts? Og at Waldemar Reuter bor alene i stuen?

– Hvem har sagt det?

– Henrik von Knecht. Samt at Henriks kone Charlotte er gravid.

– Jaså. Vi må gennemgå alt dette meget omhyggeligt i eftermiddag, når alle er samlet.

Andersson rejste sig som tegn på, at mødet var slut. Irene kastede et blik på uret og indså, at der ikke var tid til nogen frokost inden mødet med Eva Karlsson 14.00.

Hun fandt en tom parkeringsplads lige uden for fru Karlssons gadedør. Kun et par minutter forsinket ringede hun på dørklokken med navneskiltet „N. Karlsson". Eftersom det var den eneste Karlsson, der var i opgangen, satsede hun på den. Da der hørtes en rystende gammelkonestemme i dørtelefonen, vidste hun, at det var det rigtige sted.

Det summede i dørlåsen. Hun skubbede den tunge, gamle egedør op. Entreen var mørk, så hun tændte trappelyset. Gulvet og trapperne var af sten, men uden marmorsvaner. Opgangen virkede nyrenoveret, med sartgule vægge og en grøn skabelonmalet bort midtpå. Der var også en lille elevator. Den spandt blødt op til anden sal.

Eva Karlsson havde åbnet døren på klem, men åbnede den helt, da Irene trådte ud af elevatoren og sagde varmt:

– Velkommen, kære!

Irene fik en diffus følelse af at være inviteret til kaffeslabberads. Hvilket hun også var. Vist havde hun set, at der lå et konditori ved siden af gadedøren, men ikke i sin vildeste fantasi havde hun forestillet sig, at Eva Karlsson ville have købt alt fra deres sortiment. Det lod faktisk til at være tilfældet. Kagerne lå placeret på fint kagepapir, lagt på et kagefad af krystal. De guldrandede kaffekopper var tynde med hvide kaffeservietter omhyggeligt puttet ind under underkopperne. Oven på det lille søjlebord i den pæne stue stod der også en bordopsats i sølv med sukkerskål og flødekande. En sofa og to lænestole i gult silkestof, der så afskrækkende ubekvemme ud, stod grupperet rundt om bordet. Nuser lå i en af lænestolene og efter dens blik at dømme, havde den ikke i sinde at flytte sig.

Men rystende hånd gjorde Eva Karlsson en bred bevægelse ud over stuen, inden hun sagde:

– Vi flyttede hertil for ni år siden. Jeg tror, det var flytningen, der tog min mands sidste kræfter, for fem måneder efter døde han. Ni år … tænk, hvor tiden går!

Irene greb chancen. Nødløgne havde sjældent givet hende noget større samvittighedsnag.

– Apropos tid, så kan jeg kun blive en lille halv time. Jeg har en aftale 14.30. Men det er lige i nærheden.

Det sidste føjede hun hastigt til, da hun så draget af bristede forhåbninger, der gik over Eva Karlssons ansigt. Uden at det lykkedes at skjule sin skuffelse, sagde den tynde, lille hvidhårede dame:

– Jamen, sid nu ned og spild ikke mere af din dyrebare tid! Kaffen er allerede klar.

Hun forsvandt ud i den mørke entré, og Irene kunne høre en fjern skramlen fra køkkenet. Det vendte åbenbart ud mod gården. Eva Karlsson kom ind med kaffen og begyndte at pånøde hende kagerne. Irene takkede sin skaber for, at hun ikke havde nået at spise frokost. Med bollerne og småkagerne var der tolv slags.

Den aldrende gravhundemor sludrede om alt, bortset fra den foregående aftens begivenheder. Irene måtte høre om hendes barnløse, men lykkelige ægteskab, hendes tid som bibliotekar på Stadsbiblioteket og den uudtømmelige kilde til glæde, som Nuser havde udgjort de sidste otte år. Det var med lettere desperation at Irene artigt sagde nej tak til den tiende kage – mørdej med hindbærsyltetøj – og besluttede at komme til sagen. Hun skød kaffekoppen fra sig og blev Politikvinden. I en officiel tone sagde hun:

– Fru Karlsson. Jeg skal gå om nogle minutter. Er der noget nyt, De er kommet i tanke om, nu, hvor det første chok har lagt sig? Er De stadig sikker på, at De ikke hørte noget skrig?

Eva Karlsson sank sammen, men indså at traktementet var slut. Hun sagde med let dirren i stemmen:

– Søde Irene, begynd nu ikke at sige De til mig igen. Det føles så … fremmed.

Irene svarede ikke, men så, hvor meget det tog på Eva Karlsson at prøve at huske det, der var sket aftenen før. Hun så eftertænksomt hen mod vinduet i stuen. Det var ikke for at bemærke det himmelråbende behov for en vinduespudsning, men et reelt forsøg på at koncentrere sig og tænke efter. Nu kunne hun ikke udskyde det længere. Det hvide hoved nikkede sagte, da hun sagde:

– Han skreg ikke. Jeg er bombesikker.

Hvilket altså betød, at Richard von Knecht havde været bevidstløs, da han styrtede ned og knustes mod de toppede brosten. Kagerne foretog en kollektiv kolbøtte i hendes mavesæk ved tanken.

Nuser snorkede højt i sin lænestol og var ligeglad, da Irene rejste sig og takkede for kaffe og kager.

Hun lod bilen stå. Det var nok ikke muligt at finde en P-plads tættere på Kapellplatsen end den her. Dem på torvet var altid optaget af kunder til banken, Systemet eller de små butikker.

Hun gik ind i blomsterbutikken og spurgte, hvor tandlæge Tosse havde sin klinik. Den venlige, midaldrende dame pegede med en jordplettet tommelfinger over mod rulletrapperne. Hun var ved at plante hyacinter i en stor kurv. For første gang det år begyndte Irene at få en følelse af, at julen nærmede sig. Det var nok hyacintduften, for udenfor faldt en iskold støvregn.

Hun tog rulletrappen en etage op og fandt døren til Sven Tosses klinik. Et blankt messingskilt oplyste hende om, at hun var kommet til det rigtige sted. Nogen havde gjort deres bedste for at besværliggøre det ved at spraye sort farve over skiltet. Hun ringede på, og lidt efter kom en ung klinikassistent i pastelrosa dress og åbnede. Hendes smil lyste både varmt og professionelt, da hun spurgte:

– Hej, hvad kan jeg hjælpe med?

– Kriminalinspektør Irene Huss. Jeg søger tandlæge Sven Tosse angående mordet på Richard von Knecht.

Klinikdamens violblå øjne blev helt runde ligesom munden. Hurtigt trådte hun til side og gjorde en indbydende gestus hen mod venteværelset. Hun forsvandt hurtigt ned ad gangen hen mod en åben dør, hvorfra den hvinende lyd fra et tandlægebor hørtes. Irene gøs ufrivilligt. Det var lyden og lugten. Den var altid ens på alle tandlægeklinikker. Men hér ophørte ligheden med de klinikker, hun havde set før.

Venteværelset var tomt. Et stort almuevævet tæppe i mættede efterårsfarver lå på gulvet. På væggene hang der store, grafiske billeder. En svulmende brun skindsofa og fire matchende lænestole, to små glasborde og en høj reol til tidsskrifter gav et eksklusivt indtryk. Alligevel føltes det hyggeligt og hjemligt. Venteværelset blev afskærmet mod receptionen af en glasvæg, op ad hvilken der stod et fantastisk saltvandsakvarium. Overalt lå der et behageligt lydtæppe af lavmælt, klassisk musik.

Lyden fra boret var ophørt. Ud ad døren kom klinikdamen og en tynd, spændstig mand med stålgråt hår. Han så ti år yngre ud end de tres. Blikket, han sendte Irene, var skarpt og intenst blåt. Det matchede hans lyseblå klinikdress. I øjnene sås også en tydelig uro. Han rakte hånden frem og gav hende et smertende fast håndtryk og præsenterede sig. Med et nik bad han hende om at følge med hen til personalerummet. Tydeligt berørt sagde han:

– Hvis De vil undskylde, så har jeg en patient i stolen. Det her må ikke tage for lang tid. Hvad var det, De sagde til Mia: Richard myrdet! Umuligt! Skønt selvmord var vel mindst lige så umuligt. Ved I helt sikkert, at han blev myrdet?

– Ja, helt sikkert. Han blev slået bevidstløs og skubbet ud fra balkonen, svarede Irene.

Hun holdt en pause. Tosse lukkede bare øjnene og nikkede.

– Vi har forstået, at De og Richard von Knecht var gode venner, fortsatte Irene.

– Hvem har sagt det?

– Retsmediciner Yvonne Stridner.

– Jaså, Yvonne. Så har hun sikkert fortalt, at jeg og Sylvia var forlovede, da hun og Richard traf hinanden. Det var hårdt dengang, men han var et bedre parti end jeg. Men jeg mødte Inga, min første kone, kun nogle måneder senere, så vi sluttede fred. Vi var med til deres bryllup, og de var med til vores sommeren efter.

En tanke slog pludselig ned i Irene.

– Var De med til deres fest i lørdags? spurgte hun.

– Ja da. Inga var jo ikke med, det er over tyve år siden, vi blev skilt. Ann-Marie, min nuværende kone, var med.

– Var alle fra den gamle klike med til festen?

– Ja. Men det var langt fra alle, som var med til brylluppet, der var med i lørdags. Til brylluppet var vi over hundrede gæster. I lørdags var vi måske tyve.

– Var dem, der bor i Frankrig, med?

– Ja. Peder og Ulla Wahl. Ulla er min søster. De benyttede lejligheden til at se deres nye barnebarn. Men de kørte tilbage til Provence i mandags.

– Var Richard von Knecht, som han plejer?

Tosse tænkte sig om længe, inden han svarede:

– Ja, han var præcis, som han plejer. Glad og oplagt. Han elskede fester. Det var en fin fest. De eneste, der så ud til at kede sig, var Henrik og hans kone. Måske syntes de, at vi var nogle gamle dødbidere.

– Og Sylvia von Knecht?

– Helt som hun plejer. Men hun er lidt … speciel.

Han tav. Inden Irene var kommet i tanke om et nyt spørgsmål, rakte han hånden frem og trykkede hendes i et nyt skruestikgreb.

– Nej, nu må jeg tilbage til min patient. Fang morderen, for ingen fortjener at blive en morders offer. Slet ikke Richard von Knecht, sagde han i forbifarten.

Det faldt ikke Irene ind at bede ham forklare det sidste lidt nærmere, inden han var forsvundet ud ad døren. Irene masserede sin højre hånd. Tandlæger har stærke hænder.

Den smukke Mia fulgte hende ud til yderdøren. Nede fra gangen hørtes atter borets hvinende fræsen.

Udenfor var støvregnen gået over til en kølig vind med enkelte dalende snefnug.

93

Et blæsende og råkoldt Göteborg med temperatur omkring frysepunktet føltes lige så koldt som minus tyve grader i Kiruna. Om ikke koldere. Irene borede hagen ned i jakkens halsåbning.

Hun ville blive lidt forsinket til mødet med Sylvia von Knecht, men ellers var hun tilfreds med sin evne til at holde tidsskemaet i dag.

Klokken var 15.15, da hun trådte ind ad glasdørene til afdeling 5 på psykiatrisk afdeling. Der var helt tomt på gangen. Væggene var malet i en skidengul farve, og gulvet belagt med gråt linoleum. Et skilt, hvorpå der stod „Information", kunne ses længere fremme. Hun gik derhen og så en hvidklædt sygeplejerske i halvtredsårsalderen ved et skrivebord. Hun sad fraværende og stirrede på en computerskærm. Irene rømmede sig let.

– Undskyld mig. Hvor kan jeg finde Sylvia von Knecht? Kriminalinspektør Irene Huss.

Sygeplejersken fór sammen, vendte sig om mod Irene og sendte hende et irriteret øjekast. Hvast sagde hun:

– Ja, det vil jeg faktisk også godt vide. Hvor er Sylvia von Knecht? Og alle vores andre patienter?

Havde der været en masserømning fra psykiatrisk afdeling? Eller var det en af patienterne, der havde fået en hvid uniform på og sad ved computeren? Computerdamen vendte sig igen mod billedskærmen.

– Jamen, det er jo netop det! Jeg kom til at tabe kaffekruset på tastaturet. Gudskelov var der ikke noget kaffe tilbage, men hele den aktuelle indlæggelsesliste forsvandt. Jeg får kun den for april treoghalvfems frem! Guderne må vide, hvilken tast jeg kom til at trykke på. Det var måske flere. For pokker da osse! Grevinden ligger på ét, ét sagde hun i samme åndedrag.

Det varede et forvirret øjeblik, inden Irene forstod, at hun havde fået svar på sit spørgsmål. „Grevinden" måtte vel være Sylvia von Knecht. „Ét, ét" betød stue ét, seng ét.

Hun bankede let på døren, der var forsynet med et næsten usynligt ettal, inden hun trådte ind. I sengen nærmest døren lå en gammel, udmagret kvinde og stirrede tomt op i loftet. Hendes gule hud så ud til at være spændt direkte ud over kraniet uden nogen udfyldende muskulatur imellem. Hun manglede tænder, læberne var indfaldne og fik munden til at ligne en lille streg. Uden at blinke en eneste gang lå hun og stirrede op i absolut ingenting. Gennem det ene næsebor var der lagt en sonde ind. Den var tapet fast på kinden for ikke at falde ud.

Henne i hjørnet ved vinduet sad Sylvia von Knecht. Der var ingen lampe tændt i rummet. En grå eftermiddagsdis var begyndt at krybe ind og gav det en uvirkelig dunkelhed. Det eneste, der lyste op, var Sylvias hår, som var tykt, skulderlangt og platinblondt. Hun så ud som en æterisk alfepige i stolen, klædt i en mørk dragt og hvid silkebluse. Hænderne lå foldede i skødet. Den lille skrøbelige kvinde sad helt stille og så på Irene.

– Er det dig, der er den dér politibetjent?

Hendes stemme lød behagelig med sit næsten umærkelige finlandssvensk, men tonefaldet var skarpt. Irene følte sig som i underskolen og begyndte at indstille sig på at få en seddel med hjem om at komme for sent. Hun nikkede og skulle lige til at præsentere sig, da Sylvia fortsatte:

– Huss, var det vist. Hvorfor kommer du for sent?

Hurtigt beskyttede Irene sig bag politirollen og svarede afmålt:

– Kriminalinspektør Irene Huss. Jeg har afhørt en del vidner for at indsamle facts og oplysninger i formiddags. Det trak ud.

Hun agtede ikke at sige undskyld! Sylvia von Knecht sagde tonløst:

– Henrik kommer og henter mig om en halv time. Jeg bliver her ikke en nat til! Først ville de lægge mig på en firesengsstue. Aldrig i livet, sagde jeg! Så lagde de mig herind, sammen med den zombie dér.

Med en yndefuld bevægelse pegede hun hen mod kvinden i nabosengen.

– Nå ja, det gør vel ingen forskel. Hun har ikke rørt sig eller sagt et ord i flere år, siger personalet. Hun skal tilbage til plejehjemmet, så snart der bliver plads. De tvangsmader hende gennem slangen i næsen. Den går åbenbart ned i maven. Det er rigtig ulækkert, men skidt med det. Jeg har alligevel ingen appetit. Men jeg vil blive her til efter eftermiddagskaffen, sagde hun.

Irene tog tilløb til at indlede sin afhøring af Sylvia von Knecht. Stramt begyndte hun:

– Vi prøver at finde et motiv, der kan ligge bag mordet på Deres mand, og …

Sylvia von Knecht afbrød hende:

– Hvordan ved I, at det var mord?

Hun havde åbenbart tænkt over tingene siden deres telefonsamtale i formiddags. Irene tog sig god tid til at redegøre for de facts, der indtil nu var kommet frem.

Under hele beretningen sad Sylvia von Knecht tavs med hænderne foldet i skødet og nakken let foroverbøjet. Håret faldt ned som et gardin foran ansigtet. Irene kunne ikke se hendes ansigtsudtryk. Da Irene havde talt færdigt, løftede hun hovedet. Der var tårer i øjnene, og hendes stemme sitrede af sindsbevægelse, da hun sagde:

– At noget sådant skulle overgå vores familie. Det er afskyeligt! Jeg nægter at tro på det! Hvem skulle kunne myrde Richard? Hvorfor?

– Det er netop de spørgsmål, som vi prøver at få svar på. Fru von Knecht ...

– Sig Sylvia, så tussegammel er jeg da heller ikke.

Tussegammel var sandelig det sidste, hun så ud til at være. Ifølge oplysningerne skulle denne kvinde være et par og halvtreds, men hun så ikke en dag ældre ud end fyrre. I hvert fald ikke i stuens halvmørke. Inden Irene nåede at samle sig for at gentage sit spørgsmål, besvarede Sylvia det selv:

– Nej, jeg har ikke den fjerneste anelse. Richard er aldrig blevet truet. Selv om det er klart, store forretningsmænd, som det går godt for, får vel altid fjender.

– Ville han have fortalt dig det, hvis nogen havde truet ham?

– Ja, det ville han absolut have gjort!

Hvorfor løj hun? Irene noterede det kraftige kast med nakken, som var alt for trodsigt til at virke troværdigt. Hun besluttede at prøve at vende tilbage til emnet, men ikke lige nu. I stedet spurgte hun:

– Hvornår tog du op til Stockholm?

– I søndags, ved 14-tiden.

– Hvor boede du i Stockholm?

– Hotel Plaza. Jeg havde selskab på flyet af min mor og Arja. Arja er min søster. Vi havde bestilt billetter til aftenens opsætning af „Cyrano" på Oscars. Om morgenen tog mor og Arja færgen over til Helsingfors. Og jeg gik hen til Dansens Hus.

– Dansens Hus, hvad er det?

– Ved du ikke det! Det er et sted i Stockholm, hvor alle slags danse opføres. Det er dansens højborg i Norden, skulle jeg nok mene. Som du sikkert ved, så er jeg koreograf. Dansens Hus fylder fem år næste år, og så skal en af mine balletter sættes op. Det er et hulens stort arbejde, men fantastisk skægt. Jeg har allerede været deroppe to gange i efteråret for at gennemgå, hvordan jeg har forestillet mig det hele. Nu er vi kommet så langt, at rollerne skal besættes.

Irene kunne mærke, hvordan Sylvias stemme forandredes, da hun begyndte at tale om dansen. Det her var ægte lidenskab, det kunne høres. At Sylvia var koreograf, var en nyhed, men det var nok klogest ikke at røbe det. Og Dansens Hus havde hun aldrig hørt tale om. For at skifte emne spurgte hun:

– Talte du med din mand om mandagen eller tirsdagen?

– Tirsdagen, ved 12-tiden. Han var ved at blive forkølet om søndagen, det vidste jeg jo, men han blev egentlig sløj om mandagen. Det sagde han i hvert fald. Men det var åbenbart bare en almindelig virus, for om tirsdagen følte han sig rask igen. Han ville tage ind til sin og Valles tirsdagsfrokost.

– Valle? Er det Waldemar Reuter, du mener?

– Ja, det sagde jeg jo! De har spist frokost sammen hver tirsdag i over tyve år.

– På den samme restaurant?

– Nej, det har nok varieret. Jeg ved det ikke så nøje.

– Hvordan var hans humør, da I talte sammen?

– Akkurat som ellers. Lidt træt og stoppet i næsen.

– Hvad sagde han? Prøv at komme i tanke om det?

Sylvia lod til at tænke lidt over det. Til sidst trak hun på skuldrene og sagde uinteresseret:

– Han fortalte om forkølelsen, og sagde at han var blevet inden døre hele mandagen. Rengøringskonen havde været der og ryddet op efter festen. Hun havde vist haft sin datter med.

– Hvad hedder rengøringskonen?

– Hvad har det med sagen at gøre?

– Hun kan have set eller hørt noget vigtigt. Alle, der har været i kontakt med Deres mand de sidste dage, skal afhøres.

Sylvia kneb læberne sammen, men nedlod sig til sidst til at svare.

– Hun hedder Pirjo Larsson. Hun er finsk, gift med en svensker, men taler elendigt svensk. Jeg fik fat i hende via anbefalinger fra en veninde for to år siden. Det er kun finner, der kan gøre ordentligt rent. Svenskere er for dovne, og chilenere og den slags er for uvidende, fastslog hun.

– Hvor tit gør hun rent hos jer?

– Tre gange om ugen. Mandag, onsdag og fredag.

– Hvor bor hun?

– Aner det ikke. Angered, tror jeg. Jeg har hendes telefonnummer hjemme.

– Sagde din mand mere?

– Jah, han ville gå ud og købe to landgangsbrød, som vi skulle have om aftenen, når jeg ... når jeg kom hjem.

Igen bøjede hun hovedet. Skuldrene skælvede let, og et kort øjeblik fik Irene næsten en fornemmelse af, at hun prøvede at kvæle et latteranfald. Men de tørre, hede hulk vidnede om sorg. Irene besluttede, at det måtte være nok for denne gang.

Hun tog et par skridt hen mod Sylvia, men følte næsten intuitivt, at hun ikke burde røre ved hende.

– Tak fordi du har svaret på mine spørgsmål. Jeg kommer igen i morgen. Men jeg ringer inden. Ønsker du at tale med nogen af os, der arbejder med opklaringen, er det bare at ringe til nummeret her på kortet, sagde Irene.

Hun rakte kortet frem med sit direkte nummer. Da Sylvia ikke syntes at tage nogen notits af det, stak hun det forsigtigt ind mellem hendes foldede hænder, der stadigvæk hvilede i skødet.

Da Irene vendte sig for at gå ud af stuen, syntes hun lige, at det lyste op i den gamle, mumieagtige kvindes øjne. Had. Et flammende had. Men det kunne lige så godt have været en refleks fra belysningen i gangen, eftersom døren blev åbnet og en sygeplejerske kom ind med kaffen.

Hun brugte tiden frem til mødet 17.00 til at skrive rapporter om dagens oplysende afhøringer. For der var ikke tale om nogle regulære forhør endnu. Hun følte sig alligevel tilfreds med resultaterne. Der var allerede meget information, selv om de kun havde været i gang et døgn. Det var fordelen ved at komme hurtigt i gang med sagen. Skjulte morderen og motivet sig i det materiale, de allerede havde, selv om de ikke kunne se det? Eller var de lysår fra sandheden? Så længe der ikke var noget konkret spor at gå efter, kunne man lige så godt fortsætte med at grave og kradse lidt hist og pist. Der kom altid noget brugbart op.

Hun ringede hjem. Det var Krister, der tog telefonen. Han var lige kommet ind ad døren, men fortalte, at Katarina allerede var smuttet til karatetræning, og Jenny var ude med Sammie.

– Jeg snakker med Jenny i aften og prøver at få hold på det der med „White killers". Jeg følger dig i aftennyhederne lige nu. „Von Knecht „MYRDET"! står der på alle spisesedler. Man har åbenbart lavet trykkestop over hele landet og revet de spisesedler ned, der blev sat op i formiddags, sagde han.

Irene sukkede. Altid denne dårlige samvittighed over, at Krister måtte klare det meste derhjemme. Men samtidig var hun meget taknemlig for, at han tog diskussionen med Jenny. Stresset sagde hun:

– Vi skal have en fælles gennemgang 17.00. Det vil sige nu. Jeg må løbe. Er sikkert ikke hjemme inden 21. Kys, knus og kram!

Det sidste havde hun hugget fra en tv-serie. Yndigt.

Inden hun gik hen til konferencerummet, tog hun en en jomfruelig kollegieblok op af skrivebordsskuffen. På forsiden skrev hun med sort tusch „von Knecht". Hun slog op på det første skriveblad og skrev sirligt „Pizza" på den øverste linie.

Hun var den sidste, men de var ikke gået i gang endnu. Hun lod pizzalisten gå bordet rundt, og alle, der ville, skrev sig på og navnet på den ønskede pizza. Lyst øl og salat var inkluderet. Listen blev sendt ud til en sekretær, der skulle bestille dem til klokken seks til aflevering i vagtcentralen.

Andersson gennemgik, hvad patologen og teknikerne havde fundet ud af i dagens løb. Det eneste, der var nyt for Irene, var, at Ivan Viktors ikke var til at få fat i. Andersson havde lagt en seddel i brevsprækken og en besked på telefonsvareren.

Tommy Perssons, Hans Borgs og Fredrik Stridhs forespørgsler rundt i kvarteret var stort set negative. Det eneste positive, om end det var noget tvivlsomt, var et udsagn fra en pensioneret lærerinde. Hun var enogfirs år og næsten blind. „Og derfor er min hørelse skærpet på mine gamle dage", havde hun sagt. Fredrik Stridh var ikke overbevist, men redegjorde for, hvad hun havde sagt:

– Hun påstår, at hun hørte, hvordan døren til affaldsrummet længst væk smækkede i, efter at de sidste sirener var forstummet.

Det vil sige næsten 17.45, for den sidste ambulance ankom på det tidspunkt.

Kommissæren indskød et spørgsmål:

– Hvordan ved hun, at det var døren til det bageste affaldsrum?

– Hendes lejlighed ligger lige ved siden af. Hun bor altså tværs over gården, set fra von Knechts opgang. Men det virker helt klart mystisk, hvis det da er sandt, hvad hun siger, for døren blev næsten omgående åbnet igen, og hun hørte hurtige trin hen mod døren til gården, der fører ind til hendes opgang. Ikke løbende, men mere ligesom stressede. Hun mente, at den, der løb, ville undgå regnen. Ikke så sært, for det øste jo ned. Men nu siger damen, at hun kender sine naboer på skridtene. Hendes lejlighed ligger i stuen, så hun har sikkert tjek på det. De her skridt kendte hun ikke. Det var ikke nogen fra huset.

Jonny Blom stønnede og lavede himmelvendte øjne. Fredrik tog sig ikke af ham, men kiggede ned på sin blok, inden han fortsatte:

– Hun hørte døren til gården blive åbnet, og at nogen gik ad trappetrinnene op til stueetagen, men så fortsatte skridtene altså ikke op ad trapperne, men tværs over hallen og ud ad yderdøren mod gaden. Døren er tung og smækker i med et brag, ifølge damen.

Andersson afbrød ham igen med et spørgsmål:

– Virkede hun forvirret eller senil?

– Nå ja, hun er jo ældgammel og sådan. Og jeg ved ikke, om hun hører så godt, som hun siger. Men helt fra snøvsen er hun vel ikke.

Alle over halvtreds var fossiler i Stridhs øjne. Andersson sukkede let, inden han spurgte:

– Har I tjekket efter, om nogen i huset var ude ved den her tid og gik den runde, som damen beskriver?

Hverken Stridh, Borg eller Persson havde fundet nogen, der havde indrømmet at være ude på det aktuelle tidspunkt og have forårsaget smækkene i dørene og fodtrinnene i gården.

Andersson sagde:

– Hvis det er vores morder, så tyder det på en afsindig koldblodighed. At blive i lejligheden et kvarter efter mordet! På den anden side troede vel alle i indledningsfasen, at det drejede sig om selvmord. Ingen eftersøgte en morder. Og passer det, at han gik over gården og tværs igennem opgangen, så kom han ud på Kapellgatan. Et helt kvarter væk fra mordstedet!

Det kunne ses på Andersson, at han fandt dette højst interessant. Han var ikke lige så tvivlende som Fredrik Stridh. Erfaringen havde lært ham, at uvirksomme gamle, der holdt deres nærmeste omgivelser under opsyn, var uvurderlige vidner. Ivrigt sagde han:

– Lad os antage, at det er vores morder. I ly af regnen og mørket smutter han ud i gården. Af en eller anden grund piler han hurtigt ind i affaldsrummet og smider noget væk. Hvad? Der dukker en idé op i mit hoved. Nogen forslag?

Andersson så sig om i lokalet, men ingen andre kom med noget gæt. Triumferende udbrød han:

– Kluden! Kluden med Ajaxvandet! Den er nemlig ikke blevet fundet i lejligheden. De eneste karklude, der blev fundet, lå i en ubrudt pakke i kosteskabet. Nu er vi uheldige her, for vi var ikke helt på dupperne i morges. Renovationsvæsenet kom og tømte affaldsbøtterne, inden vi havde nået at undersøge dem. Og på døren ud mod gården er der kun Irenes og Henrik von

103

Knechts fingeraftryk. Nogen har tørret aftrykkene af efter sig, inden Irene og unge von Knecht tog i håndtaget.

De andre så spørgende på Irene, men hverken hun eller kommissæren gad fortælle om deres legen skjul med pressen i går aftes. I stedet sagde Irene:

– Ifølge Sylvia von Knecht er rengøringskonen finsk, hedder Pirjo Larsson og taler elendigt svensk. Vi skal have fat i hendes telefonnummer, og så kan vi søge adressen. Hun bor et eller andet sted i nærheden af Angered. Må jeg spørge dig, Hannu, om du taler finsk?

Hannu Rauhala nikkede.

– Kan du ikke tage dig af at forhøre Pirjo Larsson?

Igen et nik fra Hannu.

Irene redegjorde for sine samtaler i dagens løb. Alle syntes ligesom hun, at der var fremkommet en del af interesse, om end ikke noget motiv eller en sandsynlig morder.

Det var lykkedes Birgitta Moberg via telefon at få fat i parret Wahl nede i Provence. Den yngste datter, der var ugift, og derfor kunne findes i telefonbogen, havde opgivet nummeret til Birgitta. Hun havde ringet til parret Wahl, som allerede vidste, at Richard von Knecht var blevet myrdet, idet en af døtrene havde fortalt dem det i telefonen. De fortalte, at de var sejlet med Kieler-færgen søndag aften. I dag, her til formiddag, var de kommet hjem til deres gård en cirka tyve kilometer uden for Aix-en-Provence. De kunne kun bekræfte, hvad andre personer, der var med til festen, havde sagt, at von Knecht havde været glad og i hopla som sædvanlig, og at de ikke havde den fjerneste anelse om motiv eller morder. Ufatteligt, var deres kommentar. Hun gik videre i sine notater.

– Waldemar Reuter var i sit børsmæglerfirma, eller hvad sådan et kontor hedder. Han havde ikke tid til at tale med mig i dag, men lovede at komme herind i morgen 8.00. Han sagde så meget, at han var chokeret og umuligt kunne fatte, hvordan nogen kan have ønsket at myrde von Knecht. Lader til at have været en rigtig guttermand, denne Richard von Knecht, sagde hun opgivende.

Der lød en ærbødig banken på døren, og sekretæren kom ind med en tyk bunke fax-udskrifter under armen. Tørt sagde hun:

– En hilsen fra kontordamerne til inspektør Huss: faxen er næsten brændt sammen! Gæt hvorfor?

Hvorefter hun knaldede bunken i bordet foran Irene. Hun måtte bare erkende, at journalisteleven på Svensk Damtidning var et fund. Det kunne Irene konstatere allerede ved et hurtigt blik i stakken. Alt var ordnet i kronologisk rækkefølge, forsynet med datoer.

Jonny aflagde rapport om det sagsmateriale, som han havde sat sig ind i hos de to kolleger i bagmandspolitiet. Von Knecht var med i et netværk af mistænkte skatteforbrydere, der havde med udførsel af penge til udenlandske aktieforretninger at gøre. Materialet var indsamlet gennem snart et par år, men var blevet liggende. Jonny forklarede:

– De drenge fra bagmandspolitiet er jo uddannet til at opsnuse økonomiske forbrydelser, men de er stadig her hos os på politistationen, selv om de i virkeligheden er tilknyttet rigspolitiet. Hører altså ind under staten. Men da deres arbejde tit giver problemer på anklagersiden, laver de lidt andet opklaringsarbejde her på drabsafdelingen. Der var åbenbart mistanke om insiderhandler ved salg af et medicinalfirma for et par år siden. Men det kunne ikke bevises. Dér fik von Knecht en pæn lille gevinst på elleve millioner kroner. Ifølge bagmandsfyrene så tror man, at hans udenlandske indtægter er større end dem her i Sverige. Men eftersom det er udenlandske mæglere, der tager sig af de handler, er det svært at kontrollere. Og i Sverige betaler han skat af en privat formue på et hundrede og treogtres millioner!

De imponerende pift og udråb i lokalet blev afbrudt af et hidsigt signal på omstillingsbordet.

– Hallo! Det er vagtcentralen! Vær så forbandet venlige at hente jeres pizzaer! Her stinker som i et pizzeria!

Fredrik Stridh og Birgitta Moberg meldte sig frivilligt. Det slog Irene, da de forsvandt ud ad døren, at de sås sammen ret tit. En, der syntes at være inde på den samme tanke, var Jonny Blom. Ubevidst pressede han læberne sammen, samtidig med at han fulgte dem med en mørk skulen. De andre benyttede lejligheden til at rejse sig og strække benene.

Pizzaerne blev hurtigt spist, direkte fra kartonerne, med det medfølgende plasticbestik. Den lokale pizzabager vidste godt, hvad der krævedes af ham, når han leverede til politistationen.

Kaffemaskinen blev tændt. Andersson lænede sig mæt tilbage i stolen.

Netop i det øjeblik hørtes en kraftig, dump eksplosion. Trykbølgen fik ruderne til at bule indad og begynde at rasle ildevarslende.

– For helvede, et af raffinaderierne på Hising-Island sprang i luften!

Det var ment som en spøg fra Jonnys side, men ingen grinede. Det var et ubehageligt, voldsomt brag, selv om det ikke var Shells olietank, der eksploderede.

Andersson trak på skuldrene og prøvede at ignorere omverdenen.

– Det knald er andres problem. Nu har vi hørt, hvad alle har arbejdet med i dagens løb. Undtagen hvad du har beskæftiget dig med, Hannu.

Hannu Rauhala så direkte på kommissæren, da han tog ordet. Hans stemme var uventet mørk, og hans syngende finlandsk-svenske lød behagelig blidt:

– Jeg har været hos skattevæsenet ...

Jonny fór sammen i stolen og afbrød ham rasende:

– Hvad skal vi med dobbeltarbejde! Jeg har jo allerede fundet dét frem, der er interessant, via bagmandspolitiet!

Hannu rørte ikke en muskel i ansigtet, ændrede ikke en tone i stemmen, men i øjnene sås et koldere, isblåt skift.

– Richard von Knecht har en søn til.

I den kompakte stilhed, der fulgte, virkede det, som om sirenerne fra alle Göteborgs politibiler og brandbiler begyndte at hyle på samme tid.

6

– Hvad er det, du siger? Og hvad er det for noget shit, der foregår ude i byen?

Anderssons ansigtskulør steg adskillige grader. Han havde syntes, de så ud til at have et godt greb om tingene. Og pludselig var fanden løs. Både herinde og udenfor!

Hannu Rauhala så stadig ufravendt på kommissæren og fortsatte uanfægtet:

– Skattevæsenet har kopier af de personlige akter. Richard von Knecht har vedkendt sig faderskabet til en søn. Bo Jonas, født 230765 i Katarina sogn i Stockholm. Moderen hedder Mona Söder, 021141. Det står i von Knechts dødsattest.

– Hvordan fik du adgang t...? Åhr, skidt med det.

Et blik i de isblå, og Andersson besluttede at afstå fra spørgsmålet indtil videre. I stedet sagde han:

– Det her er interessant! Jeg gad vide, om konen og sønnen Henrik kender noget til Jonas' eksistens? Irene, du som i forvejen har kontakt med dem begge to, find ud af det. Hannu, du tager dig af Pirjo Larsson. Vi vil have at vide, om hun har nøglen til von Knechts lejlighed. Spørg hende, hvem der eventuelt besøgte ham i den tid, hun var der, eller om hun har set noget andet mystisk. Og kluden! Glem ikke at spørge hende om kluden. Fortsæt med undersøgelserne omkring Jonas og hans mor. Vi kan måske få hjælp fra kollegerne i Stockholm. Og det var sgu en pokkers tuden af sirener! Er det halve af Göteborg sprunget i luften?

Arrigt trykkede han nummeret ned til vagtcentralen. Først var der ingen, der besvarede opkaldet. Han måtte prøve igen.

– Jah, VC her, svarede en rolig mandestemme.

– Hvad sker der ude i byen?

– Det er et hus på Berzeliigatan, der brænder. Mistanke om bombning. Hørte I ikke knaldet? Det er kun knapt en kilometer herfra.

– Det lader til, at fyrene i PO1 får det hedt!

– Godt. Hej.

Kommissæren så slukøret ud, da fyren i omstillingen meddelte, at forbindelsen var blevet afbrudt. For at dække over sin forlegenhed fortsatte han hurtigt:

– Så ved vi det, men det er ikke vores problem. Vi må tage os af familien von Knecht. Fortsæt Hannu, har du flere oplysninger om den anden søn?

Hannu rystede på hovedet.

– Nå nå, men så fortsætter du med det spor. Ja, Jonny?

– Den øvrige families indtægter, sidste års selvangivelse: Sylvia von Knecht tjente et hundrede og halvtreds tusinde, privatformue syv hundrede og otteogtres tusinde. Henrik von Knecht tjente fem hundrede tusinde, formue fire hundrede og treoghalvtreds tusinde. Charlotte von Knecht tjente tooghalvfjerds tusinde og har nul formue.

– Fattigrøve sammenlignet med far von Knecht. Og hvem er ikke det, sammenlignet med ham!

Det var Fredrik, der kommenterede Jonnys efterforskning. Muntert konstaterede han:

– Når sandheden skal frem, så er det vel kun Charlotte og mig, der har samme slags økonomi.

De andre lo bifaldende og rejste sig for at hente kaffe.

Mødet fortsatte i yderligere to timer. Man vendte og drejede forskellige forslag og hypoteser, men vidste ikke, om man kom sandheden så meget nærmere. Eller om den allerede var udtalt, selv om ingen var klar over det.

Andersson kvalte et gab og besluttede at hæve mødet med nogle afrundende ord:

– Okay, vi ses her 7.30 i morgen.

De forsamlede begyndte at pakke deres notesblokke, kuglepenne, kaffekrus og andre for opklaringen nødvendige ting sammen, da der igen hørtes en banken. Uden at vente på svar blev døren åbnet og beredskabschef Håkan Lund fyldte hele døråbningen. Han indledte med denne hilsen:

– Halløjsa. Havde tænkt mig at aflægge en interessant rapport til jer.

Forbløffet fulgte gruppen hans vandring hen til enden af konferencebordet. Sat godt til rette begyndte han at rapportere:

– Jeg kommer lige fra branden på Berzeliigatan. Vidner hørte en kraftig eksplosion, og derefter begyndte det at brænde. Vinduerne i alle nabolejlighederne blev blæst ud. Ifølge det samme vidne knaldede det på første sal. Og dér...

Han tav og så melodramatisk på sine tilhørere, inden han fortsatte:

– Dér har ... eller havde ... Richard von Knecht sit kontor!

Der var dødstille, ingen kunne få sig til at sige noget. Håkan Lund var synligt tilfreds med effekten af sin nyhed og gik videre:

– Min patruljevagt skulle være færdig klokken 16.00, men vi blev opholdt af et stort sammenstød ved Tingstads-tunnelen. Nedkølet regn, isslag. Fem biler indblandet i et harmonikasammenstød. Ingen særlige personskader, men meget arbejde rundt omkring med rapporter og dirigering. Netop da vi var færdige på stedet, kommer der en alarm om bombeeksplosion på Berzeliigatan, på hjørnet af Sten Sturegatan. Det brændte voldsomt, da vi ankom. Der var tre brandbiler på stedet og et par patruljebiler.

– Er hele huset ødelagt?

Lund så eftertænksomt på Andersson, der havde stillet spørgsmålet, og svarede:

– Lad mig udtrykke det på den her måde, på en brandskala fra et til ti, hvor ét er en tændstikflamme, og ti er et flammehav, så var det her en nier. Inferno. Svar: Ja, hele huset er brændt ned.

– Det var som bare fanden!

Det var ikke nogen særlig intelligent kommentar fra deres kommissær, men den udtrykte præcis, hvad alle i lokalet følte.

Lund genoptog rapporteringen om hændelsesforløbet.

– I kælderen ligger der en frisørsalon. Den tilstedeværende damefrisør reddede sig ud på gaden. Hun var ved at gøre rent efter arbejdsdagen. Heldigt nok fik hun kun lettere skader i hovedet og på ryggen. Der var to lejligheder i stuen. Det lykkedes lejerne i den store lejlighed, et pensionistægtepar, at komme ud ved egen hjælp. De var chokerede, døve og havde fået

111

nogle væmmelige sårskader. Beboeren i den toværelses lejlighed lige overfor, arbejder som portier på Sheraton og var ikke hjemme, da det bragede. Han kom, lige inden jeg kørte. Han havde åbenbart hørt ekstranyhederne om branden. På første sal ligger – eller lå, er nok mere korrekt – von Knechts kontor. Åbenbart en større lejlighed som han disponerer over, ifølge naboerne nedenunder. Det er i øvrigt von Knecht, der ejer hele huset. Hans nabolejlighed står tom lige nu. Det er en lille toværelses, som han plejer at leje ud til firmaer, der har brug for en lejlighed i kortere perioder.

Her afbrød Lund sig selv. I en fart gik han med lange skridt hen og hældte den kolde bundskraber fra kanden på kaffemaskinen op i et plastickrus. Han skyllede kaffen rundt i munden, inden han sank det, smækkede velfornøjet med tungen og sagde:

– Man bliver så forbandet tør i munden af brande. Og af at snakke.

Der var stadig ingen, der sagde noget, så han gik tilbage til sin plads og fortsatte sin rapportering:

– På anden sal huserer en fotograf. Han bor i den toværelses og har ateliér i den store lejlighed oven over von Knechts kontor. Vidnerne fra stueetagen, pensionistægteparret, tror ikke, at han er hjemme lige nu. De har ikke set noget til ham et par dage. Han laver åbenbart modereportager, sommetider i udlandet. Lad os for hans egen skyld håbe, at han er nede og fotografere smukke damer under palmerne. Ellers er han nemlig død. Grillet. Det vil tage flere timer, inden røgdykkerne kan trænge ind i huset.

Lund afbrød sig selv og så meget bister og alvorlig ud, da han fortsatte:

– På tredje sal lykkedes det dem at redde en ung kvinde ved hjælp af stigen. Hun var selvfølgelig chokeret og ville ikke klatre ned med brandmanden. Men han fik fat i hende og bar hende mere eller mindre ned. Da hun kom ned på jorden, kom hun pludselig i tanke om, at hendes kæreste lå og sov et sted i lejligheden. Man da var det for sent. Det var umuligt at trænge ind i lejligheden. Den var helt udbrændt og risikoen for at gulvet skulle styrte ned var stor. Damen i nabolejligheden var mere heldig. Hun kom hjem fra arbejde og havnede midt i slukningsarbejdet. Hun havde øjensynligt ikke hørt noget om branden, men fik et chok. Hun brød sammen på gaden, og ambulancen måtte køre hende på skadestuen. Fjerde sal var tom. Man er lige påbegyndt arbejdet med at lave en slags taglejlighed.

– Han var vist vild med den slags lejligheder. Hvordan vidste du, at vi stadig var på stationen?

– Det var lykkedes Birgitta Moberg at tage sig sammen til en kommentar og et spørgsmål.

– Helt tilfældigt. Irene og jeg mødtes efter von Knechts lille luftcirkus i går. Det fremgår i øvrigt af eftermiddagsaviserne, at han fik hjælp til det. Interessant. Nå, efter at vi blev afløst af aftenvagten, ringede jeg ind til vagtcentralen og spurgte, om nogen af jer stadig var på stationen. Ifølge VC sad I og var optaget af jeres pizzaorgie. Så tænkte jeg, jeg smutter lige den vej og tænder op under gryden med lidt rygende, frisk hotstuff, afsluttede Håkan Lund med et tilfreds grin.

– At det lykkedes for dig, er vi nok alle enige om, sagde Andersson mat.

Han prøvede at stramme sig op og stille nogle fornuftige spørgsmål. Det var ikke så let.

113

– Hvordan fik du fat i alle de oplysninger om von Knechts kontor, at han ejer huset, hvem der bor i lejlighederne og alt det dér? ville han vide.

– Det sagde jeg jo? Det pensionerede par i stuen. De var yderst velinformerede, rigtige guldgruber for inside information. Lad mig lige se ...

Lund rodede rundt lommerne på den nye uniformsjakke af blødt, kraftigt skind.

– Her har jeg sedlen med deres navne og adresser. De bor indtil videre hos deres datter i Mölndal. Men de bliver sikkert på Mölndals Sygehus nogle dage.

– Tak, Håkan. Du kan selv være en guldgrube, eller ... ja, du ved, hvad jeg mener.

Det var vist ikke et helt heldigt udtryk, men Lund lod til at opfatte den underliggende påskønnelse, bukkede afmålt og sagde:

– Man takker. Nu vil jeg gerne trække mig tilbage. Jeg overlader jer til jeres hypoteser. Godaften!

Med disse ord svævede han ud ad døren. Hvis da en mand på over hundrede kilo kan siges at svæve.

Igen lagde stilheden sig et øjeblik over dem. Det blev Andersson, der brød den. Ansigtsfarven begyndte igen at stige, da han energisk slog hænderne sammen og udbrød:

– Nej, nu må vi holde øje med udviklingen af branden! Fredrik og Tommy stikker derhen. Prøv at få samling på situationen. Rapportér til os andre halv otte i morgen. I kan godt smutte med det samme. Her er sedlen med navn og adresse på pensionistparrets datter.

De andre seks blev siddende næsten en time, men kom ingen vegne. Til sidst sagde Andersson:

– Nej, nu holder vi for i aften. Vi ses 7.30 præcis.

Krister sad stadig oppe, da Irene kom hjem. Klokken var næsten 23. Sammie sprang rundt og hævdede bestemt, at intet menneske havde taget sig af den hele dagen. Men hans lyse, hvedefarvede pels glinsede, skinnende nybørstet, og hans madskål stod vasket op på køkkenbordet. Han led ingen nød. Da hun sank ned i lænestolen foran tv'et, insisterede han på at være skødehund. Atten kilo Irish softcoated wheaten terrier er for meget at have på skødet som afkobling, han måtte surmulende blive på gulvet. Det måtte være nok at blive kløet bag øret.

Krister fortalte om sin samtale med Jenny. Det var åbenbart hendes store, vilde drøm at få lov til at spille med i et rigtigt band. Og til det var det godt nok med en brugt elguitar. Bandets leder kunne skaffe en god en for tusind kroner. De besluttede at tænke over det et par dage mere. Det var måske en passende julegave?

– Men for dyr! Man skulle have det som von Knecht, over et hundrede og tres millioner kroner i formue! Han har sikkert også en masse pensioner og gyldne håndtryk, sagde Irene surt.

– Du, skat. Hvad hjalp alle hans millioner ham i går, da han faldt uden faldskærm?

Sommetider var Kristers värmlandske jordbundethed yderst velgørende. Ligesom hans job, der gjorde sig gældende, da han spurgte:

– Vil du have noget at spise?

– Nej tak. Pizzaen ligger som beton i maven.

– Hvad ønsker min nådigfrue så?

– En whisky. Stor.

– Selvfølgelig, min elskede. Chivas Regal, Jack Daniels eller Famous Grouse?

– Chivas.

Med en latter rejste Krister sig og gik ud i køkkenet. Han kom tilbage med to glas og en dåse Pripps Special klasse II. Irene satte en skuffet mine op.

– For en gangs skyld føler jeg trang til en ordentlig hivert at falde ned på. Bare en smule. En almindelig kande vil være tilpas, klagede hun.

– Vi kan lave en kande whisky af den her dåse, fem centiliter OP Andersson og en deciliter Amontillado. Det er, hvad der er i huset. Jeg går hen til Bolaget i morgen og køber nogle flasker vin til weekenden. Jeg arbejder sent på fredag, men har tidligt fri lørdag. Men jeg kender noget andet, som kan få dig til at falde ned. Følg med far her, så skal du få lidt godbidder...

Sammie var klar over, hvad der var i gang, sænkede halen og dappede op ad trapperne til Jennys værelse. Han forstod, at til og med ørekløningen, var det slut for i aften.

Alle var på plads i lokalet 7.30. Tommy Persson sad og gabte, mens Fredrik så ud til at have sovet otte timer i stedet for fire. Det var også ham, der måtte aflægge rapport om branden:

– Tommy og jeg var der cirka 9.30. Vi gik rundt og afhørte folk i huset lige overfor. De bekræftede, hvad Håkan sagde til os. Det bragede lige præcis klokken 18.20. Ilden flammede op med det samme, og det ser ud til, at den bredte sig eksplosionsagtigt. Kan de have hældt benzin ud i lejligheden?

– Den lugt burde naboerne have mærket, indskød Jonny.

– Ja, det er klart. Men brandfolkene hælder til den teori. Her til morgen vil de i hvert fald gå ind, for den dér fyr, der lå og snuede i lejligheden på tredje sal, savnes. De flyttede åbenbart sammen i sidste uge. Hun havde måske ikke vænnet sig til det. Det var vel derfor, at hun ikke kom i tanke om ham, før det var for sent. Han hedder Mattias Larsson, toogtyve år. Studerer på lærerseminariet.

Fredrik så beklemt ud og begyndte at bladre i sine papirer, inden han fortsatte:

– Her har jeg det! Fotografen i lejligheden oven over von Knecht ringede til VC, der senere kontaktede os. Han havde set branden i de sene nyheder. Hold kæft, et chok! Tænk jer, at synke ned i en lænestol med en bajer og tænde for hotellets tv og så se, hvordan ens hjem er ved at brænde ned! Han er i gang med et job oppe i Stockholm, sagde han. Men han vil komme herned i dag, og så kontakter han os. Han hedder Bobo Torsson. Vi havde tænkt os at fortsætte med opfølgningen af branden og se, om det giver nogen kobling til mordet.

Kommissæren nikkede.

– Okay. Så kontakter I også pensionistparret, når de bliver udskrevet fra sygehuset. De skal bo hos deres datter i Mölndal. Der må selvfølgelig være en sammenhæng mellem mordet på von Knecht og bomben på hans kontor. Spørgsmålet er, hvorfor man behøvede at sprænge hans kontor i luften også? Havde han noget personale ansat, måske en sekretær?

– Jeg skal tale med Sylvia von Knecht her til formiddag. Hun må vel vide det, sagde Irene.

– Så tager du også Henrik von Knecht. Tommy og Fredrik følger op på branden. Birgitta skulle møde børsmægleren i dag. Waldemar Reuter.

– Ja, lige her til morgen, bekræftede Birgitta.

– Jeg vil gerne være med til det forhør. Han må have været mellem de sidste, der så von Knecht i live. Jonny, vil du prøve at få fat i operasangeren, Ivan Viktors? Han har ikke givet lyd, på trods af sedler og beskeder på telefonsvareren. Vent lidt, jeg har sedlen her et sted...

Kommissæren rodede rundt mellem sine papirer på bordet. Efter megen flytten rundt, brast det ud af ham:

– Her! Værsgo. Og Hannu, du fortsætter med at lede efter den uægte søn i Stockholm. Skønt det vigtigste lige nu er at få fat i Pirjo Larsson.

Hannu nikkede og til alles overraskelse talte han:

– Hun står ikke i telefonbogen.

– Jaså, nå ikke ... men det finder du nok ud af på en eller anden måde.

Andersson var stadigvæk ikke helt sikker på, at han havde lyst til at kende alle Hannus metoder til at skaffe oplysninger på. Men effektive var de.

Irene henvendte sig til Hannu og sagde:

– Sylvia von Knecht sagde, at hun har telefonnummeret til Pirjo Larsson. Jeg skal ringe til hende nu efter mødet og aftale en tid, hvor vi skal mødes. Så beder jeg hende om Pirjos nummer, så kan du få det med det samme.

Hannu nikkede igen. Andersson henvendte sig til Hans Borg, der sin vane tro sad og halvsov på stolen. For at vække ham hævede Andersson stemmen og henvendte sig til sin ældste inspektør:

– Hans, du må køre tilbage til det von Knechtske kvarter. Altså det, der ikke er brændt ned. Hør om nogen har gjort nogen iagttagelser på Kapellgatan, omkring 17.40 på mordaftenen. Der ligger et P-hus på den anden side af gaden. Selv om det var mørkt og møgvejr, har nogen måske set morderen. Hvis det da var ham, der gik ud ad gadedøren.

Andersson holdt en pause og forberedte sig til at hæve mødet.

– Vi samles her i eftermiddag ved 17-tiden.

En banken afbrød ham. Sekretæren kom ind med et faxpapir i hånden.

– Hej! Frisk fax fra patologen, sagde hun hurtigt.

Andersson tog imod det. De andre kunne se, hvordan hans buskede øjenbryn røg op mod den ikke-eksisterende hårrand, da han udbrød:

– von Knecht havde 1,1 promille i blodet! Han var ikke døddrukken, men helt klart lettere påvirket. Det burde have gjort det nemmere for morderen.

Tilbage på sit kontor ringede Irene til Sylvia von Knecht. Hannu slentrede efter hende og satte sig på en stol ved døren.

Sylvia tog straks telefonen. Da Irene præsenterede sig, blev hun rasende og skældte hele Göteborgs politikorps ud, fordi de havde rodet rundt i hendes lejlighed. Hun hidsede sig rigtigt op. Hannu henne på sin stol kunne høre hendes skingrende:

– Og Pirjo kan jeg heller ikke få fat i! Jeg har ringet siden klokken 7. Hun må komme herind i dag og hjælpe mig med at gøre rent!

Irene holdt røret lidt ud fra øret og sendte Hannu et sigende blik, inden hun igen satte røret i position og sagde i et venligt tonefald:

– Godt, at vi kom til at tale om Pirjo. Vi vil også gerne tale med hende. Kan jeg få hendes telefonnummer? Eller måske nummeret til det rengøringsfirma, som er hendes arbejdsgiver?

Der blev stille i telefonrøret. Omsider lød en høj hvæsen:

– Det er ikke forbudt at betale sin rengøringskone sort!

„Det er det vel nok!" havde Irene vældig lyst til at svare, men var klar over, at det ikke lige nu ville være særlig psykologisk. Roligt sagde hun:

– Nej da, fru von ... Sylvia, jeg ville bare være glad for at få hendes telefonnummer.

Modvilligt gav Sylvia hende nummeret. Irene skrev det ned på en seddel og rakte den til Hannu. Med et nik forsvandt han ud på gangen.

Først da nævnte Sylvia nattens brand.

– Så underligt, at huset på Berzeliigatan skulle begynde at brænde dagen efter Richards død. Men det er jo selvfølgelig gammelt. Der gik vel overgang i en gammel elledning. De var begyndt at rive loftet ned. Der skal være en ateliérlejlighed. Jeg håber, at han havde forsikret sine computere ordentligt. Huset, ved jeg, var forsikret, sagde hun.

Morgenavisen havde kun talt om „en eksplosionsagtig brand", der havde endnu ikke stået noget om bombemistanke nogen steder. Irene så sit snit til at spørge:

– Havde han nogen ansatte på sit kontor?

Hurtigt svarede Sylvia:

– Nej. Han holdt øje med alverdens børser på sine computerskærme. Det behøvede han ingen sekretær til. Hans mæglere tager sig af alt det løbende med aktiehandlerne. Richard ville godt holde lidt øje med det. Han var der kun nogle dage om ugen.

Sylvia bestemte, at de skulle mødes klokken 10.00.

Med et suk så Irene på bunken af sladderfaxer. For at trække tiden lidt ud, ringede hun til Henrik von Knecht og aftalte en mødetid. Han ville komme ned til politistationen efter kl. 13.00.

Andersson fulgte med ind på Birgitta Mobergs kontor. Waldemar Reuter var ikke dukket op endnu, men klokken var kun 8.05. Andersson kunne godt lide at arbejde sammen med Birgitta. Hun var smart, sprælsk, ung og smuk. Der var kun ét minus. Hun fik kommissæren til at føle sig gammel. Han følte sig altid en smule kejtet sammen med Birgitta. Hun havde gang i den, mødte venner, rejste til udlandet og stod på ski om vinteren. Desuden havde hun dykkercertifikat og var tit ved Det røde Hav eller Middelhavet. Man bør interessere sig for sit personale, havde de sagt på det sidste chefudviklingskursus, hvorfor Andersson indledningsvis spurgte:

– Bliver det dykning i Det røde Hav eller skiture i Alperne til foråret?

– Ingen af delene. Jeg sparer og sparer. Ingen ferie før næste efterår. Så stikker jeg til Australien i mindst to måneder. Pakker alt ned i en rygsæk og traver rundt.

– Alene?

Han følte sig fjollet, da han havde sagt det, men det var hans spontane reaktion. Hun lo glad.

– Selvfølgelig. Fyre er bare i vejen. Tager man en fyr med, skal der hele tiden tages hensyn til hans behov. Nej, jeg vil opleve ting og sager og være åben for alt.

– Er det ikke farligt for en enlig kvinde at rejse på den måde?

Birgitta lo.

– Som du ved, kan det være farligt at gå ud på balkonen!

Ville han turde begive sig ud i Australiens natur? Aldrig! Sove under åben himmel, hvor alle nattens rovdyr strejfede om. Slanger og edderkopper. Han gøs. Og følte sig på alder med Metusalem.

– Sådan en rejse må være meget dyr. Hvordan bærer du dig ad med at spare op?

– Bor billigt i en lille etværelses ude i Högsbo. Min bil er tolv år gammel, og jeg reparerer og passer den selv. Men grundkapitalen er faktisk en lille arv efter min farmor.

Der hørtes en let hamren på døren, og Waldemar Reuter gjorde sin entré. Han vinkede til nogen ude på gangen. Begge politibetjente opfattede hans lette snøvlen, da han sagde:

– Tusind tak, min skønne frøken. Det var venligt af Dem at følge mig gennem den labyrint, der udgør Göteborgs politistation.

Med en let slingren vendte han sig om og fæstnede sine rødsprængte øjne på Birgitta.

– Åh, godmorgen! Skønhederne flokkes her på stationen!

Han udførte et dybt buk, hvorved han ræbede højlydt. Den hørm, der bredte sig i lokalet, ville man kunne skive op og sælge som vellagret Stiltonost. Reuter havde ikke tømmermænd. Men det ville han få om nogle timer. Hans runde hoved så ud til at være placeret direkte på den kugleformede krop, uden en mellemliggende, synlig hals. Han så faktisk ud, som om han var lige så tyk, som han var høj. Armene så ud til at stritte lige ud fra kroppen. Men hans forsøg på at holde balancen med armene som stabilisatorer, bidrog måske til det indtryk. Benene var korte. Fødderne i de eksklusive sko var overraskende små. Over den ene arm havde han en Burberryfrakke, som flagrede og svingede i luften, når han viftede med armene. Jakkesættet var mørkeblåt i et blødt stof med en diskret blank stribe. Slipset hang af en eller anden grund rundt om jakkereverset og ikke rundt om skjortens krave. Men han havde det i hvert fald stadig på.

Birgitta lavede en grimasse af afsky hen over Reuters bukkende ryg, men da han atter rejste sig op, sendte hun ham et strålende smil og bad ham om at sætte sig på gæstestolen. Hun præsenterede sig selv og kommissæren. Waldemar Reuter udbrød:

– Åh, pokkers osse, der er et mandfolk i lokalet! Det så jeg slet ikke!

Han gav Andersson et fugtigt håndtryk og blinkede skælmsk med et sigende øjekast til Birgitta.

Var det en fordel, at han var fuld? Måske. Bedst at lade Birgitta tage sig af forhøret. Han anså hende for en lille godte, og ikke for en politibetjent. Andersson prøvede at gøre sig usynlig i sit hjørne, hvilket var fuldkommen unødvendigt. Reuter havde allerede glemt, at han eksisterede. Birgitta sagde venligt:

– Vil De have lidt kaffe, hr. Reuter?

– Valle, søde lille du! Alle siger Valle!

– Kaffe?

– Ja tak, gerne.

Andersson blev overrumplet, da Birgitta gjorde tegn til ham om at hente kaffe. Men det var sikkert rigtigt. Det var hende, der tog sig af forhøret. Men han følte sig temmelig dum, da han gik hen til kaffeautomaten. Han købte tre krus, hvilket han fortrød på tilbagevejen. Det var svært at bære tre krus på én gang.

Reuter sad og hulkede og tog ingen notits af Andersson, der satte to af krusene på skrivebordet. Han listede tilbage til sit hjørne.

– ... min bedste ven. Vi havde kendt hinanden i femogfyrre år!

Valle Reuter pudsede næsen i frakkens ternede for. Med en velspillet deltagende mine rakte Birgitta ham et papirlommetørklæde.

– Vi har forstået, at De … du, Valle, var med til festen i lørdags. Trediveårs bryllupsdagen.

– Jamen, selvfølgelig! Jeg og Leila var brudesvend og brudepige til deres bryllup.

– Leila?

– Min ekskone. Vi blev skilt for fem år siden. Ikke en øre fik hun!

Birgitta besluttede hurtigt at lade ekskonen ligge. Reuters stemme var blevet aggressiv og hadsk. Hun spurgte let:

– Var det en god fest?

– Fest? Hvad for en fest?

– Hos von Knechts i lørdags?

– Nåh, festen! Supergod! Vidunderlig mad og superbe vine. Til forretten blev der budt på en interessant hvidvin fra Sydafrika, af alle steder! Neil Ellis. Sauvignon Blanc. Tør og krydret, frisk og fyldig. Smagen holdt sig længe. Let duft af blomster og urter. Udsøgt til laksetataren!

I kommissærens ører lød det som fuldemandssnak, men eftersom Birgitta så ud til at være med på noderne, afbrød han ikke. Reuter vandrede videre i tågerne og sludrede løs:

– Til hovedretten blev der serveret en fantastisk fransk vin. Gudskelov så har Richard ingen skøre ideologier om boycot. Rødvin. Bandol Cuveé Special – 92. Dyb duft, koncentreret, rig og frugtagtig smag med islæt af lakrids. Dyreryggen kom i godt selskab, må jeg sige.

Andersson syntes, at det lød ulækkert. Lakridssmag i rødvin! På den anden side brød han sig ikke om rødvin. Muligvis hvidvin til rejer. Han foretrak øl og en snaps. Birgitta spurgte:

– Syntes du, at Richard var, som han plejede?

– Absolut. Glad og i hopla, som altid. Vi elsker fester, mig og Richard. Men nu kan han ikke tage til flere fester. Richard...

Igen måtte Birgitta komme til undsætning med et lommetørklæde. Reuter pudsede højlydt næse og gloede rødøjet på hende. Han tog en dyb indånding, inden han fortsatte:

– Kæreste frøken, jeg beder Dem undskylde. Jeg har siddet hele natten og drukket. Til minde om Richard. Richards og mit venskab. Han var min bedste ven.

– Hvordan kunne du huske, at du skulle herind?

– Min vicedirektør kom og hentede mig. Jeg bad ham om at gøre det i går. Efter at du havde ringet, lille ... hvad var det ... nåh ja, Birgitta. Mats Tengman er en fin fyr. Ham har jeg håndplukket. Min efterfølger. Min søn er læge. Han skal være narkoselæge, for han vil ikke arbejde med penge, men med mennesker, siger han. Alle mine ansatte er så rare. Hvis du vidste, hvilke fine medarbejdere, jeg har.

Et nyt højlydt bøvs understregede hans påstand.

– Da han satte mig af her, så han jo, hvor ... medtaget ... jeg er, efter alt det, der er sket ... med Richard. Og så sagde han: „Valle, jeg skal nok tage mig af det hele. Hvil du dig i dag." Det sagde Mats til mig.

Andersson kunne se, at Birgitta diskret noterede noget på blokken foran sig. Forsigtigt guidede hun Valle videre i forhøret.

– Fortæl om i tirsdags, Valle.

– Hvad?

– Frokosten i tirsdags.

– Det har vi gjort i over tyve år. Hver tirsdag har vi spist frokost sammen. Det begyndte, da Richard solgte rederiet. Han var clairvoy ... synsk, når det gjaldt den økonomiske udvikling. Havde jeg turdet tro på hans ... så havde jeg været meget rig. Men jeg har jo, så jeg klarer mig.

Han tav og stirrede tomt frem for sig. Birgitta fik ham trukket op igen med et nyt spørgsmål:

– Hvilket rederi var det, han solgte?

– Det, han arvede, naturligvis! Familierederiet! Han fik det godt betalt. Han investerede i ejendomsmæglerbranchen, sammen med Peder Wahl. Kender du Peder?

– Jeg har talt med ham i telefonen.

– Han er en storartet fyr. En skam at de for det meste bor nede i Provence. Jeg savner Peder. Sig det til ham, næste gang I taler sammen.

Birgitte lavede himmelvendte øjne til Andersson. Han gjorde et beroligende tegn tilbage. Det er altid godt med sandhedsserum. Birgitta fortsatte tappert.

– Hvor spiste I i tirsdags?

– Vi tog en taxa ud til Johanneshus. En rigtig god kro ude i Billdal. Vi ville benytte lejligheden, inden julehysteriet bryder ud. Så bliver der for mange mennesker.

– Hvad tid var I derude?

– Hvor?

– Ved Johanneshus ude i Billdal. Frokosten med Richard.

– Nåh ja, naturligvis. Den.

Valle Reuter prøvede virkelig at tænke efter. Han lignede faktisk lidt en bekymret sæl, da panden lagdes i tanketunge folder.

– Vil tro, at taxaen var derude ved et- eller halv totiden. Et sted derimellem. Spørg Peter, kromanden.

Birgitta noterede igen. Det ville hun sikkert gøre.

– Fik I noget godt at spise?

– Åh, havets frugter! Til forret, isafkølede østers med lime. En ikke helt vellykket vin til, lad mig se ... fra USA. Golden Hind. Sauvignon Blanc. Ikke god til østers. En aftappet. Ellers er det en udmærket vin til...

– Hovedretten, Valle. Du må fortælle om hovedretten.

– Pocheret helleflynder med revet peberrod og smeltet smør. Kartoflerne var ikke mosede ... hvad hedder det?... Pressede! Pressede kartofler. Til det holdt vi på Sydafrika. Nævnte jeg vinen, vi drak om lørdagen? Den hvide til forret ... jaså, javel ... den var jo også derfra. En ypperlig vin! Bouchard Finlayson. Chardonnay. Den var fantastisk god. Vi tog to flasker. Til dessert en ismousse med brombær udfordrede vi Den gamle Verdens søde vine! Vi tog en flaske Mike Mossison Liqueur Muscat. En australier. Yderst vellykket. Vældig god!

Andersson begyndte at blive grundig træt af mystiske vine og underlig mad. Alligevel gjorde han tegn til Birgitta om at fortsætte, da hun tiggende om hjælp fangede hans blik. Et næppe hørligt suk undslap hende, da hun fortsatte:

– Hvornår var I færdige med måltidet?

– Vi havde lidt travlt. Vi kørte ved halv firetiden. Taxa, naturligvis. Sylvia skulle komme hjem om aftenen. Richard ville hjem og ordne noget, og så var han lidt forkølet. Ville tage sig en whisky og gå i sauna. Det plejer jeg også at gøre, når jeg føler mig forkølet. Men jeg vil skide på saunaen!

Dette syntes Valle Reuter var utrolig morsomt og gav sig til at hvine og hyle af latter. Hverken Andersson eller Birgitta Moberg gad at le med. Der var noget sørgeligt og beklemmende over den lille, runde mand. Birgitta lænede sig ind over skrivebordet og råbte:

– Valle. Hallo! Valle!

Reuter tørrede sine øjne med det gennemblødte papirlommetørklæde, faldt lidt til ro.

– Som du ved, blev Richard myrdet. Hvem tror du, har gjort det? Og hvorfor?

Reuter blev helt rank i ryggen og sendte Birgitta et skarpt blik, som et øjeblik fik hende til at spørge sig selv, om Valle var mere ædru, end han lod sig mærke med. Hvast sagde han:

– Sylvia! Det må være Sylvia. Hun arver penge. Hun er tosset med penge! Nærig. Og ondskabsfuld. Hvis du vidste, hvad hun har sagt til mig!

Han satte en dybt forurettet mine op.

– Ifølge flere vidner befandt hun sig nede på gaden, lige da han ramte jorden, konstaterede Birgitta tørt.

Dette fik Reuters bekymrede rynker i panden til at komme igen. Han sagde dog ikke noget, mumlede bare noget utydeligt.

– Er det arven, alle pengene, som du tror, er motivet?

– Sylvia. Pengene.

Han nikkede for sig selv og så ud til at være vældig tilfreds med sin skarpsindighed.

– Valle, hvad lavede du og Richard, efter at I var steget ud af taxaen?

– Vi tog elevatoren op. Jeg stod af i stuen, og Richard kørte op til sig selv.

– Så du ham, eller talte du med ham efter det?

– Nej. Det var sidste gang, jeg så Richard.

Andersson var bange for, at Valle skulle begynde at græde igen. Men det gjorde han ikke. Han sad og hang i stolen ligesom en punkteret ballon. Han gabte højt og glippede med de røde øjne. Andersson indså, at han måtte skynde sig med sit spørgsmål. Han rejste sig og gik langsomt hen til Valle, som vågnede op og forbavset sagde:

– Er du her endnu! Hvad var det, du hed?

– Sven Andersson. Et sidste spørgsmål inden vi ringer efter en taxa til dig. Hvor var du tirsdag aften og nat? Vi stemte dørklokker, men du var ikke hjemme.

Valle kneb munden sammen til en lige streg. Det var tydeligt, at han ikke agtede at svare. Tålmodigt fortsatte kommissæren:

– Det ville være rart, hvis du ville svare nu. Det vil spare os for meget arbejde. Du var den sidste, der så Richard von Knecht i live. Ud over morderen.

Det sidste sagde han med en kraftig understregning af det sidste ord. Valle var med på noderne, lænede sig fremover og hviskede konspiratorisk:

– Mordersken! Sylvia.

– Forstår du ikke, at du i højeste grad er mistænkt! udbrød Andersson.

Valle så dybt såret ud.

– Jeg? Dræbe min bedste ven? Aldrig!

– Hvor var du så?

Pludselig fik Birgitta en idé. Hun vendte tilbage til den konspiratoriske stemning ved at læne sig frem over skrivebordet og en smule skælmsk sige:

– Sig det som det er, Valle, det drejer sig om en dame?

Hele den lille mands ansigt lyste op i et jovialt skær.

– Ja, selvfølgelig, lille du! En dames ære.

– I har kendt hinanden ret længe, ikke sandt?

– Jovist, tre år ... Hvis du kender hende i forvejen, hvorfor spørger du så?

– Jeg kender ikke hendes navn.

Igen så Valle misfornøjet ud. Han stirrede dystert på Birgitta. Opfordrende sagde hun:

– Valle, du skal have et alibi!

– Hun vil ikke! Hun bliver gal på mig!

– Hun vil sikkert kunne forstå, at eftersom du uden egen skyld er blevet trukket ind i en mordsag, så må du have et alibi. Og det er kun hende, der kan give dig det.

Valle sank yderligere sammen. Efter en lang tavshed, mumlede han:

– Gunnel ... Gunnel Forsell.

– Hvor bor hun?

– Hør nu her, lille frøken, hun vil ikke have politiet rendende hos sig! Sig ikke, at jeg har sagt noget. Så får jeg aldrig lov til at komme der igen.

Tonefaldet sammen med uroen i hans opspærrede øjne, sagde alt. Hans trøst i ensomheden var prostitueret. Stilfærdigt spurgte Birgitta:

– Hvornår kørte du hen til hende?

– På min sædvanlige tid.

Han stoppede op og så undskyldende på Birgitta.

– Jeg plejer at besøge hende om tirsdagen 17.30. Men jeg var lidt for tidlig på den ... hun havde besøg ... men han gik lidt efter, så jeg kunne komme ind.

– 17.30?

– Lidt tidligere, tror jeg.

– Hvordan kom du derhen?

– Taxa.

– Hvornår kom du hjem?

Igen tøvede han med svaret.

– Jeg plejer at blive hele natten.

Han så trodsigt på Birgitta.

– Hvor bor hun?

– Stampgatan.

– Hvornår var du hjemme igen?

– Ved 10-tiden. Om formiddagen. Så gik jeg ned på kontoret. En luder, der bød på morgenmad. De to politibetjente havde aldrig hørt noget lignende. Det måtte være et helt specielt arrangement. Der var noget, der sagde Andersson, at Reuter måtte betale dyrt for det. Med stort besvær prøvede børsmægleren at rejse sig. Omsider stod han usikkert ravende på gulvet. Han gabte højt og sagde:

– Nej, nu vil jeg hjem. Tak for hyggeligt selskab, du skønne. Glem ikke at prøve Neil Ellis ved lejlighed. Vi kunne måske ...?

Birgitta smilede sødt og løftede røret for at ringe efter en taxa.

– Birgitta, tjekker du tiderne med Johanneshus? Plus naturligvis vores søde liggehøne på Stampgatan. Tjek om hun står i registeret, sagde Andersson.

– Næppe. Det lugter langt væk af luxusluder. Byde på morgenmad efter en hel nats søvn! En lille fast, velhavende kundekreds. Ikke noget gadefangeri. Jeg skal prøve at få fat i hende her til formidag, så er der størst chance for, at der ingen kunder er, svarede Birgitta.

– Spørg, om hun kendte von Knecht. Hvem ved? De er måske kunder hos hende begge to.

Med tunge skridt gik han ud på gangen. Han havde to møder. Det første var med politichefen, Bengt Bergström. Det andet var

131

med nogle mennesker, der havde til opgave at afprøve de nye politiuniformer. Alle på stationen havde været der. Undtagen Andersson. Havde Reuter sludret lige så åbenhjertigt, hvis Birgitta og han havde siddet i uniform? Næppe. Efter at have arbejdet i tredive år uden uniform, skulle han tvinges til at betale for en de sidste arbejdsår inden for tjenesten. Selv om han aldrig havde tænkt sig at tage den på. Men det nyttede ikke noget, hvad han sagde. Ordrer fra højeste sted. „Offentligheden skal vide, at det er en politibetjent, de taler med", havde været deres argument. Hans eneste mulighed for at protestere havde været at udeblive fra prøvetagningerne. Men nu var der ingen vej udenom længere. Der blev ikke givet nogen dispensationer.

7

Irene Huss nåede lige at skimme faxene fra Svensk Damtidning igennem. Hun griflede nogle vigtige årstal ned på sin blok. Ved 17-tiden skulle resten af opklaringsgruppen have en redegørelse over familien von Knechts fortid.

Det var interessant at læse gammel sladder, nu hvor hun havde mødt de involverede personligt. Billedet af Richard von Knecht skulle bygges op fra grunden og på baggrund af, hvad hun selv havde set og hørt under sagen.

Efter endt militærtjeneste blev den unge Richard åbenbart sendt til England i to år. Det var i en reportage fra en studenterfest, hvor prinsesse Birgitta deltog, at der var et foto af Richard og hende i hvirvlende dans. Billedteksten lød: „Prinsesse Birgitta var tindrende glad i selskab med den elegante Richard von Knecht." I den korte artikel kunne man læse: „... dansede flere danse med den unge Richard von Knecht. Han er lige kommet hjem efter økonomistudier i Oxford. Hans far, Otto von Knecht, Göteborgs rederkonge, er sikkert glad for, at sønnen nu skal til at uddanne sig til civiløkonom på Handelshögskolan i Stockholm."

På billedet kunne man se, at sladderskribenten havde ret. Richard var utrolig elegant. Høj og slank. Det mørkblonde hår havde sikkert været for langt for tidens mode. Han havde sideskilning, med pandehåret i en tyk bølge, der var gledet en smule flabet ned over venstre øje. Men det smukkeste var hans smil. Et glimt i øjnene og et smil, som strålede fra hans perfekte tænder. En smuk mund. Et sexet ansigt, absolut. Ikke glansbilledagtigt, men flot. Mandigt. Hvordan i alverden kunne denne mand være Henriks far? Alt det, der levede og vibrerede hos Richard på et næsten fyrre år gammelt billede, eksisterede kun som en svag ydre lighed hos hans søn. Henrik ejede intet af den livsglæde, som man kunne se hos Richard. Havde han nogensinde haft den? Næsten mod sin vilje var Irene blevet nysgerrig og fortsatte med at bladre i faxpapirerne. Der var flere billeder fra fester og premierer, hvor man så Richard i vælten. Altid med en ung dame ved armen. Sjældent den samme to gange i træk. I 1962 var Richard til et stort pinsebryllup og blev fotograferet med en smuk pige ved sin side. Irene genkendte hende ikke. Der stod: „... en af de unge mænd fra kredsen omkring Haga-prinsesserne, Richard von Knecht, konverserer en ung, fortryllende dame. Måske fortæller han, at han lige har taget eksamen som civiløkonom og skal begynde i Öbergs børsmæglerfirma efter sommerferien? Da vor reporter spurgte, hvorfor han ikke straks begynder i familiens rederi i Göteborg, svarede Richard von Knecht: Det er altid godt at samle erfaringer fra andre brancher, inden man lægger sig fast på én bestemt."

De følgende to og et halvt år sås han mest på diverse gallafestbilleder. Men i januar 1965 havde avisen en hel forside med kulsort overskrift: „Otto von Knecht pludselig død!" Af artiklen fremgik det, at Richards far blev ramt af en hjerneblødning nytårsdag og døde en uge senere som niogtres-årig. Richard blev kaldt hjem for at overtage roret i Knechtrederiet. Hans mor sås på nogle billeder, en stram og alvorlig kvinde. Af teksterne fremgik det tydeligt, at det var hende, der styrede rederivirksomheden. Richard måtte have mødt Sylvia relativt kort tid efter. På et billede fra det års valborgs-messebal sås Richard danse med en lille, graciøs, blond kvinde. „Vor nye rederkonge, Richard von Knecht, dansede hele aftenen med Stora Teatrets nye stjerneskud, ballerinaen Sylvia Montgomery, 22 år."

Den høje Richard og den alfeagtige Sylvia var et meget smukt par. De var enestående til den storslåede bryllupsfest, som Waldemar Reuter og hans Leila holdt pinseaften, en måned senere. Richard var fantastisk i kjole og hvidt, og Sylvia var uskyldsren sexet i en ærmeløs silkekjole. Brylluppet løb af stabelen i Örgrytes gamle kirke. Brudeparret så ret umage ud. Han var et halvt hoved mindre end bruden, lille og rund. Ifølge teksten arbejdede han i familiens børsmæglerfirma. Hun var mørk, opsigtsvækkende flot og så ud til højst at være tyve år. Selv om hun på billedet fra kirketrappen holdt buketten foran maven, kunne man se, at hun var gravid.

I slutningen af august forlovede Richard og Sylvia sig. Man sagde, at Richards mor var „himmelhenrykt". Brylluppet skulle stå den attende november. Ups! Nu blev der travlt. Grunden var naturligvis Henrik. Billederne fra brylluppet var bedårende. Sylvia var i en drøm af flødefarvet, tung silke. Der var ingen, der kunne se den mindste antydning af, at hun var gravid. Richard var mere elegant end nogensinde, og ifølge billedteksterne

„havde han kun øje for sin smukke brud". Der var tre fotografier, hvor Richard dansede med tre forskellige damer. Helt naturligt skulle brudgommen danse med de tilstedeværende damer. Men der var noget, der gav én en diffus følelse, når man så nærmere på billederne. Især ét, hvor han danser tæt sammen med en fladmavet fru Leila Reuter. Richard har ansigtet vendt mod fotografen. Øjnene lukkede, og munden let åben. Underlivet hårdt presset mod sin partners. Han havde ikke „kun øje for sin smukke brud"! Det fremgik helt klart, at det ikke var øjenkontakt, han søgte.

Irene lænede sig tilbage i stolen og bevægede sine stive skuldre. Da dette bryllup fandt sted, var Richards søn i Stockholm næsten fire måneder. Kendte Sylvia til hans eksistens? Det var et vigtigt spørgsmål at stille ved mødet om lidt.

Udklippet viste babylykken, da Henrik blev født i april 1966. Han var en meget sød baby, ligesom de plejer at være. Richard kiggede lige ind i kameraet og smilede bredt. Sylvia så ned på sit barn.

Derefter var der forholdsvis roligt på sladrefronten et stykke tid. Irene bed mærke i to klip fra nogle større fester. Richard sås med én og samme kvinde, og det var ikke Sylvia. Hendes navn blev ikke oplyst. Udklippene var fra september og oktober 1967.

Seks år senere, i juli 1973, døde Richards mor, Elisabeth von Knecht, i en alder af femogtres år. „Hun tabte den tapre kamp mod kræften", oplyste avisen.

Knapt et år senere var salget af familierederiet en kendsgerning. Prisen var hemmelig, men at det drejede sig om anselige summer, forstod man af undertonen i teksten. Derefter kunne man følge Richards karriere som en af landets største og mest succesrige børskometer.

Sylvia sås nu og da i officielle sammenhænge som en kongelig frokost hér og en Nobelfest dér. Richard sås tit på billeder fra premierer og store kapsejladser. Der var altid kvinder omkring ham. Men Sylvia sås sjældent blandt dem. Man kunne spore et meget tydeligt træk hos Richard – en svaghed for unge, smukke kvinder. Og han gjorde intet for at skjule det. Det her ville ikke blive helt let at tage op i samtalen med Sylvia. Men det var vigtigt. Måske et motiv? Nu havde Sylvia to: penge og utroskab. Problemet var, at hun umuligt kunne have myrdet Richard. Man kan ikke stå nedenfor på gaden og samtidig skubbe en person ud over balkonen på fjerde sal. Af samme grund måtte Henrik stryges. Men havde han et motiv? Ja, penge. Mange penge.

Hun fik travlt med gennembladringen. Tiden begyndte at blive knap. Pludselig blev hendes opmærksomhed fanget af overskriften: „Vil Henrik klare sig? Forældrene våger ustandselig ved hans side." Til sin egen forbavselse kunne Irene faktisk godt huske det. Men det var ni år siden. Hun havde på det tidspunkt fuldtidsarbejde med to fireårige. Det var stuvet væk i hukommelsens afkroge, som så meget andet. Hun bredte faxen ud på skrivebordet og læste hastigt om, hvordan Henrik og en soldaterkammerat fra jægerkorpset var blevet angrebet af en banal børnesygdom, som ingen af dem havde haft i barndommen. Nu blev sygdomsforløbet alvorligt, først og fremmest for Henrik. Han fik følgesygdommen hjernehindebetændelse. Han havde, da artiklen blev skrevet, ligget i koma to uger. Pludselig lagde Irene mærke til noget, som ikke stemte mellem tekst og billede. Teksten sagde, at „forældrene våger", men på billedet så man kun Sylvia på vej ind gennem sygehusindgangen. De skiftedes måske til at våge? Hvis der blev mulighed for det, ville hun prøve at spørge Sylvia, hvordan det havde forholdt sig.

Ugen efter meddelte avisen, at Henrik var vågnet. Både læger og forældre var tavse om hans tilstand. Richard havde sagt til reporteren, at „Henrik skal nok blive sig selv igen!" Så blev der stille om Henrik i spalterne.

Hans far sås som før til forskellige, festlige begivenheder. Men også Sylvia begyndte at vise sig mere. Ikke sammen med sin mand, men i egenskab af fremtrædende koreograf. Hun satte nogle balletter op på Stora Teatret, hun samarbejdede med Cullbergballetten i en forestilling og hun gæsteoptrådte som balletchef i Helsingfors i foråret 1991. Hun flyttede hjem igen samme sommer. Som årsag angav hun „hjemve", men mellem linierne anedes „samarbejdsvanskeligheder".

Alt, hvad der fandtes om Henriks og Charlottes bryllup, var en lille notits uden billede. Irene var ved at overse det, som det stod dér under overskriften „Hørt i byen". Midt i den spalte kunne man læse: „Richard og Sylvia von Knechts eneste søn, Henrik, er blevet viet til Charlotte, født Croona, ved en enkel ceremoni på Københavns rådhus den tiende september. Til stede var brudeparrets forældre og brudens søskende." Irene tjekkede årstallet oppe i hjørnet. Lidt mere end tre år siden. Hun bladrede, men kunne ikke finde mere at læse om Henrik og Charlotte.

Det sidste, hun nåede at kaste et blik på, var reportagen fra Richards tresårs fest på den private halvø i Bohuslän. Der var ialt tre hundrede gæster, plus en eller anden kongelig og diverse kendisser, som finansverdenens adel og den konventionelle adel repræsenterede. Irene tog sig kun tid til at kigge på billederne, teksten måtte hun læse senere. Richard von Knecht var stadig flot. Håret var gråsprængt, tykt og stadig med pandelok. Han var nogle kilo tungere siden bryllupsbillederne, men der var ikke antydning af fedt. Han så stærkt solbrændt ud mod den hvide smoking. Med et champagneglas hævet mod kameraerne smilede han sit sanselige, afvæbnende smil. Det var uforandret det samme, ligesom glimtet i de intense, blå øjne. Vitalitet, livsglæde, sensualitet var ord, der fór gennem Irenes hjerne. Ikke de mere iøjnefaldende: penge, magt, indflydelse. Mærkeligt, for de var mindst lige så selvfølgelige, når det gjaldt Richard von Knecht.

Et hurtigt blik på uret viste, at hun havde et kvarter til, inden mødet med Sylvia. Bedst at prøve at komme nogenlunde til tiden. Hun stuvede faxbunken ned i den nederste skrivebordsskuffe og puttede en notesblok i jakkelommen.

Sylvia var stadig oprevet over roderiet i lejligheden. Hun skældte ud på Irene som repræsentant for politiet i al almindelighed og teknikerne i særdeleshed. Irene lod hende brokke sig og fulgte i kølvandet på hende ud i den fantastiske sal. Gardinerne var stadigvæk trukket fra og lukkede den grå dag ind. Irene gik hen mod en af de høje glasdøre og kiggede ud. Langs hele salen løb en smal altan, højst to meter bred. Balustraden bestod af rosa, vaseformede marmorsøjler med en overligger i sort marmor. Gelænderet så faretruende lavt ud. Også glasdørene manglede håndtag på ydersiden. Dermed kunne Irenes tanke om en facadeklatrende morder afskrives. Det var umuligt at komme ind udefra via altandørene. Og folk ville have set ham, eftersom klokken skulle have været lidt over 17.00. Nej, det var ikke nogen god teori.

Tankerne blev afbrudt af Sylvias klagende stemme.

– Pirjo svarer heller ikke, kun en af hendes imbecile unger. Jeg taler jo finsk med ham, men alligevel kan han ikke sige, hvor Pirjo er! Han påstår, at han har influenza, og at der vil komme en finsk politimand og snakke med dem i eftermiddag.

– Det stemmer. En af vores inspektører er finsktalende. Han vil kontakte Pirjo, sagde Irene.

– Hvad skal det til for?

– Hun og datteren kan have set eller hørt noget om mandagen, da de var her og gjorde rent. Plejer hun at have datteren med?

– Nej, kun hvis vi har haft en større fest. Og hvis pigen har fri, svarede Sylvia kort.

Irene så sig om i den vældige sal. Nu så hun, at søjlerne, der bar tagetagens gulv, slet ikke var af ægte marmor, hvilket hun havde troet for to aftener siden. Det var umådelig dygtigt marmorerede træsøjler. Naturligvis ville det blive for tungt med rigtig marmor. Langs væggene var der opstillet antikke møbelgrupper og smukke skabe. Og hvilke malerier! Irene følte sig som en eksklusiv eneste besøgende på et kunstmuseum. Langs med rækken af altandøre, skinnede et mørkt spisebord af mahogni, det længste, hun havde set. Hun så det som en god indledning til samtalen med Sylvia.

– Sikke et smukt bord. Og langt! Var det her, I sad i lørdags?

– Ja, naturligvis var det her, vi sad, sagde Sylvia afmålt.

– Hvor mange var I?

– Tyve stykker. Vi ville ikke være for mange, kun de nærmeste. Alle havde været med til brylluppet. Bortset fra Henrik og Charlotte, selvfølgelig.

Det kom vel an på, hvordan man så på det, når det gjaldt Henrik, tænkte Irene. Sylvia fortsatte:

– Richards søster og hendes mand kunne ikke komme. De bor i Florida. Han skulle opereres for prostata eller sådan noget. Han er femoghalvfjerds år.

– Og hvor gammel er hun?

– Syvogtres.

– Vil du være venlig at fortælle om, hvem der var her til festen.

– Ja da. Ud over Richard og mig, så var der Henrik og Charlotte, Sven og Ann-Marie Tosse, Peder og Ulla Wahl. Ja, de skulle alligevel hjem til Sverige for at se deres barnebarn nummer fire. De havde været her hele ugen før festen. Deres ældste datter, Ingrid og hendes mand, var med. Ingrid var nemlig brudepige til vores bryllup. Da var hun fem år, henrivende pige. Det er ikke hende, der har fået det nye barn, men den mellemste datter, Kerstin. Hun var kun to år, da vi giftede os, så hun var ikke med til brylluppet. Derfor inviterede jeg hende ikke. Heller ikke den yngste datter. Hun er på alder med Henrik.

Hun afbrød sig selv og så forvirret ud. Irene blev klar over, at hun havde tabt tråden og ikke anede, hvor mange, hun havde remset op. Selv havde hun nået at få navnene skrevet ned. Det gør ikke noget, hvis den afhørte begynder at afvige fra emnet, for så når man at være med rent notemæssigt. Irene forbarmede sig og sagde:

– Du har oplyst mig om, at jeres familie, Tosses og klanen Wahl var til stede. Hvad hedder Ingrid til efternavn?

– von Hjortz.

– Tak. Jeg vil gerne bede om telefonnumrene på alle, inden jeg går.

Sylvia nikkede og tog en dyb indånding, inden hun genoptog sin opremsning:

– Min mor, Ritva Montgomery. Hun er otteoghalvfjerds år. Min søster Arja og hun fulgtes ad fra Helsingfors. Så var der Valle Reuter...

Hun rankede sig. Der drog et skær af foragt over hendes ansigt. Hurtigt fortsatte hun:

– Det hyggeligste var, at Gustav Ceder og hans kone, lady Louise, kunne komme. Hendes far er næsten hundrede år og ligger for døden. De kom fredag aften og kørte tilbage til London ved frokosttid om søndagen. Vi har ikke set dem siden deres sølvbryllup for fire år siden. De kunne ikke komme til Richards tresårs fest, fordi det var på det tidspunkt, hendes far blev alvorligt syg, selv om han kom sig...

Pludselig tav hun igen forvirret. Forarget udbrød hun:

– Gud, hvor jeg plaprer! Nu har jeg tabt tråden igen!

Hun så opfordrende på Irene, der fulgte opfordringen, og sagde:

– Valle Reuter og så Gustav Ceder med den adelige fru Louise.

– Tak. Vores gode ven, Ivan Viktors, operasangeren, du ved, var her også.

Irene genkendte ganske vagt hans navn, men var usikker på, hvem han var. Man burde åbenbart kende ham, eftersom kommissæren var blevet så henrykt, da han hørte hans navn. Men han var operafanatiker, hvilket Irene ikke var. Beatles, Rod Stewart og Tina Turner var mere hendes smag.

– Så er der kun Richards to kusiner og deres mænd tilbage. Det er Richards mosters to døtre. De er på vores alder, og var som sagt med til brylluppet. Vældig søde, men vi ses ikke så tit.

Begge bor i Stockholm. Svigermor var fra Stockholm. Du skal nok få de navne og adresser, du vil have, sagde Sylvia.

Hun drejede om på hælen og begyndte yndefuldt at skride op ad trapperne til lejligheden ovenover. Eftersom hun ikke havde sagt noget, besluttede Irene at hænge på. Den tykke løber dæmpede effektivt hendes hurtige trin på trappen. Øverst oppe nåede hun lige at se, hvordan Sylvia drejede ind ad døren til det rum, der var nogens arbejdsværelse. Skrivebordet og computeren havde gjort, at hun og kommissæren drog den fejlagtige konklusion, at det var Richards værelse. Balletplakaten indikerede snarere, at det måtte være Sylvias. Richard havde jo haft en hel lejlighed som kontor.

Irene ilede hurtigt hen over de bløde tæpper i hallen og biblioteket. Sylvia hørte hende ikke, men fór sammen og gjorde faktisk et hop i luften, da hun blev klar over, at hun ikke længere var alene i arbejdsværelset. Irene blev perpleks over den heftige reaktion, men mindst lige så meget over Sylvias ansigtudtryk. Hun så ud, som var hun grebet på fersk gerning.

Som Irene senere huskede det lynhurtige erindringsbillede, lænede Sylvia panden let mod rammen af fotografiet, der hang på væggen ved siden af computerbordet. Irene tog et par forsigtige trin ind i værelset og så på billedet. Selve fotoet var i A4-format, omgivet af en bred passepartout med et smal sølvramme.

Smilet var det samme. Glimtet i øjnene, skæret af livsglæde over hele ansigtet. Iøjnefaldende, pulserende nærvær og sensualitet. Men det var ikke Richard, det var Henrik. Det karseklippede hår og baskerhuen, der sad nonchalant – men sikkert reglementeret – på skrå, viste, at fotoet måtte være taget, da han var inde som soldat. I jægerkorpset, havde avisudklippet fortalt.

Sylvia så på Irene med et blik fyldt til randen af raseri og had. Pludselig begyndte hun at græde. Med åbne øjne, uden at blinke, stod hun bare ret op og ned med armene løst hængende langs siderne. Hun gav ikke en lyd fra sig, men tårerne strømmede ned over kinderne. Irene fik en ubehagelig følelse af at have smugkigget på noget meget personligt. Det blev nødvendigt at afbryde den ubehagelige scene, som hun selv utilsigtet havde skabt. Brødebetynget sagde hun:

– Undskyld, jeg misforstod dig måske, men jeg troede, at jeg skulle følge med herop og skrive adresserne af.

Sylvia svarede ikke, men det glødende raseri lagde sig. I stedet begyndte hun at ryste kraftigt. Impulsivt gik Irene hen og tog forsigtigt om hendes ene skulder og førte hende hen til skrivebordsstolen. Hun trak den frem, og Sylvia sank ned. Hun stirrede stadigvæk lige frem. Næsten uhørligt hviskede hun:

– Jeg plejer at tale med ham.

– Med Henrik?

Sylvia nikkede. Irene følte en let irritation. Det var da klart, at de plejede at tale sammen. Dels boede de kun nogle kilometer fra hinanden, og dels var der masser af telefoner i lejligheden. Men hun fik en diffus, gnavende fornemmelse af, at hun tænkte i de forkerte baner. Det var ikke det, Sylvia havde ment. Det var noget, der havde med den kortvarige scene ved fotoet at gøre. Tilbedelse? Tøvende spurgte hun:

– Mener du, at du taler med Henriks foto?

Sylvia så stadig stift frem for sig, da hun nikkede. Tårerne fortsatte med at trille, om end ikke helt så heftigt længere. Var Sylvia ved at bryde sammen igen? Det havde måske været alt for tidligt at sende hende hjem fra psykiatrisk afdeling? Sikkert bedst at tage det lidt gelinde. Forsigtigt spurgte Irene:

– Svarer han dig?

Sylvia rankede sig og sagde bestemt:

– Dén her Henrik svarer mig!

Hvad mente hun? Det føltes, som om de gik på en tynd isflage, der knagede under dem for hvert skridt. Det her var faktisk enken efter et mordoffer, lige udskrevet efter et nervesammenbrud. Det var vigtigt at gå forsigtigt frem, eftersom hun stadigvæk virkede meget skrøbelig. Var Sylvia ved at gå ind i en psykose? Men samtidig var det vigtigt at få klarhed over, hvad hun mente. Tøvende sagde Irene:

– „Den Henrik", siger du. Er det en anden end din søn, Henrik?

Spørgsmålet var stillet forkert. Sylvia trak irriteret på skuldrene og hvæsede:

– Selvfølgelig er det Henrik. Men som han var!

Så faldt tiøren omsider.

– Du mener, inden han blev syg? Inden hjernehindebetændelsen?

Sylvia sendte hende et stumt, langsomt nik som svar.

– Er han meget anderledes efter sin alvorlige sygdom? spurgte Irene.

– Ja. Han lå bevidstløs i atten dage. Da han vågnede op, var han helt forandret. Han havde svært ved at læse, svært ved at løbe og fik jævnligt ondt i hovedet, når der blev for megen støj. Han trak sig væk fra sine kammerater. Syntes ikke, at han orkede at hænge ud sammen med dem. Til sidst holdt de op med at komme. Ligesom Emelie.

Sylvia tav, og et smerteligt drag strøg over hendes mund.
Lavmælt spurgte Irene:

– Hvem var Emelie?

– Hans kæreste. De havde fået lejlighed og skulle flytte sammen, når han var færdig med at være soldat. Alt for tidligt, syntes jeg. Men han elskede hende. Selv om hun ikke elskede ham. Det blev klart allerede i den tid, hvor Henrik lå på sygehuset. Hun fandt sig en ny fyr, en gammel barndomsven af dem begge. Dobbelt svigt. Det tror jeg knækkede ham endeligt.

Igen had i blikket. Men hun talte, hvilket var hovedsagen for Irene. Hun huskede billedet fra udklippet med den enlige Sylvia på vej ind gennem sygehusindgangen.

– Hvordan tog din mand det hele? Med Henriks sygdom? spurgte hun forsigtigt.

Hadet flammede igen fra øjnene. Det føltes fysisk, som et slag i ansigtet, men Irene forstod, at det ikke var rettet mod hende. Det var mod Richard. Halvkvalt sagde Sylvia:

– Han fornægtede det! Henrik var ikke syg! Han ville snart komme sig over sin lille svaghed og blive helt, som han plejede!

– Men det blev han ikke.

– Nej.

– Hvad skete der?

Sylvias stemme blev uendelig træt. Det så ud til at koste hende mange kræfter at kunne svare.

– Henrik trænede og fik det bedre rent fysisk. Men han var så forandret. Det var ikke vores Henrik mere. Lægerne sagde, at han var blevet skadet i selve hjernen. Det tog næsten tre år, inden svimmelheden og hovedpinen forsvandt. I mellemtiden gled Richard og Henrik længere og længere fra hinanden. De havde lavet så meget sammen før. Først og fremmest så græmmede

146

Richard sig over, at Henrik pludselig slet ikke var interesseret i aktier og forretninger. Han blev ude af sig selv, da Henrik begyndte at læse kunstvidenskab på universitetet med speciale i kunst- og stilhistorie. Men efter nogen tid, ændrede han holdning. Det var ham, der foreslog Henrik at slå sig på antikindkøb for kundernes regning. Richard blev med tiden en af hans største kunder. Det førte dem lidt nærmere til hinanden igen.

– Men det blev aldrig som før hjernehindebetændelsen.

– Nej.

Igen havde Sylvia ladet sit platinblonde hår falde ned foran ansigtet ved at bøje hovedet forover. Irene følte sig i syv sind. Hvordan skulle hun komme videre? Sylvia kunne virke viljestærk og selvcentreret udadtil, men intuitivt følte Irene hendes psykiske skrøbelighed. De spørgsmål, hun havde tilbage, var utrolig personlige og nærgående. Men de måtte stilles. Helst nu. En forsigtig start var sikkert passende, derfor indledte hun med:

– Men da Henrik giftede sig med Charlotte for tre år siden, må han vel have haft det ret godt?

Ikke ét hår sad forkert i den platinblonde hårpragt. Ingen som helst reaktion. De værste spørgsmål var dog tilbage. Bedst at lægge neutralt ud. Eller måske indlede med noget positivt?

– Han ser ud til at have fået det godt sammen med hende nu. Og midt i din sorg får du glæden ved at blive farmor...

Sylvia var over hende som en vildkat. Bed, sparkede og kradsede alt, hvad hun kunne. Hele tiden skreg hun:

– Det passer ikke! Du lyver! Du lyver!

Først blev Irene så overrumplet, at hun ikke nåede at værge for sig, men fik en ordentlig rift på halsen. Derefter gik det hele pr. instinkt. Blødt blokerede hun Sylvias fægtende arme indefra og ud. *Gedan-uchi-uke* sidder i rygmarven på en gammel EM-mester. Hun greb om det smalle håndled og trak Sylvia lidt ud af balance, førte hendes højrearm om på ryggen og pressede den med et let greb med højre hånd om Sylvias venstre overarm og satte så sin venstre arm under hendes hage. Effektivt låst. Irene pressede hende ind til sig. Om det var kropskontakten eller fastlåsningen, der gjorde det, vidste hun ikke, men luften gik ud af Sylvia. Hun besvimede.

Irene greb sig selv i at tale højt:

– Skidesmart! Gad vide, hvad der var sket, hvis jeg havde stillet nogle af mine følsomme spørgsmål?

Hun løftede Sylvias lette krop op og bar hende ind i soveværelset. Den lille, tynde skikkelse syntes næsten at forsvinde ned i den brede dobbeltsengs duntæppe. Naturligvis havde Sylvia ikke redt sengen. Det skulle Pirjo vel gøre, når hun kom.

Irene løftede Sylvias ben op og masserede læggene. Efter nogle minutter begyndte hun at komme til sig selv. Hun mumlede noget utydeligt og prøvede at sætte sig op. Irene pressede hende ned og talte beroligende som til et barn. Sylvia jamrede sig svagt.

– Henrik, jeg vil have, at Henrik skal komme.

Det var måske en god idé. Hvis Henrik kom herop, ville Sylvia falde til ro. Irene og han kunne lige så godt have deres aftalte møde her som nede på stationen.

– Jeg skal nok ringe efter Henrik. Hvor har du hans nummer?

– Tryk to, firkant.

Indkodede numre er praktiske. Irene gik hen til trykknaptelefonen, der stod placeret oven på en lille kurvet kommode ved siden af sengen.

Henrik tog telefonen efter anden ringetone. Irene sagde, hvem hun var og vidste så ikke rigtigt, hvordan hun skulle fortsætte. Bevidst udtrykte hun sig vagt:

– Jeg er lige nu hos din mor. Hun ... brød sammen. Hun vil have, at du skal komme herop.

– Javel, jeg kommer. Mor er meget labil lige nu. Hvorfor brød hun sammen?

Netop det spørgsmål havde Irene villet undgå.

– Jeg prøvede at muntre hende op med noget positivt. Jeg sagde til lykke med, at hun skulle være farmor ... jeg troede, at hun vidste det.

Der opstod en lang tavshed. Irene begyndte næsten at tro, at Henrik også var gået i gulvet. Til sidst hvæsede han:

– Satans!

Klik! Røret på. Irene følte sig idiotisk. Som om hun havde gjort noget galt! Eller havde hun det? Lidt skyldbevidst tænkte hun på fastholdelsen af den hysteriske Sylvia. Kunne hun have gjort det på nogen anden måde? Næppe.

Da hun vendte sig om mod sengen igen, så hun, hvordan Sylvia havde taget et pilleglas i venstre hånd og var ved at føre den hule højrehånd op mod munden. Den øverste skuffe i natbordet var trukket ud. Helt pr. refleks bøjede Irene sig frem og greb om højre hånd. Tre små, hvide piller med en revne i midten lå i den hule håndflade. Der var nok ikke tale om en selvmordsdosis. For at prøve at finde tilbage til Sylvias fortrolighed, sagde hun påtaget muntert:

– Vil du have lidt vand til at synke pillerne med?

149

Sylvia nikkede uden at se på hende. Irene løsnede sit greb omkring pilleglasset. Hun læste hurtigt på etiketten. „Tabletter Stesolid, 5mg." Da hun ville lægge glasset tilbage i skuffen, så hun, at der var flere af samme slags. Teknikerne måtte have noteret det, så hun besluttede ikke at stille nogen spørgsmål eller læse på de andre glas. Resolut skubbede hun skuffen i.

Hun gik ud i det luxuøse badeværelse og hældte vand op i et tandglas, der hang i en forgyldt holder på væggen. Tandkruset var af slebet krystal, og hanerne var forgyldte. På gulvet var der smidt et brugt frottébadelagen. Adspredt hængte Irene det op på den varme tørreribbe på væggen. Pirjo ville få nok at tage sig af, når hun kom tilbage.

Sylvia lå og stirrede op i loftet, da Irene kom hen til sengen med vandglasset. Hun rejste sig på den ene albue for at kunne synke vandet og pillerne. Så sank hun mat ned i dynen igen. Med lukkede øjne hviskede hun næsten uhørligt:

– Det var ikke min mening at slå dig. Jeg var uforberedt. Det hele er blevet for meget for mig.

Irene ville ikke slippe taget om Sylvia. Det var let at blive grebet af medlidenhed med det lille, skrøbelige menneske, men Irene havde en stærk fornemmelse af, at der skjulte sig meget under overfladen, som trængte til at blive gravet frem. Hvorfor ikke sandheden?

Hun besluttede at navigere forsigtigt i disse ukendte farvande. Med stemmen overstrømmende af medfølelse, sagde hun:

– Du må undskylde mig. Jeg troede, at du vidste, at Charlotte er gravid. De fortalte mig om det nede på politistationen i går. De vidste sikkert, at du ikke ville kunne tåle en for stærk sindsbevægelse lige nu.

Sylvia mumlede jamrende. Hun holdt stadig øjnene lukkede. Det var en effektiv måde at lukke Irene og hendes ubehagelige snuseri ude på. Irene følte sig tvivlrådig, hvordan skulle hun komme videre? Pludselig kom hun i tanke om noget.

– Telefonlisten. Du havde adresser og telefonnumre på gæsterne i lørdags. Må jeg få dem?

Modvilligt løftede Sylvia øjenlågene. Blikket var vredt og koldt. Det var lige så fjendtligt som tonefaldet:

– Jeg orker det ikke. Husk på, at du fik mig til at besvime. Det snurrer i hovedet, og der er ligesom vat i mine ører. Uha, hvor jeg har det skidt.

Demonstrativt satte hun sine tynde fingre mod tindingerne og begyndte at massere.

Til sin egen forbløffelse mærkede Irene, hvordan et hidsigt raseri steg op fra mellemgulvet via halsen og eksploderede i hovedet. Hun prøvede at lægge bånd på sig selv, men det gik ikke. Køligt og neutralt sagde hun:

– Når du nu alligevel ligger ned, kan jeg lige så godt stille det næste spørgsmål. Jeg har kigget nogle avisudklip igennem. Det er påfaldende tit Richard ses sammen med forskellige, unge, smukke kvinder. Hvordan forholdt du dig til det?

Sylvia holdt op med at massere tindingerne. Hendes øjne flammede igen af vrede, men stemmen røbede ingenting, da hun svarede:

– De dumme høns var hans tidsfordriv. Han havde en stærk ... drift. Jeg var altid hans kvinde nummer ét. Det var altid mig, han kom tilbage til, når han begyndte at tabe interessen for sin seneste erobring. Det plejede ikke at vare længe. Så gemte han sig bag mig, når de begyndte at presse ham og stille krav. Det

151

nytter ikke at benægte det, for han anstrengte sig aldrig for at skjule noget. Det måtte jeg bare klare!

Omsider kom det, der måtte komme. Bitterheden. Irene sagde taktfuldt:

– Og du selv? Jeg har ikke set nogen lignende billeder af dig?

Sylvia lo hårdt og hånligt, inden hun svarede:

– Vi gav hinanden stor frihed. Hans frihed, vel at mærke.

Demonstrativt lukkede hun igen øjnene og pressede munden sammen til en streg. Med et suk indså Irene, at det var på tide at skifte emne og taktik. Hun satte sig på sengekanten. Knæene ramte næsten hagen, da hun sank ned i den bløde madras. Appellerende sagde hun:

– Sylvia, vi prøver at opklare mordet på din mand. Vi har ingen anelse om motiv eller morder. Du må hjælpe os. Vi må stille ubehagelige spørgsmål for at forsøge at nå frem til sandheden.

Det sitrede i de blåskinnende øjenlåg. Men da hun lukkede øjnene op, var de helt udtryksløse. Hun så tomt på Irene.

– Hvem har glæde af sandheden?

Irene blev svar skyldig. Det her var en mildt sagt mærkelig samtale. Men hun havde ét spørgsmål tilbage, som hun måtte stille. Hun tog en dyb indånding og rustede sig mod alt.

– Vi har fået en del af Richards personlige oplysninger, det vil sige dem, der står i hans personlige akter. Det er den slags, som kirkekontorerne tidligere tog sig af. Nu er det skattevæsenet, der har disse oplysninger, og derfor er de altså offentlige anliggender.

Dér afbrød Irene sig selv, for hun var ikke sikker på, at det var helt korrekt. Men Sylvia fortrak ikke en mine. For at hun ikke skulle nå at tænke efter, fortsatte Irene i hast:

– Vidste du, at Richard havde vedkendt sig faderskab til en søn, inden I giftede jer?

Hurtigt kneb Sylvia øjnene i. Næseborene spiledes ud, og hun åndede hørligt ud, inden hun tonløst svarede:

– Det kommer ikke helt bag på mig. Der var en del underlige telefonsamtaler i begyndelsen af vores ægteskab. En kvinde, der ringede og skændtes med Richard. Jeg kom til at høre noget af det. Jeg forstod, at det drejede sig om ... et barn.

Der lå årtiers sorg i de sidste sætninger. Irene følte et stik af medfølelse, men hun besluttede at presse lidt mere på.

– Sagde han aldrig noget om barnet til dig?

– Nej.

– Ved Henrik noget?

– Sig ikke noget til Henrik!

– Han finder vist desværre ud af det alligevel. Om ikke før, så i hvert fald når testamentet læses op.

Det gik lynhurtigt. Pludselig sad Sylvia med de slanke ben ude over sengekanten. Harmens røde roser brændte på hendes kinder, øjnene slog gnister af vrede, og alfens kølige træk var forvrænget til furiens.

– Skal den afskyelige bastard arve! Aldrig i livet! Over mit lig! Jeg tillader det ikke! Jeg vil ringe til Tore med det samme ... nå nej!

Hun tav. Irene forstod, at det var Tore Eiderstam, hun mente. Med mindre man var spiritist, ville det være umuligt at kontakte den advokat. Men nogen måtte have overtaget firmaet, skulle man formode. Det sagde hun til Sylvia, der så forvirret ud.

– Der er flere advokater på Tores advokatkontor. Jeg formoder, at man kan ringe til dem? Pokkers også! Det var altid

Richard, der tog sig af alt det økonomiske og juridiske, sagde hun hjælpeløst.

Hun blev afbrudt ved, at det ringede på døren. Irene gik ned og åbnede yderdøren. Henrik så udslidt og sammenbidt ud. Han sendte hende et kort nik og halvvejs løb op ad trapperne til overetagen. Irene fulgte tankefuldt efter. Sylvias reaktioner var højst besynderlige. Det, der burde have fremkaldt glad kvidren og småpludren om en kommende farmorlykke, udløste det rene sprængstof. Det pinagtige emne om mandens andre kvinder havde hun svaret beredvilligt på, om end bittert. Den anden søn kom ikke helt bag på hende, men udløste ingen reaktion, førend hun blev klar over, at han kunne have arveret. Det kunne måske være en god idé at kontakte von Knechts jurister? Selv om de ikke ville sige noget, førend testamentet var blevet læst op for familien.

I soveværelset sad mor og søn ved siden af hinanden på sengekanten. Sylvia slyngede sit blonde pandehår bagover med et trodsigt kast med nakken og sagde:

– Henrik har lige sagt det, du også sagde. Det dér om at skåne mig for alt for voldsomme følelser. Jeg er vist langt ude, siden jeg reagerede, som jeg gjorde.

Det varede lidt, inden Irene blev klar over, at det ikke kun var en forklaring, men også en undskyldning. Hun nikkede og smilede opmuntrende, men fik ikke nogen respons, hverken fra mor eller søn. Henrik så ikke ud til at have fået nogen søvn i flere døgn. Irene begyndte at føle sig rigtig godt kørt rundt med af den her familie. Liste rundt og tage hensyn, det var faktisk både mord og en dødelig bombeaktion, de var ved at opklare! Hun besluttede at gå lige til sagen over for Henrik. Sagligt sagde hun:

– Henrik, jeg fortalte lige din mor … Sylvia at vi har fået oplysninger om, at din far har en søn fra et tidligere forhold.

Henriks ansigt forblev udtryksløst. Han blinkede nogle gange, men sagde ikke noget.

– Kendte du til din halvbrors eksistens?

Han rystede stille på hovedet, stadig uden at svare. Sylvia sagde hadsk:

– Det lader til, at han skal være med til at arve! Aldrig, siger jeg! Aldrig!

Henrik så træt på hende:

– Mor, der er love for den slags. Overlad det til fars jurister.

Der blev helt stille. Hverken Sylvia eller Henrik havde nogen spørgsmål om den nyopdukkede halvbror. Ville det ikke være naturligt at spørge, hvor han bor, hvor gammel han er? Men det gør man måske ikke i en sådan situation? Chokket er sandsynligvis for stort. Tavsheden begyndte at blive generende. Irene rømmede sig og sagde:

– Henrik, hvad mener du om branden i går aftes?

– Den behøver ikke at have nogen forbindelse med fars død.

Det kunne høres på stemmen, at han ikke selv troede på det. Irene fortsatte med at stille spørgsmål.

– Har nogen af jer nogensinde været vidende om, at Richard skulle have været udsat for trusler?

De så på hinanden, så igen på Irene og rystede samtidig på hovedet. Irene gik ufortrødent videre:

– Har han aldrig snakket om, at nogen var vred på ham eller hævngerrig? Måske drejede det sig om forretninger?

Sylvia så uinteresseret til siden og lod, som om hun studerede et kinesisk tryk oven over sengestolpen. Irene havde også lagt mærke til det ekvivokke silkemaleri. Hendes tanke var, at skulle det lykkes nogen at vride underlivet i den stilling, som kvinden på billedet indtog, så måtte det blive et spørgsmål om sex med damen uden underkrop. Spontant slog hun ud med hånden, pegede på maleriet og udbrød:

– Hvorfor samlede han på sexmalerier?

Henrik så køligt på hende og svarede nedladende:

– Sexmalerier? Det er Sveriges fineste samling af erotika.

Sylvia sprang op fra sengen. Hun viftede med en tynd, lille finger foran Henriks ansigt og skreg:

– Nej, du! Hun har ret! Sexmalerier er lige, hvad det er! De skal væk! Væk! Jeg er led og ked af dem!

Hun stoppede op og så sig om i værelset, på alle malerierne af nøgne eller kopulerende mennesker. Igen begyndte tårerne stille at løbe ned over hendes kinder. Sagte hulkede hun:

– Han var så stolt over sin samling. Jeg hader dem! Hader!

Henrik rejste sig op fra sengen og tog klodset om sin mors skuldre.

– Mor, jeg skal nok tage mig af salget. Der er et stort marked ude i Europa. Især i England. Jeg kan forestille mig, at Christies vil være meget interesserede. Samlingen her er flere millioner værd, det ved du.

Hun nikkede og hulkede højt.

– Det ved jeg. Men jeg vil slippe for at se dem!

– Jeg skal nok hjælpe dig med at tage det hele ned. Vi sætter dem hen i mit gamle værelse. Vil du også have det af Zorn væk?

– Det hele.

Irene følte sig lettere desperat. Det var svært at få greb om alt det, der lå og boblede under overfladen. At der var store spændinger inden for familien von Knecht, herskede der ingen tvivl om. Men kunne det være grunden til mordet på Richard?

Bomben på hans kontor? Eftersom uoverensstemmelserne så ud til at være gamle og indgroede, kunne de nok ikke have noget med de seneste dages begivenheder at gøre. Men det var værd at skrive sig bag øret, hvad der var blevet sagt, og hvad der var sket i dag hos Sylvia. Der kom en del gammel sumpgas op, når man begyndte at røre rundt i dyndet. Det var bare at klø på indtil videre. Til sidst ville der sikkert dukke noget brugbart op. Hun gik over til sine sidste spørgsmål.

– Der er nogle småting mere, inden jeg skal gå. For det første, har Pirjo en nøgle til lejligheden her?

Sylvia rystede på hovedet, da hun svarede:

– Nej. Jeg eller Richard lukker hende ind.

– Hvor mange nøgler er der?

– Tre sæt.

– Det drejer sig altså om tre nøgleknipper?

– Ja. Foruden dørnøglerne, er der nøglerne til sikkerhedslåsen. Det forlanger forsikringen. De sagde også, at vi ikke måtte have håndtag på ydersiden af altandørene. Eller balkondøren.

– Ved du, hvor alle tre nøgleknipper er lige nu?

– Ja da. Mit nøgleknippe har jeg selv i håndtasken. Ekstranøglerne ligger i min skrivebordsskuffe. Jeg så dem i morges. Richards knippe ligger dér, hvor jeg fandt det i går, på hans natbord.

Hun pegede over på den anden side af sengen. Der lå et mindre nøgleknippe, åbenbart bil- og garagenøgler. Ved siden af dem var der et sort skindetui. Irene knappede etuiet op og talte op til seks nøgler. Hun fik en hurtig association af seks blanke sild i en dåse.

– Hvor mange af nøglerne passer til lejligheden? spurgte Irene.

– To. En til ASSA-låsen og en til sikkerhedslåsen.

– Hvor passer de andre nøgler til?

– To passer til huset på Kärringnäset, vores hus uden for Marstrand. De andre må være til Richards kontor.

– Er der nogle ekstranøgler til kontoret?

– Ja. De sidder i det ekstra nøgleknippe, der ligger i min skrivebordsskuffe.

– Der er ikke flere nøgleknipper?

Sylvia rystede på hovedet.

– Nej. Men nu vi snakker om nøgler, så husker jeg, at Richard ledte efter sine reservenøgler til bilen og garagen. Mage til dem, der ligger på hans sengebord, sagde hun.

– Hvornår var det?

– Det må være mindst en uge siden.

– Fandt han dem?

– Ikke så vidt jeg ved.

Irene noterede i sin blok. For at få det helt på plads, sagde hun igen:

– Bilnøgleknippet her på bordet er altså det almindelige sæt nøgler? Ikke reservenøglerne?

– Netop.

Irene gjorde yderligere notater i blokken. Reservenøglerne til bilen og garagen savnedes åbenbart stadig. Hun stillede hastigt næste spørgsmål.

– Hvem gjorde rent på Richards kontor?

– Det gjorde Pirjo undertiden. Hun aftalte en tid med Richard, så lukkede han hende ind. Det var for det meste tirsdage eller torsdage. Da er hun ikke her og gør rent. Hun har rengøringarbejde forskellige steder, har jeg forstået.

En tanke slog ned i Irene. Langt ude, men ingen forslag kunne udelukkes.

– Hvordan ser Pirjo ud?

– Ret tyk, lille. Hun er vist lidt over de tredive, men ser ud til at være godt og vel fyrre. Håret er tyndt og lyst, som regel sat op i en hestehale. Hun ser sjusket ud, men hun er faktisk den bedste rengøringskone, jeg har haft. Det sagde Alice, min veninde, som anbefalede hende, også. Men hun ryger. Det kunne hun lade være med, så ville hun have lidt flere penge til overs. Det er ikke mig, der betaler for lidt i løn, men hende, der ryger den op!

Irene fik en fornemmelse af, at der for nylig havde været lønforhandlinger mellem Sylvia og Pirjo. En rengøringskone, der arbejder sort, kan næppe stille meget op, selv om hun i dette tilfælde kan tale finsk. Med et suk måtte Irene opgive sin lille indskydelse. Der havde nok ikke været noget kissemisseri mellem Richard og Pirjo. Så meget vidste hun nu om hans præferencer, at en udslidt, fedladen rengøringskone næppe ville blive betragtet som et sexobjekt. Måske for en gangs skyld som arbejdende kvinde?

– Mit næste spørgsmål er til dig, Henrik. Hvor kan jeg få fat i Charlotte i dag?

– Hjemme. Hvorfor?

– Jeg skal spørge hende om, hvor hun var tirsdag aften, især mellem 17.00 og 18.00.

Henrik nikkede og lo kort og glædeløst, da han sagde:

– Er der nogen, der har et alibi, så er det hende.

– Og jer to.

– Og os to. Hun var henne og hente sin nye bil. Hos Volkswagen Center på Mölndalsvägen.

Sylvia fór sammen.

– Hvad! Har hun købt ny bil igen?

– Slap af, mor. Hendes gamle Golf stod mest på værksted. Den havde evig og altid overgang i det elektriske system.

– Men den var ikke engang to år!

– Vi skiftede den ud og fik en god en i mellemtiden. Nu har hun en splinterny Golf. De sælger årets model med fem procents rabat.

Sylvia så surmulende ud.

– Hun kunne have købt min BMW. Jeg kan godt klare mig med Richards Porsche, sagde hun.

– Din BMW er tre år og har kørt tredive tusind kilometer. Du får den godt betalt, når du sælger den.

– Men det er så besværligt. Man skal annoncere. Der kommer folk og kigger på den. Det er så svært, når man er alene.

Henrik sukkede.

– Aflever den til et bilfirma, sagde han tålmodigt.

– Nej, de betaler så dårligt, hvis man ikke skal købe en ny bil. Forresten jeg sælger måske Porschen og beholder BMW'en. Man får mere for en ny Porsche.

Sylvia lod til hurtigt at have indlevet sig i rollen som enlig. Men alle problemer var åbenbart af økonomisk eller praktisk art. Irene rømmede sig let for at gøre opmærksom på sin tilstedeværelse.

– I hører fra mig, når vi har fået lidt flere facts frem om branden på Berzeliigatan. Jeg bør måske oplyse jer om, at der er meget stærke grunde til at nære mistanke om, at branden blev udløst af en bombe. Eftersom aviserne vil få den oplysning i eftermiddag, vil jeg allerede nu sige det til jer.

Sylvia så først helt desorienteret ud. Men den efterfølgende reaktion kom ikke helt bag på Irene.

– En bombe! Det siger du først nu! Der er en fuldstændig gal morder på spil. Han er måske ude efter os alle sammen? Henrik blev så bleg, at hans hudfarve gik over i voksgult. Han så ud til at kunne besvime hvert øjeblik. Han var måske også syg af andet end følgerne af sin gamle hjernehindebetændelse?

– Vi må have politibeskyttelse! Nej, vi forlanger det!

Sylvia kartede uroligt og planløst rundt på gulvet. Irene prøvede at lyde så tillidsvækkende som muligt.

– Vi vil selvfølgelig undersøge, om der er en trussel. Men intet af det, der indtil nu er fremkommet, tyder på, at der er nogen udtalt trussel mod din mand. Er der andre i familien, der har følt sig truet?

Henrik rystede bare på hovedet, mens Sylvia gestikulerede vildt.

– Nej! Ikke endnu! Men vi får vel ingen beskyttelse fra politiet, førend vi er myrdede og sprængt ihjel, hele familien!

Det dér kaldtes tautologi, huskede Irene fra filosofitimerne i gymnasiet. Var det nærheden af Hvitfeldts gymnasium, der fik den slags til at dukke op af støvet på mindernes loft? Sylvia havde åbenbart glemt sin klage over politiets grovhed og fremfusen i hendes fine omgivelser? Nu ville hun have dem tilbage lige på stedet. Irene følte, at det var på tide at afslutte samtalen og sagde i et venligt tonefald:

– Vi høres ved. Ring, så snart der dukker noget op.

Irene rakte dem igen hver sit kort med det direkte nummer. Erfaringen havde lært hende, at folk altid mistede den slags kort. Hun behøvede ikke at gå længere end til sig selv.

Henrik fulgte hende ned ad trappen i gensidig tavshed. Først da de kom hen til yderdøren, spurgte Henrik:

– Er det i orden, at vi kører op til Marstrand i weekenden?

Irene blev befippet over spørgsmålet. Hun prøvede at tænke sig om, inden hun svarede:

– Så vidt vi ved, er der ingen trussel mod jer andre i familien. Det var din far, der blev myrdet, og bomben var på hans kontor. Var der andre i familien, der plejede at besøge ham på kontoret?

Henrik fór sammen, men blev klar over, hvad Irene mente med spørgsmålet.

– Du mener, hvis bomben var beregnet til en anden end far? Nej, den var nok tiltænkt ham. Det er … var yderst sjældent, at nogen af os andre familiemedlemmer kom på hans kontor.

– Behøvede han egentlig et kontor? Efter hvad jeg forstår, så havde han et mæglerfirma, der tog sig af hans forretninger? så Irene sit snit til at spørge.

Henrik bøjede nakken og virkede helt opslugt af det bløde tæppes indviklede mønster. Hun begyndte næsten at tro, at han ikke ville svare, da han mumlede:

– Han havde brug for et sted til at være i fred. Det var mors og fars gamle lejlighed. Den, de boede i som nygifte. Jeg var vist to år, da de flyttede til huset her. De beholdt lejligheden, fordi far havde brug for et kontor allerede dengang. Han købte senere både huset her og det på Berzeliigatan. Samt en masse andre ejendomme sammen med Peder Wahl. Men de er afhændet nu.

– Hvor stor var kontoret?

– Fire værelser og køkken. Badeværelse og toilet. Cirka et hundrede og tredive kvadratmeter.

– For at komme tilbage til det med Marstrand. Skal både Charlotte og Sylvia med derop?

– Nej. Charlotte tager hen til sin søster i Kungsbacka. Men mor er nødt til at se til sine heste. Hun har en stald deroppe. Og jeg skal af sted. Meget tidligt mandag morgen, allerede ved 4-tiden, kører jeg op til Stockholm. Dér starter Lilla Bukowskis novemberauktion om formiddagen. Jeg har en del opgaver dér.

– Må jeg godt spørge, hvordan det foregår? Opkøber du nogle fine ting og sælger dem til interesserede købere?

– Nej, jeg arbejder som agent, kan man sige. Køberne gennemlæser auktionskatalogerne, og senere kontakter de mig. De siger, hvilket objekt de er interesseret i, og hvad det højst må koste. Jeg får et timehonorar, og kunden betaler rejsen og omkostningerne. Der er tit flere, der slår sig sammen om mine tjenester. Det gælder først og fremmest de udenlandske jobs. Prisen for rejsen og omkostningerne er den samme, men fordeles på flere.

– Det lyder som en dyr måde at samle antikviteter på, bemærkede Irene.

Henrik trak let på skuldrene.

– Mine kunder har mange penge, men ikke så meget tid. Og de ved, hvad de vil have, og hvad det må koste.

– Du handler altså aldrig for dine egne penge?

– Nej, ikke når jeg køber på mine kunders regning. Sommetider køber jeg selvfølgelig til mig selv. Som for eksempel Tang-hesten.

Han havde næsten fået sin normale ansigtsfarve igen i den tid, han talte om sit usædvanlige job. Men Irene forstod, at han næppe anså det for et arbejde. Øjnene fik liv, og en let rødmen bredte sig på hans kinder. Hun kom i tanke om hans hengivne foredrag om Haupt-møblet og tæppet og alt det, der var. Det her var virkelig et spørgsmål om passion og lidenskab. Det var sikkert ikke nogen nem konkurrent for den smukke Charlotte. Hendes værdi lå i nuet. Om halvtreds år ville samlerværdien være lig nul. Den ideelle ægtemand måtte være arkæolog. I hans øjne bliver kvinden bare mere og mere interessant, jo ældre hun bliver. Men en antiksamler, der kun ser på den ydre finish og den fremtidige investeringsværdi? Irene følte sig taknemlig for, at Krister og hun for det meste indkøbte deres ting til hjemmet hos den lokale møbelhandler. Det vil sige IKEA i Kållered. Oprigtig nysgerrighed tvang hende til at stille det spørgsmål, hun gik rundt med:

– Hvad i alverden er en Tang-hest?

Forundringen afspejledes i hans ansigt, og hun forstod, at det var noget, ethvert menneske forventedes at vide.

– Naturligvis en keramikhest fra Tang-perioden! Det var et kinesisk dynasti fra begyndelsen af 600-tallet efter Kristus til et stykke ind i 900-tallet. Hesten fulgte sin ejer i døden. Det drejer sig altså om gravfund. Ved begravelsen blev den døde forsynet med alt, hvad der kunne blive brug for i tilværelsen på den anden side. Man har fundet husgeråd, smykker, hele tjenerskaber og krigshære. Under Tang-perioden var alt lavet af keramik, men tidligere var det et spørgsmål om menneskeofre. Der er tydelig lighed med...

– Hallo! Vent!

Både Irene og Henrik fór sammen ved den uventede lyd af Sylvias stemme. Hun kom løbende ned ad trapperne fra overetagen. Lidt forpustet sagde hun:

– Her er adresser og telefonnumre på gæsterne i lørdags. Jeg har hele min telefonbog lagt ind på computeren. Det er bare at printe dem ud, man vil have. Praktisk.

Irene kørte omkring Berzeliigatan på vej tilbage til stationen. Det var på høje tid at få frokost. Pølsevognen på Heden lokkede som et drømmesyn med byens bedste kartoffelmos. Men først ville hun se resterne af det nedbrændte hus. Hun fik øje på Tommy Persson i samtale med en af brandteknikerne. Der var en parkeringsplads lige uden for afspærringerne, hvor hun stillede bilen. Ganske vist en handicapplads, men det ville vare længe, før nogen, der havde boet i huset, kunne benytte den. Der var ikke meget hus tilbage at bo i.

Bortset fra den stikkende røglugt hvilede der en følelse af uvirkelighed over den sorte, brandhærgede husruin. Det hørte ikke hjemme her i Göteborgs velhavende citykvarter. Muligvis i Tjetjenien eller Sarajevo.

Hun gik hen til Tommy. Han hilste glad og præsenterede brandteknikeren som Pelle. Denne nikkede og løftede hånden i de tykke handsker som hilsen. Han undskyldte sig straks og traskede af sted i sit tunge beskyttelsesudstyr. Tommy sagde alvorligt:

– De har fundet et helt forkullet lig derinde. Det ligger bag døren til von Knechts kontor. Der var åbenbart stål på indersiden af døren, hvilket har beskyttet liget mod total kremering. Døren blev sprængt op af eksplosionen, og den stakkels fyr krøb antageligt ind bag den, da han ikke kunne klare at fortsætte ned ad trapperne. Heden må have været forfærdelig.

Begge to gøs, men det skyldtes ikke kun kulden. En bleg sol forsøgte at trænge igennem de grå skyer. Den skulle nok klare det, for det begyndte at klare op og blive koldere. Der ville sandsynligvis komme minusgrader ud på natten. Så ville vandet over det raserede hus fryse og lægge et ispanser omkring det. Der var ikke noget mere sørgeligt og beklemmende end at se et såret og sønderrevet hus, ødelagt af brand og vand. Når man ved, at et menneske er død i flammerne, bliver synet dystert og truende. Irene følte en let kvalme, men gav sulten og den kvælende røglugt skylden.

Tommy vendte sig helt om, nikkede hen mod hjørnet af murstenshuset tværs over gaden og sagde:

– Kan du se tobaksforretningen på den anden side?

Irene så den lille forretning med et skævt skilt, der stak lige ud fra selve husets hjørne. Hun nikkede og mumlede bekræftende.

– Gæt, hvem jeg og Fredrik stødte på derinde, da vi gik rundt og stemte dørklokker?

– Aner det ikke.

– Lillis Johannesson! Det er ham, der har forretningen!

– Det er da løgn! Jeg troede, at han sad inde for tid og evighed. Og at de havde smidt nøglen væk.

– Det var nok for godt til at være sandt. Vi har tjekket. Han blev løsladt i sommer. Da havde han afsonet seks af sine ni år.

Bor man i Göteborg, ved man, at alle med tilnavnet Lillis eller Lillen mindst har en gennemsnitshøjde for elitespillere i basketball. Og bor man i Göteborg, ved man godt, hvem Lasse „Lillis" Johannesson er. På listen over Sveriges ti farligste forbrydere for nogle år siden, var han placeret mellem Lars-Inge Svartenbrandt og Clark Olofsson.

8

Der var ikke megen tid, men Irene nåede alligevel at skrive de vigtigste punkter ned fra mødet med mor og søn von Knecht. Hun ringede også til Charlotte von Knecht, men der blev ikke svaret. Volkswagen Center på Mölndalsvägen stod som det næste i rækken på telefonlisten. Efter en del røre og rumsteren lykkedes det damen i receptionen at få fat i det rigtige stykke papir. Jo da, Charlotte von Knecht havde hentet sin nye Golf i tirsdags, men hvad tid det var, vidste hun ikke. Den ansvarlige sælger havde fri om torsdagen og var umulig at få fat på før fredag formiddag 10.00. Først efter at Irene var begyndt at mumle om „hindring af politiopklaring vedrørende grov kriminalitet", blev damen mere spag i mælet. Under meget brokkeri udleverede hun sælgerens private telefonnummer. På det nummer måtte hun konversere en stakåndet telefonsvarer, der lød som en trompetfanfare: „Hej hej! Du er kommet hjem til Robban! Jeg er ude eller laver noget andet, så lige nu kan jeg ikke svare. Læg navn og nummer efter tonen, så ringer jeg dig op lidt senere." Irene lagde ret kortfattet navn og det direkte nummer til afdelingen. Hun pointerede tydeligt sin titel.

Proceduren med pizzalisten skete pr. automatik, inden gennemgangen kunne tage sin begyndelse. Kommissæren tog ordet:

– Det har været en hektisk dag. Ved pressekonferencen i dag meddelte jeg, at det handler om en bombeaktion på Berzeliigatan. Brandteknikerne har fundet resterne af en bombe i von Knechts kontorlokaler. Effekten blev, som om jeg også havde smidt en ned mellem journalisterne. De gik fuldstændig amok! Selvfølgelig laver de koblinger mellem mordet på von Knecht og sprængningen i går aftes. Alle har jagtet mig hele eftermiddagen. Aviser, radio og samtlige eksisterende tv-kanaler! Teknikerne kommer når som helst og meddeler, hvad der er kommet frem på deres felt. Svante Malm og den nye fyr, Ljunggren, har lovet at dukke op.

Han så rundt blandt sine syv inspektører og rømmede sig let.

– Vi tager det i den rækkefølge, som vi sidder i.

Han så opfordrende på Irene, der sad på hans højre side. Redegørelsen for hendes gennemgang af sladderudklippene fra Svensk Damtidning tog tid, men var nødvendig. Det gav et billede af Richard von Knechts offentlige liv. Sammen med referatet af samtalen med Sylvia og Henrik, syntes de fleste, at billedet af familiemedlemmerne blev tydeligere. Irene lavede et resumé af sine egne tanker og slutninger.

– Det kunne godt være et familiedrama. Både Sylvia og Henrik virker følelsesmæssigt kølige over for Richard. For ikke at tale om ham over for dem. Det var ikke nogen lykkelig familie. Motiverne er de klassiske: penge, utroskab. Det, der taler imod teorien om mord inden for familien, er naturligvis bomben. Der er en chance for, at mordet og bomben ikke har noget med hinanden at gøre. Men jeg tror faktisk, at den chance er mikroskopisk, sagde hun.

De andre nikkede samstemmende. Irene afsluttede med at fortælle om Charlottes endnu ubekræftede bilkøbsalibi samt gæstelisten fra lørdagens fest, som Sylvia havde givet hende.

Andersson så tilfreds ud.

– Selv havde jeg den store fornøjelse at lytte med på Birgittas forhør af Waldemar, alias Valle Reuter. Fortæl, Birgitta!

Han smilede stort over hele femøren, men smilet falmede hurtigt, da Birgitta indledte med ordene:

– Valle Reuter er en meget ynkelig mand. Han har været stærkt alkoholiseret gennem flere år. Jeg har været i kontakt med vicedirektøren for hans børsmæglerfirma, Mats Tengman. Da han blev klar over, hvad det hele handlede om, var han yderst oprigtig. Valle er kun i firmaet nu af navn. Han ejer det, men har ingen indflydelse på virksomheden. Ingen er mere bevidst om dette, end Valle selv, siger VD'en. Han har stadig sit kontor. Der går han ind og lukker sig sommetider inde og lader folk vide, at han er travlt optaget. Det betyder for det meste, at han har tømmermænd. Men det er i orden, at han får „social terapi", kaldte VD'en det. Han har ingen andre steder at gå hen. Undtagen om tirsdagen. Da er det blevet en vane, at Richard von Knecht spiser frokost med Valle. Det var ugens højdepunkt for Valle, sagde Mats Tengman. Og nu ved vi jo, at der også var andre højdepunkter den ugedag ... Valle var godt anløben, da han kom herind og gav en hel del oplysninger. Jeg har tjekket med Johanneshus, hvor von Knecht og Reuter spiste frokost i tirsdags. Kromanden bekræfter tiderne. Ankomst mellem 13.00

og 13.30, afgang omkring 15.30. Grunden til, at Valle Reuter ikke var hjemme på mordaftenen og -natten, var, at han tilbragte den sammen med sin veninde gennem tre år, Gunnel Forsell. Han rystede op med adressen, og jeg kontaktede hende i dag til formiddag. Hun var mildest talt ikke særlig begejstret for opmærksomheden. Hun nægtede først at se mig. Men jeg truede med at komme og hente hende med en patruljevogn, hvis hun ikke stillede frivilligt op. Så blev hun mere medgørlig, for naboerne i den fine udlejningsejendom på Stampgatan har nok ingen anelse om, hvilket ekstrajob fru Forsell har, der giver dobbelt så meget som hendes almindelige arbejde. Gæt, hvad hun arbejder med til daglig?

Birgitta kiggede rundt blandt kollegerne, der interesseret fulgte hendes redegørelse. „Stripper", „børnehavepædagog", „sygeplejerske", var nogle af forslagene. Birgitta smilede og rystede på hovedet.

– Nul, forkert! Bibliotekar!

Alle omkring bordet så betuttede ud. Noget så helt igennem kedeligt havde ingen forestillet sig. Jonny Blom hviskede til Fredrik Stridh:

– Ha, de tørreste buske brænder bedst!

Birgitta tog sig ikke af ham, men fortsatte:

– Jeg kørte derhen ved 11-tiden. Hun viste sig at være femogtredive år, og hun så godt ud uden at ligne en fotomodel, hvis I forstår.

Jonny afbrød hende igen og sagde:

– Næh, jeg er overhovedet ikke med. Det er bedst, at jeg smutter derhen og ser hende efter i sømmene!

Han rejste sig for sjov, bredt grinende til Birgitta. Hun så iskoldt på ham og sagde i et neutralt tonefald:

– At du ikke er med, er jo ikke noget nyt. Men vi andre, normaltbegavede, går videre. Som sagt, Gunnel var ikke begejstret for, at jeg kom. Men lidt efter begyndte hun at fortælle. Hun har været fraskilt i fem år, ingen børn. I cirka ti år har hun været halvtidsansat på Stadsbiblioteket. Da hun blev skilt, troede hun ikke, at det ville blive svært at få et fuldtidsjob. Men det viste sig at være umuligt. I disse besparelsestider skærer alle kommuner ned på biblioteksvæsenet. Hun kunne ikke klare sig for halvtidslønnen, men løsningen for hende blev fire herrer. De er alle sammen ældre gentlemen. Valle er den eneste, der ikke er gift, det er de andre tre. Hun holder fri tirsdag, torsdag og weekender fra biblioteket, og det er på de tidspunkter, hun helliger sig de herrer. Hun ville ikke komme ind på arrangementet, men de har åbenbart faste dage og tidspunkter. Om tirsdagen har hun to besøg. Herre nummer et plejer at komme ved 12-tiden og smutte ved 14-tiden. „Forlænget frokost", kalder han det. Valle er herre nummer to og har en speciel aftale. Han kommer 17.30, de spiser lidt mad sammen, snakker og ser tv. Han er altid i løftet stemning, når han kommer, eftersom han har spist frokost med von Knecht tidligere på dagen. De plejer at gå i seng ved 23-tiden. For det meste falder han straks i søvn, men sommetider vil han have „lidt massage", som hun udtrykte det. Bagefter sover de i hendes store dobbeltseng. Om morgenen spiser de morgenmad sammen, hun går på arbejde, og han lunter hjem.

Andersson kunne ikke lade være med at stille et spørgsmål:

– Hvor meget skal han betale for det?

Birgitta så på ham med sine klare, brune øjne, til han begyndte at rødme.

– Det ville hun ikke sige. Men hvis jeg nu siger det på den her måde: hun bor i en pæn treværelses på Stampgatan.

Førsteklasses kunst og møbler. Hun havde smykker på, som udmærket kunne have financieret min Australiensrejse, og hun var vældig smart og dyrt klædt. Da jeg skulle gå, så jeg en bilnøgle på entrébordet. Jeg spurgte, hvilken slags bil hun har. Svaret var en Saab 900, sidste års model.

En tankefuld stilhed sænkede sig i lokalet. Det her var ikke den almindelige ludertype, der sælger sig selv for et par hundrede på bagsædet af en bil og hurtigt omsætter det i sprut eller stoffer. Alle havde hørt tale om callgirls og luxusludere, men ingen i lokalet var nogensinde rendt ind i den kategori i det virkelige liv. Ikke før nu.

Andersson ville videre i sagen og brød stilheden:

– Hvad sagde hun om Valles besøg i tirsdags?

Birgitta trak på smilebåndet, da hun svarede:

– Det var vist et værre gedemarked! Netop derfor var Gunnel helt sikker på tidspunkterne. I tirsdags dukkede herre nummer ét ikke op ved 12-tiden, som han plejer. Hun gik ud fra, at han var blevet syg eller var blevet forhindret. Men 16.30 ringer han på døren og forlanger sit ugentlige put. Det er jo for Gunnels vedkommende en hel del penge. Hun sagde, at hvis han skyndte sig, skulle det nok gå. Og det var det muligvis også, hvis ikke Valle netop denne tirsdag var kommet daskende lidt før 17. Hun kunne ikke have ham til at stå og råbe op i trappeopgangen, men måtte tage ham ind i sin dagligstue og holde ham hen med en drink, mens hun gjorde herre nummer ét færdig. Bagefter måtte han lukkes ud, så herrerne ikke så hinanden. Ifølge Gunnel kan alle fire godt lide at forestille sig, at netop han er „the one and only" for hende.

– Kan Valle Reuter have betalt hende for at give ham et alibi? fik Irene flettet ind.

– Nej, det tror jeg ikke. Deres historier stemmer udmærket overens. Ingen af dem har fortalt helt frivilligt. Nej, det lader ikke til at være konstrueret. Men...

Birgitta tav og smilede hemmelighedsfuldt, inden hun fortsatte:

– ... mod løfte om, at vi ville lade hende være i fred med sine „herrer", fik jeg navnet på tirsdagens herre nummer et!

– Det var pokkers! sagde Andersson og så imponeret ud.

– Jeg ringede til hans kontor og forklarede, hvad det hele drejede sig om. Han var ikke samarbejdsvillig, men stillet over for truslen om et officielt krav om at komme herned for at aflægge forklaring, faldt han ned. Han bekræfter Gunnel Forsells og Valles historie.

Hun så op fra sine notater og rankede skuldrene, inden hun fortsatte:

– Hvis jeg også skal lave et sammendrag, så er det vel det, at Valle Reuter ikke er morder. Hvilket jeg heller ikke et øjeblik har troet.

Det blik, hun sendte Andersson, var udfordrende, og han skyndte sig at tilslutte sig:

– Nej. Man myrder ikke sin bedste og eneste ven. Han har ikke noget motiv og er ikke nogen mordertype. Jeg overhørte, som sagt, Birgittas og Valles samtale. Apropos samtale, så ringede den dér fotograf, Bobo Torsson, til mig, lige inden jeg gik herind. Han har tænkt sig at blive en nat mere i Stockholm. Han tager toget i morgen og kommer herind lige efter frokost. En af jer må tale med ham. Jeg skal hen og prøve den forbandede uniform.

Jonny så forbavset ud.

– Men var det ikke det, du gjorde tidligere i dag?

– Jo, men bukserne fandtes kun i barnestørrelse. Forresten, fik du fat i Ivan Viktors?

– Ja, i telefonen. Han ringede ved 15-tiden og sagde, at han netop var kommet hjem fra København. Det var åbenbart i nyhederne i dansk tv, så han vidste, hvad der var sket. Man må vel hellere vaske hår og skifte skjorte hver eneste dag nu, så man ser frisk ud på skærmen.

Jonny slikkede på håndfladen og strøg den let hen over håret. Birgitta fnyste højlydt, men inden hun nåede at affyre en dræbende kommentar, kom chefen hende i forkøbet:

– Al kontakt med massemedierne tager jeg mig af. Henvis til mig. Det er lettest på den måde. Jeg har mindre hår at vaske.

Kommissæren efterabede Jonnys gestus hen over sin egen skaldede isse. Irene fnøs højt, men prøvede at holde sin munterhed nede.

Jonny snerpede munden sammen og anlagde et sagligt tonefald:

– Ivan Viktors kommer herhen i morgen ved 10-tiden.

– Så taler du med ham. Er der mere?

– Ja, jeg kiggede lige på huset oppe ved Marstrand. På kortet, altså. Det er en halvø nord for Marstrand, der hedder Kärringnäset. Dels indgår selve halvøen, dels strækker jordene sig et stykke ind på fastlandet. Det drejer sig i alt om femten hektar. På kortet ser man en stor stald og indhegninger. Og nede ved søen ligger der to hytter, der hver er på cirka hundrede kvadratmeter. Jeg så, at grundskellet var markeret med et kraftigt stakit eller muligvis en mur. Ved siden af stalden, lige ved vejen ned mod det von Knechtske palads, ligger der et hus, som kaldes

„forvalterbolig". Så jeg fik fat i telefonnummeret til sommerresidensen og blev stillet om til forvalteren, Lennart Svensson. Han og hans kone tager sig af hestene og jordene. Konen gør åbenbart rent i det store hus. Han er syvoghalvtreds år og har arbejdet for von Knechts i femten år. Han har tidligere været ved militæret. Han fortalte, at von Knechts forældre ejede jorden her. Da de begge to var døde, rev Richard von Knecht det gamle hus ned og byggede en kæmpehytte.

Irene viftede med hånden.

– Godt, Jonny, at du kom ind på Marstrand. Henrik spurgte mig, om det var i orden, at han og Sylvia stak derop i weekenden. Jeg sagde, at jeg ikke troede, at der var noget i vejen for det.

Jonny lænede sig ind over bordet og sagde forbavset:

– Sylvia! Mener du ikke Charlotte?

– Nej, Charlotte skal ud til sin søster i Kungsbacka.

– Ha! I skal se, at Henrik og Sylvia har et incestuøst forhold! De skilte sig af med Richard, og den næste i rækken er den skønne Charlotte. Hun har brug for en livvagt!Jeg melder mig!

– Og hvem puttede en mønt i dig? Hvor ærgerligt, at begge to befandt sig fire etager nedenfor, da han blev skubbet ud.

Birgitta benyttede chancen til at hakke på Jonny. Lige i det rette øjeblik lød en hylen fra omstillingen, og det blev meddelt, at pizzaerne lå til afhentning nede i VC:

– Det bliver lidt ensformigt med den her pizzadiæt. Jeg vil lave en gennemgribende kostomlægning. Næste gang tager jeg kebab.

Tommy Persson stønnede og knappede den øverste knap i sine cowboybukser op. Han strakte sig tilbage i stolen og drak sin lyse øl i store slurke. Det var hans tur til at gøre rede for dagens begivenheder. Han kvalte et gab med bagsiden af hånden, inden han begyndte:

– Hvordan det var i nat ved Berzeliigatan, har Fredrik jo allerede fortalt. Skaderne på naboejendommene er ret omfattende. Samtlige vinduer på de omkringliggende huse er blæst ud. Det eneste, der klarede sig, var, underligt nok, udstillingsvinduet i tobaksforretningen på hjørnet. Irene ved, hvem der er indehaver af den, men ikke vi andre. Gæt engang?

Jonny protesterede:

– Det var dog et fandes gætteri her i dag!

Tommy ignorerede ham.

– Hvem anden end vores Lasse „Lillis" Johannesson!

Selv Jonny klappede i.

Farven på kommissærens kinder blev dybere, og øjnene fik en ophidset glans.

– Den værst tænkelige sjover lige for næsen af os! Bogstavelig talt. Det kan være noget. Lur mig, om ikke det kan være noget!

Ubevidst gned han hænderne mod hinanden. Utålmodigt gjorde han tegn til Tommy om at fortsætte.

– Brandteknikerne kan kun komme op til første sal. Højere oppe bliver det for risikabelt. Til alt held – ja, hvordan man nu ser det – blev fyrens lig fundet bag døren til von Knechts kontor. Sandsynligvis har han kun formået at nå dertil og er kravlet om bagved for at få beskyttelse. Han var godt brændt. Patologen kigger på ham nu. Stakkels fyr, sagde Tommy dystert.

Han holdt en kort pause. Derefter fortsatte han med at redegøre for resultaterne af dørklokkestemmeriet i nabohuset. Ingen havde set noget mistænkeligt. Alle havde hørt det kraftige brag og mærket trykbølgen. Teknikerne havde fundet dele af en stor hjemmelavet bombe i hallen til von Knechts kontor. Pelle, brandteknikeren, havde fundet nogle plasticklumper omkring det sted, hvor bomben lå. Ifølge ham var det sandsynligvis rester efter benzindunke. Den, der har placeret bomben dér, ville også sikre sig, at alt virkelig ville brænde op. Teknikerne vil give lyd i morgen med nærmere detaljer om bomben.

Andersson havde stadig sin mørke ansigtsfarve, da han sagde:

– Tommy, du og Fredrik tjekker videre på Lasse „Lillis". Find ud af, hvornår han kom ud. Sad han ikke på Kumla denne omgang? I en hulens masse år?

Jo, det mente de fleste i lokalet, men ingen huskede det nøjagtigt. Andersson fortsatte:

– Det dér kan være et spor. Okay, Hans, fik du fat i nogen, der har set noget ved P-huset tirsdag aften?

Hans Borg rystede på hovedet.

– Jeg har gået rundt i huset en gang til. Jeg koncentrerede mig om lejlighederne ud mod Kapellgatan, men det gav ikke noget. Fra klokken 14.00 til 16.30 har jeg snakket med folk, der er kommet for at hente deres biler i P-huset. Ingen har set noget. En lærer fra gymnasiet Ascheberg lånte mig en blok og en tuschpen. Så nu sidder der en seddel inden for indgangen til garagen, om at alle, der har set noget usædvanligt på mordaftenen, skal kontakte os.

– Ret meget mere kan vi nok ikke gøre der. Det er muligt, at vi burde være der ved 17.30-tiden om aftenen. Den, der eventuelt har gjort nogle iagttagelser, kommer måske altid ved den tid. Nej, nu ved jeg, hvordan vi gør. I morgen kører vi en *intensive drive* ved P-huset. Vi begynder 6.00 om morgenen og knokler på til 19.00 om aftenen. Alle, som parkerer i P-huset, skal udspørges om eventuelle iagttagelser tirsdag aften. Hvis det ikke giver noget, må vi anse den mulighed for udtømt. Men at vores morder skulle vandre ud i øsregnvejr efter mordet, synes jeg lyder utænkeligt. Jeg satser stadigvæk på en bil. Jonny og Hans, det tager I jer af, sagde Andersson fast.

Ingen af de to udvalgte så dog særlig entusiastiske ud, men de var klar over, at der lå en vis logik i deres kommissærs ræsonnement.

– Ja, så mangler vi kun Hannu. Har du fået kontakt med Pirjo?

– Nej, kun børnene. Jeg kørte derud i eftermiddags. De bor ved Angereds torv. To værelser og et køkken.

– Ikke særlig stort til fem personer.

– Fire. Göte Larsson er stukket af. Børnene har ikke set ham i to år. Måske er han ude og sejle. Han er sømand.

– Men Pirjo og han er stadig gift?

– Ja, de små drenge, Juha og Timo, er hjemme. De har influenza. De har ikke hørt en lyd fra Pirjo siden onsdag eftermiddag.

– Men hvem tager sig af drengene?

– Marjatta. Hun er tretten og vant til at passe sine brødre.

– Plejer Pirjo at forsvinde på den måde?

– Nej, det er aldrig sket før. Marjatta siger, at der ikke er en anden mand. Jeg har spurgt Angeredpolitiet og ringet til alle skadestuer. Ikke noget at hente. Vi må nok efterlyse hende.

– Ja, vi må nok efterlyse hende. Du må lede efter hende, Hannu. Det virker unægteligt mystisk. Hvorfor skulle von Knechts rengøringskone forsvinde samtidig med, at han blev myrdet, og kontoret sprængt i luften? Hun må have set noget i mandags, da hun var der og gøre rent. Forresten, var datteren ikke med?

– Jo.

– Tretten år, sagde du?

– Ja.

Andersson spekulerede. Han henvendte sig til Hannu:

– Havde hun hørt eller set noget af interesse om mandagen?

– Nej. Men hendes finske er svært at forstå.

– Er der forskellige former for finsk?

– Ja, Pirjo og børnene kommer fra det nordlige Karelen. Fra Joensuu. Jeg er fra Övertorneå. Forskellige dialekter, næsten forskellige sprog.

Han blev afbrudt ved en banken på døren. Teknikerne ankom, og der blev en kort ophold, hvor de hilste på alle, og hvor stole blev stillet frem. De havde spist og sagde artigt nej tak til de tilbudte levninger fra Irenes og Birgittas pizzaer. Kaffe ville de derimod gerne have. Da der igen blev ro i lokalet, fortsatte Hannu uanfægtet:

– Pirjo holder ikke aviser og hører ikke de svenske nyheder. Hun vidste ikke, at von Knecht var død. Hun kørte, som altid om onsdagen, hjem til von Knechts. Der blev hun mødt af teknikerne, fik kendskab til mordet og kørte hjem. Ifølge drengene var hun hjemme igen 11.30. Hun har ingen bil, men tager altid bus eller sporvogn. Marjatta kom fra skole 15.30. Pirjo lavede aftensmad. Efter 17.00 sagde hun, at hun skulle ud og tage en ekstra rengøring, men hun sagde ikke hvor. Siden har ingen set eller hørt fra hende.

Der blev en kort stilhed i lokalet. Det var, som om alle trængte til at samle sig efter dette uventet lange indlæg fra Hannu. Andersson var den, der først tog sig sammen. Han spurgte:

– Ved du, hvor længe Pirjo og børnene har boet i Sverige?

– Tre år.

– Og Pirjo er altså aldrig før forsvundet på den måde?

– Nej.

Andersson så oprigtig bekymret ud. Hvad betød Pirjos forsvinden? Var det en tilfældighed? Var hun frivilligt gået under jorden? Var hun blevet truet? Rent instinktivt følte kommissæren, at det her hang sammen med von Knechtsagen. Resolut slog han håndfladerne i bordet.

– Hannu, du må sætte alle sejl til. Vi skal have fat på Pirjo! Hun kan da for fanden ikke bare forsvinde med tre børn at tage sig af! Hun må have set noget i mandags. Pres datteren lidt mere.

Han overvejede lidt, men kom ikke på mere at gøre i tilfældet Pirjo.

– Nu har vi et mord, en bombeaktion og en forsvundet at opklare. Og vi ved ikke, om der er en sammenhæng, eller om det drejer sig om rene tilfældigheder. Men jeg kan mærke på mig selv, at det hænger sammen, sagde han bistert.

Han tog en dyb indånding, rejste sig og gik en runde ved bordenden. At røre sig lidt kan klare tankerne. Lige nu føltes hovedet som ét virvar.

– For at komme tilbage til mordet på von Knecht. Hannu, fik du fat i den uægte søn og hans mor?

– Eftersom jeg var i Angered, bad jeg en skolekammerat om hjælp. Kriminalmand i Stockholm. Han ringer hertil i morgen.

– Kan han ikke ringe hjem til dig i aften?

– Nej. Jeg har ikke fået telefon endnu.

– Så er du altså lige flyttet til byen, ikke bare til rejseholdet?

– Ja, korrekt.

Alle ventede på en fortsættelse, som ikke kom. Da Andersson blev klar over det, besluttede han at gå videre.

180

– Irene, du skal jo alligevel tale med bilforhandleren i morgen. Du kan sikkert tage dig af samtalen fra Stockholm også. Så kan Hannu omgående gå i gang med eftersøgningen af Pirjo.

Irene sendte Hannu et spørgende blik. Han nikkede, og skyggen af et smil trak hen over hans ansigt. Faktisk så han vældig godt ud. Og ingen vielsesring. Men meddelsom som en sfinks. Hun brød hurtigt ind med et spørgsmål til ham.

– Hvad hedder din ven i Stockholm?

– Veiko Fors. Kriminalinspektør.

Andersson var lige på nippet til at spørge, om det handlede om et hemmeligt finsk efterretningsnet inden for politiet, men fornuften sejrede. Ikke alle svar er lige behagelige. I stedet for henvendte han sig til Birgitta.

– Birgitta, du må hjælpe Hannu med at lede efter Pirjo. Det har topprioritet. Har vi et signalement?

Hannu nikkede.

– Cirka et hundrede og femoghalvtreds cm høj. Datteren ved ikke, hvor meget hun vejer, men siger, at hun er tyk. Lyst, skulderlangt hår. Toogtredive år. Hun gør rent halvtids i en kiosk. Hun får socialhjælp. Jeg har talt med bistandskontoret, eftersom de skulle vide, at Pirjo er forsvundet. De lovede at holde øje med børnene.

Fredrik viftede disciplineret med hånden og bad om at måtte stille et spørgsmål.

– Så har hun da penge nok? Jeg mener, socialhjælp og hvid og sort løn og hele baduljen?

Hannu bladrede i sin blok, fandt, hvad han søgte, og remsede op:

– Halvtidsløn som rengøringskone, fire tusind tre hundrede, plus socialhjælp, boligsikring og børnebidrag. Efter skat er der

fire tusind et hundrede og ti kroner, som skal række til resten af
huslejen, mad og tøj til fire personer. Bistandskontoret havde alle
tallene. Det sorte arbejde var nødvendigt.

Irene så spekulativ ud og bad om ordet.

– Gad vide, hvor mange timer om ugen, hun arbejdede for
von Knechts? Selv om det var tre dage, tror jeg kun, at det
drejede sig om nogle timer ad gangen. Skal jeg måske finde ud af
det?

– Ja, ring du til din søde, lille veninde Sylvia og spørg.

Andersson smågrinede lidt af sin spøg. Irene fik skyldfølelse.
Kunne det mærkes så tydeligt, hvor svært hun havde det med
Sylvia? Samtidig havde hun en vis forståelse og måske noget på
grænsen til sympati for hende. Det havde sikkert ikke altid været
så sjovt at være Richard von Knechts kone.

Andersson slog håndfladerne mod knæet.

– Nej, nu vil jeg have en kaffepause, inden Malm og
Ljunggren tager over med rygende friske, tekniske ledetråde.

Han rejste sig og gik hen til kaffemaskinen. Tredje omgang
kaffe var netop klar. Aftenen var stadig ung.

Svante Malm begyndte at tale, så snart han havde slugt den sidste
dråbe kaffe og havde stoppet en snus ind til venstre under
overlæben.

– I dag er vi begyndt at sortere alle fingeraftrykkene. Vi har
ialt fundet toogtyve afsæt. Tretten er identificerede. Kolleger de
respektive steder, hvor lørdagens gæster bor, hjælper os med at
tage deres fingeraftryk, så slipper de for at tage herop til
Göteborg. Hannu har givet mig et aftryk fra Pirjos datter, og han
tog også Pirjos aftryk på vækkeuret ved hendes seng. I von
Knechts lejlighed var der ingen aftryk på lyskontakterne i hallen,

køkkenet og bryggers, soveværelset på overetagen, badeværelset samt lyspanelet neden for trappen til overetagen. Disse er omhyggeligt tørret af. Ligeledes dørhåndtaget til balkonen og yderdøren og kødøksens håndtag. På de andre lyskontakter er der masser af aftryk, mest fra Richard og Sylvia von Knecht. Samt en hel del fra Pirjo og hendes datter. De var der jo og gjorde rent i mandags. Selv programknapperne på vaskemaskinen var tørret af.

– Underligt. Hvorfor skulle han tørre dem af?

Andersson, der havde stillet spørgsmålet, så undrende ud. Irene svarede kvikt:

– Måske er der en simpel forklaring. Det var ikke von Knecht, der lagde vasketøjet i maskinen, men vores morder. Må jeg godt springe over aftrykkene og spørge, hvad det er for medicinglas, som Sylvia von Knecht har i sin natbordsskuffe?

Malm bladrede i sine papirer.

– Her. Fire glas Stesolid, fem milligram. Det ene var næsten tomt, de andre uåbnede. To glas Sobril, femten milligram. Det ene lige påbegyndt, det andet uåbnet. Et glas Rohypnol, et milligram, som næsten var tomt, oplyste han.

Fredrik så rådvild ud og ville stille et spørgsmål:

– Hvad er det for en slags piller?

– Stesolid og Sobril er beroligende. Rohypnol er et sovemiddel. Glassene var udskrevet af tre forskellige læger. Jeg er ikke læge eller ekspert, men man kan da se så meget, at her foreligger der et klart misbrugsproblem, konstaterede Svante Malm.

Teknikernes fortsatte redegørelse mundede ud i, at man ikke havde fundet noget særlig bemærkelsesværdigt. Hår og stoffibre var blevet katalogiseret, men da lejligheden var gjort grundig rent, havde man ikke fundet nogen større mængder. Nogle hår var allerede identificeret som tilhørende gæsterne fra lørdag aften. Malm bad Hannu om at tage et hår ud af Pirjos hårbørste, samt bede Marjatta om nogle. Der var ret stor chance for, at de hår, der blev fundet i bryggerset foran kosteskabet, tilhørte mor og datter Larsson. Lørdagens gæster fra Stockholm og Helsingfors skulle kontaktes. Han afsluttede sin rapport med:

– Der var lagt rent betræk på dobbeltsengen i overetagen. Rene håndklæder i badeværelset, men ikke i saunaen. Dér fandt vi det håndklæde, som von Knecht havde brugt.

Irene spekulerede. Til sidste sagde hun højt:

– Jeg ved ikke, hvordan det er med jer fyre, når I er hjemme på grund af forkølelse. Men jeg ved, hvordan det er med min mand. Han er næsten aldrig syg, men hvis han får den mindste forkølelse, er han døende. Papirlommetørklæder over hele sengebordet. Vandglas, bouillonkopper og slik. Indpakningspapir fra halstabletter, aviser og andet læseligt ligger på gulvet. Især når han begynder at få det bedre. Men vi har ikke fundet en antydning af roderi efter Richard von Knecht. Klinisk rent. Jeg mener, han var alene hjemme og forkølet i et døgn, efter at Pirjo og datteren havde ryddet op efter festen. Først ved 13 -tiden om tirsdagen forlod han lejligheden og smuttede ud til Johanneshus sammen med Valle Reuter.

En eftertænksom tavshed sænkede sig over forsamlingen. Efter lidt selvransagelse, nikkede de fleste samstemmende.

Jonny fnyste.

– Sådan bliver der ikke hos mig. Det sørger konen for.

– Ja, netop! Hun muger ud efter dig. Det er præcis det, jeg tror også skete hos Richard! Han kom hjem til en skinnende ren lejlighed efter sin frokost med Valle. Sengen er redt, håndklæderne er skiftet og vaskemaskinen kører. Der er garanteret støvsuget i de rum, som han har været i det sidste døgn. Støvsugerposen! Svante, fandt I noget i den?

– Nej. Lige skiftet ud. Helt tom.

– Så kan det have været både den og kluden, der blev smidt i affaldsrummet. Hvis det da var morderen, der gik derind. Men indtil nu har ingen af de andre lejere tilstået, at det var ham eller hende, der gik derind på det tidspunkt.

Andersson var nødt til at bryde ind:

– Men von Knecht ville da have opdaget, at der var gjort rent igen! Der stank af Ajax, da vi kom inden for døren flere timer senere!

– Ja, han må have været forberedt på det. Have forventet det.

Betydningen af dette fik igen en tankefuld stilhed til at sænke sig.

– Du mener, at morderen gjorde rent inden mordet? Andersson så tvivlende ud. Irene trak let på skuldrene.

– Ikke nødvendigvis morderen. Men sandsynligvis. Nogen har i hvert fald villet slette alle spor efter sig i lejligheden. Den omhyggelige rengøring, som der er tale om, kunne umuligt have nået at finde sted efter mordet. Den tog sikkert et par timer, svarede hun.

Andersson var så ophidset, at ørerne glødede på ham. Han eksploderede:

– Det kan ikke passe! Der er da ingen, der lukker nogen ind for at fjerne alle beviser for, at den person har været i lejligheden! Og går ud og spiser en ordentlig frokost! Så hjem til sin dejlige sauna og sjussen og roligt tage imod et los i røven af vedkommende! Der var forresten ingen tegn på, at der har været to personer, som har været i sauna og har hygget sig.

Han holdt inde og fik vejret. Tommy Persson fik lige indskudt:

– Vent lidt. Jeg tror, at Irene er inde på det rigtige. Kan det være sådan: von Knecht lukkede Pirjo ind for at få gjort rent!

Efter hvad!

Jonny lyste op.

– Et orgie! Selvfølgelig. Konen var jo ude.

Birgitta forpassede ikke sin chance:

– Døm ikke alle andre ud fra dig selv!

Ørerne blev lidt blegere, og Andersson så fra Tommy til Irene.

– Pirjo? Ja, hvorfor ikke? Det ene er ikke mere åndssvagt end det andet. Men det passer ikke helt. Hvorfor skulle hun komme tilbage dagen efter, at hun har gjort hovedrent? På den anden side forklarer det, hvorfor von Knecht var alene, da han kom tilbage. Hun var allerede gået. Hannu og Birgitta, I må få fat på Pirjo!

Hannu gjorde en beroligende bevægelse. Irene kom i tanke om en ting til, hun ville spørge om.

– Svante, var der noget smørrebrød i køleskabet? Sylvia snakkede om, at Richard ville købe to landgangsbrød til aftensmad.

– Nej, det var næsten tomt. Lidt ost og æg. Nogle øl og sildekonserves. Ikke noget frisk mad.

– Jaså. Han havde sagt til Sylvia i telefonen, da de talte sammen om tirsdagen, at han ville købe landgangsbrød med hjem, men det glemte han åbenbart. De forsvandt vel i spiritus- og eukalyptustågerne, antog hun tørt.

Malm nikkede og fortsatte:

- Hvis vi går over til branden på Berzeliigatan, så er det slået helt fast, at det drejede sig om en brandbombe. Jeg har talt med brandtekniker Pelle Svensson, og han siger, at der er helt sikre spor efter en stor bombe. Af det, man hidtil har fundet, lader det til at have været en uhyggelig variant, et kraftigt jernrør fyldt med sprængstof. Bomben og benzindunkene var åbenbart forbundet med en pentyllunte.

- Hvordan blev bomben udløst?

- Pelle lovede at give lyd om det i løbet af i morgen. Beviserne var ikke sikrede endnu, men han har en teori. Mere ville han sikke sige.

- Og liget, der blevet fundet?

- Det ved vi ikke så meget om endnu. Stridner har lovet at kigge på det straks i morgen tidlig. Hun er optaget af et videnskabeligt symposium i retsmedicin, sagde de på patologisk afdeling. Og det er de andre patologer også.

Nu var det Birgittas tur til at stille sit spørgsmål.

- Hvad er pentyllunte?

- Det ved de fleste, der har lavet lunter. Hvis jeg nu siger det på den måde: vikler man den her lunte rundt om en almindelig granstamme og udløser tændhætten, så eksploderer lunten og knækker stammen. Eksplosiv lunte, kan man godt sige.

Han satte sig ned. Der opstod den sædvanlige ping-pong af forslag og spørgsmål, men uden at de lod til at komme ret meget videre. Klokken 21.00 besluttede kommissæren at bryde op.

- Okay. Vi går hjem og kryber til køjs. Vi skal være effektive hele dagen i morgen. Alle ved, hvad de skal gøre i morgen?

De mumlede og nikkede.

- Jeg er her på stationen hele dagen fra 7.00 til ... så længe det skal være om aftenen. Så snart I får fat i noget, kontakter I mig. Vi ses alle her klokken 8.00 mandag morgen. Weekendvagt på lørdag er Tommy. Backup bliver … Irene. Hans har søndagsvagten. Backup bliver … mig selv. Det stod klart for Irene, at det passede hende udmærket. Så ville hun have fri på søndag. Lørdag aften skulle hun og Krister have en rigtig hyggeaften. Herligt. Pludselig kunne hun mærke, hvor træt hun var.

Ud over Sammies glædeshyl og småbjæffen, var der helt stille i huset, selv om klokken kun var lidt over 22. Han begyndte at blive langhåret, det var på tide at få ham klippet. Men det måtte vente, til den her opklaring var færdig. Eller i hvert fald til den var kommet i et mere roligt gænge. Hun følte et stik af dårlig samvittighed. Sammie var en pragtfuld hund, men der var ingen, der rigtigt havde tid til ham mere. Alle undskyldte sig med for meget arbejde, skole og fritidsaktiviteter. Han havde selvfølgelig sine hundevenner hos dagplejemoderen. For at kompensere og dæmpe sin dårlige samvittighed over for ham, tog hun ham med ud på en aftenrunde.

Udefra så hun, at der var lys i Katarinas værelse. Hun lå sikkert og læste, eller også var hun faldet i søvn fra sengelampen. Hun ville gå ind og slukke, inden hun selv gik i seng.

Faktisk var Kristers arbejdstider ret gode. Han arbejdede altid sent om torsdagen, til midnat. Så var der fredag eller lørdag, hvor det blev sent. Hver tredje weekend holdt han helt fri. Da tvillingerne var mindre, havde hendes mor stillet op, når der gik koks i det hele med arbejdstider og overtid. Men nu var pigerne store, og mormor havde ikke behøvet at komme særlig tit i de sidste tre år. Tiden arbejder for alle småbørnsforældre.

Hun gik og smilede lidt for sig selv, fordybet i sine tanker. Derfor var hun helt uforberedt, da Sammie pludselig gøede højt og kastede sig frem mod en skikkelse, der holdt sig skjult i den dybe skygge ved indkørslen til garagen.

9

– Godmorgen, min ven. Du ligner et katastrofeområde.

– Tak, elskede. Det er lige den slags kommentarer, der redder resten af dagen.

Arrigt hev Irene det badehåndklæde fra ham, som han netop havde tænkt sig at tørre sig med. Med et hurtigt kast smed hun håndklædet ind under den silende bruser. Også en lille hævn er en hævn. Selv om den er vildt barnlig. Krister lo drillende.

– Åh nej, vi har en af de morgener. Er det snart mensestid?

Så brød det løs.

– Nej, men jeg har arbejdet over halvtreds timer på fire dage! Og i går sørgede Jenny for, at jeg smed håndklædet i ringen for alvor!

– Har vi på en eller anden måde fået håndklæder på hjernen?

– Åhr, forsvind!

Rasende som en hveps i en flaske trådte hun ind under bruseren. Da hun vendte sig om, så hun, hvordan Krister tog hendes håndklæde og fløjtende gik ud ad døren. Nu var det hende, der var uden håndklæde. Der var ingen retfærdighed til i verden. „Just one of those days". Var det Frank Sinatra, der sang den? De mænd kan rende mig et vist sted. Det var en rådden dag, allerede inden den overhovedet var begyndt.

Hun følte sig lidt bedre tilpas efter brusebadet, men stadigvæk stridslysten. Det var ikke Krister, der var hovedmodstanderen, men han skulle nok få sin del. Først måtte hun tage hul på det med Jenny.

Datteren sad ikke ved morgenbordet.

– Hvor er Jenny? spurgte hun.

– Hun siger, at hun er syg, sagde Katarina. Hun sad fordybet i GP's forside. Med avisen trukket op foran ansigtet spurgte hun:

– Mor, var du der, da de fandt den dér brændte fyr?

Krister var i godt humør.

– Hvis han var helt brændt op, kunne ingen jo finde ham?

– Ha ha. Nej, hvor morsomt. Din nørd, lød datterens kommentar.

Krister så måbende ud. Irene glædede sig i dybet af sin sorte sjæl over hans forvirring. Han vidste åbenbart ikke, hvad en nørd var, men ville ikke spørge Katarina og røbe, at han ikke fulgte med i ungdomssprogets udvikling. Han løftede et spørgende øjenbryn mod Irene, som blot smilede sødt tilbage. Med blottede hugtænder.

Hun henvendte sig til Katarina.

– Nej, jeg så ikke den fyr, der omkom ved branden. Gudskelov! Hvad mener du med, at Jenny er syg?

– Spørg hende selv. Ikke mig. Jeg er rask!

Katarina stirrede arrigt. „Just one of those..." Irene sukkede. Og besluttede at lægge en ny taktik. Man kan ikke være på kant med hele verden. Med et træt suk fortalte hun:

– Det er sikkert i går aftes, der spøger. Jeg gik ud med Sammie lidt over 22.00. Vi var vel ude knap en halv time. Da jeg gik rundt om garagen, kastede Sammie sig over én, der skjulte sig bag hjørnet. Jeg var ved at få et hjerteslag, så bange blev jeg! Det var Jenny. Havde jeg ikke haft hunden med, havde jeg aldrig opdaget hende. Men han kendte naturligvis hendes lugt på lang afstand.

Krister vendte sig straks mod Katarina.

– Hvad lavede hun ude klokken 22.30 en almindelig aften? Katarina!

Hun gloede stift i avisen og lod, som om hun ikke hørte det. Men to par stirrende forældreøjne er svære at ignorere. Til sidst var hun nødt til at svare.

– Hun var ude og spille. Med bandet, sagde hun mut.

Irene sukkede:

– Ja, det sagde hun også til mig. Men hun har et stort sugemærke på halsen. Og hun vil ikke sige, hvem der har givet hende det.

Katarina fór op og kylede avisen fra sig.

– Det er da for pokker hendes egen sag!

Hidsigt skred hun ud af køkkenet.

Kristers muntre drillerier var pist væk. Han så alvorligt på Irene.

– Du må meget undskylde, men det her anede jeg ikke noget om. I sov, da jeg kom hjem ved midnat.

– Udmattelse. Ren og skær udmattelse.

– Du, jeg går op og snakker med Jenny. Spis du din morgenmad i fred og ro.

Med gråden i halsen slog hun armene om ham. Hun følte en dyb taknemlighed mod skæbnen, eller hvad det nu var, der havde skænket hende en så vidunderlig mand. Selv var hun en rigtig mopset kone og en dårlig mor, der ikke kunne klare job, mand, hjem og børn. Og hund, blev hun mindet om, da Sammies forpjuskede overskæg dukkede op i døråbningen.

– Hallo! Er der nogen, der ved, hvor Hannu Rauhala er? Han har en samtale fra Stockholm.

Det gav et sæt i Irene. Stockholm! Det måtte være den der inspektør, som Hannu kendte. Hun kastede sig over omstillingsbordet.

– Hallo! Irene her. Stil den ind til mig. Hannu har bedt mig om at tage sig af det.

Ikke helt korrekt, men hun havde ikke tid til at være helt sandfærdig. Mens hun prøvede at krænge jakken af, begyndte telefonen at ringe opfordrende. Hun kastede sig forpustet over røret stadig med den ene arm i jakkeærmet.

– Inspektør Irene Huss.

– Hej, Veiko Fors, kriminalafdelingen i Stockholm. Jeg søger Hannu.

– Det ved jeg. Vi arbejder begge to med denne her sag. Vi er underbemandede, så Hannu bad mig om at tage imod din opringning i dag. Han er ude og lede efter et forsvundet hovedvidne.

– Hvis Hannu leder, så får I snart fat i det vidne.

Der var ikke spor af finsk accent hos Veiko Fors. Han lød nærmere som en indfødt sydsvensker.

– Ja, han er en ressource. Von Knechtsagen er jo svulmet op, som du måske har set i aviserne, sagde Irene.

– Ja. I ser ud til at have fået lort på ledningen. Og det er lige før, jeg også har det.

– Fået lort på ledningen?

– Nemlig. Jonas Söder er kunstner, bor på Fjällgatan. Det er umuligt at komme i kontakt med ham. Jeg ringede flere gange og kørte oven i købet derhen og ringede på, da jeg var på vej hjem i går. En nitte altså. Mona Söder er også en nitte. Jeg fik fat i damens private telefonnummer, og hun svarede ved 17-tiden. Men da jeg præsenterede mig og begyndte at forklare, at vi måtte tale med hende og Jonas angående von Knechtmordet, så flippede hun totalt ud! Nægtede at tale med mig. Siger, at hun kun vil tale med en, der har ansvaret for selve opklaringen. Så jeg sender bolden tilbage til jer i Mudderborgen. Sorry!

Irene skrev Jonas og Mona Söders adresser og telefonnummer ned. Veiko havde også hendes telefonnummer til arbejdet. Han oplyste hende om, at Mona Söders titel i telefonbogen var „personalechef".

Opgivende lagde hun røret på. Hvordan løste man det her? Der blev ikke tid til spekulationer, for telefonen ringede straks igen.

– Inspektør Irene Huss,

– Hej! Det er Robert Skytter!

Navnet sagde hende ingenting, men hun genkendte trompetlyden. Bilforhandleren fra Volkswagen. Den ungdommelige stemme lød akkurat som reklamen for energigivende morgenmad eller et ginsengpræparat. Hun burde vist købe sig et glas ginseng? Fandtes det i femkilos pakninger? Et nyt trompettrut rev hende ud af spekulationerne.

194

- Hallo! Er du der?

- Hvad. Ja. Jeg sad og var optaget af lidt andet. Undskyld. Jo, du, Robert, jeg spurgte efter dig på grund af, at Charlotte von Knecht var hos dig for at hente sin nye bil tirsdag aften? Passer det?

- Ja da!

- Hvornår kom hun?

- Tja, efter 16.00, måske nærmere 16.30.

- Hvad var klokken, da hun kørte?

Han blev tavs et kort sekund. Der var ikke helt samme skråsikre snert i stemmen, da han svarede:

- Ved ikke rigtigt. Lidt over 17.00, vil jeg tro.

- Det var ikke før 17.00?

- Nej, det er jeg ret sikker på. Jeg kan huske, at jeg hørte 17.00-nyhederne i radioen.

- Var du ikke i gang med at sælge en bil? Hvordan havde du tid til at høre radio?

- Jo, altså, vi tog en tur i Charlottes nye bil. Hun følte sig usikker. Jeg gav hende lidt instruktioner.

- Havde hun ikke en Golf før?

- Jo, men den her er meget nyere. Flere finesser. Tag for eksempel det der med den stærkere motor, et hundrede og femten heste...

- Tak, men jeg har bil. Forresten, hvor gammel er du?

Nu blev der stille i lang tid.

- Hvad har det med ... toogtyve.

- Gift eller samlevende?

- Ingen af delene. Og hvad med dig? Er du optaget eller...?

Reaktionen kom som en overraskelse for hende, men det kunne ikke holdes tilbage. Latteren boblede op af brystet og eksploderede på stedet. Røret måtte hun lægge fra sig. Hun lå bøjet over skrivebordet, mens lattertårene plettede det allerede snavsede skrivebordsunderlag. Til sidst fik hun krampe i mellemgulvet. Med en kraftanstrengelse tog hun sig sammen, tørrede næsen og øjenkrogene i trøjeærmet og samlede røret op.

– Hallo, undskyld mig Robert. Men det blev for komisk. Jeg kunne næsten være din mor. Hvis jeg bare var startet tidligt.

– Det er cool. Fedt, hvis man bare kan glæde nogen. Men jeg kan godt lide modne kvinder.

– Som Charlotte?

– Charlotte er virkelig noget særligt. Og flot. Skidesød.

– Og du er sikker på, at du hørte 17.00-nyhederne, da du sad i bilen?

– Ja. Men jeg sad ikke i bilen på det tidspunkt. Jeg var lige steget ud. Charlotte ville se, hvordan man løsnede reservehjulet. Bildøren stod åben, og da hørte vi nyhederne. Charlotte sagde noget typisk: „Er klokken allerede 17.00!" Ja, så tjekkede vi, at hun havde fået alle papirerne og den slags. Så smuttede hun.

– Så må klokken have været cirka 17.05. Eller mere korrekt: 17.10.

– Ja, det må den vel.

– Tak, Robert. Undskyld grineanfaldet, men du har reddet min dag.

– Det var så lidt. Kig ind, hvis du vil have en god bil.

Minsandten om ikke en svag lysning i horisonten varslede en klar dag. Lidt sol ville ikke skade. Den var ikke blevet set i næsten to uger. Irene mærkede, hvordan ny energi strømmede i kroppen. Hed det ikke „den forløsende latter"? Skide være med ginseng, en lille flirt pr. telefon gør underværker for damer, som nærmer sig de fyrre.

Andersson sad på sit kontor. Da Irene bankede let på dørkarmen, fór han sammen i stolen.

– Du godeste, hvor du gjorde mig forskrækket!

– Sad du og prøvede at tænke? Der lugter brændt, synes jeg. Irene sniffede i luften. Han sendte hende et træt blik.

– Hvordan orker du at være så sjov om morgenen? Og lugter brændt er ordet. Branden på Berzeliigatan passer ikke sammen med mordet på von Knecht. Og alligevel kom den fandens belejligt. Og nu rengøringskonens forsvinden.

– Jeg har talt med Hannus ven i Stockholm, Veiko Fors.

– Jaså, hvordan var det så gået for ham?

– Ikke noget særligt. Han havde lort på ledningen.

– Havde lort på ledni... er du rigtig klog?

Irene lo, og fik endda Andersson til at trække på smilebåndet.

– Nøjagtig sådan sagde han. Stockholmerslang, du ved. Det lortede er, at Jonas Söder ikke er til at træffe. Han er åbenbart kunstner. Moderen flippede ud, da Veiko Fors sagde, at han ville snakke med begge to angående mordet på von Knecht. Hun nægter at tale med andre end den politibetjent, der står for opklaringen.

Andersson kiggede tankefuldt ud gennem sit snavsede vindue. Den stakkels hængeplante i amplen havde givet op for længe siden. Han sad tavs i lang tid. Uden at se på hende sagde han eftertænksomt:

– Ud over mig selv er der kun dig og Jonny her på stationen lige nu. Jonny skal tale med Ivan Viktors. De er måske allerede startet. Hvordan er det med dig?

– Jeg havde tænkt mig at ringe til Sylvia von Knecht om lidt og spørge, hvor mange timer om ugen, Pirjo arbejder hos dem.

Ellers så har jeg lige snakket med bilforhandleren i Mölndal. Han giver Charlotte et alibi frem til cirka 17.10.

– Så kan hun ikke være nået ind til centrum og have puffet svigerfar ud over balkonens rækværk. Det er heller ikke sandsynligt, at Charlotte er særlig velbevandret i bombefremstilling.

– Noget siger mig, at hun knap nok kan lave mad.

Det var ment som en spøg, men hun kunne godt selv høre sin bedreviden. Robbans glade stemme lød inden i hende: „Hvem behøver at kunne lave mad med sådan nogle forlygter... wow!"

Andersson lod ikke til at bemærke kommentaren angående Charlottes mangler udi kogekunsten. Han var optaget af sine egne tanker og planer.

– Og så skal Jonny og Hans bevogte P-huset. Tommy og Fredrik tjekker Berzeliigatan. Birgitta skal snakke med fotografen Bobo Torsson og hjælpe Hannu med at lede efter Pirjo Larsson. Og jeg skal tale med Yvonne Stridner. Richard von Knecht er færdigsynet, kan man vel sige. Hvad var der mere? Jo, jeg skal prøve bukser.

Ved den sidste sætning trak en skygge hen over hans ansigt. Han tog en dyb indånding:

– Nej, det må blive dig, Irene, der tager dig af familien Söder i Stockholm.

– Det er i orden. Jeg har fået telefonummeret af Veiko Fors. Men først ringer jeg til Sylvia.

Der lød tolv ringetoner, inden Sylvias grødede stemme hørtes i den anden ende af ledningen. „Nu har du vist overdoseret, lille Sylvia", tænkte Irene. Men sagde det ikke. I stedet kvidrede hun med sin blideste stemme:

– Godmorgen, Sylvia. Undskyld, at jeg vækker dig. Det er inspektør Irene Huss.

Der kom en utydelig mumlen og klagen som svar. Hurtigt gik Irene videre:

– Jeg ringer på opfordring af kriminalkommissær Andersson. Vi eftersøger Pirjo Larsson. Hun har været forsvundet siden onsdag eftermiddag. Du har stadig ikke hørt fra hende?

– Neej. Ikke ... væk ... jeg tror, hun bor i Angered, mumlede Sylvia.

– Det ved vi. Men hun har været forsvundet fra sin bolig og sine tre børn siden i onsdags.

– Åh ... hvor mærkeligt.

Det lød, som om hun var ved at vågne op.

– Men hvem skal så gøre rent her?

Hun var ved at vågne op. Irene kvalte et suk og fortsatte ufortrødent:

– Vi vil gerne vide, hvor mange timer om ugen, Pirjo arbejder hos dig?

Der blev stille i en evighed. Omsider kom det opgivende:

– Femten timer.

– Fordelt på tre dage? Mandag, onsdag og fredag? Er det korrekt?

– Ja.

– Hvor meget får Pirjo i løn?

– Det kan jeg ikke se, kommer Dem ved!

Irene forsøgte at lyde så overbevisende som muligt.

– Jo, det gør det faktisk. Vi undersøger Pirjos økonomiske situation.

Det lød fint. Men imponerede ikke Sylvia. Hun hvæsede:

– Ifølge hende er den sandelig ikke for god!

– Vil Pirjo have mere i løn?

– Ja.

– Hvad har hun om måneden?

Igen stilhed. Til sidst sagde Sylvia resigneret:

– Atten hundrede.

– Og hun vil have...?

– To tusind fem hundrede! Fuldkommen vanvittigt!

– Hvor meget får hun så?

– Ingen forhøjelse overhovedet! Jeg blev sgu så gal!

Vreden fik hende åbenbart til at vågne helt. Irene besluttede at runde af mere neutralt.

– Jeg hørte fra Henrik, at I skal op til Marstrand i weekenden.

– Ja. Det er der vel ikke noget i vejen for, håber jeg.

Tonefaldet sagde, at hvis der var det, agtede hun at give pokker i det.

– Nej da, jeg ville bare sige, at hvis der dukkede noget op, eller hvis I skulle få brug for at kontakte os, er det bare at ringe. Opklaringsgruppen er her altid.

– Arbejder I hele tiden?

– Nej, ikke helt. Vi har vagtskemaer.

Afmålt ønskede de hinanden en god weekend og lagde på. Hun måtte have en hurtig kaffetår, inden hun ringede til Mona Söder.

– Swedish Data, godmorgen. Hvem vil De tale med?

Stemmen var professionelt venlig.

– Jeg vil gerne tale med personalechef Mona Söder.

– Et øjeblik.

Klik, klik. Nogle lave brummelyde for at man skulle vide, at ringetonerne virkelig kunne høres. En mørk og behagelig kvindestemme svarede.

– Ja, det er Mona Söder.

– Godmorgen. Mit navn er Irene Huss. Kriminalinspektør i Göteborg. Jeg arbejder med opklaringen af mordet på Richard von Knecht.

Mona Söder hev voldsomt efter vejret.

– Jeg vil ikke trækkes ind i det! Ikke nu ... når det er, som det er. Vi vil gerne slippe for at have noget med ham at gøre. Er vi på nogen måde under mistanke?

– Som De sikkert ved, er dette en mordsag. Så gennemgår man alle facts om offeret. Vi stødte på den oplysning, at De og Richard von Knecht fik en søn i juli 1965.

Der hørtes lavmælt hulken i røret. Men kun i kort tid, inden Mona Söder kom med et hårdt snøft og gjorde stemmen fast.

– Kan du og jeg mødes?

– Mødes? Du er jo i Stockholm!

– Ja vist. Men det her er vigtigt for opklaringen. Du må komme herop!

Det lød både som en bøn og en kommando.

– Kan vi ikke klare det over telefonen?

– Absolut ikke! Det er meget vigtigt, at du kommer, for du skal se det med egne øjne.

– Jeg må tale med mine overordnede. Selv Göteborgpolitiet skal vel spare som alle andre.

– Ring, så snart du får besked. Vi høres ved!

Imponeret lagde Irene røret på. Det kunne mærkes, at Mona var en kvinde, der var vant til at fortælle folk, hvad de skulle gøre.

– Hvad er det for en idé! Tage op til Stockholm! Hvad er det, som det menneske ikke kan sige i telefonen?

– Hun talte om at vise mig noget. Ifølge hende var det meget vigtigt for opklaringen.

– Vise dig? Meget vigtigt...?

Andersson lagde hænderne om på ryggen, en vane fra dengang han patruljerede, og vandrede planløst frem og tilbage i lokalet. Pludselig stoppede han op foran Irene, som tilfældigvis var placeret i gæstestolen. Beslutsomt sagde han:

– Du må tage af sted. Det er første gang i denne her sag, at nogen siger, at de har noget vigtigt at komme med! Find ud af togtider. Skriv et rejsebilag, så skal jeg sørge for, at du slipper for at lægge pengene ud for længe. Okay?

– Det er sikkert i orden. Men jeg må ordne lidt praktiske ting. Jenny ligger syg derhjemme. Ikke noget alvorligt, forkølet. Krister arbejder sent i nat. Katarina skal træne til en jiu-jitsu-kamp på søndag. Jeg ringer til min mor. Håber bare, at hun har tid. Siden hun blev pensionist, er hun næsten aldrig hjemme. Du ved, „Når man er en glad pensionist...".

Det sidste sang hun højt og falskt.

– Tak, du, men jeg er faktisk musikalsk. Kom i gang med Stockholmsturen i stedet for at plage mig, sagde Andersson.

– Ja, det er Mona Söder.

– Inspektør Irene Huss igen.

– Ja, hej. Hvornår kommer du?

Irene tabte faktisk tråden, men det lykkedes hende at tage sig sammen.

– Jeg tager X2000 klokken 11.05. Ankommer til Stockholm lidt over 14.00.

– Godt. Vi ses på „Fem små Huse" klokken 15.00.

– Hvor ligger „Fem små huse"? Er det der, du arbejder? Noget med monteringsfærdige huse foresvævede hende svagt.

Mona Söder lo, en varm og rar latter.

– Nej, jeg arbejder i et datafirma. „Fem små Huse" er en hyggelig kro i Gamla Stan. Jeg giver, sagde hun.

Som om de var gamle veninder. Til sin overraskelse opdagede Irene, at det føltes, som om det ville blive rart at spise en sen frokost med Mona Söder. Men at blive inviteret kunne måske anses for bestikkelse af en tjenestemand? Muligheden var der, så det var nok bedst selv at betale.

– Kender du Stockholm? spurgte Mona Söder.

– Ja, jeg har boet der i et år under uddannelsen som politibetjent, ude på Ulriksdal. Men jeg boede på Tomtebogatan inde i byen.

– Du tager hen til Österlånggatan. Hvis du går ned ad den, så ligger kroen på en af sidegaderne ned mod vandet, Nygränd.

– Det skal jeg nok finde.

De forsikrede hinanden om, at det ville blive hyggeligt at mødes om knap fem timer. Irene kastede et hurtigt blik på uret. En time tilbage til toget skulle gå. Hendes mor havde lovet at køre ud til Jenny og Katarina om eftermiddagen. Krister havde fået besked.

Havde hun glemt noget? Ikke så vidt hun vidste. Hun stak hovedet ind ad kriminalkommissærens dør for at sige farvel, men han var der ikke.

Efter den store renovering for nogle år siden, er Göteborg Hovedbanegård blevet et rigtigt smukt sted at opholde sig. Mørkt, blankt træ på vægge, bænke og søjler giver en atmosfære fra århundredskiftet. Men der er den samme tætte strøm af rejsende, omtågede narkovrag og sovende fulderikker på bænkene. Også billetkøen er den samme, selv om den efterhånden er datastyret med små nummersedler og digitale displays oven over de respektive billetluger. En glasdør skiller de tålmodigt ventende fra folk i ventesale og på perronerne.

Det tog Irene næsten en halv time at få sin retur-billet. Hun måtte fare ud i den bidende blæst og sætte fuld fart på hen mod det blanke, sølvblå lyntog.

Det var første gang, hun befandt sig i et lyntog. Allerede inden hun satte sig, gik det op for hende, at hun skilte sig ud. Hun havde hverken dragt, højhælede sko, mappe eller bærbar computer. I sine sorte cowboybukser, vatterede poplinjakke og sin røde uldtrøje følte hun sig totalt afvigende. En dame i maskulint nålestribet gråt jakkesæt, matchende det pageklippede hår, så misbilligende hen over kanten af sine briller, da Irene slog sig ned overfor, på den anden side af midtergangen. Den eneste bagage, Irene bar i hånden, var en gul plasticpose fra aviskiosken med slik og aviser. Eftersom hun ikke ejede en håndtaske og heller aldrig havde gjort det, lå det meste af det, hun havde brug for til daglig, i jakkelommerne. De bulnede uæstetisk. Hun besluttede at prøve at lade som om der var en fax i højrelommen og en minicomputer i den venstre.

Hun sendte damen i jakkesættet et strålende smil og satte sig. Det er den mest effektive måde at få folk ud af balance på. De tror, at man er skør og foregiver straks at kigge et andet sted hen. Demonstrativt slog hun op i GT og læste om sine egne og den øvrige opklaringsgruppes forsøg på at løse von Knechtsagen. Endnu vidste aviserne ikke noget om Pirjo Larssons forsvinden, eller at von Knecht havde en søn mere. Hvis mor hun nu skulle køre over fem hundrede kilometer for at spise frokost med. Inden der var gået et kvarter, sov kriminalinspektøren under sin avis. Hun var tør i munden. Det var ikke kun det, der talte for, at hun havde snorket. Den jakkesætklædte dame skråt over for midtergangen smilede lidt skadefro. Irene bestemte sig for, at de to var uvenner. Altså fyrede hun igen et smil af. Den gråfarvede snerpede munden sammen og fordybede sig atter i sit kompendium. Klokken var næsten 13.00. Hun var kaffetørstig og sulten. Hun åbnede sin nyindkøbte dåse Coca-Cola og spiste en Daim. Det gjaldt om at spare sig til frokosten. Det begyndte at føles rigtig opmuntrende at køre op til hovedstaden, sådan helt uventet. Samtidig måtte hun indrømme, at en vis nysgerrighed begyndte at gøre sig gældende. Hvad var det, som Mona Söder ville vise og anså for så vigtigt for opklaringen? Fandtes løsningen på von Knechtsagen måske i Stockholm? Hun håbede blot, at hun ville kunne nå tilbage med det sidste X2000 20.30 samme aften.

Det var let at komme ind til Gamla Stan med T-banen. Selv om blæsten var bidende kold, skinnede en bleg efterårssol nu og da mellem skyerne. Efter at have spadseret gennem smalle stræder og været inde i nogle små butikker, satte hun kurs mod Nygränd og „Fem små Huse". Sjovt navn på en kro, eftersom den bevisligt lå i kun ét hus. Men hvis man så godt efter, var der faktisk fem forskellige husfacader ved siden af hinanden. De varierede noget i facadeudformningen og var malet i forskellige farver.

Den dejlige krovarme slog imod hende, da hun trådte ind ad den tunge, gamle trædør. En midaldrende kvindelig tjener nikkede venligt til hende. Drevet af en hurtig indskydelse

spurgte Irene, hvorfor kroen hed „Fem små Huse". Den
kvindelige tjener virkede ikke forbavset over spørgsmålet,
sandsynligvis var der flere, der havde spurgt gennem tiderne.

– Kroen strækker sig, som navnet angiver, gennem fem små
huse. Den omfatter stue- og kælderetagen på samtlige huse og
faktisk nogle steder også første sal. Som du kan se derhenne,
viser hvælvingerne og trapperne overgangen mellem husene.
Helt fra sekstenhundredtallet har der været små kroer i huset
her. Også smugkroer. Sommetider er lokalerne blevet brugt som
kulkældre. I begyndelsen af nittenhundredtallet var her bygget
om til små lejligheder. Her boede for eksempel mange
skuespillere og balletpiger. De er jo gamle nu, men flere af dem
har været her og set deres gamle hybler. Som altså nu har været
kro igen i mange år.

– Meget interessant. Tak, fordi du tog dig tid til at fortælle.
Man mærker virkelig Bellmans ånde i nakken.

Den flinke kvindelige tjener smålo.

– Lad os håbe, at I slipper for Carl Michaels ånde. Der er
noget, der siger mig, at den ville kunne fordærve appetitten.
Hvor vil du sidde?

– Jeg skulle møde Mona Söder her klokken 15.00.

– Hun er allerede kommet. Værsågod.

Hun begyndte at guide Irene mellem bordene med
blændende hvide duge, ned ad trapper og igennem små
hvælvinger. Til sidst havde Irene mistet orienteringen. Hun, som
ellers havde en så god stedsans! Længst væk i det inderste lokale
sad en enlig kvinde ved et bord. Irenes øjne havde vænnet sig til
det sparsomme lys i hvælvingen, men det var alligevel vanskeligt
at opfatte, hvordan kvinden i den mørke krog så ud. Da Irene
nåede frem, rejste hun sig langsomt. Mona Söder var kun nogle

centimeter mindre end Irene. Hun var kraftig, men absolut ikke tyk. Kraft var det ord, der faldt Irene ind, da hun trykkede Monas hånd og hilste. Men ikke en sprudlende, vital energi af den slags, som tog vejret fra én. Mere en rolig, sikker og autoritær kraft. Irene var ikke et sekund i tvivl om, at Mona måtte være en ualmindelig god chef. Mona Söder gjorde en indbydende gestus hen mod stolen på den anden side af bordet.

– Værsågod og sid ned, Irene. Jeg håber, at du undskylder, men jeg har allerede bestilt til os. Er det i orden med sild? Og bagefter blommetærte med vanilleis til dessert?

– Lyder fantastisk godt.

Irene havde kun spist sild en gang før i sit liv. Grillede strømminger med kartoffelmos ville hun nok kalde det.

Mona henvendte sig til tjeneren, som lydløst materialiserede sig ved deres bord.

– Vi vil gerne have to store Guldøl og fire Ålborg Akvavit, sagde hun.

Det gav et sæt i Irene. Nu måtte det være slut med at blive bestemt over.

– Nej tak. En stor „folkeøl", ingen snaps til mig, sagde hun rapt.

Mona fik en lille rynke mellem øjenbrynene, men trak bare på skuldrene og vinkede den unge mand væk med deres bestillinger. Hun lo hårdt og kort.

– Tro ikke, at jeg sidder og drikker snaps hver frokost. Men sommetider føles det, som om en passende promille er det eneste, der holder én oprejst. I dag er sådan en dag. Du vil snart forstå hvorfor. Men først spiser vi, inden vi begynder at snakke alvorligt.

Sildene var himmelske. Irene greb sig i nærmest at skovle den gode mad i sig. De skålede for Gamla Stan, i Ålborg og i Pripps folkeøl. Mona var let og utvungen i sin konversation. Det blev aldrig pinligt, selv om de var tavse i lange perioder.

De havde afsluttet den eventyrlige blommetærte og sad og drak den anden kop kaffe. Mona havde bestilt en cognac, men Irene afslog. Det kunne ikke mærkes på Mona, at hun havde drukket alkohol. Måske havde den lette anspændelse over skuldrene sluppet taget, men på tale og bevægelser var der ikke noget at mærke. Ud fra dette drog Irene den konklusion, at hun var vant til at drikke en hel del. Mona tog en pakke cigaretter frem af den elegante taske, som perfekt matchede den lysegrå jakke af blød uld. Inden under den havde hun en hvid silkeskjorte og en sort, glat nederdel på. Grå, bekvemme pumps med kraftig hæl fuldendte billedet af en kvinde med stil, magt og penge. De tunge guldkæder om halsen understregede indtrykket. Hun bar ingen ringe.

Mona rakte cigaretpakken over mod Irene, som afslog. Hun tændte sin cigaret omhyggeligt og blæste nydende en sky op mod loftshvælvingen. Let missende gennem røgen så hun sig om. De var alene i lokalet. Fra de fjernere sale og hvælvinger hørtes stemmer, men herinde var der ikke andre gæster. Eftertænksomt begyndte hun at fortælle:

– Vi mødtes i foråret 1964, Richard og jeg. Han kom som et tordenvejr en aprilaften, som Strindberg skriver i Hemsöboerne. Jeg var toogtyve år, han var otteogtyve. Jeg havde gået et år på Den sociale Højskole og vantrivedes i Stockholm. Er man født og opvokset i Härnösand, bliver Stockholm en utrolig omvæltning. Nogle blomstrer op og får et kick. Andre længes bare hjem. Som jeg.

Først nu blev Irene opmærksom på den svage ångermanlandske tone i Monas tale. I begyndelsen havde hun kun hørt et velplejet rigssvensk, men det nordlandske anstrøg var der som en pudsig undertone.

– Men jeg havde ikke noget at vende tilbage til. Min far døde i en savværksulykke, da jeg var femten år. Min mor mødte en anden mand. De giftede sig, og hun flyttede til Umeå med ham og mine to yngre søstre. Jeg blev boende i Härnösand, anbragt hos min mors kusine og hendes mand, mens jeg tog det sidste år på gymnasiet. I et anfald af overmod svarede jeg på en annonce: „sprogbegavet ung dame kan få plads på et kontor." I Stockholm. Jeg var ved at dåne, da de ringede og sagde, at jeg kunne begynde til august. Jeg fik fat i et pensionatsværelse hos en gammel dame på Birger Jarlsgatan. Et trist lille værelse til gården. Men det var billigt og passede til min beskedne løn.

Mona afbrød sig selv på grund af et hosteanfald. Hun drak en slurk lunken kaffe for at klare stemmen. Efter et dybt og grådigt sug af cigaretten fortsatte hun:

– Arbejdet var et knoklejob. Efter et år havde jeg fået nok og søgte ind på Den sociale Højskole. Alle ville på Den sociale Højskole dengang! Men med mine karakterer var det ikke noget problem, jeg kom ind. Allerede efter et semester, indså jeg, at sidde på et socialkontor var ikke det, jeg ville beskæftige mig med. At redde nogen i nød måtte andre gøre. Jeg følte, at jeg ikke var den type, der kunne engagere mig tilstrækkeligt. Jeg havde nok i mig selv.

Hun tav og skyllede det sidste af cognac'en ned. Irene var fascineret. Det var svært at forestille sig denne verdensvante og naturligt autoritære kvinde som ensom og usikker student i storbyen. Men hun måtte have haft ben i næsen allerede dengang, eftersom hun ikke blev på kontoret.

– Mine skolekammerater var revolutionære kommunister på den yderste venstrefløj. Socialdemokratiet blev betragtet som et borgerligt parti. Tænk, hvordan pendulet altid svinger tilbage! Hun lo hæst og skoddede i det lille glasaskebæger.

– Jeg gik forvaltningsvejen og har altid arbejdet som tjenestemand. Først nogle år i Södertälje kommune. Men jeg begyndte i den private sektor allerede i slutningen af halvfjerdserne. De sidste ti år har jeg været personalechef i et datafirma.

Hun hostede igen og skyllede munden med den sidste skvæt kaffe.

– Det er mit liv. Mere end det er der ikke. Det eneste, der er sket, er Richard og Jonas, altså tilbage til Richard.

Igen tav hun. Hånden skælvede en anelse, da hun strøg fingrene gennem det korte og veltrimmede, stålgrå hår. Deres tjener skimtedes i døråbningen, og til Irenes forbløffelse piftede Mona let efter ham. Da han kom hen til deres bord, sagde Mona uden at slippe Irene med blikket:

– To cognac.

Irene prøvede at protestere, men Mona kom hende i forkøbet ved at lægge sin hånd over hendes.

– Richard og jeg mødtes en vidunderlig aprilaften på Mosebacke. Du kan høre, at nu er det Strindberg, der spøger igen. Der var forårsdufte i luften, selv om det ikke var så varmt endnu. Jeg vandrede rundt på må og få og følte mig ensom. Et forhold til en fyr på skolen var gået forbi. Han og andre mænd hang mig langt ud af halsen. Jeg sad på en bænk og prøvede at tænke på ingenting. Pludselig satte en mand sig ved siden af mig. Jeg blev dødforskrækket, og det kunne naturligvis ses. Vi begyndte at snakke, og tiden bare suste af sted. Der var et brus rundt om ham af ... livsglæde. Ja, det er nok det ord, jeg forbinder med Richard.

Livsglæde. Det har Jonas til fælles med sin far. Aldrig, aldrig havde jeg oplevet noget lignende!

Mona afbrød sig selv for at tænde en ny cigaret.

– Jeg forstod, at han var ældre end mig. En rigtig verdensmand! Jeg var blændet og imponeret. Vist så jeg godt ud på det tidspunkt, men ingen mand havde set på mig sådan, som Richard gjorde. Alt, hvad jeg sagde, syntes han lød intelligent. Alt, hvad han sagde, lød spændende og eksotisk i mine ører. Vi snakkede og snakkede i flere timer. Så gik vi hjem til hans lejlighed på Fjällgatan. Vi delte en flaske vin og elskede i tre døgn. Og jeg blev der resten af april og maj. Mit værelse på Birger Jarlsgatan havde jeg stadig, men var der sjældent. I juni og juli tog han ned til Göteborg. Skulle hjælpe sin far med rederiet og havde fået ferie og tjenestefri, sagde han. Senere fik jeg at vide, at hun hed Madeleine. De havde en hed romance, men hun var gift. Men jeg, som ikke læste nogen ugeblade eller havde nogle nære veninder at sludre med, jeg anede ingenting. Det varede lige til i begyndelsen af september, inden jeg hørte fra ham igen. Og jeg var lykkelig som et fæhoved. Spurgte ikke om noget, ville ikke have nogen svar. Bare elskede, elskede. I slutningen af november blev jeg klar over, at jeg var gravid. Jeg var ikke overlykkelig, men mente, at det nok skulle ordne sig. Richard havde jo et fint arbejde og tjente godt. Jeg ville tage et års pause i studierne. Derefter ville vi anskaffe en barnepige. Og inden da skulle vi giftes. Troede jeg. Richard lod mig aldrig ane, hvad han syntes om at sidde i saksen med mig og en unge på vej! Gifte sig var det sidste, han havde tænkt sig at gøre. I hvert fald med mig. Han sagde dog ikke noget, men var lige så charmerende og kærlig mod mig som før. Selv om han begyndte at arbejde mere over. Han havde brug for pengene, nu hvor barnet skulle komme, sagde han. Og jeg ville helst tro, at det var sådan.

Hun afbrød sig selv og sendte Irene et skarpt blik, inden hun fortsatte:

– Det lyder vel ikke særlig smart i dine ører. Sikken et fjols jeg var! Men du skal vide, at det er et andet menneske, jeg taler om. Hende, som jeg fortæller om, eksisterer ikke længere. Hun har været væk i mange år. Men hun var et rigtigt menneske. Med gråd og latter og kærlighed. Hun kunne elske uforbeholdent. Og hun troede stadigvæk på det gode i mennesker. Man bliver hårdhudet af at slås og få for mange tæsk.

Irene så, hvordan reflekser fra stearinlysene glimtede i Monas tårer. Flere år som forhørsleder havde lært hende, at den største fejltagelse i dette øjeblik ville være at sige noget. Den afhørte har behov for at få talt ud. Som om hun havde opfattet Irenes tanker, fortsatte Mona i en mere forretningsmæssig tone:

– Det, jeg fortæller dig nu, har jeg ikke sagt til andre end Jonas. Det kommer ingen andre ved. Men eftersom Richard er blevet myrdet, må alt stå fuldkommen klart. Jeg vil fortælle, hvordan det hele forholdt sig, og hvorfor Jonas eller jeg ikke har noget med mordet at gøre.

Hun understregede sine ord med flere og mere overstrømmende bevægelser nu, end i begyndelsen af samtalen. Det var sikkert en effekt af lige dele engagement og cognac.

– Altså. Julen stod for døren. Richard sagde, at han skulle ned til Göteborg. Jeg var flyttet ind i hans lejlighed midt i december og havde sagt mit værelse på Birger Jarlsgatan op. Da jeg blev klar over, at han ikke havde i sinde at tage mig med ned for at hilse på sin familie, lavede jeg omsider den helt store scene, som jeg burde have lavet langt tidligere. Vi skændtes i flere timer. Eller rettere sagt: jeg skændtes i flere timer og sagde min ærlige mening. Jeg var så ung, og begrebet „konfliktsky" havde jeg aldrig hørt, men lidt efter gik det op for mig, at han ikke forsvarede sig. Jeg rykkede frem, han veg tilbage uden den helt store behændighed. Han var simpelthen ikke vant til at skændes! Ingen kunne da skændes med den rare, charmerende, rige og begavede Richard von Knecht! Og sådan havde det været hele hans liv. Konfliktfrit. Blev det ubehageligt, luskede man bare lidt diskret væk. Hvis der skulle blive nogle uappetitlige levninger tilbage, kunne der altid ansættes en til at fjerne dem.

Mona var nu så oprevet, at hun greb Irenes cognac. Irene sagde ikke noget, hun havde alligevel ikke tænkt sig at drikke den. Mona havde mere brug for den.

– Hans far fik jo meget passende en prop, og Richard fik børsfirmaets tilladelse til at holde op med at arbejde for dem for at køre ned og tage sig af familieimperiet. Ja, du ved naturligvis, at hans far var reder. Han tog ned til Göteborg i begyndelsen af januar. Jeg var næsten i fjerde måned. Abort var ikke legaliseret, og jeg overvejede det heller ikke. Inderst inde troede jeg, at han ville komme tilbage til mig igen. Og barnet. Han kunne da ikke bare være ligeglad med sit barn? Du godeste, hvor var jeg naiv!

Bitterheden i Monas stemme kunne man ikke tage fejl af. Hun skyllede det halve af indholdet i cognacglasset ned i ét drag.

– Han betalte huslejen for seks måneder, inden han stak af. Jeg blev boende i lejligheden og passede mine studier. Jeg hørte ikke en lyd fra ham i al den tid. Jeg begyndte at købe et ugeblad nu og da for mit magre studielån. Der stod en hel del om ham: „Kronprinsen, der bliver ny rederkonge", eller „Eftertragtet ungkarl". Jeg ved ikke alt det, jeg læste. I maj så jeg billeder fra et bal i Göteborg. Det var dér, han havde mødt Sylvia.

Hun afbrød sig selv og drak resten af cognac'en.

– Så vågnede jeg endelig op af min koma. Barnet i mig sparkede. Jeg følte mit ansvar for det lille liv. Og pludselig gik det op for mig, at jeg var helt alene og måtte slås. Den nye Mona begyndte at tage form. Jeg begyndte at ringe til ham, både hjemme og på kontoret. Jeg kunne høre på hans stemme, at han var pissebange. Han ville hverken have, at mama eller den fine ballerina skulle finde ud af hans små eskapader her i Stockholm. Pludselig havde jeg overtaget. Og jeg havde også tænkt mig at udnytte det. Han indbetalte seks måneders husleje mere. Naturligvis for at lukke munden på mig. Jeg tog det roligt og holdt lav profil om sommeren. Jonas blev født den treogtyvende juli. I samme nu, jeg fik ham i mine arme, vidste jeg, at for hans skyld ville jeg kunne kæmpe. Han er det dejligste, der er sket mig.

Hendes stemme knækkede over, og hun tav. Da hun genoptog beretningen, var der en diamants skarphed i undertonen.

– Jeg begyndte at kræve min ret. Og Jonas' ret til en far. Efter mange heftige skænderier i telefonen, lovede Richard at komme op til Stockholm og „ordne det hele", som han sagde. Men han sendte sin advokat, Tore Eiderstam. Han truede med, at Richard ville nægte alt kendskab til mig. Nægte faderskabet. Men jeg stod fast på mit. Da han blev klar over, at jeg ikke havde i sinde at give mig, begyndte han at true mig. Jeg ville aldrig få et job, det ville Richard og Tore sørge for. Så truede jeg med at gå til aviserne med min story. Sådan blev vi ved i flere dage. Pludselig en dag lagde Tore sin taktik om. Han sagde, at Richard og han ikke ville have mere bøvl med mig. De fremlagde en overenskomst. Richard vedkendte sig at være Jonas' far. Han førte lejligheden over i mit navn og ville frem til Jonas' tyvende år betale lejen og et underhold på fem hundrede kroner om måneden. Husk på, at huslejen dengang var på fire hundrede kroner. En ny bil kostede cirka otte tusind kroner. En enlig mor, som ikke engang var kommet halvvejs med studierne, havde ikke noget valg. Jeg accepterede. Til gengæld lovede jeg, ikke at fortælle Jonas, hvem hans far var, før han fyldte tyve år. Ugen efter læste jeg om Richards og Sylvias forlovelse og kommende giftermål i aviserne. Da forsvandt den gamle Mona for altid.

Mona støttede panden tungt i hænderne. Irene flettede forsigtigt et spørgsmål ind:

– Havde du og Richard nogen kontakt gennem årene?

– Nej, aldrig. Han sendte ikke engang gaver til Jonas til jul og fødselsdage. Og det var nok det værste. At se drengens ophidsede forventning til julen. Og derefter hans ordløse skuffelse. Til sidst var han ligeglad. På hans tyveårsdag fortalte jeg ham det, nøjagtigt som jeg har fortalt dig det. Han trak bare på skuldrene og sagde: „Min far har aldrig brudt sig om mig, hvorfor skal jeg bryde mig om ham?"

Hun begyndte igen at fumle i tasken og fik fat i et papirlommetørklæde. Hun prøvede at beherske sig, men tårerne grødede stemmen.

– Han har altid været sådan et fantastisk menneske, allerede som lille. Altid glad og sød. Han var født kunstner. Han tegnede og malede, inden han kunne tale. Der var aldrig tale om andet, end at han skulle være kunstner. Han fik lov til at beholde lejligheden på Fjällgatan. Jeg købte en ejerlejlighed på Lidingö, da han var nitten år og var kommet ind på Kunstakademiet. Vi har altid stået hinanden nær. Også efter at han havde mødt Chester. Også han blev som en søn for mig. Ham mistede vi i sommer. Og nu forsvinder Jonas også snart!

Nu var Mona opløst i gråd. Irene kunne ud gennem øjenkrogen se, hvordan tjeneren begyndte at flakke nervøst rundt henne ved døren. Hun prøvede at berolige Mona, og lidt efter lykkedes det. Mona pudsede voldsomt næse og tørrede sine tårer væk. Hun så stadig på Irene, og stemmen var helt under kontrol, da hun fortsatte:

– De fik aids. Hvem der smittede hvem, eller om begge var hivsmittede, da de mødtes, ved vi ikke. Det er uinteressant. Men Chester døde for et halvt år siden, og Jonas er døende. Det er det, jeg vil have, at du skal se. Du skal møde Jonas. Så du aldrig vil få mistanke om, at han har haft det mindste med sin fars død at gøre!

Mona havde presset på for selv at køre sin Audi, men Irene havde været urokkelig. Skulle hun med hen til Jonas, ville hun ikke køre med en fører, der risikerede at blive snuppet for spritkørsel. Mona gav sig. Hun vidste godt, at Irene havde ret. De satte sig ind i bilen, som lugtede fabriksny. Kilometertælleren viste, at bilen havde gået tre hundrede og toogtyve kilometer. Irene sukkede saligt.

– Sikke en lækker bil!

Mona lød meget tilfreds, da hun svarede:

– Den hentede jeg i sidste uge. I denne her bil er der rygeforbud! Den gamle var kun tre år, men røget til som et tjærekogeri. Hjemme ryger jeg kun ude på altanen.

– Hvor skal jeg køre hen? Hvor er Jonas, mener jeg?

– På sit private sygehus. Vi plejer at lave sjov med det, Jonas og jeg. „Jonas Söder på Södersygehuset".

Mona tav og så ud i aftenmørket, som ikke var noget mørke. I en storby er der ikke rigtig noget mørke, kun en anden slags lys. Kunstigt. Det skaber hårde konstraster og dybe, skræmmende skygger.

– I guder, hvor er jeg træt af Stockholm! Hvorfor blev jeg her? Jeg længes hjem til Norrland, til den bløde skumring og natten. Stilheden.

– Härnösand er vist ikke helt så landligt. Og det er hulens koldt i Norrland.

– Den ydre temperatur, ja, men ikke mennesker imellem.

Irene var ikke helt med, men besluttede ikke at fortabe sig i ræsonnementer. Det var på tide, at hun kom videre med årsagen til sin Stockholmervisit. Roligt sagde hun:

– Hvorfor er det egentlig så vigtigt, at jeg træffer Jonas?

Mona tog en dyb indånding, inden hun svarede.

– Du må se, hvor syg han er. Han får høje doser morfin nu. Du må ikke fortælle ham, at Richard er myrdet. Jeg har ikke fortalt det. Han har ikke hørt nyheder eller læst nogen avis i ugevis. Han har nok at gøre med at dø.

Hun udstødte en hulken, men tog sig straks sammen.

– Grunden til, at det var vigtigt, du kom i aften, er, at det personale, der arbejder på aftenskiftet, er det samme, der arbejdede der tirsdag aften.

217

Mona havde drejet hovedet og så intenst på Irene fra siden. Langsomt sagde hun:

– Du skal spørge dem, om jeg var der i tirsdags. Jonas har været indlagt i snart tre uger, og jeg er kommet hver aften, lige fra arbejde.

– Hvad tid?

– Ved 18-tiden. Jeg plejer at blive hos ham til omkring 23.00. Så er han for det meste faldet i søvn.

– Og du har ikke sprunget en eneste aften over eller er kommet senere?

– Nej.

Mona drejede igen hovedet og stirrede med åndsfraværende øjne lige ind i de modkørende bilers lygter.

– Når du føler dig overbevist om, at det, jeg siger, er sandt, vil jeg bede dig om at sørge for, at jeg og Jonas ikke bliver kendt af medierne. Vi har ikke noget med Richards liv eller død at gøre. Vi vil bare være i fred.

Det sidste rummede en stor, fortabt sorg. Irene følte dog, at der var mere at rede ud.

– Er det den eneste grund?

– Nej. Du er ikke dum. Lige så lidt som andre politifolk, der er sat på sagen. Jonas arver sin far. Og når Jonas er død, arver jeg ham. Derfor er det vigtigt, at du overbeviser dig om vores uskyld. Du kan spørge personalet. Der må ikke herske nogen tvivl. Vi skal have fred og ro til at dø.

– Men hvis der er et testamente? Kan Jonas så virkelig arve?

– Et barn har altid ret til at få sin tvangsarvelod. Som er halvdelen af arvelodden. Og Jonas regnes som særbarn. Særbørn har altid ret til at kræve deres tvangsarv, når deres forældre dør.

– Du virker godt inde i sagerne.

– Selvfølgelig. Jeg slog straks op i „Hverdagens jura", da jeg læste i aviserne, at Richard var død. Én gang skulle det jo ske, men jeg har fortrængt det. Hverken jeg eller Jonas behøver hans penge. Men i politiets øjne må vi være mistænkte. Det blev jeg klar over, da aviserne begyndte at tale om mord. Men vi vil ikke have noget med hans penge at gøre. Han har aldrig været en del af vores liv, eller vi af hans. Ud over det generøse underhold. Han købte sig fri. Og for vores vedkommende var det sikkert det bedste, der kunne ske. Vi havde ingen økonomiske problemer i den tid, hvor jeg færdiggjorde mine studier. Og heller ikke senere under Jonas' opvækst. Socionomernes lønninger har aldrig været fede, men takket være Richards underhold blev mine studielån ikke så store. Dem er jeg ude af forlængst. Og jeg slap for at leve sammen med Richard. Det var min bedste hævn over Sylvia. Uden at jeg behøvede at røre en finger.

Hun lo en kort, glædesløs latter.

– Jeg havde ingen grund til at dræbe Richard. Ud over Jonas er han den eneste mand, jeg nogensinde har elsket. Men han har været død for mig i tredive år. Og Jonas arv efter Richard vil jeg skænke til Noas Ark.

Resten af bilturen sad de tavse, begge fordybet i deres egne tanker.

På vej op i elevatoren fortalte Mona, at den afdeling, som Jonas lå på, var en specialafdeling for aids-patienter. Der var otte pladser. Jonas var nu så dårlig, at han lå på enestue. Usentimentalt fortalte hun:

– Vi havde besluttet, at han skulle dø hjemme på Fjällgatan. Men det fungerede ikke. Han er til tider helt inkontinent, kan hverken holde på urin eller afføring. Det gik dårligt for os

219

derhjemme. Både han og jeg var taknemlige for, at han måtte komme herind. Vi troede vel, at han bare behøvede nogle dage til at få stabiliseret væskebalancen. Men han kan ikke holde hverken mad eller drikke i sig længere. Må jævnligt have drop. Det kan jeg ikke klare. Gudskelov at sygehusvæsenet stadig fungerer!

De gik ind ad glasdørene til afdelingen. Uden for døren med teksten „Personale", satte Mona farten ned, smilede blegt og hviskede:

– Han ligger på den første stue til venstre, efter personalerummet.

Hun satte farten op og åbnede døren nogle meter længere borte. Irene kunne høre høj, tungtgungrende rockmusik strømme ud ad døren. Hun genkendte pladen: De sminkede rockere, Kiss med „Heaven on fire".

Hun gik ind til de to sygeplejersker, der var klædt i blå uniformer. Den ene var ung og lys. Da han rejste sig, så Irene, at han var næsten to meter høj. Hans kvindelige kollega var midaldrende og buttet. Hun spurgte venligt:

– Hej. Søger du nogen?

– Jaa. Jeg er veninde med Mona Söder. Vi skal besøge Jonas. Mona er vist ikke kommet endnu … men ellers er hun her vel altid om aftenen?

Milde himmel! Hvorfor løj hun? Men hun følte, at hun ville prøve at hjælpe Mona med at stå uden for von Knechtsagen.

Plejeren nikkede og smilede.

– Hver eneste aften! Hvorfor?

Irene satte et undskyldende og hjælpeløst smil op.

– Jeg prøvede at ringe til hende tirsdag aften. Her. Men ingen svarede på Jonas' telefon. Jeg har fået det direkte nummer af

Mona. Så derfor tænkte jeg, at hun måske ikke var her i tirsdags...?

– Jo da, hun var her. Vi havde vagt tirsdag aften. Hun trak måske stikket ud, hvis Jonas sov?

– Ja, måske. Jeg ville bare sige, at Jonas telefon måske ikke fungerede, som den skal ... Men det gør den så. Undskyld at jeg forstyrrede.

Med et undskyldende smil bakkede hun ud på gangen. Plejerne nikkede venligt til hende, vendte sig igen mod hinanden og fortsatte deres afbrudte samtale.

Så let det var. Hun var uden tvivl den fødte løgner. Er det begyndt at gå ned ad bakke, kan man lige så godt følge den slagne vej. Hun listede hurtigt ud ad glasdørene og gik hen til en telefonautomat, som hun havde set, da de steg ud af elevatoren. Hun puttede nogle mønter i og tog den krøllede seddel med telefonnummeret til Swedish Data frem. Der var måske ingen i omstillingen en fredag aften lidt før klokken seks?

– Swedish Data, goddag.

Irene sukkede af lettelse, inden hun fik sagt:

– Godaften. Jeg vil gerne tale med personalechef Mona Söder.

– Hun er gået for i dag.

– Er hun her på mandag?

– Et øjeblik ... Nej, hun har tre ugers ferie.

– Åh, hvor ærgerligt! Jeg skulle tale med hende i tirsdags, men fik ikke fat i hende. Havde hun da også fri?

– Fri? Nej, det må være en fejl. Hun var her hele tirsdagen. Hun har slet ikke haft fri i denne uge. Hvem kan jeg hilse fra?

– Birgitta Andersson. Jeg ringer til hende igen om tre uger. Det haster ikke. Hav en god dag!

Hun åbnede døren til Jonas' stue. Der var skruet ned for musikken. Også denne kunstner og plade genkendte hun. Freddie Mercury, „Mr. Bad Guy". Impulsivt sagde hun til Jonas:

– Hej. Det der er virkelig ikke en af hans bedste sange. Eller plader for den sags skyld.

Han lod ikke til at høre det, men lidt efter lindede han let på de lukkede øjenlåg.

– Hej. Nej, pladen her blev aldrig et hit, svarede han mat.

Han hostede voldsomt, og hele overkroppen rystede.

Irene havde stålsat sig mod synet af Jonas. Hun var bange for at skulle se et rystende skelet, stinkende af sine egne ekskrementer, bleg, skaldet og fuld af sår.

Men han var en smuk mand at se på. Tynd, men uden diskussion lig de billeder hun havde set af Richard von Knecht som ung. Det mørkblonde hår var klippet helt kort. Han havde åbnet øjnene nu, og hun kunne se, at de var lysende, intense blå, på trods af morfinens spindelvæv over bevidstheden. Han fokuserede på hende med blikket, og det smil, han sendte hende, var særdeles nærværende.

– Du er Irene. Mor har fortalt det.

Et lettere hosteanfald afbrød ham igen. Irene så sit snit til at hæve et øjenbryn mod Mona. Hun rystede på hovedet. Altså havde hun ikke fortalt, at Irene var fra politiet. Hvad havde hun sagt? Mona kunne mærke hendes spørgen og sagde i et naturligt tonefald:

– Ja, det var heldigt, at du begyndte hos os i Swedish Data. Dels fik jeg en dygtig arbejdskammerat og dels en god veninde.

Åbenbart én til, der var den fødte løgner. For at sende et beroligende signal svarede Irene:

– Undskyld, at det varede så længe. Men jeg tjekkede med personalet. Der var åbenbart ikke noget galt med telefonerne i tirsdags, da jeg spurgte efter dig her. Du trak måske stikket på Jonas' telefon ud, da han sov?

Mona så utrolig lettet ud. Stemmen røbede dog ingenting, da hun svarede:

– Det gjorde jeg vist.

– Det var ligemeget. Vi kunne i hvert fald klare det. Vi fik fat på en anden.

Det sidste sagde Irene henvendt til Jonas, som overhovedet ikke virkede interesseret. Han kiggede op på dropstativet. Den gule væske i den lille flaske var løbet ud. Den store pose, der hang ved siden af, var fyldt med vandklart indhold. Der stod en hel del tekst udenpå. Formodentlig indeholdt den en masse vigtige og gavnlige sager. Mona lukkede rutineret af for droppet fra den lille flaske ved at dreje på det røde plastichjul i dropregulatoren. Slangerne gik ned til en dropventil, der sad fast med hæfteplaster ved Jonas' nøgleben. Irene gøs, da hun blev klar over, at selve kateteret gik ind gennem huden på halsen. Stedet var dækket med et tykt kompres. Jonas så på hende igen og spurgte:

– Kan du lide Freddie Mercury?

– Ikke så meget som solosanger. Han er bedst sammen med „Queen".

Jonas nikkede. Han så spøgefuldt på Irene.

– Vi har meget til fælles, Freddie og mig. Vi er bøsser. I vores dødsannoncer vil efterverdenen kunne læse vores dødsårsag. Aids. Og vi døde for unge.

Han fik et kraftigt hosteanfald. Da han igen forsøgte at holde hendes blik fast, så hun, at det var stærkt sløret. Han havde sandsynligvis lige fået morfin, som var begyndt at virke. Han trak vejret med besvær og prøvede at tale forsigtigt for at undgå hosten.

– Mor, hjælp mig med ilten, fik han presset frem.

Iltslangen hang over sengegærdet. Mona trak den rutineret og forsigtigt over hans hoved. Den lignede en gennemsigtig grime. Under næsen var der en fortykkelse med to huller, som Mona placerede under næseborene. Uden tøven skruede hun på reguleringen på væggen. Iltmåleren på væggen vågnede op, og det begyndte at suse svagt i slangen.

Så så Irene maleriet. To store, gule sommerfugle med sorte tegninger på vingerne svævede over et uendeligt landskab med et skinnende vandløb i bunden af dalen og blåfarvede, høje bjerge i det fjerne. I forgrunden sås smukke markblomster. De forglemmigejblå dominerede, men der var også stænk af hvide og rosa blomster, som hun genkendte, men ikke kunne huske navnene på. De kom så tæt på betragteren, at man fik en følelse af at ligge på maven mellem markblomsterne og kigge ud over kanten ned i dalen og opad mod de to prangende sommerfugle. Himlen var ikke blå, men en sølvhvid rund bue over bjergene udsendte et stærkt lys, som tonede over i varmtrosa ud mod yderkanterne. Det var ikke solen og ikke månen. Det var Lyset.

– Hvad ser du?

Jonas' spørgsmål fik det til at gibbe i hende.

– Maleriet … det er pragtfuldt!

Hun smilede til ham, og hendes blik blev trukket ned i hans. Dernede så hun billedets modsætning. Mørke, fortvivlelse, angst og ensomhed. Men også en stor ro. Indsigten i, at alt er en helhed. Havde han ikke haft modsætningen, ville han aldrig have kunnet skildre Lyset.

- Det er mig og Chester. Et par Macaosommerfugle. Jeg malede det en uge efter hans død. Blev færdig på et døgn, men bagefter kollapsede jeg. Det var blodforgiftning, sagde han med klar stemme.

Han så med vidtåbne øjne på hende. Al omtågethed var som blæst væk.

- Den øverste sommerfugl er Chester. Han befinder sig allerede i lystunnelen. På stranden ved Livets flod ligger hans stivnede blod.

Først nu så Irene, at stranden havde et svagt rosabrunt skær. Nærmest vandlinien var der et skarpere, blodrødt strøg. I det venstre hjørne kom den blodrøde farve igen, lige inden blomsterne tog over.

- I venstre hjørne ser du mit blod. Det er ved at løbe ud. Løbe ud af ... billedet.

Han hostede højt og trak vejret tungere.

- Den lavestflyvende sommerfugl er mig. Jeg er stadig bundet til jorden. Det symboliseres af blomsterne. Men jeg er på vej. Opad.

Han blev stille i lang tid. Irene var tryllebundet af maleriet. Det var stort, sikkert to kvadratmeter. Selv om den tolkning, han havde givet hende, burde have gjort hende bedrøvet, indgav billedet hende ingen sorgfølelse overhovedet. Tværtimod, hun følte livsglæde og fortrøstning strømme imod sig.

- Du forstår, Irene, jeg ser frem til at dø. Ikke for at gøre en ende på mine smerter, for jeg har ikke så ondt længere. Men jeg har ingen værdighed mere. Skider og må bruge kateter og bleer. Kan ikke engang klare at bevæge mig. Føler angst, når åndenøden kommer, og fordi jeg ikke længere kan gå. Men jeg

225

vil ikke gøre en ende på det. Livet er en gave. Lige til den slutning man bliver tildelt.

Det var en alt for lang smøre. Hosteanfaldet lod til aldrig at ville høre op. Irene følte sig magtesløs og ubehjælpsom, da den magre krop skælvede. Mona holdt ham om skuldrene og støttede ham. Hun talte lavmælt og beroligende, sådan som alle mødre gør, når de trøster deres syge barn. Selv om barnet her var en voksen mand, der var ved at dø.

Jonas slumrede lidt. Mona og Irene så på det andet maleri, der var på stuen. Det hang på væggen lige over for Jonas' seng, så han let kunne se det. Det var et portræt af en mørklødet mand. I baggrunden så man en saxofon, nodeblade og nodetegn. I hele billedet var der en gylden farve, fra saxofonen til et gyldentblødt strejf over mandens mund og øjne. Irene henvendte sig til Mona og spurgte:

– Hvem er manden på maleriet?

– Chester. Chester Johnson, jazzmusiker. Han blev min svigersøn i april. De giftede sig hjemme, for Chester var for svag til at tage på rådhuset. Jonas havde netop da en lidt bedre periode. Men efter at Chester døde, har han ikke orket mere. Undtagen da han malede sommerfuglene.

Jonas vågnede og rømmede sig. Han begyndte igen at tale med en svag, let snøvlende stemme.

– Jeg er nysgerrig. Det er en rejse, som vi alle må gøre. Men ikke alene. Akkurat som på maleriet vil Chester være med mig. Han leder mig og holder min hånd, hvis jeg skulle blive bange. Han har været hos mig flere gange de sidste dage. Men han gjorde det rigtige. Det er bedre at dø om sommeren. Det er varmere og smukkere med alle blomsterne. Folk behøver ikke at fryse på kirkegården. Det vil de gøre til min begravelse. Dårligt planlagt af mig. På den anden side så kan der jo blive meget sne, og så bliver det smukt med blomsterne mod sneen. Selv om det bliver koldt i graven.

Brystkassen hævede sig voldsomt, og det raslede uheldsvangert. Han tog nogle dybe åndedrag og lukkede øjnene. Kræfterne var slut, og kort efter sov han. Mona gjorde tegn til, at de skulle gå ud på gangen.

– Klokken er snart 19.00. Kan du nå toget tilbage til Göteborg? Ellers må du gerne sove hos mig, sagde hun.

– Tak, men jeg når det. Toget går 20.30.

– Skal jeg køre dig?

– Nej, jeg tager en taxa.

Der opstod en kort tavshed mellem dem. Samtidig tog begge et skridt frem mod hinanden, og de udvekslede et hastigt og uvant knus. Forlegne mumlede de „vi høres ved" og „ringer, hvis der sker noget". Irene ilede hurtigt hen mod elevatoren. I halsen sad der en svidende klump, og synsfeltet flød sammen af tårer.

Naturligvis var hun der. Lige så grå og korrekt som på turen op. Hun sad nogle sæder længere tilbage, med det samme kompendium på skødet. Irene fik en lynhurtigt vision af, at den grå dame tilbragte sine dage siddende på X2000, frem og tilbage, frem og ... Irene kunne ikke dy sig. Lige inden hun satte sig, fyrede hun et af sine filmstjernesmil af mod Den grå Frue. Hun fik et vildt opspilet blik retur, fyldt med utilsløret frygt. I det blik fik man en forestilling om, hvordan det ville være at være indespærret i et lyntog med en total galning, uden nogen mulighed for at komme af!

Gode vaner bør man holde fast i. Efter et kvarter sov kriminalinspektøren en urolig og drømmefyldt søvn.

Et sted i mørket nærmede det forfærdelige sig. Foran sig så hun Jenny og Katarina. De gik ubekymrede lige hen mod det truende mørke. Hun prøvede at råbe for at advare dem, men opdagede, at hun var fuldstændig stum. Eftersom der ikke kom nogen lyd ud, når hun skreg, forsøgte hun at indhente dem. Men der var noget, der holdt fast i hendes fødder. Mørket lukkede sig bag pigernes rygge og skjulte dem snart helt.

Med angstgråden hamrende bag brystbenet, vågnede hun med et sæt, kun for at konstatere, at hendes højre fod sad kilet fast mellem sæderne overfor.

10

Kommissær Andersson kom netop ud fra politimesterens kontor, da han så Irene forsvinde ind i elevatoren for at tage af sted til Hovedbanegården og Stockholm. Han fik en pludselig indskydelse til at kalde hende tilbage. Det ville være skønt bare at tage af sted i hendes sted. Det var enerverende med Bengt Bergströms krav om at „blive holdt løbende underrettet". Nej, en tur til Stockholm ville passe godt. Apropos passe godt ... med et suk indså ham, at Irene ikke kunne prøve bukser i hans sted. Han måtte altså pænt blive her.

For at muntre sig selv lidt op, besluttede han at hilse på Ivan Viktors. Det er ikke hver dag, man har sine idoler i nærheden, det gælder om at udnytte chancen. Han bankede på døren og fik Jonnys irriterede stemme som velkomst:

– Hvad er der nu? Kan du ikke se, at jeg er opt ... Åh, undskyld! Det her er kommissæren.

Det sidste sagde han til en mand med et sølvgråt, distingveret udseende. Da denne rejste sig for at hilse, var han næsten et hoved højere end Andersson.

– Kommissær Sven Andersson. Goddag.

– Goddag. Ivan Viktors.

Stemmen var dyb og naturligvis velmoduleret. Han smilede varmt, og det virkede ægte. Andersson gjorde en undskyldende gestus.

– Jeg kiggede bare ind og tænkte, at jeg ville benytte lejligheden til at hilse på.

Ivan Viktors bøjede sig frem mod kommissæren og sagde med lav, konspiratorisk stemme:

– Inspektør Blom er ved at indkredse mine mystiske forehavender.

Jonny blev rød om ørerne og læste hidsigt op fra sine notater:

– Tog eftermiddagstoget op til Stockholm i søndags. Besøgte en ældre bror på Karolinska Sygehus. Hvad er han indlagt for?

– Kompliceret lårbensbrud og hjernerystelse. Han måtte opereres om igen for en uge siden. Gamle mænd skal ikke rende over gaden, når der er rødt lys. Og tro, at de kan nå det!

Viktors prøvede at lyde ubekymret, men Andersson hørte den underliggende uro. Hurtigt indskød han et spørgsmål:

– Er det alvorligt?

– Ikke længere. Han er kommet sig, tak.

Jonny så igen ned i sine papirer og fortsatte sin højtlæsning:

– Mandag morgen klokken 9.00 mødte V. en elev. De øvede til klokken 16.00. Kun afbrudt af frokost ved 12-tiden.

– „V"? Er det mig?

Ivan Viktors brød ud i en perlende latter, som i Anderssons ører lød absolut klokkerent i A-dur.

Jonny blev knotten og så tænderskærende på operasangeren.

– Jeg forkorter altid navne i mine rapporter! Navnet på eleven er Claes Winer. Jeg har fået telefon og adresse og vil ringe og tjekke senere.

Andersson nikkede og så, hvordan Ivan Viktors iagttog Jonny. Intet i mandens optræden virkede anspændt eller usikkert. Tværtimod, med sin selvsikre elegance virkede han overhovedet ikke belastet af stationens kontortristesse, men syntes både at passe ind og trives, hvilket han sikkert gjorde alle steder. Andersson huskede sig selv på, at rutinerede operasangere også er gode skuespillere. Viktors henvendte sig direkte til Andersson:

– Så langt var jeg og inspektør Blom kommet, inden kommissæren kom ind. Tirsdag morgen fløj jeg direkte fra Stockholm til København. Jeg spiste en lækker frokost med nogle gamle venner fra Det kongelige Teater. De har kontaktet mig i forbindelse med opførelsen af Wagners „Den flyvende Hollænder". Den unge mand, der skal synge min gamle pragtrolle, har problemer med at få hold på sangen, så at sige. Og den er virkelig meget svær at synge. Jeg kan huske…

– Hvilket hotel boede De på?

At inspektør Blom gav pokker i alverdens flyvende hollændere, fremgik tydeligt af tonefaldet.

– Hotel? Javel, ja! Admiral.

– Og i Stockholm?

I brøkdelen af et sekund glippede Viktors verdensvante sikkerhed. Men det gik så hurtigt, at Andersson bagefter ikke var helt sikker på, om han havde opfattet det rigtigt.

– Stockholm? Min brors lejlighed, naturligvis. Han har en skøn lejlighed ved Strandvägen. Allerøverst.

Jonny Blom fyrede et af sine spørgsmål af i hidsig staccato:

– Er han enlig?

– Ja. Og nej. Han er fraskilt, men nu for tiden faktisk samlevende med en dommer ved Sunne byret. Hun pendler hver uge. Min bror har en søn fra sit ægteskab. Han har tre henrivende piger, som jeg kalder for mine børnebørn. Desværre fik min kone og jeg ingen børn. Og følgelig blev der heller ingen børnebørn for mit vedkommende.

Det gibbede i kommissæren. Det sidste kendte han godt. Underligt nok var det først i de seneste år, at han var begyndt at føle et vist savn efter børn og børnebørn. Men han havde jo niecens børn som sine surrogatbørnebørn. Det fungerede fint, eftersom han kun behøvede at se dem højst tre gange om året. Måske havde Ivan Viktors det på samme måde?

Jonny så godt sur ud. Andersson kunne først ikke begribe hvorfor. Efter nogen tid forstod han, at det ikke kun var Viktors drilske attitude, men også hans egen tilstedeværelse, der generede ham. Kommissæren indrømmede for sig selv, at der måske var noget om det. Med sin kontante og ufølsomme facon var Jonny faktisk god til at forhøre folk. Først og fremmest de mere barske typer. Lige nu sad inspektøren og skævede til Ivan Viktors, mens hjernen arbejdede på højtryk. Endelig besluttede han sig for, hvor næste stød skulle sættes ind. Kort sagde han:

– Var De alene i lejligheden?

Viktors blev bragt helt ud af fatning. Han blev rødflammet i ansigtet og så ud til at være en blodstyrtning nær. Hurtigt samlede han sig og gjorde et tappert forsøg på at lyde indigneret:

– Hvad mener De? Det er da klart, sagde han højtideligt.

Jonny opfangede tilstedeværelsen af en løgn. Han fik en idé og bøjede sig ind over skrivebordet. Stemmen var hård og insinuerende, da han sagde:

– Det var vel ikke sådan, at din brors samlever også overnattede i lejligheden?

Bum! Andersson så straks, hvordan Viktors genfandt sin sikkerhed. Den havde vaklet et øjeblik, men nu var han åbenbart igen på fast grund. Med sit bedste nedladende teatertonefald og et dybt forurettet blik, sagde han:

– Min gode inspektør! Min bror er niogtres år, og hans samlever er treogtres! Hun er en meget velanset jurist og arbejder som dommer. At hun pendler skyldes, at hun går på pension om to år og trives så godt i Sunne, at hun ikke vil forlade sit job der. Nu arbejder hun mandag til torsdag. Hun kommer hjem sent torsdag aften og tager tilbage søndag aften. Nej, ved De nu hvad! Vi sås overhovedet ikke den aften.

– Har De nøgle til lejligheden?

Viktors trak vejret tungt, og blikket sagde „Dumme menneske!"

– Naturligvis gav min bror mig nøglen. Han ligger stadig på afdelingen, det er bare at ringe og tjekke. Værsågod, her er nummeret.

Han trak tegnebogen op af jakkens inderlomme og bladrede frem til en lille gul seddel og rakte den til Jonny Blom. Uden at takke eller kaste et blik på sedlen, stirrede Jonny stift på ham.

– Var der en anden hos Dem i lejligheden søndag aften?

– Nej. Og hvis der var, så kan jeg ikke se, hvad det rager Dem. De skal vel opklare, hvad der skete med Richard? Ikke hvad jeg lavede i Stockholm søndag aften. Og på det tidspunkt levede Richard for øvrigt i allerbedste velgående. Han døde jo om tirsdagen. Og da var jeg i København.

Surmulende så Jonny ned i sine papirer. Han følte, at han havde ladet et eller andet smutte fra sig, men vidste ikke, om det havde betydning for sagen. Andersson kunne godt følge ham, men vidste heller ikke bestemt, hvad det var, der var suset gennem lokalet. Bare en hurtig fornemmelse. Jonny fortsatte ihærdigt:

– Hvad lavede De tirsdag aften?

Igen et let suk fra Viktors. Blikket var næsten lettere medfølende.

– 18.30 spiste jeg middag på en af Københavns bedste restauranter. Skt. Gertruds Kloster.

– Alene?

– Nej. Vi var mindst ti personer. Alle fra teateret. Jeg skal med fornøjelse give Dem navnene.

– Tak, det er nok med to.

Andersson følte, at det var på høje tid for ham at bryde ind et øjeblik. Om ikke andet så for at give Jonny en mulighed for at komme på, hvad det var, der havde flakset forbi dem. Viktors skrev to navne bag på den gule seddel med broderens telefonnummer. Andersson rømmede sig let, inden han sagde:

– For at gå længere tilbage i tiden. Hvad syntes De om von Knechts fest i lørdags?

Viktors kiggede overrasket op fra sedlen. Han så ud til at tænke sig om.

– Jaa … Hvad skal man sige? Rent principielt synes jeg ikke, at man skal fejre krige. Trediveårskrigen, I ved. Haha. Hyggeligt at møde gamle venner. Gustav og Louise havde jeg ikke set i cirka ti år.

– Var stemningen god?

– Ja da! Helt i top, som man siger. Meget god mad og drikke. Men de unge virkede lidt afdæmpede.

– De unge? Er det Henrik og Charlotte von Knecht, du mener?

– Ja.

– Men Richard og de andre var som sædvanlig?

– Ja, Richard, Valle Reuter og Peder Wahl sad og snakkede vin den halve aften. De mindede om druider, der sad og overgik hinanden i spændende dekokter. „Smag på den her, min gode mand! Man kommer i den syvende himmel!" Og så sang vi en masse drikkeviser.

– Er De ikke vinkender?

– Ha! Nu kommer der til at stå i forhørsprotokollen, at „V. ikke er nogen vinkender!" Nej, ikke som de andre tre. For dem er det nærmest en sport. Faktisk tæt på religion. Hvilket land, hvilken dal har druerne vokset i? Hvilken druesort? Hvilken årgang? Den slags har jeg ikke haft tid til. Jeg og Sven Tosse plejer at drille dem og sige, at vi i hvert fald kan kende forskel på en vin til fyrre kroner og en vin til to hundrede kroner. Så råber Valle, så han skælver „Fy, drenge! Spot ikke!" siger han.

Imitationen af den lille, tykke Valle Reuter var overordentlig dygtigt udført. Andersson kunne ikke lade være med at grine højt. Jonny så om muligt endnu mere gnaven ud og sagde surt:

– Er der mere, De vil sige angående mordet på Richard von Knecht?

Både Viktors og Andersson holdt inde med morskaben. Viktors sendte Jonny et køligt øjekast.

– Nej, sagde han kort.

– Er De hjemme i Särö, hvis vi vil kontakte Dem igen?

– Frem til søndag aften. Så går det atter til København. Jeg vender hjem igen på næste onsdag.

235

Andersson syntes, at Viktors var et behageligt menneske, men han var også klar over, at han lod sig forlede af mandens charme. Der var et eller andet, men det gled ud af hænderne ligesom kviksølv, så snart han prøvede at få fat i det. Ivan Viktors gik hen mod døren, vendte sig om og bukkede dybt.

– Farvel, mine herrer!

– Farvel, farvel.

Andersson anstrengte sig for at smile til Viktors, da den statelige mand forsvandt ud ad døren. Da han havde lukket døren, vendte Andersson sig mod Jonny og sagde:

– Du mærkede det også, ikke sandt?

– Jo. Den satan smuttede udenom. Hvad havde han for af fiksfakserier søndag aften?

– Det er måske, som han sagde. Uden betydning for sagen. Men sådan føles det ikke. Han var måske også hos en luder.

– Meget muligt.

Pludselig stivnede Andersson og fik noget glasagtigt og fraværende i blikket. Jonny sad tavs. Han vidste, at sådan så chefen ud, når han fik en idé. Den, der ikke vidste det, kunne tro, han var ved at få et epileptisk anfald. Ophidset sagde Andersson:

– Han mødte måske Sylvia von Knecht! Hun var i Stockholm søndag aften!

– Men ikke alene. Hendes mor og søster var med. De var i teatret, gjorde Jonny opmærksom på.

– Ja, det var, hvad hun sagde. Tjek det lige med søsteren og moderen. Spørg dem, hvad de lavede i Stockholm søndag aften. Det er et skud fra hoften, men den slags er der før kommet noget ud af.

Et opgivende suk sagde alt om, hvad Jonny mente om forslaget. Men eftersom han ikke havde nogen bedre idé, begyndte han at finde adresserne frem på computeren.

– Hvornår skal du afløse Borg ved P-huset? spurgte Andersson.

– 12.30. Han går til en times frokost, bagefter kommer han tilbage og tager over til klokken 16.00. Så smutter jeg derhen igen, så kører vi begge to til 19.00.

– Okay. Dukker der noget op, kontakter I mig omgående. I morgen er jeg her. Klokken 8.00 mandag morgen kører vi en stor gennemgang. Så ved vi forhåbentlig mere om branden på Berzeliigatan. Og vores Lillis kommer ind i det hele. Han har muligvis ikke en disse at gøre med det her. Men der er noget djævelskab i gang omkring Lillis, så han skal såmænd nok være indblandet!

– Selv om det ikke helt er hans boldgade. Narko, mishandling, skydevåben, bankrøverier. Ja, men nok ikke mordbrand, rovmord, bomber. Det kræver planlægning og evnen til at tænke, og det er nok ikke typisk for Lillis, indvendte Jonny.

Kommissæren lavede en utilfreds trutmund og rynkede øjenbrynene. Det hjalp ikke noget. Han var nødt til at give Jonny ret. Irriteret udbrød han:

– Der ligger en lort og stinker! Jeg kan lugte hørmen, men jeg kan ikke se lorten. Jeg ved ikke, hvem der har lavet den. Men det er helt sikkert, at nogen går rundt med lort under fødderne!

Uhørt poetisk udtrykt fra Anderssons mund. Jonny forstod, hvad han mente og gav ham ret. Han havde været politimand længe nok til at vejre ubehageligheder, når de dukkede op. Hele denne sag var ubehagelig. Det var, som kommissæren sagde – den stank langt væk.

Nøjagtig to døgn tidligere var han gået ind gennem dørene til patologisk afdeling, akkurat som han gjorde nu. Heller ikke denne gang vidste Yvonne Stridner, at han ville komme personligt. Hun regnede med, at han blot ville ringe. Den blege sol havde dog givet ham et påskud til at prøve at komme lidt ud. Man kan spørge sig selv, hvorfor et menneske, der længes efter lidt solskin, sætter sig i en bil og kører gennem Göteborgs centrum og bare trækker vejret gennem en masse udstødningsgasser. Men han kendte svaret. Han trængte til at komme uden for politistationens fire vægge. Sommetider kvalte de ham. Ikke at væggene på patologisk afdeling føltes mindre kvælende, men de var gode nok som et miljøskift.

Stridner var ikke på sit kontor. Hvor nødigt han end ville, måtte han gå ind i obduktionslokalet. Med et gurglende ubehag i maveregionen fortrød han allerede sin udflugt.

Hun stod iklædt grøn papirkittel og noget badehættelignende i samme materiale og talte med en ung mand, også han var klædt i operationstøj. Langsomt trak hun gummihandskerne af, mens hun køligt iagttog kandidaten.

– Hvis du ikke kan klare kurset i retsmedicin, så fatter jeg ikke, hvordan du har kunnet blive godkendt ved dine tidligere obduktioner. Men du er en typisk afglider. Andre må gøre arbejdet, mens du står ved siden af og „assisterer“. Det vil sige rækker instrumenter og kigger den anden vej. Går ud, når det begynder at blive væmmeligt. Forstår du ikke, at patologien er grundlaget for al medicin! Hvis du ikke ved, hvordan der ser ud inden i og uden på et menneske, der har fået en speciel sygdom eller et traume, så kan du heller aldrig selv forstå, hvad der er ved at ske? I hvilket stadium er sygdommen? Hvordan er den ved at udvikle sig? Hvad sker der med patienten? Og hvis patienten dør, hvad er der sket, og hvorfor er det sket? Hvis dette ikke interesserer dig, syntes jeg, at du alvorligt skal overveje, om du overhovedet egner dig til lægegerningen! Du er dumpet!

Den unge mand havde ikke sagt noget under nedsablingen. Uden et ord snurrede han rundt på hælen og fór ud. Sandsynligvis lagde han ikke mærke til kommissæren, der dog så udtrykket i kandidatens øjne. En gammel kriminalkommissær kan læse mord i øjnene, når han ser det.

Stridner opdagede ham og nikkede kort. Hun så bistert på ham, og kommissæren fik en stærk følelse af, at heller ikke han var bestået.

– Kandidaternes standard bliver bare dårligere og dårligere. Pjækkerier. De tror, at det bare handler om at sætte sig ind i nogle sider i et kompendium for at klare sig! Der er ingen som helst vilje til at gøre lidt ekstra ved det, hvæsede professoren.

Hun fnyste højlydt og fastholdt Anderssons blik. Følelsen af, at den endelige konklusion nærmede sig, blev stærkere.

– Og hvad med jer politifolk! Kan I ikke kende forskel på piger og drenge?

Befippet så han på den rasende, rødhårede patolog. Lamslået stammede han:

– Det ... det plejer vi at kunne.

– Ikke denne gang.

Med faste skridt gik hun gennem lokalet og hen til et obduktionsbord. Det vendte sig i maven, da han forstod, hvad hun havde i sinde at gøre. Hurtigt trak hun lagnet væk. Liget var stærkt forkullet. Arme og ben var krummet i den typiske fosterstilling, idet den intense hede havde trukket al muskulatur sammen. En svag lugt af stegt kød trængte igennem obduktionslokalets øvrige odører.

– Sent i går eftermiddags blev det her lig kørt herind. En fyr sagde til vores pedel, at det skulle være liget af en ung mand, lidt over tyve år, sagde Stridner.

– Ja, det stemmer. Mattias Karlsson…

– Det stemmer ikke! Det lig, som jeg lige har obduceret færdig her til morgen, er en midaldrende kvinde. Sandsynligvis femogtredive til femogfyrre år. Højde omkring en meter og femoghalvtreds. Vægten er svær at udtale sig om, men hun var kraftig. Dårlig tandstatus. Hun har født børn. Europæisk.

Kommissæren stirrede på det sortbrændte lig. Et øjeblik svimlede det, men det gik hurtigt over.

– Finsk, lykkedes det ham at få frem.

Andersson kunne selv høre, at hans stemme knækkede over. Stridner sendte ham et skarpt blik og sagde kort:

– Finsk! Det er muligt. Savner du en finne?

– Det kan man roligt sige! Pirjo Larsson, toogtredive år. Så langt passer signalementet. Hun var von Knechts rengøringskone. Hvad fanden laver hun her?

– Ja, hun gik ikke selv herind. Spørg hellere, hvad hun lavede dér!

Det var der ikke noget svar på. Selv om han skulede vredt, måtte han give hende ret. Hvad havde Pirjo lavet på von Knechts kontor, da bomben sprang?

Hun trak lagnet over igen og sagde:

– Jeg går ud og vasker mig. Du kan gå ind på mit kontor så længe.

Lydigt luskede han af sted.

– Hvis vi skal gøre Richard færdig først, kan jeg sige, at identifikationen er klokkeklar. Retsodontologerne var ikke et sekund i tvivl. Tænderne passede præcist. Jeg har også kontrolleret frakturen på højre tibia. Det lykkedes mig at få fremskaffet nogle femogtredive år gamle røntgenbilleder fra et skiuheld i St. Anton. Ukompliceret heling.

Hun fægtede i luften med nogle store røntgenbilleder. Det var svært at prøve at se interesseret ud, når tankerne hele tiden kredsede om et andet lig. Hvordan skulle han få fat i Hannu? Han måtte låne en telefon.

– Undskyld mig. Må jeg låne din telefon? Jeg har nemlig to inspektører, der farter rundt i byen på jagt efter den kvinde, der ligger under klædet derude.

Hun nikkede og gjorde en bevægelse hen mod telefonen på bordet. Andersson fik fat i en sekretær, som lovede at søge Hannu Rauhala og Birgitta Moberg. Hun skulle omgående kalde dem tilbage til stationen til et møde med ham straks.

Nu kunne han følge med i Stridners fortsatte redegørelse med større koncentration. Det var hævet over enhver tvivl, at det virkelig var von Knecht, der var blevet knust mod gaden tirsdag aften. For tre døgn siden. Han syntes, han var blevet tre år ældre. Stridners pædagogiske stemme rev ham ud af spekulationerne:

– Der er ingen andre tegn på vold end kontusionen i nakken og hugget over håndryggen. De andre læsioner stammer fra det lange fald. Nå ja! Jeg foretog jo en lille overflødig ting. Bare for at stille min nysgerrighed. I dag kom, som jeg havde bestilt, det foreløbige svar på PAD'et. Der er en tydelig fedtændring i leveren. Den gode Richard drak åbenbart en del den sidste tid.

– Kommer det bag på dig?

– Ja. Han var altid påpasselig med sit udseende og med at være i god form. Han var påpasselig med, hvor meget mad og drikke han konsumerede. Jeg hverken så eller hørte, at han skulle have været kraftigt beruset til nogen fest i de år, vi omgikkedes. Men det er selvfølgelig femten år siden.

– Hvad tyder dette på?

Hun sugede underlæben ind og så ud til at spekulere i lang tid, inden hun svarede.

– Svært at sige. De mest almindelige årsager er vel, at folk griber til flasken, når de har problemer, som de ikke kan klare at løse. Især mænd.

Skyldbevidst tænkte Andersson på sine guldøl hver aften, men besluttede hurtigt, at han ikke var alkoholiker. I hans alder var det godt at koble af om aftenen med en øl eller to. Tre. Og man sov godt på dem. Skønt visse bivirkninger havde de jo.

Ubevidst prøvede han at trække maven ind. Dystert så han på patologen og ridsede et sammendrag af situationen op:

– Vi har altså en rask mand, lige rundet de 60. Fysisk i god form, men med tegn på øget alkoholindtagelse den sidste tid. Promilleindholdet i blodet på 1,1. I mavesækken ligger der en god frokost og bliver fordøjet. 17.30, en regnfuld og blæsende novemberaften går han ud på sin balkon på trods af sin store højdeskræk. Dér bliver han banket i baghovedet, hugget i hånden og hevet ud over balkonens rækværk. Og ikke ét spor efter morderen! Og du fandt ikke andet på hans krop?

Det sidste lød som en bøn. Og var det også. Hun rystede på hovedet, men tog sig i det og lagde det pludselig på skrå. Et gavtyveagtigt smil glimtede i øjnene.

– Jo, måske. Den lille charmetrold var ikke mere forkølet, end at han klarede at have sex døgnet før han døde. Det er ikke hundrede procent sikkert, men faktisk er jeg ret overbevist onm, at det havde han. Samleje, altså.

Ubevidst gled Andersson længere frem på stolen og bøjede sig ind over skrivebordet.

– Døgnet før? Lad mig høre?

– På spidsen af hans penis, på selve glans, fandt jeg et lille snitsår. Fire millimeter langt. Den slags har jeg set før. De opstår ved samleje, når manden får et hår imellem. Det interessante er, at såret var højst et døgn gammelt. En mand kan naturligvis få et hår ind under forhuden uden at have sex, men så opstår der sjældent skader. Han kan mærke håret inden. Men ved stærk ophidselse gør man det som bekendt ikke.

Andersson nikkede og sagde funderende:

– I løbet af mandagen eller tirsdagen fik han sig altså en omgang i den ægteskabelige seng. Men ikke med konen, eftersom Sylvia befandt sig i Stockholm. En anden. Hvem kan det have været?

– Nu taler vi om dit job igen. Ikke om mit, svarede Yvonne Stridner.

Hun smilede ganske let og virkede tilfreds med den effekt, hendes opdagelse havde på ham. Muligvis indikerede hans rødspættede ansigtsfarve, at blodtrykket steg en anelse for meget.

– Tager du piller mod din hypertoni? spurgte hun.

– Min hy … Hvad fanden har det med von Knecht og Pirjo Larsson at gøre?

Da det gik op for ham, hvad han havde gjort, blev han iskold i maven. Han havde råbt ad patologiprofessor Yvonne Stridner! Det var ikke godt. Stemmen var lavmælt og absolut isnende kold, da hun svarede:

– Intet. Bortset fra at du kan få en hjerneblødning og aldrig løse hverken mordet på Richard, eller finde ud af, hvad der skete med finnen. Hed hun Pirjo?

– Jo, Pirjo Larsson. Undskyld at jeg råbte. Det blev bare for meget.

– Desto større grund er der til at tjekke trykket og passe pillerne. Nu har jeg ikke tid til dig længere.

Demonstrativt tændte hun for computeren og begyndte at taste uden at se på ham.

Tværet ud! Altid følte han sig dum og tværet ud sammen med Stridner. Alt var på hendes betingelser. Han var som en af de arme kandidater. De havde hans fulde medfølelse og udelte sympati.

– Mange tak. Hej så længe, sagde han mat.

Uden at se op fra skærmen sagde hun et kort, mumlende:

– Hej.

Så optaget af vigtigt arbejde. Han følte raseriet koge indeni, da han gik hen mod udgangen. Det dunkede i tindingerne, og han kom skyldbevidst i tanke om, at i morges havde han ikke taget sin blodtrykspille. Han skulle måske gå ind til politiets sygeplejerske og få målt trykket? Det var nogen tid siden sidst. Åhr, sådan noget vrøvl! Hvem har tid til det? Åndssvage læge! Hvad ved hun om blodtryk? Se bare, hvordan de patienter har det, når de kommer i kontakt med hende. Dér er der ikke tale om blodtryk længere!

Styrket af sin indre skideballe til Stridner, satte han sig ind i bilen og kørte tilbage til politistationen. Det var frokosttid, men han var absolut ikke sulten. Lugten af grillet kød stak stadigvæk i næseborene.

Birgitta Moberg var der. Hun blev forbløffet, da hun hørte, at Andersson havde søgt hende. Det var ikke derfor, hun var taget ind på stationen igen, men for at nå at spise frokost inden mødet med Bobo Torsson. Skulle de følges ad hen til kantinen? Næh, nej, det skulle de ikke.

Han gjorde tegn til hende om at komme ind på hans kontor. Uden at afbryde en eneste gang, lyttede hun opmærksomt til hans redegørelse af, hvad der var sket oppe på patologisk afdeling. Han udelod dog diskussionen om sit blodtryk. Det angik kun ham.

Hendes brune og ellers så glade øjne så triste ud.

– Det lyder jo faktisk, som om det er Pirjo. Stakkels unger, helt alene, sagde hun.

– Hvad så med deres stedfar? Larsson?

– Hannu fik fat i ham i telefonen i morges. Göte Larsson, syvogfyrre år. Han er lokaliseret til Malmö. Han bor åbenbart sammen med en polak i Rosengård. Han arbejder på et polsk lastskib lige nu. Påstår, at han ikke har sat sine ben i Göteborg i to år.

– Hmm. Bistandskontoret må vel finde børnenes familie i Finland. Nej, stik du hen og spis, så venter jeg på Hannu. Klokken 13.00 er jeg optaget nogen tid, men vi mødes her klokken 14.30.

– Okay. Jeg skal prøve at komme i tanke om, hvem von Knechts sexpartner kan have været. Valle Reuters lille veninde Gunnel nægtede jo ethvert kendskab til Richard. Og jeg tror hende. Hun var så åben om sine herrer, som man kan forlange. Nej, det må være en anden. Måske ringede han efter en callgirl? En skam at han både nåede at gå i sauna og i bad.

Med en vinken forsvandt hun ud på gangen med kurs mod kantinen. Han sad længe og stirrede tankefuldt lige ud i luften. Ikke én brugbar idé dukkede op. Han så hele tiden billedet af Pirjos forkullede lig for sig. I øret rungede Stridners stemme: „Spørg hellere, hvad hun lavede dér!"

Han lagde en seddel på Hannus skrivebord. „Har information ang. Pirjo L., det haster og er vigtigt," afsluttede han sedlen, for at understrege vigtigheden af, at de måtte tale sammen.

Han gik ind på sit kontor igen efter en trættende og svedende bukseprøvning. Hannu sad med en blok i skødet og kiggede ud gennem vinduet, der var strimet af snavs. Følte han sig også lokket ud i byen af den blege og sparsomt skinnende sol? De isblå øjne røbede intet om længsel eller nogle andre følelser i det hele taget, da de blev rettet mod Andersson. De var rolige og vågne.

Også Hannu lyttede uden at afbryde. Han nikkede bare nogle gange. Brikkerne faldt åbenbart på plads for ham. Kommissæren misundte ham. Selv syntes han, at alting føltes som ét eneste rod, et virvar. Hvis han bare kunne få fat i den rigtige ende og begynde at få viklet garnet op. Men som situationen var nu, måtte de snuse rundt en gang til og grave dér, hvor det lugtede mest af lort. Politimæssigt rutinearbejde med andre ord. Kommissæren spurgte:

– Hvad har du fået frem om Pirjo ud over det, vi ved i forvejen? Birgitta fortalte, at Pirjos mand er i Malmö, så ham kan vi springe over så længe. Hvad vi har brug for, er en, der kan forklare, hvor hun kommer ind i billedet, når det drejer sig om bomben på Berzeliigatan.

- Jeg fandt hende i registeret. Hun er blevet dømt to gange for smårapserier. Begge gange betinget. Første gang stjal hun en skidragt i Obs, anden gang en ristet pølse og en pose makroner i ICA ved Angered torv, rapporterede Hannu.

- Ikke andet?

- Nej.

- Det lyder ikke som en ægte bombeterrorist. Interessant at hun stod i registeret, det tyder på, at hun i hvert fald var lidt småkriminel. Har du hørt fra kollegerne i Helsingfors, om de har noget på hende i deres register?

- Ja. Der kommer besked i eftermiddag.

- Fra en ven af dig ved Helsingforspolitiet?

Andersson kunne have bidt tungen af sig. Men han var samtidig så fortvivlet nysgerrig efter at kende denne lukkede mand. Hvorfor? Fordi han var en stædig rad, gjorde han op med sig selv. Men spørgsmålet var stillet. Og fik det svar, det fortjente.

- Ja.

Roligt bladrede Hannu en side frem på sin blok. Uden at se op begyndte han at læse:

- Om mandagen gjorde Pirjo og Marjatta rent i von Knechts lejlighed. Om natten blev Juha syg, han fik influenza. Pirjo gjorde rent i kiosken tirdag eftermiddag. Onsdag formiddag tog Pirjo op til von Knechts, men måtte tage hjem. Hun sagde til børnene, at von Knecht var død. Om eftermiddagen lavede hun mad. Lidt efter klokken 17 sagde hun til pigen, at hun „skulle ud og tage en ekstra rengøring". Så gik hun op i røg. Bogstavelig talt.

Andersson følte en let prikken i nakken. Han nikkede for at skjule den og sagde:

- Hvad lavede hun i Berzeliigatan?

De isblå iagttog ham et kort øjeblik, inden svaret kom.

– Gjorde rent.

Deres blikke mødtes. Begge rystede på hovedet samtidig. Tungt og eftertrykkeligt, som om han var bange for, at den sølle, lille oplysning, han tilfældigvis var faldet over, ville smutte ud af hukommelsen, hvis han ikke omhyggeligt satte ord på det, sagde Andersson:

– Nej, hun vidste, at von Knecht var død. Hun havde to syge børn derhjemme. Klokken var næsten 18.30, da hytten sprang i luften. Nej, hun kørte ikke derhen for at gøre rent, men for at stjæle.

– Ja.

Der blev atter stille. Begge så problemet. Det blev Hannu, der sagde det højt:

– Nøglen!

– Ifølge Irene sagde Sylvia von Knecht, at alle nøgler, som hun kendte til, var på deres plads i lejligheden på Molinsgatan.

– Som hun kendte til, gentog Hannu.

Da han hørte sine egne ord blive gentaget, kendte Andersson også svaret. Ophidset sagde han:

– Der må have været et sæt nøgler, som Sylvia ikke kendte til! Men hvordan fik Pirjo fat i dem?

– Stjal dem. Eller fik dem.

– Stjal dem?

– Da hun gjorde rent hjemme hos von Knecht om mandagen. Han kan have haft dem liggende fremme.

– Måske. Men fik dem?

– Fordi hun skulle gøre rent på kontoret.

Kommissæren var med. Sylvia havde sagt til Irene, at hvis Richard ville have kontorlokalerne gjort rent på et tidspunkt, så plejede han at bede Pirjo om at komme. Han nikkede.

– Du har fat i noget dér. Så måtte han have givet Pirjo den „hemmelige" nøgle. Dels forklarer det, hvorfor hun havde en nøgle, dels hvorfor Sylvia ikke savnede den. Man savner ikke det, man ikke kender til. Jeg tror, at vi er stødt på noget! Det var lige ved, at han havde dunket Hannu i ryggen, men i sidste øjeblik besindede han sig. Det lykkedes ham at kamouflere den overstrømmende gestus med højrearmen ved at stryge sig over den skaldede måne og lade fingrene løbe gennem den tynde hårkrans.

– Hrm, ja. Vi må høre fra Tommy og Fredrik, hvad der er kommet frem i dagens løb ved den brandtekniske undersøgelse. Vi må fastslå, at det virkelig er Pirjo, der ligger deroppe på patologisk afdeling. Vil du godt tale med datteren og høre, hvilken tandlæge, Pirjo havde? Hvis hun altså havde en?

Han huskede, hvad Stridner havde sagt om offerets dårlige tandstatus. Hannu så alvorligt på kommissæren.

– Jeg siger ikke noget til børnene, før vi helt sikkert ved, at det er Pirjo.

– Nej, det er nok klogt at vente, til vi er helt sikre, samtykkede Andersson.

Indeni var han dog overbevist om, at Pirjo var fundet.

– Så var det ikke hende i tirsdags.

– Hvad var ikke hende i tirsdags?

Hannu sendte ham et tålmodigt blik.

– Det var ikke Pirjo, der gjorde rent hos von Knecht i tirsdags, mens han spiste frokost. Det må have været morderen. Pirjo gjorde rent i kiosken.

Andersson greb sig selv i at stirre på manden overfor. Den vejrbidte mand med isøjne og lysblondt hår steg yderligere i hans agtelse. Med en let skamfølelse huskede han vagt, hvor tæt han havde været på at anklage ham for at have lækket til eftermiddagsavisen. Hurtigt skød han disse tanker væk og sagde:

– Har du tjekket, at hun ikke var et andet sted, men udelukkende gjorde rent i kiosken tirsdag eftermiddag?

– Ja.

Kommissæren faldt et øjeblik hen i tanker. Situationen havde med ét ændret sig i og med, at man fandt Pirjos lig på brandstedet. Det hele hang trods alt sammen.

– Du må fortsætte med at snuse omkring og finde facts om Pirjo. Vi skal først og fremmest bruge én, der kan forhøre børnene. Har du mulighed for at stille op i morgen? Vi må følge det her spor, mens det er varmt, afsluttede Andersson.

Ordvalget var uheldigt. Lugten af brændt kød stak i næsen. Han vidste, at det var indbildning, men følte alligevel, at frokosten måtte vente lidt endnu.

Hannu smækkede sin blok i og nikkede let.

– Ja.

Ved 15-tiden begyndte han at blive sulten og gik ned i kantinen. Han købte kaffe, to visne ostemadder i plastic og en mazarinkage. Det var fantasiløst, men fyldte godt i maven. Med den rygende kaffe i koppen foran sig på bordet lænede han sig tilbage og prøvede at koble hjernen fra et stykke tid. Civile og uniformerede kolleger defilerede forbi hans bord. Nogle hilste, andre standsede og vekslede nogle ord. De fleste gik bare forbi. Pludselig blev han bevidst om, at nogen stod skråt bag ham. Da han drejede hovedet, fik han øje på Birgitta Moberg.

– Hej, slå dig ned, sagde han.

– Nej tak! Jeg er alt for gal i skralden til at sidde ned!

Først nu så han, at hun stod med hænderne i siden og skrævende ben. Stemmen lød som en hugorms hvæsen. Selv om han ifølge sin ekskone var en træmand, når det gjaldt kvinders følelser, forstod selv han, at hun var rasende. Nogle kolleger ved de nærmeste borde så forbavset på dem. Andersson syntes, det føltes ubehageligt. Tænk, hvis de troede, at det var ham, hun var gal i skralden på. For det var det vel ikke? Usikkert spurgte han:

– Skal vi gå op på afdelingen og snakke, synes du?

– Ja.

Hun snurrede rundt på hælen og marcherede ud ad døren. Med en skuffet suk måtte kommissæren efterlade sin kaffe. „Man skal lytte til sit personale, når de kommer med deres problemer", havde de omhyggeligt pointeret på det der idiotiske kursus, som han havde været nødt til at deltage i for nogle år siden.

– Den fjollede narrøv! Sådan en ... tølper!

– Hvem? Mig?

– Nej! Bobo Torsson!

Kommissærens første reaktion var lettelse, den anden forbløffelse. Forsigtigt spurgte han:

– Har han generet dig på en eller anden måde?

Hun formelig eksploderede. Med tårerne sprøjtende ud af øjnene, skreg hun:

– Generet! Han pressede mig op mod væggen, ragede mig mellem benene og bed mig i brystet! Jeg agter at anmelde ham!

Andersson blev totalt paf. Intet blev bedre af, at Jonnys drilske stemme hørtes fra døråbningen:

– Nå da da, den lille Birgitta er blevet opdaget af den store modefotograf! Du viste vel, hvad du havde at komme med?

Han stod nonchalant lænet mod dørkarmen med et smørret grin over hele fjæset. Han og hans forbandede store kæft! nåede Andersson at tænke. Så faldt hammeren! Halvkvalt af raseri, hvæsede hun:

– Dét hér havde jeg at komme med!

Birgitta fór som et lyn hen over gulvet. Jonny reagerede for langsomt, og så ikke hendes knæ, som med al kraft bankede op i hans skridt. Med en dump stønnen sank han sammen med begge hænder presset ind mellem benene. Birgitta sagde triumferende:

– Personlig rekord! To fyre med blå nosser på mindre end en halv time!

Med rank ryg og højt løftet hoved skrævede hun hen over Jonnys sammensunkne skikkelse for at gå ud på gangen. Først da kom der liv i Andersson.

– Birgitta! Du går ingen steder! Hvad fanden har I gang i? Slås som små børn! To politifolk!

Stille vendte hun sit forgrædte ansigt mod ham. Det var svært at høre, hvad hun sagde, eftersom stemmen dirrede af sindsbevægelse:

– Du har ikke fattet det. Jeg er aldrig i mit liv blevet så krænket! Muligvis som kvinde. Men aldrig som erhvervsudøvende!

Det begyndte at dunke i Anderssons hoved. Jonny stønnede på gulvet, men var ved at hive sig op i siddende stilling med dørkarmen som rygstød. Nogle kolleger fra rejseholdet standsede interesseret op ude på gangen. Andersson tog et par skridt hen over gulvet og lukkede døren i med et brag.

– Nu sætter I jer ned! Begge to! Det her kan gå til intern undersøgelse, hvis I ikke tager jer sammen!

Jonny hvæsede:

– Ja, jeg anmelder hende. Møgluder!

Andersson så, hvordan Birgitta blev fuldstændig bleg som et lagen. Et øjeblik var han bange for, at hun skulle besvime. Da hun igen talte, var det næsten uden at læberne bevægede sig.

– Jeg har fået nok! Det her var dråben!

Hun rettede blikket mod Andersson. Som regel plejede hendes brune øjne at gnistre og le, men nu var de som smeltet bly.

– Lige siden jeg begyndte her, har jeg været nødt til at leve med den idiot dér. I begyndelsen forsøgte han at gramse på mig, men da jeg tydeligt gjorde det klart for ham, hvad jeg mente om det, begyndte forhånelserne at komme. At jeg er let på tråden. Et let bytte at nedlægge. Du hørte selv lige før: møgluder. Jeg skal tage imod „legesyge" dask i bagdelen. I min internpost ligger der udklippede billeder fra pornoblade af kæmpebalder og lesbiske par. Jeg har altid vidst, at det er Jonny, der står bag, men har ikke kunnet bevise det, sagde hun tonløst.

– Hvorfor har du ikke sagt noget til mig? ville Andersson forundret vide.

Hun sendte ham et træt, skævt smil.

– Og hvad ville du så have gjort?

– Ja, jeg...

Han tav forvirret. Hvad ville han have gjort? Irritationen steg igen op i ham. Der var altid problemer, når der var kvindfolk med i spillet! Det var bedre i begyndelsen af hans karriere. Dengang måtte kvindelige politibetjente kun arbejde med undersøgelser og kontoropgaver. Og de havde ikke været så mange. Dengang var der kun mænd ude i marken, hvilket var praktisk. Man behøvede ikke at tage hensyn til kvindelig overfølsomhed, når det gjaldt grovkornede vitser og stikpiller. Nej, det her med kvinder i korpset var svært. Det værste var, at der blev flere og flere af dem. Har de valgt et mandefag, så må de vel også acceptere vilkårene og jargonen! Skønt, udklip fra pornoblade nok var lige groft nok...

Hun stod stadig med livløse øjne og ventede på hans svar. Andersson fik en ubehagelig følelse af at være medskyldig, men i hvad? Birgitta gav ham svaret.

– Sexchikane. Det er, hvad det er. Til sidst får man nok. Det forventes, at man skal kunne holde til lidt gas fra kollegerne. Men fandeme nej om jeg vil finde mig i det fra en stodder som Torsson!

På én gang følte kommissæren sig gammel og træt. Det her var mere, end han kunne klare. Jonny havde rejst sig henne ved døren og blikket, han sendte Birgitta, flammede af vrede.

Med bankende hovedpine rejste Andersson sig og satte en stol mere frem ved skrivebordet. For en sikkerheds skyld satte han de to gæstestole ved hver sin bordende. Med en træt bevægelse gjorde han tegn til de to kombattanter om at sætte sig. Modvilligt satte de sig over for hinanden. Ingen af dem så på den anden. Bistert sagde Andersson:

– Sådan her kan vi ikke have det på afdelingen. Okay?

Ingen af de to svarede ham. Han fortsatte sammenbidt:

– Jonny, du holder øjeblikkelig op med alle de fjollede spøgefuldheder og udklip. Og du, Birgitta, må sgu passe godt på ikke at angribe folk. Selv om det kun er mænd. Tænk, hvis Bobo Torsson anmelder dig for politibrutalitet! En episode mere af samme skuffe, og jeg skal sørge for at overflytte dig til depottjeneste. Og det gælder også dig, Jonny!

Det var ikke godt, men det bedste han kunne præstere lige nu. Han trængte til mere kaffe. Og en hovedpinepille. Der lå en rulle Treo i skrivebordsskuffen. Han skulle bare lige have den her kontrovers ud af verden. Træt vendte han sig mod Jonny.

– Hvad var det, du ville, da du kom ind i lokalet?

Først så Jonny ud, som om han ikke havde i sinde at svare, som han sad dér og surmulede. Men disciplinen sejrede, og han sagde med undertrykt vrede i stemmen:

– Jeg har været i kontakt med Sylvia von Knechts mor og søster. De bekræfter Sylvias alibi. De var i teatret, og bagefter nød de en sen teatersoupér. Det var ikke sammen med hende, at Viktors tilbragte sin søndag aften. Og nu vil jeg køre hen til P-huset på Kapellgatan. Og jeg har ikke sendt nogen pornoudklip i Birgittas internpost!

Med stort besvær samlede han sin resterende værdighed sammen og prøvede at lade være med at halte, da han gik ud ad døren.

Luften gik igen ud af Birgitta, og hun støttede panden tungt i hænderne. Andersson blev nervøs for, at hun skulle begynde at græde igen, eftersom han altid havde syntes, at det var ubehageligt, når kvinder græd. En anelse for hurtigt sagde han:

– Nej, nu går jeg hen og henter to kaffe fra automaten. Så må du rapportere om, hvad der skete med den der kæphøje Torsson. Efter at vi har drukket kaffen.

Det sidste skyndte han sig at tilføje, da han syntes, at hendes skuldre igen begyndte at ryste.

– Han kom ved 14.30-tiden. Høj, slank og solariebrun. Lyse striber i håret. Armanijakke og slidte cowboybukser. Ifølge personnummeret er han syvogtredive år, men han arbejder ihærdigt på at se ti år yngre ud. Da han blev henvist til mit kontor, skred han ind med ordene: „Jeg tilstår alt, hvis du ikke bare forhører mig, men forfører mig!" Og begyndte at grine som en gal. Han stank af gammel sprut, men det er noget andet, han er på. Et kvalificeret gæt er amfetamin. Muligvis kokain. Han gned sig med pegefingeren under næsen flere gange, da han sad og plaprede. Han kan have sniffet sne, inden han kom ind til mig. Han var meget opstemt og samtidig urolig. Kunne ikke sidde stille på stolen, men fór op og ned. Hen mod slutningen af samtalen, efter cirka en halv time, begyndte han at svede voldsomt. Så spurgte jeg ham, om han havde det dårligt. Det var på det tidspunkt ... at han sprang på mig. „Du skal sgu få at se, hvor dårligt jeg har det!" skreg han, og da jeg rejste mig op, så trak han mig ind til sig og løftede mig op mod væggen. Og tog et greb mellem mine ben og ... bed mig i højre bryst.

Birgitta afbrød sig selv og kæmpede hårdt for ikke at begynde at græde igen. Andersson så meget bekymret ud, da han bøjede sig frem over skrivebordet. Med deltagelse i stemmen, spurgte han:

– Var det et kraftigt bid? Så der blev mærker?

Hun snøftede og nikkede.

– Godt! Ja, altså, det var jo ikke godt, at han bed dig. Men når der nu er mærker, så vil vi også sørge for, at det bliver fotograferet. Og en læge skal undersøge dig og skrive en erklæring. Fortsæt!

– Først lod han ikke til at mærke smerten, da jeg gav ham knæet. Jeg måtte presse mine tommelfingre ind i hans øjne, for at han skulle slippe taget. Han begyndte at grine helt vanvittigt igen. Og så fór han sammen med hånden i skridtet. I lang tid sagde han ikke en lyd. Jeg var forberedt på et nyt angreb, men luften var gået af ballonen. Til sidst rejste han sig op og hviskede: „Jeg skal nok få dig. Jeg ved, hvad du hedder. Ikke engang din egen mor vil kunne kende dig igen!" Og så forsvandt han ud. Du godeste!Jeg sad bare og rystede som et espeløv i stolen. Så blev jeg vred. Måske var jeg mest bange, men det slog over i vrede. Det var på det tidspunkt, jeg måtte tale med nogen. Ja, så fandt jeg dig i kantinen, og resten ved du.

Andersson nikkede og spekulerede lidt. Resolut ringede han til sekretæren og bad hende få en akuttid hos lægen til Birgitta. Han lagde specielt vægt på fotodokumentation.

Da det var klaret, vendte han sig igen mod sin inspektør. Hun lod til at have fattet mod igen. Hun smilede oven i købet svagt til ham. Opmuntrende sagde han:

– Vi kan sikkert nå at gennemgå, hvad Torsson fortalte dig. Først og fremmest: hvor bor han?

– Du tror, det er løgn. Han opgav, at han boede hos sin fætter. Lige over for det nedbrændte hus på Berzeliigatan. Fætteren er den nuværende indehaver af en mindre tobaksforretning.

– Lasse „Lillis" Johannesson! Er det her en spøg, eller?

– Nej. Bobo Torsson og Lasse „Lillis" er faktisk fætre. Deres mødre er søstre. Desværre var det først hen mod slutningen, at det her dukkede op. Jeg nåede ikke at gå dybere ind i det, for det var lige inden han ... fik sparket.

Nu blæste Andersson på, at hun var i rummet. Han undskyldte sig, trak skrivebordsskuffen ud og tog Treorullen frem. Han stavrede ud på gangen og gik ind på toilettet. Der tog han et plastickrus fra automaten og opløste to tabletter. Mens han ventede på, at de skulle bruse færdigt, fik han øje på sit ansigt i spejlet.

Gammel. For første gang i sit liv syntes han selv, at han så gammel ud. Ældgammel. Færdig og døden nær. Nej, ikke det sidste. Men godt på vej. Rødmosset, tyndhåret, og rynker og furer omkring øjnene. Man kunne sammenfatte ham i tre f'er: flinteskaldet, fed og færdig. Det nyttede ikke at gå i sort over årenes ubønhørlighed. Han var for en stor del selv skyld i det. Fysiske udfoldelser havde aldrig interesseret ham. Lidt havepasning og en fisketur engang imellem var, hvad han kaldte passende motion. Han slugte plastickrusets indhold og kastede yderligere et selvkritisk blik i spejlet. Desværre, Treo er ikke nogen ungdomskur. Han så lige så gammel og træt ud som før. Var det samtalen med Birgitta, der havde udløst hans alderskvababbelser? Den søde og friske pige, som var så attraktiv, at mændene ikke kunne nære sig, men bed hende i brystet og sendte pornografiske udklip. Han satte farten ned og tænkte på, hvordan hun havde det lige nu. Ked af det, krænket og vred. Bange. Der var absolut grund til at være det, hvis Lillis var med i spillet. Dunkene i tindingen var endnu ikke taget af. Det var for hurtigt efter at have taget pillerne. Så snart han tænkte på Torsson og Lillis, von Knecht og Pirjo, begyndte hovedpinen at hvine endnu værre i hjernevindingerne.

Hun sad nøjagtig som han havde forladt hende. Al kraft lod til at være gået ud af hende, og hun så træt ud. Tonløst fortsatte hun dér, hvor hun var sluttet:

– Torsson tog op til Stockholm allerede fredag aften. Han tog toget, nævner at han lider lidt af flyskræk. Weekenden tilbragte han sammen med to „gamle kammesjukker", begge fotografer. Jeg har deres navne og adresser. Disse tre vil lave et stort job sammen. Et katalog med næste års efterårs- og vintertøj. Dette skal åbenbart startes allerede i januar. Nu skulle de mødes og

lægge strategien. Efter hvad jeg forstod af hans ævl, fuldede de
sig som svin hele weekenden. Han rablede en masse
værtshusnavne af sig, hvor de havde tilbragt deres aftener og
nætter. Café Opera, Gino og hvad de nu alle sammen hed. Og så
den der uhyggelige latter.

– Du er slet ikke i tvivl? Han var helt klart påvirket af narko?

– Ingen tvivl om det! Høj som et hus. Det underlige er, at han
ikke boede hos nogle af sine kammesjukker, men i stedet på
hotel Lydmar. Ifølge ham er det en jazzklub og Stockholms
hotteste hotel. Jeg går ud fra, at han vrøvlede, for en jazzklub kan
vel ikke også være hotel?

– I Stockholm er alt sikkert muligt.

– Måske. Jeg skal tjekke det. Åbenbart var han næsten ikke på
sit hotelværelse, for han og de dér gutter havde gang i den hele
weekenden. Uden søvn. Derfor begynder jeg at tro på
amfetamin.

– Lyder ret sandsynligt.

– Til hverdag prøvede de vel at arbejde, og ifølge Torsson fik
de nogle fantastiske „visioner" vedrørende jobbet. En „biennale!"
Er det ikke en slags stor kunstudstilling, der holdes hvert andet
år? I hvert fald så fik festen omsider en ende. Onsdag aften spiste
de middag et sted, men bagefter syntes Torsson, at han ville hjem
til hotellet og sove. Han købte en stor flaske stærk sprut og tog
den med op på værelset og satte sig foran tv'et for at drosle ned. I
de sene nyheder kommer han til at se, hvordan hans hjem og
fotoateliér er ved at brænde op! Først ringede han til Lillis på
hans mobiltelefon. Det var åbenbart ham, der bad Torsson om at
kontakte os, for han vidste heller ikke, hvad der var sket. Det var
på det tidspunkt, jeg begyndte at spørge om hans forbindelse
med Lillis og fik at vide, at det er dér, han bor nu. Og at de er

fætre. Og derefter kammede det over ... det var på det tidspunkt, at han sprang på mig.

Det hylede gennemtrængende i omstillingen. Sekretæren meddelte, at Birgitta skulle indfinde sig snarest muligt hos lægen.

– Okay. Stik så af. Tag direkte hjem bagefter og kom til dig selv igen. Vi vil prøve at få fat på Bobo Torsson og anholde ham for vold mod tjenestemand, sagde Andersson beroligende.

Han rejste sig op fra stolen og gik hen til hende. Det var meget tæt på, at han havde klappet hende trøstende på skulderen, men hendes stive nakke og ranke ryg fik ham til at besinde sig. Usikkert fortsatte han:

– Det, der skete med Jonny, det kan vi vel glemme så længe. Jeg skal nok snakke med ham. Han mener sikkert ikke noget ondt med sine drillerier. Og han forstår sikkert, at du var oprevet og ude af dig selv efter det, der var sket med Torsson...

Han afbrød sig selv øjeblikkelig, da hun vendte ansigtet mod ham. Det var fuldkommen nøgent og udtryksløst. Øjnene var igen søer af smeltet bly. Stemmen lød hæs og dirrende, da hun sagde:

– Du har stadig ikke forstået det.

Stift og mekanisk rejste hun sig. Uden at se på ham forsvandt hun ud på gangen. Han forstod sig ikke på kvindehalløj! Det der med Jonny, altså. At hun blev vred og bange, da Bobo Torsson angreb hende, det kunne han have forståelse for. Derimod kunne han ikke se, hvad der mere var, som han burde have forstået.

Sikken en dag. Og den var ikke slut endnu. Det eneste positive var, at hovedpinen var ved at lette.

11

Gråden sved i halsen. Hun forsøgte at råbe, men Jenny og
Katarina hørte hende ikke. Deres klukkende latter tonede væk i
luften. De svævede af sted, højere og højere op mod den
perlemorsskinnende himmel. Hun prøvede at følge efter dem,
men de tusinder af markblomster holdt hende tilbage i den
varme muld med deres bløde, usynlige hænder. Forgæves
prøvede hun at tage afsæt med fødderne mod jorden for at
kunne lette. Men neglene gravede sig blot dybere ned, og der løb
smeltet metal i hendes blodårer. „Kære Gud, lad dem ikke blive
trukket ind i tunnelen!" Hun græd og bad. Lige til hun blev klar
over, at der ikke var nogen lystunnel, kun en revne mellem de
perlerosa skyer, hvorigennem den venlige lyseblå
sommerhimmel kunne anes.

Med et sæt vågnede Irene og satte sig op i sengen. Sammie
gryntede bebrejdende. Han lå så godt med hovedet over hendes
ankler. Ikke så sært, at fødderne havde sovet og føltes tunge som
bly. Han måtte ikke være i sengen, men krøb altid op ud på

morgenstunden. Da var det helt risikofrit, for ingen orkede at argumentere med ham. Klokken var 5.30, hun havde sovet i næsten fem timer. Nu var hun lysvågen. Det var straffen for at sove flere timer i toget.

Krister snorkede tungt ved siden af. Han skulle ikke begynde før ni. Med et sug af glæde kom hun i tanke om, at i aften skulle de have en rigtig hyggeaften. Hun skulle skrælle kartofler og snitte salat. Måske åbne vinen. Han skulle lave noget lækkert på komfuret og nådigt tage imod klapsalverne. Hun applauderede gerne, bare hun slap for at lave mad. Hun lagde sig ned igen, prøvede at puffe hunden ned med fødderne, men han rullede bare om på ryggen med poterne i vejret og lod, som om han sov. Hvilket han også snart gjorde. Hund og herre gav sig til at snorke i skotsk takt. Med et suk indså hun, at hun lige så godt kunne give op.

Drømmen havde været krystalklar. Hun kunne huske alle detaljer knivskarpt. Man behøvede ikke at være uddannet drømmeanalytiker for at forstå dens betydning. Var hun virkelig så urolig for, at tvillingerne begyndte at blive selvstændige? Hun blev overmandet af en afmagtsfølelse, følelsen af ikke at kunne beskytte dem mod alle farer. Hun kom pludselig i tanke om noget, hun havde læst eller hørt: „Man kan ikke lære sine børn at blive voksne ud fra sine egne erfaringer. Som forældre kan man kun prøve at skjule din bekymring og uro. Prøve at råde nænsomt, når alting går galt. Være der." Det gav et stik i hjertet, og hun skar ansigt ud i det kompakte novembermørke uden for forruden. Selv om der næsten var øde ude på motorvejsstrækningen kørte hun, mod sædvane, under den tilladte hastighed. Hvorfor havde hun så svært ved at ryste drømmen af sig? Måske var det, fordi hun havde set så megen elendighed i sine år som politibetjent? Unge, som ubønhørligt blev slået ud af samfundet og døde voldsomt, og som få eller ingen sørgede over. De var ofre for social armod, arbejds- og håbløshed, dårlige kammerater og stoffer. Eller også befandt de sig tilfældigvis på det forkerte sted på det forkerte tidspunkt. Som John. Hun gøs ved mindet om en af sine mest belastende oplevelser som politibetjent.

Tommy og hun var blevet udlånt til Kungälvspolitiet for at hjælpe til med opklaringen af mordet på fjortenårige John. Det skete i august, med usædvanligt varmt og dejligt vejr. John og en kammerat var kørt til Ingetorpssøen for at ligge i telt. Om aftenen dukkede der fire skinheads op. Mindst to af dem var kraftigt berusede. John kendte kun en af dem fra tidligere. Det var én på femten år, der havde gået i samme skole og som havde forfulgt og mobbet ham gennem længere tid. De andre tre havde ikke set John før nu. I næsten to timer udspillede de fire skinheads en grusom kattenes leg med musen. De var skiftevis „søde", og skiftevis mishandlede de John og hans kammerat. John blev smidt i søen, men da han begyndte at svømme væk fra stedet, tvang de hans kammerat til at råbe: „Kære, søde John, kom tilbage. Ellers slår de mig!" Han kom tilbage og reddede på den måde kammeratens liv. Selv blev han sparket bevidstløs og trillet ned i søen. Mens han druknede, rullede de en cigaret og stod og snakkede ved bredden.

Hun tog sig i at sidde og presse tænderne sammen, så det gjorde ondt i kæberne. Grebet om rattet gav hende krampe i fingrene. Mindet slap ikke sit tag: De fnisende skinheads under retssagen, der tilsyneladende uanfægtede hviskede og raslede med papir. Advokaterne talte om hensynet til de unge mordere.

De kunne jo tage skade for livet. At de allerede havde taget et endnu yngre liv, forekom pludselig ikke så vigtigt. Forældrenes navnløse fortvivlelse. Moderens forbitrede hvisken uden for retssalen: „Der tages hensyn til de tiltalte, men ikke til ofrene. Der er ingen etik eller respekt."

Irene svingede ind på politistationens P-plads, slukkede for motoren, men blev siddende i bilen. Mod den mørke forrude fortsatte projektionen af minderne. De billeder, som statsadvokaten viste af Johns sønderslåede krop. Drengen havde læsioner over hele kroppen. Mest havde voldsmændene sigtet på ansigtet. Hovedet var opsvulmet, øjnene knebet i, og læberne sprækkede. Hoved og hals havde en grotesk sortviolet farve på grund af alle blodudtrædningerne. Han var uigenkendelig efter den sanseløse mishandling. Mange af tilhørerne kunne ikke klare det, men forlod grædende salen. Den fortvivlede far fik nok. Han rejste sig op og skreg til de fire uberørte skinheads:

– Kig nu for fanden!

Nogle af dem løftede hovedet, men så forbi filmlærredet. Den femtenårige stirrede frem for sig med iskoldt ansigt. Ingen af dem fortrak en mine, da statsadvokaten fortalte, hvordan de var gået til værks ved mordet.

Hun havde set, hvordan urinstinkterne skreg inden i forældrene. Hævn! Hævn! Men var der nogen retfærdighed til i sådan en sag? Gennem årene havde hun ofte stillet sig det spørgsmål, men aldrig fundet et tilfredsstillende svar. Måske var der ikke noget.

Hvorfor kom disse pinagtige minder lige nu? Det var sikkert den cd, hun havde trådt på, da hun listede ind ad yderdøren ved midnat, der havde fremkaldt dem. Cd'en var faldet ud af Jennys åbne skoletaske. Først lagde hun den tilbage i rygsækken, men et ubevidst signal fik hende til at trække den op igen. Jo, hun havde set rigtigt i entrélampens svage skær. Der var et hagekors på cd-coveret. Gruppens navn så ud til at være „Svastika". Det var med stor selvovervindelse, hun lagde bånd på impulsen til at fare ind på Jennys værelse og spørge, hvad dette betød! Hun kiggede ind ad døråbningen, som hun plejede, og så sin lille pige sove tungt med det gyldenblonde hår slået ud over puden. Det måtte vente til i aften. Eller i morgen. Det var jo aftalt, at i aften skulle være hyggeaften. Et blik på instrumentbrættets panel oplyste hende om, at klokken snart var 07.00. På tide at gå op og skrive en rapport om gårsdagens Stockholmstur. Det ville ikke blive helt let at strikke den sammen.

Rapporten var så godt som færdig, da Tommy Persson og Hannu Rauhala ankom samtidigt. De tog hver sin kop kaffe og satte sig til en gennemgang af gårsdagen. Inden de fik begyndt, dukkede deres kommissær op. Han så træt og udslidt ud, rødøjet og askegrå i huden. Ingen kommenterede imidlertid hans fysiognomi, men alle afventede hans ankomst med krusene fra kaffeautomaten. Der blev trangt rundt om Irenes skrivebord. Naturligvis kom der en stor kaffeplet på rapportens første side, men hun kunne printe en ny ud senere. Alt var lagret på disketten, mærket „von Knecht".

Andersson indledte med at fortælle om sin mistanke om, at det forkullede lig på patologisk afdeling var Pirjo. Efter en trykket tavshed spurgte Irene:

– Men hvor er så liget af den dér fyr?

Det var Tommy, der svarede:

– Han ligger sikkert på en af de øverste etager. Brandteknikerne har ikke turdet undersøge det endnu, men det bliver gjort i løbet af weekenden. Men Pelle sagde, at det er helt sikkert, at det var en djævlebombe. Den, der anbragte den, ville have det gjort ordentligt. Der er ikke ét helt stykke træ tilbage i hele huset. Bortset fra von Knechts pengeskab, som er muret ind i væggen og åbenbart besværligt at komme ind til. Pelle snakkede om at få sat en skylift ind. Forresten, jeg har ikke nået at afhøre det ældre par i stuen. De blev plejet på Mölndals Hospital onsdag aften, blev liggende natten over og kunne derefter tage hjem til datteren. Men torsdag morgen måtte manden indlægges igen. Hjerteinfarkt. Han ligger på HIA og er meget dårlig. Hans kone er åbenbart brudt sammen. Datteren er fortvivlet og bad mig om at vente med at tale med moderen til på mandag.

Hannu ville stille et spørgsmål og sagde:

– HIA?

– Hjerteintensiv. Jeg fortsætter med at holde kontakt med pensionistægteparret, for jeg har en mistanke om, at de kan have hørt eller set noget, der har med bomben at gøre. For at fremstille en så stor bombe skal der en masse ting og sager til, som må være blevet slæbt derhen. Ikke mindst benzindunkene burde have været synlige.

Andersson rømmede sig.

– Er der nogle vidner, der har lagt mærke til noget mistænkeligt de sidste dage?

– Nej, det er underligt. Ingen kan komme i tanke om en mystisk person, eller at de har hørt noget mystisk. Der er kun et vidneudsagn, som muligvis lyder interessant. En ældre mand i huset ved siden af von Knechts, adresse Sten Sturegatan, har sit soveværelsesvindue i stuen ud mod gården. Uden for vinduet er der nogle udlejede parkeringspladser, hvoraf én er von Knechts. Ifølge denne mand kom von Knecht og parkerede sin Porsche på sin P-plads lidt i 01.00 natten til lørdag.

– Altså i løbet af fredag nat?

– Ja. Og han er helt sikker. Det var Porschen. Porsche Targa er jo ikke en bil, som det vrimler med nu, hvor de glade firsere er forbi for de fleste. Jeg ringede til Sylvia von Knecht i går eftermiddags og spurgte, om det kunne passe. Ifølge hende er det absolut udelukket. Der var åbenbart et før-party fredag aften. Ingen var gået i seng før 01.30 om natten ud over Sylvias gamle mor. Selv om hun ikke brød sig om sin svigersøn, så tror jeg ikke på, at damen tog Porschen og smuttede ned til Berzeliigaten for at rigge bomben til. Og åbenbart heller ikke andre fra før-partiet. Sylvia blev skidesur på mig, da jeg spurgte, om Richard blev beruset fredag aften. Til sidst kom det frem, at han åbenbart havde været ret overrislet.

Andersson huskede, hvad Stridner havde sagt ved gårsdagens møde. Det så ud, som om von Knecht drak en del mod slutningen af sit liv. Han spurgte for at være sikker på tidspunkterne:

– Han blev sammen med de andre lige til 01.30?

– Ja.

Der opstod en lang stilhed, hvor alle fire prøvede at komme i tanke om noget forkert ved situationen. Den var rimelig tydelig. Irene blev den, der tog det op til diskussion.

– Bilen. Porschen. Hvordan kunne den befinde sig på Berzeliigatan om natten? Hvor stod den parkeret tidligere på aftenen?

- Jeg spurgte Sylvia, hvor bilen er nu. Ifølge hende står den i en låst garage på Molinsgatan. Ligesom hendes egen bil, en BMW, svarede Tommy.

- Så den er altså ikke stjålet, men vendt tilbage til sin garage. Er det sikkert, at det var von Knechts Porsche og ikke en andens? Tommy trak på skuldrene.

- Den gamle på Sven Sturegatan påstår, at det var den, sagde han kort.

Igen sænkede en tankefuld stilhed sig. Til sidst klaskede kommissæren håndfladen i bordet, hvorved der kom yderligere en kaffeplet på Irenes rapport, og udbrød:

- Der er en eller anden forbandet satan, der lusker rundt, går igennem låste døre og snupper biler, der er låst inde. Og stiller dem tilbage igen! Uden at efterlade nogen spor. Forsvinder op i røg!

Hannu fangede hans blik.

- Flere nøgler.

Andersson blev helt stille og fik sit åndsfraværende udtryk af koncentration. Også de andre blev klar over, at det var den eneste forklaring. Irene sagde entusiastisk:

- Selvfølgelig er det sådan! Der må være en ekstranøgle til bilen og garagen. Sylvia sagde forresten, at Richard havde ledt efter reservenøglen til Porschen ugen før han døde. I det samme knippe sidder der også en nøgle til garagen. Der må også være endnu et sæt nøgler til dørene i von Knechts hus på Molinsgatan og huset på Berzeliigatan. Men Sylvia sagde til mig, at der kun var tre sæt nøgler til lejligheden. Jeg så dem selv, hun har alle tre nøgleknipper hjemme i lejligheden.

Andersson så på Irene efter hendes indlæg. Eftertænksomt sagde han:

– Sylvia kendte sikkert ikke noget til flere nøgler. Han havde en hel del hemmeligheder, den fine hr. von Knecht. Der må være et sæt nøgler mere. Som morderen nu går rundt med. Plus reservenøglerne til Porschen og garagen.

Ordene sivede ind, og Irene så truslen.

– Det betyder, at Sylvia ikke bør bo i lejligheden, før låsen bliver skiftet ud, sagde hun.

– Nemlig.

Andersson gjorde en beroligende bevægelse.

– Men vi kan holde lav profil weekenden over. Hun er jo på Marstrand med Henrik. Hvis morderen da ikke også har nøgler dertil.

Irene fór sammen og udbrød:

– Dér sagde du noget! Det går slet ikke at holde lav profil. Der var nøgler til Marstrandhuset i knipperne! Vi må beskytte hende.

Andersson fik en bekymret rynke mellem øjenbrynene.

– Irene, du forsøger at få fat i hende snarest.

Hun nikkede og følte en let uro indeni. Sylvia kunne muligvis svæve i livsfare. Et indlysende spørgsmål dukkede op og pressede på for et svar:

– Men hvem kan få adgang til et helt sæt nøgler til von Knechts forskellige huse og til bilen? ville hun vide.

Alle prøvede at udtænke et svar. Omsider sagde Hannu:

– Richard von Knecht.

Først blev Andersson synligt irriteret, men han måtte medgive logikken i Hannus konklusion.

– Og hvem skulle han give nøglerne til? ville han vide.

Ingen kunne finde noget godt svar, og man endte diskussionen kort efter.

Irene gjorde rede for sin Stockholms-tur. Hendes kolleger kommenterede oprørte hendes rejse. Var det virkelig nødvendigt at tage op til Stockholm for en masse skattekroner? Arver hun? Hvorfor kunne hun ikke have sagt alt dette i telefonen? Kan Mona Söder være fløjet ned til Göteborg tirsdag eftermiddag og tilbage om aftenen? Eller være taget herned med sin nye, rappe bil?

Med en afværgende bevægelse prøvede hun at besvare spørgsmålene, ét ad gangen:

– Det var faktisk ikke så dumt af hende at forlange, at jeg skulle komme op og se Jonas med egne øjne. Jonas er døende, og hun har været ved hans side hver aften. Nu har hun taget ferie, hun vil være hos ham døgnet rundt. Jeg har tjekket med sygehuspersonalet, og de siger, at hun var der tirsdag aften. Ifølge omstillingen på hendes arbejde var hun der hele tirsdagen. Audien har kun kørt tre hundrede og tyve kilometer. Jeg er faktisk helt overbevist om hendes uskyld. Vi behøver ikke at bruge flere ressourcer på at tjekke hende og Jonas. De vil bare være i fred. Til dit spørgsmål, Hannu: Ja, Mona arver Jonas' andel efter Richard von Knecht, sådan siger loven. Men hun behøver ikke hans penge og vil ikke have noget med familien von Knecht at gøre. Kan vi holde hende og Jonas uden for de officielle rapporter til medierne?

Det sidste sagde hun i et næsten bønfaldende tonefald til Andersson. Han så forbavset på hende, men nikkede så kort.

– Vi må stole på din intuition, til der dukker noget andet op. Efter hvad jeg forstår, stikker Jonas ingen steder hen. Og heller ikke hans mor, sagde han barsk.

Energisk slog han igen håndfladen i bordet, hvorved kruset væltede, og den sidste sjat kaffe løb ud over rapporten. Med et suk konstaterede Irene, at hun ville blive nødt til at udskrive en helt ny. Andersson ænsede det ikke, men henvendte sig til Tommy:

– Tommy, hvad har du fået frem om Lillis?

– Vi delte os, jeg og Fredrik. Jeg koncentrerede mig om husene omkring Berzeliigatan. Fredrik tog sig af Lillis. Jeg så intet til ham hele eftermiddagen. Men kender jeg Fredrik, kommer der sikkert en komplet rapport. Om ikke før så til morgenbønnen på mandag.

Andersson så pludselig finurlig ud og afbrød ham:

– Jeg har en interessant detalje, som Birgitta opsnuste i går under afhøringen af Bobo Torsson.

Han holdt inde og huskede gårsdagens hidsige optrin mellem Jonny og Birgitta. Han besluttede ikke at fortælle om det. I stedet for fortalte han livligt om Birgittas afhøring af Torsson. Ikke mindst angrebet på Birgittas ædlere dele fik de tilstedeværende til at blive oprørte. Men da kommissæren affyrede sin endelige pointe, så de nærmest mistroisk på ham. Som om han sad og løj.

– ...og til slut kom det frem, at Torsson lige nu bor hos Lillis. Han og Lillis er fætre!

Han var tilfreds med effekten af sine ord. Samtidig måtte han indrømme, at det næppe gjorde sagen nemmere, at den luxussniffende modefotograf og den berygtede sjover var nære slægtninge. Han sukkede tungt og sagde for 117. gang de seneste dage:

– Sikke et rod! Hænger det hele sammen, eller render vi og jagter vores spøgelse ad en masse uvedkommende sidespor?

– Jeg synes, det er, som det plejer i mordsager. Halvfems procent af tiden følger vi et spor, som ikke har en brik med sagen at gøre. Rutinejob, følge en masse forslag, tjekke

271

vidneoplysninger, tjekke tidspunkter og så videre. Næ, jeg synes, at det er nøjagtigt, som det plejer, sagde Tommy.

Han lavede himmelvendte øjne, og de andre lo. Alle vidste udmærket, at det her ikke var nogen rutinesag. Andersson henvendte sig til Hannu:

– Hvad har du fundet om Pirjo?

– Tandrøntgen. Hun kom akut ind på tandplejen i Angered for et halvt år siden, havde ondt i en tand. Den blev trukket ud. Hun ville ikke have nogen fyldning.

Andersson lænede sig ophidset frem mod ham og spurgte:

– Hvor er billederne nu?

– Hos patologen.

– Godt! Så kan vi få besked ret snart om, hvorvidt det virkelig er Pirjo, der ligger deroppe. Men det er det højst sandsynligt. Er der mere?

– Ja. Jeg fik besked fra Helsingfors. Hun blev taget for hjemmebrænding og illegal handel sammen med sin tidligere mand. Drengenes far. Han fik et års fængsel. I fængslet blev han stukket ned af en medfange efter et skænderi om en spillegæld. Han døde. Om Marjatta står der kun „fader ukendt".

– Sad Pirjo i fængsel?

– Nej. Hun fik betinget på grund af børnene. Knap et år senere giftede hun sig med Göte Larsson og flyttede til Sverige.

– Det her er altså tre år siden?

– Jo.

– Og nu er han i Malmö og bor sammen med en polak.

– Jo.

De blev siddende og diskuterede frem og tilbage uden at komme meget længere. Netop da Andersson havde rejst sig for at gå hen på sit kontor, blev døren åbnet, og en uniformeret politimand stak hovedet ind. Det var Hans Stefansson fra PO1.

Han hilste muntert:

– Halløj! Ville bare sige til dig, Andersson, at vi ikke har fundet Bobo Torsson. Lillis bad os gå ad helvede til, da vi ville gå ind i lejligheden og lede efter ham. Skal vi anmode om en husransagning?

Andersson lagde ubevidst hele ansigtet i misbilligende folder. Irene vidste godt hvorfor. Så ville han blive nødt til at kontakte den ansvarlige statsadvokat, Inez Collin. Men han måtte give fortabt i sin indre kamp. Han nikkede.

– Okay. Bliv lige hængende her, så skal jeg prøve at skaffe én, sagde han.

Tommy så forbløffet ud og spurgte:

– Hvorfor skal Torsson fanges ind så hurtigt?

– Trusler og vold mod tjenestemand. Han kom med en alvorlig trussel mod Birgitta. Jeg vil føle mig roligere, hvis jeg har en klemme på lille Bobo. Og hvis han ved, at jeg har det. Husk på, at Lillis er hans fætter. Der er en risiko for, at han sender en af sine venner. Der er altid en eller anden satan, som skylder sådan én en gentjeneste. Hvorfor ikke spare sig besværet med at gå i kødet på en politibetjent? Oven i købet en kvindelig!

Ansigtskuløren var blevet mørkere, og han så meget alvorlig ud. Han så grundende på sine inspektører og fortsatte:

– En af jer må tage med den patrulje, som henter Torsson. Selv om I ikke finder ham i lejligheden, kan man jo altid danne sig en opfattelse af, hvordan landet ligger. Tommy, tager du dig af det?

– Jeps.

– Husk at gå varsomt til værks. Lillis har før skudt mod politiet.

273

Irene kunne ikke lade være med at spørge:

– Hvorfor stiller en af samfundets værste fjender sig i en tobaksforretning?

– Et fornuftigt spørgsmål, desværre har jeg ikke noget rimeligt svar. Men du kan være vis på én ting, hvis han står der, så er der noget lusket ved det!

Kommissæren så meget bister og bestemt ud. Ingen sagde ham imod. Da de andre havde forladt kontoret, begyndte Irene at lede efter telefonnummeret til Marstrand. Akkurat som Jonny Blom lykkedes det hende at finde nummeret til forvalteren.

En kvindestemme svarede.

– Svensson.

– Goddag, kriminalinspektør Irene Huss. Jeg søger egentlig Sylvia von Knecht. Kan jeg få fat i hende via Dem?

– Jeg kan give besked. Hun og min mand er ude og motionere hestene lige nu. De kommer tidligst om en time.

– Jeg kan måske komme til at tale med Henrik von Knecht?

– Desværre kan jeg kun stille samtalen om til det store hus. De små huse har ingen telefonlinier.

– Har De hans mobiltelefonnummer?

– Nej, desværre.

Forvalterkonen lovede venligt at give besked til fru von Knecht.

Ærgerlig knaldede Irene røret på. Henriks mobiltelefonnummer stod underligt nok heller ikke i telefonbogen. I mangel af andet tog hun hul på det materiale, der var blevet liggende. Hun sorterede omhyggeligt, skrev rapporter og arkiverede forskellige vidneudsagn. Hun fór op af stolen, da telefonen ringede. Med et hurtigt blik på uret så hun, at det næsten var to timer siden, hun havde spurgt efter Sylvia.

– Inspektør Irene Huss.

– Sylvia von Knecht. Anita Svensson sagde, at du havde spurgt efter mig. Hvad drejer det sig om?

Det kunne høres på stemmen, at det var helt fint at springe høflighederne og smalltalk'en over. Irene gik ind på den anslåede tone.

– Vi har fået indikationer om, at der åbenbart har været et fjerde sæt nøgler. Kender du noget til det?

– Nej, det har jeg jo allerede sagt til dig! Der er ikke andre nøglesæt end de tre, som jeg viste dig.

Det var med en vis omhu, Irene valgte sine ord, inden hun fortsatte:

– Vi har grund til at tro, at det er der. Og at morderen har adgang til disse nøgler. Plus reservenøglerne til garagen og Porschen.

Der blev en lang pause. Irene kunne høre, at Sylvia trak vejret hurtigt i den anden ende af ledningen. Omsider sagde hun, stadig i et afvisende tonefald:

– Hvad får jer til at tro, at der er flere nøgler?

Irene henviste til vidneudsagnet om, at Porschen var blevet set på Berzeliigatan fredag nat. Sylvia havde jo selv bevidnet, at det umuligt kunne have været Richard, der kørte. Nogen havde altså nøgler til både garagen på Molinsgatan og til bilen. Denne nogen havde også adgang til nøgler til de låste døre, både på Molinsgatan og Berzeliigatan. Og dørene til affaldsrummene og dørene ud mod gården var låst begge steder. Dette til trods havde morderen kunnet færdes uhindret ad disse døre og trapper. Altså måtte der være flere nøgler. Til slut sagde Irene:

– Jeg kan huske, at du sagde, at der var nøgler i dit eget og i Richards knippe, der passer til huset uden for Marstrand. Er det korrekt?

– Ja.

Stemmen lød spinkel og bange. Hun havde forstået, hvor Irene ville hen. Usikkert sagde Sylvia:

– Du mener, at morderen ville kunne komme herud! Og kunne trænge ind, fordi han har nøglerne?

Nu lå panikken på lur i hendes stemme. Irene anlagde et roligt toneleje, da hun svarede:

– Så vidt vi kan vurdere, så er der en vis risiko. Det kan ikke udelukkes. Er du alene i det store hus?

– Ja, Henrik er nede i sin hytte.

– Kan du bede ham om at sove oppe hos dig i nat? Eller at du kan sove nede hos ham?

Der blev stille i lang tid. Omsider hørtes Sylvias stemme med større fasthed og styrke:

– Jeg gør hestene klar heroppe. Så kører jeg ned til en ven. Henrik må tage hjem til sig selv, for dér kan morderen vel ikke have nogen nøgler til?

– Sandsynligvis ikke. Kan jeg få at vide, hvor du kører hen?

– Det kan jeg ikke se, at du har noget med at gøre?

Irene mærkede den for tiden så velkendte følelse, der altid indfandt sig, når hun talte med Sylvia. Tålmodigheden svandt ind, og adrenalinet begyndte at pumpe i årerne. Stille og pædagogisk, som om hun havde med et genstridigt barn at gøre, sagde hun:

– Sylvia, vi aner en farlig morder bag de seneste dages begivenheder. Prøv at forstå, at vi ikke snager i dit privatliv. Vi prøver at beskytte dig.

- Så fang dog morderen!

Klik!

Forbløffelsen slog hurtigt over i vrede, som hun sad dér og stirrede fjoget på røret. Forbandede mokke, fattede hun ikke...! Irene lagde bånd på sin arrige svada. Der dukkede en idé op i baghovedet. Hun fandt den frem, studerede den nøje og gav den grønt lys. Beslutsomt rejste hun sig og gik ind til kommissæren.

- Det er faktisk ikke nogen dum idé. Gør du bare det. Hvis det giver noget, så ringer du til mig. Jeg bliver her nok til 18.00. Ellers er jeg hjemme hele aftenen. I morgen agter jeg at prøve at komme hjem lidt tidligere. Jeg skal spise middag hos min niece, Marianne, du ved.

Irene nikkede. Hun kendte godt Marianne og hendes to små drenge, selv om de aldrig havde mødtes.

- Har de ikke fået fat i Torsson endnu?

- Nej. Han er gået under jorden. Han ved sikkert, at jorden brænder. Man bider ikke ustraffet en politibetjent i patt... i brystet!

Det lykkedes Irene at skjule sit lille smil i en let hosten. Det lød morsomt, når kommissæren blev ramt af et hurtigt opstået hensyn til det svage køn.

Klokken var lidt i 12.00, det hastede. Frokosten måtte blive en pølse på vejen.

E6'eren er næsten ti kilometer længere, men det går hurtigere end ad de smalle småveje. Det blæste, og grå skyer trak deres fugtige kjolefolder lavt over himlen. Trafikken var tæt. Det var sikkert beboere fra de omliggende kommuner, der i samlet trop skulle ind til Göteborg for at shoppe, kigge på juleudstilling og spise burgere med ungerne på McDonald's. Pludselig opdagede Irene, hvor sulten hun var. Hun foretog en hurtig opbremsning ved den første den bedste benzintank, der solgte pølser. Der skete vist ikke noget ved, at hun spiste pølsen, mens hun kørte. Det sidste stykke pølse faldt ud af brødet og landede i skødet. Sennep kunne godt ses på sorte jeans. Hun lånte nogle velvalgte ord fra sin chefs ordforråd. Det var lige ved, at hun var kørt forbi afkørslen nord om Kungälv, men i sidste øjeblik så hun den og svingede af.

Vejen ud mod Marstrand er vældig smuk, og hun plejede at påskønne den fuldt ud. Men denne grå novemberdag havde hun fuldt op at gøre med at køre så hurtigt, det overhovedet lod sig gøre, samtidig med, at hun holdt udkig efter kollegerne i færdselsafdelingen.

Kortet havde hun lært udenad inden starten fra Göteborg. Holta kirke flimrede forbi. Hun vidste, at der snart ville komme en sidevej, og at hun skulle køre ud mod Tjuvkil. Derefter blev hun usikker og måtte parkere ved vejkanten og finde kortet frem.

Lige da hun skulle starte igen, så hun en bil komme imod sig i høj fart. En vag anelse, eller snarere et instinkt, fik hende til at holde kortet op for ansigtet og kigge op over kanten.

Det var en rød BMW. Og det var Sylvia von Knecht, der kørte. Hun værdigede ikke den mørkeblå, gamle Saab et blik. Til gengæld så Irene hende tydeligt. Hun sad med blikket koncentreret om vejen foran sig, langt fremme på sædet og med helt rank ryg.

Roligt skiftede Irene gear og gjorde et lige så elegant som ulovligt Usving. Hun prøvede at holde en eller et par biler imellem sig og Sylvia. Det var let at følge efter hende, eftersom der stadig var meget trafik.

Sylvia tog samme vej tilbage mod Göteborg. Men ved Olskroks-krydset kørte hun ud mod byområderne til venstre. Västerleden. Skulle hun ud til Västra Frölunda? Åbenbart ikke, for hun kørte forbi Frölunda Torv og den afkørsel, Irene plejede at dreje ind på, når hun skulle hjem til sit rækkehuskvarter. Askim, Hovås, Skintebo. Nu vidste Irene, hvor de var på vej hen. Hun øgede afstanden yderligere mellem sig selv og den røde BMW. Den passerede afkørselsskiltet mod Kullavik, fortsatte nogle kilometer og svingede af mod Särö.

Ivan Viktors. Det var ham, hun havde i sinde at overnatte hos. Kommissæren havde ikke været helt galt afmarcheret, da han havde mistanke om, at Sylvia og Viktors havde tilbragt søndag aften sammen. Men Sylvia havde jo været sammen med sin mor og søster hele aftenen. Og Viktors havde været på sygebesøg. Hvor var sprækken? Svaret var lige så enkelt som logisk. De havde set sig blinde på den forkerte aften. Det var ikke søndag aften, men mandag aften, Sylvia og Viktors havde tilbragt sammen.

Hun var så opfyldt af sin egen klarsynethed, at alt var ved at gå i kage. Det var meget tæt på, at hun var kørt lige ind i bagsmækken på BMW'en, der var standset for at dreje af mod Särö Västerskog. I hast vred hun rattet om og kastede sig forbi på venstre side. En god portion held gjorde, at der ikke kom nogen modkørende bil. Alt gik så hurtigt, at Sylvia sandsynligvis ikke nåede at mærke, hvem det var, der drønede uden om hende. Irene svingede ind på en holdeplads et stykke længere fremme. I bakspejlet kunne hun se, hvordan Sylvia stille og roligt kørte ned mod Gustav V's favorittennisbaner. Irene udførte endnu en ulovlig manøvre, men det hastede ikke med at svinge ned mod den lille samling af huse fra århundredeskiftet.

I firserne var der blevet bygget store villaer på markerne foran naturreservatet. Men langs med den smalle, gamle landevej lå der flere pompøse, gamle patriciervillaer. Den røde BMW stod uden for et stort, rødt murstenshus, med spir og tårne og en noget forsømt have. Irene fortsatte næsten hundrede meter væk, inden hun parkerede sin bil. Med hagen presset ned i den opslåede krave for at få læ for vinden og med Katarinas sorte baseballkasket på hovedet, var hun faktisk ikke så let at genkende, hvis Sylvia skulle komme til at kigge ud gennem et vindue. Risikoen var vel, at hun ville genkende jakken. Men hun belastede sandsynligvis ikke sin hukommelse med den slags underlødige klædningsstykker.

Som regel var der fuldt af mennesker, som spadserede i det smukke reservat. Om sommeren var det populært at bade ved sandstranden. En klam lørdag eftermiddag i slutningen af november var der dog ingen større trængsel. Irene var helt alene. Hun holdt sig tæt ved den buskagtige vegetation langs med vejkanten og prøvede at gå i ét med naturen. Da hun kom frem til hækken, der voksede rundt om det røde murstenshus' have, måtte hun hurtigt dukke sig og lade, som om hun snørede sine sko.

Sylvia var ved at læsse en masse tasker og bagage over til Ivan Viktors fra BMW'ens bagagerum. Havde hun tænkt sig at flytte ind? Ud fra mængden af bagage så det sådan ud. Der var cirka lige så meget, som Irene selv plejede at pakke inden familiens årlige tre ugers ferie i svigerforældrenes sommerhus i Värmland. Det blæste for kraftigt til, at hun kunne høre, hvad de sagde til hinanden. Men efter kropssproget at dømme var Sylvia meget oprevet. Hun snakkede og gestikulerede, langede bagagen ud med stor energi og bevægede sig hurtigt og nervøst. Til sidst gik hun hen til Viktors, slog armene om hans liv og lænede sit hoved mod hans brede sangerbryst. Han så sig hurtigt om, og et øjeblik syntes Irene, at han kiggede lige imod hendes kighul i syrenhækken. Han så hende åbenbart ikke. Med en utålmodig bevægelse gjorde han sig fri af Sylvias omfavnelse. Bærende på alle pakkenellikerne gav han sig til at gå hen mod den bastante yderdør i eg. Den faldt tungt i bag dem.

Tilbage på stationen igen kunne Irene konstatere, at der ikke var sket meget. Torsson var som opslugt af jorden. Lillis påstod, at han ikke havde nogen anelse om, hvor fætteren kunne være. Andersson var yderst tilfreds med Irenes efterforskningsindsats. Først og fremmest var han tilfreds med, at han havde haft ret med hensyn til Sylvia og Ivan Viktors. Han slog sig for brystet og strålede som en sol.

– Mande-intuition, forstår du! Mande-intuition!

Taktfuld afstod hun fra at påpege, hvis intuition, der havde ført til afsløringen.

Andersson fortsatte:

– Fredrik ringede lige inden du kom. Fra frokosttid frem til midnat i går holdt han Lillis tobaksforretning under opsyn. Ved 15.30-tiden i går eftermiddags gik en person, som kan have været Bobo Torsson, ind ad døren til trappeopgangen, hvor Lillis har sin lejlighed. Den samme mand gik ud igen efter cirka en time. I hånden bar han en stor mappe. Efter min beskrivelse, som jeg har fået andenhånds fra Birgitta Moberg, tror han, at det var Torsson. Nu har jeg snakket med Hannu og Fredrik. De fortsætter med overvågningen af Lillis weekenden over. Ikke fordi jeg tror, at Torsson er så fandens dum, at han dukker op på

Berzeliigatan, men man ved jo aldrig. Det kan også være rart at se, hvad Lillis har for.

Irene spurgte ironisk:

– Mande-intuition?

– Næ. Strisser-intuition, svarede kommissæren.

De lo begge to. Pludselig blev Andersson alvorlig.

– Apropos strisser-intuition. Eftersom Torsson truede hende, så har jeg bedt Birgitta om ikke at bo i sin lejlighed i weekenden. Hun var vist selv skræmt, for hun adlød mig. Faktisk. Hun bor et par dage hos sin mor i Alingsås.

– Du er bange for, at det er Lillis og Torsson, der kan være vores onde ånder?

– Jah … næh … jeg kan ikke lide at have dem sjaskende rundt i det her shit. De forstyrrer!

Mange års samarbejde med Andersson gjorde, at hun forstod, hvad han mente. Måske havde Lillis og Bobo Torsson ikke en klap med von Knechtsagen at gøre. Men de var et uroelement. Og man kunne ikke se bort fra dem. Dertil var Lillis alt for velkendt inden for politikorpset. En tanke slog pludselig ned i hende.

– Hvis jeg nu prøvede at opsnuse noget interessant om Bobo Torsson? sagde hun.

– Der burde være noget på ham. Birgitta er bombesikker på, at han var „høj som et hus“. Hvad med at forhøre dig i narkoafdelingen?

Den eneste, som hun fik fat i på narkopolitiets internationale afdeling, var en relativt ny fyr, som hun overhovedet ikke kendte. Han mumlede noget om, at han havde masser at lave, men lovede at ringe til hende mandag morgen. Så der var ikke ret meget mere at gøre lige nu. Hun skrev en rapport om sin skygning af Sylvia og besluttede at tage hjem. Klokken var snart 17.00, og hun var træt, men tilfreds med sin dag. Og hun så frem til resten af aftenen.

En herlig følelse af prikkende forventning til aftenen sang inden i hende, da hun svingede ind i deres indkørsel. Hun var på nippet til at køre ind i Jenny, som var på vej ud fra rækkehusets gård. Hurtigt parkerede hun bilen og gik ud til datteren. Irene gav Jenny et kram og bemærkede hendes afmålthed, men besluttede ikke at tage sig af det. Muntert sagde hun:

– Hej, min ven! Hvor skal du hen?

– Ud.

– Ja, det ser jeg jo. Men hvorhen?

Jenny sukkede tungt.

– Til fritidsklubben. Vi skal øve.

– Bandet? „White killers"?

– Ja.

– Skal du da ikke være sammen med os i aften? Vi skal have hyggeaften i aften og...

– I skal drikke vin og spise mad! Hvad hyggeligt er der i det? Jeg vil være sammen med mine kammerater!

– Men Katarina...

– Hun er kørt til Uddevalla sammen med jiu-jitsu-vennerne.

– Uddevalla?

– Har du glemt, at kampene skal foregå der i morgen? Indrøm, at du havde glemt det?

– Jah, jo...

Det havde hun faktisk. Von Knechtsagen havde taget al tankevirksomhed denne uge. Men det var ingen undskyldning for at glemme, at Katarina skulle kæmpe i JSM i jiu-jitsu. Men

283

hun havde ikke glemt Jennys sugemærke på halsen. Så nonchalant som muligt spurgte hun:

– Kommer ham den fyr ... hvad er det nu, han hedder...?

– Markus.

Lige i fælden! Jenny blev ude af sig selv, da det gik op for hende, at hun havde talt over sig.

– Styr dig lige! Er jeg måske en af dine bøller, der skal forhøres eller?

Hun skreg af raseri. Irene blev urolig for, at naboerne skulle begynde at undre sig over, hvad det drejede sig om. Udglattende sagde hun:

– Nej da. Vil du have, at vi kommer og henter dig?

– Nej!

– Så kommer du ikke senere end tolv! På slaget! Er I flere, der går sammen?

– Jah. Jeg skal hente Pia.

Det var beroligende. Pia boede nogle huse længere nede i området. Hun var en sød og stabil pige, mente Irene. Fritidsklubben lå knap og nap en kilometer væk. De ville ikke få langt at gå. Men dér ventede Markus. Irene indså, at der ikke var noget at gøre ved det. Men det føltes foruroligende. Alt for hurtigt sagde hun:

– Så hav det godt. Er der noget, så ringer du.

– Jaah. Hej!

Utålmodigt løsgjorde Jenny sig fra hendes forsøg på et nyt kram. Hun forsvandt ind i novembermørket. Irene blev uden forvarsel overmandet af den samme forladthedsfølelse, som hun havde haft i drømmen. Det var med største selvbeherskelse, at hun modstod impulsen til at løbe efter sin lille datter.

Der lugtede allerede lifligt inde i huset. Humøret og livsånderne vågnede betydeligt op.

– Hallo, min elskede. Det bliver uden børn i aften! Krister stak hovedet ud ad køkkendøren. Hans kys smagte af hav, og han lugtede af hvidløg.

– Åh, sig det ikke! Har du lavet gratineret krabbe! sukkede Irene henført.

– Jeg må benytte mig af, at vi er alene. Men jeg har delt en lille krabbe. Den skal bare være forret.

– Og til hovedret bliver det noget med hvidløg.

– Mmmm. Helstegt lammefilet, marineret i hvidløgsolie, med kartoffelbåde og pastinakpuré. Dertil serveres tomatsalat med løg og oliven. Til forretten drikker vi bare Freixenet og til lammet en rødvin: Baron de Ley, Reserva 1987. Rioja. Hvad siger du så?

– Red din kone fra sultedøden! Hvornår kan vi gå i gang med at spise?

– Du kan nå at gå i brusebad.

Nybadet og frisk, i den nye himmelblå polotrøje, der havde nøjagtig samme farve som hendes øjne, indtog hun den herlige middag. De overholdt en af de få faste regler, de havde i deres ægteskab: ingen snak om arbejdet før efter maden. I stedet for dessert drak de kaffe med et stykke chokolade til inde i sofaen i dagligstuen.

Hun borede sine nøgne tæer ned i det bløde Gabbehtæppe og sukkede af velbehag. Hvor godt kunne man have det? Sammie, der kom mavende ind under sofabordet, prøvede at slikke hendes tæer. Han ville helst have dem svedige og varme, men i mangel af bedre kunne nyvaskede bruges. Irene lo:

– Nej, hold op, Sammie! Du vil selvfølgelig have lidt
opmærksomhed. Hvornår var han ude sidst?

– Det er vist et godt stykke tid siden, er jeg bange for. Vi kan
gå en tur om en time, når maden har sat sig. Klokken er kun ti.

Krister lagde armen om hende, og hun krøb sammen i hans
favn. Han snusede ned i hendes nyvaskede hår.

– Du, kroejeren vil have, at jeg skal begynde at arbejde
fuldtids. Der er stort pres på Glady's nu. Selv om vi er to, der
skiftes, er der brug for, at en af os går op på heltid. Sverker er jo
treogtres nu, så han vil ikke opgive sin delpension. Det må blive
mig.

– Tjaa, hvis du selv vil, så...

– Ja, det ville nok ikke være så dumt. Jeg har arbejdet tredive
timer om ugen, siden pigerne var små. Det er snart på tide at
tænke på ATP'en. Hvis der da er så meget at tænke på. Men det
har været ret fint at arbejde deltids, når man tænker på den
uregelmæssige arbejdstid.

– Det er takket være den, at det overhovedet har fungeret. Og
lidt støtte fra mor. Men pigerne er store nu. De har ikke brug for
os på samme måde længere.

Det sidste lød falskt og hult i hendes egne ører. Han lod ikke
til at lægge mærke til det.

– Netop. Selvstændige. Jenny har sin musik, Katarina sin jiu
jitsu. Og vi har hinanden.

Han gav hende et stort kram. Hun følte sig varm indeni og
privilegeret i sit liv.

Sammie begyndte at gø henne ved døren. Et minut mere og
han ville ikke kunne svare for, hvor han ville blive nødt til at
lægge tissetåren!

Det var glat udenfor, koldt og klart. Irene stak armen ind under Kristers. Det var skønt at komme ud, hun følte sig døsig af maden og vinen. De gik hen ad den oplyste gang- og cykelsti. Den førte helt ned til badestranden, næsten to kilometer længere fremme. De skulle forbi fritidsklubben, og Irene følte et stik af dårlig samvittighed. Udspionerede hun Jenny? Nej da, de kom bare tilfældigt forbi med hunden. Men hun måtte være ærlig over for sig selv, og indrømme, at den der ukendte Markus føltes som et uroelement.

To unge kom imod dem. Da de kom nærmere, så Irene, at den ene var Pia. Den anden var ikke Jenny, men en anden klassekammerat. Irene hilste:

– Hej, Pia. Er Jenny stadig i fritidsklubben?

– Hej! Jenny? Hun har ikke været der.

Pigerne gik videre. Irene blev stående bomstille. Hun kunne mærke, at grebet om Kristers arm var alt for hårdt, men hun kunne ikke give slip. Hun følte et fortvivlet behov for støtte. Den drømmeagtige følelse af at skulle skrige, men ikke kunne, snørede hendes strube sammen. Der kom kun en hvisken:

– Hvor er hun! Gode Gud, hvor er hun!

– Så så, hids dig nu ikke op. Hun er vel et sted i nærheden. Sikkert sammen med dén dér fyr, sagde Krister.

Det var hans hensigt at berolige, men Irenes uro begyndte at nærme sig panik, da han sagde det sidste.

– Vi ved jo ikke engang, hvad han hedder, andet end Markus!

Tavse vendte de om og gik hjemad. Hele den skønne hyggestemning var væk og erstattet af en frygt lige så sort som novembermørket omkring dem.

Da klyngen af rækkehuse kom til syne, så Irene to skinheads komme imod dem. Ufrivilligt kom hun til at tænke på de minder, der havde udspillet sig for hende tidligt samme morgen. Det føltes godt at have hunden med.

Nogle meter inden de skulle passere hinanden, standsede en af skinheads'ene brat op. Sammie begyndte at rykke i snoren og gø. Forbavset hørte Irene, at han ikke lød vred, snarere glad og ivrig. Den skinhead, der abrupt var standset op, tog til orde og sagde med dirrende stemme:

– Hej mor og far.

12

Nogle mandag morgener er mere mandag morgen end andre. Træt og tung i hovedet kom Irene Huss lidt før 7.30 ind på sit kontor på politistationen. Natten havde stort set været søvnløs. Tommy Persson kom samtidig ind ad døren og begyndte at krænge sin gamle skindjakke af. Han hilste hurtigt:

– Jamen, godmorgen!

– Hej, hej, sagde Irene mat.

Tommy så undersøgende på hende. Man behøvede ikke nødvendigvis at have kendt hende i sytten år for at se, at noget var galt. Han viftede med hænderne i en afværgende gestus.

– Sig det ikke, sig det ikke! Krister er stukket af med den der lille, lækre, blonde servitrice!

Irene trak modvilligt på smilebåndet, inden hun svarede:

– Nej, men Jenny har raget håret af. Hun er skinhead, men „kun fordi hun kan lide musikken". Vi har raset, argumenteret og appelleret hele dagen i går. Men hun bliver bare endnu mere stædig. Hun er skinhead, fordi hendes fyr er det. Og fordi de

289

spiller med i det samme skinheadband. Åh, Tommy, hun forstår ingenting!

Irene sank ned på sin skrivebordsstol og skjulte ansigtet i hænderne. Ingen af dem sagde noget. Da hun endelig tog hænderne væk, så hun op på ham. Hun havde aldrig nogensinde set ham så alvorlig. Med skarphed i stemmen sagde han:

– Hun skal forstå det. Har man raget håret af og hævder, at man er skinhead, må man også tage konsekvenserne. Man kan ikke bare være en mini-skinhead. Du må gøre det klart for hende, hvad det ragede hoved står for!

– Vi har forsøgt! Men når vi begynder at tale om nazisme og racisme, benægter hun, at udryddelserne nogensinde har fundet sted. Og racister er vi selv ifølge hende. Selvfølgelig har både jeg og Krister sikkert brokket os over nogle indvandrere, der bare kommer hertil og lever for vores skattepenge. Og som politibetjent har man jo set en hel del grove forbrydelser, der bliver begået af indvandrere.

– Men hvordan mener du, at disse unge, kriminelle indvandrere skal kunne føle solidaritet med det svenske samfund? De bliver jo konsekvent holdt udenfor! De bor udenfor i forstadsghettoen, er udenfor i skolen og udenfor sprogligt. Mange kan hverken tale svensk eller deres modersmål ordentligt. Også på arbejdsmarkedet stilles de udenfor. Ser arbejdsgiveren, at nogen har et navn, som han ikke kan udtale, bliver vedkommende ikke engang kaldt til jobsamtale. Det er lige meget, hvor god en uddannelse, de har. Sorte rengøringsjob er det eneste, de anses for gode nok til i Sverige!

– Som Pirjo Larsson. Men hun var ikke ligefrem veluddannet.

– Som Pirjo. Den eneste tryghed og det eneste fællesskab, som mange indvandrerunge har, er kliken. Både du og jeg har set, hvad mange af disse kliker beskæftiger sig med. Vi ser jo ikke dem, der ikke er kriminelle, kun dem, der er det. Det undrer mig ikke, at de unge laver det, de gør. Jeg frygter bare for, hvad det er for et samfund, vi skaber for vores børn! Og her mener jeg vores børn! Det er vores børn, der rager hovederne. Det er vores børn, der kommer i slagsmål med indvandrerbørnene. De kommer ofte til skade, sommetider er der nogen, der dør. Vores børn føler heller ingen samhørighed med det svenske samfund, men bekender sig til færdige og letkøbte løsninger. „Marchér med os for et rent arisk samfund!" „Ud med alle niggere, og Nordeuropa bliver det evigt lykkelige tusindsårsrige! Sieg Heil!" Og vores børn tager deres støvler på og marcherer lige ind i helvede!

Hun stirrede målløst på ham. Aldrig havde hun hørt ham reagere så voldsomt. For hende var han den velafbalancerede Tommy, den rolige, trygge far til tre og dertil hendes ældste ven fra politiskolen. Han var så oprørt, at han trampede rundt inde i deres lille kontorlokale og gjorde Hitlerhilsner for at understrege, hvad han mente.

– Og fordi de er vores børn, må vi påtage os ansvaret. Vi kan ikke frasige os det! Du har to børn, jeg har tre. Men også de skinheads, der vil samles ved forskellige Karl XII-statuer rundt om i landet om nogle dage, er vores børn!

Hun følte sig forvirret og træt, ville protestere, men orkede ikke at formulere sig med sin trætte hjerne. Vagt forsøgte hun alligevel:

– Jeg synes ikke, at bare fordi Jenny har raget hovedet, så er alle skinheads mine børn.

– Fornægter du det, fornægter du også det samfund, som har ansat dig til at beskytte det! Disse skinheads er en del af det svenske samfund. Vi har alle et ansvar på den ene eller den anden måde. Men først og fremmest er de et symptom i det svenske samfund!

– Et symptom?

– På det at være udenfor! Det svenske samfund sætter folk udenfor! Og er du først kommet udenfor, bliver du sgu heller ikke lukket ind igen!

– Men hvorfor tror du, de unge frivilligt vælger at sælge sig til bander, der står udenfor?

– Det har ungdombander altid gjort. I din og min tid bar vi FNL-mærker og partisantørklæder, talte om solidaritet med den tredje verden og alt det der. Mange af os blev revet med af Den grønne Bølge. Vi havde de rigtige værdinormer og synspunkter!

– Men alle var politisk røde i halvfjerdserne!

– De unge, ja. Vi hørte til den progressive ungdomsgeneration. Vi var ikke som dem, det vil sige vores forældre. Nej, vi stod for noget andet, noget bedre. Det eneste rigtige for fremtiden.

– Er det det samme, vi ser med nynazister og skinheads, eller hvad mener du?

– Jeps. Man har opgivet forsøget på at trænge ind i det rå og hårde samfund, allerede inden man har prøvet. Det er bedre at give op frivilligt end at blive slået ud. Derfor solidariserer man sig med de udstødte grupper. Man søger styrke i gruppen. Det er let at falde ind og få en identitet, eftersom alle ser ens ud i deres støvler, militærtøj og med skaldede hoveder. Man gør andre mennesker bange ved sin blotte tilstedeværelse. De unge lærer og søger støtte i allerede færdige argumenter. Deres ledere gør et skråsikkert indtryk, når de står og skriger deres slagord ud med drønende elguitarer og tunge trommer i baggrunden. Hvor skønt at slippe for at tænke selv! Bare marchere med!

Hvorfor blev han så oprørt og indigneret? Hun var forbavset, men nåede ikke at spørge ham, eftersom omstillingen hylede og efterlyste dem til morgenbønnen. Tommy tog en dyb indånding og så ud til i hast at tænke efter. Hurtigt sagde han:

– Det er nogen tid siden jeg har set Jenny. Jeg synes, du skal invitere mig hjem i morgen eller i overmorgen.

Irene blev forvirret af hans pludselige skift, men sagde straks:

– Men du er altid velkommen, når du vil. Som altid! Jeg og Krister har snakket om en lille Luciafest, og selvfølgelig skal du og Agneta...

– Det skal nok blive hyggeligt. Men det er ikke det, det handler om, sagde Tommy.

Hans stemme var dybt alvorlig. Irene blev også klar over, at det ikke var hyggeligt samvær, det drejede sig om. På stående fod bestemte hun sig og sagde:

– Vi siger onsdag aften. Så kan Krister lave mad til os. Jeg ved, hvad du mener om min kogekunst.

– Den er helt på højde med min. Selv om min er lidt bedre. Onsdag er i orden. Sørg for at Jenny er hjemme.

Lige da Irene ville gå ind i konferencerummet, kom en sekretær og rakte hende en brun internkuvert. Med et hastigt kig opfangede hun navnet Bo Torsson i teksten.

Kommissær Andersson rømmede sig og bad om stilhed:

– Okay. Så er vi alle samlet. Teknikerne kommer senere. De knokler med en bilbombe, som eksploderede i morges. Har alle hørt om det?

Flertallet af gruppen så forbavsede ud og rystede på hovedet. Eksplosionen havde åbenbart været den store nyhed i 7.30-nyhederne, men da var de fleste ved at gøre sig klar til morgenbønnen. Andersson fortsatte:

293

– Pokkers sært. En bil eksploderede på parkeringspladsen ved Delsjöns golfbane klokken 06.00 i morges. Der var ikke et menneske i nærheden, bortset fra bilens fører, der var alt for tæt på. Han gik bogstavelig talt op i atomer! Teorien er, at det drejer sig om en slags terrorist, der ved en fejltagelse kom til at udløse bomben. IRA eller Hamas eller sådan noget. Eller måske noget gammelt shit fra det tidligere Jugoslavien. Jeg kan huske, hvilket hyr vi havde med Ustasja i 70'erne... Ja ja, den sag må andre tage sig af. Nu gennemgår vi, hvad vi har fået frem siden i fredags.

Han fortsatte med at informere dem om, at det med al sandsynlighed var Pirjos forkullede lig, der lå oppe på patologisk afdeling. Helt sikre ville de blive i løbet af eftermiddagen, hvor retsodontologerne skulle kigge på de røntgenbilleder, der fandtes og sammenligne dem med ligets tænder. Interessen steg yderligere, da han nævnte von Knechts sår på glans. Stridners formodning om, at han havde haft samleje, døgnet inden han døde, fremkaldte mange spørgsmål og spekulationer. Irene fortalte, at hun havde undersøgt Jonas og Mona Söder. Uden at gå nærmere i detajler, sagde hun, at de skulle holdes uden for sagen indtil videre. Deres alibier for tirsdagen var helt klare. Hun gik hurtigt over til teorien om det ekstra sæt nøgler til de forskellige lejligheder, men understregede samtidig, at det indtil videre kun var en teori. Richard von Knechts forsvundne reservenøgleknippe til Porschen og garagen fremhævede hun som en vigtig oplysning at følge op. Hun informerede om lørdagens samtale med Sylvia og den efterfølgende skygning. Da det blev afsløret, at det var Ivan Viktors, som var „vennen", kunne Jonny ikke dy sig. Skadefro hujede han:

– Jeg vidste det! Der var noget, som fedterøven skjulte. Kendis og fisefornem, men nu har vi ham!

Irene var usædvanlig uoplagt denne mandag af alle mandag morgener. Hun kunne ikke holde sin syrlige kommentar tilbage:

– Har ham for hvad? At han kissemisser med Sylvia von Knecht? Det er ikke strafbart. De er begge to lovlydige. Fuldstændig!

Jonny gloede mørkt på hende, men kunne ikke finde på et tilintetgørende svar. I stedet fortalte han om forhøret af Viktors om fredagen. Derefter fremlagde han, hvad Hans Borg og han havde fået frem under fredagens bevogtning af P-huset på Kapellgatan. Det var hurtigt overstået. Resultatet var nemlig lig nul. Andersson trak på skuldrene.

– Okay. Det var en fuser. Vi henlægger P-huset indtil videre. Vores morder gik sgu åbenbart til fods i det møgvejr. Birgitta, fortæl om vores rare fotograf Bobo.

Birgitta fortalte om, hvad der var sket fredag eftermiddag, uden med en mine at røbe sine inderste følelser. Andersson konstaterede lettet, at hun lod til at være helt sig selv igen. Det var nok mest et udslag af chokket, det, der var sket mellem hende og Jonny senere på eftermiddagen. Forhåbentlig ville han ikke behøve at rode mere op i det. Forbandet ubehageligt.

Fredrik og Hannu kunne kun fortælle, at Bobo ikke var dukket op på Berzeliigatan i weekenden. Efter at have sammenlignet hans signalement med Birgittas beskrivelse af hans udseende og påklædning under forhøret, var de helt sikre på, at det var ham, der havde hentet en stor mappe fredag eftermiddag. Husransagningen hos Lillis havde åbenbart været den rene happening. Tommy havde prøvet at holde sig i baggrunden for at kunne registrere, om der var noget af interesse i lejligheden. Det var en stor to-værelses, men beskidt og støvet, som den base, den sandsynligvis var. Men Lillis var blevet helt ude af sig selv over politiets indtrængen og havde hidset sig op i en grad, så han var begyndt at smadre sine egne møbler. Han truede ikke politibetjentene direkte, men at se, hvordan han knaldede næven lige igennem et stolesæde, var „en smule frustrerende", som Tommy udtrykte det.

– I virkeligheden skulle vi havde haft en narkovovse med. Men det var jo ikke primært stoffer, det drejede sig om, men Bobo Torsson. Og han var ikke i lejligheden. Vi måtte gå tilbage til udgangspunktet igen. Lillis vidste ikke, hvor Bobo holdt til, men fortalte os flere gange, hvor han syntes, vi burde være. Jeg vil nødigt møde ham alene en mørk aften!

Heller ikke de andre så særlig begejstrede ud. Alle gav kommissæren ret i, at Lillis og Bobos tilstedeværelse i sagen, var et uroelement. Birgitta indskød et spørgsmål:

– Virkede han påvirket af stoffer?

– Meget muligt. Men den fyr er kendt for sit hidsige temperament, det er svært at svare helt sikkert, sagde Tommy.

– Men kan der være en forbindelse mellem von Knecht og de to banditter? Havde vores fine millionær måske noget med stoffer at gøre?

Det var igen Birgitta, der stillede spørgsmålet, og alle tog en tænkepause. Til sidst svarede Jonny:

– Intet af det, vi indtil nu har fået frem, tyder på det. Som alle store kanoner har han jo lidt lort på fingrene, men dét handler om uregelmæssigheder med udenlandske aktiehandler. Næppe Bobo og Lillis område. Nej, det eneste berøringspunkt er Berzeliigatan. At de boede tæt på hinanden. Torsson oven over von Knechts lejlighed, og Lillis tværs over gaden.

Fredrik tog ordet:

– Vi har tjekket Lillis. Han blev løsladt fra Kumla i august, efter at have afsonet seks af sine otte år. Han sad dømt for grove narkoforbrydelser, grov mishandling og mordforsøg. „God social prognose, idet Lars Johannesson har måttet overtage lejlighed og en mindre forretning efter en ældre slægtning", står der i papirerne. Denne ældre slægtning er en ugift moster til Bobo og Lillis. Hun fik en blodprop i hjernen i juni i år og ligger lammet på Vasa Sygehus. Hun er åbenbart i bedring, men kan ikke klare sig selv i lejligheden på Berzeliigatan. Den gamle dame skal på plejehjem. Ifølge Kumla var det Bobo Torsson, der ordnede alt det praktiske med overtagelsen af lejligheden og forretningen. Alt var klappet og klart, da Lillis kom ud.

Irene kom til at tænke på den internkuvert, hun havde fået inden morgenens møde. Efter hurtigt at have skimmet papiret igennem, bad hun om ordet:

– I lørdags bad jeg om information fra narkoafdelingen, hvis de havde nogle oplysninger at give om Bobo Torsson. Jeg har fået et stykke papir her til morgen. Han er dømt tre gange for at være i besiddelse af narko. Alle gangene er han snuppet ved razziaer på forskellige klubber og diskoteker. Første gang var i 1983, anden gang i 1985, og tredje gang i 1989. Han fik betinget de to første gange, eftersom det var små mængder, han havde på sig. I 1989 blev han idømt fire måneders fængsel. Han blev anholdt i den samme klub, som Lillis så dramatisk blev snuppet i! Torsson befandt sig ude mellem publikum, da politiet stormede ind, og han havde ti gram kokain på sig. Lidt for meget til eget forbrug, mente domstolen. Lillis og en anden narkokonge, Tony Larsson, opholdt sig inde på klubbens kontor og nåede ikke at prøve at skjule alle de stoffer, der lå i en taske på skrivebordet. De blev bogstaveligt taget med fingrene i kagedåsen. Begge havde sniffet kokain og var kraftigt påvirkede. Begge var bevæbnede. Den skudveksling, der fulgte, blev voldsom. Tony blev skudt i skulderen af en kollega, hvilket gav anledning til store diskussioner i massemedierne, afsluttede Irene sit hurtige resumé.

Andersson brød den stilhed, der opstod.

– Så Bobo fandtes altså allerede dengang i kredsen omkring Lillis. De har naturligvis haft gang i stoffer hele tiden, begge to! Men Lillis har været mere synlig. Han er mere brutal og elsker våben og skyderi! Naturligvis er han blevet taget utallige gange. Men den glatte Bobo Torsson har holdt en lavere profil. „Modefotograf", ja, det må du nok sige! Han har færdedes i de rette inderkredse og roligt kunnet deale uforstyrret. Noget siger mig, at det er på tide at koble narkoafdelingen på.

Alle nikkede samstemmende. Dels ville det aflaste deres allerede hårdt pressede efterforskningsgruppe, men først og fremmest vidste narkopolitiets efterforskere langt mere om de aktuelle forhold inden for Göteborgs narkokredse.

Tilfreds med denne beslutning sagde kommissæren:

– Vi holder ti minutters kaffepause, mens vi venter på brandteknikeren Pelle, eller hvad han nu hedder.

Alle greb taknemligt chancen for at strække benene og forsøge at ruske liv i de trætte hjerneceller med lidt koffein. Som Mona Söder sagde, har kroppen brug for nogle giftstoffer i små doser for at fungere bedre. En vag tanke om, at hun var ved at blive koffeinmisbruger, foresvævede Irene. Men i så fald måtte det nok anses for at være en gammel afhængighed, eftersom hun til stadighed havde været på en daglig dosis af mindst ti kopper kaffe i mere end ti år. Med let dirrende hænder skyllede hun på stående fod denne dags kop nummer fire og fem ned.

Da Andersson kom ud fra toilettet, stod Birgitta Moberg nogle meter længere henne. Det var tydeligt, at hun havde ventet på ham. Hun gik hurtigt hen til ham.

– Kan jeg komme til at tale et par ord med dig? Det tager ikke lang tid.

Det knugede sig sammen i hans mave. Skulle han igen til at plages med alt det der om, at Jonny udøvede sexchikane mod hende? Modvilligt viste han hende ind på sit kontor. Hun indledte uden videre dikkedarer.

– Det var vist slet ikke dumt, det, du sagde i fredags, at jeg skulle bo hos min mor i weekenden. Jeg ville ikke sige det derinde, men det er sandsynligvis Bobo Torsson, der har været og ringet på min dør flere gange i løbet af weekenden.

– Er du sikker?

– Nej, det er det, jeg ikke er! Det var derfor, jeg ville holde lav profil og ikke sige noget til de andre derinde. Som du ved, har jeg en etværelses i Högsbro. Min nærmeste nabo på svalegangen er en ældgammel, lille dame. Hun er treogfirs, men fuldstændig klar i pæren. Det blev sent, inden jeg kom hjem i går aftes. Klokken var næsten 23.30. Da jeg satte nøglen i låsen, åbnede min lille nabo sin dør. Hun havde stået og ventet på mig, fordi hun var meget urolig. Vi har dørtelefon. Hvis man ikke har en nøgle, skal man ringe på nede ved gadedøren og bede nogen om at åbne. Det sker, at ungerne ringer på for sjov og den slags, men det, der skete i lørdags og søndags, overgik åbenbart det meste. Der stod én og trykkede helt vildt på samtlige dørknapper. Når mine naboer løftede deres dørtelefoner af, fik de en syndflod af eder og uforskammetheder i øret! Min gamle nabo hørte flere gange, hvordan stemmen ville have fat i „den fandens luder, der

299

kalder sig for politibetjent." Hvorved hun helt korrekt drog den slutning, at det var mig, der var efterstræbt, eftersom jeg er den eneste politibetjent i huset. Dette skete ved 7-tiden lørdag morgen og ved 21-tiden søndag aften.

– Var der nogen, der så „stemmen"?

– Nej, det er netop det. Han havde kørt bilen helt hen til gadedøren. Oven over den går der et lille tag ud, til beskyttelse mod regn og sne. Vi bor på første sal. Derfor nåede min nabo ikke at se mere end et kort glimt af en mand, der steg ind i bilen og startede med et hjulspind. Han var høj og slank. Bilen var stor og rød, det var hun sikker på.

– Og nu vil du have, at vi skal tjekke, om Torsson har en rød bil?

– Ja.

– Hvorfor kunne du ikke fortælle det her inde i konferencerummet?

Hun undgik at se ham i øjnene, og blikket flakkede rundt i lokalet, inden hun svarede.

– Fordi der er én her på afdelingen, der er høj og slank og har en rød Volvo.

Han vidste straks, hvem hun mente og ønskede inderligt, at han kunne briste i en hjertelig, men overbærende latter og klappe hende beroligende på skulderen. Men latteren frøs inde, for han kunne ikke udelukke det som helt umuligt.

– Jonny. Du mener Jonny, sagde han dystert.

– Ja.

Der opstod en lang stilhed. Omsider tog hun en dyb indånding og sagde så:

– Derfor bor jeg hjemme hos min mor lidt endnu. Men kun du får det at vide. Ingen andre. Du har adressen.

Hun snurrede rundt på stedet og gik hurtigt ud. Han nikkede hen mod den lukkede dør.

Brandteknikeren og de øvrige var der, da kommissæren kom ind. Han ignorerede de spørgende blikke, men gjorde tegn til Pelle om at gå i gang.

Denne indledte med at fortælle, at teorien om djævlebomben var bekræftet. Der havde været en reel ladning med sprængstof i et jernrør, tændhætte, pentyllunte og benzindunke, akkurat som han havde haft mistanke om fra begyndelsen. Bomben var placeret oven på en kommode i hallen ind til von Knechts kontor. At man vidste det, havde man til dels Sylvia von Knecht at takke for. Inden hun kørte op til Marstrand fredag aften, havde hun hjulpet Pelle med at lave en skitse over lejligheden, og hvordan den havde været møbleret. Tommy viftede med hånden, inden han stillede sit spørgsmål:

– Sådan en bombe, er den svær at fremstille? Tager det lang tid?

– For den, der ved, hvordan man gør, går det ret hurtigt. Det tager højst en times tid. Problemet er nok at få fat i alt udstyret. Du går ikke ind i Domus og køber tændhætter, plastisk sprængstof og pentyllunte, om jeg så må sige. Resten er lettere at få fat i. For at komme videre med, hvad der skete onsdag aften, vil jeg komme nærmere ind på selve udløsningsmekanismen. Yderdøren til kontoret var en virkelig bastant sag. Den åbnede udad. Mellem håndtaget på døren og hen til en split på tændhættens fjeder var der spændt en tynd ståltråd ud. Da døren blev revet op af den person, som vi først troede var en ung mand, men som vi nu ved, var en kvinde, blev splitten revet af, og fjederen slog ind i tændhætten. Bum! Resultatet kender vi. At der blev noget tilbage af liget, kan vi takke den kraftige yderdør for. Hun blev slynget bagud og blev sandsynligvis omgående slået bevidstløs. At hun lå i fremtrakt sideleje, da vi fandt hende, skyldes, at hun gled ned, da døren svingede tilbage. I yderdøren sad den her.

For næsen af sit musestille publikum trak brandteknikeren en tyk plastikpose op af lommen. I den lå der et sodsværtet nøgleknippe.

– Og i går fandt jeg det her, på det sted hvor liget havde ligget. Som en tryllekunstner trak han yderligere en pose op af lommen. Også den indeholdt et nøgleknippe, men det var en størrelse mindre, med kun tre nøgler. Han rystede det mindste knippe:

– To af de her er bilnøgler. Til en Porsche. Den tredje passer til en garagedør på Molinsgatan, hvor familien von Knecht har deres biler.

Alle mærkede suset, da spøgelset gik igennem lokalet. Dets åndedræt stank af død og aske, da det hånligt gloede dem lige ind i fjæset.

Anderssons øjne stod som rødhvide pingpongbolde ud af deres huler. Ansigtkuløren gik over i lilla, og hans vejrtrækning var tung og hvæsende. Ingen rørte sig. Alle bad en stille bøn om, at kommissæren ikke ville få et slagtilfælde.

Pelle blev bragt en anelse ud af fatning. Han opfattede den ladede atmosfære, men var ikke helt sikker på, hvad den kom af. Altså forblev han tavs og ventede på Anderssons kommentar til nøglefundene. Denne mærkede forvirringen blandt sine medarbejdere og prøvede virkelig at tage sig sammen. Hvilket ikke var så ligetil, eftersom han selv mærkede, hvordan alle de hypoteser og teorier, som han havde arbejdet med, med ét eneste slag blev opløst i en hånlatter. Omsider snerrede han sammenbidt:

– Der er sgu nogen, der tager gas på os. Har I tjekket, hvor nøglerne i nøgleknippet passer til?

Han spurgte, selv om han inderst inde allerede kendte svaret. Brandteknikeren nikkede.

– Ja. To af dem passer til kontorets dør på Berzeliigatan. To passer til von Knechts lejlighed på Molinsgatan, og de to sidste passer til sommerhuset på Marstrand. Tre styk hører til sikkerhedslåsen, og tre er almindelige ASSA-typer. På hver dør er der en sikkerhedslås og en ASSA-lås.

– Vi har hele tiden sagt, at disse to nøgleknipper måtte være et sted. Og så ligger de et så helvedes umuligt sted!

Andersson satte ord på det, alle følte. Brandteknikeren så forvirret ud, men bestemte sig for at gå videre i sin rapportaflægning. Han vendte et blad i sin blok og fortsatte:

– Problemet lige nu er at komme ind til et indmuret pengeskab. Det er ikke så stort, men sidder et svært tilgængeligt sted, fordi der ikke er noget gulv at stå på. Det prøver vi at klare ved at stå i en skylift. Vi kommer til at bore rundt om skabet og forsøge at løfte det ud med en *Lull*.

Flere i gruppen sagde samtidigt:

– En hvad?

Pelle trak på smilebåndet og forklarede:

– En *Lull*. Det er simpelthen en stor gaffeltruck, hvor man kan sætte løftegaflen ret højt op på. Alt imens trucken står „ret" på jorden så at sige.

En tankefuld stilhed sænkede sig. Det blev Irene, der til sidst brød den:

303

– Situationen er altså følgende: Pirjo havde nøglerne til von Knechts forskellige boliger og til hans bil. Hvorfor i alverden skulle han give hende disse nøgler? Sylvia sagde til mig, at Pirjo ikke havde nogen nøgler, men at hun blev lukket ind i lejlighederne af nogen fra familien. Og hvad angår bilen, så gad jeg vide, om Pirjo overhovedet havde kørekort. Det må vi tjekke. Bil havde hun ikke, det ved vi. Hun tog altid bus og sporvogn. Hvis bilnøglerne lå der, hvor I fandt Pirjos lig, betyder det så, at hun havde nøglerne på sig? For eksempel i lommen? spurgte hun.

– Ja, hvis ikke nogen havde tabt nøglerne uden for døren, og disse tilfældigvis er kommet ned under ... hvad hed hun...? Pirjo, da hun blev slået bevidstløs af braget. Men det lyder ikke særlig sandsynligt, sagde teknikeren.

Kommissæren huskede, hvad Hannu havde sagt et par dage tidligere og indskød:

– Hvordan kan hun have fået fat i nøglerne?

Irene forsøgte at tænke klart, inden hun svarede:

– Om mandagen var hun i Molinsgatan sammen med datteren. Da ville hun have kunnet tage dem. Men i så fald gad jeg vide, hvor hun fandt dem? Sylvia von Knecht har jo benægtet forekomsten af et fjerde nøgleknippe. Men så bliver spørgsmålet jo, hvorfor hun ventede helt til onsdag aften? Hvorfor ikke mandag eller tirsdag aften?

– Børnene blev syge, fik høj feber, sagde Hannu.

– Det kan du have ret i. En mor har meget at se til, når børnene får influenza. Oven i købet to stykker. Men Marjatta var jo hjemme og kunne passe sine syge brødre, da Pirjo var væk nogle timer. På den anden side var de måske så dårlige, at hun lod sønnerne gå forud for sit lille indbrud.

Ingen syntes, at det helt stemte med det billede, de havde fået af Pirjo. Tommy tænkte højt:

– Det er ulogisk. Mandag aften kunne Pirjo være ret sikker på, at Richard von Knecht ikke ville være på sit kontor. Han var forkølet, hvilket hun selv havde set, da hun gjorde rent der i dagens løb. Tirsdag aften ville hun ikke kunne være lige så sikker. Nej, rent fornuftmæssigt burde hun have satset på mandag aften. Husk på, hun vidste ikke, at von Knecht var død førend onsdag formiddag!

Irene nikkede, at hun var enig og fortsatte:

– Hun stjal måske nøglerne, men modet svigtede hende. Først da hun fik at vide, at von Knecht var død, anså hun det for risikofrit. Sylvia fortalte mig, at Pirjo syntes, lønnen var for dårlig. Måske havde hun tænkt sig at negle nogle ting og sælge dem, for hun havde brug for penge. Skønt jeg tvivler på, at Pirjo vidste, hvor hun skulle gå hen for at sælge antikviteter og kunst. Det var ikke dusinvarer, Richard von Knecht omgav sig med.

Fredrik kom med et forslag:

– Kan det have været et bestillingsjob? For eksempel, at nogen ved, at von Knecht har en særlig værdifuld ting i lejligheden, så beder han Pirjo om at stjæle nøglerne. Og også at gå ind i lejligheden og tage genstanden.

Efter at have siddet stille i lang tid, brød Birgitta sin tavshed:

– Tænk, hvis nogen gav nøglerne til Pirjo, for at hun uden at vide det skulle udløse bomben?

Irene mærkede den isnende kulde, selv om luften i lokalet på denne tid var tung og indelukket. Langsomt sagde hun:

– Det ville være forfærdelig bevidst at sende en mor til tre ind til den sikre død. Og at risikere at tage livet af de andre beboere i huset.

Andersson kunne ikke slippe nøglerne, og fortsatte med at bore i det:

– Men bilnøglerne! Kan du forklare de fandens bilnøgler! Hvorfor give et menneske, som formodentlig ikke kan køre bil, nøglerne til en Porsche?

Ingen kom på en god forklaring, så han fortsatte:

– Har vi et vidne, der har set Pirjo ankomme til Berzeliigatan?

Tommy rørte sig uroligt i stolen, inden han besvarede spørgsmålet.

– Nej, vi vidste jo ikke, at vi skulle spørge, om nogen har set en lille, tyk kvinde ankomme til huset. Vi er hele tiden gået ud fra, at det har været en tidsindstillet bombe med attentatmanden i tryg sikkerhed langt derfra. Jeg skal møde damefrisøren, som har salonen i kælderetagen, i dag, og damen, der bor hos datteren i Mölndal. Hendes mand må jeg nok vente lidt med.

– Okay. Den opgave påtager du dig i dag. Hannu, du tjekker, om Pirjo havde kørekort. Se, om du kan få noget mere ud af datteren. Hold kontakt med patologen og ring til mig, så snart den retsodontologiske undersøgelse er færdig, sagde Andersson.

Han så sig rundt, og blikket faldt på Hans Borg, der sin vane tro sad og halvsov på stolen.

– Borg!

Alle i lokalet fór op, ikke mindst Borg.

– Vågn op! Du tager ind til byen. Gå rundt hos de forskellige låsesmede i city og prøv at finde ud af, hvor og hvornår nøglerne blev fremstillet. Jeg vil vide alt om nøglerne! Find også ud af, om det her er den eneste reservenøgle til bilen og garagen.

Borg nikkede og kvalte et gab.

– Fredrik og Jonny. I tager med og overvåger Lillis, lige til vi har fundet Bobo Torsson. Står der nogen på Berzeliigatan nu?

Fredrik nikkede.

– En dame fra rejseholdet, Eva Nyström. Hannu skaffede hende.

Irenes første reaktion var forbavselse og derefter harme. Eva Nyström og hun var lige gamle! „Dame"!

Andersson sendte Hannu et anerkendende nik.

– Fredrik og Jonny, I tager over efter Eva Nyström og tager hul på efterforskningen. Indtil nu har der været roligt nede ved tobaksforretningen, men jeg har på fornemmelsen, at der kan foregå noget djævelskab dér. Irene, du har jo allerede været inde på at kontakte narkoafdelingen. Du og jeg vil officielt gå derhen nu og informere om vore kære fætre. Eller rettere sagt, at vi har brug for hjælp til at finde ud af, hvad de egentlig har gang i! Birgitta, gå ind og tjek alle de filer, vi har om Bobo og Lillis. Et eller andet sted er der måske et vink om, hvor Torsson kan gemme sig. Vi samles her igen 07.30 i morgen tidlig.

Der var åben kamp mellem kommissær Andersson og vicekommissær Annika Nilsén fra den internationale narkoafdeling. Forgæves prøvede hun at forklare, at der ikke var noget personale at dele ud af i denne her sag, som i hendes øjne ikke var nogen sag for narkoafdelingen, men en del af opklaringen af von Knechtsagen.

Kommissæren begyndte at puste kinderne op, borede øjnene ind i hendes og forklarede, uden overhovedet at prøve at skjule sin vrede, at det her drejede sig om mord, mordbrand og trusler mod en politibetjent. Og eftersom der hele tiden luskede en kendt forbryder rundt, der tidligere havde været indblandet i

307

narkosager sammen med hans småafhængige kammerat og fætter, måtte det vel høre ind under narkoafdelingen!

Et udtryk af uendelig overbærenhed og tålmodighed drog over Annika Nilséns trætte ansigt.

– Hvis alle forbrydelser, hvor narko eller narkohandlere er indblandet, automatisk skulle høre ind under os, ville hele Göteborgs politistation kunne døbes om til „Narkoborgen", sagde hun stilfærdigt.

Det var ikke helt sandt, men næsten. Andersson vidste det, men blev alligevel så ovenud rasende, at han så ud til at ville gå i kødet på den stakkels vicekommissær. I dette ladede øjeblik kom den samme, unge kollega, der havde hjulpet Irene i weekenden med oplysningerne om Bobo Torsson, ind i lokalet.

Med et glad smil vendte Irene sig mod ham.

– Men hej! Og tak for hjælpen med Torsson, føjede hun til.

– Åh, don't mention it.

Hun rakte hånden frem, og han tog den uden tøven. Et tørt og varmt håndtryk. Irene havde fundet den, hun ville have.

– Irene Huss. Jeg glemte vist at spørge efter dit navn.

– Jimmy Olsson. Assistent.

Med et strålende smil og glimt i øjnene bøjede Irene sig frem mod Annika Nilsén og omgav hende med sit allermest charmerende væsen. Det håbede hun i hvert fald, da hun kvidrede:

– Du har sikkert allerede overvejet det, men Jimmy er jo allerede en smule inde i det, som vi er ved at undersøge. Jeg vil høre, om du kunne tænke dig at låne ham ud til os?

Vicekommissæren strøg forvirret sine buttede fingre gennem den gråsprængte pagefrisure.

– Det ville måske kunne lade sig gøre, sagde hun svævende.

Et hurtigt blik på Andersson viste, at han ville have noget lidt mere håndgribeligt. To eller tre inspektører ville være passende. Annika Nilsén greb chancen. Hun rankede sig lidt i sin uklædelige mørkeblå trøje og så på Jimmy Olsson.

– Har du nogensinde været inde i drabsafdelingen? spurgte hun.

– Nja, som aspirant gik jeg otte uger i afdelingen. Hos ordenspolitiet, ikke i drabsafdelingen.

– Men så er det her en fantastisk mulighed for dig til at udvide dine evner og kontaktnet. Du hjælper drabsafdelingen med von Knechtsagen. Men jeg vil have dig tilbage igen!

Ved den sidste sætning truede hun spøgefuldt med fingeren ad ham og småsmilede ligeså sigende til Irene. Det var hendes måde at fortælle, at Jimmy var et udmærket valg. Og ingen kunne komme og sige, at narkoafdelingen ikke havde stillet op!

Irene tilbragte et par timer med at sætte Jimmy ind i von Knechtsagen. Hun kunne ikke klage over hans interesse. Øjnene hang ved hendes læber, og han sugede alle detaljer til sig. Det var lige før, at hun misundte ham hans hvalpede ophidselse over dette intrikate mysterium. Det hvalpede kom sikkert af hans ungdom, fireogtyve år, men hans spørgsmål var intelligente og velmotiverede. Hendes instinkt havde været rigtigt. Selv blev hun mest træt nu for tiden, når det blev for kompliceret. Men hun kunne godt huske, hvordan det havde været de første år. Spændingen, de vakte jagtinstinkter og den triumferende følelse, når sagen var opklaret. Ganske vist var det stadig sådan, men mærkbart i svagere grad. Alt for mange sager havde ikke efterladt nogen større sejrssødme, men mest en fad og bitter eftersmag. Man bliver ufølsom og kynisk i det her erhverv, plejede hun at tænke i sine mørke stunder. Men hun ønskede ikke at blive hverken forbedret eller kynisk! Man må komme videre, hele tiden gå fremad. Ikke standse op og grave sig ned. Det var ikke et ufarligt job, hun havde valgt. Men hun havde aldrig villet have et andet og havde altid trivedes med det. I de senere år havde hun mærket en snigende følelse, som ikke havde været der før. Først i den sidste tid var det lykkedes hende at identificere den. Frygt. Frygt for menneskers ligegyldighed over for andre menneskers værdier og den stadig grovere vold. Hun måtte have sukket højt, for Jimmy Olsson så forbavset op fra papirerne på skrivebordet. Foran ham lå skitserne over Marstrand. Ikke fordi det var nødvendigt, men fordi han var interesseret. For at dække over sukket, sagde hun:

– Nej, nu er det vist på høje tid at få noget at spise. Gad vide hvad kantinen kan friste med af lækkerier i dag?

Jimmy gjorde en talende grimasse. De besluttede at tage en hurtig udflugt til byen og prøve at få fat i noget ordentligt „dagens ret".

På vejen gik de forbi Birgitta Mobergs kontor. Hun sad helt fordybet i sine papirer og datafiler, men besluttede at tage med dem. Klokken var snart 13.00, og maven knurrede.

De halvløb let foroverbøjede i den råkolde blæst. Himlen var helt overtrukket, og regnen hang i luften. Blæsten ruskede hidsigt i grenene på det nyopstillede juletræ på Drottningtorget. Det lykkedes den ikke at fremkalde nogen stærkere julestemning hos de forbipasserende. Alle krøb sammen og ville bare inden døre. Kun tre fjollede politibetjente ville komme på den idé at rende over en kilometer i det her vejr, bare for at spise frokost. Men både Irene og Birgitta havde samme trang til at tilbagelægge en vis afstand mellem sig selv og stationen for at kunne koble af. Det var ikke noget, de havde diskuteret, men blot en fælles følelse. Og den nytilkomne Jimmy måtte bare hænge på. Selv om han havde visse holdninger til deres frokostudflugt, følte han, at det ikke rigtigt var det rette tidspunkt at give udtryk for dem. Han tav, som den kloge, unge politiassistent, han var. De asede forbi Brunnsparken og langs med Stora Hamnkanalen. Der svømmede hvide gæs på kanalen, og vandstanden var høj. Det plejede at varsle storm. Med en følelse af at blive frelst fra sult og kulde trådte de ind ad dørene til Golden Days. En mørk og hyggelig engelsk pubatmosfære omsluttede dem med blankpoleret træ og rødt plys. Det faldt dem helt naturligt at bestille deres øl i pints.

De frådsede i salatbordet og spiste flødestuvet pytipande. Klokken begyndte at nærme sig 14.00. De var næsten alene i restauranten. Det var først ved kaffen, at de begyndte at diskutere deres fortsatte efterforskninger. Efter at have budt de to andre, som afslog, tændte Birgitta en cigaret. Irene blev overrasket, hun troede ikke, at Birgitta røg længere. Hun var åbenbart begyndt igen. Efter nydende at have sendt en røgring op tog Birgitta til orde:

– Jeg har en lille idé om, hvor vi måske kunne lede efter Bobo Torsson. Efter at have læst Lillis digre register igennem, stødte jeg på en rapport om pågribelsen af ham og to kammesjukker efter et væbnet bankrøveri i Kungsbacka i 1982. De fik fat i næsten otte hundrede tusinde, men det gik skævt for dem under flugten. Føreren var en nervøs fyr, knap atten år, som med den stjålne flugtbil kørte op i en helle og kolliderede med et skilt. Der var ikke tid til at få fat i en anden bil, så de tøffede af sted med deres skadede bil. Ved den gamle, nordlige indkørsel til

Kungsbacka ligger der en stor kiosk. Der svingede de ind og tvang et avisbud til at overlade dem sin bil. Men det tog jo tid. Det blev en klassisk biljagt ud mod kysten, med kollegerne fra Kungsbacka tæt i hælene på Hondaen. Ved Billdals kirke gik de i stå, og så var det slut med den flugt. Men i slutningen af rapporten skriver kollegaen noget interessant. Han nævner, at Lillis var helt vildt rasende på den stakkels attenårige og skreg „Hvordan fanden kunne du køre forbi frakørselsvejen?" Ved forhøret pressede kollegerne ham ekstra for at få at vide, hvad det var for en frakørselsvej, han var kørt forbi. Til sidst faldt han til føje og fortalte, at han ville være kørt ind på en lille markvej inden Lindås. Men han var så skræmt, at han bare trådte sømmet i bund. Og kørte forbi frakørslen, der førte til deres tiltænkte skjulested: Lillis morforældres husmandssted, hvor hans og Bobos mødre voksede op. I dag fungerer det som sommerhus.

Irene bøjede sig entusiastisk ind over bordet og sagde ophidset:

– Det er et berøringspunkt mere mellem Bobo og Lillis! Bruger deres mødre husmandsstedet som sommerhus?

– Ikke Lillis mor, hun døde for fem år siden. Faderen er ukendt, ifølge papirerne. Bobo Torssons forældre ved jeg lidt mere om, for eksempel at de er skilt. Moderen er gift igen og bor i Vänersborg. Jeg har nemlig opsnuset det i dag og har bedt kollegerne deroppe om at tjekke det, så lille Bobo ikke gemmer sig hos sin moar. Men hun sagde, at hun ikke kendte noget til, hvor han opholdt sig. Hun var vældig oprørt. Påstod, at det hele måtte være en fejltagelse, for hendes Bobo var det mest pålidelige, som tænkes kunne. Jeg ved ikke, hvor faderen er. Han er førtidspensioneret scenograf, men jeg kan hverken finde adresse eller telefonnummer på ham.

Jimmy hævede øjenbrynene og sagde:

– Lader til at være et fornøjeligt sted at skjule sig. Hos Daddy, altså.

– Nja, han er treogtres år og blev førtidspensioneret på grund af psykiske problemer for ti år siden. I høj grad alkoholiker. Ud fra de oplysninger, vi har, er han subsistensløs.

Det var en tænkepause. Til sidst sagde Irene:

– Jeg tror, at Billdal kan være værd at undersøge. Det er faktisk det nærmeste, vi er kommet en mulighed. Jeg og Jimmy smutter derud og tjekker. Du må blive her og fortsætte med at lede efter Torssons eventuelle tilholdssteder.

– Det lyder godt. Jeg har læst så grundigt i hans og Lillis filer nu, at jeg nok er den, der har de bedste forudsætninger for at snuse videre efter ham, sagde Birgitta.

De betalte hurtigt og løb ud i den begyndende regn. Planeterne stod gunstigt denne dag. Sporvogn syv kom netop, da de ankom til stoppestedet. De kørte med til Lilla Stampgatan. Derfra var der kun et lille stykke vej til politistationen. Totalt gennemblødte trådte de inden for døren og efterlod små vandpytter efter sig som en strimet bane hen til elevatoren.

De tog kort frem over området, der blev omtalt i rapporten fra pågribelsen i 1982. Det varede lidt, inden de fandt husmandsstedet. „Markvejen", som den attenårige så forsmædeligt var kørt forbi, var der ikke mere, eftersom der var bygget et stort rækkehuskvarter dér, hvor den havde gået. Alle gaderne var lagt om. Og til at begynde med ledte de alt for tæt på kysten. Men omsider lykkedes det Irene at finde den lille ejendom, næppe en hektar stor, på grænsen til naturreservatet Sandsjöbacka. I rapporten blev husmandsstedet kaldt „Solhem" og det var afsat på det detaljerede kort. Irene udbrød:

– Sikke en kanonbeliggenhed! Ikke et hus i sigte fra gården. Perfekt til den, der vil skjule sig. Tæt skov ind mod naturreservatet, fjelde på nordsiden og åbne områder mod syd og vest. Og der er overhovedet ingen som helst bebyggelse nogen steder.

Hun stoppede op og fortsatte med mindre entusiasme:

– Det er et problem. Hvordan skal vi komme usete frem til huset?

– Vi må køre ind via Lindåskrydset og bagefter tage småvejene ind mod Sandsjöbacka, til vi ikke kan komme længere. Der er en del mindre boligområder, men vi kan parkere uden for deres synsfelt. Vi vil ikke have, at nogen bliver urolig og ringer til politiet. Et sted her omkring, tror jeg, er fint. Vi må holde os i skoven og gå langs med skovbrynet mod nord.

Hun satte et kryds med pegefingerneglen på kortet, og Jimmy nikkede.

– Yes.

Jimmys øjne fulgte opmærksomt den streg, som Irene trak med neglen. Hans ophidselse pumpede rundt i ham, uden at han selv var bevidst om den. Irene blev påvirket af det og følte sig som en hærfører inden et feltslag. Men hun vidste, at én ting var at finde vej på kortet, noget helt andet at snuble af sted i ufremkommeligt terræn i regn og mørke. Birgitta spurgte:

– Har I nogle muligheder for at få tørt tøj på, inden I stikker af? Hvis I skal stå stille udenfor og holde udkig, vil I sikkert blive stivfrosne.

Hun så kritisk på deres gennemblødte jeans og sko. Det dér med tøjet var et praktisk problem, der måtte tænkes over. Irene kom i tanke om sin kasse med joggingtøj i bilen og sagde:

– Jeg har mit træningstøj i bilen.

– Du kan da ikke rende rundt i judodragt i skoven!

– Nej, ikke jiu-jitsutøjet. Joggingklunset. Jeg og Tommy skulle have jogget tirsdag aften. Men i tirsdags blev det ikke til noget, som du ved. Jimmy, har du noget tørt tøj?

– Åh, jeg klarer mig. Men jeg vil hente en fed ting, som vi kan have gavn af.

Han forsvandt ud ad døren. Irene gik ned til bilen. Det blæste kraftigt, og den iskolde regn piskede i ansigtet. Det var nattemørkt. Måske var det ingen nytte til at tage ud til Billdal i det her vejr? Ak og ve, det her var alt sammen et udslag af egen bekvemmelighed, for det med husmandsstedet føltes som en sandsynlig mulighed. Og sandsynlige muligheder bør undersøges. Om ikke andet så for at kunne reduceres til udtømte muligheder, således at man kan komme videre i sagen.

Oppe på Birgittas kontor stod Jimmy og fremviste sit legetøj. Det lignede resultatet af en fusion mellem en dykkerbrille, et lille teleskop og en gasmaske. Hele hans ansigt strålede af henrykkelse, da han demonstrerede alle finesserne.

– Man ser dem tydeligt som i dagslys! Når folk kigger i ens retning, kan man ikke fatte, at de ikke ser én!

– Hvad i alverden er det for noget? ville Birgitta vide.

– En natkikkert, i virkeligheden en elektronisk lysforstærker. Den kan forstærke det eksisterende lys op til ti tusind gange.

Det var på høje tid at se at komme af sted, hvorfor Irene afbrød:

– Jeg tager tørre sokker og joggingbukser på under cowboybukserne. Vil du låne trøjen?

Først så han usikker ud, men efter at have set ud gennem vinduet, hvor væden blev slynget mod ruderne af den hårde vind, nikkede han.

Birgitta blev energisk og praktisk. Det var jo faktisk hendes forslag, de fulgte.

– Klokken er nu 15.15. Vi må regne med mindst en halv time ud til Billdal i det her vejr. Hvor langt har I at gå gennem skoven? spurgte hun.

Irene målte på kortet, inden hun svarede:

– Fem-seks hundrede meter. Det er mørkt, terrænet er ukendt og vejret dårligt. Regn med et kvarter mere.

– Tidligst 16.00 er I på stedet. Hvornår og hvordan kontakter vi hinanden?

Irene tænkte sig om.

– Jeg tager telefonen med, men slukker den. Den må ikke begynde at ringe på et uheldigt tidspunkt. Lad os sige, at jeg ringer til dig klokken 17.00 præcis. Hører du ikke noget inden for en halv time efter det tidspunkt, så sender du forstærkning.

Jimmy så forbavset på hende og sagde:

– Skulle du og jeg ikke kunne klare én mand?

– Jo da. Bobo skal vi nok klare, men fætteren og hans legekammerater kan være i nærheden. Husk, at vi kun skal rekognoscere. Er Bobo der alene, snupper vi ham. Men er der flere personer, trækker vi os diskret tilbage igen og venter på kavaleriet. Lillis venner er altid tungt bevæbnede. Disse her fyre føler sig nøgne uden noget, der er tungere end en Uzi.

Har man engang været i narkoafdelingen er dette næppe noget nyt. Jimmy så tankefuld ud. Omsider nikkede han til Irene og sagde:

– Skal vi tage Sigge med?

Birgitta hørte kun efter med et halvt øre, men reagerede på navnet. Undrende sagde hun:

– Der er ingen i gruppen, der hedder Sigge. Mener du Tommy?

– Nej. SIGSauer, normalt kaldet Sigge. Vores tjenestevåben! De lo, hvilket føltes skønt, eftersom det lettede en anelse på spændingen. Var det måske jagtinstinktet, der begyndte at vågne? Det var nok mest Jimmys synlige begejstring for, at de skulle ud på observation, som smittede af. Tænk, hvis det blev et antiklimaks. Han ville blive frygtelig skuffet. Irene nikkede:

– Ja, vi tager vores Sigger med.

De tog vejen forbi våbenskabet, hentede deres pistoler og ladede dem med ni millimeters ammunition. SIGSaueren er et kraftigt våben, langt bedre end ærtebøssen Walther 7,65, som Irene var oplært i for lang tid siden. Men Jimmy havde ikke behøvet at omstille sig. Sigge var hans tjenestevåben, og det, han var trænet i. Tilsyneladende rutineret og en anelse nonchalant ladede han og stoppede pistolen ned i hylsteret. Irene var ikke vant til hylster, eftersom hun sjældent var bevæbnet. Men hylster var hun og alle andre nødt til at bære, når de skulle ud med Sigge. Våbenet er tungt og kan ikke stoppes ned i jakkelommen lige så lidt som Waltheren. Det er en tv-myte, at politifolk og skurke stopper skydevåben ned i lommerne og inden for bukselinningen. I en farlig situation betyder det sidstnævnte en stor risiko for ufrivillig kastration. Rent praktisk er det en umulighed at have pistolen i lommen. I bukselommen er der ikke plads nok, og den er for tung til jakkelommen. En efterforsker, der går rundt med en jakke, hvor den ene lomme hænger ned til knæet, kan lige så godt sætte et roterende blålys på hovedet. Hylster skal man have. SIGSauerens fordele er sammenlignet med Walteren en større kaliber og en kraftigere virkning. Ulemperne er tyngden og fjederens træghed ved ladegrebet. Der kræves en hel del håndkræfter til den her pistol, et tungt våben til store næver. Sigge er simpelthen macho. Irene foretrak Waltheren, selv om det ifølge Tommy var nødvendigt at rette mundstykket nedad, når man affyrede den, for at kuglen overhovedet skulle trille ud.

De skumplede af sted på småvejene mod Sandsjöbacka. Blæsten greb fat i bilen og ruskede den vredt. Regnen øsede ned. Det var umuligt at se, hvor de befandt sig. De måtte orientere sig ud fra de vejvisere og skilte, de kørte forbi. Irene kørte, og Jimmy læste kortet i lommelygtens flakkende og hoppende skær. Han foldede kortet sammen og sagde:

– Det er her et sted, vi skal parkere.

Hun var ved at køre forbi den lille skovsti, måtte bremse kraftigt op og bakke et stykke. Bilen stillede hun betænkeligt nær en stor grøft, hvor vandet fossede vildt. Men der var nok ingen fare, for så længe ville de ikke blive. De ville nå tilbage, inden grøften gik over sine bredder. Irene tog kortet og tjekkede deres rute en sidste gang.

– Vi skal følge denne grusvej, til den holder op. Vi kommer til at passere nogle små huse, jeg tror, at det er sommerhuse. Så går vi ind i skoven og følger skovbrynet cirka fire hundrede meter.

Jimmy nikkede, og igen fornemmede hun hans tilbageholdte ophidselse.

De begyndte at gå fremad, med lommelygternes lyskegler rettet nedad. Her var ingen gadelygter. For at kunne se, hvor vejen gik og for ikke at risikere at træde forkert i fordybninger og huller var de nødt til at bruge deres lygter. De måtte håbe på, at det hylende uvejr og den tætte skov skjulte dem.

For enden af vejen lå der to små sommerhuse. Der var lys i det ene hus, men de kunne ikke se noget menneske derinde eller høre nogen lyde. Til venstre opdagede Irene en stor brændestabel. Hun lyste rundt om den med lygten og havde i brøkdelen af et sekund svært ved at begribe, hvad hun så. Strålen faldt på en stor, sort motorcykel, halvvejs skjult bag brændestablen. En Harley Davidson, Choppermodel. Bagtil sad der en stor boks, hvorpå et skilt meddelte: „This bike belongs to a Hells Angel – If you don't believe it, just try to mess with my bike!" Den motorcykel kunne efterlades ulåst selv i de mest berygtede slumkvarterer. Den ville stå sikkert. De fleste mennesker har vel lidt selvopholdelsesdrift.

Lynhurtigt slukkede Irene sin lommelygte, og Jimmy kom en brøkdel af et sekund efter. De stod ubevægelige og lyttede i mørket. Ingenting hørtes fra husene. Forsigtigt listede de forbi dem og bevægede sig, så stille de kunne, ind i skoven. For første gang velsignede de det kraftige uvejr, som drønede i trætoppene. Det blev til en forbundsfælle, når de trådte uforsigtigt på nedfaldne kviste eller snublede over forræderiske rødder og glatte sten. Til sidst kunne de ikke se lyset fra huset længere og vovede at standse for at tænde deres lygter.

Jimmy så bleg og sammenbidt ud. Regnen klaskede hans korte hår fladt ind til hovedet, og Irene var taknemlig for, at hun havde taget Katarinas baseballkasket på, inden de forlod bilen. Han lød oprørt, da han mumlede:

– Hvad betyder det her? En Hells Angels-bule! Herude i skoven?

Han var tydeligt rystet. Det var hun også, men forsøgte ikke at vise det.

– De lejer antagelig en af hytterne vinteren over, sagde hun og spillede uanfægtet.

Hun vendte sig om og fortsatte sin snublende vandring. Men hun havde svært ved at koncentrere sig om, hvad der lå foran dem. Det, som de lige havde ladt bag sig, føltes som en uventet og ubehagelig trussel. Selv om det næppe kunne have noget med Lillis og Bobos husmandssted at gøre, skal man aldrig ignorere Hells Angels. Til sidst tvang hun sig til at skubbe betænkelighederne til side og fokusere opmærksomheden fremad. Et svagt lys blinkede mellem træerne. Jimmi greb fat i hendes arm og gjorde tegn lidt skråt over mod skovbrynet. De var helt enige. En høj stendysse ville give et perfekt ly, samtidig med at de ville komme et stykke op og få et bedre overblik.

Fingrene var stive og valne af kulden. Da de skulle klatre op ad stendyssen, mistede hun grebet om en glat sten og rutsjede nedad. Knæet fik sig et ordentligt smæld, og håndfladerne blev skrabet. Men de var så stive af kulde, at det næsten ikke kunne mærkes. Da hun så op igen, lå Jimmy allerede sammenkrummet og kiggede i natkikkerten. Irene velsignede ham indvendigt, fordi han havde taget den med. Uden den ville de have været nødt til at kravle helt hen til huset. Nu lå de i cirka halvtreds meters afstand. Det føltes betydeligt bedre. Hun spejdede hen mod lyspletten og så, at det var en udendørslampe på en lille ladelignende bygning. Det lyste svagt i nogle små vinduer.

Jimmy lå ubevægelig så længe, at hun begyndte at blive utålmodig. Hun ville også kigge i det sjove stykke legetøj. Men hans anspændte hvisken, da han rakte kikkerten til hende, indgød hende bange anelser:

– Du tror, det er løgn. Kig i yderkanten af lyskeglen fra udendørsbelysningen.

Skyggen på kasketten var i vejen, så hun vendte den resolut om. Praktisk, eftersom det hindrede den iskolde regn i at løbe ned ad nakken.

Hun fumlede med at få kikkerten op til øjnene, spændte den på og så straks, hvad han mente. En stor motorcykel af Choppertypen stod parkeret ved lademuren. Da hun rettede kikkerten mod et af de små, oplyste vinduer, kunne hun se en stor, fed mand med langt, krøllet hår. Han stod og talte og gestikulerede til en, der var uden for deres synsvinkel. Selv om ingen kunne høre dem, hviskede hun:

– Jeg kan kun se én fyr, en fed, langhåret type. Men det er ikke Bobo Torsson. Så du andre?

– Nej. Kun Tyksakken. Og biken! Så du den? Hells Angels igen!

– Det er ikke den samme, som vi så ved sommerhusene?

– Nej, den her har ingen boks bagpå.

Det passede. Denne havde to mindre bokse på hver side af baghjulet. Den langhårede, fede mand gik rundt og talte til sin usynlige tilhører. En brøkdel af et sekund mente Irene at kunne skimte hovedet af en betydelig lavere person, men det gik så hurtigt, at hun ikke var sikker. Hun sagde lavmælt til Jimmy, uden at tage kikkerten fra øjnene:

– Jeg tror, at de er mindst to. Men hvad har de gang i?

– Ingen anelse.

En bevægelse yderst i højre side fik hende til at rette kikkerten derhen. Ophidset hvæsede hun:

– Der kommer nogen ud ad døren fra huset ved siden af! Det er vel selve beboelseshuset. Det er ikke Bobo Torsson. Ham her er også en læderklædt og langhåret type, men høj og mager.

– Underligt, at han ikke tænder udebelysningen? Jeg kan ikke se nogen.

– Ikke?

Irene fjernede kikkerten og så hen mod huset. Det var mørkt. Det var stadig kun lyset i laden, der kunne ses. Manden gik i mørke. Han var usynlig for alle uden natkikkert. Hun satte igen kikkerten for øjnene, bare for at se den magre forsvinde om bag laden. Hurtigt rettede hun den mod ladevinduet. Den kraftige afbrød bevægelsen og vendte sig med nakken til vinduet. Hun forstod, at den anden førte ordet nu, for pludselig blev den enorme mand helt ubevægelig og lod til at lytte anspændt. Det var meget tæt på, at hun havde tabt kikkerten af bar forskrækkelse, da han pludselig vendte sig helt om på hælen og spejdede ud gennem vinduet. Fornuften sagde hende, at han ikke kunne se dem, men hans ansigtsudtryk sagde alt. Frygten trængte med sine stive fingre ind i hendes krop, og hun formåede ikke engang at skjule det for Jimmy. Stemmen var næsten ikke hørlig, da hun hviskede med stivfrosne læber:

– Jimmy, de ved, at vi er her!

– Det er umuligt. Hvordan skulle de ...?

Tanken slog ned i dem samtidig. Sommerhusene. Motorcyklen bag ved brændestakken. De var alligevel blevet opdaget. Irene spurgte:

– Hvad er klokken?

Han trak jakkeærmet op og så på den selvlysende urskive.

– 17.10. Det er på tide at tage af sted.

De ravede ned af stendyssen. Irene stoppede op og begyndte at hale telefonen op af lommen. Hun tændte den, men lod den hurtigt glide tilbage igen. Hendes underbevidsthed havde hørt en lyd, men bevidstheden registrerede den for sent. Skoven omkring hende eksploderede i løbet af et tusindedel sekund i et stjerneskud for derefter at lukke sig om hende i et uigennemtrængeligt mørke.

Hovedet slingrede fra side til side, uden at hun kunne gøre noget ved det. Mat forsøgte hun at rejse sig op for at brække sig, men blev omtåget klar over, at det var umuligt. Hun hang op og ned. En stærk lugt af læder og sved stak i næseborene og forstærkede hendes kvalme. Instinktivt fortsatte hun med at være slap, bevidstløs i kroppen, mens hun fortvivlet prøvede at kæmpe mod svimmelheden og nå op mod bevidsthedens overflade. Hvad var der sket? Lidt efter gik det op for hende, at en enorm læderklædt mand bar hende slynget over skulderen. En Hells Angel bar hendes magtesløse krop, ligesom en slagter bærer et dødt dyr. Hans våde, lange hår slaskede mod den ene side af hendes ansigt. Forsigtigt lindede hun på øjenlågene. Hun hørte stønnen og heftige åndedræt til venstre for sig. Der var mindst to mere, og hun mente at forstå, at de bar noget mellem sig. Jimmy. Levede han? Gode Gud, sørg for at han lever! Aldrig tidligere i sit liv havde hun oplevet en så ren og uforfalsket dødsangst. Derfor behøvede hun ikke at spille ude af stand til at bevæge sig. Hun var totalt paralyseret.

En glasklar stemme hørtes pludselig gennem panikken inden i hende. Til sin forbløffelse genkendte hun stemmen på sin gamle jiu-jitsu-træner, der havde været død i næsten ti år. Til trods for sine fyrre år i Sverige havde han stadig haft en meget tydelig, amerikansk accent. Med sin tørre, rolige stemme sagde han: „Lad dem ikke forstå, at du er vågen. Spil bevidstløs. *Sonomama.* Husk *ukemi-wasa.* Hold hovedet ind, så du ikke slår det. *Mokuso.*"

Mokuso? Hvorfor skulle hun meditere nu af alle tidspunkter? Pludselig forstod hun det. Hun havde brug for at gå ud af kroppen for at frigøre sig fra den lammende skræk. Og kroppen måtte klare sig selv et stykke tid, den ville alligevel være bevidstløs. Hun så ind i sin forvirrede hjerne, fandt punktet og blev blidt suget op i *Yawara* og *Lyset.*

Den ene ansigtshalvdel lå i lerjord og iskoldt vand. Det boblede i det ene næsebor, når hun trak vejret, men hun bevægede ikke hovedet. Hendes krop havde husket *ukemi-wasa* og var faldet i fremstrakt sideleje. Hun opfattede, at der var flere personer rundt om hende. Det krævede en utrolig viljesanstrengelse at kunne koncentrere sig om, hvad de sagde og samtidig fortsætte med at spille bevidstløs.

– Hvad fanden gør vi med dem? Hvad er det for sataner?

– SIGSauer. Og kikkerten og telefonen. Tys tys ting. Jeg tror, de er strissere. Hvad fanden skulle I slå så hårdt for! Vi kunne i hvert fald have fået en del ud af skeden.

– Gutterne kunne da ikke se, at det var en skede! Hun er fandens høj, og så havde hun en kasket på hovedet.

– Men så knep dem da, for helvede!

Den sidste stemme kom som et chok for Irene. En ung pige. I et forvirret øjeblik fik Irene den idé, at det var en af hendes egne døtre. Forvildelsen gik over, og det lykkedes hende at ligge helt stille.

– Hold kæft, din luder! Hvis der er nogen, der skal kneppes, så er det dig!

Irene kunne høre mindst tre forskellige grin. Muligvis fire.

– Skal vi bære dem ind? Jeg er pissegennemblødt.

– Tag dem ind i laden.

Det kræver alverdens viljestyrke at hænge ledeløs mellem to Hells Angels. De slæbte mere end bar hende, hvorved hun slog hoften på den høje dørtærskel. Hovedet lod hun hænge slapt ned og prøvede end ikke at dirre i øjenlågene. Hun kunne høre bumpet, da de lod Jimmy falde ned ved siden af hende. Sandsynligvis levede han, eftersom de tog ham ind. Her var der tørt, men isnende koldt på gulvet. Til sin rædsel mærkede hun, at det var umuligt at skjule de kuldegysninger, der løb gennem hendes krop. Uden at kunne styre det, rystede hun af og til, men spillede stadigvæk bevidstløs.

– Væk dem.

Et kraftigt spark i siden. Hun kunne ikke holde en klynken tilbage, men skjulte den som en lav mumlen. Der hørtes hule dunk, da de sparkede på Jimmy, men fra ham kom der ikke en lyd. Efter endnu et spark følte hun, at det var på tide at ændre på forestillingen. Klynkende bevægede hun hovedet og mumlede usammenhængende.

– Skeden er ved at vågne op!

Trækninger i øjenlågene, se forvirret og omtåget ud. Sørge for at få et overblik. Fire læderklædte fyre og en lille, blond pige, også hun i læderdragt. Knapt en meter ved siden af hende lå Jimmy. Han var uigenkendelig af jord og blod, og ansigtet var opsvulmet. Han levede i hvert fald. Hans brystkasse hævede sig tungt op og ned, når han trak vejret.

– Hvad lavede du og narrøven dér på vores grund?

Det var den høje, magre, der stridslystent bøjede sig ned over Irene. Sikrest ikke at lyve. Ikke for meget. Hun var virkelig svimmel og havde svært ved at finde ordene, men hun gjorde sit bedste for at overdrive det. Hun snøvlede:

– Vi efterforskede ... narko ... politiet.

Hun lukkede øjnene og lod, som om hun igen faldt hen. En telefon kimede. En let linden af øjenlågene viste den tykke leder, som rådvild kiggede på telefonen, som han holdt i højre hånd. Den magre rev den til sig og foldede den ud.

Alle kunne høre en urolig kvindestemme sige:

– Irene? Det er Birgitta. Hvordan er situationen?

Han så først tøvende på Irene, men pludselig så han ud til at have bestemt sig og løftede telefonen op mod munden.

– Fuck you! skreg han.

Derefter foldede han den sammen og lyste op i et tilfreds grin.

– Nu fik møgkællingen noget at tænke over, sagde han tilfreds.

Lederen hentede bevægelsen op helt nede fra endevæggen. Knytnæveslaget kom som en forhammer og landede klokkerent på den andens hagespids. Fra Irenes perspektiv så det ud, som om han sprang med samlede fødder lige op i luften og bare forsvandt. Men af det bump der fulgte, forstod hun, at han var landet henne ved døren.

Den kraftige leder masserede knoerne, mens han brølede:

– Din dumme kraftidiot! Hvis det ringer i en strissertelefon, forstår du vel, at der også er en satans strisser i den anden ende!

Det glædede hende i sin sjæls inderste, at også et af udskuddene nu var gjort ukampdygtig. I hvert fald for et stykke tid

– For fanden! Hun sagde narkopolitiet! For helvede!

Den fede gik hen og huggede en tung MC-støvle ind i venstre side af hendes brystkasse. Det kvasede tørt, mindst ét ribben var brækket. Den stønnen der kom over hendes læber, var på ingen måde skuespil.

– Svar din forbandede smatso! Hvor længe har I kendt til stedet her?

– Ikke huske ... tip ... et tip.

– Var det den dér narrøv til Bobo, der kom med tippet? Svar!

Først blev hun så overrumplet, at hun næsten spilede øjnene op. Dér kom det! Der var en sammenhæng mellem Hells Angels og Bobo Torsson! Men hun fattede sig hurtigt igen og lod, som om hun var begyndt at tale i vildelse:

– Ved ikke ... ikke mig ... svarede.

– Kom tipset gennem telefonen?

– Ja.

– Hvornår?

Himmel og hav! Hvornår? Hvornår var det logisk? Hun måtte stole på sin intuition.

– I morges.

Lederen snappede heftigt efter vejret, inden han rasende skreg:

– Det forbandede røvhul! Han er stukket af med knapperne! Så sender han strissere efter os, når vi sidder herude med bar røv og nøgler! Jeg vidste, at man ikke kunne stole på den satans snobberøv!

Han rejste sig op og grublede over de nye facts, som Irene havde serveret for ham. Hun havde åbenbart gættet rigtigt. Det lod til at hænge sammen. Han så bistert ned på Irene.

– Du kan være allerhelvedes glad for, at vi har god tid. Men...

Han vendte sig om mod sine kumpaner. Også den magre havde rejst sig på rystende ben og kom vaklende hen imod dem. Et skadefro grin gled over hans snakkesalige ansigt, da lederen fortsatte:

– ...hvad gør en Hells Angel med alle forbandede strissere? Jo, sådan her!

Alle fire havde stillet sig på række. De trak lynlåsene ned på deres skindbukser og tog deres lem frem og begyndte at pisse, skiftevis over Irene og Jimmy. Den lille blondine lo, så hun hylede, slog sig på lårene og måtte støtte sig til væggen.

„Der sker ikke noget. Det er bare urin. Det her er løgn! Vi dør ikke af det. Gode Gud, lad det snart være overstået." Tavs gentog hun det for sig selv som en trylleformular for at holde hysteriet i skak. Lugten og det varme pis mod hendes ansigt fik hende til sidst til at brække sig.

Med ét var det slut. Lyset blev slukket, og de gik leende ud. Inden lederen smækkede døren i, vendte han sig om og sagde:

– Ikke noget med at åbne døren, hvis du vil leve lidt længere. Og det nytter heller ikke noget, for jeg sætter haspen på.

Sådan som hun havde det, ville hun ikke være i stand til at bevæge sig et godt stykke tid. Hun havde overhovedet ikke tænkt sig at gå hen og åbne døren. Den første følelse, da døren blev lukket bag banden, var en utrolig lettelse. De var væk. Hun kunne høre, hvordan de rodede og prustede med de tunge motorcykler i mudderet udenfor. De havde stået parkeret foran laden. Derfor havde hun og Jimmy ikke kunnet se dem fra udkigsstedet på stendyssen.

Pludselig gik det op for hende, at der var blevet fuldstændig stille udenfor. Med alle sanser spændt til bristepunktet satte hun sig op. Det gav et jag i det trykkede ribben, men hun lagde næsten ikke mærke til det. Forsigtigt rejste hun sig op. Så stille som muligt bevægede hun sig foroverbøjet og halvkrybende hen mod vinduet ved siden af døren. Vagtsomt kiggede hun op ved kanten af den smadrede rude.

I udkanten af lyscirklen fra den svage udelampe på væggen, kunne hun skelne konturerne af de fire motorcykler og skinnet fra læderdragterne. På kommando startede alle deres maskiner samtidigt. Tre begyndte at køre væk, men den fjerde blev tilbage. Irene nåede at opfatte, at han gjorde en kastebevægelse med armen, inden også han startede for fulde omdrejninger. Han kastede noget ind gennem den smadrede rude, og pr. refleks greb hun det i luften. Flere år som målmand i politiets damehåndboldklub sad i rygmarven. Den lille bold var overraskende tung. Det hjalp ikke at gøre sig nogen illusioner. En Hells Angel havde kastet den. Altså var det en håndgranat. De dybe furer bekræftede dét, hendes intuition allerede vidste. Uden overhovedet bevidst at tænke, slyngede hun den ud gennem vinduet igen.

Den hede trykbølge, da eksplosionen kom rullende, sved mod ansigtet gennem den smadrede rude. En magnesiumhvid lysbølge satte ild til mørket og hvælvede sig ud til alle sider. Det blændende lys trak alle sansefornemmelser til sig og efterlod hende sekundet efter i et koldt og mørkt vacuum. Braget gjorde hende først tunghør. Snart blev den totale stilhed erstattet af en kraftig smerte og en skinger, hylende tone, der skar i ørerne. For øjnene dansede der pletter i alle spekterets farver. Synsfeltet blev trukket sammen fra siderne, og en ny bølge af kvalme steg op fra mellemgulvet. Synet forsvandt, og hun blev blind. De ukontrollerede rystelser kom igen, men de skyldtes ikke kulden. Hun sank ned med ryggen mod væggen. Klynkende begyndte hun stille at bevæge sig hen mod det sted, hvor hun mente, at døren var. Omsider kunne hun mærke den gamle ladeports tørre planker under de sønderrevne fingerspidser. Hun fik døren op ved fortvivlet at kaste sig med hele sin kropsvægt ind mod den og sprænge den rustne træhaspe. Hun vaklede ud i regnen og faldt på knæ, satte sig på hælene, lagde hænderne let støttende mod overlårenes sider og lukkede øjnene. Hun gik ind i *Mokuso*, mens regnen spulede pisset væk.

I den stilling fandt de hende.

13

Hun havde ikke ligget på sygehus, siden hun fik tvillingerne.
Først protesterede hun mod at blive indlagt natten over, men en
bestemt og moderlig sygeplejerske forklarede roligt og sagligt:

– Du har fået et slag i nakken, som kan medføre blødning og
åndedrætslammelse. Du risikerer at dø, inden du når at komme
ind på et sygehus! Og det ønsker vi jo ikke. Her kan vi tjekke dig
hele natten og mærker straks, hvis der støder komplikationer til.
Enig?

Lidt foruroliget nikkede Irene. Straks gav det et jag i nakken.
Forsigtigt løftede hun isposen og mærkede på bulen. Stor som et
lille hønseæg. Øm. Hun var ør i hovedet og havde en smule
kvalme. Selv om det begyndte at blive bedre. Nu var hun mest
træt og ville bare sove. Men det ville vare lidt. Efter et varmt
brusebad kunne hun tage en ren sygehusskjorte på, som var lige
så erotisk og sexet som en affaldspose. Læger og sygeplejersker
løb ud og ind på stuen. De talte med hende for at kontrollere, at
hun ikke var ved at glide over i bevidstløshed, målte blodtrykket

og lyste med lommelygter i øjnene for at tjekke pupilstørrelsen. Da hun dristede sig til at spørge en finsk ung mand hvorfor, svarede han muntert:

– Hvis den ene pupil bliver større end den anden, så er løbet kørt!

Opmuntret af oplysningen besluttede hun bare at overgive sig. Hvis hun kunne få lov til at være i fred! Men det varede flere timer, inden hun udmattet kunne synke ned i en let og urolig døs. Hele tiden blev hun vækket af folk, der kom ind og tjekkede det ene eller det andet.

Inden da havde Sven Andersson og Tommy Persson været inde og tale med hende. Ingen af dem kunne skjule, at de både var bekymrede og lettede. Tommy gav hende et stort kram. Hun skreg op, men undskyldte sig med det samme:

– Undskyld, Tommy, men jeg er ét stort blåt mærke! Se!

Som en lille unge fremviste hun en blå, forslået skulder, hoften, forrevne hænder og knæ. Til slut sagde hun:

– Lægen mente, at ribbenet her er trykket, men ikke brækket. Jeg må tage det lidt roligt et stykke tid. Hvordan går det med Jimmy?

Tommy svarede alvorligt:

– Han er vågnet, men fik nogle betydeligt hårdere slag mod hovedet end du. Hvordan kan det være? Så de, at du var en pige, eller hvad?

– Nej, det tror jeg ikke! Det var baseballkasketten, der dæmpede slaget. Jeg havde sat den omvendt, så skyggen lå ud over min opslåede jakkekrave. Det kunne vel ikke ses i mørket, men de var vist lige så hårde mod mig som mod Jimmy. Han måtte også tage imod nogle spark mod hovedet, da vi var inde i laden, sagde Irene dystert.

Derefter fulgte en svær tid, hvor hun blev nødt til at prøve at huske alt, hvad der var sket, og hvad der var blevet sagt. Kommissæren blev synligt interesseret, da hun fortalte, at Bobos navn var blevet nævnt.

– Han er stukket af med knapperne. Så sender han strisserne efter os, når vi sidder herude i bar røv og nøgler. Noget i den retning sagde den tykke fyr.

Hun fik en følelse af, at Andersson var ved at eksplodere af tilbageholdte hemmeligheder, men at han tog sig i det på grund af Tommys skarpe blik. Og hvad så? Hun skulle tids nok få det at vide. Sove. At kunne sove og slippe for at tænke på dét, der var sket. Så kom tvillingerne og Krister ind ad døren, og alt blev ét virvar af tårer og knus. Den moderlige sygeplejerske, der åbenbart var hendes personlige skytsengel, havde lovet dem ti minutter, selv om lægen havde frarådet alle besøg og stærke sindsbevægelser. Irene prøvede at lyde frisk:

– Ha! Stærke sindsbevægelser! Efter det, jeg har været med til i dag, er alt mindre end 7,5 på Richterskalaen at betragte som fredfyldt!

Andersson blinkede til Krister.

– Hun kommer sig.

Irene så, hvordan Tommy sendte Jennys hueklædte hoved et langt blik. Da Krister forsigtigt krammede hende og kyssede hende på kinden, hviskede hun i hans øre:

– På onsdag kommer Tommy hjem til aftensmad. Sørg for, at Jenny er hjemme.

Krister så forundret ud, men nikkede blot. Katarina sendte dem et mistænksomt blik.

– Hvad hvisker I om? spurgte hun.

– Hvor lykkelig jeg er for at have jer. Og at jeg kommer hjem i morgen.

Krister smilede, men den bekymrede rynke i panden var usædvanlig dyb.

– Sygeplejersken sagde, at du nok får lov til at komme hjem i morgen. Jeg kommer og henter dig. Jeg tager fri hele dagen i morgen. Har byttet vagt med Sverker. Og så har de sikkert fået bilen op af grøften, sagde han.

– Grøften? Bilen?

– Den var gledet ned i mudderet ved grøften, dér hvor du parkerede den. Men kranbilen vil trække den op. Alt er under kontrol. Mange slik fra Sammie. Og fra os.

En ny kyssefest, og derefter kom Skytsenglen og fik alle ud. Trætheden skyllede ind over Irene, og hun ville bare synke til bunds og hvile. Men søvnen blev overfladisk og urolig.

Inden Irene forlod sygehuset, ville hun hilse på Jimmy Olsson. Krister havde haft rent tøj med. Til sin lettelse slap hun for at tage på sygebesøg i sygehustøjet. Det viste sig, at Jimmy lå på den samme afdeling. Skytsenglen viste hende hen til den rigtige stue.

Forsigtigt bankede hun på og åbnede døren på klem. Jimmy lignede en karikaturtegning. Men det her var i allerhøjeste grad alvor, og Irene mærkede struben snøre sig sammen af medfølelse. Hun humpede ind på stuen. Han var vågen, og hans eneste synlige øje lyste op, da han så hende. Det andet var skjult bag et kompres. Hovedet var bundet ind i et huelignende gazebind, hvorigennem man kunne se diverse kompresser. Højre hånd var omviklet med et elastisk bind, der holdt en plasticskinne på plads. I venstre arm sad der et drop. Det, der var at se af ansigtet, var opsvulmet og rødblåt. Men stemmen lød glad.

– Halløj, Irene! hujede han.

– Selv halløj!

Hun lagde sin hånd over hans uskadte venstrehånd og kunne ikke finde på andet end at klappe den lidt opmuntrende og ubehjælpsomt. Der sad en stor klump i halsen, som ikke ville synkes. Hun prøvede på ikke at vise det, og det lykkedes hende at få sagt i en nogenlunde let tone:

– Nu ved du, hvordan det er at arbejde sammen med en fra drabsafdelingen. For slet ikke at tale om at udvide sine holdninger og sit kontaktnet. Nærkontakt med Hells Angels!

Han begyndte at grine, akkurat som hun havde håbet, men måtte hurtigt dæmpe sig.

– Satans! Det gør ondt, når jeg griner, sagde han med en grimasse.

Angergiven klappede hun hans hånd igen og spurgte:

– Hvordan går det med hjernerystelsen?

– Jo tak, nu har jeg noget at lægge skylden på for eftertiden. Helt ærligt, så har jeg det ikke særlig godt. Hovedpine. Jeg må nok blive her et par dage. Ved du, om der er sket noget ude i Billdal?

– Nej. Ikke andet end at de måtte bjerge min bil op af grøften. Men det gik fint. Hvis jeg orker det, skal jeg ned på stationen og kigge på fotografier i eftermiddag.

– Af Hells Angels-medlemmer?

– Nemlig. Kan ikke påstå, at jeg ser frem til at gense deres smukke åsyn, men samtidig vil jeg gerne have kløerne i dem!

– Godt! Vent på mig, for jeg har også et regnskab at gøre op.

Nu blinkede der en rød flamme i bunden af det ene synlige øje. Effekten var uhyggelig mod den omgivende rødblå hævelse. Hun forstod ham. Også hun gik rundt med et sort hul i sjælen, hvorfra stemmerne hviskede: „Hævn! Dræb! Oprejsning!" Forbudte og meningsløse tanker. Sådan ville det aldrig blive. Hvor gjorde man af de følelser, som stemmerne fra hullet talte om? Hun tog sig sammen og tvang sig til at smile.

– Jeg kommer tilbage i morgen og fortæller, hvad der er sket med opklaringen. Se nu at komme til hægterne.

Hjemme blev der vilde glædesscener med Sammie, og han fik også en kort tissetur, mens Krister lavede frokost. Hun havde fået lov til at ønske, hvad hun ville. Det blev pasta med gorgonzolasauce og tomat- og basilikumsalat. De talte hele tiden om alt muligt undtagen om gårsdagens hændelser. Hun orkede det ikke. Det sorte hul var for stort, stemmerne for krævende. Krister forstod og talte om noget andet:

– Hvad var det for noget med, at Tommy skal spise til middag her i morgen?

– Han reagerede utrolig voldsomt, da jeg fortalte om Jenny. Han vil tale med hende. Snakkede en masse om alles ansvar, og at alle skinheads er vores børn. Søde Krister, vi lader ham takle det der med Jenny! I hvert fald kan det ikke blive værre. Han er faktisk den eneste politimand, jeg kender, der arbejder aktivt inden for Amnesty. Han er så engageret. Det ved du også godt. Du har jo kendt ham lige så længe, som du har kendt mig.

Han nikkede samtidig med, at han noterede sig, at hun spiste usædvanlig lidt. Han så granskende på hende i smug. Normalt pulserede det af energi omkring hende, men nu var den skruet ned og sat på vågeblus. Vitaliteten og kraften var svækket. De havde kendt hinanden i seksten år, men aldrig før havde han set dette hos hende. Det var meget foruroligende.

Telefonen ringede. Det var Sven Andersson. Han ville vide, hvordan hun havde det, og om hun kunne klare at komme ned til stationen.

– Jeg kører dig, min ven. Og du ringer bare, når du vil hjem igen, så henter jeg dig, sagde Krister.

Indvendigt tænkte han, at det sikkert var godt, hvis hun fik noget andet at tænke på. Skønt det at sidde og glo på fotografier af dem, der havde mishandlet hende for mindre end et døgn siden, var nok ikke den allerbedste distraktion.

Kommissæren og Tommy ventede på hende. Foran dem på bordet lå ringbindene med forbryderregistrene, men de var ikke slået op. Andersson klappede på et af ringbindene og sagde:

– Vi snakker lidt først. Der er sket meget det sidste døgn. Ikke mindst for dig. Hvordan har du det?

– Tja, sådan lidt la la. Jeg var vist heldig. Det er værre for Jimmy, svarede Irene.

– Jeg talte med sygehuset for en time siden. Han kommer sig godt, men han skal blive der mindst et døgn til. Nej, nu skal vi tale om den her forbandede, rodede opklaring. Som sagt, der er sket en hel del. Vi har for eksempel fået hele narkoafdelingen sat på Billdal. Først fik vi den lille skid til assistent, så vil hele styrken tage over!

– Kære Sven. Kald ikke Jimmy for „den lille skid til assistent".

– Hm. Det viste sig, at den internationale afdeling i flere måneder har efterforsket en MC-bande i Göteborg, som mistænkes for at smugle masser af stoffer ind via Holland og Danmark. De her sataner er tilknyttet Hells Angels. Det lader til

at være den bande, som du og Jimmy kom ud for. Kalder sig…
„Ded skvadron nr. ét".

Hun forstod, at det drejede sig om „Death Squadron No. 1".
Uden at grine sagde hun:

– Gad vide, om de kan stave til det. Hvad har man fundet ude
ved husmandsstedet i Billdal?

Tommy tog ordet:

– Faktisk en hel del. Et mindre krater efter granaten, som du
fortalte om i går. Døren til selve husmandsstedet var brudt op. Vi
fandt nogle pizzakartoner og tomme øldåser inde i køkkenet. I
det lille soveværelse var der en seng, og oven på den lå der en
helt ny dunsovepose. På gulvet lå der en plasticpose og en
kvittering fra Allsport på Södra vägen. Kvitteringen var dateret
til i fredags. Et tjek i dag hos personalet i sportsforretningen har
vist, at det var Bobo Torsson, der var inde og købe den.

– Kanongodt! Men bær over med én, der lige har fået et hårdt
slag i hovedet: hvad betyder alt det her? von Knecht? Pirjo og
mordbomben? Lillis, Bobo og Hells Angels?

Både kommissæren og Tommy Persson så intenst på hende i
lang tid. Til sidst sagde Tommy:

– Og det bliver endnu mere rodet! Vi vidste det i går, men
ville ikke sige noget til dig på det tidspunkt. Du måtte jo ikke
blive oprevet. Bobo Torsson er død.

– Er Torsson død? Fortsæt, inden jeg falder om!

– Kan du huske bilbomben på parkeringspladsen ved
Delsjöns golfbane tidligt i går morges?

Var det virkelig i går? Det føltes som flere år siden, men hun
nikkede for at vise, at hun hang på. Hun begyndte at ane, hvad
Anderssons tilbageholdte ophidselse under gårsdagens
sygebesøg var kommet af. Dramatisk sagde Tommy:

338

– Teknikerne har fundet ligrester, blandt andet en finger. Fingeraftrykket viser, at det var Bobo Torsson, der sprang i luften! Samt at bilen viste sig at være Torssons bil.

Hun spekulerede vagt på det, hvorfor kommissæren hurtigt fik flettet ind:

– En rød Toyota Corolla.

– Giv mig kraft og styrke! Irenes eneste, men spontane kommentar.

Andersson tog ordet og nikkede samstemmende:

– Jaa, det sagde jeg også! Herre Gud, sagde jeg. – Hvordan skal vi få hoved og hale på det her? Men nu passer det narkoafdelingen at slutte sig til opklaringen. Hvilket ærlig talt er heldigt, for det her begynder at gå helt ud af kontrol!

– Hvad var det for en bombe? spurgte Irene.

Tommy overtog rapporteringen af oplysninger.

– En rørbombe. Meget tyder på, at den har ligget i en dokumentmappe, og at den blev sprængt, da mappen blev åbnet. Jernrøret, som det plastiske sprængstof lå i, er af samme type som det på Berzeliigatan, men af betydeligt mindre kaliber.

Svante mener, at rørtypen er interessant. Det er gamle, brugte afløbsrør i forskellige mål. Moderne rør er lavet af plast, så de duer ikke til at fremstille bomber af.

– Ved vi noget om, hvad Bobo havde sammen med Hells Angels?

– Nej. Om fredagen køber han en sovepose og smutter ud til sommerhuset. Han forstod vel, at vi ville snakke med ham om overfaldet på Birgitta. Derefter ved vi ikke, hvad han har foretaget sig lørdag og søndag. Men mandag morgen, på slaget 6.00, blev han sprængt ihjel af en bombe i sin bil!

Irene så lige så forvirret ud, som hun følte sig, da hun spurgte:

– Tyksakken troede, at Bobo var stukket af med knapperne! Hvilke knapper, spørger jeg mig selv. Så gik det op for ham, at Bobo havde sladret og sat os på sporet ud til Billdal. Mens „de sad og ventede med bar røv og nøgler", som han udtrykte sig. Hvad mente han med det?

Tommy trak på skuldrene.

– Godt spørgsmål. Jeg har ikke noget godt svar. Vi ved, at MC-banden ikke havde været på Bobos husmandssted i længere tid. Højst nogle timer. Til gengæld har vi fundet masser af spor i de to sommerhuse nogle hundrede meter væk, som du snakkede om i går. De har åbenbart holdt til dér et par dage. Undersøgelsen kører, men nu er det narkoafdelingen, der tager sig af den. Men én ting ved vi. Nemlig, hvordan de vidste, at I kom.

– Det vil jeg gerne høre!

– De havde sat en alarm op ved vejen. Skjult den i brændestablen. Da I brød strålen, gik alarmen inde i huset.

– Men hvorfor?

– Min teori er, at de ville advares på forhånd, hvis nogen dukkede op, fordi der var ting og sager i gære, der absolut ikke måtte ses af udenforstående. Nu har jeg i og for sig svært ved at forestille mig nogen aktivitet inden for Hells Angels, som det er meningen at udenforstående skal se. Bortset fra når de drøner rundt i store bander på deres kværne og ser skrækindjagende ud i al almindelighed.

Det havde ikke været megen nytte til at slukke lamperne og blindt snuble rundt i mørket af frygt for at blive opdaget. Det var de allerede, da alarmstrålen blev brudt. Igen overmandede den totale følelse af magtesløshed hende. Hun forsøgte at beherske sig og sagde sagligt:

– Vi kunne altså være blevet slået ned allerede ude ved sommerhusene. Hvorfor blev vi det ikke?

– De ville sikkert vide, hvem I var. Det er dumt at skyde og mishandle lokalbefolkningen. Giver altid anledning til en masse ballade!

– Jeg tror, jeg må have lidt kaffe, inden jeg ser mine Hells Angels i øjnene. Selv om det bare er på billeder.

Hun og Tommy gik hen efter tre krus kaffe fra automaten. Alt sammen for at udskyde fotokonfrontationen. Pludselig slog en tanke ned i hende:

– Tommy, har I forhørt Lillis om det her?

– Om! Spørg Andersson!

Hans munterhed vakte visse forudanelser hos hende, som blev bekræftet af kommissæren:

– Den tåbe er ikke rigtig klog! Vi arresterede ham i går aftes. Der var tre fyre fra narkopolitiet og Fredrik Stridh fra os. Da havde vi i tre timer vidst besked om, at det var Bobo Torsson, der var blevet sprængt ihjel i bilen ved golfbanen. Da fyrene ringede på Lillis dør, blev den slået op, som om han havde stået og holdt i dørhåndtaget! Han råbte noget om „Din forbandede fotonørd ...“ Og så blev han tavs, da han så kollegerne. Først stillede han sig op og gloede, men senere begyndte idioten at rable en masse af sig! Men han var påvirket af et eller andet, han slog mest ud i den tomme luft. Hvilket jo var et forbandet held for vores gutter. Til sidst blev han lagt ned og fik håndjern på. Men det var et helvede at få ham med ind i bilen! Lige efter at vi var kommet fra sygebesøget hos dig, tog jeg hen for at forhøre den hæderlige tobakshandler.

Andersson afbrød sig selv og tog en ordentlig slurk kaffe. Det var ikke meget at styrke sig med, men han så ud til at trænge til det, inden han fortsatte:

– Han nægtede at svare. Sad bare og stirrede lige ud i luften. Til sidst tænkte jeg, at jeg måtte ruske op i ham. „Hør lige her, ved du, at Bobo er død?" sagde jeg. Han fortsatte bare med at stirre. Efter cirka to minutter, da jeg havde gentaget dette, at Bobo var død, flere gange, så tog fanden ved ham! Han sprang på mig og prøvede at tage kvælertag! Vrælede som en anskudt gorilla! Det var heldigt, at Tommy var med mig inde i forhørslokalet, ligesom Bertil fra narkoafdelingen. Og der kom en del andre farende. Der blev ikke mere forhør i går aftes. I morges prøvede vi igen. Med et løjerligt reslutat.

– Hvad for et „løjerligt resultat"? ville Irene vide.

– Klokken 9.30 i morges gik jeg og Tommy ind til ham i forhørslokalet. Der sidder Lillis Johannesson, samfundets fjende nummer ét, pæn og ren, nybadet og barberet. Da vi kommer ind, siger den satan: „Undskyld mig for i går, kommissær. Men det var et sådant chok for mig, da du sagde, at Bobo var død. Jeg kunne ikke tro det." Og så så han på mig med verdens mest oprigtige mine. Jeg blev bragt helt ud af fatning. Jeg sagde vel: „Det er i orden" eller noget lignende. Så siger han: „Undskyld, men hvordan døde Bobo?" Og uden at tænke nærmere over det, fortalte jeg om bomben i mappen og alt det der. Siden da har Lillis ikke åbnet munden.

– Ikke sagt noget?

– Ikke et forbandet ord! Vi har knoklet i flere timer. Nytteløst.

– Det var sært.

– Sært! Det er som fand ... den!

Det sidste ord lavede han hurtigt om, eftersom en kort banken på døren blev efterfulgt af, at døren blev åbnet. Statsadvokat Inez Collin gjorde sin entré og fyldte det lille lokale med sin autoritet og duften af Chloé. Hun var slank og næsten lige så høj som Irene. Det lange, blonde hår var sat op i en stram fletning. Frisuren og de højhælede pumps til den mørkegrå dragt gjorde, at hun virkede endnu højere. Hendes makeup var diskret, men den stærkt røde silkebluse og hendes velformede negle havde samme farve. Hun smilede og sagde:

– Goddag. Undskyld, at jeg kommer og afbryder jer, men der er lidt problemer med Lars Johannesson.

Andersson nikkede og sagde imødekommende:

– Goddag. Der har altid været problemer med Lars Johannesson.

– Javel. Det drejer sig om hans anholdelse. Efter hvad jeg forstår, er der ingen grund til at begære anholdelse af Johannesson?

– Det er ikke så fan... så let at anholde nogen, når man ikke ved, hvilken forbrydelse, han har begået. Bare, at han har begået én!

– Korrekt. Men indrøm, at der ville opstå problemer, hvis vi begyndte at frihedsberøve alle, der opfyldte det kriterium. Desværre kunne jeg ikke komme i formiddags, da I afhørte Johannesson. Jeg har lige været henne og prøve at tale med ham. Han svarede ikke. Det eneste, han sagde, var: „I kan ikke holde mig her. Jeg har ikke gjort noget kriminelt." Mit spørgsmål er: Har han det?

– Men selvfølgelig har han det!

– Hvad? Har vi beviser på en forbrydelse? Er der nogle grunde til anholdelse?

Andersson begyndte langsomt at antage sin uklædelige, tomatrøde kulør. Behersket sagde han:

– Han og fætteren Bobo Torsson havde noget lusk for!

– Hvad?

– Vi ved det ikke! Noget med Hells Angels ude i Billdal. Narkosager!

Inez Collin hævede diskret de markerede øjenbryn og spurgte:

– Ved vi, om Johannesson havde noget med MC-banden at gøre? Beviser?

– Bobo havde.

– Men du ved ikke, om Johannesson havde nogen forbindelse med dem? Altså ingen beviser.

– Han havde anpart i husmandsstedet! Sammen med Torsson!

– Ikke meget bevis. Jeg afventer en begæring om varetægtsfængsling. Vi prøver at holde på ham i fem dage. „Hindring i opklaring af forbrydelse" eller „risiko for fjernelse af bevismateriale" eller lignende. Men begynder en sagfører at råbe op, får selv jeg svært ved at motivere det. Inden fire døgn vil jeg have en konkret mistanke om forbrydelse at holde Lars Johannesson op på. Ellers må vi løslade ham. Vi må prøve at holde daglig kontakt et stykke tid. Jeg er også med i sagen om bomben, der dræbte Bo-Ivar Torsson. Ledelsen mente, at det var praktisk. Nu skal jeg ikke forstyrre jer længere. Undskyld, at jeg afbrød.

Hun vendte sig om for at gå igen. Hun stoppede op lige ved døren og henvendte sig igen til kommissæren:

– Nå, ja, apropos ledelsen. Politimester Bergström småpralede af, hvor velinformeret han var om von Knechtsagen.

Jeg pressede ham lidt for, hvordan han kunne være det. Så kom det frem, at han har bedt dig „om at være venlig at aflevere fortløbende underhåndsrapporter". Så sagde jeg til ham, at alle „underhåndsrapporter" herefter skal komme via mig og ikke belaste de allerede hårdt trængte kriminalfolk. Bare så du ved, hvad jeg har sagt. Hej så længe!

Hun svævede ud ad døren i en duft af Chloé.

Tommy sniffede luften ind og sukkede:

– Hvilken kvinde!

– Jaa!

Kommissærens tilslutning lød overbevisende, men Irene anede, at deres bevæggrunde ikke var de samme. Blæse være med det, nu kunne det ikke udskydes længere. Modvilligt trak hun det nærmeste ringbind hen til sig og begyndte at bladre. Men billederne flød bare sammen for hendes øjne, og uden at hun kunne holde det tilbage, kom spørgsmålet:

– Hvor lang tid har man?

– Hvad? Tid? Tag så lang tid som du har brug for, sagde kommissæren generøst.

Irene kunne ikke gøre for det, men det lød som et råb om hjælp, da hun protesterede:

– Nej! Ikke billedidentifikationen! Den tid man har, fra sikringen på håndgranaten udløses, til den eksploderer!

Stilheden blev lang og ubehagelig. Til sidst sagde Andersson:

– Tænk ikke på det. Det hele endte jo godt.

– Nej! Det endte overhovedet ikke godt. Jeg er gået i stykker! Rent sjæleligt!

Andersson så usikkert på hende. Var hun ved at bryde sammen? Kvindfolk kunne måske ikke klare så barsk en omgang? Men Irene var en garvet politikvinde, som havde været med ved mange vanskelige situationer. Han havde ikke før set denne reaktion hos hende. Rådvild sagde han:

– Hvad mener du? Hvorfor?

– Hvorfor? Følelsen af at være totalt udleveret til de dér idioter! Magtesløsheden! Slået bevidstløs og afvæbnet, mordforsøg med håndgranat! Pisset på og fornedret! Og vi kunne ikke gøre noget. Jo, én ting gjorde jeg. Kastede granaten ud igen gennem vinduet. Og det er det, der ustandselig kører rundt i hovedet på mig. Hvad var der sket, hvis jeg havde kastet den forkert? Tænk, hvis jeg ikke straks havde grebet den? Tænk, hvis den var trillet af sted ind i huset? Jeg kender svaret på de spørgsmål, men kan ikke slippe dét her: hvor lang tid har man?

Tommy rejste sig og gik hen til Irene. Til Anderssons overraskelse bøjede han sig ned og slog armene om hende. Han lænede sit hoved mod hendes og sagde lavmælt:

– Fire sekunder. Han kastede granaten lige efter, at han havde afsikret den, uden at beholde den i hånden lidt. De fik jo travlt, han var vel stresset. Det var derfor, du nåede det. Kastet bør have taget mindst et halvt sekund. Træk det fra de oprindelige fire og et halvt. Du havde højst fire sekunder.

– Hvis han ikke havde kastet med det samme, havde jeg ikke nået det!

– Nej, Irene. Så havde du ikke nået det.

Tommy holdt stadigvæk om hende, men hun følte ingen trøst og varme. En isnende kulde piblede ud af det sorte hul, og stemmerne ekkoede op fra dybet: „Så havde du ikke nået det! I havde været døde. I burde have været døde! Ingen kan nå det på under fire sekunder. Fire sekunder!"

Andersson vred sig utilpas.

– Men tænk nu ikke på det, der ikke skete! Hæng dig nu ikke i det, vi må videre i opklaringen. For pokker, Irene, du er jo en heltinde og reddede Jimmys liv! Og dig selv. Den slags får man medalje for.

Han rejste sig op. Tommy havde sluppet sit tag om hendes skuldre. Kommissæren gav et lille kejtet klap på hendes ømme skulder. Hun fór sammen, men sagde ikke noget.

Tommy så spekulativ på sin chef og sagde:

– Sven, du var jo ven med Olle „Armstrong" Olsson?

– Jo da. Vi arbejdede sammen i ti år som patruljebetjente. Derefter tog jeg inspektøruddannelsen og endte på drabsafdelingen, mens han blev hundefører. Han elskede sine bæster ...

Han afbrød sig selv og så længe på Tommy.

– Jeg forstår, hvor du vil hen, sagde han kort.

Han rømmede sig og vendte sig mod Irene.

– Irene, dét her skete for tyve år siden. Min gamle ven Armstrong arbejdede som hundefører. En fandens dygtig fyr. Han blev kaldt Armstrong, fordi han elskede jazz. Men det er uvæsentligt. Olle og hans hund blev kaldt ud til en tyverialarm på Obs, ude i Hisings Backa. Det er jo et stort supermarked, så Olle slap hunden løs, som man plejer. Hunden fik færten af et spor og stak af. Der smældede et skud, og da Olle, uden at tænke sig om, fór efter, så han hunden ligge blødende. Han stod bomstille med sin trukne pistol i hånden. I det øjeblik mærkede han, hvordan et pistolløb blev presset ind i nakken på ham og fik den gamle kliché i øret: „Smid pistolen!" Han gjorde, som han fik besked på. Der var to tyveknægte, den ene tog hans pistol, og så stak de af.

Kommissæren tav og fik et bistert udtryk i ansigtet. Ordene lod til at komme langt borte fra, da han fortsatte:

– Der skete ikke mere. Bortset fra, at hunden døde, og Olle holdt op som politibetjent.

Han tav, og Irene følte modvilligt, at hun gerne ville vide mere. Derfor spurgte hun:

– Holdt op som politibetjent? Hvad gjorde han så?

– Blev skilt, flyttede til Örebro og blev bilforhandler. Han giftede sig igen efter nogle år.

– Ses I stadig?

– Nej. Vi sender julekort. Det er vist nok femten år siden, vi sås.

Tommy bøjede sig ivrigt frem mod hende.

– Man får et knæk af at blive afvæbnet og udleveret. Det gælder enhver, der bliver udsat for det. Du behøver ikke at føle dig knækket på nogen måde. Det er en naturlig reaktion.

Irene så stadig på Andersson, da hun spurgte:

– Hvorfor hjalp I ham ikke?

– Hjalp? Hvad mener du?

– Hjalp ham med at fortsætte som politibetjent?

– Men for … han brød jo sammen! Hvad skulle vi gøre? Han ville ikke selv mere!

– Det er det, jeg mener. Hvorfor hjalp I ham ikke med at ville komme tilbage.

– Han ville ikke have hjælp! Vi er sgu da heller ikke psykologer!

– Nej. Men venner.

Han blev målløs og gloede vredt på hende. Hvad var det for en mani, der var faret i alle kællingerne på afdelingen? Det var meningsløst at fortsætte den her diskussion. Han prøvede at tage sig sammen og glatte ud:

– Jeg forsøgte bare at sige, at vi forstår, at det er hårdt at komme ud for ... den slags, som du er kommet ud for. Og du har venner og kolleger omkring dig, som støtter dig. Det ved du. Gå nu hen og identificér de forbandede bæster, så vi kan fange dem!

Han henvendte sig til Tommy og gjorde en bevægelse hen mod døren.

– Vi går ind og tager en dyst med Lillis igen. Vi må skiftes og udmatte ham. En af os kommer herop om lidt, Irene. Forhåbentlig er det til den tid lykkedes dig at finde nogen, du genkender.

Andersson slog det første ringbind op og bankede opfordrende på det første blads billeder. Irene sukkede modvilligt, men begyndte at bladre.

Inden der var gået en time havde hun identificeret Tyksakken og Den Magre.

Vred og svedig kom Andersson dampende ind på kontoret, hvor Irene sad med to fotoplastlommer foran sig på skrivebordet. Hendes arme hang tungt ned langs siderne, og blikket var rettet mod den døde hængeplante i vinduet. Men udenfor var der mørkt, der var intet at se. Hun drejede hovedet i hans retning og nikkede sløvt mod de to plastlommer på bordet. Stemmen var træt og tonløs, da hun sagde:

– Disse to. Den Magre hedder Paul John Svensson, født i 1964, og Tyksakken hedder Glenn „Hoffa" Strömberg, født 1959. Han bliver kaldt Hoffa, fordi han er vicepræsident i Hells Angels. Paul Svensson har ikke nogen grad. Men et digert synderegister. Ligesom Hoffa.

– Godt, at vi kommer videre på én front! Den forbandede Lillis gør mig vanvittig! Det eneste, han siger, er: „Jeg har ikke gjort noget kriminelt.I er nødt til at løslade mig." Men for det meste sidder han bare stille og fniser.

Oprørt slog han sin knytnæve i den anden håndflade, så det bragede i lokalet. Det gjorde formodentlig ondt, for han gentog det ikke. Noget afreageret og beroliget satte han sig på sin skrivebordsstol. Han samlede de to plastlommer op og studerede dem nøje. Tilfreds sagde han:

– Det her er nogen slemme knægte. Du fandt ikke de to andre?

Hun rystede på hovedet.

– Nej. Når jeg tænker efter, så sagde de vist ikke noget i al den tid. Underligt. Jeg er næsten helt sikker på, at det var én af dem, der smed granaten, sagde hun eftertænksomt.

– Du har ikke set et billede, der minder om dem?

– Nej. Men jeg kan dårligt nok huske, hvordan de så ud. Tyksakken og Den Magre er imidlertid ætset ind i min hjerne. Paul John, født 1964. Tror du, at hans mor var vild med Beatles, eller?

Det bankede let på døren, og Birgitta Moberg kom ind. Hun hilste glad på Irene, forhørte sig om situationen og var almindeligt deltagende. Indtil hendes blik faldt på billederne. Hurtigt hev hun dem til sig og lo højt:

– Jaså, lille Paul dukker også op her! konstaterede hun.

De to andre så forbavsede ud. Andersson kom først til sig selv.

– Kender du den satan?

– Ikke personligt. Men på papiret. Det her er den gut, der kørte på hellen ved det mislykkede bankrøveri i Kungsbacka.

– I 1982? Sammen med Lillis! udbrød Irene.

– Netop. Som kørte forbi afkørselsvejen til …

– …husmandsstedet i Billdal! Hurtigt snuppede kommissæren plastlommen til sig igen.

Han stirrede iltert på fotografierne, som om han prøvede at hypnotisere dem til en tilståelse. Arrigt fnyste han:

– Nu brænder tampen igen! Det er et berøringspunkt, en begyndelse! Vi må have sandheden ud af Lillis!

– Konfrontér ham med, at vi kender til det dér berøringspunkt. Han tror måske ikke, at vi kan forbinde ham med Hells Angels, foreslog Birgitta.

– Det værste er, at det kan vi heller ikke! Ikke endnu. Vi må informere narkoafdelingen. De er ude i Billdal og afhører folk i omegnen for at få fat i eventuelle vidner, som kan have set Lillis sammen med svinene fra Hells Angels. Får vi bare fat i én, så kan statsadvokaten udfærdige en arrestordre til ham. Jeg vil have Lillis under opsyn i den her forbandede sag!

– Men det har vi jo haft siden i fredags. Ifølge vores gutter har han kun været i forretningen og lidt rundt omkring Berzeliigatan. Ingen udflugt til Billdal, påpegede Birgitta.

– Det er rigtigt. Men han kan have ringet. Han kan have haft telefonkontakt med dem, forsøgte kommissæren.

Birgitta havde svært ved at tilbageholde et suk, da hun svarede:

– Der er nok ikke noget, vi kan bevise. Der er ingen telefon på husmandsstedet. Nej, vi må skaffe beviser for, at Lillis er indblandet i alt det her. Ellers må han løslades på fredag.

De to andre vidste, at hun havde ret. Pludselig følte Irene, hvor frygtelig træt hun var.

– Jeg må vist ringe efter Krister nu. Klokken er snart 17.30, og min stakkels, mørbankede krop og hjerne skriger efter sengen, sagde hun.

14

Krister kom og hentede Irene ved stationen. Et kort øjeblik
lykkedes det hende alligevel at døse hen i bilen, men det var også
al den søvn, hun fik. Da de kom hjem, bestormede pigerne
hende med spørgsmål om begivenhederne ude i Billdal. Hendes
svar var undvigende og censurerede. Til sidst undskyldte hun sig
med, at hun var for træt, bare for at komme væk fra
samtaleemnet. Inden nyhederne klokken 22 gik hun i seng. Hun
følte sig mindst af alt søvnig, men det var en flugt fra det, hun
endnu ikke kunne tale om. Krister anede, hvordan hun havde det
og krøb stille ned ved siden af hende en time senere. Han holdt
om hende i lang tid, og hun mærkede hans varme krop mod sin.
Normalt plejede det at vække lyst og længsel, men nu kunne end
ikke hans varme tø kulden i hende op. Da han så småt rullede
over i sin seng og faldt i søvn, begyndte hun at svede i stedet for.
Det var umuligt at ligge stille. Lagnet lå som en fugtig snoning
under hende, og hver eneste muskel og led i kroppen værkede.
Ved 4-tiden opgav hun forsøget på at falde i søvn. Hjernen

spillede gang på gang scenerne fra laden, både dem, der virkelig havde fundet sted og dem, som kunne have fundet sted. De hånlige stemmer svøbte sig om hendes hjerne i et gråt, uigennemtrængeligt spindelvæv. Det var umuligt at finde *Punktet*, hvorfor *Lyset* forblev uopnåeligt. Der lå en uigennemtrængelig hindring, og hun kendte dens bestanddele: rædsel og angst.

Som nattens timer langsomt slæbte sig af sted, følte hun mere og mere tydeligt, at det ikke var muligt at flygte fra sig selv. Det sorte hul var ved at opsluge hende. Hun måtte gå ind i det og drive de hviskende stemmer ud af sin iskolde, klæbende og tågeindhyllede glemsel. Hun måtte besejre sin indre fjende. Hun var sin egen *uke*.

I den store, mørkeblå polititaske pakkede Irene en termokande med kaffe, tre stykker mad, rene trusser og en ren *gi*. Det sidste var vigtigt. Ingen gamle, uvedkommende dufte måtte distrahere koncentrationen. Gennem sveden i træningstøjet ville hun få at vide, hvad det havde kostet hende at drive dæmonerne ud.

Klokkerne i Den tyske Kirke slog fem, da hun parkerede uden for træningslokalet nede ved Hamnkanalen. Der var mørkt og stille. Der kørte kun få biler, og hvinet fra en sporvogn hørtes ensomt og fjernt. Hun fik den rigtige nøgle ud af nøgleknippet og låste op.

Den velkendte duft af svedigt træningstøj og linimenter slog imod hende og fremkaldte en svag rislen af glæde op langs rygraden. Det måtte ses som et godt tegn. Med faste skridt gik hun ind i omklædningsrummet og klædte om. Det føltes trygt at tage den grove bomuldsdragt på og binde det sorte bælte om.

Dojoen lå hensunket i dybt mørke. De højtsiddende vinduer lukkede et sparsomt skær fra gadelygterne udenfor ind. Døren til omklædningsrummet lod hun stå åben for at få lidt mere lys ind. Ude i selve *dojoen* tændte hun ikke loftslampen, men gik derud og satte sig midt på måtten. Hun sad på hælene, med hænderne løst hvilende på lårene og blikket lige fremad. Da hun mærkede *Mokuso* nærme sig, lukkede hun øjnene og kiggede indad. Der var tomt og mørkt. Stemmerne hviskede, men hun hørte ikke længere helt så tydeligt, hvad de sagde. Hun nærmede sig Punktet, hvor Bruces' rolige stemme med den amerikanske accent kunne høres gennem dæmonernes hvæsen. Hans stemme flød ind i hende, og hun hørte, hvordan han opmuntrende sagde: „Okay, baby. Din fantastiske *kata*, dengang du graduerede til sort bælte, tredje *dan*."

Hun mærkede sorgen og savnet efter ham og blev forbavset over styrken i sine følelser. Det, som hun mente at være kommet over, var der stadigvæk. *Mokuso* blev dybere, og hun fortsatte med at søge *Punktet*. Ånden begyndte at få kontakt, og pludselig mærkede hun, hvordan hun blev fyldt af en sprudlende, varm kraft. Hun blev vægtløs og blev af kraften båret op mod *Lyset*. Kraften gennemskyllede hendes ømme muskler og led, rensede hendes træthed og smerte væk.

Som i trance rejste hun sig op, stadig med lukkede øjne. I begyndelsen bevægede hun sig langsomt, men efterhånden som *kataens* rytme greb hende, blev bevægelserne hurtigere og kraftigere. Hun åbnede øjnene og så *uke* – en halvt gennemsigtig tågeskikkelse med langt hår ned til læderjakkens ryg og et hånligt grin om munden.

For en udenforstående så det ud som ballet med en ufattelig avanceret koreografi. En kyndig tilskuer ville se en dygtig jiu-jitsumester, som i rasende fart gik igennem *Sandan-kata*, kombinationer med *uke, tski* og *geri-wasa*. En indviet ville også undre sig over, hvorfor hun ikke havde nogen modstander. Men hun havde en modstander. Rasende slog hun ud mod *uke*. I begyndelsen lød hans latter hånlig, men hun havde *Kraften* og blev opfyldt af *Lysets* nærhed.

Udmattet sank hun sammen på måtten. Sveden løb over hele kroppen. Hun mærkede dens saltsmag i munden, og hvordan den silede mellem brysterne og balderne. Brystkassen hævede sig, og hun følte et let ubehag fra sit trykkede ribben. Men *Kraften* og *Lyset* strømmede i hendes krop, og derfor var smerten endnu ikke generende.

Langsomt ebbede *Kraften* ud af hende, hun rullede rundt og så op i loftet. Ville det sorte hul åbne sig, og stemmerne begynde at hviske igen?

Alt var stille. Kun *Lyset* lå stadig og pulserede i mellemgulvet, og hun følte stilhed og fred. Hun var kommet igennem.

Irene fandt dem inde i konferencerummet. Klokken var lidt i otte, men hun kom ikke sidst. Jonny Blom manglede, men kunne dukke op når som helst. Han havde ringet og meddelt, at han var punkteret uden for Åby. Kommissær Andersson tog ordet:

– Vi starter uden Jonny. Dejligt at se, at du er kommet til kræfter, Irene. En god nats søvn er fanden tage mig den bedste medicin!

– Jeg har det bedre. Men mørbanket og radbrækket. Og jeg har ikke sovet helt godt. Senere i eftermiddag agter jeg at køre op og hilse på Jimmy, og så tager jeg hjem, svarede hun bestemt.

Andersson hævede øjenbrynene en anelse. Han kommenterede ikke det, hun havde sagt, men fortsatte:

– Okay. Først skal jeg meddele jer, at liget efter fyren, der brændte inde på Berzeliigatan, er fundet. Det kunne tages ud ved hjælpe af skyliften. Så vil narkopolitiet gerne have et møde i morgen klokken 13.00. De har åbenbart en masse undersøgelser i gang samtidigt, men det lader til, at nogle tråde løber sammen med det her Hells Angels-halløj. Hans, du havde fået fat i nøglerne.

Borg nikkede og prøvede uden større held at kvæle en gaben, inden han begyndte at aflægge rapport. Med træt stemme indledte han:

– Mister Minit ved Domus på Avenyn lavede et komplet sæt nøgler til Richard von Knecht i begyndelsen af august i år. Han bestilte dem selv og stod og ventede, mens de blev fremstillet. Derfor kan fyren, der lavede nøglerne, huske, at det var von Knecht. Han stod der jo et godt stykke tid. Desuden er ... eller var ... han en kendis. Men han fik ikke lavet nogen ekstranøgle til garagen eller bilen. Han må naturligvis have haft en ekstranøgle til Porschen. Den er ikke engang et år gammel. Klart at han fik en reservenøgle med til en Porsche! Ved I, hvad sådan én koster?

Andersson sukkede:

– Mere end du og jeg nogensinde får råd til. Vi må opsnuse noget mere om de her forbandede nøgler. Irene, du må tage kontakt med Sylvia von Knecht og spørge hende, hvilke grunde hun mener, at Richard von Knecht havde til at få lavet et ekstra nøgleknippe. Vi ved, at han havde et reservenøgleknippe til Porschen og garagen. Det ledte han selv efter ugen inden, han blev myrdet. Henrik von Knecht ved måske mere om det?

– Måske. Men han stak af til Stockholm tidligt i går morges for at indkøbe antikviteter på diverse auktioner.

Andersson lo højt og sagde med en blinken:

– Håber, at han gør nogle fund. Han kan godt trænge til lidt nyere møbler.

Midt i den almindelige smågrinen, dukkede Jonny op. Højrød i ansigtet stressede han ind og satte sig på en ledig stol. Forpustet sagde han:

– Undskyld. Jeg punkterede, og det forbandede reservedæk var fladt! Jeg fik et lift med en hyggelig fyr hen til en benzintank, så jeg kunne pumpe det op. Bagefter kørte han mig også tilbage.

– Tjekker du ikke dækket af og til? Jeg gør det med jævne mellemrum. Cirka hveranden måned, sagde Hans Borg.

For en gangs skyld var Borg interesseret. Biler var hans store interesse og lidenskab.

Jonny slog irriteret ud med hånden og svarede:

– Er du gal. Det er den slags grej, der bare er der og følger med. Sommetider husker man at tjekke, men for det meste glemmer man det. Hvem er interesseret i reservedæk?

Det gav et sæt i Irene. Hun sagde eftertænksomt:

– Det er Charlotte von Knecht.

– Er hvad? spurgte Jonny.

– Interesseret i reservedæk. Ifølge sælgeren, Robert Skytter, var reservedækket det sidste, de tjekkede på hendes nye Golf, inden hun kørte.

– Jaså, javel ja. Fedt, at nogen tager sig af det. Men jeg har en masse andet at tænke på. Det føles uvæsentligt at tjekke luften i reservedækket, lige til den dag man har brug for det. Og så er det for sent!

Det passede udmærket med Irenes eget forhold til sit reservedæk. Indtrykket af Charlotte var ikke netop, at hun var den ordentlige type, som kontrollerede alting på forhånd. Hun viftede nok snarere med sine guddommelige øjenvipper, når det kneb. Vips kom der en gentleman ilende den skønne til undsætning. Var der lidt „rønnebærrene er sure" i de her tanker?

Måske, men livet havde lært kriminalinspektøren, at det ikke var de praktiske piger i uldne bukser og gummistøvler, der fik de mandlige beskytterinstinkter til at vågne. Det var først og fremmest de små, værgeløse liv i højhælede pumps og chiffonkjoler, som mænd kastede deres frakker over mudderpølene for. Selv gik hun aldrig med høje hæle. Og den eneste chiffonkjole, hun nogensinde havde ejet, havde tvillingerne hurtigt konfiskeret og klædt sig ud i.

Andersson spurgte:

– Fredrik og Jonny. I har ikke opdaget nogen aktivitet hos Lillis i weekenden, som kan tyde på nogle kontakter med Billdal?

Begge rystede på hovedet som svar. Skuffet snerrede kommissæren:

– På fredag må vi kunne give Inez Collin en grund til varetægtsfængsling! Jonny, du må prøve at forhøre Lillis i dag. Birgitta, har du fundet noget mere interessant om Bobo eller Lillis?

– Det er ret besværligt hvad angår Bobo. Både ham selv, hans lejlighed og hans fotoateliér er jo sprængt i luften. Jeg må se på det, der er. Vi har ikke mere end de tre anholdelser, jeg har talt om tidligere. Konklusionen er naturligvis, at han har haft med stoffer at gøre i mange år. Narkoafdelingen mener, at han mest har dealet, men selvfølgelig har han også selv taget en del. Det ved vi jo, at dømme efter hans optræden, svarede Birgitta.

Hun afbrød sig selv, og en mørk skygge gled over hendes ansigt. Men den forsvandt hurtigt, og hun fortsatte:

– I dag kører jeg op til Vänersborg og taler med Bobos mor. Hun blev utrolig ked af det, da hun hørte, at Bobo var død. Men da jeg ringede til hende i dag for at aftale tid til et møde, spurgte hun, om jeg troede, at det tog lang tid, inden man får forsikringspengene udbetalt!

Forsikringspenge? Hvem havde tidligere sagt noget om forsikringspenge? Irene kunne ikke huske det, men mente, at det var Sylvia. Hurtigt notat på kollegieblokken: „S.v.K. Skifte lås? Forsikringspenge?"

Kommissæren nikkede og så eftertænksom ud.

– Er der nogen, der har prøvet at få fat i hans far?

– Nej. Han er subsistensløs dranker. Jeg har ikke brugt så meget tid på ham, sagde Birgitta.

– Hannu, det lyder som en opgave for dig.

Hannu nikkede. Andersson spurgte ham:

– Har du fundet ud af, om Pirjo havde kørekort?

– Ja. Hun har aldrig haft et.

– Spurgte du datteren, om hun kendte noget til nøglerne?

– Ja. Pirjo havde ingen. Richard von Knecht udleverede sine nøgler, når de skulle ned i affaldsrummet. Alle døre mod gården er låste.

– Man skal altså have nøgle for overhovedet at komme ud af gården?

– Ja.

– Det bestyrker mig i min overbevisning om, at vores morder havde det ekstra nøgleknippe. Men hvordan fik Pirjo fat i det?

– Muligvis om onsdagen.

Andersson betragtede afdelingens eksotiske indslag. Langsomt nikkede han.

– Hun kom til lejligheden onsdag formiddag. Du mener, at hun kan have snuppet det i et ubevogtet øjeblik. Det er ikke umuligt!Hans, du tager dig jo af nøglerne, spørg teknikerne, om der er en chance for, at Pirjo kom ind i lejligheden i løbet af onsdagen. Og hør lige, om de så et nøgleknippe ligge og flyde et eller andet sted.

– Hvilke teknikere var der onsdag formiddag?

– Det var Ljunggren og Åhlén.

Borg nikkede, men noterede ingenting på sin rene, blanke blok.

Irene stillede et spørgsmål til Hannu:

– Hannu, ved Pirjos børn, at hun er død?

– Ja. De fik det at vide i går. Socialkontoret har taget hånd om dem nu.

Hans stemme var dybt alvorlig, og hun forstod, at han var mindst lige så berørt af de stakkels børns skæbne, som hun selv var.

Birgitta rømmede sig og fik et stædigt udtryk i ansigtet. Hårdt sagde hun:

– Jeg tror stadig, at Pirjo blev lokket af nogen til at gå hen til Berzeliigatan. Måske under påskud af, at det var nemt at stjæle nu, hvor Richard von Knecht var død.

Ingen sagde noget, men flere nikkede samstemmende.

– Men hvorfor var det så vigtigt, at kontoret på Berzeliigatan blev sprængt i luften? ville Irene vide.

Det var endnu et spørgsmål, som ingen havde noget svar på.

Tommy Persson viftede med næven i luften.

– Sent i går aftes fik jeg fat i damefrisøren i huset. Hendes kompagnon lå hjemme og var forkølet, derfor var hun alene i salonen onsdag aften. Hun så Pirjo ankomme! Da jeg beskrev Pirjos udseende, vidste hun bombesikkert, at hun havde set hende minutterne inden, det bragede.

Kommissæren afbrød ham:

– Hvorfor har hun ikke ringet og fortalt os om det?

– Ifølge hende selv blev hun så chokeret over branden, at hun glemte det. For øvrigt havde hun ikke set eller hørt noget unormalt om onsdagen. Da jeg spurgte, om hun havde set nogen usædvanlige besøgende i dagene inden branden, sagde hun noget, som er ret tankevækkende: „Der var altid en masse underlige typer, der skulle op til den der fotograf. Han er jo ret kendt, men jeg bryder mig ikke så meget om ham." Bemærk lige, at hun jo intet vidste om, at offeret ude i Delsjön var Bobo Torsson. Jeg fortalte hende det heller ikke. Da jeg spurgte, hvorfor hun ikke brød sig om Torsson, kom det frem, at han havde været inde hos hende og prøvet at foregøgle hende en fremtid som fotomodel, hvis hun bare gjorde, som han sagde. Han lovede guld og grønne skove. Men det her er en dame med ben i næsen, hun bad ham skride. Det interessante er, at han havde spurgt både hende og kompagnonen, om de ville købe stoffer. Han sagde, at han kunne skaffe lige, hvad de ønskede sig.

Tommy holdt en pause, brækkede sin Mariekiks i tre stykker og puttede dem ét for ét i munden. Hvert stykke skyllede han ned med en lille slurk kaffe. Efter udført ritual fortsatte han:

– Afhøringen af den dame, der boede neden under von Knechts kontor, bekræfter mange af damefrisørens oplysninger. Det blev en kort samtale. Hendes mand er meget dårlig på grund af sit hjerteinfarkt. Hun fortalte, at der var kommet en del underlige mennesker rendende hos Bobo Torsson. Og nogle vilde fester havde holdt hele huset vågent til ud på de små timer. Jeg spurgte nærmere om fredag nat, om de havde hørt noget fra von Knechts lejlighed ved ettiden. Først kunne hun ikke huske noget, men lidt efter kom hun i tanke om, at det var den nat, hun var vågnet ved, at nogen gik op og ned ad trappen. I hvert fald tre gange, sagde hun. Men hun kunne ikke sige med sikkerhed, om hun havde hørt noget særligt fra von Knechts lejlighed.

Kommissæren lyttede med spændt interesse. Endelig begyndte der at ske noget på Berzeliigatan. Ivrigt sagde han:

– Det bekræfter det, vi i forvejen ved. Han var pusher. Men sikken en uforsigtig satan: at spørge folk i sit eget hus! Var det derfor, det var så vigtigt, at huset sprang i luften? Hvad var det, der skulle ødelægges, som vi ikke måtte se? Stoffer? Fremstilling af stoffer?

En eftertænksom tavshed fulgte efter kommissærens sidste sætning. Hannu rettede sig op i stolen og bad om ordet:

– Nej. Fremstilling af stoffer lugter. Hvis der skal være nogen sammenhæng i det hele, var bomben anbragt der i næsten fire døgn. Det var von Knecht, der skulle sprænges i luften.

– Men om onsdagen havde han jo allerede været død i et døgn!

– Men ikke fredag nat. Da levede han. Da bomben blev lavet.

Farven begyndte at stige op i Anderssons kinder, og han stirrede måbende på Hannu.

– Det skulle altså dreje sig om to forskellige mordforsøg på von Knecht?

– Ja.

– Vil det sige, at vi har to mordere?

– Måske.

– Så den, der smed von Knecht ud fra balkonen, kom bombemorderen i forkøbet!

Irene så undersøgende på Hannu. Eftertænksomt sagde hun:

– Der kan faktisk være noget i det dér ræsonnement. Morder nummer ét rigger bomben til på Berzeliigatan fredag nat og går så og venter på, at von Knecht skal komme derop og sprænge sig selv i luften. Men Richard von Knecht blev forkølet og gik ikke derop hverken mandag eller tirsdag. Om tirsdagen spiste han frokost med Valle Reuter. Og tirsdag aften blev han myrdet af nummer to! Uden at have sat sine ben i kontorlokalerne i flere dage! Men den, der har lavet bomben, ved, at den er der, klar til at eksplodere, så snart nogen åbner døren. Der er ikke nogen køkkentrappe op til lejligheden, så han kan ikke komme ind ad bagvejen og desarmere bomben.

– Hvordan fik han ståltråden på udløsningsmekanismen over på håndtaget til yderdøren? ville Birgitta vide.

– Han må have stået på ydersiden og trukket den tynde ståltråd igennem ved hjælp af en lang krog. Det må have været meget nervepirrende og ikke noget, som han havde lyst til at gentage. Det ville være alt for risikabelt. Hvad gør han? Jo, han sender et ubetydeligt kryb som en finsk rengøringskone, svarede Irene bistert.

– Bombefremstilleren ved altså ikke noget om, at Pirjo har tre børn?

– Måske er han ligeglad.

Igen gav den beregnende ondskabs kolde tilstedeværelse Irene en afskyelig fornemmelse op langs ryggen. Hun så, hvordan både Tommy og Birgitta ubevidst skuttede sig. Pludselig kom hun til at tænke på, at Jonny sad usædvanligt stille. Hun kastede et blik i hans retning og så, at han var fordybet i grublerier. Som om han havde hørt hendes tanker, bad han om ordet.

– Jeg sidder og spekulerer. Hvem og hvorfor? Hvad siger man om Lillis? Han er en ufølsom sjover, kender én, måske flere Hells Angels og har beskæftiget sig med stoffer sammen med sin fætter Bobo. Og han kan sikkert lave en sådan djævlebombe. Der er sandsynligvis en gør-det-selvbeskrivelse på Internettet!

Kommissæren gav ham entusiastisk ret:

– Lillis? Ja, det kunne være fællesnævneren. Men hvorfor? Hvorfor myrdede han von Knecht?

– Det var måske den anden, der myrdede von Knecht! Hannu sagde jo, at der kunne være to.

– Den anden ... drage en anden ind...! Hvorfor myrdede den anden morder så von Knecht?

Tavsheden var svar nok. Andersson sukkede tungt.

– Den forbandede sandhed er, at vi ikke kommer ud af stedet i von Knechtsagen! Vi ved en masse om familien og deres slægt og venner, men har ikke noget motiv til mordet. Ingen svar på spørgsmålet om hvorfor. Og hvor kommer Lillis ind i billedet omkring von Knecht? Var det Lillis, der sprængte sin fætter i luften? Næppe, eftersom det ikke lod til, han kendte noget til mordet på Bobo, da han blev afhentet til forhør. Jeg tror, at vi kører rundt i det gale spor. Hells Angels, Bobo og Lillis er en sag for sig selv, som vi og narkopolitiet må løse sammen. I selve von Knechtsagen må vi tage en ny tørn. Prøve at begynde forfra og gennemgå alle de facts, som vi har samlet sammen. Tjekke alle iagttagelser og vidneudsagn en gang til. Hvis det nu var Lillis, der smed von Knecht ud, så må nogen have set ham. Den fyr går ikke i ét med tapetet!

Irene begyndte at mærke den gnavende tomhedsfølelse, der altid dukker op i en sag, som ikke kan løses hurtigt. Tjekke og dobbelttjekke alle vidneudsagn. Og tjekke igen, hvis man ikke falder over noget nyt. Rutinearbejde. Men det er sådan, man opklarer forbrydelser.

Fredrik begyndte at gøre sig klar til sit referat. Han slog sin blok op og hostede let, inden han begyndte:

– Ingen i kvarteret siger, at de har lagt mærke til nogen person tirsdag aften, der har set så mistænkelig ud. Nu var det regnfuldt og mørkt, men klokken var jo kun 17.30. Ingen rapporter om, at nogen har set Lillis. I det kvarter havde han helt sikkert set iøjnefaldende ud. To meter høj og lige så bred! Han ser selvfølgelig skummel ud, lige meget hvor han end befinder sig. Men vi skulle måske spørge rundt i huset en gang til? Plus at vi kan opdatere Bobos signalement. Han var næsten lige så høj, men mager. Også et udseende, som folk burde kunne huske.

Kommissæren nikkede adspredt og sukkede:

– Jaja, spørg du bare. Men jeg tror ikke, at det giver en disse. Men vi bør tjekke. Måske var det Bobo eller Lillis, der smed von Knecht ud. Men der er ikke det mindste bevis for, at Lillis havde noget sammen med Richard von Knecht, eller at de overhovedet har mødtes. Og ikke et eneste rygte om handel med stoffer omkring von Knecht. Jeg tror næppe, at Lillis og Bobo var begyndt at spekulere i aktier!

– Du har en pointe dér, chef. Men vi kan få nogle nye ledetråde på fredag. Nu er det endelig lykkedes dem at få ryddet op, så de kan begynde at trænge ind i huset og bore von Knechts pengeskab fri af væggen. Det er svært, for der en kælder under huset. De må bygge forstærkning op nedefra. Ellers kan det jo ikke lade sig gøre at køre ind med skyliften og Lullen. Det er tunge maskiner. De skal jo helst ikke ryge ned i kælderen! Det hele tager nok en dag eller to, afsluttede Fredrik sin rapport.

– Okay, Tommy, Fredrik og Jonny må lægge en strategi og afhøre Lillis. Han skal grilles! Imens lader I von Knecht-delen ligge og koncentrerer jer om stoffer og Hells Angels. Birgitta, du er ikke faldet over nogen sammenhæng mellem Lillis og den der vicepræsident ... hvad fanden er det for titler, de idioter giver hinanden?

– Vicepræsidenten Glenn „Hoffa" Strömberg. Nej, jeg er ikke stødt på nogen endnu. Titler, tja, der er alle mulige grader. Der er én, som er våbenansvarlig, én, som er ansvarlig for, at der altid er mad og sprut i klublokalet og så videre. Længst nede i hierarkiet står pigerne. De har slet ingen grader, sagde Birgitta tørt.

Jonny fniste og sagde:

– Et velordnet samfund, hvor skederne kender deres plads og funktion!

Andersson sendte ham et mørkt blik, så han ikke fortsatte sin udlægning af den sociale struktur inden for Hells Angels. Et sted i kommissæren dæmrede en vag uro for, at det lige så godt kunne have været Jonnys Volvo som Bobos Toyota, som den gamle dame i Birgittas trappeopgang havde set. Han skød bestemt tankerne væk.

Birgitta bed kæberne sammen, tog sig imidlertid ikke af Jonnys kommentar, men fortsatte tilsyneladende uanfægtet:

– Vi får mere at vide fra narkoafdelingen i morgen. Men jeg skal se, om jeg kan finde forbindelsen mellem Lillis og Hoffa.

Resolut slog Andersson håndfladen i bordet.

– Nej, nu går vi i gang! Får I noget af interesse frem, så er jeg her til i aften.

Alle rejste sig og traskede af sted til deres respektive arbejdsopgaver. Irene trak Tommy til side.

– Velkommen til middag klokken 18. Jenny er hjemme. Og det er risikofrit. Krister står for maden.

Irene blev overrasket, da Sylvia von Knecht var hjemme og tog telefonen. Men Ivan Viktors havde jo sagt, at han ville tage tilbage til København søndag aften. Sylvia ville vel ikke sidde alene ude i Särö. Uden større entusiasme gik Sylvia ind på at lade hende komme og stille nogle spørgsmål ved 11-tiden.

Irene prøvede at komme i gang med sin rapport om, hvad der var sket ude i Billdal, men det gik trægt med at få begyndt. Hun ringede til Krister, og de aftalte, at hun skulle hente ham efter sit besøg hos Jimmy. Hun drak resten af kaffen i termokanden og kiggede ud. Det var opholdsvejr, og en bleg sol sejlede mellem skyerne. Seks plusgrader. Den rene hedebølge i sammenligning med de sidste ugers temperaturer. Hurtigt besluttede hun sig for at spadsere op til Molinsgatan. Det ville tage lige den gode halve time, der var til klokken 11, hvis hun gik langsomt. Hun tog sin skindjakke på og gik ud.

Trafikken var tæt, og luften var tung af udstødningsgasser. Hedens store fodboldarealer lå sumpede og forladte hen. Hun krydsede Södra vägen og travede op ad Kristinelundsgatan. Et blik på tøjforretningernes eksklusive vinduesudstilling mindede hende om, at hun skulle købe en ny jakke. Den, som blev overpisset i Billdal, havde hun allerede smidt væk, uden overhovedet at have prøvet at vaske den. Den skindjakke, hun havde på nu, var for varm. Oppe ved Kungsportsavenyn standsede hun op og kiggede på KappAhls vinduesudstilling, mens hun lidt diskret knappede jakken op. Det sidste stykke skråede hun gennem Vasaparken. Bag universitetet så hun en flok unge mennesker. Midt i gruppen stod der en høj, farvet fyr. Rundt om hans hoved strittede glinsende, sammensatte rastafletninger. Irenes hjerte gjorde et ekstra hop. Var der en form for lyssky handel i gang? Men alt åndede total harmoni. Ugenert og fuldkommen åbent udleverede rastafyren små poser og fik krøllede og håndsvedige sedler tilbage af de unge. Ecstasy til weekendens rave-party, måske.

Hvad adskilte Bobo Torssons og rastafyrens stofdealing? Miljøet, nåede hun frem til. Røgede natklubber og trendy in-steder ændrer ikke ved den kendsgerning, at det er stoffer, der sælges og købes. Og at køberne er afhængige af stoffer, hvilket de alle ihærdigt benægter. Det var med sorg, hun så på de unge. Nogle prøvede bare af nysgerrighed, blev skræmte og holdt straks op. Men flere af dem ville sikkert sidde fast i et misbrug. Det ville lykkes nogen under store vanskeligheder at komme fri af deres afhængighed. Men de ville alle blive nødt til at leve med det, der var sket under deres misbrug.

Hun skrev sig dealerens udseende bag øret for at rapportere det, når hun kom tilbage til stationen. Narkopolitiets afdeling for ulovlig gadehandel vidste sikkert, hvem han var.

Sylvia von Knecht så træt og hærget ud. For første gang så hun lige så gammel ud, som hun var. Af en eller anden grund gik hun rundt i en enorm, grå ulden trøje, strikket med et smukt snoet mønster. Faktisk havde hun cowboybukser på, hvilket i høj grad forbavsede Irene. Det så ikke ud, som om hun havde orket at rydde op endnu efter den tekniske undersøgelse. Alt så ud, som det havde gjort, da Irene var der sidst. Store blomsterbuketter var stillet her og der i lejligheden med kondolencekort.

Blomsterduften var tung og gav en forudanelse om den forestående begravelse. Der var en ram undertone i vellugten fra blomstervandet, som trængte til at blive skiftet.

De gik op til det luftige bibliotek og slog sig ned i den skønne lædersofagruppe. Sylvia bed nervøst i en flækket negl. Hun løftede sit usminkede ansigt og så på Irene. Med spinkel stemme sagde hun:

– Kan du tænke dig. Jeg savner ham sådan! Hver gang det ringer, eller en mand ler udenfor på gaden, så tror jeg, at det er ham. Sommetider får jeg den idé, at han vil træde ind ad døren og fornøjet le ad, hvordan det er lykkedes ham at narre alle. Jeg har hans trøje på. Den dufter ... ham.

Hun hulkede højt og lod sit hår falde ned foran ansigtet. Irene vidste ikke rigtigt, hvordan hun skulle få det hele bragt på bane. Hvordan var det med Ivan Viktors? Hun besluttede at begynde med nøglerne.

– Vi har fundet nøgleknippet. Og Pirjo, sagde hun indledende.

Aviserne ville på pressemødet senere på eftermiddagen få kendskab til, at offeret på Berzeliigatan var Pirjo. Man havde ikke talt om det før, af „efterforskningstekniske grunde". Sylvia fór sammen og sagde skarpt:

– Har I fundet nøgleknippet! Hvem havde det?

– Det sad i døren på Berzeliigatan. I døren til kontoret.

– For pokker da osse! Her har jeg skiftet låsen til lejligheden for over to tusind kroner til ingen nytte! Hvorfor kunne I ikke have ringet tidligere om det! Gudskelov har jeg ikke nået at få skiftet oppe på Kärringsnäset!

– Vi var ikke sikre på, at det var de rigtige nøgler ... af opklaringstekniske grunde.

– Og Pirjo! Hvor har den sjuske været henne? Jeg vil have, at hun kommer herop omgående!

– Desværre. Hun er død. Hun blev sprængt i luften ved eksplosionen på Berzeliigatan for en uge siden.

Det var grusomt og brutalt åbenhjertigt, men Irene ville se, hvordan Sylvia tog det.

– Du ... du lyver ... det kan ikke...

Effekten var forfærdelig. Sylvia krummede sig sammen og skrumpede ind for øjnene af Irene. Endnu engang havde Sylvias arrige og let hysteriske opførsel provokeret Irene til at begive sig alt for langt ud på den tynde is. Desperat prøvede hun atter at få dem nærmere land. Udglattende sagde hun:

– Det har taget nogle dage med identifikationen. Hun var så totalt brændt. Vi fik fat i tandrøntgen og takket være...

– Hvad lavede hun på Berzeliigatan?

Sylvias stemme lød stædig og afspejlede en tydelig frygt. Hun var bange. Det havde hun ikke vist, da hendes mand blev myrdet. Men nu var hun skrækslagen, på grænsen til panik. Irene forsøgte at lyde rolig, men alligevel autoritær.

– Det ved vi ikke. Det er et af de spørgsmål, jeg havde tænkt mig at stille dig. Først og fremmest spekulerer vi på, hvor hun fik fat i ekstranøglerne. Hvis jeg har forstået dig ret, så anede du ingenting om det her ekstra nøgleknippe?

– Nej, jeg kendte ikke noget til ekstra nøgleknippe. Ud over det, vi har her.

– Vi har fundet ud af, at nøglerne blev fremstillet sent i sommer. Det var Richard selv, der var hos Mister Minit på Avenyn og fik dem lavet.

Sylvia trak vejret heftigt. Øjnene var helt blanke. Hun undgik at se på Irene nu. Følelsen af, at hun vidste eller anede noget, forstærkedes hos Irene.

– Jeg ved ingenting om de dér nøgler, sagde Sylvia bestemt.

Stemmen lød mere sikker, men hun måtte presse hænderne hårdt sammen for at hindre dem i at skælve. Irene følte, at hun endnu ikke kunne slippe grebet om Sylvia. Her var noget. Hun pressede lidt på og omformulerede spørgsmålet:

– Du har altså ingen anelse om, hvad han skulle bruge nøglerne til, eller om han gav dem til nogen?

– Nej.

Hun løj. Hun løj! Men Irene turde ikke begive sig ud på isen igen. Ikke endnu.

– Den bombe, som sprængte huset, detonerede, da Pirjo åbnede yderdøren til din mands kontor. Døren åbnede hun med nøgleknippet. Vi fandt hende bag ved døren, sagde hun i et neutralt tonefald.

– Men aviserne skrev om en ung mand, der savnedes?

– Det er rigtigt. Han blev fundet i går, lidt længere oppe i husruinerne. To mennesker døde i branden.

Sylvia rejste sig op af sofaen og begyndte planløst at gå rundt i rummet. Hele tiden vred hun sine hænder og sukkede stille. Hun var utrolig rystet, det var Irene klar over. Men hvorfor? Hvis hun vidste, hvem der havde fået nøglerne, burde hun vel fortælle det? Irene prøvede igen:

– Du har ikke den mindste mistanke om, hvem der kan have fået nøglerne?

– Nej, har jeg sagt!

Det bragede og knagede i isen. Det var bedst at søge ind til mindre farlige områder.

– Kendte du nogen af de andre beboere i huset på Berzeliigatan?

En hovedrysten til svar.

– Genkender du navnet Bo-Ivar, eller Bobo, Torsson?

Sylvia rynkede øjenbrynene og så faktisk ud til at tænke sig om.

– Det lyder bekendt. Vent lidt ... det var den fotograf, der lejede lejlighederne oven over Richards. Han er en gammel bekendt af Charlotte, sagde hun.

Irene blev så paf, at hun fuldstændig tabte tråden. Men det lykkedes hende at tage sig sammen til et nogenlunde neutralt toneleje, da hun spurgte:

– Gammel bekendt? Hvordan?

– Hun arbejdede for ham som fotomodel. Det blev vist ikke til så meget med det at være model. Det bliver det ikke med noget, som Charlotte foretager sig.

– Havde Torsson allerede sit fotoateliér på Berzeliigatan, da Charlotte arbejdede sammen med ham?

– Nej. Hun anbefalede ham til Richard. Richard syntes, at det var praktisk at have den samme lejer i begge lejligheder.

– Hvornår skete det?

– Ved det ikke. Måske for tre år siden.

Sylvia slog armene om sig selv og trak skuldrene op, som om hun frøs. Men hun virkede distræt og fraværende, da emnet Bobo Torsson blev diskuteret. Tankerne var åbenbart et andet sted henne. Irene tog tilløb igen:

– Siger navnet Lars „Lillis" Johannesson dig ikke noget?

– Nej.

– En kæmpestor fyr på femogtredive.

– Nej.

Åndsfraværende fejede Sylvia nogle nedfaldne kronblade sammen fra en lilla krysantemum, som var faldet ned på den støvede sofabordplade. Irriteret spredte hun bunken ud igen og lod til at have glemt både den og Irene i samme nu. Hendes

373

blanke øjne virkede blinde for omverdenen, eftersom hun sad og skuede ned i sine egne indre afgrunde. Irene ville have givet meget for at få at vide, hvad hun så. Et blik på Sylvias ansigt gjorde hende dog mindre sikker på, at hun virkelig ønskede at se det. Diskussionen om nøgleknippet havde fået Sylvia til at gå ind i sig selv. Hun måtte få hende til at komme ud igen. Hvad kunne lokke hende til at begynde at tale? En vag fornemmelse sagde Irene, at penge altid kunne få Sylvia til at tale. Var det ikke det, som Valle Reuter havde sagt?

– Jo, Sylvia, den forsikring, du talte med mig om engang ...

Hun lod med vilje sætningen stå ufuldendt for at se, om Sylvia bed på. Først lod det til, at hun ikke havde hørt det, men efter et øjeblik vendte hun hovedet og sendte Irene et uventet skarpt blik.

– Forsikringen? Har jeg talt med dig om forsikringen?

– Ja, da vi talte sammen i telefonen første gang. Da du var på psykiatrisk afdeling.

– Det kan jeg ikke huske. Det gjorde jeg måske. Jeg fik en hel del medicin og har vældig tågede erindringer fra de første døgn.

Hun trak vejret dybt og sank til Irenes lettelse ned i hjørnesofaen. Hun sparkede Birkenstocksandalerne af og trak benene op under sig. Igen bed hun i sin flækkede negl. I et normalt toneleje sagde hun:

– Forsikringen. Det var nok det eneste, som Richard nogensinde gjorde med mit og Henriks bedste for øje. Han forklarede mig, at det er en slags pensionsforsikring. Efter at han fyldte tres, kunne han gå på pension hvad dag det skulle være og hæve en årsindtægt på en million kroner i ti år. Men det er også en livsforsikring. Hvis Richard døde, skulle jeg og Henrik få dette beløb til deling i ti år.

– Så forsikringen udbetales til fordel for de efterladte?

– Ligesom de fleste pensionsforsikringer.

Både Henrik og Sylvia ville få en halv million hver om året de næste ti år. Folk er blevet mordere for mindre. Lægger man resten af formuen til, var Valle Reuter måske inde på det rigtige spor. Hvis man så bort fra, at mor og søn havde befundet sig nede på gaden, omgivet af vidner, da Richard faldt ned. Irene besluttede at gå på listefødder.

– Men resten af din mands indtægter og formue, hvem arver alt det?

Nu var Sylvia helt rolig og samlet. Hun lignede lidt en siameserkat, der lige har ædt guldfisken.

– Det gør jeg. Men det er utrolig rodet. Advokaterne arbejder med det. Det kan tage lang tid, siger de. Men forsikringspengene begynder at blive udbetalt allerede i næste måned, med tilbagevirkende kraft for denne måned.

Det var sikkert en hallucination, men Irene mente at høre en spindende lyd.Nøgleknippet var forbudt område, men pengene og Bobo Torsson var gået fint. Mon hun skulle fortsætte med Bobo?

– Bobo Torsson er også død. Du læste måske i dagens avis, at han blev myrdet tidligt mandag morgen? Han blev sprængt ihjel i sin bil.

Sylvia sendte hende et uinteresseret blik.

– Blev sprængt? Nej. Jeg læser ikke aviserne så nøje lige for tiden. Orker det ikke. Jeg har nok at gøre med mig selv og alt det, der er sket.

– Ved du, om Bobo og Charlotte stadig ses?

– Ingen anelse. Charlotte kan lide at være ude og blande sig i mængden.

– Plejer Henrik at være med hende ude i byen?

Ups, det knasede højt i isen. Sylvia satte fødderne ned på tæppet og sendte Irene et udmattet øjekast. Køligt sagde hun:

– Henrik er ikke interesseret i udeliv. Ikke efter sin sygdom, som jeg har fortalt om.

Pludselig slog en tanke ned i Irene:

– Det var jo hjernehindebetændelse, som Henrik fik som følgesygdom, ikke sandt?

– Jo.

– Som følgesygdom til hvad?

– En børnesygdom.

– Hvilken børnesygdom?

– Fåresyge.

Der var intet tilbage af den mætte mis, kun en trist mor sad i sofahjørnet. Det krympede sig inden i Irene. Hun havde haft en mandlig studiekammerat på politiskolen, som fik fåresyge i den tid, de gik på Ulriksdal. Begge testikler var angrebet og svulmet så grotesk op, at han ikke kunne gå. Uheldigt nok hed han Carl og måtte for fremtiden hedde „Kalle-fåre-nosse." Til en fest havde han senere betroet til Irene og Tommy, at der var en stor risiko for, at han var blevet steril. Det var åbenbart en ikke helt ualmindelig komplikation hos voksne mænd, som fik fåresyge. Havde dette også ramt Henrik? Det var en stor chance at tage, men hun besluttede at prøve.

– Det er jo almindeligt, at voksne mænd bliver sterile efter at have haft fåresyge i testiklerne. Blev Henriks testikler angrebet?

Sylvias øjne var opspærrede af skræk. Med en frygtelig knasen brasede isen sammen, og hun faldt igennem. Hun slog hænderne for ansigtet og begyndte at græde hysterisk.

Det tog tyve minutter, inden hun faldt så meget til ro, at Irene vurderede hende som nogenlunde stabil. Men Sylvia nægtede at svare på flere spørgsmål og gentog hårdnakket:

– Du skal gå nu! Jeg skal hen til syersken klokken 13.00 og prøve dragten til begravelsen. Gå! Gå!

Irene havde en del at tænke på, da hun sad på et frokostpizzeria nogle husblokke længere væk og tyggede på „dagens". Den bestod af en sej lasagne sammen med nogle forskræmte hvidkålsstrimler i eddike. Isvandet var lummert, og kaffen så ud som Sammies badevand. Ikke engang han ville kunne klare at drikke det. Hun var nærmest ligeglad, for i hovedet tumlede hun med spørgsmål og facts. Sylvia blev skræmt fra vid og sans, da ekstranøglerne kom på tale. Hun vidste, eller anede, hvem der havde fået fat i dem. Eller havde nogen fået dem? Hvorfor ville Sylvia ikke snakke om det? Charlotte von Knecht og Bobo Torsson var gamle bekendte og havde arbejdet sammen. Hun formidlede kontakten mellem ham og sin svigerfar, derefter fik Torsson lov til at leje de to lejligheder. Sås de stadig? Havde det nogen betydning for opklaringen? Var dette det berøringspunkt, de havde søgt? Det havde Irene dog selv lidt svært ved at tro.

Ikke i sin vildeste fantasi kunne hun forestille sig, at Bobo Torsson slog Richard von Knecht ned og smed ham ud fra balkonen, fremstillede djævlebomben på Berzeliigatan og senere sprængte sig selv ind i evigheden. Det sidste muligvis ved en fejltagelse. Men det var ikke logisk, eftersom det ikke besvarede spørgsmålet om, hvorfor.

Hvorfor skulle Bobo myrde Richard von Knecht? Hvorfor skulle han sprænge sit hjem og job i luften? For ikke at tale om sig selv! At se Charlotte i nogen af rollerne var om muligt endnu sværere. Hun var næppe nogen bombefremstiller. Men bekendtskabet mellem Bobo og Charlotte var interessant. Var de stadigvæk venner? Mere end venner? Det lod til at være på tide at tage en samtale med unge fru von Knecht. Henrik von Knecht havde fået fåresyge som voksen, med efterfølgende hjernehindebetændelse som følgesygdom. Var fåresygen gået i testiklerne? Var han i så fald steril? Set i lyset af denne sidste oplysning, syntes hun, at mange af Sylvias besynderlige reaktioner i de seneste dage, blev mere forståelige. Hvis man ved, at ens søn er steril, bliver man nok ikke glad for at få at vide, at svigerdatteren er gravid! Det var en interessant tanke. Og det efterfølgende spørgsmål om muligt endnu mere interessant: hvem var så far til Charlottes barn? Hvorfor reagerede Henrik, som han gjorde? Han var efter eget udsagn parat til at prøve at fortsætte i sit vaklende ægteskab „for barnets skyld og slægtens bestående". Det stemte ikke. Enten så troede han selv, at han var far til barnet, eller også var han ligeglad. Men han måtte vel vide det, hvis han var steril! Og hvis han var ligeglad, ville han så være parat til at kæmpe videre for sit og Charlottes forhold?

Hun blev revet ud af sin grublen af en stemme i øret:

– Unskuld. Damen mer kaffe?

En lavstammet, mørk servitrice smilede venligt til hende og holdt glaskaffekanden frem. Til sin bestyrtelse indså hun, at hun i sin distraktion havde siddet og tyllet kaffesjasket i sig.

Jimmy lyste op af glæde, da hun kom ind med en slikpose og et læs aviser. Han så ud omtrent som dagen før, bare lidt mørkere lilla i farven. Droppet var taget væk, og han sad i en højrygget lænestol henne ved vinduet. Der var plads til en patient mere på stuen, men den seng var stadigvæk tom.

– Halløj, Jimmy! Du ser ud som en LSD-hallucination, sagde Irene opmuntrende.

– Thank you. Det er lige det, man har brug for at høre for at kunne klare den.

Han lo hjerteligt, og de småsludrede om neutrale ting. Irene gav ham sidste nyt fra efterforskningsfronten. Han blev vældig interesseret i oplysningerne om spor af narkotikarester i sommerhusene.

– Vi har længe holdt øje med en del af MC-banderne. Netop „Death Squadron No. 1" er særlig interessant. De har været fuldgyldige medlemmer af Hells Angels i nogle år. Banden kører rundt i Europa og besøger hinanden. Der skal meget til, for at to små toldere nede i Helsingborg begynder at gennemrode tyve Hells Angels-oppakninger, når de har været nede og hilse på deres brødre i Danmark eller Holland. Vi ved også, at de har med narkosmugling at gøre på andre måder, fortalte han.

– Hvorfor har de med narkohandel at gøre?

– Big business. Der er vist ingen af medlemmerne, der arbejder. Der skal mange penge til daily living, nye cykler og reservedele, klubhuse og våben. De har våben nok til en revolution! Så tager mange af dem selv stoffer. Altså, også stoffer til eget brug. De siger, at de tilhører „den yderste procent – sociopaterne, for hvem ingen love gælder".

Han tav, og begge tænkte den samme tanke. Det var Jimmy, der satte ord på den:

– Jeg tænker sommetider på, at de kunne have gjort hvad som helst med mig. Jeg var helt forsvarsløs. Og oven i købet en forsvarsløs strisser! Sommetider så spekulerer jeg på, hvorfor de ikke gjorde det af med os!

For Irenes øjne hvælvede sig en glødende eksplosion, og hun mærkede den hede trykbølge med sit ansigt. Hun klarede kun at hviske:

– Det havde de tænkt sig. De prøvede.

Sagte begyndte hun at fortælle så sagligt som muligt. Nogle gange afbrød hun sig selv for at tørre tårerne væk, men hun ville have, at han skulle kende det nøjagtige hændelsesforløb. Han var den eneste, der muligvis kunne forstå hendes følelser, eftersom han også havde været med. Mens hun fortalte, kunne hun mærke, at der blev løst op for de sidste følelsesknuder, og hun følte en ro vokse indeni. Hun blev slået af en foruroligende tanke: havde hun overført sin angst på Jimmy? Ikke én gang under hele beretningen, afbrød han hende. Hans ene synlige øje veg ikke fra hendes ansigt. Men hans kommentar, da hun var færdig, beroligede hende:

– Hvor var det heldigt, at det var dig, der var vågen og ikke mig! Jeg var elendig til kast med lille bold. Mine bedste sportsgrene har altid været højdespring og hundrede meter. Det havde vi ikke haft nogen gavn af!

Han lo hjerteligt og bød hende på et stykke slik. Psykisk virkede han uskadt, men det var værre med den udvendige del.

– Revne i et af underarmsbenene. Ved du, hvad det hedder? Ikke? Radiusfissur. Fraktur, så er det brækket. Fissur, så er der en revne. Man lærer en masse nyttige ting, når man ligger på sygehus. Men man skal være rask for at kunne klare det. I dag måtte jeg vente to timer nede i røntgen på en kranieundersøgelse. For at tjekke, at der ikke dannes nogle blødninger mellem hjernehinderne. Så får man et ... hvad var det nu, det hed? Vent lige, jeg skrev det op.

Han rejste sig op og slæbte sig hen til sit sengebord. Med et chok indså Irene, at han var kommet langt mere til skade, end hun havde troet.

– Jimmy, hvad er der sket med dine ben?

Han vendte sig om og skar ansigt.

– Kraftige slag eller spark mod lænden. Jeg skal i røntgen i morgen. De har mistanke om en fraktur på en af halehvirvlerne. Det gør satans ondt at gå og sidde. Derfor lægger jeg mig nu. Du må komme herhen. Her er sedlen!

Triumferende viftede han med en lille lap, revet ud af en telefonblok.

– Computertomografi. Nej, det er undersøgelsen! Et apparat, de stopper op i en. Men det kan ikke mærkes. Det, de er bange for, at man skal få, hedder subdural hæmatom. Kan komme flere dage efter, siger lægerne. Derfor må jeg ikke komme hjem før på fredag. Av for fanden!

Det sidste sagde han, da han blev nødt til at løfte benet op i sengen. Med et suk fortsatte han:

– Så bliver jeg nok sygemeldt et stykke tid. Men jeg vil prøve at få hjemmehjælp.

Det sidste sagde han med et blink i øjet og et sigende blik hen mod døren. En ung sygeplejerske med en blond fletning, der nåede helt ned til livet, kom ind. En let rødme sås på kinderne, og øjekastet antydede, at hun ikke ville blive særlig svær at overtale. Hun kvidrede til Jimmy:

– Røntgenforberedelser. Bare et lille mikrolavement. Jeg kommer ind om en time og hjælper dig med lavementet, hvis du vil have det.

– Now you're talking, baby. Nej, spøg til side. Selvfølgelig klarer jeg det selv.

Hun lo og lagde en lille, gul plasticbeholder med lang hals på sengebordet. Med et sidste strålende smil forsvandt hun ud på gangen.

Irene rejste sig og sagde:

– Nej, nu overlader jeg dig til dine anale orgier. Hvis jeg ikke når at kigge ind i morgen, så ringer jeg.

– Det er nok, hvis du ringer. Men det er hyggeligere, hvis du kommer.

Han vinkede med sin raske hånd.

15

På slaget 6 ringede Tommy Persson på familien Huss' dør. Sammie var den første, der hilste ham velkommen. Eftersom Tommy hørte til hans favoritgæster, varede det noget, inden alle hop og slik var overstået.

Konspiratorisk hviskede Irene:

– Tvillingerne er på deres værelser. Jeg har sagt, at du er græsenkemand i dag, og at jeg har inviteret dig på middag. Den har de købt uden kommentarer.

– Godt. Hvordan går det med Jimmy Olsson?

Han fik en detaljeret beskrivelse af den unge assistents helbredstilstand og syntes ikke, at det lød godt. Er man gift med en sygeplejerske, lærer man altid et og andet om sygdomme og deres behandling.

Eftersom de aldrig snakkede arbejde, når de var sammen med deres familier, ville Irene høre sidste nyt fra stationen inden middagen.

– Hvordan gik forhøret med Lillis i dag?

Tommy tøvede noget, inden han svarede.

– Ikke særlig godt. Men det lykkedes faktisk Jonny at tirre ham så meget, at han i bar hidsighed sagde noget interessant. Jonny blev mere og mere irriteret over Lillis tavshed. Til sidst råbte han: „Fatter du ikke, at vi mistænker dig for delagtighed i alt, hvad der er sket, så længe du nægter at tale! Vi leder efter din fætters morder!" Så lænede Lillis sig frem mod ham og hvæsede: „Jeg behøver ikke lede, den satan skal få det betalt!" Og senere blev det igen østersimitationen. Vi pressede ham megahårdt i flere timer. Men han er i træning, det rører ham ikke det mindste. Ikke en stavelse fik vi ud af ham. Andersson og Jonny vil tage en tørn mere med ham her i aften.

– Interessant. Lillis ved sikkert, hvem Bobos morder er. Jeg har også fået et varmt tip. Bobo og Charlotte von Knecht er gamle bekendte. Hun har arbejdet som fotomodel hos ham. Det var hende, der hjalp ham med at skaffe lejlighederne på Berzeliigatan for cirka tre år siden.

– Det var som pokker! Men det er et berøringspunkt med Bobo, ikke Lillis. Jeg tror næppe, at hun kender Lillis.

– Man ved aldrig. Jeg agter at køre over til damen uanmeldt og forhøre hende lidt nærmere i morgen formiddag. Tager du med?

– Hellere det end at bakse med Lillis. Jonny og Andersson kan tage sig af ham.

En mavestimulerende duft af stegte løg kom bølgende ud i entreen. Krister stak hovedet ud ad den åbne køkkendør og truede spøgefuldt med stegepanden.

– Hvad står I og hvisker om?

– Erhvervshemmeligheder, bare erhvervshemmeligheder. For eksempel hvor hårdt man kan slå med staven, uden at der kommer blå mærker, svarede hans kone næsvist.

– Fedt samtaleemne. Kom og få en bøf i stedet for.

Irene kaldte på tvillingerne. Fra førstesalen dunkede tunge rockrytmer. Ingen af dem lod til at have hørt hende. Hun gik op og åbnede døren til Jennys værelse.

De sad sammenkrøbne på Jennys seng. Jenny vuggede med sit kronragede hoved i takt til musikken. Katarina så mere afventende ud. Jenny blev bevidst om moderens tilstedeværelse, standsede brat op og slukkede for cd-afspilleren. Men Irene havde hørt den sidste tekstremse: „Vi vil rense landet og styrte jødesvinene i havet. Rense! Rense!" Sunget med hæse rockstemmer, syngende tunge guitarer og pulserende trommer.

Jenny blev bragt ud af fatning, men samlede sig, og gik straks i forsvarsposition. Hun sagde hurtigt:

– Det er ikke teksterne, jeg kan lide, men musikken!

Irene så på sin datter med det ragede hoved og de vredt knyttede næver. En følelse af magtesløshed lagde sig som en lammende dyne over tankerne, og hun kunne ikke komme på en eneste kvik kommentar. I stedet sagde hun overdrevent udglattende:

– Kom nu og spis. Det er en af dine favoritter, Jenny, bøf med løg.

– Har far lavet agurkesalat?

– Selvfølgelig! Og eftersom Tommy er her, bliver der dessert midt i ugen.

– Hvad?

– Æblekage med vaniljeis.

Uden at vise nogen større entusiasme, trak Jenny en smule på skuldrene.

– Okay.

Havde det været året før, ville hun havde været den første nede ad trapperne og være bænket ved bordet, inden nogen af de andre nåede derned. Nu daskede hun efter Irene og Katarina og satte sig sidst. Tommy hilste glad og lod blikket hvile så længe på Jennys skaldede hoved, at hun blev generet af det. Men han kommenterede ikke det pludselige hårtab.

Middagen forløb med munter og hyggelig samtale. Ingen snak om mord, bomber, MC-bander, stoffer eller frugtesløse forhør med professionelle bøller. Irene følte sig tryg og afslappet sammen med sin familie og sin bedste ven.

Da det blev kaffetid, foreslog Tommy, at de skulle sætte sig i dagligstuen. Han smilede til tvillingerne og sagde:

– Jeg har lyst til at fortælle en fuldstændig sand historie taget ud af livet.

De satte sig i sofaen og i møblerne rundt om sofabordet. Gennem glaspladen så man Gabbehtæppet med de varme nuancer, og Irene syntes, at det passede rigtig godt til de indrammede Mirótryk på væggen. På Tommys opfordring slukkede de alle lamper og tændte så mange levende lys, de kunne finde.

Stemningen var hyggelig og forventningsfuld, da Tommy begyndte sin fortælling:

– Dette er en spændende og meget sørgelig historie. Den begynder i Berlin 1932. Nationalsocialisterne under ledelse af den store agitator, Adolf Hitler, er ved at overtage hele Tyskland. Befolkningen er henrykt og ser i Hitler den store befrier af arbejdsløshed, fattigdom og sociale uretfærdigheder. For ikke at tale om hans evner til at spille på følelsen af en uretfærdig fred efter Første Verdenskrig. Der var en glimrende grobund i tredivernes Tyskland for de nazistiske ideer. Fra 1933 var nationalsocialisterne det eneste tilladte parti. Hvem råbte på demokrati, når et helt folk rejste sig og marcherede i takt! Bøger, som blev anset for skadelige for nationalstaten, blev brændt, og forfattere blev bandlyst. Man måtte kun spille musik, der var godkendt af staten. Film og radioprogrammer skulle granskes, inden de måtte udsendes. Skolen indførte ideologi på skemaet, og lærere der ikke føjede sig, blev udrenset. Også jøderne skulle udrenses! De var med i en verdensomspændende konspiration, der truede hele verden, lød forklaringen. Alle jøder skulle gå med en stjerne uden på tøjet. Efterhånden satte man i system at transportere dem væk til store udryddelseslejre sammen med sigøjnere, danskere, homoseksuelle, kommunister, nordmænd, russere, polakker, englændere...

– Der har aldrig været nogen koncentrationslejre! Det er bare propaganda!

Jenny var højrød i hovedet af raseri, hvilket kunne ses selv i stearinlysenes svage skær.

– Jaså? Hvem spreder så den propaganda?

– Det gør ... kommunisterne!

– Hvem er vore dages kommunister, som så stædigt holder fast ved denne usandhed?

– Det er ... Sovjetunionen!

– Der er ikke noget, der hedder Sovjetunionen mere. Nej, du, det er dem, der sad i disse lejre, som kan fortælle. Der er ikke så mange i live i dag, men de findes og kan bevidne, at det ikke er nogen usandhed. De taler for millioner af mennesker, som ikke slap levende ud af koncentrationslejrene. Men oven i købet i deres egne fædrelande er der i dag grupper, som fornægter det, der skete. Det må føles bittert for de norske og danske modstandsmænd, som i dag er over halvfjerds år, at skulle høre, hvordan de unge nynazister fornægter deres farefulde oplevelser og deres kammeraters død.

Tommy tog en slurk af kaffen, inden han fortsatte:

– Men alt dette blomstrede på et senere stadium af Nazitysklands udvikling. Tilbage til Berlin 1932. Nationalsocialisterne voksede sig hurtigt stærke. Man havde allerede dannet Hitlerjugend i slutningen af tyverne, hvor de unge fra tiårsalderen skulle opdrages til pålidelige soldater for Riget og Partiet. En mørk januaraften var en klike på fem Hitlerjugenddrenge, de var vel 17-18 år, på vej til et møde. De gik forbi en skole, og idet de kom forbi, gik en pige ud gennem skoleporten. Hun var tretten år og hed Rakel. Drengene vidste, at hun var jødinde, og at faderen var boghandler. De tvang hende ind i skolegården igen. Der skiftedes de til at voldtage hende. Fire holdt hende, den femte voldtog hende. Sådan blev de ved, til hun begyndte at bløde voldsomt. Så blev de bange og forlod hende. Hendes far fandt hende efter et par timer. Hun lå, som drengene havde efterladt hende. Øjnene stirrede stift op mod den sorte nattehimmel, og hun svarede ikke på tiltale. Rakel skulle aldrig mere svare på tiltale.

Tommy tav og så på sine tilhørere. Irene forstod hans hensigt med fortællingen og modstod impulsen til at bede ham om at holde op. Katarina så ud, som om hun skulle kaste op. Jenny sad med et hårdt udtryk i ansigtet, men Irene kendte sin datter og kunne se på de nervøst pillende fingre, at hun var stærkt berørt. Tommy tog igen en dyb indånding og fortsatte:

– Man tror måske, at eftersom Rakel blødte så voldsomt, burde hun ikke være blevet gravid. Men det blev hun. Faderen var fortvivlet. Han hed Jacob Uhr. Han blev tidligt enkemand og var kommet fra Polen, da Rakel var lille, for at bygge en fremtid op for sig selv og datteren i Berlin. Han arbejdede for sin ugifte onkel i boghandelen. Da onkelen døde efter nogle år, havde han testamenteret forretningen til Jacob. Den gik ikke særlig godt, men Jacob og datteren kunne klare sig hæderligt. Indtil dette med voldtægten skete. Lægerne kom og gik. Rakel lå i koma som følge af chokket og måtte plejes som et spædbarn. Til sidst havde Jacob ikke råd til at betale lægeregningerne, men måtte prøve at passe Rakel så godt, han kunne. På det tidspunkt vidste han, at hun var gravid. En jødisk nabokvinde lovede at hjælpe til ved fødslen.

Katarina var så oprørt, at stemmen knækkede over, da hun spurgte:

– Men hvorfor anmeldte faderen ikke drengene?

Tommys tonefald var uberørt:

– Det gjorde han lige efter, at voldtægten var sket. Politifolkene grinede bare og blinkede sigende til hinanden. Og siden skete der ingenting. Ingen var overhovedet interesseret i at prøve at lede efter fem racerene ariere, der havde voldtaget en laverestående jødepige. Jacob Uhr burde nærmest være taknemlig for, at hans usle race fik tilført lidt ædelt, arisk blod.

Jenny var ligbleg, og hendes øjne så unaturligt store ud i det hårløse kranium. Hun slap ikke Tommy med øjnene.

– Rakel fyldte fjorten år. To uger senere gik veerne i gang. I næsten tre døgn lå den lille, magre pige og prøvede at presse barnet ud. Til hjælp havde Jacob nabokvinden, der var vant til at hjælpe til ved fødsler. Det var hende, der så, da Rakel døde. Først nægtede Jacob at indse det, men hun skreg: „Nu gælder det sekunder!" Hun stak hænderne op i Rakels underliv, og med blodet strømmende ned ad underarmene, trak hun det lille barn ud i en bølge af blod. Jacob ville først ikke se vidunderet, der havde kostet hans eneste datter livet. Men jordemoderen var en resolut kvinde. Hun badede den skrigende, lille bylt, svøbte den og lagde den i Jacobs favn. Så sagde hun: „Jacob Uhr. Dette lille barn er uden skyld. Din datter døde den nat i skolegården, hun kommer aldrig tilbage til os. Men barnet lever og er sundt. Det har du fået som gave af Gud i stedet for Rakel, som blev taget fra dig. Den lille pige skal hedde Sonya, efter mig!"

Derpå så Jacob ned i barnets mørke, safirblå øjne. Den lille var blevet stille og kiggede vedvarende på sin morfar. Og i hans hjerte tændtes et lys for det lille liv, og han hviskede stille, så kun hun kunne høre det: „Du skal leve. Du skal have et bedre liv!"

– For helvede! Sikke en klam historie du sidder og finder på!

Jenny var faret op fra sin plads, og øjnene var blanke af tårer og raseri. Tommy så roligt på hende. Uden et ord trak han en tynd, slidt bog med brune skindhjørner op af lommen på sin trøje. Først syntes Irene, at den lignede en gammel kalender i formatet. Da Tommy holdt den frem i lysenes skær, kunne hun tydeligt se et sirligt monogram længst nede i højre hjørne af bindet. Guldet var begyndt at flage af, men man kunne skelne bogstaverne J. U. Roligt sagde han:

– Du kan selv læse den. Det er Jacob Uhrs dagbog.

Han rakte den til Jenny. Hurtigt lagde hun hænderne bag på ryggen. Hun så på den lille bog, som om den var en huggeklar kobraslange. Tommy slap hende ikke med blikket, da han igen tog til orde:

– For at gøre en lang historie kort. Ved hjælp af jordemoderen Sonya overlevede den lille Sonya og trivedes. Året efter lykkedes det Jacob at komme ud af Tyskland. Han fik ansættelse i en boghandel her i Göteborg, som også ejedes af en jøde. Da han giftede sig med en svensk kvinde – Britta, en statelig fiskerenke fra Hönö – faldt han i unåde hos sin arbejdsgiver.

– Hönö! Dér, hvor I har jeres sommerhus! Er det dér, du har hørt den historie?

Katarina virkede utrolig lettet over endelig at kunne begynde at ane en forklaring på alt det rædselsfulde, hun havde hørt her i aften. Tommy smilede lidt og fortsatte:

– Delvist. Både Jacob og denne kvinde var over fyrre år, da de mødtes. Hun havde haft en søn, men han druknede ved det samme skibsforlis som faderen, under en storm i Nordsøen. Så lille Sonya blev som en datter for Jacob og hans kone. Men han blev udstødt af jødernes menighed inde i Göteborg. Jacob havde aldrig være en særlig religiøs jøde, så han konverterede til kristendommen. Lille Sonya blev konfirmeret i Den svenske Kirke. Hun havde blå øjne og havde et vidunderligt, skinnende, rødt hår. Det blev hun drillet for, men ikke fordi hun var jødinde. Det vidste ingen nemlig noget om, allermindst hun selv. Hun vidste ikke noget om sin afstamning, men troede, at hun var Jacob og Brittas barn. Jacob havde kun fortalt, at han kom fra Polen, men ikke, at han var jøde. Tiden i Tyskland og hvad der var sket der, omtalte han aldrig. Britta vidste det naturligvis, men sagde heller ikke noget til Sonya. Hun fik ikke noget at vide, førend Jacob og Britta døde med nogle måneders mellemrum, for femten år siden.

Irene kunne ikke holde et udråb tilbage. Pludselig faldt brikkerne på plads, og hun forstod, hvordan det hele hang sammen. Tommy nikkede til hende og smilede:

– Du har forstået det. Men Jenny og Katarina kender ikke til det her, eftersom de ikke var født dengang. Sonya er min mor. Jacob og Britta, som jeg altid havde kaldt mormor og morfar, viste sig altså at være oldefar og hans kone!

Kun Sammies lette snorken under sofabordet forstyrrede den totale stilhed, der sænkede sig over stuen. Irene kunne ikke finde på noget at sige. Det her havde Tommy aldrig fortalt hende. Men hvorfor skulle han også have gjort det? Som havde han læst hendes tanker, fortsatte han:

– Det var et chok for min mor. Hun, som var konfirmeret og viet i Den svenske Kirke, fandt pludselig ud af, at hun var halvt jødisk og resultatet af en gruppevoldtægt!

Tommy tav og så ned på Sammie gennem bordpladen. Da han igen talte, var stemmen lav og gravalvorlig:

– Jenny, hvis du vil, må du låne Jacobs dagbog. Det er vigtigt, at du forstår, hvorfor du og jeg ikke kan være venner længere.

Jennys øjne var opspilede i vild rædsel, munden stod halvt åben, men hun fik ikke en lyd frem. Irenes moderhjerte vred sig af medfølelse, men hun indså, at det her var en proces mellem Jenny og Tommy. Han fortsatte i et neutralt tonefald:

– Du og Katarina har været med ved mine børns dåb. Vi har holdt ferier og fejret helligdage sammen. Men i og med at du har deklareret, at du er skinhead, spiller nazimusik og går ind for det, de står for, er du min og mine børns fjende. Dødsfjende, bogstavelig talt! Når forfølgelserne begynder, er det nok med bare én dråbe jødisk blod i årerne, for at man skal slås ihjel. Det er nok med mistanken om, at der kan være en dråbe, til at man skal dø! Og jeg er en fjerdedel jøde, mine børn en ottendedel. Vi har ikke en chance. Vi vil blive slået ihjel.

Jenny forsøgte at tage sig sammen og råbte:

– Det er det dummeste, jeg har hørt! Vi vil ikke dræbe nogen!

– Jo, Jenny. Hvad er det, de synger i teksterne til musikken, du er så vild med? Eftersom du siger, at du elsker den musik, må du også stå inde for, hvad teksterne siger: „Død over niggere og jøder! Kæmp for et rent, arisk Sverige! Kan du kende slagordene igen? Og for yderligere at pointere, hvad du står for, har du også raget håret af, konstaterede han koldt.

– Det var for bandets skyld! Markus syntes, det ville være sejt, hvis jeg også ragede mit hå… hår af!

Det sidste kom i ét langt hulk. Hun rejste sig op, fór op ad trapperne og smækkede døren i. De kunne høre, hvordan hun græd højlydt. Sammie vågnede op, da hun strøg af sted og så sig rådvild om. Han kunne mærke, at stemningen var ladet, slet ikke så hyggelig, som da han faldt i søvn.

Krister bøjede sig frem, støttede hænderne mod panden og stønnede:

– Du godeste, det her er noget af det værste, jeg har været med til! Det var lige før, at jeg rejste mig op og råbte til dig om at holde op. Men nu har du overladt beslutningen til Jenny.

– Det er ikke Jennys fejl, men menneskehedens glemsel. Vi glemmer det, vi vil glemme, men følgen bliver, at vi bliver historieløse, og så kan vi ikke lære af historien. Så bliver det et evigt kredsløb, og alt gentages, sagde Tommy resigneret.

Irene var helt tør i munden, da hun spurgte:

– Er den her historie virkelig sand?

– Hvert et ord. Vil du låne Jacobs dagbog?

Tøvende rakte hun hånden ud og tog den lille bog med de tørre skindhjørner. Men hun åbnede den ikke. Usikkert sagde hun:

– Mit skoletysk er ikke så godt længere. Jeg kan nok ikke forstå, hvad han skrev.

Tommy smilede over hele ansigtet og sendte hende et finurligt øjekast.

– Nej, det kan du ikke. Jacob skrev nemlig dagbogen på sit modersmål. Polsk.

Jimmy Olsson blev opereret akut på neurologisk afdeling klokken 02.00 samme nat. Den undersøgelse, der blev foretaget tidligere på dagen, viste en lille blødning mellem hjernehinderne. Den havde ikke kunnet ses på den akutrøntgen, som var blevet taget den aften, han blev bragt til sygehuset. Om natten forværredes Jimmys tilstand hastigt, efter at han var vågnet op med lynende hovedpine og var begyndt at vise tegn på aftagende bevidsthed. Talen var blevet snøvlet, og han døsede mere og mere hen.

Sven Andersson så meget alvorlig ud, da han fortalte om Jimmy Olssons pludselige forværring og operation. Ud over ham selv var der Tommy, Irene, Birgitta og Jonny i lokalet. Kommissæren sagde medfølende:

– Den stakkel, det er åbenbart et blodkar, der har stået og pumpet blod ud mellem hjernehinderne.

Irene gøs. Tommy så vred ud, da han sagde:

– Det er følgerne af hårde slag mod hovedet i den virkelige verden. På film ryster helten bare på hovedet efter at have fået en

skyskraber i skallen, rejser sig igen og kører lige på med sit
maskingevær og nedplaffer tyve gangstere!

Jonny fnøs:

– Sig det hellere som det er: sådan går det, når man tager ud
på efterforskning med et kvindemenneske. Det er altid fyrene,
der må tage imod de værste slag, når det går hedt til!

Irene blev totalt lamslået, men behøvede ikke at gå i
forsvarsposition. Uventet tog kommissæren hende i forsvar:

– Hvis Irene ikke havde været der, ville Jimmy Olsson være
død i dag!

– I så fald takket være hende. Hun fik dem rodet ind i det!
Ingen havde bedt dem om at tage ud til Billdal. Damerne
narrede den arme Jimmy med.

„Damerne", det var hende og Birgitta. Irene vidste, at
beskyldningen var grundløs, men det gav alligevel et stik i
hende. Hun var den ældste, den med størst erfaring og rutine.
Jimmy havde bare at adlyde og hænge på. Var det, der var sket
med Jimmy, hendes skyld?

Andersson var højrød i hovedet, da han rejste sig op,
knaldede håndfladen i bordet og brølede:

– Hold kæft! Irene passede sit arbejde og tjekkede et muligt
spor, der kunne føre til Bobo Torssons skjulested! Ingen her på
afdelingen behøver vel for fanden at rende ind til mig, så snart
der dukker noget op, som skal udforskes nærmere! I er vel
professionelle!

– Dunk! Han klaskede håndfladen i bordpladen igen for at
understrege sine ord. Jonny var åbenbart uforberedt på sin chefs
udbrud, for han sagde ingenting. Andersson tog nogle dybe
indåndinger for at prøve at få kontrol over pulsen. Mere roligt
sagde han:

– Ingen kunne vide, at de sataner ville skjule en alarm i en brændestabel! Og der var intet, som tydede på, at der ville være Hells Angels på Bobos og Lillis husmandssted. Det var en forbasket, ubehagelig overraskelse, som Jimmy og Irene fik derude.

Andersson satte sig ned igen, men den bistre mine forlod ikke hans ansigt. Han så længe granskende på Jonny, og Irene kunne se, at Jonny blev påvirket. Irene følte, at der også lå noget andet bag kommissærens heftige reaktion, men hun havde ikke den mindste anelse om, hvad det kunne være. Andersson fortsatte:

– Jeg vil ikke høre sådan en masse lort fra dig her på afdelingen. Vi skal ikke angribe hinanden, men koncentrere os om arbejdet. Øs din galde ud over Lillis i stedet og sørg for, at han snakker! Vi har kun i dag til det. I morgen må vi løslade ham. Indtil nu er der ikke et eneste bevis for, at han har gjort noget kriminelt. Selv om den satan ikke har bestilt andet!

– Han er jo en hæderlig tobakshandler nu.

Irene så drillende på Andersson i et forsøg på at løfte stemningen.

– Hæderlig tobaks...! Han sælger stoffer og intet andet!

– Men vi har ingen beviser.

– Nej. Alt peger udelukkende på Bobo Torsson. Lillis har vi ingenting på.

– Tommy og jeg har tænkt os at tage på en tidlig morgenvisit hos den unge fru von Knecht. Sylvia afslørede i går, at Bobo og Charlotte er gamle bekendte. Vi har tænkt os at undersøge, om hun muligvis også kender Lillis.

Der kom et glimt i kommissærens øjne.

– Det var interessante nyheder. Man skulle jo ikke tro, at hun kendte håndlanger Torsson. Spændende pige, den Charlotte. Skal I være to til at afhøre hende?

– To par øjne ser mere end ét. Mens den ene snakker, ser den anden sig lidt omkring, sagde Irene.

– Har du nogle konkrete mistanker mod hende?

Irene tøvede lidt med svaret. Omsider sagde hun:

– Det er mest en fornemmelse, jeg fik, da jeg talte med Sylvia i går. Hun ved, hvem der fik det ekstra nøgleknippe af Richard von Knecht. Men hun vil ikke tale om det. Og jeg er ret overbevist om, at det må være en fra familien. Charlotte eller Henrik. Sylvia fortalte også, at det var fåresyge, som Henrik havde inden hjernehindebetændelsen. Da jeg spurgte, om han var blevet steril som følge af fåresygen, brød hun sammen. Henrik kan altså eventuelt være steril. Hvem er så far til Charlottes barn? Jeg vil tage pulsen på dem begge to angående det her.

Irene og Tommy kørte langsomt ud ad Långåsliden. De store, kalkede funkishuse dominerede, men der var også huse af både ældre og nyere arkitektur. Selv om Örgryte og Skår efterhånden blev regnet med til Göteborgs centrale og mest eksklusive bydele, så de, at husene lå i vidtstrakte og pralende haver, der ikke så sjældent var præget af en lettere forsømmelse. Dette skyldtes sandsynligvis husejernes manglende tid til havearbejde. Man er nok nødt til at arbejde og knokle hårdt for at få råd til at bo i disse fashionable områder, tænkte Irene.

Henriks og Charlottes hus var ikke et af de største i området. Men haven tilhørte afgjort de mere uplejede. Det var et gulkalket funkishus i to etager med en hvælvet karnap ved siden af altanen. Huset ville have været smukt, hvis ikke store stykker af kalkpudset var flaget af. Klokken var 10 om formiddagen. På første sal var persiennerne mod gaden rullet ned. Stueetagens gardiner var trukket for de store panoramavinduer mod altanen. Foran garagedøren stod en ny, rød Golf parkeret.

Tommy snublede over det fugtige løv, der lå over de glatte havefliser af skifer. Man måtte se efter, hvor man satte fødderne, eftersom mange bunker jord hvert forår havde fejet hen over fliserne. Gangen op til huset mindede mest om en miniature-motorvej i San Fransisco efter det seneste jordskælv. Tommy nikkede hen mod huset.

– Det ser totalt dødt ud. Jeg tror ikke, at hun er hjemme.

Irene så lidt drillende på ham. Hun pegede på den skinnende lille, røde bil.

– Og hvad får dig til at tro, at den lille frue er vågen på dette ukristelige tidspunkt? Hun er i hvert fald ikke kørt i sin nye bil, konstaterede hun.

De kantede sig frem mod den engang så smukke teak-yderdør. Flere års mangel på olie og vedligeholdelse havde gjort døren grå i farven, og den var fuld af revner. De ringede på gentagne gange. Efter godt og vel to minutter hørte de, hvordan det gungrede på en trappe. En træt stemme råbte indefra:

– Ja ja! Hvad drejer det sig om. Hvem er det?

Irene genkendte Charlotte von Knechts stemme. Men den var ikke helt så velmoduleret, som den havde været første gang, de mødtes. Hun ventede med at svare, til hun hørte, at Charlotte var nået hen til døren. Så sagde hun med høj stemme:

– Det er kriminalinspektør Huss.

Et øjeblik blev der fuldstændig stille, inden låsen begyndte at rasle. Døren blev åbnet på klem, og Charlotte hvæste:

– Er det nødvendigt at stå og larme sådan? Tænk på naboerne!

Der var sket noget med hendes øjne. De strålende turkiser var blevet til to almindelige stykker granit. Hun gik hurtigt baglæns for at lukke dem ind i den overraskende smalle entré. Hun var lige ved at vælte omkuld, da hun hurtigt vendte sig om og svøbte den tunge, sartrosa morgenkåbe tættere om sig. Midt i et gab sagde hun:

– Jeg vidste ikke, at I var to. Bliv her, jeg må op!

Inden de nåede at sige noget, smuttede hun op ad trapperne til førstesalen. Men Irene registrerede lugten af sprut og tømmermænd. Og sex. Charlotte lugtede af sex. Feromoner er potente dufte. Mindre end en brøkdel nanogram er nok til, at hormonerne løber løbsk. Irene så hurtigt på tøjet, der hang i entreen. Hun fandt, hvad hun søgte. En lysebrun jakke i blødt ruskind med frynser på skuldrene. Et par boots med spidse snuder, høje cowboyhæle og blanke spænder ved anklen, størrelse 42. Henrik von Knecht var ganske vist tynd, men høj. Han ville have set ud, som om han havde klædt sig ud, i denne jakke. Hans tøjsmag lå mere i retning af kashmirfrakke end frynsejakke. Tre par herresko af ypperste kvalitet og design i størrelse 44, stod nydeligt opstillet på skostativet. Irene viste Tommy sine fund, og han nikkede samtykkende. Selvfølgelig havde han også registreret lugten.

Fra førstesalen hørtes lyden af en bruser. Hurtigt tog Irene et par skridt ind i entreen. Hun valgte den venstre dør. Ud gennem øjenkrogen så hun, at Tommy smuttede ind gennem den højre. Den venstre førte ud til et lille køkken. Køkkenindretningen var ny og moderne. Lågen på opvaskemaskinen stod åben og afslørede en fuld maskine. I vasken stod der tallerkner og vinglas. To asietter. To spisetallerkner. To vinglas. To slebne, lige glas. To. Han var stadig i huset, og det var ikke Henrik von Knecht. Så stille hun kunne, ilede hun tilbage til entreen. Døren, som de var gået forbi, da de kom ind, viste sig at føre hen til et lille toilet. Bruseren på førstesalen var blevet tavs, og hun kunne høre bevægelser deroppe. Tommy kom tilbage og hviskede lavmælt:

– Dagligstue, spisestue og et arbejdsværelse.

Den Charlotte, der kom ned ad trappen, var en helt anden, end den, der havde åbnet døren for dem for ti minutter siden. Denne her havde blankbørstet hår, duftede af Cartier og sendte dem et strålende turkisskinnende blik. Omsider forstod Irene. Ingen har denne eventyrlige øjenfarve. Vi lever i de farvede linsers tid. Charlotte var klædt i sorte fløjlsbukser og en nedringet, kortærmet angorabluse i samme farve som de fantastiske øjne.

Med en beleven gestus, om end med en vis mangel på entusiasme, bad Charlotte dem om at træde ind i dagligstuen. Den var præget af Henriks liv og lidenskaber. Malerier og antikviteter stod tæt i stuen, som var almindelig af størrelse. De krydsede mellem vaser og svungne stole frem til en lysbeige silkesofa, som viste sig at være overraskende bekvem. Charlotte anbragte sig behageligt i en buttet fløjlslænestol med mørke mahogniarmlæn. Fromt lagde hun benene over kors og sendte de to politifolk et uventet roligt blik. Det sparsomme dagslys sivede ind gennem de tynde gardiner, der var trukket for, og faldt på hendes ansigt. Hun havde haft travlt, for under højre øje var makeupcremen ikke helt gnedet ud, men lå i et lille, brunt strøg ned ad kinden.

Irene besluttede at gå lige til sagen og sagde i en afledende, venlig tone:

– Charlotte, vi har fået kendskab til en del nye oplysninger her i forbindelse med opklaringen. Vi vil sætte pris på, at du vil gennemgå dem med os.

Helt rolig, uden den mindste sitren i stemmen, svarede Charlotte:

– Jeg skal prøve.

– Først et spørgsmål, som jeg stiller for ikke at glemme det til sidst. Hvornår kommer din mand hjem?

– Lørdag aften.

– Sent?

– Ja. Ved 22-tiden. Han kører sikkert direkte til Marstrand. Jeg skal til fødselsdagsfest hos en ven, der fylder tredive.

– Kommer Henrik ikke med?

Det varede lidt, inden hun svarede.

– Nej, han er ikke så vild med store fester. Mange mennesker og den slags, sagde hun svævende.

– Men det er du?

Hun så forbavset ud, over Irenes konstatering.

– Ja, selvfølgelig er jeg det.

– Går du tit alene ud?

Nu flakkede blikket.

– For det meste. Henrik vil ikke. Hvad har det med opklaringen af Richards død at gøre?

– Tja, vi ved, at du tit blev set ude sammen med Bobo Torsson. At I var gode venner, og at I har arbejdet sammen. Vi ved også, at det var dig, der talte med din svigerfar og skaffede lejlighederne på Berzeliigatan til ham.

– Det passer. Men Bobo har en moster, som ejede tobaksforretningen lige over gaden. Hun gav Bobo et tip om, at Richard var ved at renovere lejlighederne i sit hus. Så han bad mig om at spørge Richard, om der var mulighed for, at han kunne leje dem.

– Ved du, at Bobo er død?

Nu blev øjnene blanke, og Charlotte gjorde voldsomme synkebevægelser, inden hun svarede.

– Jeg hørte det i nyhederne. Hvor forfærdeligt!

– Ved du, om Bobo var i gang med noget, der kunne få en eller anden til at ville myrde ham?

Det gnistrede bag de turkisblå. Uro og vagtsomhed.

– Nej. Absolut ikke!

Hun lagde benene endnu fastere over kors og begyndte at massere de bare underarme, som om hun frøs.

– Har Bobo solgt narkotika til dig?

Det var ligesom med Lots hustru. Charlotte blev forvandlet til en saltstøtte. Det tog lang tid, inden hun undskyldende, men alligevel aggressivt, svarede:

– Alle tager lidt stoffer i vore dage. Alle gør det. Der er ikke noget mærkeligt i det. Det er ligesom at bruge alkohol!

– Jaså. Men det falder ind under en anden lovgivning. Solgte han meget?

Nu var hun forberedt og skruede en hårdere mine på. Hun gjorde et tappert forsøg på at lyde overlegen:

– Overhovedet ikke! Han var en fremragende fotograf. Det lidt, han solgte, var til venner og ved private arrangementer.

Det lykkedes hende ikke helt, men næsten. Eftersom der stadig var en hel del andre kildne spørgsmål tilbage at stille, besluttede Irene at lade emnet ligge. I stedet spurgte hun:

– Kender du en mand, der hedder Lars „Lillis" Johannesson?

Charlotte fór sammen, men så ikke bange ud.

– Det er Bobos fætter. Men jeg har aldrig mødt ham.

– Du kender ham slet ikke?

– Nej.

Det var åbenbart ikke muligt at komme længere med Lillis. På tide at skifte spor. Irene fortsatte roligt:

– Vi har også fået oplysninger om, at du fik et bundt reservenøgler af Richard von Knecht i sommer. Hvorfor fik du det?

Hendes forbløffelse var ikke påtaget. Eller også var hun en bedre skuespiller, end Irene havde forestillet sig.

– Reservenøgler? Jeg fik ingen reservenøgler af Richard.

– Din svigerfar gav dig ikke nogle nøgler?

– Nej.

– Var det Henrik, der fik dem?

Nu flakkede blikket, inden hun svarede:

– Det tror jeg ikke.

– Du ved ikke, om Henrik fik reservenøglerne af sin far?

– Nej.

– Men du ved, at der var et knippe med reservenøgler, ikke sandt?

– Nej, siger jeg! Nej!

En ny lugt brød igennem den tunge Cartierparfume. Angst.

– Så må vi spørge Henrik, når han kommer hjem, sagde Irene.

Hun lod, som om hun kiggede ned på sin blanke blok. Ud af øjenkrogen så hun, hvordan Charlotte slappede af og faldt en anelse sammen i lænestolen. Hun troede åbenbart, at faren var ovre. Eftertænksomt sagde Irene:

– Ser du, Sylvia sagde til mig i går, at Henrik fik fåresyge, da han var ved militæret. Han blev sandsynligvis steril, eftersom det også ramte testiklerne. Det synes jeg virker underligt, når du nu er gravid?

Spørgsmålet blev hængende i luften. Charlotte så ud, som om det var øksen på en guillotine. Hun blev ligbleg under sminken og kunne ikke holde masken længere.

– Hvad mener du? Jeg skal kaste op!

Hun rejste sig og fór ud mod entreen. I forbifarten væltede hun en stor, kinesisk gulvvase. Den blev smadret mod marmorgulvet foran den åbne pejs. De kunne høre, hvordan hun flåede døren til toilettet i entreen op, og smækkede den i igen. Tommy gjorde en pegende gestus op mod førstesalen. Irene nikkede, for hun havde også hørt det. Et let bump, som en hoppende bold.

Der var én på førstesalen, som tabte noget på gulvet.

Efter næsten fem minutter kom Charlotte tilbage. Hun var fattet, men det kunne ses, at hun havde grædt. Stemmen var iskold, da hun sagde:

– Dette er Henriks barn. Jeg går med til en test, eller hvad det nu hedder. Den slags, der laves for at fastslå faderskab.

– Dna-test.

– Netop. Men I må vente til i maj! Og jeg vil have, at I går nu. Jeg har det ikke godt på grund af graviditeten. Og på grund af jeres skrækkelige spørgsmål. Som om jeg på nogen måde er mistænkt!

Da de rejste sig op, så Tommy på hende og smilede. Automatisk smilede hun tilbage, men smilet slukkedes, da han med almindelig stemme sagde:

– Det er du.

Vreden lynede bag linserne. Irene var helt nervøs for, at de skulle gå i stykker. Hun løj, så det baskede, den lille frue, men i øjeblikket kom de ikke længere med hende. Charlotte gik foran dem ud i entreen. Demonstrativt slog hun døren op på vid gab for at lukke dem ud. Tommy stillede sig hen og kiggede på de prangende cowboyboots uden at sige et ord. Han fangede hendes blik og smilede sigende. Det var mere, end hun kunne klare. Hænderne rystede, da hun greb fat i Tommys jakke og gennede ham ud. Drillende sagde han:

– Uha da, det her kan blive vold mod tjenestemand.

– Det vil jeg skide på! Jeg anmelder jer! Familien von Knecht er ikke hvem som helst! I kommer til at miste jeres job!

Af alle kræfter smækkede hun døren i.

De sagde ingenting til hinanden, førend de igen sad i bilen. Tommy kiggede på Irene.

– Vi var hårde mod hende. Bare hun ikke aborterer?

– Det skyldes i så fald nok mere alkohol, og guderne må vide, hvad mere hun har taget. Og hun melder det ikke til nogen advokat. Det brændte forbandet hedt under de små fusser! Apropos fødder: cowboyskoene. Og jakken. Vi må finde ud af, hvem der er hos hende, sagde Irene.

Hun startede bilen, lavede et „Göteborg-sving" på hundrede og firs grader og kørte ned ad gaden. Da de var kommet uden for husets synsvidde, standsede hun bilen og spurgte:

– Skal du eller jeg begynde?

– Jeg kan godt begynde. Hvis der sker noget, ringer jeg til dig. Ellers så kan du komme efter mødet med narkoafdelingen.

– Skal du ikke være med dér?

– Det er bedst, at du er med. Du var jo derude i Billdal.

- Ja, det skal guderne vide ... Okay, så siger vi det. Jeg er på stationen om cirka en halv time. Det kommer lidt an på sporvognene og busserne.

Hun krøb ud af bilen og begyndte at gå ned mod Sankt Sigfrids plan.

Birgitta var den første, hun rendte ind i på afdelingen. Hun lyste op og vinkede Irene ind på sit kontor. Man kunne høre en behersket ophidselse i hendes stemme.

- Jeg har ledt efter dig. Du talte om, at du ville gå Charlotte lidt nærmere på klingen. Så begyndte det at dæmre inderst inde i knoppen på mig. Jeg begyndte at rode den smule igennem, jeg har på Bobo Torsson. Og fandt det her!

Triumferende pegede hun på en liste med navne. Pegefingeren standsede ved navnet Charlotte Croona. Ivrigt fortsatte hun:

- Det gibbede i mig, da jeg så navnet her første gang. Men da havde jeg glemt din sladdergennemgang og kunne ikke komme på navnet. Men da du begyndte at fortælle om, at Bobo og Charlotte havde et tættere forhold, så sagde det klik. Dette er listen over dem, der blev pågrebet ved razziaen i 1989, da Lillis blev buret inde!

- Det var pokkers! Har Jonny spurgt Lillis, om han kender Charlotte?

- Ja. Men han siger, han ingen anelse har om, hvem hun kan være. Men det, som er interessant, er, at Charlotte blev anholdt for besiddelse af et halvt gram kokain. Hun slap fra det med betinget, eftersom hun ikke havde haft noget på sig før. Jeg har ledt, men ikke fundet den mindste smule på hende efter 1989. Hun er helt pletfri.

Irene sad og prøvede at tænke. Hun fortalte Birgitta, at Tommy stadig var derude for at prøve at finde ud af, hvem Charlottes herrebesøgende var. Birgitta foreslog:

– Kan det være barnefaderen? Hvis nu du har ret i det, du siger, at Henrik virkelig blev steril efter sin fåresyge. Kan vi finde ud af det?

– Nej. Vi har ikke en chance for at få den slags journaler ud. Jeg begrunder min mistanke med Sylvias reaktion, da jeg nævnte muligheden. Og på „Kalle-fåre-nosse".

– „Kalle-fåre-nosse"?

Efter at have fået historien om hans livs skæbne, var Birgitta enig i, at det var en rimelig chance at tage. En tanke slog ned i hende:

– Hvad nu, hvis det er Bobo Torsson, der er far til Charlottes barn! De har måske haft et forhold hele tiden!

– Måske. Vi må tjekke det på en eller anden måde. Kan vi nå at spise inden gennemgangen?

– Hvis vi hurtigt skovler det i os.

Vicekommissær Annika Nilsén og to inspektører fra narkoafdelingen var til stede. Det gav et sæt i Irene, da hun så dem, og hun fik i et forvirret øjeblik en tanke om, at det var nogle mistænkte håndlangere, som Nilsén havde slæbt med. Men hun vidste samtidig, at det var sådan, man så ud på efterforskningen i narkoafdelingen, for at falde ind i miljøet. Hvor stor var risikoen for, at man i virkeligheden faldt for godt ind og blev en del af den virksomhed, man var sat til at kortlægge? At dømme efter disse to efterforskeres udseende, var de allerede en veletableret del af Göteborgs narkomiljø. Hvilket naturligvis var hensigten. Fra drabsafdelingen var der

kommissær Andersson, Irene Huss, Birgitta Moberg og Hans Borg.

Den sidste så ud til helst at ville lægge sig og slå mave. Han havde sat sin stol længst væk i et hjørne og sad nu og lænede hovedet tilbage med let lukkede øjne.

Andersson indledte med en kort præsentation af samtlige i lokalet. De to fra narkopolitiet hed Stig Bertilsson og Daniel Svensson. Havde Irene fået lov til at gætte, ville hun have sagt Bonzo og Animal.

Andersson begyndte med at redegøre for, hvad der havde ført drabsafdelingen ud til Billdal. Han talte i lang tid om mistankerne og beviserne for Bobo Torssons indblanding i narkohandel. Derefter gik han over til at fortælle om Bobos død på parkeringspladsen ved Delsjöns golfbane.

– Teknikerne har fastslået, at bomben på Berzeliigatan og bomben, der dræbte Bobo, var fremstillet efter samme princip. I begge tilfælde handler det om bomber, der er konstrueret ved hjælp af kraftige jernrør. Det interessante er, at det lader til at være samme type jernrør, men af forskellige dimensioner. Det er gammeldags, kraftige afløbsrør. Og her har vi fået et godt tip fra damen, der boede i huset, men som ikke var hjemme, da det drønede. Hun kom lige efter, brød sammen og måtte køres på sygehuset. Men hun har det fint nu. I går traf Fredrik hende helt tilfældigt nede på Berzeliigatan. De stod og så på, da gutterne gravede og knoklede med alt affaldet. Hun begyndte at spørge om, hvordan bomben var konstrueret. Fredrik forklarede, og så sagde hun noget forbandet interessant. Hun havde flere gange klaget over, at der stadig lå en masse gamle jernrør nede i kælderen efter renoveringen for nogle år siden. Da blev alle afløbsstammer og vandrør nemlig udskiftet. Men der skete ikke

noget. Rørene lå der stadig, og hun så dem så sent som for to uger siden!

Irene viftede med hånden og fik ordet.

– Det må kunne lade sig gøre at grave ned i kælderen og finde disse rør. Og den dame, der så rørene, burde rimeligvis vide sådan nogenlunde, hvor man skal grave.

Andersson nikkede og gned hænderne mod hinanden.

– Akkurat. Det er allerede besluttet. Men først skal man have von Knechts pengeskab løs. Hvordan går det, Borg?

Hans Borg fór sammen, da han opdagede, at der blev talt til ham. Det traf sig så uheldigt, at stolen, som han sad på lænet ind mod væggen, gled væk under ham. Med et brag faldt den på gulvet, og han slog hovedet ind i væggen. Bonzo og Animal vekslede et sigende blik.

Borg gned sit ømme baghoved og prøvede at holde sammen på sin flossede værdighed. Bortset fra de to ting, lod det ikke til, at han havde fået nogen mén. Han rejste stolen op og satte sig igen. Forlegen sagde han:

– Undskyld mig. Gutterne regner med at få pengeskabet løs i eftermiddag, hvis alt går vel. Bagefter begynder man at grave efter rørene i kælderen. De brokker sig godt nok! Først må de forstærke kælderen, så *Lullen* kan komme ind i huset. Så må de grave det hele væk igen og grave sig ned i kælderen! Det er noget, der tager tid.

Andersson indskød:

– Hvor lang tid? Hvornår vil de have gravet sig ned?

– Tidligst i morgen eftermiddag. Hvis de får at vide nøjagtigt hvor, de skal grave.

– Okay. Sørg for at damen er der og viser dem det, så vi ikke spilder en masse tid på at lede det forkerte sted. Har du mere?

– Ja. I morges ringede den der lærer fra Aschebergs gymnasium. Ham, der lånte mig en tusch og en lap papir i P-huset, da jeg ville sætte en seddel op om, at vi gerne ville have tips om iagttagelser. Han ringede og sagde, at han var kommet i tanke om en ting. Han er vikar på skolen og har ingen P-plads lige uden for skolen. Derfor må han benytte en plads i P-huset, der ligger cirka hundrede meter længere væk. Tirsdag aften blev han og arbejdede til 17.15. Da han skulle hjem, spænede han af sted mod P-huset. Da så han en lys bil på lærernes parkeringsplads, som han ikke havde set før. Men eftersom det var efter skoletid, besluttede han sig for ikke at tage sig af det. Men nu har han tænkt sig om, da der stod i aviserne, at ingen har set noget usædvanligt på det her tidspunkt. Og det her er usædvanligt! Det er udelukkende lærere, der må benytte disse pladser frem til klokken 18.00 om aftenen. Og han siger, at ingen af de lærere, der plejer at parkere dér, har sådan en bil. En lys bil. Han er ikke sikker på den nøjagtige farve.

– Hvilket mærke?

– Det ved han ikke. Han havde travlt, det øsregnede.

Irene kunne se, at Andersson syntes, at det her var interessant. Men de tre fra narkoafdelingen så åbenlyst ud til at kede sig, så det var måske bedst at gå over til deres domæner. Andersson lagde også mærke til det og afrundede:

– Du forsker videre i det, Hans. Du er jo god til det der med biler. Så går vi over til Billdal.

Annika Nilsén nikkede og gav straks ordet til Stig Bertilsson. Han indledte med at fortælle om narkopolitiets mangeårige arbejde med at prøve at kortlægge MC-bandernes rolle i narkohandelen. Det havde vist sig, at de havde en overraskende stor andel i den. De små bander beskæftigede sig ikke med

stoffer. Det gjorde til gengæld de bander, der var med i Bandidos eller Hells Angels. Og de fuldgyldige medlemmer af Hells Angels „Death Squadron No. 1", var den bande, man holdt mest øje med lige nu. Via dem væltede det ind med alle former for narko fra Danmark og Holland.

Dette var interessant, og en vag idé om en kobling til Bobo Torsson og Lillis begyndte at tage form hos Irene. Hun brød ind med et spørgsmål:

– Hvordan distribuerer disse bander stofferne til køberne?

– For det meste via håndlangere. Det er ikke så let for en fed, læderklædt fyr på en stor HD at drøne rundt og sælge stoffer til teenagere. Han er for synlig, og risikoen for at blive snuppet er for stor. Nej, man køber store partier ind og sælger til opkøbere, der igen fordeler det ud på markedet.

Irene nikkede og sagde:

– Det lyder som Bobo Torsson. Vi ved, at han dealede. Og Lillis, men ham har vi ikke noget på, siden han kom ud af fængslet. Ved I, om han har haft nogle kontakter til den her bande?

Bertilsson rystede på hovedet. Andersson stønnede højt, og alle kunne høre, hvordan han brummede:

– Vi bliver nødt til at løslade den satan!

Birgitta klappede ham let på armen og sagde trøstende:

– Jeg agter at fortsætte med at grave i filerne om Bobo, Lillis og disse MC-fyre, som Irene har kunnet identificere. Det gør jeg her i eftermiddag. Er der en sammenhæng, så findes den sikkert dér.

– Ja ja. Fortsæt du med at grave, sukkede hendes chef.

Irene lænede sig frem og klappede Andersson på den anden arm. Hun sendte ham et opmuntrende smil og sagde:

411

– Og du kan spørge Lillis, om Bobo og Charlotte havde et forhold. Han svarer sikkert ikke, men der kan måske udledes et eller andet af hans reaktion.

– Du mener et seksuelt forhold?

– Ja.

Andersson hævede øjenbrynene og nikkede til sidst. Han henvendte sig til kollegerne fra narkoafdelingen og forklarede:

– Det her er altså det eneste berøringspunkt mellem Bobo og familien von Knecht, vi har fundet. Har I den mindste fornemmelse af, at Richard von Knecht eller en anden i familien von Knecht skulle være indblandet i narkosager?

Annika Nilsén rømmede sig og sagde med sin tonløse stemme:

– Nej. Det navn er ikke dukket op hos os, efter hvad jeg ved. Er I stødt på det?

Hun vendte sig mod de to efterforskere, som begge rystede på hovedet. Birgitta sagde ivrigt:

– Men vi har fundet Charlottes navn på en liste fra en razzia i 1989! Hun var ugift på det tidspunkt og hed Croona. Det var dengang, Lillis for alvor blev sat bag tremmer. Bobo var blevet snuppet med ti gram heroin, og eftersom han før var blevet taget med stoffer på sig, så blev han buret inde et par måneder. Charlotte havde et halvt gram kokain på sig, men slap med betinget, fordi det var første gang.

Stig Bertilsson så slukøret ud.

– Men den razzia var jeg jo med i! Charlotte Croona! Hun havde strippet på bordet, så der var ikke meget at visitere. I mangel af bedre kiggede jeg nærmere på et hængesmykke, en lille udskåret cylinder. Og da jeg skruede den fra hinanden, lå

412

der sne indeni. Freebase, ikke rent. Derfor fik hun kun betinget. Da vi kom ind på stationen, slog hun om sig. Hallucinerede. Han tav og skar ansigt ved mindet. Han fortsatte straks:

– Senere fandt jeg ud af, at hun var en ret så kendt fotomodel. Der stod dog aldrig noget i aviserne om hende. Men tro mig: ingen, der var der, har glemt Charlotte Croona!

Anderssons ansigtskulør steg, da han udbrød:

– Og Bobo og Lillis var der også! Det må være Bobo og Charlotte, der er berøringspunktet!

De andre var enige. Der var meget, som pegede i den retning. Irene sukkede opgivende.

– Vi må finde beviser! Det hele er kun antagelser og kvalificerede gæt.

Andersson sendte hende et undersøgende blik og sagde:

– Det er vel, som det plejer i en opklaring. Nu gælder det bare om at finde beviser, som holder. Hvad er I kommet frem til i jeres undersøgelse i Billdal?

Det sidste spurgte han Bertilsson om. Denne trak på skuldrene og svarede:

– Ikke meget. At dømme efter vidneudsagn fra naboerne på vejen, har MC-fyrene været synlige i tre dage. Men ingen har set flere end to ad gangen. Og ingen har haft mistanke om, at de var trængt ind i de to sommerhuse. Banden havde dirket sig ind. Det eneste spor af stoffer er nogle portionsposer, der har indeholdt amfetamin. Ingen sprøjter, men en del køkkenrullepapir med blodpletter. De har svinet stedet til, og vi har fundet masser af fingeraftryk. To par er identificerede som tilhørende Glenn „Hoffa" Strömberg og Paul Svensson. Tre par findes ikke i registeret. Et par af disse er så små, at vi formoder, at de stammede fra pigen. Hende er det ikke lykkedes os at

identificere. De andre to sæt har vi sendt ud via Interpol. Vi har en mistanke om, at politiet i Holland kan have disse aftryk i deres arkiver. „Death Squadron" havde nemlig besøg af en klub fra Amsterdam hele weekenden og her først på ugen. De kom via Malmö i torsdags. Tolv styk kørte op mod Hallandskysten. Vi har fulgt dem. Eller i hvert fald forsøgt. De delte sig op og boede hos forskellige bandemedlemmer. I går drog de ned til Holland igen.

Han gjorde en opgivende gestus med hånden. Andersson havde en bekymret fure i panden, da han spurgte:

– Men hvordan kan Bobo og vel også Lillis have fået kontakt med Hells Angels? Lillis benægter hårdnakket, at han kender Hoffa.

Ingen af narkobetjentene svarede, men trak blot på skuldrene igen.

Efter en del snakken frem og tilbage besluttede man at hæve mødet.

Irene fik et lift med en af patruljebilerne og blev sat af på Sankt Sigfridsgatan. Hun havde købt et stykke smørrebrød og en lys øl med til Tommy fra cafeteriet. Han havde flyttet bilen, men hun så den. Hun gik hurtigt hen til den, åbnede døren og steg ind.

– Hej. Jeg tog lidt forsyninger med. Er der sket noget? spurgte hun.

– Ikke en dyt. Jeg gik hen og tissede for en time siden, var væk i højst ti minutter. Men der var ikke sket noget i mellemtiden. Golfen står der stadig, persiennerne er trukket ned. Det er sgu kedeligt at holde udkig.

Han pakkede smørrebrødet ud af plasticfolien og åbnede øllen. Det var allerede mørkt, og det begyndte at blive koldt i bilen. Irene så sig om.

– Du, vi bør måske flytte os. Damen i huset på den anden side af gaden har kigget flere gange bag gardinerne. Hun tror vel, at vi har noget for. Vi bytter plads, så kan du fortsætte med at spise.

Hun steg ud af bilen for at sætte sig på førersædet. Tommy flyttede over på passagersædet.

Pludselig blev lyset tændt bag den nedrullede persienne på førstesalen i Charlottes hus. Efter cirka et minut blev en lampe tændt i stueetagen. Det var sandsynligvis entrélampen, for bag gardinerne i dagligstuens runde karnap forblev der sort. De ventede spændt, men der skete ikke mere. Det var på tide at flytte bilen, eftersom nabodamen virkede åbenlyst mistænksom.

Irene startede bilen og sagde:

– Hvis vi holder her længere, ringer hun nok til politiet.

De kørte ned og parkerede på Förtroligheten. Irene stak sin arm ind under Tommys og langsomt spadserede de op ad Langåsliden igen. De gik og talte lavmælt sammen. Tommy spurgte:

– Skal Jenny være med til Karl XII-demonstrationerne i aften? Eller optøjerne i værste fald.

– Nej, hun har vist aldrig været indstillet på at være med. Men hun fik sandelig stof til eftertanke efter din lektion i går. Hun har ikke rigtig forstået, at allierer man sig med sådan en gruppe, må man også stille op til ting og sager, som man måske i virkeligheden ikke synes om eller vil.

– Men hvis hendes fyr forlanger, at hun skal være med?

Irene tøvede, inden hun svarede:

415

– Jeg ved det ikke. Ærlig talt, jeg ved det ikke. Men Krister siger, at vi må passe lidt på hendes omdømme. Hun er en klog pige, omend lidt vild i det, og desuden har hun haft svært ved at få en rigtig bedsteveninde. Hun har selvfølgelig Katarina, men de skændes tit. Bortset fra når Krister og jeg siger noget til dem. Så rotter de sig sammen og er gode venner.

De nærmede sig den gule villa. Der var stadig kun lys på førstesalen. Derfor var de totalt uforberedte, da yderdøren pludselig blev revet op og en skikkelse hurtigt snublede af sted på den ujævne havegang. Døren blev hastigt lukket indefra. Charlotte skulle åbenbart ikke med ud. Hvilket var et held, da hun øjeblikkelig ville have genkendt dem.

Det var med stor selvovervindelse, Irene tvang sig til at fortsætte ved Tommys side, som om der intet var sket. De fortsatte med at snakke, mens de diskret iagttog den unge mand, der gik rundt om Golfen. Han var lys, af middelhøjde, cirka tyve år, og han havde den bløde ruskindsjakke og cowboybootsene på. Gadelygtens skær faldt et kort øjeblik på ham, inden han vendte ryggen til dem for at låse op. Han havde et overraskende ungt ansigt med regelmæssige træk, men han så ret sammenbidt ud. Var han vred? Havde de skændtes? Med en utålmodig bevægelse strøg han pandehåret væk. Irene greb sig i at synes, at han var rigtig sød. Charlotte havde anskaffet sig en toyboy. Men at dømme efter munderingen ville han helst selv kaldes cowboy. Han satte sig ind i bilen og begyndte at fumle i jakkelommerne. Han ville sikkert tænde en cigaret. Tommy og Irene havde passeret Golfen og prøvede ubemærket at sætte tempoet op. Så snart de turde, spænede de hen til Saab'en. Da de åbnede bildørene, drejede Irene hovedet og så, hvordan Golfen svingede

ud på gaden. Hun lod ham køre forbi, sprang ind i bilen og lavede derpå sit sædvanlige, ulovlige U-sving.

Han kørte ned mod Skårs Allé og svingede sydpå ad Sankt Sigfridsgatan. Kort efter kørte han op på Kungsbackaleden. Tommy stønnede, halvt i spøg, men med en alvorlig undertone:

– Åh nej! Sig ikke, at vi skal ud til Billdal igen!

Men det skulle de ikke. Ved Mölndal drejede den røde Golf af og kørte ind på Bifrostgatan. Han kørte et stykke og parkerede til sidst uden for en lav ejendom. Irene drejede hurtigt ind på en sidegade. De strøg ud af bilen og så, hvordan den unge mand roligt gik hen til en gadedør og forsvandt ind. I hast småløb de hen til gadedøren og åbnede den så forsigtigt, de kunne. De hørte, hvordan en dør blev lukket en etage oppe. Navnelisten over beboerne hang i opgangen. Hun så straks navnet og begyndte at smågrine. Lavmælt sagde hun:

– R. Skytter. Robert Skytter. Hun boller med sin bilforhandler. Og det er ham, der har givet hende et alibi for mordaftenen!

De ventede fem minutter, inden de gik op. Tommy ringede på døren med skiltet „R. Skytter". De hørte trin, og døren blev åbnet. Men det var ikke cowboyen. Den, der åbnede, var rødhåret og højere, men cirka på samme alder.

– Hej, vi er fra politiet. Inspektør Irene Huss og inspektør Tommy Persson. Træffer vi Robert Skytter?

Den rødhåredes øjne blev smalle, og han sagde med påtaget nonchalance:

– Har I legitimation?

Både Irene og Tommy tog deres plasticprægede legitimationskort frem og holdt dem op foran ham. Han kunne

ikke skjule sin fejlvurdering. Skuffelsen skinnede igennem, da han sagde:

– De her er da ikke de rigtige? Det skal være en større guldplade.

Irene sukkede højt.

– I USA. Du har set for mange strisserfilm. Er det dig, der er Robert, eller er det den fyr, som gik herind for fem minutter siden?

Den rødhårede så ud, som om han ville svare, men nåede det ikke. Bag ham dukkede den lyse, unge mand op. Muntert hilste han:

– Halløj! Hvad drejer det sig om?

Dette var Robert. Hun genkendte stemmen og den overfriske facon.

– Hej, Robert. Kriminalinspektør Irene Huss. Vi talte sammen i telefonen i slutningen af sidste uge. Må vi komme ind?

Modvilligt fjernede den rødhårede sig. Tommy henvendte sig til ham og sagde:

– Og hvem er du?

– Daniel Skytter, svarede den rødhårede mut.

Nu kunne Irene se ligheden. De var brødre. Venligt spurgte hun:

– Bor du også her?

– Ja. Midlertidigt.

– Midlertidigt?

Daniel Skytter viste tydelige tegn på uro og begyndte at vippe frem og tilbage på fødderne.

– Jeg var nødt til at flytte herind i sidste uge, da min kæreste smed mig ud. Det var hendes lejlighed, sagde han knottent.

– Så bor du altså her. Hvor arbejder du?

– Stempler. Arbejdsløs maler.

– Jo, ser du, Daniel! Vi skal snakke lidt alene med Robert. Har du noget imod at gå en lille tur.

Daniel fór sammen og blev helt stiv i ryggen. Øjnene var knebet sammen, da han hvæsede:

– Nåh nej! Ingen vidner, hva? Så I kan bearbejde ham og få ham til at indrømme hvad som helst!

Både Irene og Tommy sukkede samtidigt. Overdrevent pædagogisk sagde Tommy:

– Hør her, Daniel, du burde holde op med at se de der amerikanske film. Vi vil bare snakke med din bror. Han er et vigtigt vidne i forbindelse med en meget alvorlig forbrydelse, som vi er ved at opklare.

Et glimt af nysgerrighed viste sig i Daniels mistænksomme, grå øjne. Han var åbenbart ikke sikker på, hvad sagen drejede sig om. Tommy fortsatte:

– En anden mulighed er, at vi tager ham med ned på politistationen og forhører ham dér.

– Det kan I ikke!

– Jo da.

Usikkert søgte brødrene hinandens blikke. Robert nikkede og gjorde en bevægelse med hovedet hen mod døren. Daniel opgav. Han flåede sin jakke ned fra bøjlen, tog en kasket på hovedet, stak i et par kraftige joggingsko og gik ud ad døren. Det blik, han sendte over skulderen, var fyldt til randen af mistro.

Irene vendte sig mod Robert Skytter.

– Hvor gammel er din bror?

– Atten.

– Atten år! Og bor allerede sammen med én?

– Det holdt ikke engang to måneder.

– Hvorfor flytter han så ikke hjem til moar igen?

– Han kan ikke enes med min mors nye mand. Så derfor flyttede han hjem til mig i sidste uge. Men jeg vil prøve at skaffe ham en lille lejlighed et sted. Selv om han nok ikke har råd til det.

– Det var altså på grund af ham, at du og Charlotte valgte at mødes hjemme hos hende?

Roberts blik flakkede, og han vendte sig brat. Han gik foran gennem den smalle entré og viste dem ind i en lille dagligstue, møbleret med sofaen Balder, sofabordet Runar og bogreolen Diplomat. Eller hvad de nu kunne hedde. Irene genkendte dem fra sine studier i boligindretning: IKEA-kataloget 1996. Robert gjorde tegn til, at de kunne sætte sig i sofaen. Selv valgte han lænestolen Tobbe. Men han rejste sig hurtigt igen og spurgte nervøst:

– Vil I have noget at drikke? Ramlösa? Lys øl? Guldøl?

– Ramlösa, tak.

– Lys øl, tak.

Han forsvandt ud i entreen og videre ud i køkkenet. De kunne høre ham klirre med flasker og glas. Gennem en halvåben dør kunne Irene skimte en uredt seng. To værelser og køkken. Og lillebror. Det var Robert Skytters boligsituation lige nu. Ikke meget at byde sin gifte elskerinde fra Örgryte hjem til. Igen dukkede det velkendte *hvorfor* op i hende. Hvorfor havde Charlotte brug for denne, lille, søde toyboy? Spørgsmålets genstand dukkede op med flasker og glas i et usikkert greb. Robert satte sin byrde ned på bordet, inden han begyndte at tale, usikkert og søgende:

– Det var altså jer, der var hos Charlotte i morges?

Irene nikkede.

– Klokken var over 10. Ja, det var os.

– Det var, som du sagde. Her er for trangt, i og med at Daniel
… og sådan.

– Var det Charlotte, der ville have, at du skulle komme hjem
til hende?

Han så ned i bordpladen og nikkede til sidst.

– Hvor længe er du og Charlotte kommet sammen?

Han så op og virkede oprigtigt overrasket.

– Vi er ikke sammen! Jo, selvfølgelig. I nat.

– I har aldrig før været i seng med hinanden?

Nu rystede hans hænder, og han pillede mut ved øletiketten.
Tommy gentog spørgsmålet. Til sidst kom det yderst modvilligt:

– Jeg har allerede fortalt, hvad der skete i sidste uge, da hun
hentede bilen. Hvad er det egentlig, hun er anklaget for?!

– Hun er ikke anklaget for noget. Muligvis mistænkt for at
have afgivet usande oplysninger angående mordet på Richard
von Knecht. Vi ved det ikke helt endnu. Det er det, vi prøver på
at finde ud af, sagde Tommy i bedste politimandstonefald.

Irene besluttede at få det frem, der havde gnavet i hendes
underbevidsthed lige siden, hun hørte det første gang. Jonnys
punktering havde bragt det på bane. Roligt sagde hun:

– Robert, ingen gider tjekke reservedækket. Ingen! Og slet
ikke Charlotte. Hvad var det rent faktisk, der foregik?

Tommy så meget alvorlig ud og kiggede vedvarende Robert
ind i øjnene, inden han overtog:

– Robert, hvis du har løjet om det, der skete den dér tirsdag
aften, så kan du dømmes for beskyttelse af en forbryder. Det kan
føre til en fængselsstraf på mange år. Er hun det værd?

Robert fór sammen. Han fortsatte med at pille i øletiketten og virkede helt opslugt af dens kunstneriske udformning. Han gjorde flere synkebevægelser, inden han svarede:

– Hun er så lækker. Men hun bruger piller, som hun blander med vinen. Hun spurgte flere gange, om jeg ville have ... men den slags stoffer bruger jeg ikke. Man har jo prøvet at ryge lidt. Men det her var for meget. Til sidst turde jeg slet ikke drikke noget! Hvis hun nu havde puttet noget forbandet stof i vinen.

– Du vidste ikke, at hun er på stoffer?

Han rystede heftigt på hovedet. Pludselig udbrød han:

– Jeg kender hende jo næsten ikke! Det var som en forbandet sexdrøm! Hun var nøgen indenunder! Og jeg ... det var umuligt at stå imod.

Tungt skjulte han hovedet i hænderne. Eftersom han ikke lod til at ville fortsætte, besluttede Irene at prøve at få ham til at slappe af og blive ved med at tale. I et skælmsk tonefald sagde hun:

– Men Robban. Du er jo gammel nok til at vide, at alle kvinder er nøgne inde under tøjet?

Han grinede og sendte hende et fortvivlet blik.

– Men ikke lige under frakken!

Irene gjorde tegn til Tommy. Det lod til at være en man-to-man-talk. Han forstod, og med en forstående mine henvendte han sig til den unge mand. Forsigtigt spurgte han:

– Robert, taler du om den tirsdag aften i sidste uge, hvor Charlotte kom for at hente den nye bil?

– Ja.

– Hvornår så du og Charlotte hinanden første gang?

– For tre eller fire uger siden. Der er lidt leveringstid på de biler, der har en speciel farvelakering.

– Har Charlottes bil en speciel farvelakering?

– Ja. Lysegul. Svag citrongul. Dødlækker farve.

– Hvad skete der, da du skulle levere bilen til hende?

– Jeg ringede hele fredagen og lørdagen inden, for vi havde fået besked om, at den ville komme efter weekenden, mandag formiddag. Hun tog telefonen lige før, vi skulle lukke. Så da aftalte vi, at hun skulle komme mandag eftermiddag. Men hun kom ikke. Om tirsdagen ringede jeg hjem til hende om formiddagen, men hun var ikke hjemme. Så ringede hun selv ved 15-tiden om eftermiddagen og sagde, at hun ville komme en time senere og hente bilen. Så sagde hun, at hun gerne ville have, at netop jeg skulle hjælpe hende. Og jeg ... ville gerne.

Han tav og så ned på sine urolige fingre. Stort set hele etiketten var skrabet af flasken. Tommy lænede sig frem og sagde lavmælt:

– Hvornår kom hun?

– Lidt efter 16.00. Hun havde sådan en stofregnfrakke på med et stramt bælte om livet og højhælede sko. Da vi gennemgik hendes gamle bil, som hun efterlod i bytte, gled frakken til side, og hun havde de dér nylonstrømper på, der sidder oppe af sig selv. Og ikke andet. Da hun bøjede sig ind over sædet ... Da så jeg ... Nøgen. Hun var nøgen. Bortset fra strømperne.

Han tav og blev rød i kinderne. Han sendte Irene et stjålent blik. Hun besvarede det med en påtaget mangel på interesse. Men inde i hende kogte et væld af følelser! Det her var en af de mest udspekulerede forførelsesmetoder, hun nogensinde havde hørt om.

Tommy lod sig ikke mærke med hendes tilstedeværelse, men fortsatte, som om der kun var de to mennesker i hele verden:

– Hun fik dig tændt.

– Hvad ellers? Man er vel en mand!

– I besluttede jer for at bolle?

Robert var ildrød i hovedet, men hans udtryk blev en smule fandenivoldsk, da han svarede:

– For fanden mand! Vi satte os ind i hendes nye bil og kørte om til bagsiden af huset. Der står en gammel Ford Transit, som vi skal fikse lidt op inden foråret. Så går de som smør. Folk køber dem som feriebiler. Vi strøg ind i Transitten. Hun havde taget et tæppe og en taske med fra sin gamle bil. Så vi lå på tæppet.

– Du var tændt, forstår jeg. Det tog vel ikke så lang tid, før I var færdige?

Til Irenes tilfredshed blev noget af Roberts fandenivoldske udtryk visket væk.

– Nåh ja. Det måtte jo ikke tage for lang tid. De ville begynde at savne mig inde på arbejdet og sådan. Men så sagde hun, at vi snart skulle ses igen. Hvis jeg ville.

– Og det ville du selvfølgelig.

– Om jeg ville! Det dér er jo sådan noget, som alle fyre drømmer om skal ske én gang i livet!

– Hvornår hørte du så fra hende igen?

– Onsdag aften. Dagen efter. Hun sagde, at vi måtte vente lidt med at ses. Hendes svigerfar var jo blevet myrdet og sådan. Hun sagde også, at politiet sikkert ville tage kontakt til mig. Og at hun havde fortalt det, som det var. At hun havde hentet bilen. Men ikke det andet, som vi lavede. Vi blev enige om at sige, at vi havde gennemgået den ny bil lidt grundigere. Der er faktisk en hel del fine, nye detaljer på den her model. Tag for eksempel den nye ...

– Men det var ikke det, I gjorde. Gennemgik nogle nye detaljer. Hvordan ligger det med tidspunktet. Du sagde, at I

424

hørte nyhederne i radioen, og at hun sagde noget om „Orv, allerede 17-nyhederne! Så må jeg skynde mig!" Og hun fik sine papirer på den nye bil og kørte sin vej.

Hele hans unge ansigt udstrålede ren oprigtighed.

– Men det sidste dér passer! Da vi var … færdige … tog hun tøjet på, som hun havde i tasken. Senere, da hun satte sig i bilen, tændte hun for radioen. Så hørte vi nyhederne. Og så sagde hun det der om 17-nyhederne.

Begge inspektører kunne høre, at han talte sandt. De rejste sig op, takkede for skænken, og Tommy klappede Robert let på skulderen og sagde:

– Du er måske klar over, at hun har udnyttet dig. Helt alvorligt, det var vist for godt til at være sandt?

Robert hang med hovedet, men nikkede samtykkende.

– Hvis det ikke havde været for stofferne, så var jeg måske faldet for det. Men hun var nødt til at tage det lort hele tiden. Inden jeg gik her i eftermiddags, sagde jeg det til hende. At det altså er farligt. Jeg bryder mig ikke om den slags. Hun blev skide irriteret og sagde til mig, at jeg kunne gå ad helvede til. Jeg blev faktisk mest lettet!

Gudskelov hørte han til dem, der tøvede ved kontakt med narko. Charlotte havde fejlbedømt ham dér, mens Irene havde haft ret. Allerede ved deres første telefonkontakt havde hun kunnet lide ham. Han havde givet hendes rådne fredag et lift. Den fredag, hun havde tilbragt i Stockholm. Impulsivt vedtog hun for sig selv at ringe til Mona Söder ved først givne lejlighed.

De tog vejen omkring Örgryte, men huset lå helt forladt. Garagedøren var ulåst, og da de kiggede ind, var garagen tom.

Der stod ingen gul Golf. I en krog inden for døren fandt de to tomme plastdunke mærket „Aqua dest."

På afdelingen herskede der stadigvæk febrilsk travlhed, selv om klokken var over 18. Andersson var ikke på sit kontor. De gik ind til Birgitta Moberg. Hun sad helt opslugt foran computeren. På skrivebordet lå der stabler af papirer og sagsmapper. De aftalte at gå ned til pizzeriaet nogle husblokke væk.

Inden de gik, ringede Irene hjem. Hendes mor tog telefonen. Jo da, begge tvillinger var hjemme. De havde lejet en videofilm, som de så. Pigerne havde fået mad, og nu skulle hun se resten af filmen. Afslutningsvis sagde hun:

– Vær forsigtig hvis du går ud, der er ungdomsoptøjer i byen, sagde de i tv-nyhederne. Godt, at du ikke har med den slags farlige sager at gøre. Hvornår kommer du hjem?

Uroen inde fra byens centrum hørtes tydeligt. De gik den stik modsatte vej og smuttede ind på pizzeriaet, hvis ejer var blevet velhavende af sin forbindelse til Göteborgs politikorps. Ud over pizzaer blev der serveret udmærket mad. De bestilte gullashgryde og en folkeøl til hver. Imens de ventede på maden, fik de brød og salat. Da de sad og prøvede at få pizzasalaten op på gaflerne, sagde Birgitta:

– Jeg har fundet noget virkelig interessant. Bobo Torsson og Hoffa Strömberg sad i samme fængsel. Altså på samme tid. Dér har vi kontakten mellem Bobo og Hells Angels.

– Hvad siger Lillis til det?

– Han ved naturligvis ikke en brik om det, ifølge hans eget udsagn. Han har jo siddet inde i flere år. Også i et andet fængsel.

– Hvad sad Hoffa inde for?

– Grov mishandling. Det offer bliver aldrig mere til et menneske. Der var knas mellem de rivaliserende MC-bander. Vi har ingen beviser mod Lillis. Han bliver nok løsladt i morgen. Andersson er helt oppe at køre.

Irene og Tommy fortalte om det, de havde fundet ud af i løbet af eftermiddagen. Birgitta afbrød ikke beretningen en eneste gang. Hendes øjne hang ved deres læber for ikke at gå glip af en stavelse. Der var en intens glød i hendes øjne, da hun bøjede sig ind over deres duftende gullash og lavmælt sagde:

– Disse smukke mennesker og deres glamourøse liv. Det er smukt, glitrende og misundelsesværdigt, når man ser det på afstand. Men begynder man at skrabe i overfladen, forvandles guldet hurtigt til sand.

Ved 21-tiden ringede Irene hjem til Mona Söder og indtalte på hendes telefonsvarer.

„Hej Mona. Det er Irene Huss i Göteborg. Jeg vil gerne sige dig tak, fordi du fortalte mig alt og lod mig møde Jonas. Det var til stor hjælp i sagen, at vi ikke behøver at fortsætte med at tjekke jer. I er strøget helt som mistænkte. Jeg ... har tænkt på dig og Jonas. Hils ham mange gange fra mig. Sig til ham, at maleriet med sommerfuglene er det mest vidunderlige, jeg har set. Vi høres ved, Mona. Jeg ... vi høres ved." Hun lagde hurtigt røret på. Så kørte hun hjem.

16

Der duftede af kaffe og peberkager til morgenbønnen. Alle var
kommet, undtagen Hans Borg og kommissær Andersson.
Sekretæren havde sat en adventskrans op, og det første lys var
tændt. I vinduet stod de elektriske og udspredte et blødt, varmt
skær. Irene var allerede på morgenens fjerde kop kaffe, da
chefens skridt hørtes ude på gangen. De lød taktfaste og
bestemte. Alle havde negative forventninger, da døren blev slået
op, og Anderssons højrøde ansigt kom til syne i åbningen. Ude af
sig selv brølede han:

– For fanden, hvor er her mørkt! Tænd lyset!

Han spankulerede ind og hældte kaffe op til sig selv. Han så
ned i det dampende krus og tog en dyb indånding.

– Undskyld morgenhilsenen. God advent eller hvad det nu
hedder. Men det er sgu for meget! Lillis bliver løsladt her til
morgen. Og den satans *Lull* er braset ned i kælderen!

Borg dukkede op i døråbningen, lige i tide til at høre chefens
ord. Han nikkede og sagde:

– Det er rigtigt. De ringede til mig, da *Lullen* var røget igennem. Den skal bjerges i dag. Men i stedet har vi besluttet at gå i gang med at grave efter de kasserede rør i kælderen. Når der nu alligevel er hul. De må lave forstærkningsarbejdet om i løbet af weekenden. Tidligst på mandag gør vi et nyt forsøg med at løfte skabet ud.

Jonny Blom så gnaven ud og foreslog resolut:

– Hvorfor river vi ikke væggene ned med sådan en stor kugle for enden af en kran? Hurtigt og let!

Borg viftede afværgende.

– For voldsomt. Hele huset kan brase sammen, og det bliver svært at finde skabet. Vi ved heller ikke, hvad der er i det.

– Hvordan skal vi så åbne det?

– Vi har undersøgt skabet ved hjælp af kikkerter. Det er et svensk skab med kombinationslås. En fyr fra Rosengrens kommer og hjælper os. Der er nok ikke en bombe i skabet, men vi skal overholde visse sikkerhedsforanstaltninger ved åbningen.

Andersson så dystert ud på forsamlingen og sagde:

– Vi kommer ingen vegne. Det går for langsomt! Fandens!

Det sidste kunne tolkes som et generelt udtryk for tingenes tilstand. Ingen kom med noget afvigende synspunkt.

Irene redegjorde for afhøringen af Charlotte von Knecht og samtalen med hendes unge elsker. Tommy tog over og fortalte om Robert Skytters afsløring. Da Irene derefter inddrog rapporten fra razziaen 1989, fik alle et helt andet billede af den fortryllende Charlotte von Knecht, født Croona.

Anderssons kraftige ansigtskulør begyndte at blive normal, og stemmen lød ivrig:

– Den skede har ikke rent mel i posen. Eller rettere sagt, rent sne i posen! Ha ha! Hmm. Hvad var det nu, ham der fra narkoafdelingen kaldte det, han fandt i hendes hængesmykke?

Birgitta ilede til hans undsætning og sagde belærende:

– Freebase. Kokain blandet med bikarbonat. Det er den slags, der sælges på gaden. Rent kokain er for stærkt og farligt. Og hvem kan holde øje med, hvor meget bikarbonat, der tilsættes?

Nu hun alligevel var i gang, fortalte hun om sit besøg i Vänersborg hos Bobos mor. Det gav ikke noget af værdi. Mor og søn lod ikke til at have haft nogen særlig kontakt de sidste år. Det var næsten to år siden, de sås sidst. Men hun havde igen taget spørgsmålet om forsikringsudbetaling ved dødsfald op. Birgitta havde henvist til forsikringsstyrelsen og det pågældende forsikringsselskab. Bobos far havde moderen ikke set i over tyve år, men hun vidste, at han var helt ude i tovene socialt. Selv havde hun giftet sig igen, boede i en villa uden for Vänersborg og arbejdede i en slikbutik. Birgittas sidste udsagn var opdagelsen af, at Bobo Torsson og Glenn „Hoffa" Strömberg havde siddet i det samme fængsel. Nogen fællesnævner mellem Lillis og de to Hells Angels havde hun dog ikke fundet, ud over Lillis og Paul Svenssons mislykkede samarbejde ved bankkuppet i Kungsbacka i begyndelsen af firserne.

Andersson sukkede tungt:

– Og i dag må vi løslade den djævel! Både jeg og Jonny har grillet ham, men det har ikke givet noget. Bortset fra at vi har mistanke om, at han ved, hvem der myrdede Bobo. Derfor vil jeg godt have overvågning på ham. Jonny? Hans? Fredrik? Birgitta?

Alle nikkede. Kun Fredrik så entusiastisk ud. Andersson fortsatte:

– Og hvordan er det gået med Bobos forsumpede far? Har du fået fat i ham, Hannu?

– Jo. Lillhagen.

– Er han indlagt på Lillhagen Sygehus?

– Jo. Han kan hverken gå eller tale. Er sengeliggende og døende af leverkræft.

– Men Lillhagen er jo et psykiatrisk sygehus. Hvis han har leverkræft, skal han vel ikke være dér?

– Ingen vil have ham. Han blev indlagt i sommer. Blev fundet bevidstløs i en trappeopgang i Nordstan.

Der blev en kort pause, hvor de hældte frisk kaffe op og stak næverne ned i plasticbøtten med peberkager. Andersson lagde tre peberkager i en bunke og bed i dem samtidigt. Resultatet blev en lille krummeregn ud over bordet. Med munden fuld af peberkage sagde han:

– Fredrik, fik du noget frem i går?

Fredrik lyste op og begyndte energisk at bladre i sin overfyldte blok.

– Ja, faktisk! To interessante nye iagttagelser på Molinsgatan. Jeg gik en ny runde blandt beboerne i går og spurgte, om nogen havde set eller hørt noget ved midnat fredag for en uge siden. Først og fremmest om nogen havde set eller hørt Porschen. Det er jo ikke en køretøj, man kan snige sig rundt med. En fyr, der har et spædbarn med kolik, havde været oppe med ungen ved den tid. Vinduet i hans dagligstue vender ud mod Molinsgatan, en etage over von Knechts garage. Han kan huske, at han hørte en bil, som bremsede voldsomt op uden for garagen. Senere var der et eller andet i gære ved dørene. De er gamle og langsomme, knirker som bare pokker. Så hørte han, hvordan en bil blev startet og kørt ud af garagen. Lidt efter startede en bil og blev kørt ind i garagen. Men på det tidspunkt blev fyren nysgerrig og gik hen til vinduet og kiggede. Da stod Porschen ude på gaden. Han stod næsten et kvarter og pludrede med ungen foran vinduet. Ungen faldt i søvn, og så gik han ind og lagde den i seng. Derefter gik han selv på toilettet, og idet han gik tilbage, hørte han Porschen starte. Da han kom hen til vinduet og kiggede, var den væk.

– Det var som satan! Så han nogen?

– Nej.

– Ved han nøjagtigt, hvad klokken var?

– Nej. Men han mener, at Porschen kørte væk en gang mellem 00.30 og 00.45.

Andersson gned sig ophidset på næsen, som lyste juleagtig rød, da han holdt op. Uvilkårligt kom Irene til at tænke på en vis Rudolf med den røde tud. Men hun vidste, at chefen ikke altid syntes om hendes barnlige humor og fandt det bedst at holde sine associationer for sig selv. Eftertænksomt sagde deres kommissær:

– Nogen bremser i en bil. Nogen åbner garagedøren. Nogen kører Porschen ud. Nogen kører sin bil i garage. Nogen kører væk i Porschen.

Alle nikkede for at vise, at de var med.

– Nogen kom også tilbage i morgentimerne og kørte sin egen bil ud og stillede Porschen tilbage. Den stod ikke på Berzeliigatan lørdag morgen, for så havde manden med soveværelsesvinduet ud mod parkeringspladserne set den. Igen er det de forbandede nøgler til bilen og garagen, der spøger!

Hannu nikkede og indskød:

– Som Pirjo havde.

Alle huskede det sodede nøgleknippe, som brandteknikeren Pelle havde fremvist i en plasticpose. Andersson begyndte atter at gnide sin næse.

– Hvorfor havde Pirjo disse to nøgleknipper? Hun kunne ikke køre bil. Hun havde ikke selv bil. Hun havde aldrig haft sin egen nøgle til von Knechts lejlighed.

Fredrik afbrød ham ophidset:

– Jeg tror, at Birgitta havde ret forleden dag, da hun sagde, at nogen narrede Pirjo til at gå hen til Berzeliigatan. Teknikerne siger, at Pirjo aldrig kom over dørtærsklen til lejligheden i Molinsgatan onsdag morgen. Først havde hun svært ved at forstå det, da de prøvede at forklare hende, at Richard von Knecht var død. Hun snakkede åbenbart dårligt svensk. Da hun forstod det hele, blev hun helt rundt på gulvet. Men hun blev ikke lukket ind, for de var lige begyndt med etagen nedenunder, da hun kom. Til gengæld hørte jeg noget interessant fra fyren, der har den dér flotte tøjbutik på hjørnet. Han hedder ... må lige se ...

Febrilsk gav han sig til at bladre i sine papirer.

Jonny lavede himmelvendte øjne og viftede fjollet med løse håndled, samtidig med at han kvidrede med falsetstemme:

– Han hedder Carl-Johan Quist. Q-u-i-s-t. Jeg havde fornøjelsen af at afhøre ham onsdagen efter von Knechts lufttur. Da vidste han overhovedet ikke noget. Han hørte kun, at nogen skreg uden for butikken og senere „... uf ... uuh så frygteligt ... lå den arme fyr i én væmmelig bunke! Den slags kan jeg ikke holde ud at se på, men jeg ringede straks til politiet!" Jeg forstår, at han gerne ville gøre sig interessant over for dig. Ham har du vist næsten scoret!

Fredrik blev fuldstændig stille. En flammende rødme skød op i hans kinder, og det blik, han sendte Jonny, var tilintetgørende. Heldigt at Fredrik ikke var Supermand, så var der bare blevet en bunke aske tilbage af Jonny. For Irenes vedkommende ville hun godt melde sig til bare at suge den op og spytte stoffet ud ad

433

vinduet. Samtlige i lokalet ville sætte en uforstående mine op, når efterforskningerne af kriminalinspektør Jonny Blom begyndte. Men tilbage i virkeligheden kunne hun konstatere, at han stadig sad og grinede ad Fredriks rødmen. Men han fik hold på sig selv og sagde med tilbageholdt raseri:

– Til forskel fra dig, så kan jeg godt snakke med folk uden at behøve at træde på dem. Det betyder, at jeg får resultater. Du stikker bare af og synes, at du har været fandens dygtig, når du har tværet nogen ud! Men i virkeligheden har du bare styrket din egen ynkelige selvtillid!

Så gjorde Birgitta det. For næsen af de måbende kolleger gik hun hen til Fredrik og gav ham et kys midt på munden.

Hans rødmen blev dybere, og ørerne blev nærmest selvlysende. Men ansigtsudtrykket blev betydeligt lysere. Hvilket man ikke kunne sige om Jonnys.

Andersson følte, at han totalt var ved at miste grebet om situationen. I et forsøg på at genvinde initiativet, røg det ud af ham:

– Hvad fanden har I gang i! Hold op med at drille hinanden og … kysse! Det her er ikke en børnehave, men en mordsag! Kolleger og kvinder ... hold jer fra hinanden!

Efter dette noget forvirrede forsøg på at skabe orden, gjorde forsamlingen virkelig en indsats for at stramme sig an. Fredrik glattede sit papir ud igen. Det havde han knyttet sammen under følelsesstormen. Som om intet var sket, fortsatte han:

– Her har jeg hans navn. Carl-Johan Quist. Han kendte udmærket Pirjo og vidste, at hun gjorde rent hos von Knechts. Hun plejede at komme samtidig med, at han åbnede butikken. Derfor reagerede han, da han så hende onsdag morgen. Han troede vel ikke, at nogen havde undgået at høre nyheden om, at

Richard von Knecht var død! Så han holdt lidt ekstra øje med Pirjo. Hun kom ud igen efter cirka et kvarter. Netop på det tidspunkt kom der to journalister ind i butikken. Ikke for at købe tøj, men for at interviewe et af øjenvidnerne til Richard von Knechts fald. Quist sagde det, som det var, at han ikke havde set ret meget andet, end at von Knecht faldt ned omtrent på hans dørtærskel. Da han skulle vise muldvarpene nøjagtigt hvor, von Knechct var landet, så kom han til at kigge over mod sporvognsstoppestedet. Da ser han, hvordan Pirjo står lænet mod en nedrullet siderude i en stor, lys bil. Hun snakkede med nogen inde i bilen. Han siger, at billedet har ætset sig ind på nethinden, for han kunne ikke i sin vildeste fantasi tro, at nogen ville samle det lille, tykke menneske op! Erindringen dukkede op, så snart Quist læste i avisen, at Pirjo var omkommet i branden på Berzeliigatan.

Ophidset lænede Andersson sig frem mod Fredrik og sagde:

– Hvad var det for et bilmærke?

Fredrik rystede beklagende på hovedet.

– Desværre er Quist håbløs til bilmærker. Han aner det ikke. Han har ikke noget kørekort og har aldrig selv ejet en bil. Men han mener, at det var en BMW eller Mercedes. Men jeg tilslutter mig Birgittas teori forleden: nogen gav Pirjo nøglerne for at hun skulle gå hen og udløse bomben. Den person sad i bilen.

Nøglerne. Nøglerne skinnede ... hvad var det med nøglerne? Irene prøvede at fastholde det vage erindringsbillede, men det løb lynhurtigt ud mellem fingrene. Som havde han hørt hendes tanker, brølede Andersson:

– Nøglerne. Ustandselig disse nøgler! At morderen gav hende nøglerne, for at hun skulle gå hen og udløse bomben, forstår jeg. Men hvorfor garage- og bilnøglerne?

Hannu kneb øjnene sammen og sagde stille:

– Blive af med dem.

– Bilnøglerne? Blive af med dem?

Andersson afbrød sig selv og så med voksende respekt på sin lånte ressource.

– Selvfølgelig! For at blive af med beviserne giver han nøglerne til Pirjo! Måske også for at give os noget at spekulere over. Og det er jo lykkedes ham. Men ikke mere! Nu ved vi, hvordan det gik til! Vi har i hvert fald en ordentlig teori.

Birgitta så vred ud og hvæsede sammenbidt:

– Sikke et skrækkeligt menneske! At sende en mor til tre i den sikre død! Jeg kan lige høre, hvad det monster siger: „Søde Pirjo, vil du være en engel og gøre rent på Richard von Knechts kontor. Han har ganske vist ikke længere brug for det, men man vil jo godt have, at der skal være pænt, hvis der kommer folk derop og kigger. Og forresten, når du alligevel er der, vil du så godt være så venlig at lægge disse nøgler tilbage. Tak, du får dobbelt timeløn, hvis du gør det her for mig." Og morderen kører væk i den trygge bevidsthed om, at han aldrig kommer til at betale den dobbelte timeløn.

Der opstod en tavshed, da alle forestillede sig scenen. Det var højst sandsynligt, at det netop var sådan, det var gået til.

Irene bad om ordet:

– Hvis det var sådan morderen gjorde, ved vi tre ting. For det første: morderen havde adgang til begge de nøgleknipper, der blev fundet sammen med Pirjo efter branden. For det andet: Pirjo kendte morderen og stolede på ham. Eller hende. For det tredje: morderen havde adgang til en lys bil. Ret stor, ifølge Quist. Læreren på Aschebergs gymnasium så jo også en lys bil på mordaftenen. Sylvias BMW er rød. Ligesom Porschen. De lyse biler, vi kender til i denne sag, er Henrik von Knechts Mercedes og Charlottes lysegule Golf! Selv om en Golf ikke er så stor. Og burde læreren ikke have set, at den var gul?

– Det er ikke sikkert. Den er lysegul. Han løb hen mod P-huset. Tænk på, at det var mørkt, det øsregnede, og han så den på lang afstand, sagde Birgitta.

Andersson sendte Fredrik et opfordrende blik:

– Du må omgående tage Quist herned til et forhør. Han arbejder jo med tøj og burde vel for pokker kunne sige noget om farven! Og prøv at få ham til at bestemme sig for, hvad det var for et bilmærke!

– Skal ske. Men jeg kommer i tanke om noget, der undrer mig. Lillis har en hvid Ford Mondeo. Splinterny, med sorttonede ruder. Vildt lækker, sagde Fredrik.

– Ja, vi kan vel lige så godt undersøge hans bil også. Men Quist kan vel ikke se forskel på en Golf og en Mondeo. Han så måske ikke, hvem der sad i bilen?

– Nej. Men han sagde faktisk, at bilruderne var mørke.

Irene kom i tanke om noget:

– Det er ruderne på Henriks Mercedes også.

Andersson rynkede panden og tænkte sig om et øjeblik.

– Okay. Fredrik, du forsøger at presse den lille bø... butiksejer i dag. Jonny, Hans og Birgitta klæber til Lillis, når han bliver løsladt efter frokost. Som igler! Hvis vi er heldige, fører han os måske til morderen. I hvert fald til Bobos morder. Det er også I fire, der har vagt i weekenden. I andre, som havde vagten sidste weekend, har fri. Men i dag fortsætter vi med at tjekke og dobbelttjekke alt det, som vi indtil nu har fået frem. Irene og Tommy, I kan tage op til Molinsgatan og høre, om der var flere, der så Pirjos samtale med føreren i den lyse Golf-Mercedes, eller hvad det nu er for en vogn. Apropos vogn: hør, om nogen så bilerne uden for garagen på Molinsgatan fredag nat. Først og fremmest ville det være interessant at få at vide, hvad det var for en bil, der blev kørt ind i garagen i stedet for Porschen! Hannu, jeg vil gerne have, at du presser Pirjos datter lidt mere. Jeg har en fornemmelse af, at hun kan holde noget skjult. For at beskytte sin mors rygte eller noget i den stil. Det lyder forbandet underligt, at hun ikke fortalte, hvor hun skulle hen og gøre rent.

Hannu nikkede, men Irene så, hvordan han samtidig trak let på skuldrene. Han troede åbenbart ikke, at det var muligt at komme ret meget længere med Marjatta. Kommissæren afsluttede mødet:

– Selv er jeg her hele dagen og muligvis også en del af weekenden. Ellers kan I få fat på mig hjemme.

Alle rejste sig. Birgitta og Fredrik strøg først ud på gangen, og kommissæren kunne høre hendes latter skylle ind som et varmt og løfterigt pust i lokalet. Det gav et stik i ham. Ville hun nu begynde at komme sammen med Fredrik? Hvordan ville det så gå med hendes Australiensrejse? Al den snak om uafhængighed og frihed for krævende mænd! Skønt øllet siges at være godt i Australien. Men han ville nok aldrig rejse derned.

Det var lige under nul og isslag. Folk gik med små, trippende skridt på fortovene. Ambulancerne kørte i fast rutefart til de forskellige skadestuer med brækkede arme og lårben.

Fredrik kørte med Irene og Tommy i bilen. I en taske på gulvet havde han diverse billeder af forskellige bilmærker. Carl-Johan Quist havde kategorisk nægtet at komme ned på stationen for at kigge på dem. Han var alene i butikken, og nu begyndte julehandelen. Tidligst lørdag eftermiddag, efter tre,

kunne han komme derfra. Og så havde han oceaner af tid, hvis
det lå sådan, at inspektøren kunne? Da besluttede Fredrik sig for,
at bjerget måtte komme til Muhammed. Han overbeviste sig selv
om, at det vigtigste var tidsfaktoren. De måtte hurtigt finde ud af,
hvilket bilmærke, de skulle søge efter. Et sted i baghovedet lød
Jonnys hånlige kommentar under morgenbønnen. Men så
huskede han Birgittas reaktion på ordfighten med Jonny, og
straks følte han sig meget tilfreds med tingenes udvikling.

Det lykkedes Irene at finde en parkeringsplads på den anden
side af Aschebergsgatan. De blev enige om at samles ved bilen
igen på slaget 13.00. Den, der ikke kom inden for et kvarter,
måtte tage sporvognen tilbage til stationen. Fredrik kurede af
sted hen til modebutikken med sine billeder i den mørkeblå
taske. Irene og Tommy så, hvordan han snublede og var ved at
sætte sig midt i fodgængerfeltet.

Irene smilede.

– Han har vist ikke rigtig jordforbindelse i dag. Han svæver
stadig efter Birgittas kys.

– Sikkert! Hvem ville ikke det?

– Ville du?

– Tjaa ... et lille hop, måske...

De lo, og det varmede i kulden. De vedtog at dele sig op.
Tommy skulle tage en runde og høre om bilerne uden for
garagen fredag nat. Irene skulle tage sig af Pirjo og den lyse bil.

Stoppestedet, hvor Pirjo havde stået, lå cirka fyrre meter fra
Quists butik. Der var altid folk, der stod og ventede, eftersom der
gik to sporvognslinier og tre buslinier forbi. Det var nok ingen
god idé at spørge dem, der befandt sig der nu. Hellere satse på
forretningerne og firmaerne på gaden.

439

Nærmest hende lå der et stort kunstgalleri. „Galleri Uno", stod der skrevet med snørklede bogstaver på udstillingsvinduet og døren. Da hun ville skubbe døren op, var den låst. En seddel på størrelse med et frimærke sad fast med tape i øjenhøjde. „Mandag-Tirsdag Lukket. Onsdag-Lørdag 12-17. Søndag 12-16." Javel, så måtte Uno vente til sidst.

Næste sted var naboen til Uno, en lille fodplejeforretning. Damen bag disken var klædt i en nylonkittel, der sandsynligvis havde været hvid engang for længe siden. Det eneste, der lyste hvidt, var hendes hår. Irene blev usikker. Var det en rigtig forretning? I Sverige plejer folk at blive pensionerede ved femogtresårs alderen, men damen her var nok tyve år ældre. Hendes stemme var dog klar og tydelig:

– Goddag, hvad kan jeg hjælpe den dame med?

– Goddag. Mit navn er Irene Huss, kriminalinspektør. Jeg arbejder med at opklare mordet på Richard von Knecht.

Den gamle dame bøjede sig frem over disken og hviskede ophidset, så gebisset klaprede:

– Tænk, hvor spændende, lige for næsen af én! Jeg følger med i tv og i aviserne.

– De har måske set i avisen, at der muligvis er en kobling til bombebranden på Berzeeliigatan?

– Jamen, selvfølgelig hænger det sammen! Og den lille rengøringskone der omkom i branden! Eftersom hun gjorde rent her hos von Knechts, så er det da klart, at hun havde noget med branden på Berzeliigatan at gøre!

Hun foldede armene over brystet og sendte Irene et opfordrende blik.

– Det drejer sig netop om den lille rengøringskone. Vi prøver at kortlægge, hvem hun mødte den sidste dag i sit liv. Onsdag i sidste uge. Ifølge nogle vidnesudsagn, vi har fået, blev hun set her udenfor ved sporvognsstoppestedet ved 10-tiden...

– Det er rigtigt! Jeg så hende. Tre gange om ugen igennem et par år har jeg set hende komme med sporvognen. Hun plejede at tage hjem ved 15-tiden om eftermiddagen. Men i onsdags tog hun hjem klokken 10 om formiddagen, læspede damen.

– Så De, om der standsede en bil, som hun gik hen til?

– Ja da. Det gjorde der. Men de talte kun i få minutter. Bilen kørte næsten med det samme.

– Hvilket mærke var det?

For første gang i samtalens løb så den aldersstegne ekspeditrice usikker ud.

– Mærke?

– Ja. Bilmærke. Hvad var det for en bil?

– Jeg er ikke så god til bilmærker.

Indvendig sukkede Irene, men hun prøvede at skjule det.

– Var det en stor eller en lille bil?

– Det ved jeg ikke. Ret stor. Tror jeg nok, sagde hun og suttede eftertænksomt på de dårligt siddende proteser.

– Kan De huske, hvilken farve bilen havde?

– Det kan jeg ikke huske. Muligvis brun. Ellere lysere... Men den lille rengøringskone – forresten var hun ikke lille – jo, lav, men ikke lille. Hun var tyk. Hun havde et hvidt tørklæde og en mørkegrøn jakke på. Og så havde hun en stor, rød kasse i hånden.

Det passede med, hvordan Marjatta havde beskrevet Pirjos påklædning. Irene besluttede at lade bilen ligge indtil videre.

– Kan De fortælle, hvad der skete, da Pirjo gik hen til bilen?

– Hun gik derhen. Bøjede sig ned og begyndte at tale med nogen inde i bilen.

– På hvilken side af bilen stod hun?

– Hun blev stående på fortovet. Føreren i bilen rullede ruden ned på passagersiden, men jeg så ikke så meget, fordi bilen skjulte rengøringskonen for mig.

– Føreren sad altså med nakken mod Dem?

– Ja. Selv om ruderne på bilen var så mørke, at jeg ikke så ret godt. Men jeg tror, at føreren havde en lys jakke eller frakke på.

– Var det en mand eller en kvinde?

– Det ved jeg ikke. Men jeg tror nok, det var en mand.

– Hvorfor det?

– Jeg syntes, at føreren var ret høj. Og da bilen kørte, vinkede rengøringskonen ligesom efter den. Sådan her.

Den gamle dame demonstrerede en hemmelig vinken. Dette forstærkede Irenes opfattelse af, at Pirjo måtte have kendt den, der gav hende nøglerne. Håbefuldt sagde hun:

– Er der mere, De kan huske?

Damen prøvede virkelig, men var helt blank. Irene bad om navn, adresse, telefonnummer og personnummer. Hun hed Ester Pettersson og var toogfirs år. Irene mærkede sin gamle nysgerrighed vågne.

– Det er ikke almindeligt, at folk fortsætter med at arbejde i Deres alder. Er det midlertidigt?

– Ork nej, jeg har stået i min forretning i enogtres år! Min far ejede den, men fik TB og døde. Mor var svagelig. Det blev mig, der måtte tage mig af forretningen.

– Det har aldrig været aktuelt med pensionering?

– Aldrig! Hvad i alverden skulle jeg så lave?

Irene sagde nej tak til tilbuddet om kaffe og lovede at kigge ind igen. Det ringlede i en lille klokke, da døren faldt i og lukkede for duften af fodpudder, vortemidler og linimenter til trætte fødder.

Klokken 13.00 var alle tre samlet ved bilen igen. Tommy havde ingen nye facts om det natlige bilskifte. Irene havde ikke fået yderligere bid ud over den gamle dame i fodplejeforretningen. Fredrik var i hvert fald kommet så langt med Quist, at denne havde ment at være sikker på, at det var en større bil af sedan typen, som Pirjo havde bøjet sig frem mod. I lys lak. Sandsynligvis hvid eller beige. Mørktonede ruder. Og derefter var Fredrik blevet budt på middag, men havde så artigt og bestemt som muligt sagt nej tak. Han havde undskyldt sig med, at han skulle spise med sin pige. Ikke at han havde nogen fast pige lige nu, men der var måske en mulighed for at ændre på det. Men han havde ikke i sinde at fortælle Irene og Tommy om middagsinvitationen. De var ganske vist begge to okay, slet ikke som Jonny, men en sådan lækkerbidsken ville han høre for til sin dødsdag! Selvfølgelig i al venskabelighed.

Tommy iagttog eftertænksomt den statelige jugendfacade på den anden side af Aschebergsgatan. Han så op mod den øverste marmorbalustrade og den nu så berømte, lille, tårnformede balkon. Han sagde tankefuldt:

– Gad vide, om Sylvia von Knecht er hjemme? Jeg ville godt kigge ind i garagen igen.

Irene låste bilen op og hev kortet med Sylvias telefonnummer frem af jakkelommen. Hun satte sig i bilen og tastede nummeret på mobiltelefonen.

– Hos Sylvia von Knecht.

En kvindestemme svarede på syngende finlandssvensk.

443

– Goddag, mit navn er kriminalinspektør Irene Huss. Træffer jeg Sylvia von Knecht?

– Hun er kørt op til Marstrand. En af hestene er blevet syg.

– Hvornår ventes hun tilbage?

– I aften.

– Hvad tid?

– Ingen anelse.

„Ingen anelse", svarede hun. Det var en kølig, men slet ikke uvenlig stemme. Irene besluttede at tage chancen.

– Er De Sylvia von Knechts søster? Arja Montgomery?

– Ja.

– Må vi godt komme op ganske kort? Vi befinder os uden for gadedøren på Aschebergsgatan.

Efter en kort pause kom det tøvende:

– Jeg ved ikke ... Sylvia er ikke så begejstret for, at politiet snuser rundt alle vegne.

– Nej, det ved jeg. Hun er lidt sårbar efter alt det, der er sket. Men hun har hele tiden stillet op under vores opklaring. Vores problem lige nu er enkelt at løse med Deres hjælp. Vi har brug for at komme ind i garagen på Molinsgatan. Nøglen sidder i Richards bilnøgleknippe. Det ligger på hans natbord, ved siden af etuiet med dørnøglerne.

Igen opstod der en nølende tavshed. Til sidst sagde Arja opgivende:

– Jeg går ind og ser, om jeg kan finde dem.

Det skrattede højt, da hun lagde røret. Efter et par minutter kom hun tilbage.

– Jeg fandt dem. Men jeg må nok komme ned med nøglerne til jer. Det er lidt fjollet, men jeg kender ikke koden til gadedøren.

– Det er okay. Vi står udenfor og venter.

Arja var betydelig yngre end Sylvia. Overrasket gik det op for Irene, at hun og Arja var næsten jævnaldrende. Det var svært at se ligheden med den ældre søster. Næsten ti centimeter højere og med en kraftig, en anelse sat figur, var Arja smuk på en ret typisk finsk måde. Hun havde tykt, lyseblondt, skulderlangt hår, høje kindben, store, klare, blå øjne og en bred mund med regelmæssige, smukke tænder. Dem viste hun i et undskyldende smil. Hun gjorde en bevægelse ned over den snavsede herreskjorte og de slidte cowboybukser og sagde:

– Undskyld, men jeg hjælper Sylvia med at gøre rent. Begravelsen bliver på torsdag, så hun vil gerne have det lidt pænt.

Hvad var det, Sylvia havde sagt engang: „det er kun finner, der kan gøre rent". Det lod til, hun fastholdt den teori. Arja trak nøgleknippet op af bukselommen og spurgte:

– Er det her de rigtige nøgler?

– Javist, det er de rigtige nøgler. Og her er vores legitimation. Det er vigtigt, at du ved, hvem du har udleveret nøglerne til.

Irene trak sin politilegitimation frem. Tommy og Fredrik fulgte undrende eksemplet. Arja kastede et flygtigt blik på kortet med metalpladen og nikkede. Irene smilede og sagde:

– Jeg kender jo Sylvia efter at have arbejdet med sagen her. Hun vil skælde dig ud, hvis du ikke spørger, hvem du udleverer nøglerne til. Men nu har du set vores legitimation og ved helt sikkert, at vi er fra politiet.

Arja så først forbavset ud, men straks begyndte de safirblå øjne at gnistre af narrestreger, og et varmt smil bredte sig over hendes ansigt.

– Jeg kan høre, at du kender min kære søster. Eller rettere sagt, halvsøster, sagde hun.

Det forklarede forskelligheden mellem søstrene. Irenes stædige nysgerrighed begyndte at kræve sin ret, og hun blev nødt til at spørge:

– Har I samme far eller samme mor?

– Mor. Sylvias far blev dræbt under den finsk-tyske offensiv mod Rusland i juni 41. Sylvia blev født knapt syv måneder efter. Mor giftede sig igen med en fætter til sin afdøde ægtemand. Det vil sige, min far.

– Var det fordi, slægtsgården skulle blive i familien, eller?

– Nej. Slægtens midler lå i Viborgs len, som blev overdraget til Rusland. Vi var fuldstændig forarmede efter krigen.

– Lever din far?

– Nej. Han døde af lungekræft for ti år siden. Kæderyger.

– Og hvad med din mor?

Irene nikkede op mod lejligheden. Arja lo:

– Hun er et livsstykke. Otteoghalvfjerds. Hører det, hun vil, ellers er der ikke noget i vejen. Hun står og bager kager til begravelseskaffen.

– Begravelseskaffen? Skal det ikke være stor begravelse med pomp og pragt og stor middag?

Det var ikke et strisserspørgsmål, men det kom spontant og uventet lige fra Irenes hjerte. Arja snerpede sigende munden sammen.

– Hvis du kender min søster så godt, ved du også, at hun er meget økonomisk. Det er sikkert lidt dumt, men stammer fra vores knappe barndom. Fint skal det være, men det må ikke koste noget! Sylvia synes, at det er nok med begravelseskaffe for de nærmeste sørgende. Gæt, hvem der skal smøre smørrebrødet!

Hun smilede atter sit varme smil, sagde farvel til politifolkene og lukkede den smukke gadedør.

Det var en stor dobbeltgarage. Den røde BMW var væk, men Porschen var der. De lukkede garagedøren bag sig og tændte loftsbelysningen. Vidnet fra første sal havde ret. Døren knirkede og knagede frygteligt, når den blev åbnet og lukket. Det var en dyb og bred garage. Bilerne havde god plads i den forreste del. Den bageste del blev åbenbart brugt som lager. Der var reoler langs hele endevæggen. De blev brugt til kasser, stiger, vinterdæk, en vandslange, slalomski, to racercykler i grøn metallic med bøjede bukkestyr samt en del reb, glas og skuffer. Irene så sig spekulativt om og spurgte:

– Har teknikerne undersøgt garagen grundigt?

Tommy rystede på hovedet.

– Nej, kun bilen. Det eneste mærkelige ved den er, at der var spor af jord eller sand og olie i bagagerummet og inde på bilens gulv. Både under bagsædet og på gulvet foran passagersædet.

De gik hen til bilen og åbnede det lille bagagerum. På bunden sås tydeligt nogle mørke oliepletter på størrelse med enkroner. Der sad lidt grus og sand fast i dem. Inde i bilen var der lignende pletter på gulvmåtterne. Det var en meget dejlig bil at kigge ind i. Sikkert endnu mere dejlig at køre i. Det sorte læder gav bilen en maskulin duft. Det lille læderbelagte rat og det avancerede instrumentbræt gav en fornemmelse af at sidde i et cockpit. Hvilket naturligvis var tilsigtet. Irene følte et let sug i mellemgulvet, da hun satte sig på førersædet.

– Undskyld mig, Irene, men er du på vej op i den syvende himmel, eller hvad?

Det var Tommys stemme, der brutalt fik hende ned på jorden igen. Drømmende sagde hun:

– Det er en særlig fornemmelse at sidde i den her bil.

– Benyt endelig lejligheden til at sidde der. Det er ikke så tit, man havner i Porscher. Men jeg har fundet noget herhenne. Kom.

Med et suk fjernede hun sig fra det vidunderlige lædersæde og fulgte ham længere ind i garagen. I det ene hjørne, mellem reolens korte side og væggen, stod der en stor benzindunk af grønt metal. Tommy prøvede at lirke den løs, hvilket til sidst lykkedes. Han rystede den og konstaterede:

– Tom. Der er kun et lille skvæt tilbage.

– Hvor meget rummer sådan en dunk?

– Femogtyve-tredive liter. Men det er forbudt at opbevare benzin i garager og udhuse.

– Men den er jo tom.

– Jeps. Men der har været benzin i den.

Tommy skruede låget af og snuste til åbningen.

– Men den var måske tømt, da den blev sat herind.

– Måske.

Han lød ikke overbevist, og Irene gav ham ret. Hun så på dunken og sagde:

– Kan det have været den benzin, der blev brugt til djævlebomben på Berzeliigatan?

– Præcis hvad jeg står og spekulerer på. Men der gik sikkert mere benzin til end det her.

De gik rundt og kiggede på genstandene på reolerne. Pludselig så Irene den. En gul- og sortstribet slange, der prøvede at krybe væk under den nederste hylde. Et afskåret stykke af vandslangen. Hun trak slangestumpen frem. Den viste sig at være cirka halvanden meter lang. Triumferende sagde hun:

– Se lige her! Et stykke af vandslangen, siger I. Forkert! siger jeg. Både Fredrik og Tommy så forbløffede ud. De kiggede fåret på slangen, og pludselig gik der et lys op for Tommy.

– Jeps! Du har ret. Det er den, sagde han.

Fredrik sukkede:

– Jeg synes stadig, at det er et stykke af den lange slange.

Både Irene og Tommy rystede på hovedet og sagde i munden på hinanden:

– Det er en hævert!

Irene marcherede hen til den sammenrullede vandslange. Det var den slange, som det afskårne stykke kom fra. De friske snitflader passede perfekt, da hun førte dem sammen. Hjertet bankede af ophidselse, den velkendte reaktion på en gåde, som begyndte at nærme sig sin løsning.

– Det var som pokkers! Det var det her, der tog tid herinde i garagen. Vores bombemand skar et stykke af slangen og brugte den som hævert for at få benzin fra metaldunken til plastdunken. Eller plastdunkene, tilføjede hun.

Tommy nikkede samtykkende og sagde:

– Jeps! Men der skulle mere benzin til. Tror I, at han tog den fra biltankene?

De kiggede på Porschen. BMW'en havde også stået herinde. Det blev sammenlagt en hel del benzin. Irene så længe på Porschen. Endelig sagde hun:

– Jeg tror, jeg ved, hvorfor han tog Porschen og ikke sin egen bil.

Hun tog bilnøglen og satte sig ind på det bløde førersæde. Hun drejede tændingen, og bilen startede spindende. Hjertet dunkede igen, da hun pegede på instrumentbrættet.

– Se lige. Tanken er næsten tom.

– Sluk nu, så vi ikke dør af kulilteforgiftning!

Hostende gik Tommy hen og åbnede garagedøren. Det var tvivlsomt, om luften udefra var så meget bedre, men den var i hvert fald ikke lige så koncentreret. Med et strejf af savn, slukkede Irene igen for motoren. Den havde knurret blødt som en leopard. Hun ridsede det tænkte scenario op:

– Bombefremstilleren kommer herind efter midnat. Han ved, at der er benzin i dunken og i bilerne. Selv har han lige tanket sin bil op. Vel ankommet hertil opdager han, at Porschen næsten ikke har noget benzin tilbage i tanken. Det rækker kun til tyve-tredive kilometer. Altså kører han ud på gaden i Porschen og kører sin egen bil ind, for at han uforstyrret kunne tanke benzinen over i plastdunkene. Men han efterlader så meget i sin egen bil, at han ikke risikerer at løbe tør på hjemvejen. Oliepletterne i Porschen stammer sandsynligvis fra, at han lod plastdunkene stå på gulvet herinde, og derved kom der olie nedenunder.

Fredrik afbrød hende:

– Hvorfor brugte han ikke sin egen bil til at køre ned på Berzeliigatan?

– Fordi han ikke ville have, at hans egen bil skulle blive set i området på det pågældende tidspunkt. Det er svært at forklare, hvad man har at gøre dér om natten. Von Knechts egen bil vækker en del opmærksomhed, men ikke den samme opsigt, svarede Irene.

Det lød rimeligt. Tommy nikkede og tog slangestumpen.

– Vi tager den her med ned til teknikerne for at få fastslået, at der virkelig er løbet benzin igennem den. Men tag lige og lugt. Den er blevet brugt til benzin. Vi må bede teknikerne om at komme herud og tage nogle prøver af oliepletterne på gulvet – hvis det ikke er gjort – og sammenligne med dem i bilen, sagde han beslutsomt.

De gik ud og lukkede den knirkende dør efter sig. Tommy så tankefuldt på den bastante, gråmalede dør.

– Tænk, om vi kunne få fat i et vidne, der så benzindunkene blive sat i Porschen! Men der er ingen, der har givet lyd. Det må være sket, mens vidnet på første sal lagde barnet i seng og selv gik på toilettet, sukkede han.

Irene klappede ham let på armen.

– Du, der er faktisk et sted, vi har set nogle plastdunke. Lige for nylig. I Henrik og Charlottes garage. Vi tager lige forbi dem og kigger nærmere på det. Nøglerne hertil beholder vi og giver til teknikerne. Jeg føler, at det er ved at være på tide med et nyt møde med Sylvia von Knecht. Skønt jeg nok er det sidste menneske i verden, hun ønsker at se. Det går på en eller anden måde altid lidt skævt.

Tommy smilede.

– Det er måske på tide at tilkalde mandlig kompetence? Det vil sige mig.

– Sikkert en god idé.

Alle tre kørte ud til Örgryte igen og gik ind i Henrik von Knechts stadig ulåste garage. De to plastdunke, mærket „Aqua dest.", lå endnu i krogen. Irene skruede lågene af og snuste, men mærkede med det samme lugten af muggent vand. Tommy så på dem og sagde:

– Tiliters dunke. Perfekte til formålet. Nemme at bære. Det er tilstrækkeligt med fem-seks stykker til djævlebomben. Vi må spørge den unge hr. von Knecht nærmere om dem. For fruen er vel stadigvæk ude? Det tydede alt på. Ingen åbnede, da de ringede på døren. De begyndte at gå rundt om huset og kiggede ind gennem vinduerne. Hvis Irene stillede sig på kanten af et overgroet bed på bagsiden af huset, kunne hun se lige ind i køkkenet. Den snavsede opvask var væk. Alt så rent og nydeligt ud. Henrik ville ikke kunne se, at hans kone havde haft besøg af en cowboy. På den anden side skulle han direkte op til Marstrand, ifølge Charlotte. Selv skulle hun til en fest hos sin ven. Hun blev afbrudt i sin tankegang af en barsk stemme, der råbte:

– Stå stille, eller jeg skyder! Politiet er alarmeret og kommer når som helst!

Forskrækket vendte hun sig i den retning, hvor stemmen kom fra og stirrede dermed lige ind i et geværløb. Det svajede uheldsvangert i hænderne på en tyk, pilskaldet, ældre herre.

Det var næsten lykkedes de tre kriminalinspektører at overbevise den bevæbnede mand om, at de virkelig netop var kriminalinspektører, da patruljebetjentene ankom. De to politimænd rundede hushjørnet med trukne våben. Til alt held var den ene Hans Stefansson. Eller om det var et held, var Irene ikke sikker på. Én ting var hun dog helt sikker på. Historien om, hvordan en mistænksom nabo stod og holdt de tre kriminalfolk i skak med en elgriffel, mens han ventede på patruljevognen, ville være ude over hele PO1 inden aften.

Den stakkels, ældre mand blev utrolig forlegen, da han blev klar over sin fejltagelse. Han forsvarede sig med jamrende stemme:

– Man kan ikke være forsigtig nok i disse tider. Min kone har set underlige personer, der har strejfet rundt her og har holdt udkig i biler. Indbrudstyve, det er, hvad jeg tror, det er!

Irene fornemmede, at hans kone kunne være damen bag gardinet, der havde stået og spejdet efter hende og Tommy dagen før. Det er bedre at have dem med sig end mod sig. En Svensson, der tror, at han har politiets tillid, kan begynde at fortælle, hvad det skal være. Det vil sige, så længe det handler om en anden. I et fortroligt tonefald sagde hun derfor til den korpulente nabo:

– Vi har prøvet at få fat i Henrik von Knecht, men uden held. Ved De tilfældigvis, hvor han er?

Det var risikofrit, eftersom hun vidste, at han befandt sig i Stockholm. Men det vidste naboen sikkert ikke. Denne rystede på sit kugleformede hoved og sagde ligegyldigt:

– Henrik von Knecht? Han er næsten aldrig hjemme. En overgang troede jeg og konen, at de var blevet skilt. Men i sidste uge så vi ham igen.

– Vi talte med Charlotte von Knecht i går, men må have fat i hende igen. De ved … alt skal tjekkes og dobbelttjekkes, når det drejer sig om en mordsag.

Naboen nikkede ivrigt samtykkende. Men da han tænkte efter, blev han knotten og fik en enestående lejlighed til at beklage sig:

– Fruen ser vi heller ikke så meget til. Jeg mener … hun er jo aldrig ude i haven. Hvilket den virkelig kunne trænge til! Hækken ind mod os må vi helt og holdent sørge for. De tager aldrig deres side. Og det er mig, der må klippe den. Hvert år!

– Er der da ingen gartner, der kan tage deres del?

– Nej, det skulle man tro, de kunne få råd til! Men nej, de sætter deres lid til, at jeg også skal ordne deres part!

Irene smækkede medfølende med tungen og besluttede sig for at nærme sig det egentlige mål. Svævende sagde hun:

– Hvis hendes mand tit er bortrejst, så har hun måske mange familiemedlemmer og venner, der kommer på besøg?

Svaret kom kort og godt:

– Nej.

Der var noget. Det var nok bedst at vifte med den lækre gulerod. Hun tog et nyt tilløb:

– Men hun holder vel sommetider fester? Ellers bliver det da alt for ensomt for hende i huset?

Naboen så usikker ud, og Irene mente at kunne ane en vis afmatning, da han svarede:

– Nej, der har slet ikke været nogen fester gennem årene. Huset står vist for det meste tomt. Men nogle gange har hun vist haft ... besøg.

– Herrebesøg?

En let rødme bredte sig over de runde kinder og op mod skaldepanden. Ingen tvivl om, hvem der havde stået bag gardinet og indigneret noteret sig disse besøg. Hvem der bare kunne besøge den smukke fru von Knecht. For hans eget vedkommende var det udelukket af flere grunde. Men man har jo lov til at drømme. Og misundelig holde øje med, hvem der kom ind til den skønne. Irene uddybede spørgsmålet:

– Har der været flere herrer, eller måske én speciel herre?

Den velmenende nabo begyndte så småt at ane, at han var udsat for et regulært forhør, men det var for sent at trække sig. Har man sagt A, må man også sige B. Utilpas stod han og pillede med snuden på sine udtrådte tøfler i den bløde græsplæne og mumlede utydeligt. Hurtigt sagde Irene:

– Undskyld, jeg hørte det ikke?

Han sukkede opgivende:

– Tidligere har der været forskellige biler, som har hentet hende. Sommetider er de blevet stående natten over. Men ikke så tit.

– Hvor tit?

– Tja, måske ti gange.

Sagde han ti gange, så var det ti. Han holdt nøje rede på det.

– Tidligere, sagde De. Har det været anderledes i den senere tid?

Han vred uroligt sit omfangsrige korpus, inden han svarede:

– Ja, jo. I det tidlige efterår kom der en rød Porsche og hentede hende. De første gange tænkte vi ikke så meget over det, for det var jo hendes svigerfar, der kom og hentede hende. Man genkender ham jo fra aviserne og sådan. Men en nat så ... overnattede han.

– Hvornår var det?

– I slutningen af august, muligvis i begyndelsen af september. Det behøver jo ikke at betyde noget ... upassende. Vi så, at det var ham, Richard von Knecht, og han var jo hendes svigerfar. Men til sidst tænkte man sit ... Han kom altid, når sønnen, Henrik, ikke var hjemme. Hvilket han i og for sig sjældent er. Og svigermoderen har vi aldrig set her.

Dunk! Dunk! Irenes hjerte slog vildt af ophidselse. Hun mente, at de andre burde kunne høre det. Men bruset fra deres eget blodomløb overdøvede sandsynligvs lyden, for alle fem var helt koncentreret om den ældre mand. Forstod han selv, hvad han sagde? Sikkert. Man kunne forstå, at han havde gået og funderet på, hvad dette kunne betyde og til sidst været nødt til at drage den eneste rimelige konklusion. Det var noget „upassende".

De sagde tak for hans vigtige oplysninger og sagde, at han ville høre fra dem for at gennemgå alt lidt mere grundigt. Da han ville gå tilbage til sit eget hus, lagde han pludselig sin ene buttede hånd på Irenes arm. Genert sagde han:

– Ja ... undskyld, at jeg sigtede på jer med geværet ... men det er ikke ladt. Jeg kunne ikke finde ammunitionen. Men det var ikke det ... Behøver I fortælle fru von Knecht, at det var mig, der fortalte det her?

Til trods for kuldegraderne, var hans pande dækket af fine svedperler.

Irene klappede hans hånd med små, beroligende bevægelser, som hun håbede ville indgive ham fortrøstning og sagde med sin bedste, officielle politistemme:

– Ikke hvis der ikke dukker noget op af afgørende betydning for sagen. Indtil videre er det bare et spor blandt alle andre. Hvis det bliver nødvendigt, kan De blive indkaldt for at vidne i en eventuel retssag. Der er dog intet, der taler for, at det kommer til at gå sådan. I så fald hører De fra os i god tid.

Sætninger, der lyder politimæssigt officielle, virker altid beroligende på folk. De indgiver en følelse af, at myndigheden har situationen under kontrol. Hvilket de tre inspektører overhovedet ikke havde lige nu. Alting var vendt op og ned i sagen!

Da naboen var trasket over til sit med geværpiben slæbende i den smattede græsplæne, henvendte Irene sig til patruljebetjentene og sagde:

– Stefansson, du og jeg kender hinanden godt. Er det ikke rigtigt?

Hans Stefansson nikkede, men så på samme tid spørgende ud.

– Du og din kollega må under ingen omstændigheder, jeg gentager, under ingen omstændigheder sige til nogen, hvad naboen her har fortalt! I må rapportere præcist, hvad der er sket herude, men ikke et ord om samtalen! På ære?

Hun holdt sin hånd frem, og de trykkede hinandens hænder. Stefanssons kollega var en ung assistent, og han lod ikke til at have fattet en dyt af, hvad det hele drejede sig om. Men hans ansigt var højtideligt og alvorligt, da han tog Irenes hånd.

De to kolleger forsvandt i bilen, og de tre inspektører blev stående i den forsømte have. De så på hinanden uden at kunne få rigtig øjenkontakt i den fortættende skumring. Det blev Tommy, der brød tavsheden:

– Vi må tale sammen. Og spise! Klokken er snart 15.30.

– „China House" på Södra vägen?

– Perfekt.

Som efter en fælles overenskomst vekslede de ikke et ord med hinanden under den ti minutter lange biltur.

17

De var de eneste gæster i kineserrestauranten, men valgte alligevel en bås længst inde i lokalet. De fik „fire små retter" og hver en stor lys øl. Inden for nogle minutter kom maden på bordet. Først da bunden kunne skimtes i skålene, begyndte de at snakke. Irene indledte:

– Det er vist ikke Sylvia, vi skal tale med i første omgang, men Henrik og Charlotte. Men det bliver svært, når vi kun har sladder at gå ud fra.

Fredrik brød hurtigt ind:

– Jeg synes, at denne Henrik er mystisk! Jeg vil vædde en formue på, at han er bombemanden! Han kan let have fået fat i nøglerne til garagen og Porschen og er ejer af en stor, lys bil med mørke ruder. Og så har han plastdunke i sin garage.

Tommy nikkede og sagde samtykkende:

– Jeg er enig. Meget taler for Henrik som bombemanden. Men hvorfor? Hvorfor prøve at sprænge sin egen far i luften?

Hvorfor narrede han Pirjo hen for at udløse bomben? Og hvorfor sprænge Bobo Torsson til atomer? Irene gestikulerede ivrigt med hænderne for at understrege sin teori.

– Jeg tror, at det letteste spørgsmål at besvare er, hvorfor han narrede Pirjo hen til Berzeliigatan. Alt gik nemlig i fisk for ham. Hvis det da er ham, der er bombemanden, sagde hun.

– Gik i fisk?

– Ja. Tænk på, at bomben blev lavet næsten fire døgn inden, Richard blev myrdet. Var han ikke blevet forkølet, var han sikkert gået hen på sit kontor om mandagen. Nu gjorde han det ikke. Og heller ikke om tirsdagen. Tirsdag aften bliver han myrdet. Det mord ved vi helt sikkert, at Henrik ikke kan have begået, eftersom han og Sylvia befandt sig nedenfor på gaden, da han faldt. Men Henrik ved, at der ligger en dødbringende bombe nede på Berzeliigatan. Den vil dræbe den person, som først åbner døren. Hvem vil højst sandsynlig være denne første person?

Hun så på sine to kolleger. De var begge billeder på den totale koncentration. Lidt efter svarede Tommy:

– Sylvia von Knecht. Det ville selvfølgelig være Sylvia, der skulle ned og inspicere sin arv på kontoret.

– Netop! Og Sylvia von Knecht er nok den sidste person i verden, som Henrik ville dræbe. Som jeg før har sagt, så var det ærgerligt, at der ikke var nogen bagindgang til lejligheden. Så kunne han være gået ind ad bagvejen og have desarmeret bomben. Han turde åbenbart ikke engang prøve at åbne døren på klem for at fjerne ståltråden til tændhætten. Ergo, han beslutter i stedet at ofre en ubetydelig lus. Pirjo.

Fredrik blev ivrig og bøjede sig ind over bordet uden at opdage, at han lagde albuen i en skål med resterne af sursød sauce. Ophidset sagde han:

– Det passer sammen med alt det, vi har opsnuset i dag! Henrik von Knecht kender Pirjos arbejdstider og ved, at hun ikke vil blive lukket ind af nogen af fyrene fra teknisk afdeling. Så sidder han og lurer på hende og kører frem, da hun står og venter på sporvognen. Men vent nu lige lidt...

Han afbrød ærgerligt sig selv for at tørre saucen af albuen. Adspredt tværede han den ind sin strikkede trøje. Det var lige før Irene havde bedt ham om at gå ud på toilettet og vaske pletten ordentligt af. Men det lykkedes hende at holde mund. Med et fjernt blik ud i lokalet fortsatte Fredrik:

– Hvordan kunne Henrik von Knecht vide, at Pirjo befandt sig på Molinsgatan? Hele byen, bortset fra Pirjo, vidste, at den gamle var død! Det ville da være mere logisk at gå ud fra, at hun vidste, at han var styrtet ned fra balkonen? Og at hun derfor ville blive hjemme.

Både Irene og Tommy nikkede. Irene sagde beslutsomt:

– Vi må ind på stationen og snakke med kommissæren. Det er sandsynligvis Henrik von Knecht, vi bør overvåge og ikke Lillis. Det er måske muligt at få narkoafdelingen til at overtage den overvågning?

Der lå ingen større forhåbninger i den sidste sætning, men man skal ikke give op uden at have spurgt. Hun fortsatte henvendt til Fredrik:

– Har I lavet en plan over overvågningen af Lillis?

– Ja. Birgitta står der lige nu, ind til klokken 18.00. Hans Borg tager over, og så kommer jeg ved midnat. Jonny tager lørdag morgen og formiddag. Og så kører vi derudad.

– Der kan ikke være noget i vejen for, at vi flytter den her overvågning over til Marstrand? Ifølge Charlotte kommer Henrik ikke hjem før ved 22-tiden, altså i morgen aften.

Tommy sad og nippede til den varme kaffe. Tankefuldt sagde han:

– Tror du, at en overvågning af Henrik von Knecht giver noget? Han kommer hjem, træt og udmattet fra sine auktionsforretninger. Han sætter sig garanteret her og puster lidt ud. Og senere går han hen og lægger sig. Det er, hvad jeg tror.

Irene prøvede at overbevise ham:

– Men det er konkrete spor i opklaringen, vi følger nu! Vi er slet ikke sikre på, at Lillis har en direkte forbindelse til sagen. Jeg foreslår, at vi tager det her op med kommissæren. Hvad mener I om den bevæbnede nabos vidneudsagn? Havde Charlotte og Richard et seksuelt forhold?

Alle tænkte efter.

– Det lader det til.

– Meget tyder på det. Ikke mindst overnatningerne.

– I begyndelsen af denne sag ville jeg have affærdiget sådan et vidneudsagn som helt usandsynligt. Men med det kendskab til Richards og Charlottes personligheder, vi har fået i løbet af opklaringen, må jeg sige, at det overhovedet ikke er utænkeligt! sagde Irene.

Fredrik begyndte igen at vise tegn på en vis ophidselse, så Irene rakte ind over bordet og flyttede sauceskålen. Iveren lyste i hans øjne, og han lænede sig overtalende ind over bordet.

– Det giver ham Henrik et motiv. Jalousi! Hans egen far har noget kørende med hans kone! Det er fanden tage mig et stærkt motiv!

Noget begyndte at dæmre længst inde i Irenes hukommelse, og det lykkedes hende at få det frem.

– Jeg er ikke sikker på, at Henrik er i stand til at føle nogen større jalousi. Eller følelser i det hele taget. Han er vist udelukkende lidenskabelig i forhold til sine antikviteter. Men der er faktisk endnu et meget stærkt motiv. Det sædvanlige, nemlig penge.

Tommy så forbavset ud og spurgte:

– Men er det ikke Sylvia von Knecht, der arver sin mand?

– Jo. Bortset fra en forsikring. Sylvia fortalte mig selv om den. Hun og Henrik får en halv million hver i ti år i tilfælde af Richards død.

Fredrik fløjtede lavmælt. Efter nogen overvejelse sagde han:

– Efter hvad jeg har forstået på dig, brød Henrik og Richard von Knecht sig ikke særligt om hinanden?

– De var ikke direkte uvenner. Men ifølge Sylvia kunne Richard ikke acceptere, at Henriks personlighed havde forandret sig efter hans hjernehindebetændelse.

Irene så på uret. Den var et par minutter over 16.30. Resolut sagde hun:

– Nu ringer vi og tjekker, om Andersson stadig er på stationen. Vi må tage derhen og fremlægge det, der er dukket op i dag. Han må beslutte den videre planlægning.

De betalte og rejste sig.

De satte sig i bilen. Irene kørte, Fredrik sad ved siden af og Tommy på bagsædet. Da det var lykkedes dem at klemme sig ind i myldretidstrafikken på Södra vägen, lænede Fredrik sig frem og tændte for radioen. Sven-Ingvarspladen med „Byens eneste blondine" fyldte bilens indre. Højt og falsk gav de sig alle tre til

462

at synge med på refrænet. De fnisede, da musikken tonede ud. En behagelig mandsstemme meddelte hurtigt:

– Det var alt fra „Melodikavalkaden". Her er P3. Det er tid for „Dagens ekko et kvarter i fem".

Irene bremsede rent refleksmæssigt op og var ved at få en taxa op i bagsmækken. Begge de mandlige kolleger råbte i munden på hinanden:

– Hvad laver du?

– Pas på taxaen!

Disciplineret blinkede hun med blinklyset og svingede ind på Burgårdsgatan. Guderne måtte have accepteret et offer, hun havde tilbudt, for det lykkedes hende at finde en ledig parkeringsplads. Hun slukkede for motoren, skruede op for lyden på radioen og stirrede som forhekset på de små lysende røde og grønne prikker i bilradioen, som indikerede, at den var tændt. Fascineret hviskede hun:

– Hør efter, drenge, hør efter!

– „... ingen alvorlige episoder ved gårsdagens demonstrationer i forbindelse med fejringen af Karl XII's dødsdag. Politiet..."

Fredrik så irriteret og vred ud, muligvis mest en reaktion på chokket.

– Hvad er det så for noget! Du kunne have forårsaget en ulykke! Så kan de sige i „ekko" i morgen: „Tre strissere i Göteborg var skyld i en stor ulykke i myldretiden i går på grund af akut hjernedød hos føreren!"

Tommy begyndte at le, men Irene viftede bare afværgende med hånden og blikket veg ikke fra radioen. Dramatisk sagde hun:

– Hørte I ikke lyden af noget, der revnede?

Fredrik og Tommy vekslede et blik fuldt af mandlig indforståethed. Fredriks cirklende pegefinger mod hovedet var meget sigende. Irene så den, og hun gav sig også til at grine.

– Det, der revnede, var Charlottes alibi! Der er ingen 17-nyheder i radioen! Det hedder „Dagens ekko kvarter i fem", fordi det kommer 16.45!

Det gik op for de to kolleger, hvor hun ville hen. Det ville give Charlotte et kvarter ekstra og være mere end nok til at nå hen til Molinsgatan fra Mölndalsvägen.

Tommy var den, der først fattede sig.

– Er der virkelig ingen 17-nyheder?

– Nej, ikke på de store radiostationer. Og eftersom Charlottes Golf var helt ny, da hun forlod Volkswagens automobilcenter tirsdag aften, tror jeg ikke, at hun ville have nået at stille ind på en lille lokalstation, der sendte nyheder.

Tommy lænede sig frem mellem forsæderne og sagde:

– Jeg tror, du har ret, Irene. Vi må til at holde nærmere øje med Henrik og Charlotte. Men selvfølgelig har de allerede gjort det, de har gjort. Nu skal de bare holde lav profil. Hvis vi kunne få fingre i ét eneste holdbart bevis! Én, der så Charlotte i Molinsgatan på mordaftenen. Et vidne, der så Henrik læsse sine benzindunke ind og ud af Porschen. Men næh, nej! De har været forbandet heldige! Alt er kun indicier og gætværk!

Irene gav dem ret og startede bilen igen. Hun bestræbte sig på at køre eksemplarisk. Man må ikke udsætte sine arme kollegers nerver for alt for mange prøvelser.

Kommissær Sven Andersson snød næse i et stykke toiletpapir. Han havde hovedpine, og næsen løb. Han havde i sinde at køre lige hjem og lave sig en varm cognactoddy og krybe til køjs, da de tre inspektører ringede og fortalte om rygende interessante oplysninger i von Knechtsagen. Stilfærdigt snøftende havde han lyttet til deres redegørelser om dagens vidneudsagn og nye ledetråde. Han sad tavs længe og spekulerede på dét, han havde hørt. Til sidst sagde han:

– Det var som satan! Charlotte og Richard von Knecht!! Det er en rimelig slutning at drage efter den nabos vidneudsagn. Men vi må have beviser! Det er næppe en god idé at overvåge Henrik og Charlotte. Det er ikke så interessant, hvad de beskæftiger sig med nu, men snarere hvad de lavede af djævelskab før. Vi må finde flere og helst fældende beviser. Kan det være sådan, at de har planlagt at myrde Richard von Knecht i fællesskab?

Tommy rystede på hovedet og sagde:

– Det har vi diskuteret, men vi mener ikke, at det er gået sådan til. Meget tyder på, at bombeaktionen blev planlagt og udført af én person og selve mordet af en anden. Hvis Charlotte vidste, at Henrik havde anbragt en bombe på Berzeliigatan, behøvede hun jo ikke at tage nogen chancer ved selv at myrde sin svigerfar! Hun skulle bare stille og roligt vente på Richards næste entré ad yderdøren til kontoret.

Andersson så rødøjet på ham, tørrede sig om sin kobberfarvede næse og sagde eftertænksomt:

– Du tror, at Charlotte er involveret i mordet?

Tommy nikkede og gjorde en gestus hen mod Irene.

– Vi har ikke noget troværdigt motiv for hende, men Charlotte er den eneste, der ikke har noget særlig godt alibi. Ikke mere, efter at Irene kom i tanke om det her med „Dagens ekko 16.45". Hun smuttede altså fra Volkswagen inden klokken 17.00. Det lader til at være nøje planlagt i forhold til forførelsen af den

465

lille bilforhandler, Skytter. Hun har også haft mange muligheder for at få fingre i nøglerne, fastslog han.

Nøglerne. Igen rørte Irenes underbevidsthed på sig. Men det kom ikke op til overfladen. Irriteret prøvede hun at koncentrere sig om, hvad kommissæren lige nu fortalte.

– Hannu talte endnu engang med Pirjos børn i dag. Og den ene af smådrengene kom pludselig i tanke om, at en mand havde ringet og spurgt efter Pirjo onsdag morgen. Men Pirjo var lige taget af sted for at gøre rent hos von Knechts. Det fortalte drengen manden i telefonen. Datteren kendte overhovedet ikke noget til den telefonopringning, for på det tidspunkt var hun jo i skole. Det var pokkers heldigt, at Hannu fik den idé at afhøre drengene en gang til.

Fredrik sprang ophidset op af stolen og udbrød:

– Det var det, jeg sagde! Hvordan kunne han vide, at Pirjo ikke vidste, at den gamle var død, og at hun som sædvanlig skulle komme og gøre rent denne onsdag formiddag? Nu ved vi, at han ringede og tjekkede, hvor hun var!

Han afbrød sig selv, kiggede på sit armbåndsur og fortsatte hurtigt:

– Undskyld mig, men jeg må hen og afløse Birgitta.

De andre tre grinede smørret uden at sige et ord. Alle i lokalet vidste, at Birgitta gik af vagten klokken 18.00, det vil sige nu, og at Fredriks vagt ikke begyndte førend ved midnat. Hans ansigtskulør matchede kommissærens næse, da han nogenlunde nonchalant sagde:

– Hej. Hav en god weekend, I der har fri.

Tommys svar kom hurtigt:

– I lige måde, i lige måde. Når I har fri.

Fredrik lod som ingenting, men forsvandt hurtigt ud ad døren.

Tommy lo og sagde:

– Den fyr kan vi bruge som Lucia i år. Der er én, der kan gå bag ham hele tiden og hviske: „Birgitta, Birgitta!" Så lyser hans ører, så vi kan droppe lyskransen!

Irene truede spøgefuldt ad ham.

– Vi må ikke drille dem. Jeg synes, de er søde, sagde hun formanende.

Andersson hævede øjenbrynene op til hårrødderne. Ikke helt, for så var de havnet i nakken. Han sagde forarget:

– Søde! Vi taler om to politibetjente! De skal ikke rende rundt og være søde på arbejdet. Det her er ikke godt. Problemer med ... aaatju!

Heldigt at han nøs. Irene slap for at høre hans afsluttende pointe „... kvindemennesker". Men hun kunne ane det. I et ubevidst moderligt tonefald sagde hun:

– Nu burde du tage hjem og pleje din forkølelse. Han skulede til hende.

Han afskyede det dér føleri!

– Ja, mor.

Det var ment syrligt og sarkastisk, men blev lidt slattent. Han var virkelig træt. Måske havde han feber? Hvad mere var der, han ville sige? Pludselig huskede han det:

– Der var en ting til, som Hannu fandt ud af i dag. Efter at Richard von Knecht og Valle Reuter havde været ude og spise frokost, var Richard i banken og hæve ti tusind kroner. Klokken var omkring 16.

De to inspektører så forbavsede ud.

– Hvorfor sagde Valle Reuter ikke noget om det?

– Godt spørgsmål. Vil du finde ud af det, Irene? Han er glad for kvindelige politibetjente. Hannu ringede denne oplysning ind for en time siden. Han ville fortsætte med at spørge deroppe omkring torvet.

– Hvad var det for en bank?

– SE-banken på Kapellplatsen. Spørgsmålet er, hvor han gjorde af pengene?

Han blev afbrudt ved en telefons ringen. Han svarede barsk:

– Andersson. Ja... Det var satans! Du kan møde Irene og Tommy uden for gadedøren i Molinsgatan. De er der om et kvarter.

Energisk lagde han røret på og slog hænderne sammen.

– Det var Hannu. Han var inde i bageriet på torvet og snakke med dem, lige inden de lukkede. Richard von Knecht var inde og købe to færdigsmurte stykker smørrebrød tirsdag eftermiddag. Ved 16-tiden. Knap halvanden time før han blev myrdet!

Heldet var med dem. Valle Reuter var hjemme. Irene var lige ved at lægge på, da han svarede efter en hel masse ringetoner. Hun præsenterede sig som kriminalinspektør Huss. Var det muligt at komme op for at kontrollere de nye oplysninger, der var dukket op i sagen? Jo da, hun måtte så hjertens gerne komme og hilse på ham. Havde hun ikke prøvet „Neil Ellis" endnu? Irene blev temmelig paf, menmumlede noget, som kunne tolkes som både ja og nej. Ho ho, så heldig hun var! Men han havde minsandten fundet et par flasker frem. Det her kunne blive en rigtig hyggelig aften!

Noget undrende lagde Irene røret på. Men hun mente at ane, hvordan det hele hang sammen.

– Han tror, at jeg er den henrivende Birgitta. Jeg – eller rettere sagt Birgitta – er inviteret på vinsmagning i aften, sagde hun smågrinende.

Tommy lo hjerteligt:

– Det ville være synd at forstyrre jeres lille party. Hvad siger du til, at jeg tager en runde med Sylvia von Knecht? Er jeg heldig, er hun stadig på Marstrand. Og lille Arja vil måske gerne underholdes lidt. Hun var jo nem at snakke med.

– Ser heller ikke værst ud.

– Nej. Jeg foretrækker hendes åsyn frem for Valles.

Tommy ringede til Sylvia von Knecht fra mobiltelefonen. På hans skuffede mine forstod Irene, at det var Sylvia selv, der svarede. Modvilligt gik hun med til en kort „passiar".

– Men kun ganske kort. Jeg har min gamle mor her!

Irene hørte hendes hvasse stemme, selv om det var Tommy, der havde telefonen mod øret. Hun fnyste, da han ringede af:

– Den gamle mor, som ikke har det værre, end at hun kan stå og bage kager til begravelsen! Selv om der er et skidegodt bageri lige i nærheden. Jeg ved det. Jeg har nemlig smagt hele sortimentet.

Med en gysen kom hun i tanke om kaffeslabberadsen hos den lille, aldrende gravhundedame.

Tommy spurgte:

– Er det samme konditori som det, hvor Richard von Knecht købte sit smørrebrød?

– Ja.

Hun satte farten ned og blinkede af. En ledig parkeringsplads kun halvtreds meter fra huset, de skulle ind i. Det var ikke muligt at håbe på noget tættere på.

De parkerede og begyndte at gå hen mod den smukke gadedør. En tanke slog ned i Irene:

– Glem ikke at spørge Sylvia om det der smørrebrød. Ifølge hende var der ikke smørrebrød i køleskabet, da hun kom hjem om torsdagen. Richard lovede i deres sidste telefonsamtale, at han ville sørge for nogle madder.

Tommy begyndte at småklukke af latter.

– Tænk, hvis det er teknikerne, der har ædt dem. Så de ikke skulle stå og blive dårlige. Sylvia ville jo ikke komme hjem de første per dage, eftersom hun var på psykiatrisk afdeling, sagde han fnisende.

Irene standsede brat op.

– Du godeste! Det er ikke helt utænkeligt! Vi må spørge dem. Mind mig om det, sagde hun kort.

De var fremme ved gadedøren. Stille materialiserede Hannu sig ved deres side.

– Hej.

– Hold op, hvor du gjorde mig bange! Hej.

– Halløj. Måske er det bedst, at du går med mig op til damerne. Du forstår jo finsk, hvis det skulle blive nødvendigt, sagde Tommy.

Sylvia havde yderst modvilligt givet dem dørkoden og nu tastede de den ind. Med en blød summen fortalte gadedøren, at den var åben. De skubbede den op og tændte trappelyset.

Selv om hun vidste, at malerierne ville være der, blev hun lige betaget denne gang. Foråret svævede imod hende i sin blomstervogn, og på den anden væg gned spillemanden sin violin, så sveden sprang. Hastigt løb hun op ad trapperne for at få lidt tid med den graciøse, sorte marmorsvane på hallens gulv. Hun skævede til Hannu, men kunne ikke se det mindste tegn på påvirkning hos ham. Målbevidst skridtede han hen mod elevatoren og åbnede døren. Irene syntes, det føltes fjollet at tage elevatoren én etage op, men gjorde det alligevel.

Valle Reuter flåede døren op med et bredt velkomstsmil over hele femøren. Det slukkedes brat, da han fik øje på Irene. Han sagde skuffet:

– Hvem er De? Og hvor er min lille, søde politiveninde?

– Jeg er kriminalinspektør Irene Huss. Nøjagtigt som jeg sagde i telefonen. De forveksler mig formodentlig med kriminalinspektør Birgitta Moberg. Det var hende, De talte med på politistationen i sidste uge. Hun er lige nu i gang med en stor sag vedrørende en af Sveriges værste narkoforbrydere.

Hun kunne ikke lade være. Det røg ud af hende, inden hun nåede at tænke sig om. Det var for det der med „politiveninde".

Valle Reuter så virkelig imponeret ud. Han løftede øjenbrynene op mod skaldepanden og sagde:

– Sender I virkelig lille Birgitta ud til den slags farlige ting?

Han flyttede sit uformelige korpus og gjorde en indbydende gestus ind mod hallen. Den var ikke helt så stor som von Knechts. Men de smukke, udskårne garderobedøre var der, og et pragtfuldt spejl. Irene trådte ind og hængte sin skindjakke op på en snørklet knage af messing. Til at begynde med ænsede hun det ikke, men pludselig fik hun en ubehagelig déjà vu oplevelse. En tydelig lugt af Ajax og cigar svævede i luften. Ufrivilligt skuttede hun sig. Sidst hun havde været i huset her, og omgivet af denne duftblanding, havde det drejet sig om ond, pludselig død. Højt sagde hun:

– Her dufter godt af Ajax. Er det julerengøringen, der allerede er overstået?

Han lo og plirrede mod hende.

– Kan man måske godt sige. Men jeg har faktisk hyret et rengøringsfirma. Tre personer har været her hele dagen i går. Fantastisk dygtige mennesker. De gjorde hele lejligheden ren og satte nye gardiner op overalt. Jeg vil have, der skal være pænt, når min forlovede kommer herop for første gang, sagde Valle.

Han lo højt og sjokkede foran hende ind i den store opholdsstue. Den var noget mindre end salen oppe hos von Knechts, men alligevel omkring hundrede kvadratmeter. Med en stolt gestus bad han hende om at tage plads i en svulmende lænestol. Duften af nyt læder rev skarpt i næsen. Det var tunge, blanke og åbenbart helt nye lædermøbler. To sofaer og fire lænestole. Glasbordet var det største, Irene nogensinde havde set og mindede om en ottekantet pool. I den store, åbne pejs i grønlige nuancer marmor og sort skifer, flammede brændeilden. På begge sider af pejsen strakte høje skabe sig med blanke glasdøre. Bag glassene skimtedes sølvgenstande. Store billeder med tunge guldrammer mindede meget om kunsten oppe hos von Knechts. Han ejede oven i købet et farvemættet monster i lighed med det, von Knecht havde på væggen i biblioteket. Men von Knechts var grønt, og det her var blåt.

I den anden ende af lokalet tronede et stort spisebord med tolv stole. Ovenover hang der en tung krystallysekrone. Et glitrende skær fra tusinder af prismer bredte sig ud i stuen.

Valle Reuter spankulerede hen til væggen og begyndte at dreje på en lille, rund knap. Sagte blev belysningen dæmpet og med en hurtigt drej i den modsatte retning, blev rummet badet i lys.

– Det har de lavet i dag. Lysdæmper, hedder det.

Med et fornøjet udtryk i hele kroppen, drejede han igen lyset ned til et behageligt niveau.

– Deres forlovede vil synes om den her lejlighed, det er jeg helt overbevist om.

Dette sagde Irene med ægte oprigtighed. For der var faktisk vældig rart i stuen.

– Det tror jeg også. Alt er nyt! Det kom i dag.

– Alt?

– Ja, ikke malerierne og tæpperne. Det er noget, Henrik har købt ind til mig. Investeringer. Krystallysekronen er også gammel, meget gammel, men fint renoveret. Møblerne er nye. Du er den første, der sidder i dem.

– Og alt dette købte du, bare fordi din forlovede skal komme herop for første gang?

Han sendte hende et langt blik og nikkede højtideligt nogle gange, inden han sagde:

– Hun sagde ja til mit frieri i tirsdags. Jeg blev så overlykkelig! Det har været så trist. Tunge år … ensomt … og så det med Richard. Da Gunnel sagde ja, så syntes jeg, at der blev tændt et lys for mig også. Jeg kan næsten ikke tro det! Jeg har besluttet at begynde et nyt liv. Ud med alle de gamle, grimme møbler, som Leila valgte engang i tidernes morgen! Rengøring er jeg ikke så god til … her var lidt nusset. Men det klarede rengøringsfirmaet. Selv om jeg måtte betale dobbelt pris, fordi de skulle komme med så kort varsel. Men det var det værd! I forgårs gik jeg ind til den dér møbeludstilling på Östra Hamngatan. Jeg udpegede nøjagtigt, hvad jeg ville have. En del af det var ikke på lager, men så tog jeg udstillingseksemplaret. Det er spisebordet og den ene sofa. „Jeg vil have det hjem senest fredag aften", sagde jeg. Det kostede en hel del, det her gilde. Men det er hver eneste øre

473

værd! De gamle møbler gav jeg til Frelsens Hær. De var og hente det i går. Skulle det være et glas? Nå, nej ikke?

Han så skuffet ud, ikke helt ulig en vovse, der har sat næsen op efter en godbid og ikke får nogen.

– Vi må ikke drikke alkohol i tjenesten, sagde Irene.

– Men klokken er jo 19 fredag aften!!

– Og jeg er i tjeneste.

– Åh.

– Det er naturligvis derfor, at jeg er her. Men jeg vil faktisk gerne ønske til lykke med de nye møbler. Og ønske held og lykke med det nye liv, sammen med Gunnel.

Valle lyste op igen.

– Tusind tak! Du er den første, der får det at vide. Der er ikke andre, der ved noget. Sylvia har jo været her og spurgt, om jeg skal flytte, men jeg har fejet hende af. Hun ville få et føl! Og det interesserer ikke min søn. Gunnel og jeg vil forlove os hemmeligt her i morgen aften. Sådan er det nok bedst med henblik på Richard. Og vi gifter os til påske!

Den runde skikkelse strålede af lykke. Irene besluttede, at det var på tide at komme ind på hendes egentlige ærinde. Hun rømmede sig let, inden hun sagde:

– Jeg vil godt supplere med nogle spørgsmål angående tirsdag. Vi har fået oplysninger om, at da I kørte i taxa hjem fra frokosten på Johanneshus, kørte I ikke lige hjem. Richard von Knecht var inde i SE-banken på Kapellplatsen ved 16-tiden og hæve en stor sum penge.

Valle løftede øjenbrynene.

– Jaså?

Han missede venligt mod hende og så ud til at vente på fortsættelsen.

– Kan du ikke huske, at han gik ind i banken?

Så begyndte Valle at pibe og fløjte som en dampkoger. Hun forstod, at han grinede.

– Huske? jeg sover altid i taxaen hjem! Altid! Richard vækker mig, når vi standser her uden for gadedøren. Eller vækkede mig ...

De muntre pibelyde forsvandt, og et vemod trængte igennem hans stemme ved de sidste ord. Irene fortsatte for at tydeliggøre svaret:

– Den pågældende tirsdag eftermiddag sov du altså hele tiden i bilen, lige til det var på tide at stå ud?

– Ja. Jeg må være faldet i søvn næsten omgående. Jeg vågnede ved, at Richard vækkede mig. Som han plejer.

– Kan du huske, om han havde noget i hånden?

Valle anstrengte sig virkelig. Irene blev slået af hans lighed med en bekymret sæl. Han kneb øjnene sammen og koncentrerede sig.

– Det gjorde han vist ... faktisk. En lille hvid pose i den ene hånd. En pose. Puttede han pengene i en papirpose?

– Nej. Han gik ind på konditoriet ved siden af banken og købte to stykker smørrebrød.

– Det kan godt passe. Det gjorde han og Sylvia tit om tirsdagen. Spiste bare et stykke smørrebrød om aftenen. Vi spiste godt til vores frokoster, så Richard kunne klare Sylvias sultekure. Hun ville jo forblive ballerinaslank. Den stakkels Richard sultede næsten ihjel!

Efter hvad Irene kunne huske, havde der ikke stået noget i obduktionsrapporten om svær underernæring, men hun besluttede at lade emnet ligge.

– Sagde han noget til dig om pengene? Det var en ret stor sum, ti tusind kroner.

– Han skulle vel købe noget. Tøj måske.

Valle lød uinteresseret. Han syntes åbenbart ikke, at det var nogen større sum. Irene havde en mistanke om, at for det beløb kunne man ikke engang købe den lænestol, hun sad i.

– Hævede han kontanter, når han skulle købe noget?

Valle tænkte efter, med fornyet interesse.

– Nej, han betalte altid med kort. Han ville ikke have kontanter på sig. Det skal man ikke have, hvis nu man bliver bestjålet. Man ved aldrig i disse tider, med alle de skinheads og narkovrag.

I et sekund flimrede datterens nøgne isse forbi Irenes øjne, men hun tvang billedet væk. Hun gjorde en gestus hen mod monsterbilledet og spurgte:

– Henrik har altså hjulpet dig med at købe de der fine billeder?

– Ja. Prægtig knægt. Dygtig og sikker. Han har også købt tæpperne. Og krystallysekronen.

Han pegede på billedet med det blåhovede monster og fortsatte:

– Han formidlede kontakten til Bengt Lindström, en kendt svensk kunstner i Paris. Det her er hans portræt af mig. Jeg fik ham til at male et af Richard også – efter et fotografi – til hans tresårsdag. Richard blev himmelhenrykt! Sagde, at det var den gave, som han var allermest glad for. Men det syntes Sylvia selvfølgelig ikke! Hun sagde, at de havde rigeligt af Bengt Lindström. Hun blev sur, fordi han blev så glad for maleriet.

Til sin egen overraskelse så Irene pludselig, at det virkelig var Valle Reuter på billedet. Udtrykket af jovial sæl var taget lige på kornet. Den blå sæl havde en karmoisinrød plet i venstre øje, der tydeligt sagde: „Pas på ikke at undervurdere mig!"

Eftersom de nu var begyndt at tale om Henrik, besluttede Irene sig for at spinde videre og pumpe Valle for så mange oplysninger som muligt. Venligt interesseret spurgte hun:

– Hvad syntes Richard om sin søns erhvervsvalg?

– Njaa, han var enormt skuffet, efter Henriks sygdom. Troede vel, at han ville fortsætte inden for finansverdenen. Ligesom jeg troede det om min søn. Eller rettere sagt, Leilas søn.

Han trak sig ind i sig selv, og Irene anede et traume, som hun skulle undgå at fordybe sig i. Hastigt sagde hun:

– Men Henrik gik sine egne veje, som vi ved. Efter hvad jeg forstår, holder han for det meste til oppe i sit hus på Marstrand?

– Ja, det var det hus, der fik ham tilbage til livet. Han var apatisk og deprimeret efter sygdommen. Måtte kæmpe for at blive nogenlunde rask igen. Han var trist. Men så besluttede Richard at bygge en gæstehytte nede ved vandet på landstedet, og så spurgte Henrik, om han ikke også kunne få sin egen hytte. Han ville være i fred, tænker jeg. De to huse blev bygget samtidig. Henrik var fyr og flamme. Han var ude med håndværkerne fra første sprængning til den sidste tagplade! Det gjorde ham godt både fysisk og psykisk. Det fysiske arbejde.

– Sprængning?

– Ja, der måtte sprænges en del derude på klipperne. Til fundamentet. Det syntes Henrik var skægt. Han er jo gammel jægersoldat. De lærer om sprængstoffer. Du milde, så tør jeg bliver i halsen af al den snak! Skal vi ikke have bare et lille glas?

Hun afslog venligt, men bestemt, mens hjernen kørte på højtryk. Henrik havde både adgang til sprængstoffer og kendskab til håndteringen af dem. De måtte op til Marstrand og lede efter sprængstof og tændhætter. Og den der lunte, pentyllunte. Beviser! Det kunne være håndfaste beviser. Selv om der måske ikke var nogen tilbage. Alt var måske brugt til djævlebomben og Bobos dokumentmappe. Hun opfattede pludselig, at Valle var begyndt at tale igen.

– ... vældig smukt deroppe. Men Charlotte trivedes ikke. Hun synes, at det er for øde. I begyndelsen var hun tit med. Men ikke så meget i den senere tid.

– Hvordan var Richards forhold til Charlotte?

– Godt. Han snakkede ikke så tit om hende. Men han syntes, det var synd, at de ikke kunne få børn.

– Bang! Der røg hele taget ned i hovedet på Irene. I hvert fald mentalt. Uden at røbe sin indre ophidselse, sagde hun neutralt:

– Kan hun ikke få børn?

– Nej, det er Henrik, der ikke kan få børn efter sin sygdom. Han blev testet flere gange, men han havde ingen levende sædceller. Richard sagde, at knægten er totalt steril.

– Vidste Charlotte det, inden de blev gift?

– Ja. Men det gjorde ingenting, syntes hun. Hun ville ikke have børn, ville ikke have ødelagt sin figur. Er man fotomodel, så må man jo tænke på udseendet. Virkelig en meget smuk pige.

– Syntes Richard også, at hun var smuk? Jeg mener, nævnte han noget om det?

Valle så forbavset på hende.

– Ja, det må enhver mand da kunne se. De fleste normalt indrettede fyre synes nok, at Charlotte er enormt smuk, sagde han med eftertryk.

– Talte han aldrig med dig om, hvordan hans forhold til svigerdatteren var?

Nu så Valle irriteret ud.

– Eftersom han sjældent talte om hende, var det vel godt! Hvad har Charlotte med mordet på Richard at gøre?

Valle og Richard havde stået hinanden nær efter at have kendt hinanden i lang tid. Men Richard havde åbenbart aldrig talt med Valle om et forhold mellem ham og Charlotte. Irene besluttede at droppe emnet.

– Du ved vel ikke, hvilket taxaselskab I kørte hjem med fra Johanneshus?

– Jo, selvfølgelig! Vi kører altid med det samme selskab, jeg og Richard. Det eneste selskab i midtbyen udelukkende med Mercedesbiler. Et lille selskab, men de har bemanding døgnet rundt. Vent, så går jeg hen og finder nummeret.

Han luntede hen mod en dør, der førte ind i et arbejdsværelse. En vindueslampe med blomstermalet glasskærm lyste svagt ud over et stort, tomt skrivebord i mørkt, blankpoleret træ. Valle tændte en skrivebordslampe med marmoreret glasskærm. Lyset genspejlede sig i glasdøre og blankt læder. Lænestolene lignede dem oppe i von Knechts bibliotek. Irene mærkede en lynhurtig længsel efter at kunne tage en bog ud af bogreolerne og synke ned i en af stolene. Bare lade sig omslutte af dens bastante læderfavn.

– Her har jeg det!

Valle viftede med et stykke papir. Han skrev nummeret af på en anden seddel og kom ind i opholdsstuen igen.

– Jeg har altid en seddel i kalenderen også. Det er godt at have med. Chaufførerne i det selskab er vældig gode. Hjælpsomme og venlige.

Irene have en mistanke om, at Valle var rundhåndet med drikkepenge, når han var på druk, hvilket sikkert var en medvirkende årsag til hjælpsomheden. Den overvejelse beholdt hun dog for sig selv. Hun rejste sig og takkede Valle for hans venlighed.

– Åh, det er ingenting! Kan jeg hjælpe med til at få fanget den, der myrdede min ven, stiller jeg hellere end gerne op, sagde han alvorligt.

Lidt mere af den indstilling hos de involverede i denne sag, og den havde været opklaret. Hvilket fik hende til at spekulere på, hvordan samtalen oppe hos Sylvia var forløbet.

– Hun blev ude af sig selv, da jeg spurgte om smørrebrødet. Hun råbte op om, at vi skulle holde op med at chikanere hende. Men hun klappede da i, da Hannu sagde noget til hende på finsk, lige inden vi gik. Hvad sagde du?

Hannu trak den ene mundvig en anelse ned og hviskede mørkt:

– Det her er en mordsag!

Tommy lo og vendte sig mod Irene, der kørte.

– Samtalen inden da med Sylvia gav ikke meget. Hun lod os ikke tale med søsteren og moderen. Hun fortalte, at hun havde været oppe på Marstrand i dag. En hest havde fået bronchitis og hoste. Men dyrlægen havde givet den penicillin, så den skulle nok blive rask. Det var de oplysninger, vi fik. Ellers brokkede hun sig kun. Men hun sagde noget på finsk til Arja, lige da vi var kommet inden for døren. Hørte du, hvad hun sagde, Hannu?

– Ja. Ikke et ord om festen.

– „Ikke et ord om festen". Det er du sikker på?

– Ja.

– Hvilken fest? Hun kan da vel ikke have ment begravelsen?

Irene fik en idé samtidig med, at hun svingede ind på stationens parkeringsplads. Hun sagde:

– Kan det have været fødselsdagsfesten? Eller „trediveårskrigen", som flere har kaldt den i løbet af sagen. Tommy spekulerede højt, mens hun parkerede.

– Ingen af dem, der var med, har sagt, at der skete noget særligt. De lader til at være enige om, at det var en fin fest. Kun Charlotte og Henrik virkede afdæmpede, ifølge vidneudsagnene.

– Ja, det tror jeg! Hun har noget kørende med en anden mand. Måske ligefrem med sin svigerfar. Og Henrik har lige anbragt en bombe for at sende sin far til himmerige! Så tror da pokker, at de var afdæmpede!

Hannu brød ind i samtalen:

– Anspændte, ikke afdæmpede. Anspændte.

De tog hende et sekund at fatte, hvad han mente. Motoren var slukket, men de sad stadig i bilen. Hun nikkede:

– Ikke afdæmpede. Anspændte. Nemlig. Henrik var nervøs for, at noget skulle gå galt med bomben. Og Charlotte havde andet i tankerne. Planer om at tage livet af sin svigerfar, sin elsker, sit barns far? Hvad var hans forhold til hende?

Tommy sukkede og slog opgivende ud med hænderne:

– Indicier! Vi må have beviser! Beviser!

Kommissæren var kørt hjem, kogende af feber. De tre inspektører satte sig og gennemgik, hvad dagen havde givet, hvilket var en hel del. På Anderssons skrivebord lå der en fax fra teknikerne. De meddelte, at rørene i kælderen på Berzeliigatan „med største sandsynlighed stemmer overens med de rør, som blev brugt til fremstillingen af de pågældende bomber. Der testes fortsat for at fastslå overensstemmelsen." De ringede til teknikerne for at spørge om smørrebrødet i von Knechts køleskab, men ingen svarede. Altså skrev de også en fax: „Der er indløbet en klar oplysning om, at Richard von Knecht købte to færdigsmurte stykker smørrebrød halvanden time før sin død. Så I disse stykker smørrebrød i køleskabet? Hvis det er tilfældet: blev nogen af jer sultne?"

Irene ringede til taxaselskabet. Efter mange forklaringer og bøvl fremgik det, at chaufføren, de søgte, havde ferie. Han befandt sig sikkert i sit sommerhus i Bengtsfors. Nej, der var ingen telefon. Men de kunne få nummeret til lejligheden i byen. Irene sagde tak og lagde på. Som hun havde forventet, fik hun ikke noget svar på chaufførens privatnummer. Hun henvendte sig til sidst til sine to kolleger og sagde:

– Nu går vi hjem. Jeg tager nummeret med og prøver at få fat i taxafyren i løbet af weekenden. Men i morgen formiddag skal jeg i byen med tvillingerne. Det er tradition. Vi skal kigge på juleudstillingen. Jeg har lovet at gå med dem. Troede, at de var for store til at have mig, deres gamle mor, med. Men de bad mig faktisk om at tage med.

Inderst inde var hun utrolig glad og smigret over det.

18

Irene Huss vågnede med et sæt. Hun mente at høre svage hulk. Var Jenny vågnet og begyndt at græde igen? Forsigtig listede hun op og lyttede ved datterens dør. Alt var stille. Da hun åbnede døren på klem, kunne hun høre rolige åndedrag og pusten. Pustene kom fra Sammie. Han lå og gassede sig på ryggen med poterne i vejret. Den lille hundemor lå farligt langt ude på sengekanten, men Irene følte ingen uro, kun ømhed. Det var godt for Jenny, at hun kunne mærke nærheden fra sin hund. Det havde været en hård fredag for hende.

Irene var kommet hjem ved 22-tiden. Hun ville helst bare have haft en stor kop te og en mellemmad og så på hovedet i seng. Men sådan blev det ikke. I hvert fald ikke lige på det tidspunkt.

Sammie var stormet hende i møde, men han var ikke helt sig selv. Halen hang bekymret ned, og han krummede sig sammen og jamrede i stedet for at springe rundt og bjæffe. Havde han ondt, eller var han blevet syg? Hun bøjede sig ned og begyndte at småsnakke med ham, mens hænderne strøg over hans krop for at undersøge, om han var øm nogen steder. Så hørte hun en hulken, og Katarinas stemme inde fra dagligstuen:

– Hun ligner jo en forbandet flæse!

Flæse! Hvad i himlens navn betød det? Og hvem så ud som det? Irene rejste sig op, smed i forbifarten skindjakken op på knagen og gik ind til døtrene i dagligstuen. Katarina sad foroverbøjet yderst på lænestolen og snakkede med Jenny, som lå på maven i sofaen og rystede af gråd. Hun havde skjult sit skaldede hoved under en sofapude, som hun krampagtigt holdt fast i. Katarina havde ikke hørt Irenes ankomst og opdagede ikke, at hun var kommet ind i stuen. Hun var intenst optaget af at trøste sin søster.

– Der er masser af andre fyre, der både er sejere og sødere! Og tusinder af andre bands. Med bedre musik. Og hvis du ikke vil spille skinhead-musik, så kan du lade håret vokse. Om to måneder har du lige så langt hår som Marie Fredriksson i Roxette! Vi kan afblege det. Skidesejt! Afbleget karse! Indtil det er vokset ud, kan vi sige, at du har fået kræft. Håret er faldet af på grund af alle de cellegifte og al den der strålebehandling ... Orv! Er du vild, mand?

Med et vræl var Jenny faret op og havde smidt puden lige mod Katarina. Hun var rasende. Tårerne sprøjtede ud af hendes vidtåbne øjne. Men kræfterne var ved at ebbe ud, for hun fuldførte ikke angrebet. Da hun fik øje på Irene, var hun løbet hen og havde af fuld kraft kastet sig i hendes favn. Og havde grædt. Grædt trøsteløst, ordløst. Grædt den første tabte kærlighed ud, de første tabte forhåbninger. Det havde gjort ondt i Irenes trykkede ribben, da Jenny var kommet springende i hendes arme. Hun viste det dog ikke, men var stille begyndt at vugge hende, samtidig med at hun kærligt strøg hendes skaldede hoved.

Lidt senere sad de rundt om køkkenbordet, drak te og spiste æggemadder med Kalles kaviar. Stykke for stykke kom historien. Jenny havde sagt til Marcus, at hun ikke ville være med til demonstrationerne på Karl XII's dødsdag. Hun ville ikke råbe slagord, som hun ikke kunne stå inde for. Hun ville derimod gerne fortsætte i bandet. Marcus var blevet megasur og havde sagt:
– „Står man ikke inde for det ene, så skal man heller ikke stille op til det andet. Du har vist, hvor du står!"
Derpå var han vendt rundt på hælen og var gået. Jenny blev ked af det, for hun var jo forelsket i ham, troede hun i hvert fald. Han var den første fyr, der havde kysset hende, så knæene blev til gelé. Da Katarina fortalte det sidste, flammede Jenny op igen, men faldt hurtigt til ro. Det var netop sådan, det føltes.

Det var Katarinas idé, at de skulle leje „Schindlers liste" til om aftenen. Mormor skulle komme, og hun ville sikkert kunne lide en film, der udspillede sig i hendes egen ungdom. Filmen handlede om en mand, der lod, som om han samarbejdede med nazisterne, samtidig med at det lykkedes ham at redde en masse jøder ud af udryddelseslejrene.

Efter filmen havde mormor fortalt om, hvordan hun som syttenårig havde oplevet krigsafslutningen. De hvide Rødekorsbusser, der tømte deres last af levende skeletter. På hendes skole var baderummene blevet stillet til rådighed. Sygeplejersker trak de snavsede laser af de skælvende menneskevrag. De blev overpudret med lusemiddel og blev skrubbet med varmt vand og skurebørster. En stakkels gammel, jødisk herre blev så bange, da han skulle pudres med antiloppemiddel, at han fik et hjerteslag og døde! Han troede, at det var gift. Den slags gift, som nazisterne havde benyttet, når de ville dræbe mange på én gang. Men dét var vist nok med gas, havde mormor sagt. Selv havde hun stået og uddelt rent tøj og hjulpet dem, der ikke selv kunne klare at klæde sig på. Mærkeligt nok havde mormor ikke sagt et ord om Jennys glatragede hoved. Det var, som om hun ikke så det.

Jenny syntes, at søsteren havde fået lov til at snakke alt for længe. Det var trods alt mest hende, det handlede om! Ivrigt brød hun ind i samtalen:

– Da mormor havde fortalt færdigt, spurgte jeg hende, om hun virkelig havde set alle disse mennesker, der havde siddet i koncentrationslejre. Det havde hun. Så spurgte jeg, om det var rigtigt, at der havde været udryddelseslejre. Og så sagde hun „Ja". Jeg spurgte, hvorfor de lod det ske! Hvorfor protesterede svenskerne ikke mod, at millioner af mennesker blev dræbt i sådanne lejre? Men det kunne hun ikke svare på. Så sagde hun, at vi i Sverige ikke vidste noget om det under krigen. Det var først, da krigen var slut, og Hitler var død, at lejrene blev åbnet, at folk fik det at vide. Det synes jeg lyder utroligt! Jeg mener ... det er vel ikke så underligt, hvis man ikke rigtig tror på, at lejrene har eksisteret...? Eftersom ingen reagerede under krigen. Men bare lod det ske!

Hun tav, og Irene anede en let undskyldende tone i de sidste sætninger. Jenny sad og kradsede med neglen i bordkanten. Det var et tegn på, at hun sad og brændte inde med noget, som var svært at få sagt. Omsider tog hun en dyb indånding og sagde:

– Vil du godt sige til Tommy, at jeg ikke er racist. Vi behøver ikke at være uvenner. Det vil jeg ikke have! Sig det til ham. Jeg er virkelig ikke racist. Teksterne er racistiske. Jeg har hørt dem nu. Grundigt. Jeg gav mine cd-er tilbage til Marcus, han kan give dem til Marie!

– Er det hende, der er „en forbandet flæse"?

– Nemlig! Hun er en forbandet flæse!

Det var ikke nødvendigt at bede om en forklaring på ordet. Tonefaldet, det blev udtalt i, sagde alt. Forsigtigt spurgte Irene:

– Hvad skete der med Marcus?

Jenny blev fuldstændig rynket omkring øjnene, men inden Katarina nåede at tale til hende igen, sagde hun med grådkvalt stemme:

– Marcus og Marie var sammen i går. Hun går i ottende.

– Er hun også skinhead?

– Næh, hun har lyserødt hår. Sommetider laver hun lilla striber i det. Og så er hun blevet piercet. Hun har en ring i øjenbrynet, én i overlæben og én i næsen. Ækelt!

Begge døtre var enige om, at det var ulækkert, og det var Irene taknemlig for.

Da Krister var kommet hjem ved 1-tiden, sov pigerne, men Irene var vågen. Efter at have fortalt om Jennys bekymringer og om en snarlig ende på skinheadperioden, prøvede hun at forføre ham. Men han var for træt og slet ikke oplagt. Juletravlheden på byens restauranter var begyndt. Han tog hendes hånd og faldt næsten omgående i søvn. Hun lå længe vågen, og tankerne kværnede om skinheads, millionærer, bomber, mordere, MC-gangsters, seksuelle forhold mellem folk som ikke burde have det, og seksuelle forhold mellem folk der burde.

Af bar udmattelse faldt hun i søvn, indtil gråden vækkede hende. Men hun måtte have drømt. Ingen i huset græd.

Der var ikke én ledig parkeringsplads i hele byen. Til sidst kørte Irene ned til politistationen og stillede bilen på parkeringspladsen. Både Jenny og Katarina var opstemte og forventningsfulde. De havde svært ved at opretholde deres teenage-værdighed, når deres indre lille barn masede på for at komme ud. Jenny havde trukket en knaldrød alpehue ned over ørerne. Ikke udelukkende for at skjule issen, men også fordi det var virkelig koldt. Bare nogle minusgrader, men det blæste. Og så bliver Göteborg som Antarktis. For at holde cirkulationen i gang ilede Irene og tvillingerne ind mod centrums forretningskvarterer.

Over gågaderne hang der udspændte guirlander med lygter og stjerner. I de høje træer i Brunnsparken og langs med Östra Hamngatan blinkede hundredvis af små lyspærer, som var viklet ind i de bladløse grene. Men kun få mennesker så op mod trækronerne. De fleste begravede hagen i kraven og gik foroverbøjede mod vinden. Man ville hurtigt ind i den dejlige varme, og forretningsmændene gned sig i hænderne. Det var lige præcis, hvad de også håbede på.

Pigerne fór ind og ud af nogle tøjforretninger. Irene huskede at kigge på jakker, men et blik på prissedlerne fik hende til at beslutte sig for at vente til foråret. Nu skulle hun alligevel bare bruge vinterjakke i flere måneder. Forårs- og efterårsjakke kunne vente. Men hun savnede sin poplinjakke.

– Se mor! Skidesejt, hva'?

Katarina hujede højt, da hun gik mannequin ud af prøverummet, iført en heftig orange bluse, der sluttede ved navlen og et par mosgrønne bukser med svaj. Det fik revet Irene ud af sine tanker. Først stirrede hun bare på sin datter. Til sidst

488

kunne hun ikke holde sig, men skreg af grin. Katarina blev vred og hvæsede:

– Hvad griner du af? Det her er moderne! Prøv lige at følge med, hva'!

Jenny var enig og sagde nedladende til sin fossile mor:

– Det her er altså bare det hotteste.

Irene prøvede at stramme sig op.

– Undskyld mig, men det er bare det, at jeg genkendte mig selv. Netop sådan så jeg ud, da jeg var på jeres alder.

Begge døtre betragtede hende vantro og udvekslede himmelvendte blikke. Det, der var sværest at tro på, var nok, at deres mor nogensinde havde været på deres alder.

Ligesom alle andre juleudstillingsfreaks og julegavekøbere endte de i NK. Irene var træt og ville have en kop kaffe, men pigerne var stemt for at gå rundt og kigge i varehuset først. Sukkende og mildt protesterende måtte Irene overgive sig. Eftersom pigerne var enige, var hun i mindretal. Alt lyset og glitterstadsen begyndte at suge kraften ud af hende. Og så nisserne. Hvor man end kiggede hen, så man en nisse. Små nisser, kæmpenisser, kunstfærdige nisser og levende nisser. Én var ved at skræmme livet af hende, da den bøjede sig frem, rørte ved hendes arm og spurgte, om hun ikke skulle købe en ny barbermaskine til „lillefar".

Træt og udkørt pustede Irene ud på rulletrappen op mod første sal. Oven over deres hoveder svævede lydløse, roterende, juletræer. Halogénlamper fik dem til at glitre og lyne. Ét var pyntet udelukkende med sølvrosetter, et andet med guldhjerter, et tredje med sølvistapper, et fjerde med guldkugler ... guld og sølv blændede og skar ubarmhjertigt i hendes øjne. Guld og sølv. Sølv. Som blanke sild i en dåse. Som blanke...

– Mor! Løft fødderne!

Det var Katarina, der skreg. Pigerne befandt sig bag ved hende og var klar over, hvad der var ved at ske. Men det var for sent. Hun faldt, så lang hun var, dér hvor rulletrappen holdt op. Posen med de nyindkøbte trusser og strømper fløj til alle sider, men blev hurtigt samlet op af Jenny. Katarina skammede sig, så hun var ved at synke i gulvet. Altså, hvor pinlig kan en mor blive?

Al træthed var som blæst væk. I hast samlede hun sig selv, sine børn, sine pakkenelliker og sin ramponerede værdighed sammen. Ivrigt sagde hun:

– Hurtigt! Jeg må have fat på en telefon!

– Slog du dig? Skal du ringe efter en ambulance, eller hvad?

– Nej. Men der var faktisk noget, der slog mig. En tanke!

– Har du ingen mobiltelefon?

– Nej, jeg tog den ikke med.

De vendte rundt og tog rulletrappen ned igen. I stueetagen fandt Irene en god restaurant og en telefonboks. Pigerne blev parkeret ved et bord, forsynede med chokolade og flødeskum og Luciaboller.

Irene begyndte at rode sine lommer igennem efter sedlen med telefonnummeret, fandt den og tastede det ind.

– Sylvia von Knecht.

– Goddag, undskyld at jeg forstyrrer. Det er inspektør Irene Huss.

– Hvad vil du?

Det vil være synd at påstå, at der strømmede nogen større varme gennem ledningen. Men det var heller ikke nødvendigt. Det, som det drejede sig om nu, var ikke at få Sylvia i dårligt

humør. Hvilket Irene ikke havde haft de bedste erfaringer med.
Med det venligste tonefald, hun kunne få frem, sagde hun:
– Der er dukket en oplysning op, som jeg godt vil tjekke. Det
tager kun fem minutter.
– Så tjek dog!
Irene blev bragt ud af fatning, inden hun forstod, hvad Sylvia
mente.
– Nja, det går ikke over telefonen. Jeg er nødt til at komme op
og tale med dig i lejligheden. Det er meget vigtigt, hvis det skulle
vise sig at passe, sagde hun indtrængende.
Der blev stille i lang tid.
– Hvornår vil du i så fald komme?
– Er det i orden ved 15-tiden?
– Ja.
Klik. Røret på som sædvanlig. Tænk, hvis hendes åbenbaring
på rulletrappen skulle vise sig at være et luftigt fatamorgana, der
med en hånlatter blot blev drevet på flugt som en tåge i det
tomme ingenting? Så ville det blive en samtale med Sylvia, der
kom til at koste sved.

Lidt før 15.00 var de tilbage ved bilen. Alle tre var trætte i
fødderne, men tilfredse med indkøb og indtryk. Det var helt
sikkert: det ville også blive jul i år. Irene startede bilen, og først
da fortalte hun pigerne, at hun var nødt til at ordne et ærinde
hos en person. Men det var på vejen hjem, ikke en omvej.
Pigerne protesterede, men lovede at vente ved bilen. Irene
parkerede oppe på Kapellplatsen, for at de kunne drive rundt og
kigge på udstillinger. Men det var nu ligefedt, for alle
forretninger var lukkede bortset fra Konsum og konditoriet.
Efter NK var de andre juleudstillinger et antiklimaks. Det var

Arja, der åbnede døren. Hun smilede sit behagelige smil, men det blegnede snart, da søsterens hvasse stemme hørtes inde fra lejligheden:

– Er det dét politikvindemenneske?

Inden Arja nåede at svare, råbte Irene tilbage:

– Det er kriminalinspektør Irene Huss fra mordkommissionen.

Fandeme nej, om hun ville lade sig kalde „politikvindemennesket"! Og der var ikke noget, der hed „mordkommissionen", men det vidste Sylvia von Knecht ikke. Det lød godt. Arja var i hvert fald imponeret, da hun trak sig tilbage for at lade Irene komme ind. Det kunne ses på hendes let rundede mund og øjne.

Sylvia kom ud fra køkkenet med et tvært drag om munden. Hun var antagelig gået forkert, for køkkenet var næppe et af de rum, hvor hun ellers opholdt sig mest i. Irene kunne huske de jomfruelige køkkenredskaber oven over komfuret. Og den tomme krog, hvor der manglede en kødøkse. Hun prøvede at smile og se venlig ud.

– Tak fordi jeg måtte komme op og forstyrre et øjeblik. Jeg skal blot kontrollere én ting. Det drejer sig om nøglerne, sagde hun.

– Ja?

– Kan vi gå op?

Sylvia slog med nakken og skred hen mod trappen til overetagen. Irene gik ud fra, at det var i orden at hænge på og gjorde det.

Oppe i den øverste hall standsede Sylvia og vendte sig om. Hun hævede køligt øjenbrynene og sagde:

– Nøglerne?

– Vil du godt hente det ekstra nøgleknippe? Det, du sagde blev opbevaret i din skrivebordsskuffe i arbejdsværelset. Jeg går ind og henter din mands nøgleetui. Det vil sige, hvis det stadig ligger på hans natbord?

Sylvia fnøs let, inden hun svarede:

– I skuffen i natbordet. Og politiet vader jo rundt, som det passer dem i mit hjem! Man kan vel ikke forhindre dig i det. Hans bilnøgler har I jo allerede taget uden at levere dem tilbage!

Hastigt snurrede hun rundt og gik hen til sit arbejdsværelse. Irene bed det, hun havde på tungen, i sig. Ikke blive vred, ikke blive vred...

Værelset var blevet ændret. Det varede brøkdelen af et sekund, inden Irene opfattede, at malerierne var væk. Der hang kun enkelte billeder på de næsten tomme vægge. Men det var ikke „sexmalerier", som Irene i sin uvidenhed havde kaldt dem: „erotisk samling", havde Henrik von Knecht rettet hende. Tænk, hvor meget nyttigt hun havde lært i denne her sag! De, der hang der nu, var helt almindelige malerier. Moderne og mystiske, men ingen nøgenstudier. Et hurtigt sting af sympati for Sylvia gik gennem hende. Hastigt gik hun hen mod den enorme silkeseng og åbnede skuffen i Richards natbord. Der lå papirlommetørklæder, nogle isblå halstabletter i gennemsigtigt cellofan og det sorte nøgleetui af blankt læder. Nu skulle det vise sig, om hun havde ret. Forbavset så hun, at hænderne skælvede let, da hun knappede etuiet op. De seks nøgler faldt ud, hængende i deres øskner. Alle var lige blanke. Alle var lavet af det samme metal. Alle var uden nummer eller mærker. Uden nogen slitage. Det her var det nylavede nøgleknippe, det, som Richard von Knecht lod fremstille hos Mister Minit for mindre end et halvt år siden. Et lettelsens suk undslap hende.

– Har du fundet noget af interesse?

Sylvias stemme hørtes bag hendes ryg. Man kunne have skåret i glas med den. Roligt vendte Irene sig om, gik hen til den stive og tynde lille skikkelse og sagde:

– Har du kigget på Richards nøgleknippe efter hans død?

Sylvia spærrede øjnene op af forbløffelse, men hun fandt hurtigt sin fjendtlige attitude igen.

– Hvorfor skulle jeg det? Jeg har jo mine egne!

– Du har ikke set på hans nøgler?

– Nej, siger jeg jo! Jeg puttede dem bare ned i skuffen.

– Se her. Hold dit nøgleknippe frem og sammenlign det med nøglerne i Richards etui. Sådan, ja, hold dem i hånden, sagde Irene venligt overtalende.

Tøvende gjorde Sylvia, som hun blev bedt om. Da nøglesættene blev holdt op ved siden af hinanden, så hun det også. Richards nye, blanke og iøjnefaldende som julepynt, mens nøglerne i det ekstra nøgleknippe var forskelligtfarvede af alder, slid og oxydering. Desuden var de forsynet med diverse forskellige tal og bogstaver.

Med stive læber hviskede Sylvia:

– Du godeste!

Hun var forhekset af nøglerne, hun kunne ikke tage blikket fra dem. Stille sagde Irene:

– Nogen lånte eller stjal Richards nøgler i sommer. Han fik dem ikke tilbage, men lod fremstille et ny sæt efter ekstranøglerne. Hvorfor gjorde han det? Hvorfor anmeldte han ikke, at nøglerne var væk? Skiftede alle låse? Hvorfor fortalte han dig det ikke?

Sylvia stirrede bare på nøglerne i Irenes hånd. Øjnene så unaturligt store ud i det smalle og gennemsigtige ansigt. En jamrende lyd steg op gennem hendes strube, og hun begyndte at kaste hovedet fra side til side. Først næsten umærkeligt, så med stadig voldsommere bevægelser. Den jamrende lyd steg til et skrig, og Sylvia begyndte at ryste over hele kroppen. For pokker, hun havde gjort det igen! Hvorfor, hvorfor, kunne hun ikke håndtere Sylvia?

Hun fór hen til soveværelsesdøren og kaldte på Arja. Derefter gik hun med tilkæmpet ro hen til Sylvia og forsøgte at berolige hende. Det var nytteløst. Sylvia havde arbejdet sig op til hysteri og skreg som en sirene. Da Irene prøvede at lægge hånden på hendes arm, hylede hun lige ud i luften. Hvorpå hun besvimede. Den kvinde kunne virkelig gå ud som et lys på en smuk måde! Som et dalende svanedun sank hun sammen i en graciøs bølgebevægelse. Den ene arm lå som en bue oven over hovedet, den anden hvilede let over mellemgulvet. Det var den scene, der mødte Arja, da hun kom ind ad døren.

– Nå, er hun besvimet nu igen, sagde hun roligt.

Uden at forhaste sig gik hun over gulvet og hen til sin søster. Rutineret løftede hun Sylvias ben op og begyndte at massere læggene. I mellemtiden så hun på Irene, der følte, at hendes skyldfølelser kunne ses udvendigt. Roligt spurgte Arja:

– Hvad gjorde hende så oprevet?

– Oprevet? Det var nøglerne, sagde Irene vagt.

– Sylvia har altid besvimet, når hun bliver oprevet. Hele livet! Følsom kunstnersjæl, du ved.

Arja smilede stort og varmt i fælles indforståethed, og Irene begyndte at føle sig lidt bedre tilpas. Hun besluttede, at hun ville fortælle Arja det, præcis som det var.

– Det var, da jeg viste hende, at Richards nøgleknippe var nylavet. Altså var det, som vi fandt i døren på Berzeliigatan,

Richards gamle nøgleknippe. Han havde savnet det siden i sommer og havde ikke sagt noget til Sylvia.

Arja sendte hende et langt blik. Med eftertryk sagde hun:

– Der var meget, som Richard ikke sagde til Sylvia.

Nu eller aldrig! Irene så ned på Sylvia, der begyndte at vise svage livstegn. Lavmælt hviskede hun ud ad mundvigen til Arja:

– Fortæl om festen!

Arja fór sammen og så hurtigt på Sylvias blege ansigt. Hun lagde en pegefinger over munden og gjorde en bevægelse hen mod søsteren.

– Vi skal måske løfte hende op i sengen?

De hjalp hinanden med at løfte den fjerlette krop. Sylvia begyndte at mumle svagt, og det trak i øjnene.

– Jeg går hen efter mor, sagde Arja.

Men hun nåede knap nok at sige det, førend en lille, tynd skyggeagtig skikkelse gled ind ad døren. Irene blev fuldstændig lamslået. Nøjagtig sådan ville Sylvia se ud om femogtyve år. Den lille dame tog sig ikke af de to andre, men trippede hen til sengen. Med sine tynde hænder, hvor de blå blodårer så ud til at ligge uden på den hvide hud, tog hun om datterens lige så blege og blodløse hænder. Varsomt kærtegnede hun Sylvia, mens hun stille mumlede trøstende remser. I Irenes ører lød det som trylleformularer, men kort efter forstod hun, at det var finsk, hun hørte.

Arja prikkede hende stjålent i siden og gjorde et tegn med hovedet hen mod døren. Stille sneg de sig ud og ned ad den brede trappe. De fortsatte ud i hallen, og Arja tog en nøgle, der lå på marmorpladen over det udskårne entrébord. Hun åbnede yderdøren og gjorde tegn til Irene om at følge med. Hastigt gik de ned til lejligheden nedenunder. Med stigende forundring blev

Irene klar over, at de var på vej ind i lejligheden under von Knechts. Hurtigt låste Arja op. Hun gjorde tegn til Irene om at gå ind. Stille lukkede hun døren og drejede på kontakten på væggen. En nøgen glødelampe hang i loftet og udsendte et hårdt lys. Der lugtede af maling og tapetklister. Arja slog ud med hånden og sagde:

– Ivan Viktors flytter ind i morgen. Flyttevognen kommer tidligt.

– Ved du, at Sylvia og Ivan Viktors har et forhold?

Arja stivnede og sendte hende et skarpt øjekast.

– Ved I også det? Jo, vist ved jeg det. Det er Sylvia vel undt. Det var ikke altid så rart at være Richards kone. Han var en dum skid!

„Shit", udtalte hun det. Og faktisk lød det rigtig godt. Irene besluttede at gå lige til sagen for at spare tid og slippe for overflødig snak. Med et lille smil i stemmen, spurgte hun:

– Prøvede han også at forføre dig?

Arja lavede en lille trutmund, så smilede hun et hurtigt og blidt smil.

– For næsten tyve år siden. Men hans charme bed ikke på mig. Jeg sagde det, som det er, at jeg er lesbisk.

Det gav et sæt i Irene. Det havde hun ikke ventet. Arja sagde tørt:

– Jeg har levet sammen med én i mange år. Men hverken mor eller Sylvia vil acceptere Siirka. Hun må ikke komme med til familiefester. Som bryllupsdage og begravelser. Hun kan heller ikke. Hun er lærer og har svært ved at få fri.

I hast fløj Irenes tanker ned til Mona og Jonas Söder i Stockholm. Hvordan gik det med ham?

Irene tog sig sammen og prøvede at stille de rigtige spørgsmål.

– Og du er journalist?

– Jo. Freelance. Jeg bestemmer selv.

– Vil du godt fortælle mig om festen? Den, som Sylvia ikke vil have, at du skal fortælle om.

Arja tog en dyb indånding, og i et dirrende sekund fik Irene en følelse af, at hun havde fortrudt. Men hun begyndte at fortælle:

– Det var til Richards tresårsdag i sommer. Der var masser af mennesker. Varmt og skønt til langt ud på natten, men ved 2-tiden begyndte jeg at blive træt og ville liste i seng. Jeg og mor havde hver sit gæsteværelse i gæstehytten. Mor var frisk og dansede. Hun havde sovet lidt om dagen. Hun elsker fester! Men jeg kunne ikke holde øjnene åbne. For meget vin og champagne. Gæsterne skulle køres til diverse hoteller i Göteborg. Der var lejet limousiner, men de skulle først komme ved 3-tiden. Ingen ville savne mig, hvis jeg stak af. På stien ned til gæstehytten mødte jeg Sylvia. Hun var småfuld som alle andre, men hun var samtidig urolig. Folk havde spurgt efter Richard, men hun kunne ikke finde ham. Jeg foreslog, at hun skulle følge med mig hen til hytten, så kunne vi taget et glas brombærlikør, som jeg havde købt på færgen. Sylvia elsker brombærlikør. Og dér fandt vi Richard.

Hun tav og strøg sig træt over øjnene som for at udslette et erindringsbillede. Eller måske for at gøre det tydeligere. En bitter tone sneg sig ind i stemmen, da hun fortsatte:

– Vi fandt ikke bare Richard. Charlotte var der også. Vi så dem, men de så ikke os. På gulvet i den store stue var de i gang med noget værre svineri.

Irene blev forbløffet over ordvalget. Mente en lesbisk kvinde, at et heteroseksuelt samleje var „svineri"?

Arja fjernede hænderne fra øjnene og så lige ind i Irenes. Kort sagde hun:

– De slikkede hinanden og ...

Hun så væk og røde flammer skød op neden for hendes hals.

– Det var afskyeligt! Vi gik ud igen. De opdagede ikke, at vi havde været der. Sylvia besvimede naturligvis, men kom ret hurtigt til sig selv. Hun fik mig til at love aldrig nogensinde at fortælle, hvad vi havde set. Ikke til nogen.

Hun tav og fingererede ved nøglen til lejligheden. Lavmælt sagde hun:

– Men det løfte bryder jeg nu. Jeg tror, at det har noget med Richards død at gøre.

– Hvorfor tror du det?

– Nøglerne. Jeg ved, at Charlotte tog dem.

– Fortæl.

– Dagen efter var stemningen naturligvis noget mat. Richard havde sovet nede på en sofa i opholdsstuen. Han lå der og snorkede, da jeg kom ind i det store hus. Mor havde mistet sin lille rejseæske med hjertepiller. Vi fandt den senere i gæstehytten, men ikke på det tidspunkt af morgenen. Mor var helt sikker på, at hun havde glemt den i Sylvias soveværelse, da hun lånte det til en lille lur dagen før. Jeg sneg mig derind, så stille jeg kunne for ikke at vække nogen. Sylvia og Richard har adskilte soveværelser oppe på Marstrand. Jeg listede ind i Sylvias og vækkede hende naturligvis. Hun sover så let. Hun havde ikke set mors pilleæske, og jeg kunne heller ikke finde den. Da jeg gik ud fra Sylvias soveværelse igen, ramlede jeg ind i Charlotte, der kom ud fra Richards! Vi stod bomstille begge to, og så sagde hun: „Hej, jeg glemte mine nøgler. Men jeg fandt dem." Og så puttede hun nøgleetuiet, som hun holdt i hånden, i lommen på sin morgenkåbe. Jeg var både træt og havde lidt tømmermænd på det tidspunkt. Men jeg har spekuleret på det mange gange siden. Hvorfor skulle Charlotte glemme sine nøgler i Richards soveværelse?

– Fortalte du Sylvia om det her møde med Charlotte?

– Nej. Jeg vil ikke nævne Charlottes navn for meget i hendes nærhed.

– Tror du, at Henrik kendte noget til, hvad der foregik mellem Richard og Charlotte?

Arja tænkte efter. Hun rystede på hovedet.

– Nej. Det tror jeg ikke. Men Charlotte har ikke været oppe på Marstrand siden tresårsfesten, det ved jeg.

– Men Henrik er der så ofte, han kan!

– Ja. Han elsker sin hytte.

– Ved du, at Henrik er steril?

– Ja. Det har Sylvia fortalt.

– Ved du, at Charlotte er gravid og snart er i fjerde måned?

Arja nikkede og sagde opgivende:

– Ja. Det fortalte Sylvia.

Hun tog en dyb indånding og så uafbrudt på Irene.

– Alt dette har jeg sagt, fordi jeg vil have, at mordet på min skiderik til svoger skal opklares. Sylvia trænger til ro. Det må opklares. Men jeg vil ikke vidne i en retssag. Det her er helt fortroligt mellem dig og mig, sagde hun fast.

– Ikke engang om at du mødte Charlotte på vej ud fra Richards værelse med et nøgleetui i hånden?

Arja tænkte sig om.

– Jo, det vil jeg kunne vidne om. Men ikke det andet. Ikke et ord om det! Sylvia vil miste tilliden til mig. Med al mulig grund. Jeg har allerede svigtet den. Men jeg tror, at jeg må gøre det. Mordet skal opklares, ikke fejes ind under gulvtæppet.

Da hun kom tilbage til bilen, var der ingen tvillinger, men i stedet en seddel på forsædet: „Vi er gået hen til Glady's. Skidesultne! Kram K&J." Det var der ikke noget at sige til. Hun havde været væk i over en time, og der var koldt i bilen. Med et suk startede hun motoren, kørte ned gennem Aschebergsgatan og drejede af mod Avenyn.

Hun parkerede på en personaleplads i Glady's Corners baggård og gik ind ad køkkenindgangen. I det store restaurationskøkken herskede der en feberagtig travlhed, og det dampede fra de store gryder. Folk fór rundt mellem hinanden og råbte diverse bestillinger op. Men det forløb uden problemer, det store aftenrykind var ikke startet endnu. Pigerne var der ikke, så vidt Irene kunne se. Det lykkedes hende at få øje på Krister. Han tog sammenrullede fiskefiléter op med en hulske fra en bradepande. Koncentrationen var total, og han opdagede hende ikke, før hun stod lige ved siden af ham. Hun kvidrede i hans øre:

– Hej, skat. Har du set vores børn?

Det gibbede i ham, og det mælkehvide fiskestykke faldt med et plump ned i bradepanden igen.

– Pokkers, nu gik det i stykker! Hej. Jeg har sendt vores børn hen på McDonald's, sagde han irriteret.

– På McDonald's?

– Ja, maden her var ikke god nok til damerne. Og de rendte bare rundt og forstyrrede. Så jeg sendte dem tværs over gaden.

En BigMac er altid et kulinarisk højdepunkt ifølge vores døtre. Det må vist være dine gener, der slår igennem.

Han gav hende et hastigt kys på næsen og begyndte at fiske efter sin filét igen. Redde, hvad der reddes kan.

Det var ubevidst, men hun opdagede det selv. Skridtene blev langsommere, da hun så de skinnende motorcykler, der stod parkeret i rad og række uden for burgerrestauranten. En følelse af ubehag begyndte at rotere i mavesækken. Hun burde måske tale med en hjernevrider om sin begyndende – eller manifeste – fobi over for motorcykler? Det var måske bedst at kurere med nogle doser Porsche? Det her måtte hun prøve at klare alene. Hun sparkede sig selv åndeligt bagi og begyndte at gå hen til indgangen. Pigerne sad ved vinduet og vinkede glade til hende, da de fik øje på hende. Lige da hun rakte hånden ud for at skubbe døren op, så hun ham.

Han sad med ryggen mod døren, men hun kunne se hans ansigt skråt bagfra, eftersom han talte med en mand på stolen ved siden af. Det fedtede hår krøllede sig tyndt ned ad ryggen, og det trak nervøst i hans skuldre under den vatterede skindjakke. Det var Den Magre, alias Paul John Svensson.

Først blev hun ude af sig selv. Han var ikke så lidt fræk! Sidde helt åbenlyst og gnaske burgere på Avenyn, når han måtte være klar over, at han var efterlyst! Sekundet efter kom rædslen. Hun kunne ikke gå derind. Han ville genkende hende. Hendes døtre sad derinde sammen med en galning. Han var sandsynligvis pumpet fuld af stoffer. Garanteret bevæbnet.

Hun vendte sig hurtigt om og prøvede at se ud, som om hun havde glemt noget. I hast gik hun over gaden og var yderligere ved at blive kørt over af en sporvogn. Ro. Hun måtte prøve at bevare roen! Vel ovre på det andet fortov begyndte hun at småløbe hen mod Glady's. Hun kunne ikke nå at gå rundt om området til bagindgangen, men smuttede ind gennem hovedindgangen. Tjeneren var ny og genkendte hende ikke. Der gik nogle dyrebare sekunder, mens hun argumenterede med ham. Til sidst måtte hun vifte med sin politilegitimation, eftersom køkkenchefens kone åbenbart ikke kunne gå ind, som det passede hende. Hun blev klar over, at det var cowboybukserne og den slidte skindjakke, der gjorde hende mistænkelig, men lige nu havde hun ikke tid til at diskutere med ham. Myndigt råbte hun:

– Det drejer sig om et politianliggende. Jeg skal låne en telefon hurtigt!

Med et sigende blik førte han hende ind på kontoret. Han faldt i hvert fald ikke på næsen for hende. Værten og hun var gamle bekendte, men også han så spørgende ud, da hun uden nogen forklaring kastede sig over telefonen på skrivebordet. Mens hun bladrede i De gule Sider under „Restauranter", hvæsede hun:

– Politianliggende. Jeg forklarer senere. Her!

Hun fandt nummeret til McDonald's, Avenyn. Med rystende hænder tastede hun først forkert og måtte prøve igen … 10, 11, 12. Ved den trettende ringetone svarede en meget ung stemme:

– McDonald's, Tina.

– Hej Tina. Vil du være sød at meddele i højttaleren, at der er telefon til Jenny og Katarina? Det er kanonvigtigt. Ser du, der er sket en ulykke. Jeg er deres mor. Men sig ikke noget til pigerne. Det er under kontrol.

– Jo, jaa, det kan jeg vel godt gøre.

Det krattede, da hun lagde røret ned, og det tog en evighed, inden Katarinas undrende stemme hørtes i telefonen.

– Hallo?

– Hej, skat, det er mor. Vær stille, sig ikke noget, men hør nu på mig. Jeg vil have, at du og Jenny straks går ud af lokalet.

– Men vi har ikke spist isene endnu!

– Blæse være med det! Gør, som jeg siger! Søde Katarina, det er meget, meget vigtigt!

– Okay. Men Jenny bliver nok sur.

– Få hende ud. Gå hen til Glady's.

Katarina måtte have opfanget panikken. Det var noget, som hun ikke før havde hørt hos sin mor.

– Okay. Vi kommer straks, sagde hun hurtigt.

Hænderne rystede, så Irene næsten ikke kunne lægge røret på plads. Hun gav pokker i værtens spørgende blikke. Det direkte nummer til afdelingen var ikke optaget, men ingen svarede. 17.30 en lørdag aften, ikke så sært. I stedet ringede hun til vagtcentralen. Det gik hurtigt med at blive stillet ind. En behagelig stemme svarede:

– Vagtcentralen, inspektør Rolandsson.

– Hej, Irene Huss, inspektør i drabsafdelingen. Jeg har set en efterlyst. Han sidder på McDonald's på Avenyn. Farlig. Medlem af Hells Angels. Sandsynligvis påvirket af stoffer og bevæbnet. Navn: Paul John Svensson.

– Det er opfattet. Vi sender beredskabsvognen og en patruljevogn. Bevæbnet, sagde du.

– Ja, den satan har sikkert Jimmy Olssons eller min SIGSaur!

– Ups, det er en af fyrene fra optøjerne i Billdal. Vi ved, hvordan han ser ud. Beredskabsstyrken har et billede. Kan du blive der for at give en hånd med ved pågribelsen?

– Ja. Jeg står på det modsatte hjørne, på Engelbrektsgatan.
Udstillingsvinduet ved KappAhl.

Da hun havde lagt røret på, begyndte hun at ryste over hele
kroppen. Nysgerrigheden stod malet i værtens ansigt, men hun
vinkede bare let til ham og råbte, at hun ville forklare senere!
Hurtigt ud i køkkenet, og der stod hendes døtre! Krister så
irriteret og spørgende ud. Irene gad ikke forklare, kastede sig
over pigerne og sagde lettet:

– Ih, hvor er I dygtige! Gudskelov! Bare lidt endnu, så kører vi
hjem til stakkels Sammie. Så må de andre tage over!

Krister så endnu mere undrende ud og spurgte:

– Hvad skal andre tage over?

– Skurkene og banditterne! Gud, hvor er jeg træt af alt det
lort!

Han sendte hende et forundret blik og sagde konstaterende:

– Det er vist første gang, at jeg hører dig sige den slags.

Hun kiggede længe på ham. Til hans skræk glimtede der tårer
i hendes øjne, da hun omsider svarede:

– Det er første gang, at min familie har været i direkte fare på
grund af mit job!

Ligesom vingerne på en rugende hønemor bredte hun sine
arme rundt om pigerne og formanede:

– Bliv nu her hos far. Gå ikke uden for døren, førend jeg
kommer tilbage.

Hun kyssede dem hurtigt på panden og smuttede ud i
baggården. Værten kom ind i køkkenet fra den modsatte ende.
Han fik øje på Krister og sendte ham et spørgende blik.
Køkkenchefen slog ud med armene i en meget fransk og meget
malende gestus. Kvinder, altså!

Patruljevognen var ved at parkere, da hun ankom til det aftalte mødested. Efter nogle minutter kom beredskabsvognen. Til Irenes lettelse var det Håkan Lund, der var leder af beredskabsstyrken. Det hjalp ikke meget, at den nye uniformsjakke havde slankende hvide galoner på langs. En tiendedel ton tryller man ikke bare sådan væk. Han hilste muntert:

– Halløjsa! Jeg hører, at du har fået kig på Paul Svensson! Den lede stodder snupper vi. Oplægget er følgende: Tag den her radio. Gå forbi McDonald's og lokalisér Svensson. Sørg for, at han ikke ser dig. Vi slår til lige så snart, du har givet os hans position.

Han pressede en lille walkie-talkie ned i Irenes hånd og viftede hende væk. Hun gik yderst på fortovet. Lige uden for burgerrestauranten gik hun ud på gaden for at søge dækning bag parkerede biler og motorcykler.

Irene så ham. Han sad der stadig og snakkede med sine kammerater. Hun løftede radioen op til munden og tændte den. Netop i det øjeblik rejste Paul Svensson sig fra stolen. Hans ranglede krop begyndte at vade hid og did inde i lokalet, indtil den pludselig fik noget målbevidst over sig. Han satte kurs mod døren mærket med den internationale tændstikmand. Hun hviskede i radioen:

– Irene her. Han gik ud på herretoilettet.

– Udmærket! Vi går ind!

Tyve sekunder senere kom politifolkene ind ad bagvejen med trukne våben. De omringede Paul Svenssons kammerat. Fire politibetjente gik ind forfra, og to af dem stillede sig på hver side af wc-døren. Da Den Magre kom ud, fik han to pistolløb i ryggen. Selv om han var høj som Kebnekaise, var han klar over de dårlige odds. Lydigt rakte han hænderne i vejret. Han blev hurtigt og grundigt visiteret. Irene så, hvordan Håkan Lund tog en tung pistol op af et hylster, som Paul Svensson havde under jakken. En SIGSaur. Hendes eller Jimmys? Pludselig var hun ligeglad. Hun ville bare hjem.

Sammie blev himmelhenrykt, da de kom. Han havde ikke tisset på gulvet, selv om han havde været alene i over syv timer. Vel uden for døren kunne han ikke holde sig længere end til roserne neden for køkkenvinduet. Han sukkede af velbehag.

Irene forsøgte at forklare døtrene, hvad der rent faktisk var sket derinde på McDonald's, og hvorfor det var så vigtigt, at de kom ud derfra. De sad rundt om køkkenbordet og drak varm O'boy. Katarina sagde ophidset:

– Pissespændende! Hvorfor kunne vi ikke have fået lov til at blive og se, når de fangede ham?

– Fordi det her ikke er på tv eller film! Fyren her er en morder. Han var bevæbnet med pistol og muligvis en del andre våben. Han ville ikke tøve med at tage jer to som gidsler, hvis han blev klar over, at I er døtre af en politikvinde. Af mig.

Jenny sad igen og kradsede med neglen i bordkanten.

– Jeg syntes, at de virkede flinke. Altså den smule jeg talte med dem, sagde hun mut.

– Flinke! Ja, fordi de er pumpet fuld af amfetamin og måske noget andet skidt!

– Mener du, at han ville have kunnet dræbe os? Det tror jeg ikke på! De virkede overhovedet ikke farlige eller som nogle narkovrag, vedblev Jenny.

Trodsigt bankede hun på den skaldede isse, hvor man nu kunne begynde at ane helt korte stubbe i modlyset fra køkkenlampen. Irene måtte tvinge sig til at tale roligt og prøvede at vælge sine ord med omhu.

– Jenny, kan du huske, da du og Katarina besøgte mig på sygehuset i mandags? Kan du huske, hvordan jeg så ud? Kan du huske, at en ung kollega, som jeg havde med, blev så hårdt mishandlet, at han stadig ligger på sygehuset?

Jenny nikkede tvært. Irene fortsatte uanfægtet:

– Kan du huske, at jeg har fortalt om den granat, der blev kastet ind i huset, hvor jeg og denne kollega var låst inde? Kan du huske det?

– Ja, du plaprer løs! Det er klart, at jeg kan huske det!

– Hvis du kan huske det, hvad får dig til bare et øjeblik at tro, at fyren her ikke ville dræbe dig eller Katarina? Under de rette omstændigheder – set fra jeres synspunkt rigtig uheldige – ville intet hindre ham i det! Han var jo med, da de prøvede at myrde mig og Jimmy!

Hun kunne ikke holde det sidste tilbage. Den sidste sætning blev til et skrig. Men det trængte ind. Jennys øjne blev store og blanke. Hun rejste sig og gik hen til sin mor og slog armene om hende. De sagde ikke noget, men de følte begge to, at der var noget, der var ved at forandre sig mellem dem. Det ville tage tid, men det ville hele.

De fór sammen, da telefonen ringede. Katarina nåede den først og svarede.

– Et øjeblik. Mor, det er til dig.

– Irene Huss.

– Hej, Irene. Det er Mona Söder. Forstyrrer jeg? Jeg ville bare fortælle dig, at Jonas ... Jonas døde i nat ... ved 2-tiden.

Stemmen havde været fast, men nu knækkede den over mod slutningen. Det var på det tidspunkt, Irene mente, at hun havde hørt nogen græde i huset.

19

Søndag morgen føltes slem. Irene vågnede med en ubehagelig følelse af tømmermænd. Uretfærdigt, hun havde ikke engang drukket lys øl aftenen før. Krister snorkede højlydt ved siden af hende i sengen. Han var kommet hjem ved 2-tiden om natten. Nu var det overstået, den ekstravagt, som han havde byttet med Sverker for at kunne tage sig af hende efter mishandlingen ude i Billdal. En bølge af ømhed vældede op i hende, og hun listede op, så stille hun kunne, for ikke at vække ham. Klokken var lidt over 8. Tvillingerne ville sove mindst to timer til. Sikkert også deres far. Det gjaldt om at udnytte disse få timer på bedste måde.

Hun tog undertøj og joggingtøj på. Sammie lå og sov rævesøvn. Han var den, der var mest morgentræt i hele familien. Gerne en tisserundtur, men ingen hoppen og springen om morgenen, tak. Hun raslede let med snoren. Naturens kalden gjorde sig gældende, og stille kom han ud i entreen. Han gabte højt og strakte sin søvndrukne krop.

Det blev en kort runde. Sammie strøg ivrigt tilbage. Han kendte en endnu varm seng, som var ledig.

Det var mørkt og koldt, men luften føltes tør og frisk. Hun løb ned mod Fiskebäcks lystbådehavn uden at møde et menneske. Den saltmættede vind blæste tanglugt ind i hendes udspilede næsebor og fejede tyngdefølelsen over panden væk. Skifergråt hav rejste sine dønninger mod moler og broer. Det knagede i fortøjninger og dirrede i vanter på de store sejlbåde, der stadig lå i vandet. Klagelydene fra nogle utilfredse fendere fik hende instinktivt til at løbe langsommere. Selvfølgelig protesterede de mod at blive klemt mellem et stort skibsskrog og broen! Selv om hun allerede havde løbet næsten to kilometer, var hun ikke engang forpustet. Hun vendte om yderst ude på klipperne og løb lidt tilbage, drejede af op mod Flundregatorne og joggede op ad de små gader mod Skärvallsberget. Hun var helt inde i den fjerneste og inderste del af Hinsholmskilen, inden hun vendte om.

Hun tog et langt, varmt brusebad og sluttede med et kort, iskoldt. En perfekt afslutning på en ti kilometers joggingtur. Væk var morgenens følelse af uoplagthed. Hun var fuld af energi. Morgenmad til familien, inklusive hunden, blev klaret i et snuptag. Det var værre at få de trætte familiemedlemmer op af deres varme senge. Inklusive hunden.

Irene måtte endnu engang gennemgå, hvad der var sket dagen før. Krister bad om undskyldning for, at han ikke rigtig havde forstået situationens alvor. Irene viftede det væk og syntes, at fejlen lige så meget var hendes. Hun havde været for skræmt til at kunne gøre rede for, hvad der egentlig foregik. Taktfuldt sagde hendes tro ægtemage dog ikke noget til hende om, hvad

511

værten havde sagt. „Overanstrengt" og „måske lovlig meget påvirket af sit erhverv" var næppe kommentarer, hans kone brød sig om at høre.

Efter morgenmaden begyndte energien at ebbe ud. Hun blev opmærksom på sit hjem. Bunkerne af snavsetøj i bryggerset. Nullermænd, jord og grus, som Sammies lange pels havde slæbt ind. Hun fik en vag fornemmelse af, at hun så hele hjemmet gennem en softlinse. Det var støvskyerne, der udviskede alle konturer.

Under mange suk og protester gik tvillingerne med til at støvsuge og tørre støv af. Krister måtte gå ud med Sammie, der var bange for støvsugeren. I alle sine tre hundeår havde han prøvet at gøre sin elskede familie opmærksom på, at der faktisk var en stor hund indespærret i den dér væmmelige støvsuger. Han kunne jo høre dens jamren! Det blev ikke bedre af, at Krister i et anfald af misforstået humor sugede Sammies overskæg op i mundstykket. Så fik vovsen bekræftet det. Støvsugeren var livsfarlig og lumsk. Den åd små hunde.

Selv tog Irene sig af badeværelse, toiletter og bryggers. Alle senge skulle have skiftet sengetøj. Alle håndklæder skiftes ud. Det var to uger siden sidst. Krister smuttede hen og købte stort ind, efter at han var kommet tilbage med Sammie. Da var støvsugningen færdig, men for en sikkerheds skyld kravlede Sammie ind under Jennys seng. Man kan aldrig føle sig sikker, så længe der rumsteres rundt i huset, og der lugter stærkt af rengøringsmidler. Lige pludselig får nogen en dille og haler støvsugeren frem igen.

Næsten to timer knoklede de. To gange om måneden udførte de denne procedure. Den samme året rundt. Der var aldrig tid til jule-, efterårs- eller påskerengøring. Gardinerne skiftede hendes mor. Moderen elskede at skifte gardiner. Havde hun ikke gjort det, havde der heller ikke været nogen gardiner at skifte. Jo, måske havde Krister sørget for det, når han pudsede vinduerne to gange om året. Selv interesserede Irene sig meget lidt for gardiner. Hun anede heldigvis ikke, hvad nabokonerne mente om det, men hun ville nok heller ikke have taget sig af det. Nogle af dem skiftede flere gange om året.

Krister lavede en skøn adventsmiddag. Der stod gammeldags oksegrydesteg med kogte grøntsager, solbærgelé, kogte kartofler og en pragtfuld sauce på menuen. Irenes mor skulle komme ved 16-tiden. Det var lykkedes Katarina at finde adventskransen i rød keramik. Hvem havde stillet den oven på elmålerskabet? Krister havde husket at købe fire adventslys i ægte stearin. Men de måtte klare sig uden lysmanchetter, for dem var der ingen, der fandt. Jenny dækkede bord med det pæne porcelæn og foldede servietterne i indviklede bøj og knæk. Det var den eneste servietfoldning, hun kunne, men den var utrolig avanceret. Den var udmærket til at imponere folk med. Og mormor blev lige overrasket over hendes dygtighed hver gang. Hun roste det uden så meget som at skæve til hendes stubhårede hoved.

Katarina havde også fået et anfald af en eller anden slags, for til dessert havde hun bagt en skøn, svampet chokoladetærte. Dertil serveredes der letpisket, iskoldt flødeskum og en kop nybrygget kaffe. De sad i dagligstuen og spiste chokoladetærte og drak kaffe. Adventslysene brændte, alle var mætte og tilfredse, og der hvilede en varm højtidsstemning i stuen. Tvillingerne fortalte ophidset mormoderen om gårsdagens spændende begivenheder på McDonald's, og hun sendte Irene et skarpt blik.

– Jeg læste om pågribelsen i avisen i morges. Han er jo en rigtig slem motorcykelgangster! Var det virkelig nødvendigt at drage pigerne med ind i din forbryderjagt?

Inden Irene nåede at åbne munden til sit forsvar, ringede telefonen. Instinktivt så hun på uret. Snart 17.30. Hun rejste sig og gik ud og tog telefonen i entreen:

– Irene Huss.

– Hej, Irene. Det er Birgitta. Jeg ringer fra mobilen. Jeg hænger lige nu efter Lillis bil. Den hvide Mondeo. Vi er på vej ad E6 mod nord, har lige passeret Kärra. Han kørte op til Charlottes og Henriks hus i Örgryte og var derinde cirka et kvarter. Noget siger mig, at vi er på vej op til Marstrand.

Det skrattede og knitrede i røret, men alligevel gik Birgittas stemme fint igennem. Irene prøvede at få sin forædte hjerne i gang og spurgte:

– Har du fået kontakt med de andre?

– Ja og nej. Kun med Fredrik. Han kører hen omkring stationen og henter sin pistol. Jeg har min på mig. Det er ikke lykkedes mig at få fat på de andre.

Fredrik boede nogle minutters vej fra politistationen. For ham var det ingen større omvej. Men Irene besluttede ikke at spilde mere tid. Det bedste ville være, hvis hun drønede op til de store motorveje og ikke tog ind til centrum. To SIGSauere måtte være nok. Kort sagde hun:

– Okay. Jeg kommer.

Hun lagde hurtigt på. En tanke slog ned i hende. Hun tog nogle skridt frem mod knagerækken og begyndte at rode rundt i skindjakkens lommer. I inderlommen fandt hun sin lille notesblok. Hun slog op på de sidste sider, hvor overskriften var „R. v. K." Richard von Knecht. Mordet på den mand havde startet hele denne rutsjetur. Irene rystede let på hovedet, mens hun ledte efter telefonnummeret til forvalteren, Lennart Svensson. Hun fandt det. Der lød ti ringetoner, uden at nogen svarede. Han var åbenbart ikke hjemme.

Hun gik ind til sin familie i dagligstuen. I et påtaget let tonefald sagde hun:

– Undskyld mig, men jeg må smutte. Der sker ting og sager i von Knechtsagen.

Krister kneb ubevidst munden sammen og sagde:

– Og du skal naturligvis være med? Selv om du har fri. Kan de ikke klare noget uden dig?

Også hendes mor og tvillingerne så skuffede ud. Irene mærkede et stik af den gamle velkendte, dårlige samvittighed, men hun stålsatte sig. Lidt mere bestemt sagde hun:

– Vi begynder at nærme os opklaringen. Tror jeg. Og Birgitta Moberg er i knibe. Jeg må hjælpe hende. Hun har ikke kunnet få kontakt med andre. Hej så længe, tak for en pragtfuld middag.

Hun snurrede rundt på stedet og gjorde en flyvende start ud i entreen igen. Der var allerede spildt alt for megen tid. Jakken og de grove joggingsko kom på i forbifarten på vej ud til garagen.

Skiltet „Holta kirke" glimtede forbi, og hun satte farten ned. Nu gjaldt det om ikke at køre forbi indfartsvejen. Dér! Tjuvkil. Hun svingede ind på grusvejen. Her var ingen gadebelysning. Mørket stod kompakt uden for billygternes lyskegler. En lille, gul pil med sort tekst, Kärringnäset. Dér skulle hun dreje ind. Vejen var smal. Grene fra buske og træer langs grøftekanten slog ind mod bilens sider.

Det var heldigt, at Birgitta havde åndsnærværelse nok til hurtigt at tænde baglygterne, ellers ville Irene sandsynligvis være havnet i bagenden på hendes bil. Sin vane tro kørte hun for

515

stærkt. Birgitta havde parkeret efterforskernes mørkeblå Volvo 740 midt på vejen. Der var ikke andre steder at parkere den. Hun slukkede baglygterne, sprang ud af bilen og kom hen til Irene.

– Hej. Godt, at du kom. Og dér kommer Fredrik, føjede hun til.

Også Irene blinkede med baglygterne. Den ankommende bil bremsede, og Fredrik var ude af den, inden motoren tav. Ivrigt sagde han:

– Det tog lidt længere tid, men jeg smuttede lige ind på narkoafdelingen for at låne et par ting. Tænkte på dig og Jimmy. Desværre kunne de ikke låne mig en mand. Så der bliver kun os tre. For det er vel ikke lykkedes dig at få fat i Jonny eller Hans?

Birgitta rystede på hovedet og rakte hånden frem for i lommelygtens skær at kunne se nærmere på en af de omtalte natkikkerter. Irene svarede i hendes sted:

– Borg ligger vel og sover til middag. Og der er ingen idé i at prøve at få Tommy herud. Han er i Borås hos Agnetas forældre.

De gik hen mod de to meter høje porte af massivt jern med ugæstfri, spidse pile opad. Fredrik ruskede prøvende i de kraftige jernstænger, men porten var låst. Muren var lige så høj, og foroven var der spændt pigtråd ud mellem høje jernrør.

Birgitta sagde efter nogen overvejelse:

– Irene, du har studeret kortet over det her område bedre, end vi har. Hvor langt er der til husene herfra?

– Næsten en kilometer. Her nærmest muren ligger indhegningerne til Sylvias heste. Et par hundrede meter længere henne ad vejen – jeg vil skyde på cirka fem hundrede – ligger forvalterens hus.

Birgitta så sig tænksomt omkring og sagde:

– Lillis bil står ikke parkeret her, så vidt jeg kan se.

– Er du sikker på, at det var hertil han kørte?

– Ja. Jeg fulgte efter ham helt til Holta kirke. Han svingede ned mod Tjuvkil, og så fortsatte jeg et stykke videre. Derefter vendte jeg om og svingede ned ad samme vej. Jeg så hans lygter foran mig. Så slukkede jeg mine. Han drejede af her mod Kärringnäset. Jeg turde ikke komme for tæt på. Hvis han var standset, kunne han have hørt motorlarmen. Så jeg holdt parkeret i fem minutter, lige ved afkørselen. Da jeg kom herned, var der ingen spor af Mondeoen. Han må have haft nøgle til porten.

– Du sagde, at han foretog en afstikker til Örgryte?

– Ja. Jeg holdt vagt uden for Berzeliigatan. Lidt over 17 kom hans bil kørende i fuld fart. Jeg sad i min bil, eller rettere sagt i afdelingens. Min bil er for dårlig. Den kan ikke bruges til at skygge med. Den kan ikke engang følge med en tunet knallert! Han kørte direkte ud til Långåsliden, sprang ud af bilen og bankede på. Charlotte åbnede. Jeg så hende i døråbningen. Hun lukkede ham ind. Han kom ud efter tretten minutter. Jeg tog tid på det.

Irene sagde tørt:

– Så nåede de nok ikke at tage et skud. Han må have hentet nøglen.

Fredrik stod og trippede utålmodigt og afbrød dem:

– Vi har ikke tid til at snakke nu. Lad os komme i gang! Hvordan kommer vi over muren?

Alle tre forsøgte at udtænke en måde. Irene rystede op med en mulig løsning. Hun gik tilbage til sin Saab og åbnede bagsmækken. Efter en del klirren og bumpen mellem alt ragelset og skramlet fandt hun, hvad hun søgte. Triumferende kom hun tilbage til kollegerne.

– Se, hvad jeg fandt! Mit slæbetov. Fredrik, du og jeg hjælper Birgitta op øverst på muren. Vi kaster tovet op, så må hun binde det fast til et af jernrørene. Derefter kan vi hejse os op. Så smider vi bare tovet over på den anden side.

Fredrik og Irene stillede sig ved siden af hinanden, og Birgitta måtte klatre op via deres knæ og skuldre. De kastede slæbetovet op, og Birgitta bandt det så godt fast, som om hun fortøjede en sejlbåd i mangemillionærklassen. De to andre klatrede hurtigt op, krøb forsigtigt over pigtråden, smed tovet over på den anden side af muren og sprang ned. Birgitta spurgte:

– Kan vi godt have lommelygterne tændt?

– Her er vist ingen fare. Men ret dem mod jorden. Forresten, Fredrik, vær sød og ræk mig kikkerten.

Irene spændte natkikkerten på. Hun kunne se forvalterens hus, og et stykke længere væk kunne man se en lang staldbygning. Der sås ingen aktivitet i husene. På afstand kunne man se, at der var lys i staldvinduerne.

– Alt er roligt. Vi går op på vejen. Det er lettere at gå dér, afgjorde Irene.

De gik så hurtigt, de kunne. Ikke uden en vis tilfredshed lagde Irene mærke til, at de to yngre kolleger pustede lidt, da de gik forbi forvalterboligen. For en sikkerheds skyld havde de slukket lommelygterne. Der var intet liv i huset, kun udendørsbelysningen var tændt.

En isnende kold nordenvind strøg hen over indhegningerne, men deres høje gåtempo holdt dem varme. Lugten af salt og rådden tang var tydelig, men der var også en mærkbar lugt af hestegødning. Havets fjerne brusen og vindens susen var alt, hvad man kunne høre. De standsede for at få vejret og lægge en strategi. Foran dem tårnede noget sig op, som så ud som en rugende klippeformation. Men Irene vidste, at det var von Knechts sommerresidens, tegnet af en berømt, finsk arkitekt. Det var Jonny, der havde givet hende den oplysning. Han havde også nævnt arkitektens navn, men det var gået i glemmebogen. Uvigtigt. Lavmælt sagde hun:

– Cirka hundrede meter lige overfor ligger von Knechts lille sommerhytte. For at komme hen til Henriks hus må man følge vejen til venstre, rundt om det store hus. Til højre ender vejen ved en mindre, stejl klippevæg. Havet går ind i en lille bugt lige neden for den. Vi går altså til venstre. Brug lommelygterne, eftersom her er kulsort, men husk at rette strålen nedad. Gå væk fra vejen, gå på græsplænen og benyt jer af buskene som dækning. Vi aner jo ikke, om Lillis er trængt ind i det store hus, eller hvor han befinder sig. Forresten, var han alene i bilen?

Birgitta tøvede med svaret.

– Ærlig talt, så ved jeg det ikke. Hans bilruder er helt mørke. Man kan næsten ikke se ind, svarede hun.

– Så må vi have i baghovedet, at han kan have haft nogen med i bilen. Der er vel hundrede meter til Henriks hus. Der ligger to ens hytter ved siden af hinanden, og der er cirka tredive meter imellem dem. Hvad for en, der er Henriks, er jeg lidt usikker på, men jeg bilder mig ind, at Jonny pegede på den højre. Den nærmest broerne. Mit forslag er, at vi spreder os og nærmer os huset fra tre sider. Jeg er ubevæbnet. En med våben bør tage vinduerne og døren på forsiden. Det er vigtigt, at det går hurtigt med at trænge ind.

Præcis som hun havde forventet det, sagde Fredrik rapt:

– Den klarer jeg.

– Godt. Birgitta, du tager gavlen her over for det store hus og bagsiden. Jeg tager gavlen ud mod havet. Men vi begynder med bare lige at tjekke situationen. Vi holder en pause, når vi har passeret det store hus. Så spejder jeg i kikkerten og ser, om der er noget mistænkeligt omkring Henriks hus. Fra nu af taler vi så lavmælt, vi kan. Når vi nærmer os Henriks hus, skal der være helt stille.

Hun mere anede end så, hvordan de to kolleger nikkede i mørket. Lyset fra deres lygter var rettet mod jorden. Alle tre begyndte at gå hen mod det mørke hus, og én efter én drejede de af fra vejen. Irene kunne mærke, hvordan skoene blev suget fast i den fugtige græsplæne, og det var besværligt og tungt at gå. Sjaskene og svuppene fra deres hurtige skridt druknede i havets hidsige klasken mod klippefladerne. Vinden var betydelig stærkere her ude på næsset og buldrede øredøvende. Det bed godt i øreflipperne, og øjnene fyldtes med tårer.

Irene gik uden om gavlen på det store hus i et raskt tempo, men standsede brat op. Birgitta var ved at løbe ind i ryggen på hende. Overrumplet hvæsede hun:

– Ups! Hvad er det?

Irene svarede ikke, pegede bare. Nogle meter foran dem var der parkeret en stor, hvid bil. Ingen tvivl om, at det var Lillis Ford Mondeo. Irene tog hurtigt et skridt tilbage om bag husmuren og trak Birgitta med sig. Hun hviskede i hendes øre:

– Der kan sidde nogen i bilen. Vent, jeg prøver lige, om der er noget at se i kikkerten.

Men alt så roligt ud, ikke en bevægelse var at se. Bagfra sneg de sig foroverbøjede hen til bilen. Birgitta rev den ene bagdør op og sigtede ind i bilen med sin pistol, samtidig med at Irene tændte sin lygte og lyste ind gennem bilruden på modsatte side. Tom. Et enstemmigt suk af lettelse undslap dem.

Irene kunne ane Fredrik et stykke længere fremme. Hun satte kikkerten for øjnene og så ham snige sig hurtigt af sted mellem de lave buske. Han var ikke gået op mod det store hus, men havde foretaget en stor cirkelbevægelse for at nærme sig Henriks hus lige forfra. En god idé, på den måde ville han være beskyttet af træer og buske helt derhen. Det gjorde det lettere at bruge lommelygten. Men Mondeoen havde han ikke set. Man kan ikke nå at opfatte alting selv – det var én af fordelene ved at være flere. Hun rettede kikkerten mod Henriks hus. Et svagt lys sås i vinduerne. Fra hendes synsvinkel var det lige akkurat muligt at se ind gennem vinduet i gavlen. Køkkenet lå åbenbart der. Men ikke et menneske var at se. Hun besluttede også at prøve at nærme sig sin position ud fra en større cirkel. Det var ret besværligt at forsøge at gå i mørket. Man så ikke en hånd frem foran sig, og risikoen for at man snublede eller faldt var overhængende. Hurtigt strøg hun af sted i Fredriks fodspor. Han sendte et hurtigt blink mod hende, da hun kom forbi hans position. Den var strategisk korrekt bag en stor klippeblok, cirka ti meter fra det oplyste vindue til venstre for yderdøren. Hun standsede op og kastede et blik mod vinduet. Det sad for højt oppe, til at hun kunne se noget.

Hjertet slog hurtigere nu. Der var ingen tegn på liv inde fra huset, men hun vidste, at Lillis var der. Næseborene udspiledes, og alle sanser skærpedes. Hun kunne mærke lugten. En let metalsmag i munden bekræftede, hvad hun allerede vidste. Jagten var begyndt.

Forsigtigt begav hun sig ud på de nøgne klipper og så op mod altanen. Ud mod havet var altanpillerne næsten tre meter høje. Men det var den vej, hun skulle. Der var ingen trappe ned til klipperne, man måtte gå gennem huset for at komme ud på den store altan. Den gav sikkert „en ægte maritim følelse af et skibsdæk". Irene skar en syrlig grimasse ud i mørket.

Pillerne var lavet af granitblokke, der var cementeret sammen med tynde fuger imellem. Fugerne var ikke brede nok til at give fæste for fingrene eller tæerne, så man kunne klatre op. Under altanen lå der en lille omvendt jolle. Selv om den var lille, vejede den en del. Irene stønnede, da hun langsomt løftede og skubbede den i position. Hun holdt en pause. Havde nogen inde i huset hørt hende? Men kun havet og vindens buldren hørtes, og hun følte sig taknemlig for den dækning, det gav. Nu var det på tide at teste, om hendes idé fungerede. Båden stod på højkant med bunden op mod søjlen. Forenden pegede opad, og agterenden stod stabilt, støttet mod tunge sten. Den burde ikke kunne glide. Hun krøb op på agterspidsen og kravlede videre op på den lille sidetoft. Det sidste stykke blev mere indviklet. Hun satte højre fod op på forendens spids, greb fat i altanrækværkets tremmer og skulle lige til at sparke fra og hæve sig op, da en stemme fik hende til at standse: „Se op!"

Hun stivnede. Var det bare vinden, der peb i ørerne? Som altid adlød hun stemmen. Balancerende på én fod spejdede hun mellem tremmerne hen mod de store glasdøre på altanen. Hele væggen ud mod soldækket bestod af glasskydedøre. Hun kunne se et svagt lys længere inde i huset, men rummet ud mod altanen var mørkt. En ganske svag bevægelse kunne anes i det ene gardin. Havde det været hendes overspændte sanser, der spillede hende et puds? Vinden smøg sig koldt om hendes cowboybukseklædte ben, og den fod, hun holdt ligevægten med, begyndte at sove. Koldsveden sprang frem over hele kroppen. Uendelig varsomt begyndte hun at manøvrere kikkerten op mod øjnene.

Åndedrættet hørte op, og bulderet fra havet og vinden forsvandt. Han kan ikke se dig! Han kan ikke se dig! Du ser ham i kikkerten, men han kan ikke se dig! Et held at kikkerten hang i sin rem om hendes hals, ellers ville hun have tabt den mod klipperne nedenunder. Det krøllede hår ned over skuldrene. Den blanke læderjakke med alle nitterne og den enorme, kompakte krop. Og det sataniske grin om munden. Hoffa Strömberg stod og spejdede ud i mørket over altanen og havet.

Kun hendes ansigt havde været over altangulvet. Hun havde kigget ind mellem tremmerne. Han kunne ikke have set hende. Alligevel mærkede hun angsten fra Billdal skylle op i sig fra det sorte hul i hendes indre. Det hul, som hun troede at have stoppet til for altid.

Rystende af chok og udmattelse klatrede hun ned igen og sank sammen på den nøgne klippe. Hun måtte ikke give efter for rædslen. Ikke gå i panik! Hun tog nogle dybe indåndinger, lukkede øjnene og prøvede at se indad og søge *Punktet*, da noget begyndte at kradse udfordrende i hendes bevidsthed. Først prøvede hun at holde det tilbage, men pludselig var hun helt nærværende i den kolde vind. Øjnene åbnedes og så ud i mørket. Den iskolde vind piskede tårer frem i hendes øjne. Et fortvivlet skrig hørtes svagt inde fra huset.

Det gik hurtigt med at komme op på jollen igen. Hun stillede sig på forenden med den ene fod og så med kikkerten ind gennem tremmerne. Hoffa havde vendt sig og stod nu med ryggen mod altanen. Han lyttede ind i huset. Hans næste manøvre var ret besynderlig. Til Irenes overraskelse gled han ind bag gardinet, stadigvæk med ryggen mod altanen, og stod helt ubevægelig. Irene opfattede bevægelser inde i huset. Uden at tænke en klar tanke trak hun sig opad og løftede sig hurtigt over altanens rækværk. Musestille krøb hun sammen. Efter nogle sekunder tog hun forsigtigt kikkerten frem og så hen mod det sted, hvor Hoffa stod. Han havde ikke flyttet sig. Forsigtigt rejste hun sig op og så lige ind i huset. Lyset kom fra loftslampen i entreen, der oplyste scenen. I profil kunne hun se Fredrik stå midt på entrégulvet med pistolen i et tohåndsgreb og strakte arme. Han sigtede mod én, der befandt sig foran ham, uden for hendes synsvidde.

Uendelig forsigtigt begyndte hun at bevæge sig hen mod Hoffa. Ikke fordi hun vidste, hvad hun ville gøre, hun var drevet af et instinktivt ønske om ikke at lade ham ude af syne. Hun var totalt uforberedt, og det var meget tæt på, at hun havde skreget højt, da hendes fod stødte mod noget hårdt. Det gjorde pokkers ondt. Men det blev bare en dunken mod den massive cement. Hun havde sparket til en solparasols tunge fod. I nogle lange sekunder stod hun ubevægelig og afventede. Nu var hun så nær, at hun kunne se ham bag gardinet. Højst to meter skilte dem. Men han var helt koncentreret om det, der udspillede sig inde i huset. Hun blev bevidst om yderligere bevægelser ude i entreen. Birgitta kom ind ad døren, også hun med trukket våben. Mens Fredrik blev stående i sin position, begyndte Birgitta at gå hen mod rummet inde bag altanen. Hun standsede i døråbningen, famlede langs dørkarmen og fandt kontakten. Værelset blev lyst op af en nydelig krystallysekrone over et spisebord.

Hoffa kunne pludselig ses i skarp relief mod det hvide gardin. Men gardinstoffet var kraftigt, hvilket sikkert var nødvendigt for at lukke den stærke vestsol ude om sommeren. Birgitta så sig omkring, uden tilsyneladende at lægge mærke til manden bag gardinet. Men Irene så ham. Hun så, hvordan han uendelig langsomt trak en kniv op af en skede, der sad fastspændt på låret.

En lysstråle glimtede i det lange, brede knivsblad. En jagtkniv til storvildt.

Bagefter anede hun ikke, hvor kræfterne kom fra. Uden at spilde tid på at tænke sig om bøjede hun sig ned og tog et fast greb rundt om parasollens fod. Hun rokkede den op mod brystet, tog et par skridt fremad og kastede den af al magt mod glasvæggen bag Hoffa. Med et øredøvende brag eksploderede ruden. Om det skyldtes stærke spændinger i glasset eller kraften i hendes kast nåede hun ikke at reflektere over. Birgitta skreg i falset, men tav hurtigt, da Irene råbte gennem hullet:

– Skyd ikke! Det er mig!

Birgitta gik hurtigt hen mod dørene, fandt nøglen, der hang på indersiden og låste op med skælvende hænder.

Hoffa lå i en stor blodpøl. Den voksede hele tiden med foruroligende hastighed. En stor glasstump stak ud af et snit på siden af halsen. Der pumpede mørkt blod ud af såret.

– Fredrik! Er alt i orden? Har du situationen under kontrol?

Irene råbte ind mod entreen uden at tage øjnene fra manden i blodpølen. Hendes dæmon var ved at dø. Hævnen var ved at blive virkeliggjort. Hvorfor følte hun ingen triumf?

– Alt er under kontrol! Jeg har Lillis på kornet. Men Henrik von Knecht har brug for en ambulance. I en fart!

Det havde Hoffa også. Mekanisk rev hun gardinet på den anden side af altandøren ned og gik hen til ham. Han jamrede sig svagt, da hun forsigtigt løftede hans hoved. Hun skubbede gardinet ind under hans hals og begyndte at trække det til. Det blev en klodset og bulet trykforbinding, men det var det eneste, hun kunne klare lige nu. Fredrik stod stadigvæk i sin skudklare stilling, da hun gik hen til ham. Hun stillede sig ved siden af ham, drejede hovedet en kvart omgang og så det samme syn som han.

Midt på gulvet stod Lillis med hænderne i vejret og håndfladerne vendt mod betragterne. De var strimede af blod. Ansigtet var totalt udtryksløst, og blikket, han sendte Irene, var helt uinteresseret. Kun underkæben malede som ved en langsom tyggegummignasken. Tværs over dobbeltsengen lå Henrik von Knecht. Eller rettere sagt, hun gik ud fra, at det måtte være Henrik von Knecht. Sengetæppet havde engang været hvidt, men nu var det så tilsølet af blod, at det kunne have været et rødt batikmønster. Henriks ansigt var helt opsvulmet. For hvert åndedrag kom der lyserøde blodbobler ud af hans mund, og den nøgne krop var dækket af røde buler efter slag og spark.

Irene havde set en del i sine år i tjenesten, men det her var noget af det værste. En vanvittig mishandling på grænsen til nedslagtning. Med et gys huskede hun, hvordan den myrdede, fjortenårige John havde set ud efter disse skinheads' sanseløse byger af spark og slag. I filmens og videobåndenes verden ryster heltene sig bare efter morderiske, rå oplevelser, rejser sig op og fortsætter med at slås. I virkelighedens verden rejser ofrene sig ikke igen. De dør. Enhver kunne se, at Henrik von Knecht var ved at dø.

Irene og Fredrik gik hen til Lillis. Uden at røbe hvordan hun havde det indeni, sagde Irene køligt:

– Vend dig om! Panden mod væggen, spred begge ben langt fra hinanden og hænderne bag på ryggen! Lystrer du ikke, skal det være os en fornøjelse at skyde nosserne af dig!

Udtryksløst vendte han sig om og fulgte ordren. Det var ikke første gang. Han vidste godt, når det var tid at overgive sig. De her strissere ville ikke tøve, dumt at give dem en anledning. Det ville være rart at beholde nosserne lidt endnu.

Irene satte håndjern på ham og kommanderede ham til at blive stående i samme stilling. Hurtigt beordrede hun:

– Birgitta, ring og få politihelikopteren herud. Det tager for lang tid med ambulancer. Og vi har spærret indkørslen med vores biler. Det må blive helikopter. De kan lande på græsplænen foran det store hus.

Birgitta halede telefonen op af lommen og gjorde, som hun havde fået besked på. Der opstod en mindre palaver, inden vagtcentralen fattede omfanget af det skete, og hvem der var indblandet. Konstellationen Lillis Johannesson, Hoffa Strömberg og millionærsønnen Henrik von Knecht vakte en stille undren om, hvorvidt det hele var en spøg. Først efter at Irene havde flået telefonen til sig, havde råbt og hidset sig op ligesom sin kommissær, forstod man, at det hastede. Det ville tage højst et kvarter, inden helikopteren var på stedet. Med en bister mine ringede Irene af. Det var tvivlsomt, om nogen af de to sårede ville overleve så længe.

Hun så sig om i rummet. Der var blod overalt. På gulvet lå der knust glas og keramikskår, der knasede under fødderne, da hun gik hen mod sengen. Henrik von Knecht var næsten ikke til at kende igen. Hele ansigtet var hamret ud til bankekød. Vejrtrækningen var kortere og hurtigere nu. Blodboblerne kom i stød, når han trak vejret. Hun bøjede sig frem mod ham og sagde beroligende:

– Henrik. Det er inspektør Huss. Det er overstået nu. Han kan ikke længere gøre dig fortræd. Alt er overstået nu.

Det begyndte at trække svagt i hans øjenlåg, og det lykkedes ham at åbne øjnene til små sprækker. Hviskende rallede han:

– He... he... hesten.

– Hesten? Irene huskede vagt, at Tommy havde snakket om Sylvia von Knechts syge hest. Var Henrik bekymret for den? Åbenbart. Med al den ro som hun kunne fremtvinge, sagde hun derfor blidt og langsomt:

– Du skal ikke være bekymret. Dyrlægen har været her og givet den en penicillinsprøjte. Den bliver snart rask igen.

Igen begyndte han at kæmpe for at åbne øjnene, men uden held. Et hosteanfald var ved at kvæle ham i blod. Snappende efter vejret hvæsede han:

– Idiot! Den knuste... T...ang-hest!

Han gled ind i bevidstløsheden igen. Den knuste Tang-hest? Pludselig gik det op for hende, at hun stod i en masse skår. Hun kiggede ned på gulvet og opdagede et hestehoved af terrakotta. Hun tog det forsigtigt op. Det ene øre var slået af, ellers havde det klaret sig. Det var et ædelt formet hestehoved, der lige kunne ligge i hendes håndflade. Næseborene var udvidede, og munden åbnet til en stridsvrinsken. De spændte muskler på halsen vibrerede af liv, kraft og styrke. Men kroppen var der ikke længere. Den var knust og lå mellem de andre skår på gulvet.

20

Stemningen i lokalet var tæt og ophedet. Kun statsadvokat Inez Collin så sval og uberørt ud i dueblå dragt og hvid silkebluse. Også kommissær Andersson var brændende varm, om end ikke helt så feberhed mere. Hans feber havde fortaget sig søndag aften. Forkølelsen sad dog stadig i ham som stærk snue og ølbas. Han var glad for at slippe for at tale. Det måtte de tre inspektører gøre. Fredrik var den, der fortalte mest og mest levende. Øjnene lyste, og håret strittede. Han havde ikke været af tøjet i et døgn, det havde Birgitta og Irene heller ikke. De havde lånt hver sit overnatningsrum på stationen og havde sovet knap tre timer. For Irenes vedkommende var det ikke engang blevet til det. Bekymringen for, at Hoffa skulle dø, gnavede i hende. I USA er politifolk, der var skadet eller havde været indblandet i skudvekslinger med Hells Angelsmedlemmer med dødelig udgang, selv blevet myrdet i hævnaktioner. Det ville være dumt at skilte for meget med sit navn og blive den første i Norden. Derfor var de blevet enige om en redigeret version af hændelsesforløbet. Kun de tre vidste, hvordan det rent faktisk var foregået. Ingen andre, hverken på lavere eller højere plan, ville nogensinde få den fulde sandhed at vide. De vekslede ikke engang blikke, da Irene uden at ryste på stemmen redegjorde for, hvordan Hoffas „ulykke" var indtruffet.

– Jeg var ubevæbnet, da jeg klatrede op på altanen. Jeg havde spændt natkikkerten på. Takket være den så jeg, hvordan den knivbevæbnede Hoffa sneg sig ind på Birgitta, der stod med ryggen vendt mod det mørke rum og altanen. Vi troede jo, at Lillis var alene! Jeg var nødt til at handle, og lige i det øjeblik knaldede jeg tåen i parasolholderen. På en eller anden måde lykkedes det mig at kaste den ind gennem glasvæggen. Det udløste den rene eksplosion, og både Hoffa og Birgitte fór sammen. Birgitta vendte sig om, fik øje på Hoffa og sigtede på ham med pistolen. Han gik baglæns med hævet kniv, og pludselig snublede han mellem glasskårene. Han faldt pladask baglæns og ... var uheldig. Et stort glasskår skar sig dybt ind i siden af nakken.

Hun tav, og Tommy faldt ind:

– Efter hvad jeg har forstået ud fra rapporterne her til morgen, skar det en stor vene over. Blodtabet blev enormt. Han er i koma, lægerne ved ikke, hvor store hans fremtidige mén bliver. Til gengæld står det klart, at han vil få varige hjerneskader.

– Fedt nok! Så kan han fortsætte som vicepræsident for Hells Angels!

Det var selvfølgelig Jonny, der gjorde krav på opmærksomhed. Surmulende havde han forklaret, hvorfor han ikke var at træffe i løbet af søndag eftermiddag. Han havde været henne og se „Pocahontas" med sine to yngste børn.

Hans Borg spekulerede hele søndag aften på, hvor alle var taget hen. Birgitta var ikke på stedet, da han kom for at afløse hende uden for Lillis hus klokken 18.00. Og der havde ikke været nogen på afdelingen, da han havde ringet. Han havde også ringet hjem til både Birgitta og Fredrik.

Hvor han havde været, da Birgitta prøvede at få fat på ham omkring 17.15? Jaa, joo ... der var veteranbiludstilling på Den svenske Messe, og han kiggede bare lige ind, inden han skulle af sted på sin vagtafløsning... Andersson sukkede højt. Det er irriterende med folk, der mentalt går på pension ti år for tidligt, men fortsætter med at gå på arbejde. For at skjule hvad han tænkte, sagde han hvast:

– Javel. Selv lå jeg i sengen med min forkølelse. Så ved vi, hvad alle i gruppen lavede i går. Det er kun din weekend, Hannu, vi ikke har hørt noget om. Hvordan var den?

– Fin.

Hvad havde han ventet? En lyrisk udlægning om den fantastiske tangoaften i Den finske Forenings lokaler, eller hvad det nu var, denne mand kunne tænkes at more sig med?

En ny rømmen måtte skjule kommissærens forlegenhed, og han indledte rapporten:

– Situationen ser ud som følger: Henrik von Knecht døde, inden helikopteren nåede frem. Han havde voldsomme, indre blødninger, og begge lunger var punkteret af de indsparkede ribben. Lillis Johannesson sidder arresteret for mordet på ham. Som sædvanlig sagde han ikke andet end: „Den satan fik, hvad han fortjente." Hoffa ligger i koma, udgangen er uvis. Det andet MC-udskud, Paul Svensson, har vi anholdt for mordforsøg på Irene og på Jimmy Olsson. Samt for narkokriminalitet, eftersom han havde en masse stoffer på sig ved pågribelsen. Forresten kan jeg meddele, at Jimmy kommer sig fint. Jeg rendte ind i vicekommissæren på narkoafdelingen, hende der Nilsson.

– Nilsén. Annika Nilsén.

Det var Irene, der rettede ham. Hun var træt ind til benet, og hendes tolerancegrænse var lav. Det var vist udmærket, at hun bare skulle sidde og skrive rapporter i dag. Hun ville prøve at komme tidligt hjem og i seng.

Andersson lod ikke til at høre hende, men fortsatte:

– Ham der Paul Svensson begynder at blive lidt forstyrret nu. Han er ved at gå op i limningen af abstinenser. Den fa... lede satan har ikke fået nogen stoffer i to dage og begynder at krakelere. Måske snakker han over sig, så vi kan bruge det mod Lillis.

Irene gjorde en træt bevægelse med hånden og bad om ordet.

– Det tror jeg, er den helt rigtige strategi for at få sagen her opklaret. Vi må spille dem ud mod hinanden. Få Paul Svensson til at tro, at Lillis er begyndt at tale og ... vice versa. Det svære bliver at få Sylvia von Knecht til at begynde at snakke og ...

Birgitta afbrød hende taktfuldt:

– Undskyld, men Sylvia von Knecht måtte indlægges på psykiatrisk afdeling i nat. Da præsten overbragte, hvad der var sket med Henrik von Knecht, brød hun fuldkommen sammen. Denne gang er det alvorligt. Sylvias søster, Arja, ringede for lidt siden.

Der glimtede et iskrystal i Irenes øjne, da hun tørt konstaterede:

– Men én, der ikke bryder så let sammen, er Charlotte von Knecht. Hende må vi kunne få i gang med at snakke.

Fredrik blev ivrig og brød ind:

– Men nøglen i yderdøren havde jo et nøgleskilt med hendes navn indgraveret! På det samme nøgleknippe sad der er nøgle til portene og en til Henriks hytte! Det er da et bevis? Jeg mener, hendes navn stod på skiltet!

Irene rystede på hovedet og sagde træt:

– Den slags massefremstillede navneskilte kan man købe i næsten hvert eneste supermarked eller benzintank. Hun kan sige, at han snuppede nøglerne uden hendes vidende. Nej, vi har brug for at banke denne her dame på plads. Ordentligt!

Andersson så på hende med sine let rødsprængte øjne og spurgte stilfældigt:

– Du tror, at det er hende?

– Ja. Jeg tror, at hun er direkte involveret i mordet på Richard von Knecht. Og var behjælpelig ved mordet på sin mand, svarede Irene.

Hun lukkede øjnene og pressede fingerspidserne let mod tindingerne for at prøve at stoppe hovedpinen. Hun havde aldrig før i sit liv følt sig så træt.

– Men du har ingen beviser.

– Nej.

Inez Collin sagde tankefuldt:

– Vi kan måske få Charlotte til at tro, at de andre to, som vi har anholdt, har angivet hende?

Irene trak på skuldrene.

– Måske. Men spørgsmålet er, om de ved, at Charlotte har noget med mordet på Richard von Knecht at gøre? Måske var det hende selv, der både planlagde og udførte handlingen. Vi må finde et motiv og beviser, der forbinder hende med mordet!

Inez Collin spekulerede lidt, inden hun sagde:

– Kan vi ikke strikke en anholdelse sammen for medvirken til mordet på Bobo Torsson og mordbranden på Berzeliigatan? De andre så forbløffede på hende. Hun fortsatte:

– I fandt jo nogle dynamitdimser ... hed det ikke ... Dynamex. Tak ... og nogle tændhætter i en låst kasse i Henriks og Charlottes soveværelse oppe på Marstrand. Oplægget i forbindelse med hende bliver følgende: vi køber ikke, at du som husets frue ikke kendte noget til, at din mand opbevarede anselige mængder sprængstof i jeres fælles soveværelse. Alligevel fortalte du det ikke til os, da både lejligheden og Bobo Torsson blev sprængt i luften? Hvorfor? Du må have vidst det! Også beskyttelse af en forbryder betragtes som delagtighed.

– Men hun var næsten aldrig i hytten.

Inez Collins vendte sig og smilede til Fredrik, der var kommet med indvendingen.

– Det er noget, vi ikke kender til. Officielt. Vi må gå ud fra de faktiske omstændigheder. Sprængstofferne blev opbevaret i deres fælles soveværelse.

Et glimt af respekt dukkede op i Anderssons øjne. Tankefuldt sagde han:

– Det er måske ikke så dumt. At sætte hende i spjældet for noget, som hun måske ikke har noget med at gøre. Få hende til at prøve at snakke sig ud af det. Én mere at spille ud. Ja, for pokker, om det ikke er den bedste måde! Tommy, Jonny og Hans holder hende under bevogtning, til det er tiden at hive damen i land. Forresten, hvem fanden ved, om hun er en dame. Vi må virkelig være på dupperne, hun vil omgående hyle op om en advokat!

Hans Borg følte, at det nu var tid til at virke bare en anelse informeret og være en del af opklaringen. Han rømmede sig og bad om ordet:

– Jeg kørte omkring Berzeliigatan på vej hertil i morges. Gutterne var allerede i gang. *Lullen* gør et nyt forsøg på at løfte pengeskabet ud her til formiddag. Hvis alt går godt, ringer jeg til Rosengrens og forlanger deres mand hertil i eftermiddag.

– Okay. Vi må håbe, at maskinen ikke braser ned i kælderen igen. Vi holder et nyt møde her efter 16.00. Er der forresten nogen, der har en anelse om, hvad teknikerne kan mene med den her fax, der lå på mit skrivebord, da jeg kom i morges: „Nej! Vi er ikke skabsspisere!"

Af alle lange formiddage løb den her af med prisen. Irene prøvede at få sin vaskesvamp af en hjerne til at formulere en rapport, men det gik trægt. Ved frokosttid gik hun ud sammen med Birgitta og spiste. Bagefter kunne hun ikke huske, hvad de havde fået. I virkeligheden burde hun tage hjem. Men samtidig kunne hun mærke, at von Knechtsagen begyndte at nærme sig sin opklaring.

Lullen havde legende let fået pengeskabet ud og læsset det ind i en varevogn. I triumf blev skabet kørt til politistationens gård. Dér måtte det stå bag i bilen og vente på eksperten fra pengeskabsfirmaet.

Efter frokost ringede telefonen, og hun afbrød taknemligt rapportskrivningen. Det hujede i røret:

– Hello! Det er Jimmy.

Glæden og overraskelsen ved lyden af hans stemme gjorde, at hun ikke kunne finde på noget særligt at sige. Det blev blot et beklemt:

– Hej! Hvordan går det?

– Meget bedre. Du snuppede dem begge to! Jeg råbte højt her, da jeg fik det at vide i morges!

Forbasket! Den dér klump i halsen igen. Jimmy vidste og forstod det meste. Men ikke engang han måtte få hele sandheden at vide. Han havde åbenbart en stærk fornemmelse af tilfredsstillet hævn. Hvorfor havde hun ikke det? Hun svælgede og fik frem:

– Er du så rask nu, at du kan læse aviser?

Han tøvede med svaret:

– Njaa, nej. Kan du huske den lyshårede sygeplejerske med fletningen, der kom ind, da du besøgte mig sidst? Annelie hedder hun. Hun læser for mig. Der findes aviser indtalt på bånd, men så er nyhederne flere dage gamle. Jeg hører også radio.

– Hvordan går det så med halehvirvlerne?

Han sukkede:

– Det er næste problem, er jeg bange for. Jeg har fået lidt svært ved at tisse. Jeg kan ikke tisse, når jeg skal. Og smerterne i benene er værre. Der var en hel flok ortopæder her for lidt siden. Jeg skal flyttes derover om nogle dage. Det bliver nok operation, mente de. Men det går vel også godt. Det føles faktisk bedre nu. At du fik fat på de sataner!

Det var, som om han intuitivt mærkede, at det var hende, der havde brug for at blive peppet lidt op, og ikke ham. Det lykkedes hende at lyde lidt vaksere, da hun afsluttede samtalen:

– Se nu og bliv rask. Jeg kommer op til dig i morgen.

– Fedt! Ingen vindruer, tak. For tyve kroner slik.

– Det lyder, som om du er i bedring.

Næste afbrydelse kom, da Birgitta stak hovedet ind for at spørge, om hun ville være med ved åbningen af pengeskabet. Irene smilede blegt:

– Bare det så ikke siger bang. Men det er forhåbentlig ikke lykkedes Henrik at komme ind i pengeskabet, sagde hun.

Klokken var næsten 14.30, og det var allerede mørkt. Små, hårde snefnug svævede i luften. Bagdørene på varevognen blev åbnet, og manden fra Rosengrens trådte frem. Med et klik satte han en magnetisk plade på skabet. Den var forsynet med små lamper og koblet til en dåse, der så ud som en almindelig voltmåler. Eksperten drejede på knapper, lamper blinkede, og pludselig gav det et klik i pengeskabsdøren. I det øjeblik ophørte rimtågerne fra åndedrættet hos samtlige omkringstående. Forsigtigt åbnede han døren uden nogen eksplosion til følge. Sukkene af lettelse kom som med én mund.

Rummet inde i kassen var lille, cirka halvtreds gange halvtreds centimeter. Birgitta havde en beholder med, som de pakkede mapper, æsker og kuverter ned i.

De gik straks ind i konferenceværelset med den. Bordet derinde var bedst egnet til at sprede ud og sortere indholdet på.

Det var med andægtig mine, at Andersson så sig rundt blandt de fem tilstedeværende inspektører. Hannu Rauhala og Hans Borg manglede. Med slet skjult forventning gned han sig i hænderne og sagde:

– Endelig! Nu skal vi se, om der er noget brugbart her. Vi deler effekterne mellem os, og så går vi det omhyggeligt igennem.

– Alt, som skal studeres nærmere, lægger vi midt på bordet. Er I usikre på noget, må I lægge det i den midterste stak!

Hurtigt snuppede han seks stakke, som han fordelte mellem de tilstedeværende. Irene fik et stift læderetui, som viste sig at indeholde en pistol. Hun sagde imponeret:

– Wow! En ordentlig tamp. En Baretta 92S.

Andersson så forbavset ud.

– Hvor fanden har han fået fat i den? Er den ladt? Tjek lige, om han har licens, sagde han bistert.

– Femten skud i magasinet. Men der er ikke mere ammunition, efter hvad jeg kan se.

Samtlige gennemsøgte deres æsker uden at finde nogen yderligere ammunition. Nogle medaljer fra diverse sportsgrene var alt, hvad de fandt. Plus et gammelt lommeur. Efter alt at dømme havde det tilhørt Richard von Knechts far. På låget til det gamle ur stod de sirligt indgraverede initialer „O.v.K". Otto von Knecht. Irene sad og beundrede det smukke ur, da hun hørte kommissæren gispe. Ansigtskuløren begyndte at stige, øjnene var kuglerunde og stirrede stift på de billeder, som han havde trukket ud af en brun A4-kuvert. Stille rejste han sig op og smed fotografierne midt på bordet.

Det var ti farvefotos i omtrent samme format som kuverten. Alle taget fra samme vinkel. Alle med det samme motiv. Et samleje, hvor manden tager kvinden stående bagfra. Kvinden er indtagende foroverbøjet med underarmene støttet til ryglænet af en læderlænestol. I baggrunden ses store malerier på væggen, og i det ene hjørne skimtes en krystallysekrone. Kameravinklen er fra siden. Han har kun en læderhjelm på. Den går ned over ansigtet og har kun huller til øjnene. Hun har lårlange støvler med stilethæle på, og benene let adskilte. Ellers ingenting. På nogle af billederne ser hun lige ind i kameraet med et smil, der skiller de fugtige læber. På et af dem laver hun en lille trutmund, som om hun sender fotografen et fingerkys. Øjnene er halvt lukket i vellyst.

Alle politifolkene i lokalet tog hver sit foto, som de studerede.

Anderssons ansigtskulør var postkasserød, da han hvæsede:

– Nå, min lille høne! Nu har vi dig!

Irene kunne næsten ikke tro, det var sandt. Endelig noget konkret at komme med! Beviser mod Charlotte von Knecht.

Jonny stønnede halvkvalt:

– Hold kæft en lækker krop, hun har! Milde Moses, jeg forstår godt, at lille svigerfar havde svært ved at holde fingrene væk. Alle elleve!

Ingen fnisede, men heller ingen sagde ham imod. Fredrik bevægede ansigtet ned mod sit billede og sagde lidt efter:

– Er det virkelig helt sikkert, at det er Richard von Knecht, der rider på hende? Jeg mener, kan det ikke være Henrik? Eller en anden?

Irene så nøje på sit billede. Al træthed var som blæst væk, og hun følte jagtiveren pulsere indeni. Sporet var igen hedt og duftede stærkt af feromoner.

Spekulativt spurgte Birgitta:

– Hvor er billederne taget? Er der nogen, der genkender værelset?

Alle tog på ny et grundigt kig på billederne. Hovedrysten, ingen genkendte interiøret. Irenes opmærksomhed blev fanget af baggrunden. Malerierne. Et af malerierne.

Irriteret tjattede kommissæren med håndfladen hen over billederne på bordet og udbrød:

– Det er sgu også noget forbandet noget at tage en læderhætte over ansigtet! Det bliver svært at bevise, at det er Richard von

Knecht på billederne. For ikke at tale om at bevise, hvor de er taget.

Irene følte sig forunderlig krystalklar i hjernen, og pludselig vidste hun det. Hun begyndte at grine højt. Jonny hviskede påtaget til Andersson:

– Nu er hun også gået i selvsving!

Uden at tage sig af ham sagde hun triumferende:

– Jeg ved hvor, af hvem og hvordan billederne er taget. Og jeg ved, at det er Richard von Knecht på billederne. Hele hans ansigt er nemlig med!

Jonny bankede med en pegefinger i tindingen og rystede på hovedet. Irene var ligeglad med Jonnys gestikulering og henvendte sig til Andersson:

– Hold Charlotte under bevogtning hele dette døgn, akkurat som vi har vedtaget. Klokken 07.00 i morgen tidlig snupper vi Charlotte og anklager hende for kendskab til, og delagtighed i Henriks bombeaktion. Pres hende og lad hende prøve at forkare sig. Nøjagtigt som Inez Collin sagde. Efter en eller to timer kommer jeg ind. Og så vil jeg bure hende inde for mordet på Richard von Knecht!

Andersson stønnede højt:

– Du vil måske lige være venlig at forklare os, dine lidt mindre begavede kolleger, hvad helvede du vil gøre for at retouchere læderhætten væk på manden og få ansigtet frem?

Efter at hun havde gjort, hvad han bad hende om, så kollegerne på hende med blikke fulde af respekt. Selv i Jonnys øjne spejlede sig modvillig beundring.

Resten af eftermiddagen blev hektisk, men da hun kørte hjem ved 18-tiden, var det hele klaret. Det var gået godt. Dem, hun ville have fat i, havde været hjemme, og dem, hun ville have hjælp fra, havde været behjælpelige. Hun var tilfreds. Og træt. Begivenhederne ude på Marstrand måtte hun ridse op endnu engang for familien. Den redigerede version. Midt under Aktuelt mærkede hun, hvordan øjnene faldt i. Hun tog et langt, varmt brusebad og krøb omgående til køjs. Søvnen var dyb og drømmeløs, lige til vækkeuret ringede.

21

Paul Svensson lå krummet sammen i fosterstilling på sengen, med ansigtet mod væggen. Gennem lugen i den låste celledør kunne kommissær Andersson se, hvordan kraftige rystelser gik gennem den magre sikkkelse. Der hørtes lavmælte klynk og hulk helt ud på gangen. Der var intet tilbage af Hells Angels-råheden. Det, der var tilbage, var de sørgelige rester af en af narkoman med voldsomme abstinenssymptomer.

Vagten åbnede døren, og Andersson trådte ind. Der lugtede stramt af angstens sved og uvasket menneske i cellen. Paul Svensson lod ikke til at ænse, at han havde besøg. Eller også gjorde han netop, for den jamrende klynken tog til i styrke.

Andersson forsøgte sig med et friskt tonefald:

– Hallo, Paul. Så er det tid til en snak igen.

Paul Svensson vendte sit sveddryppende ansigt mod kommissæren. Han havde svært ved at holde blikket fast. Øjeæblerne rullede rundt i deres huler som panikslagne kuglefisk. Tungen løb uophørligt hen over de forbidte og tørre læber. Det lykkedes ham at få kvækket frem:

– En læge! Bed lægen om at komme. Jeg dør! Jeg dør! Er du med?

Andersson havde forhørt alt for mange paranoide narkomaner i sin tid, til at lade sig påvirke. Tværtimod anså han situationen for yderst gunstig. Den Magre burde være moden og plukkeklar nu.

– Hvis du hjælper mig med nogle nye ting, der er fremkommet i de seneste dage, så vil jeg måske i mit hjertes godhed sørge for, at vi får en læge herind. Men så vil jeg også have ordentlig hjælp! sagde kommissæren i sit venligste tonefald.

– Gå ad helvede til!

– Er det sådan, du vil have det. Men så bliver det en lang ventetid, inden vi ringer efter lægen. En utrolig lang ventetid ... for dig.

Paul John Svenssons ranglede krop trak sig sammen i en spasmisk krampe. Han kunne kun stønne. Angsten og smerten pumpede ud i cellen. Da krampeanfaldet var overstået, hviskede han:

– Hvad ... hvad drejer det sig om?

Med den bagtanke, at Svensson skulle røbe det, han virkelig havde kendskab til, havde kommissæren gået og grublet på ideen om at skjule sine kort og lade den afhørte forsøge at snakke sig fri af forkerte mistanker. Intet i Anderssons stemme afslørede, hvor nøje gennemtænkt den første sætning var. Nonchalant sagde han:

– Nye oplysninger peger på, at du og Hoffa var indblandet i bombebranden på Berzeliigatan og naturligvis også i bomben, der dræbte Bobo Torsson. Det er altså ikke bare granaten og mordforsøget mod de to inspektører ude i Billdal, som vi kan sætte dig ind for. For fanden, Svensson, for dit vedkommende bliver det mindst Kumla-bunkeren!

Frygten og angsten lyste ud af Paul Svenssons opspærrede øjne, da han skreg:

– Det var den overklasselort til Henrik von Knæk! Han sprængte den forbandede pungrotte til Bobo Torsson ad helvede til!

– Hvorfor?

Svensson fór sammen ved det ene ord, prøvede at skjule sin ynkelighed, men frygten for den benhårdt narkosanerede Kumla-bunker – helvede på jorden for en narkoman – tog overhånd. Han svarede kort og nervøst:

– Den dér Torsson ville have gysser af von Knæk. Men i stedet for lå der en satans bombe i tasken!

– Hvorfor skulle Torsson have gysser af Henrik von Knecht?

– Hoffa ... jeg ved det ikke.

Frygten for vicepræsidenten i Hells Angels var åbenbart stærkere end frygten for Kumla-bunkeren. Men Andersson havde ikke i sinde at slippe taget endnu. Lugten af lort var stærk nu, og han begyndte at ane konturerne af en lugthærdet. Altså sagde han kort og kontant:

– Du skal nok ikke regne med at se en læge før tidligst i morgen tidlig.

– Næh nej! Jeg ved, at Torsson ville presse penge af von Knæk-fyren. Men det gik i vasken. Hoffa var stiktosset, men gutterne fra Amsterdam ville alligevel komme op med varerne. Der var andre, der var interesserede.

– Ham von Knecht-fyren? Mener du Henriks far, Richard von Knecht?

– Ja, for fanden, det er jo det, jeg siger! Men den narrøv betalte ikke. Efter et par dage ringede Bobo igen og sagde, at det ville ordne sig med gysserne. Henrik von Knecht ville hoste op med dem i stedet. Lød jo satans underligt, men Hoffa sagde, at vi skider på, hvem der betaler. Bare vi får vores gysser.

– Hvor mange penge drejede det sig om?

– En halv million.

– Fem hundrede tusind?

– Er den længe om at fise ind, eller? Det sagde jeg jo lige!

– Hvad skulle Bobo Torsson med en halv million? Og hvorfor skulle han give dem til Hoffa?

Nu begyndte blikket at flakke igen, men Paul Svensson vidste, at han allerede havde plapret for meget. Han kunne lige så godt løbe linen ud og få en læge. Lige nu sked han på alt, hvad der hed Hells Angels. Han var ved at dø og trængte til en sprøjte med hvad som helst. Nu. Opgivende sagde han:

– Stoffer. For en halv million. Torsson ville være stordealer.

– Sammen med Lillis?

Paul Svensson trak på de spinkle skuldre og mumlede:

– Ved det ikke.

Han vidste åbenbart ikke noget om Lillis eventuelle involvering. Irriterende, men det, han havde sagt, var interessant nok.

07.30 trådte Irene ind på Anderssons kontor. Med sin hæse forkølelsesstemme råbte han ind i omstillingen:

– Sig til dem, at pressekonferencen bliver klokken 13.00! Ikke et ord inden da!

Han var bleg og træt, og for første gang syntes Irene, at han så tussegammel ud. Nogle dage til i sengen havde nok ikke været dumt. Naturligvis mærkede også han, at von Knechtsagen var på vej mod sin opklaring, og ville sikkert for alt i verden ikke gå glip af det.

Rødsprængt gloede han på Irene, inden han med hæs stemme rallede:

– Morgen. Charlotte von Knecht kan ventes når som helst. Håber, at oplægget holder, og at hun sluger det. Jeg har sat Jonny og Tommy på hende. De er ude og hente hende.

– Så holder jeg mig uden for synsvidde så længe. Nogle nyheder fra forhøret med Lillis og Paul Svensson?

Han hostede og puttede en halstablet i munden.

– Faktisk gode nyheder! Paul Svensson begyndte at snakke.

Han redegjorde for gårsdagens forhør med Paul Svensson. Irene lo og sagde:

– Så tror da pokker, at han fik munden på gled! True med Kumlabunkeren!

– Grusomt, men effektivt.

– Hvor mange penge drejede det sig om?

– Ifølge Paul Svensson: fem hundrede tusind kroner.

– Fem hundrede tusind! Så stor var Henriks formue ikke.

– Nemlig. Vi ved det, for vi har tjekket det. Men det vidste Bobo ikke. Og hvordan Henrik løste det, ved vi jo. Paul havde ikke ret meget mere at komme med. Han blev dårlig i nat, lægen har kigget regelmæssigt til ham.

– Han fik en sprøjte og døsede hen. Han har ikke sovet, siden vi burede ham inde i lørdags. Skal vi ikke have en kop kaffe, inden vi fortsætter?

– Fortsætter? Kommer der mere?

– Ja da! Der kommer mere.

Det måtte blive automatkaffe. Eftersom begge var koffeinister, spillede smagen en mindre rolle. Man vænner sig til det meste. Andersson lagde vejen om toilettet. Det kunne høres helt ud på gangen, da han pudsede næse.

Tilbage på kontoret trak han den øverste skrivebordsskuffe ud og tog en lille båndoptager frem. Fornøjet smågrinende sagde han:

– Gårsdagens forhør med Lillis. Jeg gik direkte hen til ham efter snakken med Paul Svensson. Strategien var den samme. Spille dem ud mod hinanden og forvirre dem. Og jeg tog en kuvert med fotografierne fra pengeskabet med.

Han begyndte at pille ved de næsten mikroskopiske knapper på båndoptageren. Det tilfredse grin gik over i en vred grimasse. Halvkvalte eder og forbandelser svævede i luften, inden det endelig lykkedes ham at trykke på den rigtige knap.

Kommissærens stemme hørtes ud af den lille indretning:

– ... en hel del nu. Paul Svensson har snakket. Vi ved, at du og Bobo ville presse Henrik von Knecht for fem hundrede tusind, så I kunne købe narko af Hells Angels. Vi ved, at der lå en bombe i stedet for penge i tasken. Vi ved, at det var derfor, at du bankede livet ud af Henrik i søndags, som hævn for at han dræbte Bobo.

Stilhed. Lidt efter hørtes en undertrykt brummen:

– Hold kæft en idiot.

– Svensson benægter, at han eller andre i Hells Angels skulle have fået kontrakten på Richard von Knecht. Heller ikke bomben på Berzeliigatan. Han mener, at det er dig og Bobo, der har ordnet de jobs.

Stilhed igen. Derefter brød en strøm af uartigheder ud gennem det lille apparat. Hvis halvdelen af ukvemsordene passede, burde Paul Svensson skyndsomst se sig om efter et pænt og nydeligt gravsted. Lillis' ordstrøm blev afbrudt af Anderssons stemme:

– Hvorfor skulle det ikke passe, det, som Paul Svensson har sagt til os?

– Vi havde ikke en skid med nogen bomber eller mordet på gamle von Knecht at gøre! Vi havde brug for gysser til at lave forretninger. Ikke andet.

– Det var de her billeder, der skulle skaffe fem hundrede tusind, forstår jeg?

Man kunne ane en let raslen fra båndoptageren. Man kunne tydeligt høre, hvordan Lillis hev efter vejret, inden han hvæsede:

– Hvor fanden har I fået fat i dem? Det lede svin sagde, at han havde brændt dem!

– Som det kan ses, så gjorde han det ikke. Hvorfor betalte Richard von Knecht ikke?

Surmulende stilhed. Så kom det gnavent:

– Fordi at hans forbandede svinefjæs ikke kunne ses. Vi kunne ikke bevise, at det var ham.

– Og derfor forsøgte I at presse Henrik von Knecht i stedet?

– Fandens dum idé. Vi havde ikke tid nok. Vi skulle have plyndret en bank i stedet for!

Hér slukkede Andersson for båndoptageren. Irene sagde småleende:

– Jeg kan levende forestille mig den diskussion, fætrene imellem.

– Også jeg. Jeg spurgte, hvornår de havde kontaktet Henrik von Knecht. Lillis var ikke helt sikker, for det var Bobo, der tog sig af den sag. Det var sandsynligvis i løbet af torsdagen. Det må have været to dage inden den fest, som Sylvia og Richard holdt for at fejre trediveårskrigen. Og om fredagen monterede Henrik bomben, hvis alt gik til, som vi tror.

– Egentlig genialt. Hvis han var heldig, blev både hans far og Bobo Torsson sprængt i luften i samme brag! Nu blev det ikke sådan, men man forstår, hvordan Henrik tænkte. Han vidste, at han ikke kunne betale den sum, afpresserne ønskede. I og med at han fik set billederne, vidste han også om forholdet mellem Richard og Charlotte. Hvis bomben var blevet udløst af Richard, ville Henrik have løst mindst ét af problemerne. I bedste fald begge to.

– Hvorfor overvejede Henrik overhovedet at betale? Hans hævn kunne vel være at lade omverdenen se billederne af den utro kone og den pigegale far.

– Han var vel bange for familiens rygte. Og Sylvia ville være brudt sammen!

– Tilbage står mordet på Richard von Knecht.

– Alt begyndte med det, og alt slutter med det. Og vi skal også nok knække den sidste nød.

– En ting til. Jonny har sporet Charlottes telefonsamtaler i løbet af søndagen. Efter Lillis besøg ringede hun op. Til bordbestillingen på Brasseri Lipp.

Andersson bøjede sig ned og trak den nederste skrivebordsskuffe ud. Dæmpet sagde han:

– Her er de billeder, du bad om fra patologen. Afskyelige. Han er morder og mordbrænder, men spørgsmålet er, om nogen fortjener det her. Den bastard er mast til plukfisk. Han ville kunne gå som dagens Chop Suey på en kineserrestaurant. Fy for fanden!

549

Hun tog imod dem og lagde dem ned i internkuverten, sammen med de andre billeder hun havde fået fra laboratoriet tidligere på morgenen.

08.30 gik Irene ind i forhørslokalet, hvor Jonny sad med Charlotte. Jonny elskede hele forestillingen. Han skulle spille sin yndlingsrolle, den onde politimand. Det er synd at forstyrre store skuespillere i deres forestilling, hvorfor Irene sad passiv i et hjørne og gjorde sig usynlig. Hendes entré skulle tids nok komme. Udviklingen af forhøret måtte afgøre hendes rolle. Der var intet, der måtte gå galt. Charlotte var ikke ovenud intelligent, men snu og totalt selvcentreret. Det var farlige egenskaber i en smuk krop. Hun ignorerede Irenes indtræden i lokalet og koncentrerede sig helt om Jonny. De turkise øjne glimtede fugtigt, og hun lod tungen spille hen over læberne. Forsigtigt, for ikke at fjerne læbestiften. Irriteret noterede Irene, at hun havde nået at få kontaktlinserne på og at lægge makeup. Der duftede tungt af Cartier i lokalet. Charlotte lagde hovedet på skrå og glitrede turkist mod Jonny.

– Søde ven, jeg vil have en advokat og ikke svare på de her væmmelige spørgsmål. Jeg ved ingenting!Og jeg trænger til morgenmad. Jeg er gravid, sagde hun forklarende.

Jonny viste tænder i et rovdyrsmil.

– Rolig, lille dame, det kommer vi også til hen ad vejen. Selvfølgelig skal du få en advokat. Har du din egen?

– Njaa ... næh ... svigerfar havde jo...

– Men du og Henrik har ingen familieadvokat?

– Nej.

– Hvorfor tror du, at advokaterne på kontoret „Eiderstams Efterfølgere", eller hvad det nu hedder, skulle have nogen særlig lyst til at påtage sig forsvaret af dig? Du er mistænkt for medvirken ved mordbranden på Berzeliigatan og bombemordet på Bobo Torsson. Samt anstiftelse af mordet på din egen mand, Henrik von Knecht! Handlinger, der er rettet direkte mod en af deres største klienter, Richard von Knecht. Som også selv er myrdet. Det vender vi også tilbage til. Hvis jeg må komme med et råd, så forlang en offentlig forsvarer.

Charlottes læber begyndte at dirre, og et øjeblik troede Irene, at hun ville begynde at græde. Men hun lagde armene over kors under brysterne og sørgede samtidig for at skubbe dem lidt op, mens hun tænkte efter. Strategien lå klar efter nogle minutter. Med sænkede øjenlåg og lav stemme kurrede hun:

– Jeg følger dit råd. Du ved sikkert bedst. Jeg vil have en offentlig forsvarer.

– Det skal vi nok sørge for. Men indtil da må du svare på mine spørgsmål. Hvis du ikke gør det, opfatter jeg det, som om du har noget at skjule. Og så bliver det et benhårdt forhør!

Hendes øjne udspiledes let, og antydningen af et tilfreds smil lurede i mundvigen.

– Såå, det her er altså ikke noget forhør?

– Nej. Du skal bare svare på mine spørgsmål.

Slugte hun den? Troede hun virkelig, at det ikke var et reelt forhør? Hun var i øjeblikket lullet ind i tryghed. Men hun ville blive klogere.

– Hvis vi begynder med bomben på Berzeliigatan. Hvorfor fortalte du os ikke, at Henrik opbevarede en anselig mængde sprængstoffer i en kasse i jeres soveværelse på Marstrand?

Hun lavede himmelvendte øjne, så der stod turkise gnister ud, og hun sørgede for at hæve brysterne. Så kom det med et dybt suk:

– Jeg kendte ikke noget til, at Henrik havde sprængstoffer i kassen! Han havde den altid låst.

– Spurgte du aldrig om, hvad der var i kassen?

– Nej.

– Hvorfor ikke?

– Hvorfor skulle jeg det?

– Det er mig, der spørger! Hvorfor spurgte du ham aldrig om, hvad der var i kassen?

For første gang sendte hun ham et usikkert blik, inden hun svarede:

– Jeg var ikke interesseret. Han havde så mange ting og sager overalt.

– Så du sørgede ikke for at finde ud af, hvad der var i kassen?

– Nej.

– Så må du jo være klar over, at statsadvokaten mistænker dig for delagtighed i bombeaktionen! Et ægtepar kan ikke leve sammen i flere år, uden at konen kender til, at der er sprængstoffer i sovekammeret!

– Men for f... jeg er der jo næsten aldrig!

– Næsten aldrig hvor? I hytten på Marstrand?

– Ja.

– Men du har nøgler dertil? Til porten og hytten?

Et tydeligt glimt af rædsel bag de turkise.

– Jaa ...

– Hvor er de?

Hun var klar over, at nu var det alvor. Lugten af frygt brød igennem parfumen.

– Det ved jeg ikke. Jeg har ikke ledt.

– Jaså. Lillis havde dem i går. Han siger, at du gav ham nøglerne.

- Han lyver! Han må have stjålet dem!

- Hvornår?

- Det ved jeg ikke.

- Men vi ved også noget andet. Vi ved, at Lillis tog en afstikker til Lindåsliden søndag aften, blev der knapt et kvarter og fræsede direkte op til Marstrand og slog din mand ihjel!

- Hvordan ved I ...?

Hun afbrød sig selv og bøjede hurtigt hovedet. Håret gled ned som et gardin for ansigtet. Et kneb hun havde afluret sin svigermor. Irene genkendte det. Lidt efter løftede hun igen hovedet og sagde lavmælt:

- Han kom forbi og spurgte, om jeg ville komme til Bobos begravelse i næste uge.

- Underligt. Det er ikke, hvad han fortæller os.

I og for sig sagde Lillis ingenting, så snart de begyndte at spørge om mordet på Henrik, men det kunne Charlotte jo ikke vide. Med en hørlig dirren i stemmen spurgte hun:

- Hvad siger han til jer?

- At du gav ham nøglerne og en vejbeskrivelse.

Det var en voldsom satsning, men Irene kunne se, at den gik ind.

- Siger han det? Han lyver!

- Hvorfor skulle han det? Han sidder godt i saksen for mordet på din mand og har alt at vinde ved at få dig ind også. Du kommer ind for anstiftelse til mord, og han for at have udført det på dit forlangende. Det giver en mildere straf. For ham.

En juridisk velbevandret person var ikke gået på den.

Charlotte var både uvidende og bange.

– Den satan! Han truede mig! Han ville have fat i Henrik og tvang mig til at sige, hvor han var. Hvis jeg ikke gav ham nøglerne, ville han dræbe mig!

– Hvorfor ringede du ikke til Henrik på hans mobiltelefon?

– Jeg kunne ikke huske nummeret. Telefonen er ny.

– Hvorfor ringede du så ikke til forvalteren og bad ham om at advare Henrik? Eller til politiet?

Nu føg dunsterne af rædsel rundt i lokalet, stødte mod væggene som et jaget og skrækslagent dyr.

– Det gjorde jeg! Men forvalteren var ikke hjemme.

– Vi har tjekket dine samtaler søndag aften. Der var ingen til Marstrand eller til politiet. Derimod et til Brasseri Lipp, til bordbestillingen. Dér, hvor du også tog hen senere på aftenen. Vi har tjekket. I var en munter og hyggelig flok, efter hvad jeg forstod på ejeren. Han vil godt have fat i den fyr, der hev lampen ned, den koster fem tusind. Altså, en gang til. Hvorfor ringede du ikke og advarede Henrik. Eller politiet?

– Jeg turde ikke! Lillis sagde, at han ville skære barnet ud af min mave, hvis jeg kontaktede nogen!

– Men du var ikke mere foruroliget, end at du gik i byen med vennerne senere på aftenen!

Det havde hun ikke noget svar på. Hun så ned i bordpladen, hvorunder hun skjulte sine rystende hænder. Hverken hun eller Lillis havde haft mistanke om, at de var under overvågning. Det var deres store bommert. Politiet ville ikke have vidst noget om hans lynvisit ude i Örgryte, hvis de ikke havde skygget ham. Hun ville have haft et nydeligt alibi. På restaurant med slænget og sammen med masser af andre mennesker. Snedigt, men ikke intelligent. Snedighed og mod, på grænsen til dumdristighed. Alle de ingredienser, der skulle til for at myrde Richard von

Knecht. En smule intelligens i den forbindelse, og mordet havde været endnu sværere at opklare. Måske umuligt.

Jonny fortsatte med at presse hende i næsten en halv time om bomben på Berzeliigatan. Da hun bedyrede, at hun intet kendte til den, gav Jonny den en tand til. Efter et øjeblik var hun kridhvid i ansigtet, og Irene vurderede, at tiden var inde til den gode politibetjents entré på scenen. I et mildt, formanende tonefald afbrød hun forhøret:

– Nej, Jonny, nu må du holde en pause. Kan du ikke se, at hun er helt færdig! Vil du have lidt morgenmad, Charlotte?

– Ja tak. Te og en mad. Og så skal jeg på toilettet.

– Okay. Men ikke mere end ti minutter.

Jonny var i sit es som den onde. Et vist naturligt talent for rollen ville Birgitta sikkert sige, men Irene syntes, han klarede sig strålende. Hvis han var gået videre og havde læst jura, ville han sikkert være blevet en hård og frygtet anklager.

Efter toiletbesøg og tepause så Charlotte ud til at være fit for fight igen. Men Jonny og Irene havde udnyttet pausen godt. Taktikken var lagt, og Jonny havde fået billederne af den sønderslåede Henrik.

Charlotte sagde kort:

– Nu vil jeg godt have en advokat. Jeg siger ikke mere.

– God idé. Men du må vente i lokalet her. I mellemtiden synes jeg, at du skal kigge lidt på de her billeder.

Jonny sendte fotoerne hen over bordpladen med et kast med håndleddet. Charlotte fangede dem pr. refleks og så på dem. Øjnene blev store, og vejrtrækningen blev tungere. Hun så ud, som om hun umuligt kunne løsrive sig fra billederne. Jonny sagde lavmælt:

– Var han virkelig så stort et svin, at han fortjente det her?

555

Hun lod ikke til at have hørt spørgsmålet. Han slog knytnæven hårdt i bordet og råbte:

– Svar! Fortjente han det her? Var han et svin?

Hun så ud til at vågne op og så forvirret på ham. Blikket skærpedes, og hun måtte rømme sig, inden hun svarede:

– Ikke et svin. En ... træmand. En fandens træmand var han!

– Og nu er du fri for ham. Er det godt? Se på billederne! Er det godt!

Ikke noget svar. Hun stirrede ligeud, ind i væggen. Men Irene så, hvordan hænderne vred sig under bordet. Snart, snart...

Jonny var ubarmhjertig. I den næste halve time optrevlede han alle begivenheder fra søndag aften og nat igen. Han stak ikke noget under stolen med hensyn til politiets opfattelse af hendes rolle i mordet. Hun havde ingen forklaring på, hvorfor Lillis besøgte hende før mordet, ingen forklaring på, hvordan han fik fat i hendes nøgler, ingen forklaring på, hvorfor hun gik på restaurant i stedet for at advare Henrik. Charlotte var virkelig ude på tynd is, det indså hun selv. Hun prøvede svagt at knibe udenom, men der var ikke flere løgne at komme med. Tiden var inde. Irene rejste sig og gik over gulvet. Som efter en ordløs overensstemmelse trak Jonny sig væk og gik ud. Birgitta smuttede ind og indtog lytterrollen. Irene indledte:

– Charlotte. Jeg har arbejdet med opklaringen af mordet på Richard von Knecht og Bobo Torsson, de to mordbrandsofre på Berzeliigatan, og nu Henriks død. Der er dukket meget op under sagens forløb, underlige kontakter og forhold. Som du sikkert ved, har vi anholdt både Lillis og en af Hells Angelsfyrene. Og de har virkelig fået munden på gled nu. Begge to!

Det gav et sæt i Charlotte, og rædslen dansede i blikket. Irene regnede koldblodigt med, at hun ikke var nærmere bekendt med

Lillis og derfor ikke kendte hans ry for altid at være tavs som en grav. Paul Svensson havde hun sandsynligvis ikke truffet. Hells Angels var Bobos kontakt. Hun kendte heller ikke noget til „Hoffa"s skæbne, eftersom hun ikke kunne have nået at læse morgenaviserne eller have hørt nogen nyheder. Hvis hun i det hele taget plejede at gøre det.

Stadig i et venligt tonefald begyndte Irene at opstille facts over for den skrækslagne Charlotte:

– Vi ved, at Bobo og Lillis planlagde et større indkøb af narko via Bobos gamle kammerat, Glenn „Hoffa" Strömberg, vicepræsident i Hells Angels, Göteborg. Gutterne fra Holland skulle levere. Alt var bestilt og klart, da Bobo pludselig fik noget bøvl med pengene. Vi ved nu hvorfor. Richard nægtede at betale.

Charlotte var gråbleg under sminken, men fulgte hele tiden Irene med blikket. Langsomt og eftertrykkeligt fortsatte Irene:

– Fem hundrede tusind. En halv million. For billeder, hvor Richards ansigt ikke kan ses. Ikke så sært, han ikke ville betale!

Ved de ord tog Irene samlejebillederne frem, hvor der i hvert fald ikke var nogen tvivl om, hvem den kvindelige kontrahent var. Et øjeblik så det ud, som om Charlotte var ved at besvime. Konstaterende sagde Irene:

– Vi ved, at det er Richard, du har sex med på billedet.

– Nej! Det er ... en anden!

– Hvem?

– Det kan jeg ikke huske.

– Såe, du kan ikke huske det. Plejer du tit at have sex med mænd, du ikke kan huske bagefter?

Charlotte løftede trodsigt hovedet.

– Det sker!

– Og manden her er ikke Richard?

557

– Nej.

– Så kan jeg fortælle dig, at hans ansigt faktisk er med på billedet. Og at det er Richard.

– Nej. Hans ansigt kan slet ikke ses ...!

– Jo da. Kan du se det store maleri i baggrunden på billedet. Ja, det dér. Et af Bengt Lindströms berømte „monsterhoveder". Jeg lod vores tekniker forstørre et billede op af maleriet. Så kørte jeg hen til Valle Reuter i går aftes. Han identificerede maleriet som det portræt af Richard von Knecht, som han forærede Richard i tresårsgave! Eftersom Sylvia syntes, at de havde rigeligt med Bengt Lindströms malerier på væggene, hængte Richard billedet op på sit kontor. Hvad siger det os? Jo, billedet stammer altså fra Richard von Knechts kontor, taget med teleobjektiv. Hvorfra? Fra den anden side af gaden. Hvem bor der? Jo, det gør Lillis Johannesson, fætter til din ven, Bobo Torsson! Hvem tog billederne? Bobo, selvfølgelig! Prøv ikke at bilde os ind, at den mand, du boller med, er nogen anden end Richard von Knecht!

Et blik på Charlotte var tilstrækkeligt. Ansigtet var en lermaske. Det var ubegribeligt, hvordan det nogensinde havde kunnet opfattes som smukt. Trækkene var forvrænget af væmmelse. Halvkvalt sagde hun:

– Jeg blev tvunget til at stille op! Havde ikke noget valg! Jeg skyldte Bobo penge. Mange penge.

– Narkogæld?

– Ja. Jeg troede, at jeg ville kunne få lidt penge ud af bilhandlen, men Henrik tog sig af alt over sin konto! Jeg var desperat! Havde ikke en øre!

– Fik du ingen penge af Henrik? Til husholdningen, mener jeg.

– Jo. Ti tusind hver måned. Men det var ikke nok. I begyndelsen havde jeg mine egne penge, fra modeltiden. Men de er brugt. Henrik tog sig af alle betalinger for husene og bilerne og den slags.

– Hvor meget skyldte du Bobo?

– Femogfirs tusind.

– Koffein og amfetamin formoder jeg.

Charlotte nikkede.

– Hvordan fandt Bobo ud af dit og Richards forhold?

– Han mødte mig nogle gange på trappen, på vej til eller fra Richards lejlighed. Og til en modelfest i september spurgte han mig ligeud. Og jeg var dum og fortalte det. Jeg havde fået en del at drikke og snakkede over mig.

– Og så kom han på den strålende idé at presse Richard for penge ved at tage billeder af jer.

– Jeg ville ikke! Han tvang mig! Jeg skyldte ham jo penge ... –

Men du stillede under alle omstændigheder op. Fortæl ...

– Jeg kunne faktisk godt lide Richard. I begyndelsen. Han var cool og kunne godt lide sex. Det kunne Henrik ikke. Det sidste år har vi næsten ikke rørt ved hinanden. Han er ... var unormal, synes jeg. Og kedelig. Røvkedelig i sengen.

– Men det var Richard ikke?

– Nej.

– Hvordan og hvornår startede dit og Richards forhold?

– I sommer. I slutningen af juli. Sylvia var taget til Finland for at besøge sin mor og søster. Henrik var naturligvis på Marstrand. Richard ringede til mig og inviterede mig ud til middag. Det var der ikke noget mærkeligt i. Men det blev til mere. Vi passede på en måde sammen.

– Hvordan bar du dig ad, da billederne blev taget?

– Vi plejede tit at mødes på Richards kontor. Men vi plejede at holde til i soveværelset. Det var et ret godt rum til ... det. Den ene gang, hvor det lykkedes mig at lokke ham ind i opholdsstuen, skulle han naturligvis have den forbandede hue på! Eller „romerhjelmen", som han selv kaldte den. „Den romerske hærfører" kaldte han sig, når han fik den på. Ha!

– Takket være den nægtede han at betale, da han fik set billederne?

– Ja. Han sagde, at Bobo ikke kunne bevise, hvem manden på billedet var. Lo ham lige op i ansigtet. Selv om det selvfølgelig var i telefonen.

– Og så kom I på den strålende idé at presse din mand for pengene i stedet for?

– Jeg havde ingen anelse om det! Det fandt Bobo på helt af sig selv! Han sagde ikke noget til mig!

– Hvornår fandt du ud af, at Henrik havde set billederne?

Hun slog hænderne for ansigtet og jamrede. Da hun tog dem væk, var der ingen tårer at se. Tonløst sagde hun:

– Torsdagen før Richards og Sylvias bryllupsfest. „Trediveårskrigen", du ved. Det sagde alle mændene i deres taler. Det var det værste, jeg har været med til! Henrik vidste, at Richard og jeg ... og så sidde og lade som ingenting!

– Hvad skete der om fredagen?

– Henrik kørte op til Marstrand. Om formiddagen.

– Og du tog til gynækologen for at få din graviditet bekræftet?

– Nej. Jeg vidste, at jeg var gravid to uger før. Men jeg vidste ikke rigtig, hvad jeg skulle gøre.

– Om du ville beholde barnet?

– Netop.

– Vi vender tilbage til Henrik og fredagen. Hvornår så du ham igen?

– Lørdag eftermiddag. Vi skulle jo til festen om aftenen.

– Havde han taget nøglerne fra dig om fredagen?

– Nøglerne?

– De nøgler du tog fra Richard efter tresårsfesten på Marstrand. Arja har bevidnet, at hun så dig komme ud fra hans soveværelse med hans nøgleetui i hånden.

– Den forbandede lebbe!

Hun sank sammen i stolen og sagde opgivende:

– Richard ville ikke give mig mine egne nøgler, men jeg så dem ligge på kommoden den morgen. Jeg tænkte, at de kunne være gode at have.

– Tog Henrik nøglerne fra dig om fredagen?

– Ja. Jeg opdagede, at nøglerne manglede om fredagen. Jeg plejede at have dem i min håndtaske, men de var væk fredag aften. Jeg mistænkte med det samme Henrik for at havde taget dem. Om søndagen fandt jeg dem igen.

– I tasken?

– Ja. Han havde lagt dem tilbage.

– Hvornår fandt du ud af, at det var sådan, det hang sammen? Eller fornemmede du det bare?

– Nej. Jeg vidste det. Han ville have dem tilbage igen onsdag morgen, dagen efter at Richard var død. Han tog dem bare op af min håndtaske, dinglede med dem i luften og sagde noget om, at „du har aldrig set de her nøgler! Er du med!" Og så gik han.

– Ved du, hvad han gjorde med dem senere?

Hun nikkede.

– Ja. Han gav dem til den der rengøringskone. Finnen. Det forstod jeg ikke, før Bobo Torsson også blev sprængt i luften.

Men jeg havde ikke noget med de dér bomber at gøre! Det var Henrik! Han blev jaloux på Richard. Han ville have hævn! Og ville ikke betale for billederne.

– Dit barn, Charlotte. Hvem er far til det?

– Henrik.

– Nej. Vi ved, at han blev steril efter fåresygen. Og glem ikke, at vi har ham oppe på patologisk afdeling. Vi har allerede bedt obducenten om at undersøge, om han var steril.

Hun havde kæmpet alt, hvad hun formåede, men nu orkede hun ikke mere. Hun sank sammen over bordet og begravede hovedet i armene. Sådan sad hun i lang tid uden at røre sig. Igen konstaterede Irene, at der ikke var spor af tårer, da hun atter viste sit ansigt. Hårdt sagde hun:

– Det er Richard. Barnet er en ægte von Knecht!

– Det var derfor, at Henrik valgte at dræbe sin far og ikke dig? Ikke sandt? Det her var hans chance for at blive far, så biologisk tæt på, man kan ønske det. Far til sin egen halvsøster eller halvbror! Slægtens videre beståen ville være sikret. Men han ville have hævn.

– Ja.

Svaret kom som en hvisken. Lavmælt og neutralt spurgte Irene:

– Du kendte slet ikke noget til bomben på Berzeliigatan?

– Nej.

– Det var grunden til, at du besluttede dig for at myrde Richard selv. Ikke sandt?

– Nej! Det passer ikke! Jeg har et alibi! Jeg var henne og hente min bil!

– Det alibi er blevet grundigt gennemhullet, må du være klar over. Din lille cowboy fra Mölndal, Robert Skytter, har fortalt nøjagtigt, hvad der skete. Hvordan du udeblev fra den aftalte tid om mandagen. Pludselig ringede du om tirsdagen og bad om, at netop han skulle tage sig af udleveringen af den nye bil til dig. Den beregnende forførelse: nøgen under frakken, kun iført stayups og højhælede sko. Næppe et nyt kneb, men en chance for en ung mand som Robert.

– Men tiden! Jeg ville ikke have nået det på tyve, eller max femogtyve minutter!

– Nej. Men på fyrre eller femogfyrre. Du vandt et kvarter på den dér kommentar: „Ih, allerede 17-nyhederne! Jeg må smutte!" Og Robban var vel stadigvæk i den syvende himmel efter puttet i Forden, så han reagerede ikke. Smart. Men du lavede en fejl.

Irene tav. Igen hang Charlottes øjne ved hendes læber, hun var ude af stand til at tage blikket væk. En næsten uhørlig hvisken:

– Hvad for en fejl?

– Der er ingen 17-nyheder i radioen. „Dagens ekko et kvarter i fem", hedder det. Hvorfor, tror du?

Stemmen var næsten ikke til at høre, da hun svarede:

– Det kommer et kvarter i fem.

Hun sad ret op og ned på stolen, armene ned langs siderne og blikket fastnaglet til Irenes ansigt. Hun var klar over, at løbet var kørt.

Irene prøvede at se uberørt ud, selv om det indvendigt føltes som begyndelsen til et vulkanudbrud.

– Hvorfor, Charlotte? hvorfor? Fortæl.

– Richard ... to uger inden han ... døde... Jeg fortalte, at jeg ventede barn, og at han var faderen. Først forsøgte han at smutte udenom. At han ikke vidste, hvem jeg havde ligget med og den slags. Men jeg havde faktisk ikke været sammen med andre siden i juli. Det fastholdt jeg, og jeg har læst det dér om fastslåelse af faderskab med ... dna. Da jeg sagde, at jeg ville kræve en sådan test, bøjede han sig. Han lovede at give mig penge hver måned. Det syntes jeg lød fair. Men så kom det dér med billederne ... dem, der ligger på bordet. Han spurgte, om jeg kendte noget til dem, men jeg nægtede. Ser du, han vidste jo ikke, at det var Bobo, der havde taget dem. Bobo tog kontakt anonymt, via telefon. Men jeg tror, at Richard var mistænksom. Han ville ikke se mig.

Hænderne vred sig hurtigere og hurtigere, uden at Charlotte selv var bevidst om det. Irene sad tavs og ventede på den fortsættelse, hun vidste, ville komme.

– Så skete dét der med, at Henrik fik billederne i stedet. Han viste mig dem selv og ... var helt ude af den! Han genkendte Richard og mig. Jeg fortalte det, som det var. Det hele. Han gik tavs rundt. Han sagde ikke et ord helt indtil han kørte op til Marstrand fredag eftermiddag. Jeg syntes, det var dejligt, at han kørte. Lidt efter opdagede jeg, at Richards nøgler ikke var i min håndtaske. Om lørdagen, ved 15-tiden, kom han hjem. Han sagde ikke et ord, gjorde sig bare klar til festen. Vi tog derhen. Det var forfærdeligt! Men Henrik holdt masken. Alle de gamle dødbidere!

Hun tav og så vred ud. En tynd hinde af sved begyndte at flimre på hendes hud. Blikket hang stadig ved Irene, men det var tvivlsomt, om Charlotte så hende. Hendes stemme begyndte at lyde mere forceret, da hun fortsatte:

– Om søndagen skulle Henrik flyve til London. Lige inden han tog af sted, ringede Richard om et eller andet auktionskatalog, som Henrik havde glemt at give ham. Så sagde Henrik til mig: „Du kan vel tage hen med det i morgen, du har jo nøglen!" Og så smuttede han. Og det gjorde jeg også. Jeg følte, at jeg måtte snakke med Richard. Men da jeg kom derop om mandagen, så var rengøringskonen og hendes datter der og ryddede op. Han var lidt forkølet og var hjemme og slappe af. Men da jeg overrakte ham kataloget, hviskede han til mig om at komme igen senere, ved 19-tiden. Og det gjorde jeg, og overnattede.

– Havde I været sammen i lejligheden på Molinsgatan andre gange?

– Nej. Aldrig. Og tirsdag morgen, da vi sad og spiste morgenmad, siger den skiderik: „Nu har vi haft så meget glæde af hinanden, at nu synes jeg, vi skal nøjes med det. Vi skal ikke ses mere, men gå tilbage til at være svigerdatter og svigerfar. Og du skal opfostre barnet som mit barnebarn. Haha!" Han lo ad mig! Den djævel lo ad mig! Lige op i synet! Droppede mig bare som en hvilken som helst ligegyldig ting! Jeg lod imidlertid som ingenting, men spurgte, hvad han havde forestillet sig med hensyn til pengene. Fem tusind om måneden ville jeg få! Fem tusind! Det er ikke til en skid! Jeg blev stiktosset og sagde nogle ting. Han fortsatte med at grine ad mig, men til sidst sagde han ...

Hun afbrød sig selv, rettede sig op og anlagde et højtideligt toneleje, da hun imiterede Richard von Knecht:

– Jeg forstår, at du er lidt overfølsom lige nu. Vi gør sådan her: Jeg og Valle skal ud og spise vores tirsdagsfrokost i dag. Hvis du gør hele lejligheden ren, så Sylvia ikke kan se det mindste spor af, at du har været her, vil jeg give dig ti tusind kroner i eftermiddag. Men det er, hvad du får her under graviditeten. De fem tusind pr. måned får du først efter leveringen. Vi kommer hjem ved 16-tiden. Sørg for, at du er færdig til tiden, for Sylvia kommer mellem 17.30 og 18.00.

Hun sank igen sammen og spyttede hvæsende frem:

– Leveringen! Som om man er en forbandet avlshoppe! Og jeg forstod, at han ikke ville give mig flere penge. Han smed mig bare væk som noget værdiløst lort. I det øjeblik bestemte jeg mig for, at den satan skulle dø! Det ville blive meget lettere at få penge af Henrik. Nu, hvor barnet kommer ... Så jeg gjorde omhyggelig rent i de rum, vi havde været i! For en sikkerheds skyld tørrede jeg kontakterne og skiftede sengetøj og håndklæder. Hele molevitten! Derefter gjorde jeg præcis, hvad du sagde. Ringede til Robban og ... hentede bilen.

Hun tav, og hendes vejrtrækning blev tungere. Øjnene så uden at se, og stemmen lod til at komme langt borte fra, da hun fortalte videre:

– Jeg kom med vilje for sent til Richard. Han skulle presses mere nu, tænkte jeg. Smart. Jeg var smart. Jeg parkerede oppe ved Aschebergs gymnasium. Eftersom alle gadedørsnøgler passer til alle fire gadedøre i kvarteret, gik jeg ind via Kapellgatan. Tværs over gården og ind ad bagdøren. Så tog jeg elevatoren op og låste op til lejligheden. Jeg havde ingen handsker på. Derfor tørrede jeg af efter mig med en klud, da jeg gik ... efter ... bagefter ... Så smed jeg også kluden og støvsugerposen i en bøtte i affaldsrummet. Man har jo set det på tv. Hvor vigtigt det er ikke at efterlade nogen spor. Jeg gik samme vej tilbage over gården. Ikke et spor fandt I!

Triumfen lyste turkis ud af øjnene. Ivrigt, som for at fortælle hvor dygtig hun havde været, og med ordene snublende over hinanden, fortsatte hun, henvendt til Irene:

– Han hørte ikke, da jeg låste yderdøren op. Jeg lagde vejen om ad køkkenet og tog en lille økse, der hang over komfuret. Den puttede jeg ind under trenchcoaten. Så gik jeg op ad trappen, og dér lå Richard i sofaen og hvilede sig efter at have været i sauna. Han var lettere beruset. Han sprang op og blev skidenervøs! Og så stak han hen efter en kuvert med pengene. Da han kom tilbage og rakte mig dem, sagde jeg: „Kom, du skal se min nye bil! Den står parkeret lige under karnappen. Man kan se den dødgodt i lyset fra udstillingsvinduet." Først ville han ikke. Men samtidig ville han have mig af vejen, inden Sylvia kom. Han gik med mig ud på balkonen. Han lænede sig ud over rækværket for at kunne se bilen. Jeg knaldede ham i nakken, alt, hvad jeg kunne og skubbede ham ud! Ikke et spor af fortrydelse var at se i hendes ansigt. Kun ren triumf. Forsigtigt spurgte Irene:

– Han havde et mærke over håndryggen. Hvordan fik han det?

– Åhr, det pivehoved var bange for højder. Han holdt sig fast med den ene hånd. Jeg måtte slå til, for at han skulle slippe. Og det gjorde han!

Hun begyndte at grine. En hysterisk fnisen, som steg til en bragende latter.

– Charlotte, én ting til. Smørrebrødet i køleskabet. Var det dig, der tog det?

– Ja. Jeg blev skidesulten bagefter. Fik et rigtigt kick! Så jeg tog det med og spiste det hjemme. Man bliver kanonsulten, når man venter sig!

Epilog

– Mor! Hvor er luciakransen? Gæt, hvem der blev valgt til klassens Lucia! De valgte mig! Sejt med en skaldet Lucia, syntes de! Ved du, hvor vi lagde kransen sidste år?

– Var det ikke den, der gik kortslutning i?

– Nej. Det var Katarinas ellysestage. Tror du, jeg behøver at tage en ekstra barbering? jeg mener, det seje er jo, at jeg er skaldet?

– Nej. Søde Jenny. Nej.

– For fanden hvor er du træls, når du kommer hjem fra arbejde! Du er altid så træt og udbrændt!

Surt smækkede Jenny døren ind til sit værelse. Opgivende så Irene op mod den lukkede dør på førstesalen. Jenny havde ret. Hun var altid træt og udbrændt, når hun kom hjem. Hun måtte være mere end rigeligt skarpsinding og energisk på arbejdet. Der var ikke nogen reserver at tage af, når hun skulle være sammen med sin familie.

Jenny flåede døren op igen.

– Du bliver måske i bedre humør, når du har åbnet pa[kken] dagligstuen. Det kom med postbilen for en time siden. O[g] kunne jo ønske mig til lykke. Ikke engang Katarina har o[p] blive klassens Lucia!

– Til lykke, lille skat.

Det sagde hun til en dør, der igen var blevet smækket [i] et suk gik hun ind i dagligstuen. En tanke slog ned i hend[e] bombe. Hun havde i alt fald gjort det besværligt for Hells Hun vidste, hvad de var i stand til, hvis hele sandheden v[ar] blevet røbet.

Pakken var stor og flad. Afsender Mona Söder, Stockh[olm] Hun trak det færdigindrammede Mirótryk frem.

To store, gule sommerfugle med sorte tegninger på vinger[ne] svævede over et uendeligt landskab med et skinnende van[d] bunden af dalen og blåfarvede, høje bjerge i det fjerne. I forgrunden kunne man se smukke markblomster. De forglemmigejblå dominerede, men der var også stænk af [] og rosa blomster, som hun genkendte, men ikke kunne hu[ske] navnene på. De kom så tæt på betragteren, at man fik en [] af at ligge på maven mellem markblomsterne og kigge ud [over] kanten ned i dalen, og opad mod de to prangende somme[r] Himlen var ikke blå, men en sølvhvid, rund bue over bjer[gene] udsendte et stærkt lys, som tonede over i varmtrosa ud m[od] yderkanterne. Det var ikke solen og ikke månen. Det var /

nøglen!" Og så snuttede han. Og det gjorde jeg også. Jeg følte, at jeg måtte snakke med Richard. Men da jeg kom derop om mandagen, så var rengøringskonen og hendes datter der og ryddede op. Han var lidt forkølet og var hjemme og slappe af. Men da jeg overrakte ham kataloget, hviskede han til mig om at komme igen senere, ved 19-tiden. Og det gjorde jeg, og overnattede.

– Havde I været sammen i lejligheden på Molinsgatan andre gange?

– Nej. Aldrig. Og tirsdag morgen, da vi sad og spiste morgenmad, siger den skiderik: "Nu har vi haft så meget glæde af hinanden, at nu synes jeg, vi skal nøjes med det. Vi skal ikke ses mere, men nu gå tilbage til at være svigerdatter og svigerfar. Og du skal opfostre barnet som mit barnebarn. Haha!" Han lo ad mig! Den djævel lo ad mig! Lige op i synet! Droppede mig bare som en pige som helst ligegyldig ting! Jeg lod imidlertid som ingenting, men spurgte, hvad han havde forestillet sig med hensyn til pengene. Fem tusind om måneden ville jeg få! Fem tusind! Det er ikke til en skid! Jeg blev stiktosset og sagde nogle ting. Han fortsatte med at grine ad mig, men til sidst sagde han

...

Hun åbrød sig selv, rettede sig op og anlagde et højtideligt toneleje, da hun imiterede Richard von Knecht:

– Jeg forstår, at du er lidt overfølsom lige nu. Vi gør sådan her: Jeg og Valle skal ud og spise vores tirsdagsfrokost i dag. Hvis du gør hele lejligheden ren, så Sylvia ikke kan se det mindste spor af, at du har været her, vil jeg give dig ti tusind kroner i eftermiddag. Men det er, hvad du får her under graviditeten. De fem tusind pr. måned får du først efter leveringen. Vi kommer hjem ved 16-tiden. Sørg for, at du er færdig til tiden, for Sylvia kommer mellem 17.30 og 18.00.

Hun sank igen sammen og spyttede hvæsende frem:

– Leveringen! Som om man er en forbandet avlshoppe! Og jeg forstod, at han ikke ville give mig flere penge. Han smed mig bare væk som noget værdiløst lort. I det øjeblik bestemte jeg mig for, at den satan skulle dø! Det ville blive meget lettere at få penge af Henrik. Nu, hvor barnet kommer ... Så jeg gjorde omhyggelig rent i de rum, vi havde været i! For en sikkerheds skyld tørrede jeg kontakterne og skiftede sengetøj og håndklæder. Hele molevitten! Derefter gjorde jeg præcis, hvad du sagde. Ringede til Robban og ... hentede bilen.

Hun tav, og hendes vejrtrækning blev tungere. Øjnene så uden at se, og stemmen lod til at komme langt borte fra, da hun fortalte videre:

– Jeg kom med vilje for sent til Richard. Han skulle presses mere nu, tænkte jeg. Smart. Jeg var smart. Jeg parkerede oppe ved Aschebergs gymnasium. Eftersom alle gadedørsnøgler passer til alle fire gadedøre i kvarteret, gik jeg ind via Kapellgatan. Tværs over gården og ind ad bagdøren. Så tog jeg elevatoren op og låste op til lejligheden. Jeg havde ingen handsker på. Derfor tørrede jeg af efter mig med en klud, da jeg gik ... efter ... bagefter ... Så smed jeg også kluden og støvsugerposen i en bøtte i affaldsrummet. Man har jo set det på tv. Hvor vigtigt det er ikke at efterlade nogen spor. Jeg gik samme vej tilbage over gården. Ikke et spor fandt I!

Triumfen lyste turkis ud af øjnene. Ivrigt, som for at fortælle hvor dygtig hun havde været, og med ordene snublende over hinanden, fortsatte hun, henvendt til Irene:

– Han hørte ikke, da jeg låste yderdøren op. Jeg lagde vejen om ad køkkenet og tog en lille økse, der hang over komfuret. Den puttede jeg ind under trenchcoaten. Så gik jeg op ad trappen, og dér lå Richard i sofaen og hvilede sig efter at have været i sauna. Han var lettere beruset. Han sprang op og blev skiderøvs! Og så stak han hen efter en kuvert med pengene. Da han kom tilbage og rakte mig dem, sagde jeg: „Kom, du skal se min nye bil! Den står parkeret lige under karnappen. Man kan se den dødgodt i lyset fra udstillingsvinduet." Først ville han ikke. Men samtidig ville han have mig af vejen, inden Sylvia kom. Han gik med mig ud på balkonen. Han lænede sig ud over rækværket for at kunne se bilen. Jeg knaldede ham i nakken, alt, hvad jeg kunne og skubbede ham ud! Ikke et spor af fortrydelse var at se i hendes ansigt. Kun ren triumf. Forsigtigt spurgte Irene:

– Han havde et mærke over håndryggen. Hvordan fik han det?

– Åhr, det pivehoved var bange for højder. Han holdt sig fast med den ene hånd. Jeg måtte slå til, for at han skulle slippe. Og det gjorde han!

Hun begyndte at grine. En hysterisk finsen, som steg til en brægende latter.

– Charlotte, én ting til. Smørrebrødet i køleskabet. Var det dig, der tog det?

– Ja, Jeg blev skidesulten bagefter. Fik et rigtigt kick! Så jeg tog det med og spiste det hjemme. Man bliver kanonsulten, når man venter sig!

Epilog

– Mor! Hvor er luciakransen? Gæt, hvem der blev valgt til klassens Lucia! De valgte mig! Sejt med en skaldet Lucia, syntes de! Ved du, hvor vi lagde kransen sidste år?

– Var det ikke den, der gik kortslutning i?

– Nej. Det var Katarinas ellysestage. Tror du, jeg behøver at tage en ekstra barbering? jeg mener, det sеje er jo, at jeg er skaldet?

– Nej. Søde Jenny. Nej.

– For fanden hvor er du træls, når du kommer hjem fra arbejde! Du er altid så træt og udbrændt!

Surt smækkede Jenny døren ind til sit værelse. Opgivende så Irene op mod den lukkede dør på førstesalen. Jenny havde ret. Hun var altid træt og udbrændt, når hun kom hjem. Hun måtte være mere end rigeligt skarpsindig og energisk på arbejdet. Der var ikke noget reserver at tage af, når hun skulle være sammen med sin familie.

Jenny flåede døren op igen.